MALARKA
GWIAZD

AMELIA
NOGUERA

MALARKA GWIAZD

Przełożyła
MARZENA CHROBAK

REBIS

DOM WYDAWNICZY REBIS

Tytuł oryginału
La Pintora de Estrellas

Redaktor
Katarzyna Raźniewska

Projekt i opracowanie graficzne okładki
Katarzyna Borkowska

Fotografia na okładce
© Ilona Shevchishina / Trevillion Images

Wydanie I
Poznań 2016

ISBN 978-83-7818-839-1

Dom Wydawniczy REBIS Sp. z o.o.
ul. Żmigrodzka 41/49, 60-171 Poznań
tel. 61-867-47-08, 61-867-81-40; fax 61-867-37-74
e-mail: rebis@rebis.com.pl
www.rebis.com.pl

Moim rodzicom,
Carmen i Laurowi, nieustająco

ROZDZIAŁ 1

Płótno pokrywa się gessem, by rozpocząć tworzenie faktury na lnianej tkaninie rozciągniętej na ramie. Wszystko jest gotowe: drewniane sztalugi, rozstawione; pędzle, wypłukane, w równym rzędzie; płótno, białe, uroczyste; oleje, ułożone w odpowiedniej kolejności.

Los Molinos (prowincja Madryt),
sobota, 13 maja 2000 (godz. 16.10)

Za oknem wciąż padał deszcz. Malutkie krople nasączone smakiem miasta osiadały wszędzie z zaraźliwą apatią. Dźwięk wody uderzającej w płytki tarasu zlewał się ze szmerem dobiegającym z ulicy. Słychać było słowa i szepty, którym ciepło i wilgoć służyły jako środki przekazu. Dobiegające z oddali cykanie świerszcza pocierającego skrzydłami w szalonej pieśni, zalęknionego, być może tonącego w kałuży, było marnym towarzystwem w tę noc, gdy po raz pierwszy poczułam, że cię nienawidzę".

Violeta wiedziała, że nie powinno się rozpoczynać opowieści w ten sposób. Uczyła się o tym na zajęciach z twórczego pisania, na które uczęszczała przez całe lata – aż poznała Alvara i wszystko się urwało – dla zabicia czasu, nie oczekując niczego poza tym, by się dowiedzieć, jak porządkować własne myśli, i by poznać ludzi. Ale to, co miała teraz napisać, musiało się zaczynać od drobnego, silnego deszczu, który przenika wszystko równie dokładnie jak woda wsiąkająca w ziemię i tworząca kałuże. Bez pardonu, bez tłumaczeń, bez wyrzutów sumienia. Violeta chciała wyrazić na piśmie, dlaczego pragnie go porzucić, żeby nigdy o tym nie zapomnieć i żeby nikt o tym nie zapomniał. Musiała pozostawić testament zapowiedzianej śmierci swej miłości do niego, swego płaczu bez świadków, swego strachu. Bo choć nie chciała oglądać go już nigdy, przenigdy, kiedy spisze wspomnienia, wyśle mu rękopis, żeby wiedział, dlaczego postanowiła skończyć z wymarzonym życiem gorącego uczucia na pokaz i nienawiści w cztery oczy, całonocnych imprez i koszmarnych powrotów, seksu dla miłości i miłości dla seksu.

A także, by wreszcie dotarło do niego, że ona nigdy nie wróci; choćby przetrząsnął niebo i ziemię, Violeta postara się, by nie wiedział o niej nic: czy dalej ma krótkie włosy niesięgające ramion, czy zapuściła je sobie aż do ziemi; czy zafarbowała swój naturalny blond na czerwono czy na czarno; czy nosi sukienki luźniejsze i poważne, czy przykrótkie i opięte w talii i na obfitym biuście, który on w towarzystwie podziwiał tylko wtedy, gdy oglądał go u innych; buty na obcasie czy sandałki z wielu wąskich pasków, które tak lubił; czy się maluje czy nie, bo teraz może sobie na to pozwolić, choć zawsze wolała położyć trochę koloru na swoją bladą cerę; czy rozświetla pełne wargi błyszczykiem, czy są naturalnie różowe i matowe. Musiała jakoś powiedzieć mu, że być może zmieniła w sobie wszystko, by oddemonizować przeszłość, nawet to, o czym wiedziała, że najbardziej lubi w jej twarzy i w jej ciele.

Kupiła zeszyt, największy, jaki znalazła, formatu A4, z twardymi okładkami koloru łososiowego, gładki, bez linii czy kratek, które by prowadziły jej pismo. Gotowa do pracy zasiadła przed biurkiem w swoim pokoju, w domu dziadka, w pokoju, w którym mieszkała przez całe życie do momentu, gdy znalazła sobie własne mieszkanie i mimo jego próśb się wyprowadziła. Zastanowiła się, co tak naprawdę skłoniło ją do podjęcia tej decyzji. Z długopisem w ręku zaczęła przywoływać wszystko to, o czym chciałaby, żeby Álvaro wiedział, gdy już podejmie decyzję, gdzie i jak spróbuje ułożyć sobie życie na nowo. Napłynęły jej do głowy różnorakie lęki, powody, żale, ale żaden z nich nie był sam w sobie na tyle poważny, by zerwać. Ta właśnie myśl prześladowała ją od kilku tygodni poprzedzających ucieczkę: oto Álvaro potrafił sprawić, że każdy kryzys i każde przeprosiny, o ile takowe się zdarzały, mieściły się w pewnych granicach, nie wydawały się na tyle poważne, by zerwać, a zatem powinna zebrać je wszystkie i dodać do nich ten ostatni, ten sprzed kilku godzin. Ten, który wreszcie przywiódł ją do decyzji, by odejść.

Madryt, piątek, 12 maja 2000 (godz. 13.35)

Światło wpadało przez okno kuchni, pomarańczowej, całej w pomarańczu, ten kolor podobał się Alvarowi i został wybrany na kafelki. Meble – białe; zasłony – włoskie story z surowego płótna; dekor w kolorowy wzór geometryczny; mały stolik i cztery krzesła, jedyne, co pozwolił jej wybrać, z heblowanego jasnego drewna. Violeta nie wiedziała, dlaczego lubi ten styl, rustykalny francuski, który tyle razy widywała w pięknych hotelach w Perpignan i Tuluzie, dokąd towarzyszyła mu w podróżach służbowych, kiedy nadzorował budowę dla któregoś ze swoich niezliczonych znajomych. Zara gryzła zabawkę o zapachu cielęciny, Violeta nie znosiła ich, bo wyglądały jak plastikowe. Twierdził, że to usuwa kamień z psich zębów, ale ona nie rozumiała, dlaczego jej młoda suczka miałaby już cierpieć na tę typową dla ludzi dolegliwość.

Tego ranka znalazła Carusa martwego. Ptaszek miał wodę i siemię, ale widocznie chodziło o coś poważniejszego; kupiła go, zanim poznała Alvara, trochę ponad pięć lat temu. Nawet krzyknęła, kiedy po wejściu do kuchni zobaczyła go sztywnego na dnie klatki, tak małego, tak nieruchomego, tak niemego, choć zwykle zanosił się śpiewem. Włożyła go zaraz do pudełeczka z kartonu, zawinęła w sreberko. Z pomocą Zary wykopała dołek na końcu ogrodu, pod pergolą, na której jeszcze nie kwitły róże i która wyglądała smutno i goło, obok stoliczka i dwóch metalowych krzeseł, gdzie siadała niekiedy, by zjeść podwieczorek, podczas gdy suczka grzebała pod jakimś krzakiem. Tam go pochowały, a ona wyrecytowała na głos wiersz o wolnym ptaku. Na świeżo ubitej ziemi postawiła krzesło, na wypadek gdyby Zara postanowiła kontynuować pogrzeb w swoim stylu. Smutek pozostał. Czuła go za każdym razem, gdy przypominała sobie kruche, sztywne ciałko.

Ciepło płynące od płyty ceramicznej, większej niż te standardowe – kolejna zachcianka Alvara – kleiło się jej do ciała, czuła jego nieprzyjemny dotyk na skórze, jakby miało łapy i próbowało ją pochwycić. Szklanka ze słodkim napojem wyśliznęła się jej z rąk i wpadła do sałatki, musiała zrobić ją od nowa. Na dźwięk klucza przekręcanego w zamku wzdrygnęła się i zacięła w palec nożem, którym obierała pomidora dla niego. Krew pociekła po przegubie, uczuła ból, jakby tysiąc os kłuło ją w czubek palca. Obmyła palec w bardzo zimnej wodzie, owinęła go serwetką i zakleiła plastrem, żeby ucisnąć rankę. Álvaro otworzył drzwi i poszedł prosto do łazienki. Usłyszała, jak pociąga za spłuczkę i myje ręce. Został jeszcze chwilę w salonie. Skorzystała z tego, by dokonać ostatnich poprawek na nakrytym stole: delikatna zastawa z pomarańczowym tulipanem u podstawy; kryształowe kieliszki Baccarat; tkany obrus i biały chleb, który musiała kupować na zamówienie, bo piekli go tylko dla klientów podobnych do nich, którzy mogli sobie pozwolić na zapłacenie dwóch euro za sztukę pieczywa o smaku takim jak niegdyś, jedynym, jaki uznawał Álvaro. Ale on nie usiadł przy stole. Podszedł do blatu i położył na nim pakunek z prezentem, który kupiła tego ranka, po pogrzebie kanarka.

– Skarbie, musimy porozmawiać. Ostatnio jesteś trochę roztargniona. Nie kupiłaś tego, o co cię prosiłem, dla żony Javiera. Nie zamawiałem tej torebki. Dobrze wiesz, jaki ważny jest dla mnie ten kontrakt, musimy wykorzystać każdą okazję, żeby zwrócić na siebie uwagę, a fakt, że zaprosili nas na urodziny, to dobry początek. Będą tam wszyscy decydenci, ich znajomi, grube ryby z kupą forsy, szykujące wielkie inwestycje w nowych dzielnicach. Muszę wykorzystać to, że Javier jest moim przyjacielem, i zakumplować się ze wszystkimi.

Álvaro zwracał się do niej per „skarbie". Odebrał jej nawet imię; jak gdyby zwracanie się do niej po imieniu miało oznaczać uznanie jej za podmiot, przyznanie cząstki tożsamości; jak gdyby zwracanie się do niej w ten sposób odbierało tę tożsamość i nadawało inną, zgodną z jego wolą. Początkowo Violeta nie zdawała sobie z tego sprawy. Nie przeszkadzało jej to, a wręcz się podobało. Miał wówczas głos tak przyjemny, śmiech tak szczery, ręce tak bardzo delikatne, że kiedy mówił do niej „skarbie", czuła smak brzoskwiń w syropie, marmolady truskawkowej, cukierków nadziewanych likierem.

– Tak, ale nie było. Już nie mieli bransoletki, o której mówiłeś. Dlatego kupiłam torebkę. Myślałam, że będzie ci wszystko jedno.

Kłamała. Bransoletka leżała sobie spokojnie na wystawie, czekając, aż ktoś zechce wydać na nią jedyne siedemset euro. Ale była zbyt droga i zbyt drobna, by warto było stosować ją jako promesę w polityce dar za dar: ty dajesz coś mnie, ja daję ci więcej.

– Nie, kochanie, nie jest mi wszystko jedno. Powiedziałem ci, żebyś kupiła bransoletkę. Muszę dostać ten kontrakt. Muszę. Nie wiem, czy rozumiesz, co do ciebie mówię, czasem wydaje mi się, że nie rozumiesz. Torebka to nie to samo.

– A ja myślę, że jest bardzo ładna. Popatrz. Jest z delikatnej skórki i ma srebrne dodatki. Wydałam na nią więcej niż na bransoletkę. I jest bardziej oryginalna. Jestem pewna, że ją zachwyci. Nie martw się.

Trzymała ją delikatnie, uważając, by nie pobrudzić krwią przesiąkającą przez serwetkę, w którą owinęła palec. Torebka była duża, wytworna, znacznie bardziej elegancka, niż mogła to docenić Eva. To pewne. Ponosi ją kilka dni, potem znudzi się i kupi sobie inną. Tak robiła ze wszystkim. Także z przyjaciółmi. Violeta nie rozumiała, jak Álvaro może chcieć zbliżyć się do nich, bogactwo to nie wszystko, wielkie kontrakty też. Ale jemu nie przeszkadzało, że go kupują. A ona nie lubiła Javiera, a tym bardziej Evy. Przebiegła jej przez głowę myśl, że tak naprawdę nie lubi nikogo z jego przyjaciół. Z tego towarzystwa, które wpakowało się do jej domu i do jej życia i które uwielbiało obmawiać wszystkich wokół, gdy tylko dyżurna ofiara znikała na odpowiednio długi czas. Z tym że ona nie miała już przyjaciół, do których mogłaby ich porównać. Sama nie wiedziała, jak i kiedy rozpłynęli się pomiędzy obowiązkami, pomiędzy „no to się zdzwonimy", pomiędzy spotkaniami, na które od dawna przestała chodzić, bo on zawsze znalazł coś ciekawszego do zrobienia, superspektakl, egzotyczną podróż. Straciła ich z oczu, nie miała pojęcia, co się z nimi działo przez ostatnie pięć lat: żyła tylko z Alvarem i dla Alvara.

– Nie wiem, czy ty mnie w ogóle słuchasz. Nie obchodzi mnie, czy torebka jest ładna czy nie. Powiedziałem ci, żebyś kupiła coś innego, a ty zrobiłaś to, na co miałaś ochotę. Ty zawsze robisz to, na co masz ochotę. A ta sprawa jest bardzo ważna. Już ci mówiłem. Jeśli nie dostanę tego kontraktu... Wiesz, że w tym roku nie miałem żadnej porządnej realizacji, a z tą przy Capitán Haya nie idzie za dobrze. Ale nie szkodzi, mamy jeszcze czas. Idź ją jutro oddaj i kup bransoletkę.

Aż do tego momentu Violeta nie zdawała sobie sprawy, że otworzył pakunek, żeby zobaczyć jego zawartość. W sklepie zapakowali prezent bardzo profesjonalnie. Sprzedawczyni obracała go wielokrotnie wokół osi, owijając błyszczącym papierem w kolorze fuksji, aż paczka zaczęła wyglądać jak wielki lizak w celofanie. Na koniec okręciła ją jedwabną wstążką. Violeta uznała to wszystko za zbyt pompatyczne, ale Eva należała do kobiet, które przepadają za wszystkim, co wielkie – wielki dom, wielki samochód, wielki mąż – więc była pewna, że ten prezent będzie jej odpowiadał bardziej niż drobna bransoletka. A jemu zachciało się rozbebeszyć paczkę, żeby zobaczyć, co zawiera.

Zaczęła oddychać szybciej. Czuła, że żyła na czole napełnia się lepkim płynem mknącym wszystkimi naczyniami, tą samą krwią, która sączyła się jeszcze z rozciętego palca. Ciało wysyłało jej sygnał, żeby zamilkła, żeby nie drążyła tematu, żeby nie wdawała się w dyskusję. Pomyślała, że pójdzie oddać torebkę i kupi tę parszywą bransoletkę, ale coś w niej sprzeciwiło się temu.

– Nie denerwuj się. Naprawdę, Álvaro, ten prezent jest bardziej elegancki. Na pewno zrobisz nim lepsze wrażenie niż bransoletką. Eva to kobieta z klasą, będzie umiała go docenić.

– Skarbie, nie zrozumiałaś mnie. Powiedziałem, że masz go zwrócić, i kropka. Gówno mnie obchodzi, czy ci się bardziej podoba, czy więcej kosztuje, czy co w ogóle o nim myślisz. Oddasz go i kupisz to, co powiedziałem. Na pewno mają inne bransoletki.

– Nie pójdę. Nie wymienię tej torebki. Chcesz, to idź sam i kup, na co będziesz miał ochotę.

– Skarbie, nie prowokuj mnie, ja tylko mówię, żebyś wymieniła prezent. Tylko tyle. To łatwe. Nawet ty potrafisz to zrobić. Masz tylko odszukać paragon, pójść do sklepu, podejść do kasy i niech ci zwrócą pieniądze. W tym sklepie można oddać wszystko.

Álvaro podniósł torebkę i wyciągnął w jej stronę. Patrzył na nią, nie mrugając powiekami, ze wzrokiem utkwionym w jej oczach. Wyprostowany, z wypiętą piersią, podniesionym czołem, naprężonymi muskułami, rozchylonymi ustami. Ale ona i tym razem nie chciała dostrzec zagrożenia, o jakim uprzedzała ją jego postawa, widziała przed sobą tylko mężczyznę, który znów zmuszał ją do zrobienia czegoś, przed czym się wzdragała. Sygnały nadchodziły jeden po drugim: jej ręce zaczęły drżeć, noga poruszała się nerwowo wbrew jej woli, czuła suchość w nosie i w ustach, oddychała coraz szybciej. Violeta nie chciała się jednak poddać. Nie chciała. Wzięła torebkę i rzuciła na ziemię, z całej siły, jakby odrzucała od siebie żal, który dławił ją, kiedy Álvaro zaczynał ją tak traktować, ujarzmiać wzrokiem, słowami, czynami.

– Powiedziałam, że nie pójdę. Nie mam ochoty.

Wytrzymała jego spojrzenie. Dumna, zdecydowana, pewna, że nie ulegnie. Kurczak w piwie parował na pomarańczowych tulipanach w głębi talerzy. Jej ptak nie zaśpiewa już więcej. Odgłos upadającej torebki przestraszył Zarę, która uciekła od stołu i zwinęła się w kłębek w koszyku. Opuściła łeb i widać było tylko jej brązowe ślepka, którymi spoglądała na Violetę, ostrzegając przed nieuchronnym. Álvaro chwycił ją za ramię. Ściskał bardzo mocno. Czuła, jak jego palce wpijają się w miękkie ciało. Poczuła ból. Zaciągnął ją nad torebkę i zmusił, żeby się pochyliła.

– Bierz torbę. Bierz… tą… pieprzoną… torbę.

– Nie. Sam ją weź, skoro ci tak zależy.

Álvaro rozcapierzył palce drugiej ręki i uderzył ją w twarz. Ból przeszył ją jak strzała i rozlał się na boki.

– Powiedziałem, bierz tą torbę. – Chwycił ją od tyłu i rzucił na podłogę. Poczuła ucisk w piersi, pełność w płucach. Do oczu napłynęły łzy. Przeniknął ją chłód, wilgotny chłód, który nie pasował do palących policzków, do fali gorąca od uderzenia otwartą dłonią. – Bierz tą pieprzoną torbę. Ale to już.

Violeta nie podniosła torebki. Wyciągnięta u jego stóp, obejmując obiema rękami bolący policzek, uniosła tylko wzrok i popatrzyła mu w oczy, błagając, żeby tego nie robił, żeby przestał, żeby nie dobijał tego, co już i tak zamierało, z każdą kolejną pretensją, z kolejnym krzykiem, z kolejnym ciosem, z kolejnym pragnieniem tonącym w morzu rozczarowań. Ale on nie zrozumiał, odebrał niemą prośbę jako prowokację kobiety wartej mniej niż on, lecz rzucającej mu wyzwanie. Wymierzając kopniak za kopniakiem w plecy, w nerki, w nogi, uśmierzał swój gniew, aż uznał, że ją złamał, że to on jest znowu panem i władcą. Wyszedł z kuchni, wziął klucze. Powoli otworzył drzwi, a zanim przekroczył próg, powiedział „do widzenia", ponieważ jego staranne wychowanie nie pozwalało mu wyjść z domu bez pożegnania.

Violeta leżała obok zastawionego stołu, oddychając urywanie, obolała od wewnątrz i na zewnątrz, skulona, nieruchoma i bezbronna jak śpiące niemowlę. Ale nie chciała spać, chciała umrzeć i zabrać do grobu swoją porażkę, swoją miłość do niego, która wbrew jej woli wciąż była wielka, choć zraniona, i marzyła o ucieczce i ukryciu się, swoje poczucie winy, że nie umiała zapobiec temu, co się wydarzyło, nie potrafiła pomóc mu się zmienić, opanować gniewu. Jej łzy płynęły na posadzkę, a Zara lizała jej ręce, próbując dać jej trochę ciepła, choćby tylko psiego.

Podniosła się bardzo wolno i obejrzała miejsca, gdzie dosięgły ją kopniaki. Nie zobaczyła żadnego siniaka ani opuchlizny, ale bardzo bolały ją nerki i brzuch. Ponownie poczuła ukłucie lodowatego, panicznego lęku. Otarła łzy ściereczką i weszła do łazienki. Zasunęła zasuwkę i otworzyła paczuszkę zakupioną tego ranka w aptece, schowaną w szafce wśród jej rzeczy, których nigdy nie ruszał. Wysikała się, zbierając część moczu do słoiczka, po czym nabrała kilka kropel do plastikowej pipetki i naniosła na płytkę. Usiadła na podłodze i czekała. Z suchymi oczami, niemal sparaliżowana lękiem, pragnąc całą sobą, żeby ostatnie tygodnie ciężkiej pracy i sprzeczek skłoniły jej ciało do opóźnienia okresu, jak to się dzieje z kotkami w rui, kiedy czują się zagrożone albo nie mają co jeść. Siedząc, przypomniała sobie, jak ją bił. Nigdy wcześniej nie tłukł jej z taką furią, a mogło też być tak, że każdy kolejny cios padał na ślad poprzedniego i bolał w dwójnasób. Ale aż do tego momentu nie posunął się do zadania jej takiego bólu, a ona była przekonana, że się nie posunie. Mógł wyzywać ją i śmiać się z niej, poniżać i uderzyć, ale nigdy nie myślała, że będzie odczuwać przed nim taki strach, że trzęsące się ręce obleje własnym moczem. Myliła się. I bardziej ją bolała konieczność uznania swojej pomyłki niż ślady i wspomnienie jego brutalności.

Dwie różowe kreski przecinały białe okienko plastikowej płytki. Dwie kreski. Tak. To były dwie kreski. Jeszcze raz przeczytała ulotkę. To nie mogła być prawda. Musiała coś zrobić źle.

„Gratulujemy, jest Pani w ciąży. Jeśli w centralnej części okienka płytki testowej pojawiły się dwie kreski, proszę się udać do ginekologa".

Wzięła pudełko i wszystkie akcesoria, które mogły posłużyć za świadka jej odkrycia, i wyszła z łazienki zdecydowanym krokiem. Musiała się pośpieszyć. Zebrała ważne papiery i schowała je do dwóch teczek. Zadzwoniła do banku, zleciła wypłatę swojej części ze wspólnego rachunku i przelała ją na nowy, który otworzyła tylko na swoje nazwisko. Wsunęła laptopa do torby, do niedużej walizki wrzuciła trochę ciuchów i butów. Rozejrzała się po pokoju, znalazła kartkę i długopis, napisała:

„Álvaro, bardzo mi przykro. Muszę przemyśleć, co zrobić ze swoim życiem. Możesz zostać w domu do mojego powrotu, ale nie szukaj mnie, wrócę, kiedy sobie wszystko poukładam. Kocham cię. Violeta".

Zostawiła notkę na jego szafce nocnej. Rozejrzała się. Ten pokój był jej wspólnikiem w tylu bitwach, wygranych i przegranych, a teraz miała go porzucić. Wybrała zdjęcie ich obojga. Obejmował ją, oboje uśmiechali się, patrząc w obiektyw. Czuła, jak powietrze przepływa przez jej bardzo suche gardło, i zdziwiła się, że nie płacze, ale na widok tego zdjęcia serce się jej ścisnęło: nie była w stanie nie kochać tej twarzy, choć nie potrafiła też powstrzymać uczucia nienawiści. Ta nienawiść, nowa i niezwykła, nie wynikała z bólu, jaki jej zadał niecałą godzinę temu, ani z wielokrotnie okazywanego lekceważenia, ani z tego, że doprowadził ją do poczucia, że wszystko, co się wydarzyło, było wyłącznie jej winą. Zapałała do niego nienawiścią za to, że nie uszanował ich miłości, a przede wszystkim za to, że postąpił tak, chociaż był inteligentny, i nikt i nic nie zmuszało go do tego. Nikt, choć tak bardzo starał się czasem przekonać ją, że potrzebuje więcej czułości lub więcej zrozumienia niż inni. Nikt go nie zmuszał do maltretowania jej. Nikt nie ponosił odpowiedzialności za jego czyny oprócz niego samego. Nic go nie usprawiedliwiało, nawet skłonność do gniewu, w który łatwo wpadał i którego nie potrafił opanować, nie wystarczała, by wybaczyć mu niezdolność do kochania inaczej.

Violeta poczuła kolejne ukłucie w brzuchu. Patrząc na tę znajomą twarz ze wstrętem zmieszanym z nostalgią i gorzkim poczuciem utraty czegoś bardzo kochanego, czego jeszcze nie potrafiła nazwać, zrozumiała z całkowitą pewnością, że nic nie odbierze jej prawa, by spróbować zmienić i przezwyciężyć przeszłość, by stworzyć sobie teraźniejszość według własnego uznania i przyszłość według własnych życzeń. Ani ta świadomość, ani postanowienie, że zaryzykuje utratę wygodnego życia u jego boku, nie przyszły jej łatwo, ale paniczny strach, jaki owładnął ją na myśl, że jego kopniaki mogą uszkodzić coś, o czym nawet nie wiedziała jeszcze na pewno, czy istnieje, był tak dojmujący, tak gwałtowny, tak wyraźny, że zmusił ją, by podjęła wreszcie decyzję: odejdzie od niego, sama ustali, jak ma wyglądać jej życie, a przede wszystkim pomyśli spokojnie o tym dziecku, które rosło w jej wnętrzu, choć nikt go nie pragnął. Odłożyła zdjęcie na łóżko i zatrzasnęła walizkę. Wzięła do ręki koszulę, którą zostawił na fotelu, i podniosła do nosa. Miała jeszcze jego zapach, zapach wody toaletowej zmieszany z zapachem jego ciała, a ona zapragnęła wchłonąć go i zabrać ze sobą, bo przeszyło ją przeczucie, że nigdy więcej go nie poczuje.

* * *

Gdy pociąg do Los Molinos wjechał na peron, odetchnęła z ulgą. Wsiadła do wagonu i zajęła miejsce w wielkim przedziale, sama, z suczką spoglądającą na nią badawczym i oburzonym wzrokiem z plastikowej torby, którą umieściła pod nogami. Był czwartek, prawie nikt nie jechał w góry. Położyła się na siedzeniu i spała przez całą drogę. Dziadek czekał na nią. Odniosła nieprzyjemne wrażenie, że zmalał. Zapadły się nawet jego oczy, które zawsze wydawały jej się duże i żywe. Patrzyły na nią teraz tylko dwie czarne kulki z białą otoczką przygaszoną i zmęczoną, pomyślała nawet, że nie cieszy się z jej przyjazdu, lecz zmieniła zdanie, kiedy przytulił ją do siebie i poczuła, że z jego ciała, bardziej kruchego i wychudzonego niż podczas ostatniego spotkania, emanuje to samo ciepło co zawsze. Wycałował ją serdecznie.

– Violeto, jakże się cieszę, że jesteś, bardzo za tobą tęskniłem. Ile się musiałem naprosić, żebyś wreszcie przyjechała! Ależ jesteś piękna, ale piękna! Wypisz wymaluj twoja matka w tym wieku, jesteście podobne jak dwie krople wody.

Nie lubiła, kiedy Diego porównywał ją do matki, swojej ukochanej Violette, swojego ptaszątka, jak nazywał także ją, kiedy opowiadał jej historie z dzieciństwa. Ale on robił to stale, może po to, by mieć poczucie, że nie zapomina o niej, że nadal jest obecna w jego życiu, choćby tylko we wspomnieniach. W swych opowieściach zawsze mówił o niej w ten sposób i słowo to skojarzyło się jej na zawsze z matką, bo opowiadał jej o jakiejś bitwie przynajmniej raz dziennie. Uwielbiała go słuchać. Siadała przy nim i całymi godzinami chłonęła perypetie Violette i samego dziadka, historie z czasów, gdy był małym chłopcem i ledwie odrósł od ziemi.

Różniła się pod tym względem od koleżanek, które po powrocie do domu chroniły się w swoim pokoju i denerwowały, kiedy rodzice czy rodzeństwo próbowali wkraczać do ich świata. Ona bardzo lubiła rozmawiać z Diegiem, może dlatego, że zbyt wcześnie została sama i przywiązała się do niego, jedynego krewniaka.

Teraz, kiedy stał przed nią, z głową pełną srebrnych włosów i tak drobny, że się przelękła, że złamie się w jej objęciach, zalała ją fala wyrzutów, że tak długo zwlekała z odwiedzinami, i niepokój: czyżby jego stan tak się pogorszył? Wiele miesięcy upłynęło od momentu, gdy udało się jej wreszcie nakłonić Alvara, by zawiózł ją w góry. Tak naprawdę jednak to była jej wina, to ona na to pozwoliła, nie rozumiała teraz, jak to się stało, ale to ona zgodziła się na tak długą zwłokę. On nigdy nie zabraniał jej tu przyjeżdżać, a w każdym razie nie dosłownie, ponieważ gdyby to zrobił, Violeta być może zareagowałaby szybciej, być może wcześniej przerwałaby ten silny czar, w którym tkwiła, zaklęta, poddana, przez całe lata.

– Ja też strasznie się za tobą stęskniłam, dziadku. Tak bardzo żałuję, że nie przyjechałam wcześniej, że jestem gotowa zrekompensować ci to: będziesz musiał wyrzucić mnie z domu, kiedy uznasz, że masz mnie dość. Álvaro ma następną inwestycję w Peru, ale tym razem zostanie tam na dłużej, a ja chętnie pomieszkam z tobą, dopóki nie wróci; oczywiście, jeśli nie masz nic przeciwko temu.

Mówiąc, nie patrzyła na niego, nie chciała, żeby widział jej oczy, nie chciała, żeby odkrył, że łamie pakt o niekłamaniu sobie nawzajem, jaki kiedyś zawarli. Spróbowała też ukryć przed nim ukłucie smutku, jaki zawsze towarzyszył jej w takich momentach, lecz ów nie trwał długo, ponieważ uświadomiła sobie, że naprawdę nie ma ochoty wyjeżdżać zbyt prędko. A w każdym razie dopóki nie postanowi dokąd.

– Jakżebym mógł mieć coś przeciwko! Zawsze jesteś tu mile widziana, zawsze. Álvaro może spać spokojnie, zaopiekuję się tobą najlepiej, jak będę umiał. Jestem bardzo szczęśliwy, że znowu zamieszkasz ze mną, przecież wiesz. Ale słuchaj, robi się zimno, a ty jesteś lekko ubrana. Nigdy nie zapamiętasz, że to góry?

Obdarzył ją swoim odwiecznym uśmiechem, takim, jaki koił jej łzy po zaciekłej bitwie na kamienie rozegranej na wzgórzu, która zakończyła się poważnymi ranami u wielu uczestników i wściekłością rodziców na głupotę dzieci robiących sobie krzywdę dla zabawy; takim, jaki posyłał jej, kiedy wychodziła o świcie na uczelnię, półprzytomna z nerwów przed egzaminem; takim, z jakim przyjmował jej opowieści o najbardziej intymnych sprawach, aż przestała mu się zwierzać, bo poznała Alvara i wszystko się zmieniło. I otworzył przed nią drzwi samochodu, jak zawsze, kiedy upierał się, żeby zawieźć ją wszędzie tam, dokąd dotarcie na piechotę zabrałoby jej więcej niż dziesięć minut, troskliwy i opiekuńczy. Stawał przed nią i czekał, aż wsiądzie i usadowi się wygodnie. Dopiero wtedy zamykał powoli drzwi i zajmował miejsce za kierownicą. Nie pytał jej więcej o Alvara. Wiedziała, że nie przepada za nim: obwiniał go o to, że zabrał mu pupilkę, jakby była tortem, którego przy podziale na więcej osób każdemu przypada mniejszy kawałek. Ale wiedziała też, że nie powiedział ani nie zrobił nic, by popsuć jej związek, tego z pewnością nie mogła mu zarzucić. Pewnie zdawał sobie sprawę z tego, jak bardzo jest dla niej ważny. Ucieszyła się na myśl, że jeszcze nie jest za późno na powrót do dziadka. Kiedy wiózł ją do domu, rozsiadła się, odkrywając z przyjemnością, że oparcie jest miękkie jak zwykle, i wyprostowała nogi, dotykając czubkami palców podłogi pod schowkiem. Czuła się dobrze, bezpieczna, spokojna. Głos dziadka zawsze działał na nią kojąco i sama jego obecność stanowiła zapowiedź czułości, której teraz tak potrzebowała. I zasnęła zaraz po wejściu do łóżka, tego samego, w którym sypiała jako mała dziewczynka, tego, które zachowała w pamięci, choć minęły dziesiątki lat, ponieważ przypominało jej tamte dni, kiedy wszystko było łatwe i czyste, i nie było na świecie Alvarów, których kochała, a o których musiała zapomnieć.

ROZDZIAŁ 2

I

Los Molinos, sobota, 13 maja 2000 (godz. 2.10)

Nie wiem, jakim sposobem wciąż zachowujesz magię, którą tchnęła w ciebie kiedyś swoimi pędzlami. Kiedy siadam naprzeciwko ciebie, widzę ją, mogę do niej mówić i wiem, że mnie słucha, że te krzyki rozbrzmiewające w mojej głowie słyszy i odpowiada na nie. Czuję jej dłonie w moich dłoniach, dociera do mnie spokojny głos, który uśmierza mój ból i mój strach, ogromny strach, lęk, który drąży mnie i sprawia, że okładam się pięściami, żeby zabić zwierza pożerającego mi wnętrzności. Wdycham zapach jej włosów i dostrzegam drżenie skóry, gdy jej palce suną od mojego karku do ramion. Opieram czoło na jej piersi. Lęk pierzcha.

Nie rozumiem, na czym polega twój sekret, ale, kobieto, twoja gitara rzuca na mnie czar, który wciąż trwa i którego żadna wróżka ani wiedźma nie zdejmie, nie zabijając mnie pierwej.

Kiedy już ukoi mój umysł, odbiegam od ciebie myślą i widzę Violetę, która przygląda mi się ukradkiem. Przyjechała dzisiaj, w swoim stylu, bez uprzedzenia, nie dając mi czasu na żadne przygotowania, ledwie zdążyłem na stację. Jest identyczna jak jej matka. Nawet oczy ma takie same, szare, aż wydaje się, że jeśli popatrzysz w nie wystarczająco długo, przejrzysz ją na wskroś. Chociaż jest o wiele silniejsza. Nie powiedziała mi jeszcze, co ją sprowadza. Przyjechała sama, bez Alvara. I nie miewa się za dobrze; nie pytałem, ale wiem. Poczułem to, gdy tylko zobaczyłem, jak wysiada z pociągu, z tego pociągu, co przyjeżdża z Madrytu i robi tyle hałasu w naszym małym miasteczku; trudno, to zło konieczne. Bardzo schudła, nie je tyle, ile powinna, nie dba o siebie, ale jest dorosła i nie zgodzi się, żeby jakiś staruch mówił jej, jak ma żyć. No i dobrze, ja też bym się nie zgodził. Ale jak mi przykro, że to już nie moja mała dziewczynka, nie moje drugie ptaszątko. Dalej ma to spojrzenie sprytnej dziewuszki, która łapie wszystko w lot, ale zmieniła się. Jej oczy przygasły. A jak podobna do babki! Szerokie plecy, szczupłe nogi, prościutkie włosy, dumny wzrok. Nie może się wyprzeć pochodzenia. Ale jest smutna. Przytuliła się do mnie mocno i czułem, że drży jak przerażony króliczek, kiedy go chwycisz za uszy. Nie powinienem jej zawieść, ale ja już nie mam sił, żeby dawać oparcie. Mogę tylko dać jej serce, a i to nie na długo.

Przygląda mi się z ciekawością, do połowy schowana za drzwiami, kiedy siadam naprzeciw ciebie i zanurzam się w twoich kolorach. Jak miałbym jej wyjaśnić, że poprzez twoją gitarę odnajduję po raz kolejny jedyną kobietę, którą kochałem bardziej niż te dwie? Czy to łza? Nie płyń, niech cię nie zobaczy na moim policzku, niech nie wie, że ja już nie chcę żyć. Nie powinna się nigdy dowiedzieć, jak wyglądał twój kres, początek mojego. Masz milczeć, niech nie zrozumie, dlaczego cię potrzebuję, jakie nuty niesłyszalne płyną z twojej gitary, jak brzmi pieśń o moim nieszczęściu. Przysięgnij mi, że nie pozwolisz, żeby cierpiała.

Wiem, że się niepokoi, wyczułem to, kiedy weszła dziś w nocy do mojego pokoju i dotknęła mojego czoła, lekkie muśnięcie dłoni na zmęczonej skórze. Myśli, że jestem stary, że może jestem chory. Nie całkiem się myli: chorują też i dusze. Jaki smutek płynął od niej, kiedy głaskała mnie po ramieniu, zanim wymknęła się bezgłośnie i wróciła do łóżka. Nie otworzyłem oczu, po co miałbym się zwierzać? Nie wyobraża sobie, jak okrutny jest człowiek. Nie wie, co czuję. Jesteśmy bestiami. Rozszarpujemy się co noc, a o świcie śpiewamy nad własnymi szczątkami.

Wiem, że ona też cierpi. Nie znam motywu, ale wiem. I nie mogę jej pomóc. Już nie mogę, jestem zbyt zmęczony. Słyszę, gdy zasiada, jak niegdyś, przed biurkiem, tym samym, które kupiła jej matka, kiedy wprowadziły się tutaj. Przywróciły mi życie! Wiesz o tym: nigdy nie byłem tak szczęśliwy jak wówczas, kiedy miałem przy sobie oba ptaszątka, matkę i córkę. Biegała po ogrodzie i dopraszała się, żebym pokazał jej nowe kosy, które uwiły sobie gniazdo w krzakach, czasem zasypiała mi na kolanach, kiedy opowiadałem bajkę o skrzatach, wróżkach i błędnych księżniczkach. Teraz wraca do mnie, być może znowu po to, żebym ją poprowadził, ale ja mogę tylko dać jej gościnę. Siedzi w swoim pokoju, przed oknem otwartym na oścież, żeby napełnić płuca rześkim górskim powietrzem, oddycha głęboko i pisze, nie podnosząc wzroku znad zeszytu, jak wówczas, kiedy była małą dziewczynką, a światło lampki tańczy w jej włosach.

Dlaczego jest taka zalękniona? Nie chciała powiedzieć, co się dzieje, a ja nie mam już sił, żeby ją do tego zachęcać. Nie chcę iść dalej. Chcę się już zatrzymać. Dawno temu przestałem być tym, czym byłem niegdyś, przestało mi zależeć na nauczaniu innych. Wszyscy szybko zapominają, nawet kultura nie chroni przed masakrą, po co dalej walczyć? Nie mogę dłużej być hipokrytą. A raczej nie chcę. Nie chcę czytać w dzienniku, że w jakimś zapyziałym kraju tysiące ludzi uciekają przed tysiącem innych, podczas gdy ja popijam herbatę z mlekiem w moim ogrodzie, nie chcę się znów dowiadywać, że kolejne tysiące nieszczęśników umierają z głodu, podczas gdy przede mną ktoś stawia talerz pełen jedzenia, którego nie zjem i które wyląduje w koszu, nie chcę dłużej cierpieć na widok cierpienia innych. To banał. To banał. Tak. I to nas uspokaja. Europa... Kiedy zabijają się Somalijczycy albo Hindusi, albo Irakijczycy... kiedy to oni wyrzynają się wzajemnie albo mrą z głodu, oddychamy z ulgą. Czujemy, że cywilizacja to nasz przywilej. I tylko wtedy, gdy mordują się biali, inżynierowie, historycy, elektrycy, profesorowie, a w dodatku nasi sąsiedzi, wtedy owszem, czujemy strach. Hipokryci. Głupcy.

Nie patrz na mnie. Nie wiesz, jak mi powiedzieć, że nigdy nie byliśmy lepsi i nigdy nie będziemy. Nie masz odwagi: to, co cierpieliśmy, powtarza się. I dzisiaj także uchodzi bezkarnie, tak samo jak wtedy; czy ten, kto cię zabił, stanął przed sądem, został skazany, przytłoczył go ciężar winy, rozpaczy, skruchy? Nigdy się nie dowiedziałem, nigdy się nie dowiem. Nawet na to mi nie pozwolono. Nie pozwolili mi cię pochować. Ponoć to główny powód niedopełnienia żałoby: niemożność opłakania ciała zmarłego, zobaczenia go, powąchania, dotknięcia. Bezpośredniego obcowania z chłodem organizmu, brakiem czucia zwłok, pustką w oczach, powiewem zgnilizny. Piekło. Jak długo przeklinałem się za to, że cię nie szukałem, za brak postanowienia, że nie spocznę, póki cię nie znajdę, żywej lub martwej! Teraz wiem, że nie miałem żadnych szans. Ani ja, ani ty. Ale wówczas zadręczało mnie poczucie winy i niepewność. To było moją karą bardziej niż cokolwiek innego. Właśnie to. Zasłużyłem na nią? Może z innych powodów... może za to, że nie potrafiłem w porę zabrać cię stamtąd, że próbowałem żyć bez ciebie, że szukałem argumentów, by nie umrzeć. Myślę teraz o tym bez ustanku, tak, poczucie winy odżyło. Wraz z twoimi obrazami powróciły wyrzuty sumienia, sceny z przeszłości osaczają mnie, aż z gardła wyrywa się krzyk, który słyszę tylko ja. I chociaż jedynym moim pragnieniem jest połączenie się z tobą, nie jestem sam. Dlatego i tylko dlatego jeszcze żyję.

A zostało mi bardzo niewiele czasu, wiem. Nie mam ochoty ciągnąć tego dalej. Kiedy odejdę, Violeta zostanie sierotą. A powinna mieć korzenie, mieć początek. Dam jej; choć zachowam dla siebie rzeczy, o których nie chcę, by się kiedykolwiek dowiedziała, powinna poznać przynajmniej część własnej przeszłości i przyswoić ją sobie. Chcę, żeby cię odkryła; niedługo będzie musiała cię poznać. Nie wiem, którego zaklęcia użyjesz, żeby przejrzała się w twoich oczach, tak jak robię to ja, i żeby się na powrót odnalazła. Tylko ona się teraz dla mnie liczy. Od kiedy zmarła jej matka, jej uśmiech był moją jedyną pociechą. Ileż wycierpiałem, kiedy stąd wyjeżdżała, każdy jej krok w stronę drzwi, za którymi miała zniknąć na zawsze, sprawiał mi ból, widziałem w niej jej matkę, moje drugie ptaszątko, i ogarniało mnie to samo cierpienie. Szare oczy już bez życia. Jak u ciebie, Eliso, jak u ciebie. Chociaż twoich nie dane mi było oglądać.

Przyjechała w samą porę. Wczoraj dostałem długo wyczekiwany list. Ale walizki Clary są w innym miejscu niż obrazy. Czyli muszę wrócić. Gdyby twoja wnuczka nie przyjechała, musiałbym zadzwonić po nią, poprosić, by mi towarzyszyła w tej ostatniej podróży. Wrócę do Asturii, skąd wyjechałem tysiące lat temu. Tam spróbuje sobie wyobrazić, kto cię namalował, dlaczego tam jesteś, skąd pochodzi, dlaczego cię potrzebuję.

Będzie musiała was odkryć.

II

„Na naszych cudownych niedzielnych spotkaniach dyskutuje się, krytykuje, eksperymentuje. Ostatnio nadeszła kolej na postawę ważnego prawicowego ugrupowania, którego przywódca ogłosił radośnie gotowość «do obrony Republiki». Od kawy przechodzimy do prasy, do przystawek, a nawet do stołów, na których już czeka paella. I jedni się denerwują, inni trzymają nerwy na wodzy, ale wszystkich przepełnia pasja, nieodłączna cecha hiszpańskiej natury. Temat, ośrodek, jądro dyskusji nie musi być bardzo wzniosły. Kto lepszy: Belmonte czy José, alianci czy Niemcy, Recreativo de Montes del Castillo czy Andurrianos de la Sierra... Liczy się to, żeby być przeciwnego zdania niż rozmówca, na zapleczu, w klubie, na zalanej słońcem ławce albo w barze na rogu!"

Villaviciosa (Asturia), 6 czerwca 1934

Tak naprawdę nigdy nie podobał jej się ten dom, tak duży i tak niebieski, nawet mimo stylu Posady Noriegi. I nie podobało jej się życie w miasteczku leżącym tak daleko od wszystkiego i od wszystkich, gdzie jej ciemne oczy, przywykłe do oślepiającego światła Południa, z utęsknieniem wyczekiwały tych rzadkich dni, kiedy pojawiało się słońce, a przygasłe dotychczas hortensje wybuchały na kilka godzin feerią barw – różowe, białe, liliowe, błękitne; rozświetlały wszechobecną i monotonną zieleń innych roślin, królowały niewzruszone przy drodze, którą stare kobiety podążały na mszę na tę samą godzinę co ona, na jutrznię, ciągnąc za sobą jakąś zaspaną wnuczkę z krzywo zawiązaną różową kokardą. Nie podobał jej się dom, nie podobał jej się klimat, nie podobało jej się miasteczko i nie podobał jej się praktycznie żaden sąsiad. Milagros nie przyzwyczaiła się do Północy nawet po dziesięciu latach od powrotu z ziemi, która tak bardzo przypominała jej niekiedy rodzinną Sewillę. Wciąż nie znosiła tej prowincjonalnej atmosfery, mdłych dziewcząt niewyściubiających nosa poza dom, nieokrzesanych mężczyzn, ogorzałych od pracy w polu albo na morzu, dominujących nad garstką kawalerów ukrytych za tarczą fortuny zdobytej za oceanem – jak oni sami, choć oczywiście wiele ich różniło – tego świata, w którym największym autorytetem w dziedzinie muzyki była ona. Owszem, umiała grać na pianinie, owszem, robiła to bardzo dobrze. Mogła była nawet zostać wybitną pianistką, gdyby nie poznała Manuela i nie rzuciła wszystkiego, by wraz z nim szukać szczęścia w Meksyku. Jednakże w tym królestwie ślepców muzycznych jednooki, który umiał odróżnić do od la, był królem. Dlatego właśnie pomysł ponownego zamieszkania w wielkim mieście nie wydał jej się całkiem pozbawiony sensu.

Spróbowała przygładzić zbuntowany pukiel włosów, który opadał jej na oczy. Dźwięki wybijanej godziny rozbrzmiewały głucho w szafce z akacjowego drewna, jakby zamiast kukułki pohukiwał puszczyk. Jak można było nazwać w ten sposób mechanizm wytwarzający taki dźwięk? Był tak podobny do kukania jak ta grubo ciosana maszkara do prawdziwego ptaka. Nigdy nie ustawiłaby go w salonie, gdyby jej małżonek tak bardzo nie nalegał. Manuel, ach, jej Manuel! Zawsze taki punktualny... Ale musiała przyznać, że przynajmniej skutecznie narzucał rytm dnia w domu, gdzie narzucenie czegokolwiek przychodziło jej z największą trudnością. Przy czwartym kuknięciu wstali od stołu i przeszli do saloniku. Jak diabelnie późno jada się w Hiszpanii, jak szybko przejęła te zwyczaje odmienne od zwyczajów jej dzieciństwa. Zamknęła książkę, prezent, który przywiozła jej z Madrytu Clara, jeszcze bardziej podupadła na zdrowiu niż przed wyjazdem do stolicy; przeglądała ją, czekając, aż służąca poda kawę, rzecz, której nie mogło zabraknąć w tym domu. Twarde, grube okładki wydały dźwięk „pluf", zbyt wyrafinowany jak na rozmowę bez ogródek.

– Nie wiem, nie wiem, Manuelu – powiedziała Milagros, spoglądając czule na męża. – Pomysł wydaje mi się całkiem niezły, ale wyjeżdżać teraz, kiedy już wreszcie udało nam się przywyknąć do życia w Hiszpanii, kiedy wydałeś tyle pieniędzy na ten piękny dom i te wszystkie rzeczy, które musielibyśmy porzucić... A przede wszystkim Diego za kilka miesięcy zaczyna studia... Choć tak naprawdę nie mogę powiedzieć, że nie chciałabym wyjechać z Asturii, przynajmniej na jakiś czas. Co do tego możesz być pewny. Zwłaszcza po tym, co przydarzyło mi się wczoraj, jeszcze wam tego nie opowiadałam. Wychodząc z kościoła, natknęłam się na kuzynkę naszej panny pokojowej, tę, która przynosiła nam mleko kilka razy... Tak, nie rób takiej miny, na pewno widziałeś ją kiedyś. Ma najbardziej delikatne dłonie, jakie widziałam u osoby jej stanu. Wygląda, jakby stale robiła sobie manikiur. Otóż jej mąż był wśród tych górników, którzy ulegli wypadkowi kilka tygodni temu. Przytrafiło mu się najgorsze. Musiałam podejść do niej i złożyć kondolencje, chociaż moje panie poszły dalej. Tak bardzo było mi jej żal, że po prostu musiałam. Płakała bez przerwy. To było straszne. Na pewno przyszła do kościoła, żeby poprosić o coś proboszcza, bo wcześniej rzadko ją tu widywałam. Nie podoba mi się to miejsce, nie czuję się tu dobrze, jesteśmy tu obcy. Wiem, że to twoja ziemia, ale nie mogę się przyzwyczaić. A poza tym może Jaime ma rację i problemy dopiero się zaczynają. Chociaż Londyn akurat nie jest miastem, w którym chciałabym teraz zamieszkać, pada jeszcze bardziej niż tutaj, a tego to już chyba nie zniosę. Nie mówiąc o tym, że angielski nigdy nie był moją mocną stroną. To język zbyt skomplikowany jak dla mnie. W Madrycie byłoby nam lepiej.

Milagros mówiła szybko, tak szybko, że niekiedy nie dało się jej zrozumieć, jeśli słuchacz patrzył w inną stronę i nie śledził ruchu jej ust. Wstała, podeszła do drzwi i zamknęła je. Jakże trudno było o służące tak wierne jak dawniej! Spojrzała na spódnicę, ta maleńka czerwona plamka nie zejdzie łatwo bez zniszczenia materiału. Podniosła głowę i zakryła plamkę dłonią, następnie rozejrzała się na boki i usiadła, starając się trzymać prosto. Utkwiła wzrok w Jaimem, który bez przerwy poprawiał spadające okulary.

– Ależ wy nawet nie wyobrażacie sobie, co się wyprawia w Madrycie! – odezwał się ów, kręcąc się niespokojnie na krześle. – Tam dopiero wrze! Nie chcecie przyjąć tego do wiadomości, ale będzie się działo coraz gorzej. Zobaczcie tylko, co się stało z Azañą, z Lerroux i tak dalej, i dalej… Prawica kręci się w kółko, wycofuje ze wszystkiego, złego i dobrego… A komuniści! A anarchiści! Nawet oni nie wiedzą dokładnie, czego chcą. Nie wiadomo, skąd posypią się ciosy. Wszyscy przypływają i odpływają jak fale. Rząd jest niestabilny. Co decyzja, to koszmar, jeden eksperyment za drugim. Nic dziwnego, że staruchy się modlą… Przepraszam, Milagros, oczywiście nie miałem na myśli ciebie.

– Jaime, jeśli mój mąż nie zmusił mnie, żebym wyparła się wiary w to, w co mi się podoba, nie zrobi tego rząd, który dziś głosi jedno, a jutro drugie. I nie musisz przepraszać, doskonale rozumiem, co chcesz powiedzieć.

– Prawdę mówiąc, masz całkowitą rację. Nikt przy zdrowych zmysłach nie będzie próbował radykalnie zmieniać obyczajów poprzez zakazy i nakazy. A skoro zrobili to kiepsko kiedyś, to nie zrobią tego lepiej teraz. Widzieliśmy, co wyszło z projektu praw wyborczych dla kobiet, pora nie była najlepsza, nie wypalił, na pewno czeka nas jeszcze wiele niespodzianek tego typu. Jak bardzo trzeba być naiwnym, żeby uwierzyć, że zabierając jezuitom wszystko i wyrzucając biedaków z kraju… O Chryste, nigdy nie myślałem, że będę kiedyś żałował jezuitów… Co to ja mówiłem? No tak… Trzeba nie mieć piątej klepki, żeby oczekiwać, że księża, nawet wywłaszczeni, sami zejdą z ambony. Zbyt wiele wieków tradycji stoi za nimi. I nikt tego nie zmieni jedną ustawą, mimo że nagle przybyło nam tylu republikanów. Poza tym tak to już jest, że niektórym dajesz palec, a oni chap całą rękę, idą i podpalają klasztory. Nic dobrego z tego nie wyniknie, zwłaszcza w kraju takim jak nasz, gdzie połowa kobiet ma na imię María, a druga – Concepción, Anunciación albo Magdalena.

– Albo Milagros, Jaime, albo Milagros.

Kobieta patrzyła, jak jej syn Diego rzuca na stolik kartę za kartą, przegrywając z Martinem. Jego przyjaciel zawsze wygrywał. Nie brali udziału w rozmowie, jakby to nie ich właśnie przede wszystkim dotyczyła. Ale młodość jest najdłuższym grzechem pychy w całym życiu, choć także najłatwiej wybaczalnym. Oby łakomstwo też się do nich zaliczało. Może wówczas nogi przestałyby ją boleć, bo choć z całych sił starała się nie jeść tyle, jej pulchne ciało z dnia na dzień powiększało swoją objętość. Manuel dosypał Jaimemu cukru do kawy, a ów, zamieszawszy mocno, podniósł filiżankę do ust, nie przestając perorować.

– A poza tym to wszystko kłamstwo. Dużo jest takich republikanów na gębę, nie wiadomo, co by zrobili, gdyby król i tamci wrócili do władzy. I co zrobią teraz, kiedy prawica znowu rządzi. Manuelu, to szaleństwo, powiadam ci, przekonaj żonę. – Jaime spojrzał zatroskanym wzrokiem na swojego przyjaciela i wypił łyk kawy. – Tu, w Hiszpanii, nie jesteśmy jeszcze przygotowani na taki krok. A w dodatku pogardza się ludźmi, którzy coś wiedzą. Popatrz na Ortegę y Gasseta. Jego artykuł w „El Sol" – niesamowity. A kto go czyta? Garstka oświeconych, których nikt nie słucha, i kilku takich jak my, którzyśmy byli za granicą i myślimy inaczej. Dlatego nie podoba mi się to, co się dzieje. Te rządy w tę i we w tę nie mogą przynieść nic dobrego, głowę daję.

Jaime odstawił filiżankę na stolik. Nie znosił parzyć sobie podniebienia gorącym płynem, a pokojówka przyniosła dzbanek z wrzącą kawą. Smużka aromatu i pary unosiła się wężykiem nad fajansem z La Cartuja, wytwornym i delikatnym jak łyżeczka z pociemniałego srebra, którą odłożył na spodeczek usiany kwiatuszkami, zbyt delikatny na tak gorzką kawę. Spojrzał na swoją żonę: Clara nie odrywała wzroku od kajetu. Zapragnął podejść do niej, przerwać rozmowę, o której wiedział, że ją drażni, lecz z szacunku dla przyjaciół nalegał dalej.

– A, Milagros, kto mówi „Londyn", może też powiedzieć „Paryż". Czy przypadkiem nie mieszka tam twoja siostra?

– Tak, to prawda – odrzekła zagadnięta, uśmiechając się szeroko. – Nie widziałyśmy się od dawna. Na pewno będzie zachwycona, jeśli wreszcie ich odwiedzimy, i pomoże nam znaleźć przyzwoite mieszkanie. Amalia mieszka we Francji od wielu lat, od kiedy wyszła za Gérarda. Moja siostrzenica Anna urodziła się tam, jest Francuzką, a sądząc po ostatnich zdjęciach, jakie mi przysłali, bardzo ładną Francuzką.

– Bardzo ładną? – odezwał się Diego, po raz pierwszy podnosząc wzrok znad kart. – To my też się na to piszemy. Prawda, Martín?

– Synku, nie bądź takim trzpiotem, rozmawiamy o sprawach, które nie są bynajmniej powodem do żartów.

Diego podszedł do matki i ucałował ją dwukrotnie w czoło. Stał się dorosły tak szybko, że ledwie pamiętała, kiedy przestał wdrapywać się jej na kolana, prosząc, żeby zagrała mu coś na pianinie, i słuchając jej gry ze spojrzeniem tak czystym i świeżym, jakby odkrywał w tym właśnie momencie cały świat.

– Wybacz, mamo, nie mam zamiaru uganiać się za moją kuzynką, jeśli nie okaże się to absolutnie koniecznie. I wiem, że rozmawiacie o rzeczach ważnych. Ale ja nie widzę niebezpieczeństwa. Chociaż czasem wydaje mi się, że zapomnieliście o własnych korzeniach, musicie pamiętać, że my, Hiszpanie, naprawdę potrafimy radzić sobie z wewnętrznymi różnicami, nie tworząc przy tym więcej problemów niż zwykle. Żyjemy w czasach, które dla wielu ludzi są trudne, ale nie sądzę, żeby trzeba było aż wyjeżdżać. Ja w każdym razie nie chcę wyjeżdżać. Wiecie o tym.

– Owszem, wiemy, ale wiemy też, że twoje powody nie są zbyt logiczne.

Milagros zwichrzyła mu włosy, miał takie same kędziory jak ona, kasztanowe, błyszczące, nie układał ich, pozwalał, żeby czesał je wiatr, jak u wieśniaka. Wrócił do Martina, lecz obaj najwyraźniej stracili zainteresowanie kartami. Ktoś zadzwonił do drzwi, a kilka sekund później panna pokojowa wprowadziła młodą dziewczynę. Wraz z nią do saloniku wpadł powiew świeżego powietrza.

– Eliso, jakże się cieszę. Ależ się każesz prosić ostatnio! – powitała ją gospodyni.

– Dzień dobry, Milagros, dzień dobry wszystkim, wybaczcie to najście. Proszę, nie myśl tak, odwiedziny u was to zawsze wielka przyjemność. Rodzice powiedzieli mi, że tu będą, a ja przybiegłam, kiedy tylko skończyłam pracę.

Dziewczyna podeszła do matki, by się przywitać. Clara siedziała przy wielkim oknie wychodzącym na ogród pełen magnoliowców i słuchała rozmowy bez słowa, jak prawie zawsze. Podobieństwo między nimi było niezwykłe, a jeszcze bardziej niezwykły fakt, że było ono tylko fizyczne.

– I co tam, kochanie? Jak ci poszło z obrazem? Skończyłaś?

Głos, który rozbrzmiał w salonie, był identyczny jak ten sprzed krótkiej chwili. Gdyby wszyscy zamknęli w tym momencie oczy, nie wiedzieliby, kto mówi, matka czy córka.

– To dlatego nie mogliśmy się cieszyć twoim towarzystwem przy obiedzie, tak? Dalej malujesz całymi dniami? – Milagros dolała sobie kawy, nie spuszczając wzroku z syna. – Dobrze robisz, wiesz, co sądzę na ten temat, uważam, że jesteś bardzo zdolna, niewiele widziałam obrazów z taką duszą jak twoje. A zapewniam cię, że znam dzieła wielu malarzy. Nowy Jork ma rewelacyjne muzea. Ależ za nimi tęsknię.

– Nie zaczynajmy po raz kolejny, Milagros – przerwał jej mąż. Przyłożył ręce do ciała, zaciskał bezwiednie pięści. Prawie budził śmiech. – Jeśli naprawdę czujesz się tu tak, jak mówisz, wyjedźmy, do Londynu, do Paryża, dokąd tylko zechcesz. Przestaniesz się wówczas skarżyć, że żyjesz z dala od malarzy, muzyków i innych artystów-cyganów, których tak ci brakuje. A po francusku, owszem, mówimy kiepsko, ale mówimy. Odmawiam zabierania się teraz do nauki angielskiego, mimo że tak bardzo lubisz tę pisarkę, którą tak wychwalasz. Jeśli zaś chodzi o sprawy zawodowe, jest mi wszystko jedno, czy prowadzę interesy z moimi amerykańskimi wspólnikami stąd czy z Paryża. Może nawet tam będą lepsze połączenia telefoniczne. Mam nadzieję, że znajdę jakieś miejsca na polowanie. Mój kuzyn lekarz też przeprowadził się niedawno do Paryża. Chyba na początku roku, z żoną i córkami. I bardzo dobrze mu się powodzi.

– Jane Austen, Manuelu, ta pisarka nazywa się Jane Austen – odparła pośpiesznie Milagros. – I nie o to chodzi, nie o to chodzi. Nie chcę, żebyście myśleli, że jestem płocha, że Hiszpania mnie drażni. Ja tylko chciałabym mieszkać bliżej wielkiego miasta. Żyjemy w takich czasach, że wyjazd do Oviedo albo do Gijón do teatru lub na koncert to prawdziwa wyprawa w nieznane. Odechciewa mi się. A poza tym może Jaime ma rację. Sprawy komplikują się z dnia na dzień. Wyjechać na jakiś czas to może i dobry pomysł.

– Czy to znaczy, że posłuchają państwo moich rodziców? Oni od miesięcy przymierzają się do wyjazdu, ale myślałam, że już nigdy się na to nie zdecydują. Ja wyjechałabym bez namysłu do jakiego bądź miasta w Europie.

Martín podskoczył na fotelu, ale Diego ubiegł go i zapytał:

– Wyjedziesz z nimi, Eliso?

– Oczywiście, Diego. Kiedy tylko podejmą decyzję. Przestudiowałam już programy wszystkich uniwersytetów, które mogłyby wchodzić w grę. Napisałam do kilku, do miast, gdzie moglibyśmy wyjechać, i tam, gdzie są wydziały sztuk pięknych. W Paryżu mogłabym studiować w École Nationale Supérieure des Beaux-Arts, ni mniej, ni więcej. To jedna z najlepszych szkół malarstwa w Europie. – Elisa spojrzała na Milagros kącikiem oka. Nigdy nie przestanie być jej wdzięczna za to, że przekonała ojca, by pozwolił jej studiować, że w innych krajach robi to mnóstwo kobiet i żadna nie umarła z tego powodu ani nie oślepła. – Czekam tylko na to, żeby się wreszcie zdecydowali. Ale oni nie chcą wyjechać, dopóki nie wyjedziecie wy. Jak widzicie, jesteśmy dużą rodziną. A ty, Martín, chyba też zaliczasz się do inwentarza.

Chłopiec spojrzał na nią pierwszy raz od czasu, gdy weszła. Jej fiołkowe oczy zbijały go z tropu. Ta dziewczyna była jak kot. I poruszała się jak on.

– Nie wiem – powiedział. – Ojciec na pewno nie zechce zostawić kancelarii w rękach wuja. Ale myślę, że Jaime ma rację. Jasno widać, że tutejsi górnicy prą do rewolucji. Żyje im się lepiej niż robotnikom rolnym, mają najwyższą dniówkę w Europie i najkrótszy dzień pracy, ale ich związki są bardzo silne i ciągle ogłaszają strajk, już sam nie wiem o co. Ale moi rodzice nie wyjadą za nic, nie zostawią ziemi bez nadzoru, zwłaszcza jeśli zanosi się na problemy. I nie wiadomo, co wyjdzie z tej tak zachwalanej reformy rolnej. To nie jest dobry moment, żeby opuszczać wieś. Poza tym oni tu się urodzili, nie marzą o wielkim mieście. Lubią ten styl życia, spokój, który tu panuje... to znaczy, który tu panował jeszcze do niedawna. – Martín wstał i wrzucił do filiżanki kolejną kostkę cukru. Poruszył głową, żeby odsunąć czarny kosmyk, który kołysał mu się nad oczami. Usiadł bliżej Elisy. – Ale ja tak, ja chętnie wyjechałbym na jakiś czas. Paryska wrzawa nie zniechęca mnie ani odrobinę i myślę, że moglibyśmy wykorzystać fakt, że Elisa sprawdziła wszystkie uniwersytety w promieniu kilku tysięcy kilometrów stąd, tak, Eliso?

Nie odpowiedziała, przesunęła tylko krzesło bliżej krzesła matki i wzięła ją za rękę. Jakiś czas temu Clara zamknęła zeszyt, odłożyła go na stół i ponownie odwróciła się do okna. Siedziała wpatrzona w jakiś daleki punkt, podczas gdy córka głaskała jej dołki pomiędzy palcami. Wydawało się, że Elisa robi to bezwiednie, jakby od zawsze przywykła do opiekowania się nią i znała na pamięć gesty napawające ją spokojem. Spokojem, który utraciła, nikt nie wiedział kiedy, a który przebłyskiwał czasem z głębi jej oczu. Patrząc na tę parę, wszyscy pomyśleli, jak tyle razy przedtem, że to niemożliwe, by dwie wyglądające tak samo kobiety mogły być w rzeczywistości tak różne.

Na zewnątrz było jeszcze zimno. Liście magnoliowców błyszczały, a purpurowe pąki miały lada chwila wybuchnąć kolosalnymi białymi kwiatami. Podmuch wiatru porwał stertę liści spod spękanych pni. Chmurna szarość nieba pokrywała wszystko, nawet popielatą górę. Wiewiórka podniosła z ziemi suchy orzeszek i rozbiła go o kamień. Kawa już nie pachniała, wszyscy przywykli do jej aromatu, tylko przyjemna woń perfum Elisy torowała sobie drogę przez ich zmysły, unosiła się w powietrzu. Martín wpatrywał się w dziewczynę, lecz ta nie odpowiadała.

– Nie sądzę, żeby ojciec miał jakieś zastrzeżenia do mojego wyjazdu do Paryża czy dokądkolwiek, pod warunkiem żebym studiował prawo, to nie ulega dyskusji – podjął. – Tak że ja przyłączam się do tego szaleństwa, jeśli mi pozwolicie. Zawsze będzie czas na powrót do jego kancelarii po ukończeniu studiów za granicą, jeśli nie będę miał innego wyjścia. A jestem pewien, że adwokat wykształcony na Sorbonie albo innym paryskim uniwersytecie, na który mnie przyjmą, nie będzie miał sobie równych w całym Gijón i okolicy.

– Sprawiłoby nam wielką radość, gdybyście dołączyli do nas – zabrał głos Jaime. – Wbrew temu, co sądzi Elisa, Clara i ja postanowiliśmy wyjechać najpóźniej za kilka miesięcy. Jest nam wszystko jedno, czy celem będzie Paryż, Londyn czy Amsterdam. Nie chciałem o tym mówić, ale mój szwagier, ten, który służy w Sewilli, obserwował z bardzo bliska pucz Sanjurja – to wprawdzie tylko parweniusz, ale któż to wie, ilu jest takich jak on, a poza tym z głupia frant uwiódł samego Lerroux – i od tego czasu ostrzega nas, powiedziałbym wręcz, że straszy. Nie wiem, czy jest stuknięty czy obłąkany, ale widzi to tak: Republika bardzo zaszkodziła wojskowym. Zbyt wielu dowódców zostawiła bez możliwości dowodzenia i próbowała odebrać im władzę, ale w rzeczywistości mają jej aż nadto. Historia z Sewilli mogłaby się powtórzyć i nikt nie jest w stanie wyobrazić sobie konsekwencji. My nie zostajemy. Clara nie nadaje się na mocne wrażenia, ja, prawdę mówiąc, też nie. A jeśli się okaże, że nie ma powodu do obaw, wrócimy.

III

Los Molinos, sobota, 13 maja 2000 (godz. 8.36)

W ciągu dwóch miesięcy moja przedsiębiorcza matka zdołała zorganizować nasz wyjazd z Asturii. Odroczyć tamto życie, zawiesić je w czasie, jakby istniała możliwość odzyskania zeń choćby jednej chwilki. Jakby dało się cofnąć i rozpocząć naszą historię od dowolnego punktu. Co za tupet, co za pycha; uważamy się za bogów, a jesteśmy co najwyżej robakami. Robakami, które zżerają siebie samych. Twój ojciec i ty w samą porę namówiliście nas do opuszczenia Hiszpanii, która miała urodzić ból i strach, cierpienie i głód, ale przybyliśmy do skłóconej Francji, gdzie trudno było ustalić, kto jest wrogiem, a przyjaciele byli tchórzami. Nie wiedzieliśmy, skąd niby mielibyśmy wiedzieć. A już na pewno nie my, ty i ja. Ja myślałem tylko o tobie, o twoich dłoniach i o twoim głosie, o twych pieszczotach o brzasku, które elektryzowały moją senną skórę, budząc wszystkie jej pory do twego poranka. Cała reszta jakież mogła mieć znaczenie! Młodość jest samolubna, łapczywa, niecierpliwa, co sto lat trochę bardziej, ja wówczas myślałem tylko o tym, by znowu mieć cię przy sobie. Pragnąłem cię nawet we śnie, Eliso.

Eliso, świt rozkołysał dzwony żałobne w moich majakach, stłumione niegdyś głosy domagają się, by ich wysłuchano. Wołają mnie głośno od kilku dni, od kiedy Ángela, prawniczka, oznajmiła, że powinienem wrócić. Nawet ożywcze światło brzasku nie jest w stanie dodać mi sił potrzebnych do wydostania się z jaskini bólu, Eliso, moja słodka Eliso. Ale wiem, że muszę wrócić do ciebie. Grób mojej pamięci został sprofanowany, wszystko stało się czarne. Przeraża mnie myśl, że gdyby nie ona, gdyby nie moja wnuczka, machnąłbym ręką i czekał już tylko, aż nadejdzie zbawienny letarg śmierci. Robię to jedynie dla wnuczki. Chyba śpi jeszcze, spokojnym snem flegmatycznej i nonszalanckiej dziewczyny, która nie zaznała dotąd w życiu żadnych trosk, która nie ma pojęcia, że się pojawią. Pozwól jej spać. Pozwól, by oddychała piersią, której nie przygniata kamienna płyta kładąca kres wszystkiemu. Nawet moje łóżko to grób, zimny, samotny, z którego wymykam się tylko wtedy, gdy myślę o tobie.

Obrazy już przyjechały, Eliso, już tam są. I muszę wrócić. Ale wciąż zachowuję się jak tchórz. Nie boję się śmierci, boję się powrotu wspomnień z życia. Chociaż powinienem był wrócić dawno temu. Nie byłem jednak w stanie, nie miałem sił. Nie odważyłem się. Nie potrafiłem wrócić tam, gdzie byłabyś tak szczęśliwa, gdyby pozwolono ci żyć.

– Dziadku... dziadku... nie śpisz? Zejdziesz na śniadanie?

Moje ptaszątko, myślałem, że śpi, a ona czuwa nade mną; odwróciły się role: ona jest teraz matką, ja synem.

– Tak, ptaszątko, tak, już się ubieram. Nie słyszałem, jak wstałaś. Myślałem, że jeszcze śpisz, nie chciałem cię budzić. Zaraz zejdę, ale nie czekaj. Zacznij jeść beze mnie.

– Nie przejmuj się, wyprowadzę Zarę na moment i zjemy razem.

Muszę wykorzystać jej odwiedziny i poprosić, żeby pojechała ze mną, sam nie miałbym sił na tę gorzką podróż powrotną do miejsca, skąd wyruszyłem całe wieki temu, a poza tym ona też powinna tam pojechać. Musi się poznać. Chociaż jest mi ciężko. Kiedy wyjeżdżałem z Asturii, skąd miałem wiedzieć, że już nigdy nie zamieszkam w murach tego magicznego domu. Niebieskiego domu, który kochałaś, być może dlatego, że wydawał się owocem bujnej wyobraźni malarza. Siedem sypialni, dwa salony, różowy marmur, szlachetne drewno, wielkie okna, wszystko zostało za nami, jakby nigdy nie miało nic wspólnego z naszym życiem. Od czasu, gdy się wprowadziliśmy, nigdy nie opuściliśmy domu na dłużej niż na kilka dni, na wyjazdy, które organizowała moja matka, gdy pozwalała na to pogoda i humor ojca. Ale kiedy wyruszaliśmy do Paryża, nie byliśmy świadomi tego, że upłyną dziesiątki lat, zanim tam wrócimy, a tym bardziej że niektórzy z nas nie powrócą nigdy. Gdybyśmy wiedzieli, przetrząsnęlibyśmy wszystkie kąty w poszukiwaniu czegoś, co można by zatrzymać w duszy, by później się w tym odnaleźć, by nie zapomnieć o naszym pochodzeniu, by czuć, że wywodzimy się z jakiegoś miejsca. To było najgorsze w losie cudzoziemca na obcej ziemi, która nawet po latach nie stanie się twoja: że nie czujesz się jej częścią, że wszystko toczy się obok ciebie, że dzieje się bez ciebie, że jesteście jak dwie linie równoległe skazane na samotność, że nic z tego, co cię otacza, nie dotyczy cię i nie dotyka.

Nie zdawałem sobie z tego sprawy nawet wówczas, gdy całe towarzystwo zapakowało się do samochodów wypełnionych walizami i ruszyło w drogę. Wytelepawszy się na wyboistych gościńcach, dotarliśmy do szosy prowadzącej do Barcelony. Nie zdawałem sobie sprawy z tego, co zostawiam. Nie obejrzałem się za siebie, myślałem tylko o tym, że siedzisz przy mnie, że jesteś tak blisko, że niebawem będziesz jeszcze bliżej. Para nieznajomych dla nowych ludzi, wśród których nie będziemy już musieli się ukrywać, para nieważnych anonimowych kochanków na paryskich ulicach. Nie pamiętam, ile czasu jechaliśmy do Barcelony, czy długo, czy bardzo krótko, wiem tylko, że patrzyłem przez okno podniecony świadomością, że jesteś obok mnie, i przestałem o tym myśleć, dopiero gdy na wiele kilometrów przed celem naszej podróży horyzont wypełniły połówki piersi najwyższej bogini, arkady Estación de Francia. Oniemiałem z wrażenia i pozostałem niemy, gdy weszliśmy wszyscy do przepastnej hali o przedziwnym kształcie, zwieńczonej trzema ogromnymi kopułami wspartymi na więźbie i filarach, z białego marmuru, brązu i drewna, oświetlonej potrójnymi żyrandolami z czarnego kutego żelaza i gigantycznymi półkolistymi oknami, największymi, jakie widziałem w życiu. Pompa i rozmach, które otrzymały kształt stacji kolejowej. To po to, by budować takie cuda, chciałem zostać architektem. Jak dziecinne są niekiedy młodzieńcze pragnienia.

W chwili, gdy nikt na nas nie patrzył, wzięłaś mnie za rękę. „Robi wrażenie, co?" O tak, robiła wrażenie. Była piękna. Ale piękniejsza zdawałaś mi się ty. Na ścianie w głębi, pomiędzy dwiema ogromnymi metalowymi kulami zwisającymi z wiązki prętów podwieszonych pod dachem, zegar pokazywał godzinę, o której wyruszaliśmy ku naszej przyszłości w nowym kraju; w niej wszyscy pokładaliśmy pewne nadzieje; było dziesięć po piątej; ja marzyłem, by cię odkryć.

IV

„Towarzysze broni, bracia, trwajcie tak, kamienni, niewzruszeni, wzniośli. Trwajcie nieugięci ze sztandarami wzniesionymi ku niebu, znosząc deszcz i namiętności, trwajcie, gdyż w tych czasach, kiedy kobieca słabość i dekadencja zalewają wioski, a sentymentalizm roznosi się jak dżuma, pochłaniając wszystko, ład i harmonia są możliwe, tylko jeśli wy, wojsko, pozostaniecie na uboczu i odbierzecie płacz jako przypadłość tchórzy, a poruszenia serca jako rzecz godną wstydu. Tłumy paniczyków dają się porywać namiętnościom i głośną wrzawą przyjmują dobre nowiny i płaczą gorzko w obliczu niedogodności, lecz wy zostawcie to ubóstwo ducha tchórzom, gdyż, Bogu dzięki, wojsko zawsze potrafi spoglądać w przyszłość".

Paryż, 6 września 1934

Milagros nigdy się nie zastanawiała, dlaczego jej syn jest tak niepodobny do męża. Patrząc na nich, siedzących naprzeciwko siebie, nikt nie powiedziałby, że łączy ich inna więź niż ta, która może powstać pomiędzy osobami podróżującymi razem w tym roztrzęsionym szatańskim wynalazku, gdzie przynajmniej udało się im ulokować w jednym przedziale. Już wiele godzin temu całkowicie zaciągnęła zasłony z brązowego pluszu, przestając wypatrywać na horyzoncie śladów hiszpańskiego pejzażu. Gdy spoglądała za te ciemne okna, prędkość pociągu pobudzała wyobraźnię, a drzewa zlewały się w drgające w zawrotnym pędzie pasmo. Targały nią mdłości tak silne, że wielokrotnie musiała wychodzić do toalety, żeby zwymiotować. Teraz jednak, nieco spokojniejsza i nie mając już w żołądku nic, co mogłaby zwrócić, znalazła sobie inną rozrywkę: ukradkowe przypatrywanie się towarzyszom podróży. Starsi spali, rozparci na siedzeniach ze zgrzebnego płótna koloru beżowego, nie tak zresztą jeszcze starzy, lecz postarzeni sąsiedztwem tej trójki żółtodziobów, którzy nie przestawali paplać między sobą tak cicho, że mimo chęci nie była w stanie brać udziału w rozmowie. Dzisiejsza młodzież nie przestrzegała już żadnych zasad dobrego wychowania; Milagros nigdy nie odważyłaby się na coś podobnego w obecności swojej matki. Uśmiechnęła się na myśl o tym, jaką burę dostałaby od wbitej w ciasny gorset damy, podczas gdy ją samą bezczelność młodych po prostu intrygowała.

Faktem było, że Diego w niczym nie przypominał ojca. Może tylko kilka detali: maniakalne dotykanie nosa opuszkami palców w chwilach głębokiego skupienia, dołeczek, który tworzył się im obu w podbródku, gdy wybuchali śmiechem, sposób, w jaki gładzili ręce, pogrążeni w rozmowie, szczegóły zauważalne jedynie dla ludzi, którzy kochali ich na tyle, by przyglądać się im tak dokładnie jak ona, pozwalały na dostrzeżenie niewidzialnej więzi. Nie licząc uczucia, które do siebie żywili. Manuel uwielbiał swego syna, czasem zdawało jej się nawet, że kocha go bardziej niż dwie miłości, do których się otwarcie przyznawał – ją i polowanie, a ów odpowiadał mu jeszcze silniejszym uczuciem, jeśli coś takiego w ogóle było możliwe. Było tak od czasu, gdy Diego miał co najwyżej cztery piędzi wzrostu, a ona wpadała w rozpacz, ponieważ stale szukał towarzystwa ojca, odrzucając gestem wyższości niepasującym do małego dziecka pomoc, którą mu oferowała, i akceptując ją tylko na drugie danie. Trwało to, dopóki nie podrósł i nie zrozumiał, że w uczuciach także powinno się przestrzegać zasad grzeczności.

Niekiedy zastanawiała się, czy sprawy potoczyłyby się inaczej, gdyby była z nim bardziej związana. Uparła się, żeby karmić go i wychowywać bez niczyjej pomocy, bo po to natura wyposażyła ją, i to bardzo hojnie; nigdy wcześniej nie zaznała niczego tak ciężkiego i tak pięknego. Ale doświadczenie to wyczerpało ją do tego stopnia, że postanowiła nie mieć więcej dzieci i natychmiast wróciła do codziennych nabożeństw, do spotkań z przyjaciółkami – znacznie żywszych w Meksyku niż w Hiszpanii, to pewne – do wyjść do muzeów i do teatru, w towarzystwie Manuela lub nie, z tym bywało różnie. Nawet częściej niż przedtem brała udział w wydarzeniach lub imprezach, które uznawała za interesujące czy przyjemne. Więc być może mały przywiązał się do ojca, a nie do niej, dlatego że nic nie przechylało szali na jej stronę: oboje prowadzili intensywne życie i poświęcali mu tylko kilka chwil wieczorem, pod koniec dnia wypełnionego najróżniejszymi zajęciami z dala od niego. Poza tym była znacznie bardziej wymagająca niż mąż i chciała, żeby jej syn odniósł wszelkie korzyści wynikające ze starannego wykształcenia, żeby uczył się wszystkiego, co ważne, nie zaniedbując przy tym rozwoju emocjonalnego. Chciała, żeby wyrósł na szczęśliwego człowieka i żeby umiał obdarzać szczęściem innych. Z najwyższą uwagą wybrała preceptorkę, płaciła jej krocie, zamęczała swoimi teoriami na temat nauczania retoryki, gramatyki, francuskiego, muzyki i matematyki, osobiście przepowiadała z synem lekcje, których nie przerobił danego dnia z nauczycielką. Później, kiedy nadszedł czas wyboru gimnazjum, przeszukała całą Asturię i znalazła najlepszą szkołę w regionie. Zatem Diego wybrał to, co łatwiejsze: ojciec bawił się z nim, a matka wymagała i zawracała mu głowę uczuciami i wrażeniami, co nie było pewnie tak zabawne jak tarzanie się po ziemi z Manuelem. W pieszczotach, jakimi chłopczyk codziennie obdarzał rodziców i które przypominała sobie przed snem, jej część była zawsze znacznie mniejsza, a przynajmniej tak się jej wydawało. Ale przywykła do takiej formy kochania. Miłość syna obejmowała krąg najbliższych, a ona umiała znaleźć się w tym kręgu i korzystać z niej, łowić każdy gest, którym ten smarkacz o czarnych oczach i ujmującym uśmiechu sprawiał, że czuła się najszczęśliwszą z matek. Wiedziała jednak, że to się wkrótce zmieni. Być może już się zmieniło, choć ona jeszcze tego nie dostrzegła, podobnie jak nie dostrzegła wielu innych spraw.

Dziwny był ten trójkąt. Dwóch mężczyzn i kobieta. Zbyt mocno złączeni i zbyt osobni. Milagros doskonale obyłaby się bez towarzystwa Martina i Elisy. Nie powiedziała o tym nikomu, nawet mężowi, był zbyt prostolinijny, by zrozumieć jej argumenty. Na myśl o tym swędziała ją prawa ręka, a to zawsze znaczyło, że jej intuicja jest słuszna, nawet jeśli wiele czasu miało upłynąć, nim się okazało, że ma rację. Pamiętała, na przykład, że sprawdziły się jej przeczucia co do Clary. Wszyscy zgodnie powtarzali za jej plecami, że jest wariatką, biedaczka, taka już się urodziła, Jaime ma za swoje, zawsze ją kochał i pozwalał na wszystkie ekstrawagancje, zanim jeszcze zaczął się oficjalnie starać o jej rękę. Była bardzo piękna, to owszem, i gdyby nie jej przypadłość, mogła była wyjść nawet za tego markiza, który przez chwilę ubiegał się o jej względy, niedługo, odradzili mu chyba ci sami, którzy twierdzili, że tak ją kochają. Ale miała w sobie coś niepokojącego, coś, co wiele osób przypisywało szaleństwu, a ci, których wzruszała niezaprzeczalna słodycz jej wzroku – zdziwaczeniu. I mało kto pojmował, jak ta kobieta o przepięknych fiołkowych oczach może być matką osoby takiej jak Elisa, ponieważ na szczęście przekazała jej tylko gładką skórę, miękkie włosy i delikatne rysy twarzy, w tym piękne oczy, i ani szczypty mroczności czy smutku. A przecież zawsze, gdy przebywała w jej obecności, Milagros czuła mrowienie w dłoniach; przeczuwała, że Clara nie jest szalona, i stała się jej najlepszą przyjaciółką, począwszy od dnia, gdy udało się jej porozmawiać z nią sam na sam, z dala od męskiego towarzystwa, choć dopiero całe lata później uzyskała pewność, i to w bardzo niemiłych okolicznościach, że węch i tym razem jej nie omylił. A jej córka odziedziczyła urodę, historię nie, była zatem anielską kobietą i nic nie sprawiłoby Milagros większej radości niż perspektywa, że pewnego dnia zostanie anielską synową. Jej synową. Dlatego też jak na jej gust w przedziale było teraz o jedną osobę za dużo.

– Może przestalibyście wreszcie pleść głupoty! Nie przychodzi wam do głowy nic lepszego od tych żarcików? Jesteście jak dzieci, naprawdę, głupiutkie dzieci. Nie powiedzieliście nic interesującego przez całą drogę, a siedzimy tu od tylu godzin. Ależ chciałabym już być w Paryżu! I jak się cieszę, że wreszcie się zdecydowaliście! To będzie bajeczne doświadczenie, zobaczycie.

– Czasem przypominasz mi moją matkę, Eliso – odparł Diego. – Zawsze mnie strofuje, kiedy zachowuję się niewłaściwie. Nie pozwól, żebym pożałował, że dołączyłem do tego szalonego przedsięwzięcia. Zobacz, kontroluje mnie bez przerwy. Nie znam nikogo takiego jak ona, stale patrzy, co robię, chociaż nie daje tego po sobie poznać.

– Szalonego... Dlaczego „szalonego"? – zapytał Martín. – Szaleństwem byłoby nie wykorzystać strachu moich zacofanych rodziców, zostać w Hiszpanii, zrezygnować z okazji do przeżycia przygody w Mieście Światła. Albo raczej w mieście miłości. Czyż nie, Eliso?

– Martín, nie zaczynajmy od nowa – ucięła z grymasem niechęci. – Jesteśmy już duzi i pewne sprawy są jasne. Dla mnie w każdym razie są bardzo jasne.

Spojrzała za owalne okno. Już od dłuższej chwili w oddali migotały światła miasta. Były jak robaczki świętojańskie, które zapalały się i gasły w piekielnym rytmie monstrualnych osi napędzających koła pociągu i trzęsących nim niemiłosiernie.

– Nie złość się, mała, bo wyglądasz szpetnie. Popatrz na nią, zaraz się rozpłacze.

– Martín, daj jej spokój – powiedział Diego. – Ona ma rację, zachowujemy się jak dzieci. Wyruszyliśmy w podróż, nikt nie jest w stanie powiedzieć, dokąd nas zaprowadzi, a my gadamy wciąż o tym samym. Co ma się stać, to się stanie, nie można barykadować się przed życiem.

Diego ujął dłoń Elisy i podniósł ją do ust. Uwolniła się natychmiast, położyła rękę na kolanach. Spojrzał kątem oka na Martina, lecz ów nie zauważył tego gestu.

– Nie można, masz rację – uznał Martín. – Zawsze trzeba żyć tak, jakby była nadzieja. Życie decyduje za ciebie. Nie wiesz nawet, jak bardzo. Popatrz tylko na tych idiotów, moje rodzeństwo, daliby wszystko, żeby z nami pojechać, ale rodzice nie pozwolili. Tylko ja mogę studiować w Paryżu, tylko ja zakosztuję uciech życia w wielkim mieście, oni będą gnić w rodzinnym gnieździe. Zwłaszcza Herminia, biedaczka, będzie wychodzić z domu tylko na ustalone spotkanie z osobą, która spodoba się mojemu ojcu. Ale zacofanie.

– Nie wierzę własnym uszom, Martín! – Na twarzy Elisy malował się gniew; choć próbowała to ukryć, Martín doprowadzał ją często do szału. – Dostałeś szansę wyrwania się i kpisz z losu, na który jest skazana twoja siostra? Jesteś durniem, egoistą albo człowiekiem bez wyobraźni, nie wiem zresztą, co gorsze.

– Nie jestem ani jednym, ani drugim, ani trzecim. Ja tylko cieszę się, że mogę być tu teraz z tobą. I z Diegiem. Nic nie poradzę na to, że rodzice myślą w ten sposób. I cóż niby miałbym zrobić? Zostać z nią? Powinienem raczej skorzystać z mojej szansy, nie uważasz? Każdy dostaje od życia swoją szansę. A kto wie, może twoja i moja są bardziej złączone, niż ci się teraz wydaje, więc nie osądzaj mnie, mała.

– Nie nazywaj mnie tak, Martín, nie lubię tego, wiesz o tym. Nie jestem żadną małą.

– Przestańcie się kłócić i popatrzcie. Wjeżdżamy do miasta! Ja nie mogę! Jak pięknie! Wiedziałem, że ta rzeka jest cudowna, ale to... to jest niewiarygodne.

Diego uchylił okno i paryskie powietrze wionęło im w twarz. Był to rześki powiew nowych głosów, żywych barw, dźwięków pieszczących ucho, momentów nie do opisania, życia, które mieli odkryć, które na nich czekało. W takim życiu każda rzeka wydałaby się im niezwykła, a co dopiero kręta, zielonkawa Sekwana.

– Wyglądasz, jakbyś pierwszy raz zobaczył rzekę – zakpił Martín.

– Dajże już spokój, ciesz się z tego, że tu jesteśmy. A poza tym, czy naprawdę widziałeś kiedyś coś takiego? To jest Paryż... Paryż. Nareszcie.

Pociąg zwalniał bieg, a w końcu wjechał pod osłonę ogromnego przezroczystego trójkąta przeszytego milionami metalowych drzazg. Struktura sieci uplecionej z kwadratów, prostokątów i trójkątów w górnej części i wydłużonych wielościanów o podstawie półokręgu w dolnej upodabniała go do pajęczyny. W rzeczywistości była to szklana tafla wielkości areny do korridy dźwigająca strop Gare d'Orléans, stacji docelowej. Diego nie mógł się powstrzymać i wystawił głowę za okno, zanim jeszcze pociąg całkiem się zatrzymał, by przyjrzeć się imponującej konstrukcji ze stali i szkła wznoszącej się dwanaście metrów nad ziemią. Trzy rzędy świetlików przeciętych żelaznymi prętami przeplatały się z czterema szeregami płyt tej samej wysokości. Po obu bokach inne okna wpuszczały paryskie światło zwielokrotnione odbiciem w tysiącach szyb. Rozmiary budowli budziły respekt, który jednak ulatniał się w zetknięciu z hałasem, kakofonią krzyków, metalicznych zgrzytów i gwizdów, i z zapachem, mieszaniną kurzu, smaru, pary i dymu.

Gdy stojący na peronie mężczyzna w nieskazitelnym mundurze i czarnej czapce z daszkiem dał znak, pasażerowie zaczęli powoli wysiadać. Milagros obejmowała Clarę, Elisa zeskoczyła zgrabnie, Martín i Diego poszli w jej ślady, Manuel i Jaime nie przerywali dyskusji rozpoczętej dwie i pół godziny wcześniej. Bagażowi odebrali ich walizy i ułożyli na wózkach, po czym wszyscy ruszyli ku hali oddalonej o kilkanaście metrów, w przeciwną stronę do plątaniny torów ciągnących się po horyzont. W tłumie oczekującym na pasażerów niska postać wymachiwała rękami i krzyczała:

– Milagros! Milagros! Tutaj! Tutaj! O mój Boże! Milagros!

Inne pociągi sunęły po torach, obietnicach innych kierunków, a kłęby świętokradczej pary z kotłów wydostawały się spod kół i zanieczyszczały powietrze. Człowiek w śmiesznym białym kapeluszu w kształcie grzyba zatrzymał się pośrodku głównego korytarza i rozglądał się wokół siebie, ściskając w ręku bukiet żółtych róż. Czerwony goździk w jego klapie zwiądł kilka godzin temu. Milagros przekazała przyjaciółkę mężowi, postawiła na ziemi kuferek z krokodylej skóry i ruszyła biegiem ku jedynej osobie na peronie, która nie przestawała krzyczeć. W ostatnim momencie przytrzymała swój kapelusz, widząc jak inny, podobny, przelatuje nad głowami pasażerów i ląduje na sąsiednich torach. Manuel wiódł za nią wzrokiem, na wpół rozbawiony, na wpół zgorszony. Nachylił się do ucha Jaimego i szepnął:

– Nie da się ukryć, że są Hiszpankami.

– Tak, i to jedynymi w tym miejscu – przytaknął Jaime. – Są tu jedynymi Hiszpankami, możemy dać głowę.

Diego podniósł kuferek i torując sobie drogę w tłumie, podążyli za Milagros, która przywarła do swojej siostry tak rozpaczliwie, jakby ktoś miał zamiar je rozdzielić.

– Boże ty mój, Amalio, ależ jesteś piękna! Wyglądasz jak aktorka filmowa! – powiedziała, gdy wreszcie się rozłączyły.

– Nie przesadzaj, Milagros, aż tak dobrze nie jest. Staram się tylko nadążać za modą.

Wśród świstu pary i szmeru powitań jej tubalny głos rozbrzmiewał jak skrzyżowanie *Bolera* Ravela i odpustowych sewillan, choć upłynęło ponad dwadzieścia lat od chwili, gdy opuściła Hiszpanię, podążając za wracającym do domu jasnowłosym nauczycielem francuskiego z gimnazjum Santísima, żegnana przez błogosławiących ją rodziców i rozentuzjazmowane sąsiadki.

– Włosy! Coś ty zrobiła z włosami? – zapytała Milagros z oczami otwartymi tak szeroko, że musiała zamrugać kilka razy, żeby przestały ją boleć. – Gdyby zobaczyła cię matka, padłaby trupem na miejscu, to pewne!

– Cóż, skorzystałam z tego, że ona tu nie przyjedzie. Taki jest teraz trend, wszystkie panie z klubu noszą krótkie włosy i toczki zsunięte na bok, chociaż ja wolę prosto. Wiesz, żeby podkreślić własny styl, przecież jestem z Południa. Ale puśćże mnie wreszcie, kobieto, bo Gérard znowu będzie przygadywał, że Hiszpanki to histeryczki.

– A niechże sobie myśli, co mu się podoba – odparła Milagros, niezbita z tropu.

Gérard nic takiego nie myślał, podszedł do szwagra i przywitał się z nim, a po chwili wszyscy witali się, przedstawiali i całowali, w zależności od upodobań, wieku i zainteresowania. Kłąb ludzi i waliz rozplątywał się powoli, w miarę jak przesuwały się spiczaste wskazówki zegara o dwumetrowej średnicy wiszącego na południowej ścianie. Ta większa doszła do cyfry pięć i jakiś chudy chłopaczek rozpłakał się ogłuszony dźwiękiem wybijanej godziny. Czas nie zwalniał, nie miał żadnych względów dla kochanków, którzy się żegnali, wrogów, którzy się jednali, nieznajomych, którzy właśnie przestawali nimi być. Clara przytuliła się do męża i trzęsła na całym ciele. Obcy mężczyzna z sumiastym wąsem, w ciemnozielonym garniturze, zaczął się jej przyglądać, a ona opuściła wzrok. Dziewczyna stojąca obok Amalii rzuciła się w ramiona Milagros.

– Ciociu, jestem Anna. Nie pamięta mnie ciocia?

– Anna, moja śliczna Anna. Jakżebym miała nie pamiętać? – Milagros uścisnęła ją mocno, a od zapachu perfum zakręciło się jej w nosie. – Ależ ten czas przeleciał! Ty to już na pewno jesteś piękna. Co ja mówię, piękna. Olśniewająca! Boże ty mój, ale urosłaś!

Wszyscy spojrzeli na nią. Nie sposób było wyobrazić jej sobie w innym stroju i w innym miejscu. W każdym razie po Villaviciosa nigdy nie mogłaby spacerować w takiej sukience. Wszyscy robiliby znak krzyża na jej widok. Wąziutki pasek dzielił na dwie części zgrabną figurę, o krągłych piersiach i biodrach doskonale zgranych, zbyt zrównoważonych jak na kuzynkę, a nawet na siostrzenicę. A mieszanka sewilskich korzeni i paryskiego *glamour* była wprost wybuchowa: para wielkich czarnych oczu atakowała obserwatora z drobnego owalu twarzy o śnieżnobiałej cerze i ustach jak wiśnie. Aż ślinka płynęła na ich widok. Anna nie była piękna, była zmysłowo skandaliczna.

– Cześć, Anno, jestem Diego. Bardzo się cieszę, że cię widzę.

Anna wycisnęła na policzku kuzyna całus, którego odgłos zginął wśród rozmaitych dźwięków stacji, lecz który ewidentnie był czymś więcej niż cmoknięciem powietrza. Francuskie obyczaje nie należały do najskromniejszych, to nie ulegało wątpliwości.

– Diego, jesteś o wiele bardziej przystojny niż w moich wspomnieniach. Kuzynek pierwsza klasa, naprawdę.

– Mamo, myślę, że bardzo dobrze zrobiliśmy, przyjeżdżając do Paryża. Z przyjemnością tu zostanę.

Diego uśmiechał się; na ulicy słońce powoli znikało za linią budynków. Światła dworca zapaliły się wszystkie naraz. Potężne lampy oświetlały tory, które biegły w dal, ku innym pejzażom, ku innym krainom, ku innym stacjom, na których pasażerowie wyglądający zawsze tak samo występowali w podobnych scenach, choć w rzeczywistości każdy z nich był niepowtarzalny.

ROZDZIAŁ 3

Kreślimy na płótnie pierwsze kontury, węglem, pociągnięciami krótkimi i delikatnymi, by nie utrwalić zbyt mocno czarnego, który później zabrudziłby kolory. Przenosimy na białe tło harmonię linii, harmonię horyzontu, punkty zbiegu, perspektywę, nie tracąc z oczu palety barw, które położymy, by światła i cienie same rysowały bryły i by odcienie wyglądały wyraźnie i estetycznie. Zaznaczamy i rozcieramy kreski, aż ich układ stanie się taki, jak trzeba, taki, do jakiego dążymy, taki, jaki pozwoli nam zamknąć w obrazie istotę modelu.

LOS MOLINOS, SOBOTA, 13 MAJA 2000 (GODZ. 16.30)

Violeta siedziała przed biurkiem. Wiedziała już, co ją tu sprowadziło, lecz chciała zacząć od początku, od pierwszego razu, gdy poczuła strach. Wstała wcześnie i krążyła po domu. We wszystkich kątach kryło się jakieś wspomnienie, wciśnięte w schowek nad szafą, rzucone cieniem na podłodze, przycupnięte na starych dywanach, zakamuflowane pomiędzy amarantowymi kwiatami tapety: skrywany śmiech, skradziony pocałunek, koniec zabawy, sto łez wyschniętych sto lat temu. Bezlik momentów zakotwiczonych w pamięci, na meblach, na podłogach. Dziadek obudził się, zjedli razem śniadanie, potem obiad na ganku. Diego przyrządził dla niej fasolę po asturyjsku, z małżami, a na deser quesadę, tutejszy sernik, wprost boski, wychodził mu rewelacyjnie, mięciutki w środku, ale nierozpadający się pod nożem, nie za słodki i nie za słony. Od dawna nie smakował jej tak żaden obiad i żaden deser. Przebywanie u boku dziadka napawało ją spokojem, takim samym, w jakim żyła od czasu, gdy wkrótce po śmierci matki jej twarz zaczęła się rozmazywać w jej pamięci i musiała sięgać po zdjęcia, by ją odtworzyć. Przez wszystkie następne lata przywoływała jej rysy, tylko spoglądając na obrazy uwięzione na papierze, a wspomnienie było metaliczne i chłodne, takie, jakie uchwycił aparat, takie, jakie utrwaliło się na kliszy.

Teraz jednak wydało się jej, że Diego jest niespokojny, rozkojarzony, wręcz nieobecny duchem. Milkł nagle, z oczami utkwionymi w jakiś niewidoczny dla niej punkt. I prawie nie odzywał się do niej. Nie tak jak dawniej. Chociaż może po prostu nie spędzili jeszcze razem dostatecznie długiego czasu, by powróciło poczucie wspólnoty. Nie chciała zresztą zastanawiać się nad tym zbytnio. Nie zdziwiło jej, że nie dopytywał się, skąd ten nagły przyjazd, dlaczego jest sama, bez Alvara. Zagadnął o niego tylko z grzeczności, a później już wszystko kręciło się wokół niej, jak się miewa, jak tam praca, czy wciąż ma klientów, czy nadal cieszy ją malowanie marzeń maluchom. O nim samym niewiele, nie zdołała się dowiedzieć, jak mu się żyje bez uniwersytetu, na czym upływają mu dni; niemiłe uczucie, gdy próbowała zmienić temat, kiedy zapytał, czy jest szczęśliwa. Nie zadaje się takich pytań bez pewności, że odpowiedź będzie twierdząca, a ona w tym momencie mogła powiedzieć wszystko, lecz nie tak. Odpowiedziała coś wykrętnie, starając się nie zerwać paktu, po czym jedli dalej.

Po obiedzie poszedł się zdrzemnąć do swojego pokoju. Słyszała za ścianą jego ciężki oddech, nieomal chrapanie. Zara ułożyła się u jego stóp i także chrapała, może dlatego, by dotrzymać towarzystwa amfitrionowi. Odetchnęła głęboko; zapach lawendy i rozmarynu wypełnił jej nos, aż zaszczypało. Popołudniowe światło było jeszcze łagodne, dużo mu brakowało do wściekłego blasku letniego słońca o tej samej porze, firanka w oknie poruszała się lekko, wpuszczając rześki powiew, który ogarniał cały pokój i oczyszczał jej nozdrza. Przyjrzała się łososiowej okładce zeszytu i wzięła do ręki długopis. Zamknęła oczy. Zobaczyła się w swoim domu, w pewną letnią noc. Taką jak wiele innych. Jak zbyt wiele innych. Otworzyła oczy, przewróciła pierwszą kartkę, ponownie wciągnęła w płuca zimne powietrze. Wiedziała, że to będzie boleć, że próba przypomnienia sobie tego wszystko będzie jak zmuszanie się do wymiotów, wpychanie palców jak najgłębiej w uczucia, ale że jeśli chce wyzdrowieć, musi podrążyć swoje cierpienie, by zaakceptować je i uznać. I nauczyć się przyjmować je jako swoje. Tylko tak może wygrać. Nie miała wyjścia, musiała zacząć rozgrzebywanie przeszłości. Popatrzyła na nieskazitelnie białą kartkę i zaczęła pisać.

Dziennik odkochania: część I

Za oknem wciąż padał deszcz. Malutkie krople nasączone smakiem miasta osiadały wszędzie z zaraźliwą apatią. Dźwięk wody uderzającej w płytki tarasu mieszał się ze szmerem dobiegającym z ulicy. Słychać było słowa i szepty, którym ciepło i wilgoć służyły jako środki przekazu. Dobiegające z oddali cykanie świerszcza pocierającego skrzydłami w szalonej pieśni, zalęknionego, być może tonącego w kałuży, było marnym towarzystwem w tę noc, gdy po raz pierwszy poczułam, że cię nienawidzę.

Przyszedłeś zbyt wcześnie.

– Skarbie! – wołałeś mnie. – Chodź, skarbie, już jestem. Chodź i pocałuj mnie.

Słyszałam, jak szukasz mnie w kuchni, wchodzisz do łazienki, potem do salonu. Śpieszyło ci się. Otwierałeś i zamykałeś drzwi gwałtownie, jakbyś nie widział mnie od kilku dni.

– Skarbie, chodź tu… pragnę cię, chcę kochać się z tobą do upadłego. Chodź, skarbie…

Często wracałeś w takim stanie, coś cię rozpaliło i szukałeś mnie, już, natychmiast. Nie byłeś w stanie wytrwać, aż skończymy kolację, czasem nawet, aż dojdziemy do domu, kochałeś się ze mną, gdy tylko wyszliśmy od twoich przyjaciół, w windzie, w samochodzie. Od samego początku byłeś fantastycznym kochankiem, zbyt fantastycznym. Dotrzymywałam ci kroku. Cieszyły mnie twoje szaleństwa, twoje niepohamowane pożądanie, twoje możliwości. Uwielbiałam cię, twoją siłę, poczucie humoru, niecierpliwość. Ale tamtego dnia potrzebowałam snu. Przez cały tydzień kładłam się późno i wstawałam bardzo wcześnie. Miałam mnóstwo zaległej pracy. Nie potrafiłam dobrać koloru, którego potrzebowałam, żeby wreszcie skończyć zlecenie od twojego kolegi, oczywiście niepłatne, to, które podrzuciłeś mi, jakby moje sprawy nie miały znaczenia. Jakby siedem dni, które musiałam na nie poświęcić, było prezentem zrozumiałym sam przez się. A mogłeś przeżyć kilka nocy bez seksu. Mogłeś. Nie próbowałeś, ale mogłeś. Słyszałam, jak szukasz mnie po całym domu. Zamknęłam się w łazience. Nie chciałam, żebyś wszedł i kochał się ze mną w kabinie prysznicowej. Nie tamtego dnia. Ja tylko byłam zmęczona. Chodziło tylko o to.

– Skarbie! – wołałeś. – Gdzie jesteś, skarbie?

Usłyszałeś szum wody i pobiegłeś na piętro. Słyszałam, jak pędzisz po schodach, z każdym stopniem narastał mój żal: nie powinieneś był wrócić tak wcześnie. Powinieneś był pozwolić mi położyć się samej, bez ciebie. Potrzebowałam snu. Chciałam zamknąć oczy i odpłynąć, chciałam, żeby ten trudny dzień skończył się wreszcie. Wiedziałam, że nie mogę ci tego powiedzieć, że nie zrozumiesz; w twoich oczach moja praca to była łatwizna. Nie musiałam przestrzegać rytmu karawany, mogłam sama decydować, kiedy pracuję, nikt mi nie dyktował, co mam robić i jak. Dla ciebie to było prawie tak, jakbym przez cały dzień siedziała przed telewizorem albo biegała po sklepach. Chwyciłeś za gałkę, przekręciłeś ją powoli. Drzwi nie otworzyły się.

– Skarbie... otwórz, wpuść mnie. Chcę się wykąpać z tobą. Otwórz mi.

Woda spadała mi na włosy i na skórę, paliła, widziałam, jak spływa po moim ciele, czułam, jak otwiera wszystkie pory. Gęsta para osiadała na lustrach. Nawet i to musiałeś wybrać ty. Dwa małe lustra, owalne, po jednym nad każdą umywalką, nie jedno lustro, wielkie i białe, które zamówiłam. Zwróciłeś je i kupiłeś te.

– Bardziej pasują – powiedziałeś. – Nie mów, że nie są ładniejsze, skarbie. Zobaczysz, w świetle dziennym na pewno ci się spodobają.

Para przywierała do nich, ty pragnąłeś zrobić to samo z moim ciałem. Bliżej, głębiej. Przekręcałeś gałkę, coraz mocniej, coraz szybciej.

– Skarbie! Otwórz mi wreszcie!

Woda tłumiła twój głos. Dobiegał z oddali, ogarniała mnie słodkawa senność, przyjemność z zamknięcia oczu, rozluźnienia mięśni, oddychania powoli i spokojnie zamykała mi usta. Stałam w strumieniu wody, nie przejmując się tobą, wiedząc, że jesteś na zewnątrz, że nie możesz wejść, że ta przestrzeń jest moja, to doznanie jest moje, ta przyjemność jest moja. I nie chciałam dzielić ich z tobą.

Aż popchnąłeś drzwi z taką siłą, że zasuwka wyskoczyła, poleciała na podłogę i pękła. Skrzydło drzwi uderzyło w ścianę tak mocno, że framuga wypaczyła się. Otworzyłam oczy, poszukałam twoich, spodziewając się wyjaśnienia: myślałem, że coś ci się stało. Ale ty już byłeś w kabinie, twoje ręce na moich piersiach, język szukający mojego, twoje ciało na moim ciele. Podporządkowując mnie. Zmuszając do tego, żebym cię poczuła. Wdzierając się w moje wyobrażone schronienie przed wszystkim, przed tobą, wzniesione z gorąca, z pary, ze słodkiego zapachu mydła osiadłego na farbie sufitu, na flizach ścian, na szybach okien, na ramach luster. Liżąc i gryząc moje piersi, po których wciąż spływała woda. Pokonując moje pragnienie, żebyś odszedł. Łamiąc opór przed byciem dotykaną, całowaną, lizaną, penetrowaną. Gwałcąc zamiar, by nie pozwolić ci na robienie tego, co robiłeś z moim ciałem. Aż zaspokoiłeś się i uspokoiłeś, owinąłeś się w pasie ręcznikiem i wyszedłeś z łazienki, zostawiając za sobą uchylone drzwi i mnie z oczami bez łez, bo one wypłynęły, zmieszały się z niepotrzebnym potem odrzucenia i bezsilności, rozpłynęły w wodzie wirującej wokół odpływu.

Zostałam w kabinie jeszcze przez chwilę, oparta rękami o ścianę, żeby się nie poślizgnąć, podwyższyłam temperaturę strumienia wody w nadziei, że zmyje to dziwne i nowe doznanie, które bardziej niż fizycznie bolało psychicznie, w którym najgorsza była konieczność nienazywania tego, co się wydarzyło. Wytarłam się bardzo dokładnie, ręcznik wchłonął częściowo twoje ślady, te cielesne, pozostałości po każdej pieszczocie, którą mi skradłeś wbrew mojej woli. Ale nie wchłonął chęci płaczu. Położyłam się na łóżku. Spałeś już, nagi, przy oknie i drzwiach na mały balkon otwartych na oścież, żeby był przewiew, żeby uniknąć gorąca, którego tak nienawidziłeś. Na zewnątrz wciąż padał deszcz i poczułam ziąb, przenikliwy ziąb, który przeszył moje wnętrzności i który towarzyszył mi, kiedy biegłam do łazienki, bo zebrało mi się na wymioty na widok twojego odkrytego ciała i sflaczałego członka.

Położyłam się i długo płakałam, płakałam nad sobą i nad tobą. Płakałam, ponieważ to był pierwszy raz, kiedy sprawiłeś, że poczułam, że cię nienawidzę.

Wstała z krzesła. Napisała to za jednym zamachem, niczego nie skreślając, jakby z góry znała każdą myśl przelewaną na papier. Spostrzegła, że ma oczy pełne łez. Kilka spadło na papier i rozmazało tekst, ale wytarła je i zamknęła zeszyt. Wyjechała właśnie po to, żeby związać cząstki bólu i wykorzystać smutek, który czuła na myśl o wyrządzonej sobie krzywdzie, by nauczyć się, jak o nim zapomnieć. O tak, bolało bardzo, a jeszcze bardziej zabolało ją to, że następnego dnia wstał, wziął prysznic, ubrał się, zjadł śniadanie i wyszedł jakby nigdy nic. Jedynym śladem po tym pogwałceniu jej woli był przysłany przez niego fachowiec, który przyszedł po południu naprawić zniszczone drzwi. A poczucia zniewagi, które towarzyszyło jej przez kilka dni, nie zauważył nikt. Rozpłynęło się samo, zapomniała o nim, przyczynił się do tego upływ czasu i obojętność Alvara, który zachowywał się, jakby nic szczególnego się nie zdarzyło. Teraz zresztą była pewna, że dla niego tamto wydarzenie nie było naruszeniem jej godności: ona należała do niego, należały do niego jej ręce, jej oczy, jej wargi i jej piersi; należały do niego jej brzuch i jej uda, i jej palce; była jego własnością, w środku i na zewnątrz. Cała była jego własnością i miał prawo używać jej, kiedy tylko mu przyszła ochota.

Tak, była w stanie się wyleczyć, ponieważ gdy zmusiła się do przypomnienia sobie krzywdy, którą jej wyrządził i której nie chciała uznać za krzywdę, dopóki, będąc bita, nie poczuła nic oprócz tego wszechogarniającego lęku, że jest w ciąży i że Álvaro zrobi krzywdę także dziecku, ogarnęła ją ta sama nienawiść co na widok jego zdjęcia w dniu opuszczenia domu. Poza tym teraz w jej wnętrzu rosła istota inna od niej samej i głównym źródłem jej popłochu nie były kopniaki w nerki czy paraliżujące krzyki, lecz pewność, że nie chce, żeby Álvaro był ojcem dziecka, bo wyrządzi mu taką samą krzywdę jak jej. To właśnie w tym momencie, przenosząc na inną osobę własny ból, zaakceptowała świadomość tego, czym tak naprawdę były jego uwagi, kpiny, wyzwiska, upokorzenia, a wreszcie bicie. Właśnie wtedy, wyobrażając sobie, że ta malutka istotka, bezradna i bezbronna, także może stać się jego ofiarą. I że ta istotka, oprócz narażenia na cierpienie, stanie się bezwiednie jarzmem, które na zawsze zwiąże ją z Alvarem. Perspektywa ta przeraziła ją mocniej niż jakakolwiek wcześniejsza groźba czy lekceważenie, ponieważ wiedziała, że nie da rady żyć ze świadomością, że jest aż takim tchórzem, że do tego stopnia naznacza drugą osobę. Dlatego postanowiła nie odwlekać ucieczki: musiała pomyśleć o tej kulce swoich komórek formującej się w jej wnętrzu, ponieważ zostało jej niewiele czasu na to, żeby coś zrobić.

Coś zrobić. A co niby mogła zrobić? Przerażało ją samo myślenie o tym. Nigdy nie rozważała możliwości posiadania dzieci. Wiedziała, że Álvaro ich nie chce. Nie potrzebuje. Zbyt dobrze mu się żyło w osobistym raju niedojrzałości, w bezpieczeństwie i wygodzie, jaką zapewniały mu pieniądze i pozycja. I nie zamierzał komplikować sobie życia, powołując na świat osobę, która przysporzy mu przede wszystkim mnóstwa kłopotów, jak to ujął kiedyś pół żartem, pół serio, mówiąc o dzieciakach znajomych.

A Violeta nigdy dotąd nie zastanawiała się, czy ona też pragnie już tylko takiego życia: pozbawionego trosk, łatwego, cichego, przyjemnego, przewidywalnego. Dotykała brzucha, który jeszcze nie nosił żadnych oznak tego, że coś rośnie w jego wnętrzu, a jej wzrok wybiegał w dal, za okno, ku odwiecznym górom, w które tylekroć wpatrywała się jako mała dziewczynka. Teraz była już kobietą, lecz aż do niedawna nie wiedziała tak naprawdę, co to oznacza. W jej łonie rodziło się życie, które będzie związane z nią na zawsze. A właściwie już było z nią związane, bo od decyzji, którą miała podjąć, zależało jego życie lub śmierć.

Violeta wierzyła w Boga, w Boga trochę podobnego do niej samej, mieszankę tradycyjnego i tego, którego odkryła na historii starożytnej na uniwersytecie, odrobinę rewolucyjnego i feministycznego, takiego znacznie bardziej od Jana niż od Pawła i nie tak chrześcijańskiego jak Bóg jej matki, ale w sumie jednak chrześcijańskiego. Nie chciała jednak myśleć zbyt długo o tym Bogu, ponieważ decyzja, którą musiała podjąć, wykraczała poza kwestie etyczne czy moralne: dotyczyła jej własnego życia, możliwości poradzenia sobie samej z małą osóbką na utrzymaniu i akceptacji faktu, że ta osóbka jest dzieckiem Alvara. I choć nie chciała jeszcze przyjąć tego do wiadomości, nadała twarz temu orzeszkowi, który zagnieździł się w jej brzuchu, i gdy machinalnie kładła ręce na łonie, myśląc o tym, co może kryć się w środku, nie myślała o bezkształtnej masie, lecz o istotce z oczkami, nóżkami i rączkami. A nie nadała jej jeszcze imienia tylko dlatego, że nie miała zbyt wiele czasu, by uświadomić sobie, co się dzieje. Jednakże na samą myśl o ich wspólnym dziecku jej ciało reagowało: serce waliło, pierś falowała, próbując nadążyć za uderzeniami szybkimi jak wystrzały, a ręce szukały się wzajemnie, jakby spodziewały się znaleźć osłonę jedna w drugiej. Upłynęła długa chwila, zanim ochłonęła i powróciła do rzeczywistości, w której była bezpieczna, u boku dziadka, gdzie Álvaro nie dosięgnie jej, ponieważ nie odważy się tu przyjechać, będzie się bał, że opowie dziadkowi, dlaczego go porzuciła. Bo jeśli czegoś się bał, to tego, by inni nie dowiedzieli się, że nie jest tym, kogo udaje, czy chodziło o pracę, czy o pieniądze, czy o rodzinę, a już szczególnie o ich związek. Dlatego nie przyjedzie tu za nią, nie będzie chciał konfrontacji z człowiekiem zdolnym wygarnąć mu w twarz prawdę, którą ona tłumiła w sobie przez całe miesiące, może nawet lata, a której on nie chciał uznać: że maltretuje ją i że nie widzi w tym nic złego.

Wyszła z pokoju, usiadła na podwórzu, na żelaznym krześle w niemożliwym do określenia wieku. Uczucie, że powraca na miejsce, które zajmowała w przeszłości tysiące razy, napełniło ją niezwykłym spokojem. Farba, niegdyś biała, sczerniała bardziej na skutek upływu lat niż z brudu, złuszczyła się gdzieniegdzie, odsłaniając płaty rdzy. Z gór spełzał chłód, a ona nie wzięła kurtki; choć wiosna była w tym roku ciepła, tutaj kurtka przydawała się zawsze. Przypomniała sobie, ile razy, wychodząc wieczorem z domu, musieli wracać po jakieś okrycie, na wypadek gdyby pochłodniało, i jak źle znosił to Álvaro, jak wściekał się na takie drobiazgi, które ona skwitowałaby uśmiechem, gdyby nie bała się jego reakcji. Jaki był niepodobny do Diega, który zrywał się pierwszy, by przynieść coś, czego zabrakło przy stole – wodę, więcej chleba, nawet szczyptę soli, który pojawiał się w jej pokoju ze szklanką soku, gdy uznał, że zbyt długo ślęczy nad książkami, który po jej powrocie ze spotkania z jakimś specjalnym kolegą, gdy po burkliwym powitaniu domyślał się, że się posprzeczali, zagadywał ją o to spotkanie albo o cokolwiek innego, by pomóc jej odzyskać dobry nastrój. Jej dziadek był człowiekiem miłym, prawym i czułym, a zarazem przedsiębiorczym i zdecydowanym. Czy ojciec jej dziecka nie mógł być taki jak on?

Na wspomnienie o dziecku spojrzała na swój pępek. Odetchnęła głęboko. Chciała nasycić się zapachami egzotycznymi dla mieszkanki miasta. Górskie powietrze, przyprawione aromatem świerków i ziół, zakręciło ją w nosie, wypełniło płuca i zmieszało się z niepewnością, która ogarniała ją na myśl o tym, co gnieździło się trochę niżej i być może, zawieszone w płynie owodniowym, także wdychało zapach lawendy gotowej do zakwitnięcia; o tym trudnym do wyobrażenia okruszku, który za niedługo podrośnie na tyle, że stanie się dostrzegalny.

Chętnie porozmawiałaby o tym wszystkim z Diegiem, lecz on, od samego początku, od momentu, gdy przyjechał po nią na stację, sprawiał wrażenie zaabsorbowanego własnymi sprawami i nie chciała mu przeszkadzać. Była dorosła, nie chciała dorzucać mu zmartwień. Usłyszała hałas w głębi domu. Podniosła się i weszła do środka. Diego siedział przed portretem kobiety z gitarą, na tym samym fotelu obitym czerwonawym pluszem, który stał tu od niepamiętnych czasów. Zamknęła oczy i spróbowała wmówić sobie, że nie ma powodów do obaw. Ale to nie było łatwe. Tylko kilka razy widziała go w tym stanie, ze wzrokiem utkwionym w obraz, z oczami zasnutymi mgłą, i zawsze wiązało się to z jakimś złym wydarzeniem. Na przykład śmiercią jej matki. Diego zaopiekował się Violetą jak tyle razy wcześniej, gdy matka wyjeżdżała na kolejne śledztwo w związku z nową wojną albo dawną masakrą, ale tym razem opieka ta miała trwać dopóty, dopóki stała się wystarczająco dorosła, by zapragnąć zamieszkać sama. Zapomniała już, co wówczas czuła, lecz nie zapomniała reakcji innych, ich wzroku i ich słów, kiedy jako dziewczynka o jasnej cerze i oczach tak szarych jak oczy matki przypatrywała się zza barykady nóg dziadka, jak defilują przed trumną. A przede wszystkim pamiętała, jak objął ją, kiedy wreszcie zostali sami, jak trzymał ją w ramionach długo, bez słowa; potem położył ją do łóżka, a sam poszedł do siebie. Wstała i poszła za nim. Doskonale pamięta ból malujący się na jego twarzy, nieodgadniony wzrok, bezruch, gdy siedział wpatrzony w obraz, całkowicie nim pochłonięty. Tylko jego powieki opuszczały się i podnosiły, w miarę jak wysychały gałki oczne. Reszta ciała zdawała się należeć do odpustowej kukły, która czeka nieporuszenie, aż ktoś trafi weń gumową piłeczką.

Oglądała go w tej pozycji także podczas ostatniej wizyty, kiedy przyjechała tu z Alvarem kilka miesięcy temu. Z sąsiedniego pokoju usłyszeli, jak odbiera telefon; mówił po francusku tak płynnie i szybko, że wyłowiła tylko jedno słowo, „Anna", a i to być może tylko dlatego, że powtórzył je kilka razy. Gdy odłożył słuchawkę, ignorował ich przez resztę wieczoru, a Álvaro wykorzystał tę oschłość, by zapowiedzieć jej, że jego noga więcej tu nie postanie.

Diego nie ruszył się z tego zapadniętego w środku fotela aż do zmroku. Było już ciemno, kiedy poddała się, przestała błagać go, by opowiedział, co się stało, i by pozwolił sobie pomóc, i uległa Alvarowi żądającemu, by wrócili do domu. Kiedy nazajutrz zadzwoniła do dziadka, przeprosił ją, ale nie dało się z niego wydobyć, co się stało i kim jest Anna. Była przekonana, że te dziwaczne zachowania powtarzają się i że często zasiada przez obrazem, zapominając o całym świecie, wpatrzony w twarz kobiety z gitarą.

W czasach, kiedy mieszkali razem, gdy Diego wychodził z domu, Violeta siadała niekiedy naprzeciwko tej kobiety i prosiła ją, by podniosła głowę i wtajemniczyła ją w swoje sekrety. Fascynowały ją jej rysy, szczupłe palce podtrzymujące nieznaną nutę na sześciu strunach, fala jasnych kędziorów opadająca na błyszczący grzbiet gitary, oczy dziwnego koloru, wpatrzone w otwór w drewnianym pudle, w którym powstawało echo muzyki. Te oczy były wspólnikami wielu uczuć, których Diego nie chciał dzielić z Violetą. Wpatrywała się w obraz, próbując odnaleźć klucz do jego tajemnicy, lecz on stawiał opór. Nie udało się jej nawet rozszyfrować podpisu, a co dopiero odkryć historii, dziadek zaś nigdy nie okazał chęci, by jej pomóc. Ogarniała ją wówczas zazdrość o jej piękno i jej kolory, bo chciała wierzyć, że to właśnie one, niezwykły urok ciepłych tonów ziemi, tłuste kremy zmieszane z niebieskościami i bladożółty meszek płótna, sprawiły, że dziadek powierzył jej ból i część swego życia.

Violeta podeszła do starca. Przestraszyła się, zobaczywszy, że płacze, i przystanęła bez słowa. W dłoniach trzymał książkę, ściskał ją tak mocno, że stały się czerwone. To był *Kandyd* Woltera, purpurowe litery tytułu rysowały się wyraźnie między palcami. Siedział z oczami utkwionymi w obraz, wyprostowany tak sztywno, jakby coś albo ktoś, kogo nie widziała, podtrzymywał jego plecy. Nawet nie usłyszał, jak weszła, spostrzegł jej obecność dopiero wtedy, gdy pocałowała go w policzek. Wyglądał, jakby się obudził z głębokiego snu albo powrócił z dalekiego miejsca. Prawie nie mrugał. Dyskretnie otarł łzy, ujął jej ręce i uścisnął je. Jego pergaminowa skóra była lodowata.

– Violeto, jak długo Álvaro będzie za granicą? Pomyślałem sobie, że moglibyśmy wykorzystać twoją przemiłą wizytę na pewną podróż. Jestem już bardzo stary, nie sądzę, żebym mógł pojechać sam. Gdybyś zgodziła się mi towarzyszyć, mogłabyś poprowadzić samochód, ale możemy też polecieć samolotem, jak wolisz. Byłbym ci ogromnie wdzięczny, gdybyś pojechała ze mną.

– Coś się stało? Dokąd musisz jechać?

– Nic ważnego, nie martw się, muszę tylko wrócić do Asturii, do miasteczka Villaviciosa. To prawie nad morzem. Czasem z okna było widać fale. Już dawno temu powinienem był to zrobić, nie mogę odkładać tego dłużej, mam kilka rzeczy do załatwienia, zbyt długo by to teraz wyjaśniać. Oddasz mi wielką przysługę, jeśli pojedziesz ze mną. Co ty na to? Miałabyś ochotę wybrać się w podróż z dziadkiem?

Podróż. Tak, podróż pozwoliłaby jej odroczyć decyzję, jak pokierować życiem. Poza tym chciała zostać z Diegiem jak najdłużej. Wiedziała, że nie powie jej, dlaczego płakał, ale chciała przynajmniej być u jego boku. Jego włosy zdążyły posiwieć, a spojrzenie – przygasnąć, a jej przy tym nie było. Álvaro zajął honorowe miejsce na liście jej kontaktów, eliminując wszystkich pozostałych, nawet dziadka. Dotrzymanie mu towarzystwa w tej podróży stanowiłoby pewną rekompensatę za tyle lat opuszczenia.

– Powiedz, kiedy wyjeżdżamy. Walizkę mam prawie gotową, nawet nie zdążyłam się do końca rozpakować. Alvara nie będzie przez kilka tygodni, może dłużej, a ja z przyjemnością poprowadzę twój samochodzik, taki wychuchany, że aż strach dotknąć.

Poza tym skoro dziadek nie chciał jechać sam, musiał mieć jakiś powód, a ona zamierzała zrobić wszystko, co w jej mocy, żeby mu pomóc. Oby płakał tylko z powodu tej podróży… ale czy konieczność wyjazdu mogła wyjaśnić pustkę w jego oczach?

– Doskonale. To nie traćmy czasu. Jeśli nie masz nic przeciwko temu, wyjedziemy jutro.

ROZDZIAŁ 4

I

Los Molinos, niedziela, 14 maja 2000 (godz. 8.30)

Wyjeżdżamy dzisiaj. Violeta zgodziła się jechać ze mną. Ale ty zostaniesz tutaj, na płótnie, na którym cię umieściła, w jej oczach i w jej głosie. Eliso, kiedy zobaczę cię ponownie? Wciąż widzę twoje oczy. Dlaczego pamiętam je tak dokładnie? Czy dlatego, że twoja dusza uwięzła w twoich obrazach? Moja śliczna Elisa. Tak delikatna, tak czuła, tak wrażliwa. Tak artystyczna. Miałaś dar tworzenia piękna; nauczyłaś się malować, zanim jeszcze nauczyłaś się mówić, tak przynajmniej opowiadali twoi rodzice, twoja pękająca z dumy matka, a ja jej wierzyłem. Jaka była wtedy zadowolona! Rzadko kiedy widywałem ją w takim stanie, w euforii, taką rozmowną, tak uważnie obserwującą, co się dzieje wokół niej. Cieszyła się z twojego zwycięstwa, cieszyła się chyba jeszcze bardziej niż ty, że ojciec pozwolił ci na studia, i to ni mniej, ni więcej, na Akademii Sztuk Pięknych. Kiedy przychodziła do nas, do mojej matki, zachowywały się jak papugi, tak, dwie papugi, gadały tylko o tym, co w życiu osiągniesz. Gdybym nie kochał cię tak mocno, chybabym się poczuł zazdrosny, tak szczęśliwa była moja matka z tego, że to po części dzięki niej dostałaś szansę spełnienia marzeń, cieszyła się bardziej z twojego niż z mojego powodu! Nie doskwierało mi to jednak, bo twoja pasja do tego, co robiłaś, udzieliła się także mnie, i wszyscy żyliśmy sztuką oglądaną twoimi oczami. Architektem zostałem, nieuleczalnie zarażony twoim pociągiem do piękna, zauroczony tym wszystkim, co pachniało tobą; architektem, by nie pozostać w tyle w twoich poszukiwaniach harmonii. Kiedy wreszcie cię odzyskam? Po trosze już teraz, codziennie odzyskuję cię coraz bardziej we wspomnieniach, właściwie żyję już bardziej w nich niż w rzeczywistości.

Widzę cię teraz, jak malujesz ten obraz. Deszcz wściekle walił w dach, krople spływały do krawędzi, a potem rynnami na ziemię. Plusk, plusk, plusk, plusk, dźwięk niósł się po całej powierzchni łupkowych dachówek, dudnił nam nad głowami. Niebo wpełzało do salonu przez okna, gęste chmury lizały ciemność. Siedziałaś przed płótnem; od wielu dni zastanawiałaś się, czym by tu zapełnić tę białą przestrzeń, która cię zwodziła, nie znajdowałaś nic przekonującego. Tym razem nie wybrałaś modelu, malowałaś z pamięci, nie zadowalał cię żaden szkic. Nie rozmawiałaś ze mną, nie chciałaś, żebym cię dotykał, a ja pragnąłem, żeby w twoich dłoniach znalazły się wreszcie pędzle, żebyś zanurzyła je w pigmentach, bo wiedziałem, że dopiero wówczas wrócisz do mnie, będziesz znowu moja, Eliso, moja słodka Eliso. Gdzie szukać snów, w których jesteś?

W obliczu tej aroganckiej bieli rozpłakałaś się. A wtedy twoje oczy nagle rozbłysły i pośród szlochu zaczął się rodzić obraz: najpierw narysowałaś duszę, profil, ruch konturów; piękno kobiety grającej na gitarze rozlało się po całym pokoju. Z największym trudem przypomniałem sobie, że nie mieszka tu od zawsze, znałem przecież jej ulubioną melodię, melodię, którą grała bez przerwy. Na twoją twarz powrócił uśmiech, gdy kreśliłaś tak znajome rysy, a obraz został w naszym domu do momentu, gdy podarowałaś go moim rodzicom. Dlatego mam go dzisiaj. Ale wiem, że nie zobaczę go nigdy więcej, to mój ostatni wykład, wykład przepojony największą miłością, bo mam nadzieję, że dzięki niemu Violeta pozna cię, pozna lepiej samą siebie i nauczy się odnajdywać mnie zawsze wtedy, gdy będzie mnie potrzebować.

Droga będzie mi się dłużyć, ale to nieuniknione. Gdy myślę o powrocie do ciebie, niekiedy pragnę tego tak mocno, że aż boli mnie dusza, innym razem mąci mi się rozum i drżę. Od chwili, gdy opuściłem dom w Asturii i wyjechałem do Francji, sprawy nie zmieniły się zbytnio, a w każdym razie nie te najważniejsze: nie umarła ani nienawiść, ani zło. Niektóre miasteczka są dziś sporymi miastami, inne nie istnieją; powstały szpitale, kina, teatry, biblioteki; dzieci chodzą do szkoły, ale nie uczy się szacunku dla drugiej osoby. I to dziwne, bo nikt jeszcze nie umarł z nieumiejętności dzielenia, a tylu ludzi popełnia samobójstwo, ponieważ nie kochają samych siebie albo ponieważ nie nauczyli się oddawać komuś lub czemuś, dawać z siebie wszystkiego. Teraz zresztą jest jeszcze gorzej: obrazy barbarzyństwa pokazuje się na żywo i na gorąco, i nic nas nie wzrusza. Ktoś zapłacze czasem, kiedy już jest za późno. A ja nie mogę do tego przywyknąć, nie potrafię znieść tego, że okropności, które przeżyłem, powtarzają się. To starość, starość mnie osłabia. Poza tym ja też jestem nędznym tchórzem.

Nie zabieram prawie niczego. Zabrałbym ciebie, lecz przecież odkryję cię niebawem, więc nie potrzebuję niczego więcej. Tylko one jadą ze mną, tylko one. To ciekawe, że namalowałaś je takie małe, Eliso. Że mieszczą się w walizce. Jakbyś wiedziała, że często będą w drodze. Jedyna namacalna pamiątka, jaką mam po tobie. Obraz, którego uchwyciłem się kurczowo, kiedy wszystko roztopiło się w czerni i pozostała mi tylko ucieczka. Jedyny obraz, który znalazłem, kiedy wszystko inne utraciło rację bytu. Przez to, co przeżyłem później, przez to, co ocaliłem, ten obraz, który ma w moim sercu zarezerwowane zaszczytne miejsce, od tamtej chwili, od czasu, gdy zacząłem odliczać dni. Mój osobisty cud. Matka i córka złączone ponad czasem; niekiedy dodawał mi sił, innymi razy zabijał mnie. Teraz... teraz jesteś tylko ty i moja wnuczka. Reszta się nie liczy. Ale ona... ona tak. Ona najbardziej.

II

„Dopóki istnieć będzie jedna piękna kobieta, będzie poezja" (Becquer).

„Tak mówił poeta, zatem, przepiękna kobieto, ocal urodę twej twarzy, największego skarbu i wartości, stosując bajeczne pudry André".

– Clara! Wstawaj! Słyszysz? Już późno! Ty leniwa dziewczyno! Wstawajże już, mamy masę pracy. Nie myśl sobie, że będziesz się wylegiwać w łóżku przez cały dzień i zbijać bąki. Jeśli zaraz nie wstaniesz, przyjdę po ciebie.

Na sam dźwięk głosu ojca sztorcującego ją z pokoju naprzeciwko we wnętrzu Clary rozbrzmiewały trąby grające marsza żałobnego, ciało zaczynało dygotać, a oczy otwierały się automatycznie; od razu wiedziała, gdzie jest i co ma do zrobienia. Zapalała lampkę nocną, tę na mosiężnej podstawce w kształcie czterolistnej koniczyny, należącą niegdyś do jej matki. Czekała kilka sekund, aż jej źrenice rozszerzą się na tyle, by mogła coś widzieć w mroku panującym w domu, zanim nastał świt. Blade światło z trudem przebijało się przez piękną kulę z szarawego szkła w kształcie półotwartego pąka. Niezwykły kwiat zdobiony ołowianym drutem wyrastał ponad stolikiem, a jego wydłużony cień kładł się na obrazki Matki Boskiej wiszące na ścianie i kołysał się w rytm rozpalonego, pomarańczowego żarnika. Gdybyż ona sama mogła się rozpłynąć, odejść w nicość jak te cienie rozpadające się na cząstki rodzącej się światłości, gdyby potrafiła rozwiać się, gdyby była w stanie zniknąć…

Zamykała potem drzwi, starając się, by jej nie usłyszał, wyślizgiwała się z halki i z koszuli nocnej i zaczynała myć się w wodzie, którą zawsze przynosiła sobie wieczorem do pokoju, żeby nie musieć wychodzić do łazienki leżącej tak blisko jego pokoju, dopóki nie wstaną inni. Przyzwyczaiła się nawet do znoszenia parcia na pęcherz do momentu, aż zaczną budzić się jej siostry, gdyż w ich obecności czuła się nieco pewniejsza. Gdy przesuwała mokrą gąbką po twarzy i powiekach, zimna woda przywracała jej skórze gładkość, a oczom – blask. Gasły zaraz, gdy przypominała sobie, że musi wyjść z pokoju, rozpalić pod kuchnią, napalić w piecu, pozamiatać i zrobić śniadanie, a wówczas znowu znajdzie się koło niego.

Ojciec stale odsyłał służbę, żeby nikt nie zdążył się zorientować, że coś jest nie tak, a dopóki nie pojawiła się kolejna dziewczyna z kolejnej wsi, im dalszej, tym lepiej, to ona zajmowała się domem. Była przecież najstarsza. Była też najładniejsza, miała takie same fiołkowe oczy jak jej matka, najbardziej ją przypominała. Ją, a właściwie jej obraz, który skrzętnie zachowała w fotograficznej pamięci, piękna i młoda, prostolinijna i promienna, emanująca stałym i nieziemskim szczęściem, które podtrzymywało ją, Clarę, na duchu tylko przez krótki czas. Już nie tęskniła za nią. Tęsknota rozwiewała się po każdym kolejnym ataku, zmniejszała z każdym napadem panicznego strachu i następującej po nim fali skruchy, rozpływała w rezygnacji, poczuciu bezsilności, pewności, że nikt jej nie pomoże, aż wreszcie zapomniała o matce, tak jak zapomina się o tym, o czym wiemy, że zostało utracone na zawsze, by nie bolało. I nie obwiniała jej już; przestała, gdy zrozumiała, że obie musiały cierpieć to samo zło.

Gdy owijała się taśmą, usłyszała jego kroki i nie potrafiła stwierdzić, czy wychodzi, czy wraca. Pośpiesznie związała końcówki długiej, białej, bawełnianej wstęgi, którą okręcała piersi w dziecinnej i daremnej próbie ukrycia ich, wydania się jak najbardziej androginiczną; wyczuwała, że sprawy pogorszyły się od momentu, gdy jej kształty nabrały krągłości. Zapięła szybko guziki koszuli i otworzyła drzwi. Jeśli wyjdzie natychmiast i jeśli będzie miała szczęście, zdąży wejść do pokoju siostrzyczek, małych, a zatem bezpiecznych jeszcze przez jakiś czas. Nie wiedziała, jak długo.

– Mamo, mamo, niech mama przestanie mną szarpać, przecież wiem, że mam wstawać. Niech mama się nie martwi, zaraz będę gotowa.

Głos Elisy wyrwał Clarę z zamyślenia. Trzymała córkę za ramiona i potrząsała nią od dłuższej chwili, żeby ją obudzić, pogrążona we wspomnieniach, w przeszłości, o której bardzo chciała zapomnieć, a która bynajmniej nie zamierzała zniknąć z jej pamięci, wręcz przeciwnie, atakowała ją coraz częściej, już nie tylko w nocnych koszmarach, lecz gdy szła ulicą, przytulona do męża, gdy siedziała na spotkaniu towarzyskim, które zupełnie jej nie interesowało, albo jak teraz, gdy powtarzała jakiś uwewnętrzniony rytuał, niewymagający natężenia uwagi, w sytuacji podobnej do tysiąca innych. Clara żyła w permanentnym *déjà vu*, w nieuleczalnym i bolesnym powrocie do przeszłości, a przed zapadnięciem weń ratował ją tylko szkicownik. Zdała sobie sprawę z tego, że zbyt mocno ściska ramiona Elisy. Puściła ją i ucałowała w miejsca, gdzie pojawiły się czerwone plamki.

– Wybacz, kochanie, nie chciałam zrobić ci krzywdy.

– Nie zrobiła mi mama krzywdy, proszę się nie martwić. Już wstaję.

Elisa przywykła do wyrazu pustki w oczach matki, do jej niespójnych zachowań, wpisała je w rutynę dnia, usunęła ze świadomości. Gdyby zapytano ją teraz, czy Clara zachowała się dziwnie, nie potrafiłaby powiedzieć nic ponadto, że obudziła ją jak co dzień, z uśmiechem przeznaczonym wyłącznie dla niej, dziecinnym i przejrzystym, tak czystym, że zdawał się pachnąć mydłem. Jasność francuskiego poranka była jak tutejsze ulice, dźwięczna i perlista, a promień słońca rozbłysł na tapecie w tysiące żółtych róż owijającej jej pokój niby prezent. Oliwkowe płatki układały się w potrójny deseń. Niekiedy Elisa zadawała sobie pytanie, ile ich jest. Płótna stały wszędzie, gdzieniegdzie tworząc sterty.

– Nie wiem, jak ty wytrzymujesz ten zapach terpentyny, kochanie, jest okropny. Otworzę okno. I nie zamykaj go, proszę, bo gdyby twój ojciec wszedł tu teraz, nie darowałby sobie, że pozwolił ci na te studia. Powinnaś czasem wietrzyć pokój.

Elisę zdziwiło, że matka odsuwa zasuwkę i otwiera okno na oścież, nie czekając na jej zgodę. Clara rzadko wykazywała jakąkolwiek inicjatywę. Elisa wyczuwała, że coś nie gra w jej zachowaniu, lecz nie wiedziała co. Nigdy nie zastanawiała się, dlaczego jej matka nie zachowuje się jak matka. Zawsze tak było. Odkąd sięgała pamięcią, Clara pozwalała powodować sobą, bez szemrania, jakby to było normalne. Chociaż w tym przypadku miała wiele racji: zapach olejku terpentynowego i innych rozpuszczalników wsiąkł w ściany i w tkaniny, a przecież upłynęło zaledwie kilka tygodni, od kiedy zainstalowali się w nowym mieszkaniu w Paryżu. Na zaimprowizowanym stole – desce położonej na dwóch drewnianych kozłach – tłoczyły się tuziny szklanych słoiczków, pełnych i pustych, i masa pędzli wszelkich możliwych rozmiarów i rodzajów. Zalegające na podłodze sterty starych gazet i szmat nadawały pomieszczeniu wygląd magazynu jakiegoś trapera raczej niż alkowy młodej dziewczyny. Clara ułożyła pędzle i starała się ustawić prosto płótno odpoczywające na sztalugach.

– Mamo, niech mama zostawi, proszę, ja to zrobię, obiecuję.

– Pamiętaj, że obiecałaś. Jesteś panienką z dobrego domu, nie możesz żyć w taki sposób. I pośpiesz się, bo się spóźnisz.

Elisa była pewna, że matce dobrze zrobił wyjazd do Paryża. Częściej widywała ją uśmiechniętą, a pustka w jej oczach wydawała się mniej głęboka. Jednakże była to pewność nieuzasadniona niczym oprócz intuicji, która zawsze pozwalała jej przewidzieć ataki melancholii nękające Clarę, wielodniowe, podczas których nikt i nic nie mogło jej pomóc.

– Prawdę mówiąc, mam wątpliwości, czy powinnam uczęszczać do tej szkoły. Nie wiem już, czy to na pewno był dobry pomysł.

– Co też powiadasz? Ty? Ty masz wątpliwości? Własnym uszom nie wierzę, córeczko. Byłam przekonana, że coś podobnego nigdy ci się nie zdarzy.

Clara uśmiechała się. Fiołkowe oczy przepełniała czułość. Elisa nie przypominała sobie, by matka kiedykolwiek podniosła na nią głos ani nawet by zwróciła się do niej innym tonem, nie tak ciepłym i łagodnym. Uwielbiała ją za to, za inne rzeczy też, lecz przede wszystkim za to, bo dzięki temu czuła się jak delikatny kwiat. Gdy zdarzało się coś, co się jej nie podobało, po prostu milkła i odczekiwała kilka minut, aż problem w jakiś tajemniczy sposób sam zmaleje i przestanie wymagać jej interwencji, a gdy tak się nie działo, znikała i pojawiała się dopiero wówczas, gdy zapomniała o przyczynie niezadowolenia. I nie płakała. Elisa wielokrotnie wytężała pamięć, próbując sobie przypomnieć, ile razy i z jakiego powodu jej matka uroniła przez ostatnie lata choćby jedną łzę, lecz nic nie przychodziło jej na myśl. Chyba nigdy nie widziała jej płaczu.

Elisa wciąż leżała w łóżku, przykryta prześcieradłem. Jasne kędziory okalały głowę wciśniętą w poduszkę niby promienie otaczające słońce narysowane przez dziecko.

– Niech mama nie kpi sobie ze mnie, mówię poważnie. Nie jestem pewna, czy dobrze zrobiłam. Myślę, że to zbyt ciężkie studia. A szczególnie dla kobiet. Nie sądziłam, że spotkam ich tak mało. To przecież Paryż, na Boga, gdzie są te setki wyzwolonych, postępowych kobiet, o których opowiadała mi Milagros? Zapadły się pod ziemię? Rozpłynęły?

– Uspokój się, kochanie, na pewno studiuje tam więcej dziewcząt, ale jeszcze ich nie widziałaś. Chodzisz do szkoły dopiero od kilku dni. Ja wciąż jeszcze jestem oszołomiona zmianami, a przecież prawie nie wychodzę. Co dopiero ty...

– Może, ale wszystkie zajęcia już się zaczęły, poznaliśmy wszystkich profesorów i jest wśród nich tylko jedna kobieta. Nawet sekretarz to mężczyzna. Prawie sami mężczyźni. I odniosłam wrażenie, że niektórzy woleliby mnie tam nie widzieć. Nie powiedzieli mi tego, rzecz jasna, ale... nie odpowiadają mi tak samo jak moim kolegom.

Clara roześmiała się. Jej śmiech był spontaniczny i świeży. Sprawiała wrażenie, jakby wyzwoliła się spod jakiegoś czaru, który więził ją w wysokiej wieży, tak silnego, że bardzo rzadko udawało jej się stamtąd uciec.

– Proszę, Eliso, wstańże już wreszcie i ubieraj się, bo się spóźnisz. Nie mogę uwierzyć w to, co mówisz. Choćbyś była na roku sama jedna, choćby nie było żadnej innej kobiety oprócz ciebie, cóż to ma za znaczenie? Naprawdę nie wystarczyłoby ci? A może zasypujesz ich pytaniami i to ich znużyło? Znam cię, kochanie, potrafisz być bardzo natrętna.

Elisa zesztywniała na łóżku. Przyciskała do piersi dłonie, w których mocno trzymała prześcieradło. Powietrze dochodzące z ulicy zmieniło zapach malarstwa na aromat maślanych croissantów i naleśników.

– Niech mama tak nie mówi, nie jestem dzieckiem. Niech mama nie myśli, że będę się zachowywać jak uczennica. I nie o to chodzi. Nie wiem, czy uda mi się ciągnąć to dalej. Nie czuję się na swoim miejscu. Wielu patrzy na mnie jak na jakiegoś dziwoląga, którego nie powinno tu być. A może i mają rację, bo na cóż mi to? Czy naprawdę będę mogła malować? Sądzi mama, że uda mi się sprzedawać obrazy? A jeśli nie, to po co mam się męczyć i płynąć pod prąd? Ojciec zupełnie nie jest do tego przekonany, a w ogóle to myślę, że to jego opór sprawił, że się uparłam na te studia. A ja myślałam, że będzie mi łatwiej, że bardziej mi się będzie podobało. A jest mi bardzo ciężko. Co mam zrobić? Co zrobiłaby mama?

– Eliso, są pytania, na które nie potrafi odpowiedzieć nikt poza pytającym. Ja nie wiem, czy twoje obrazy są dobre i czy podobają się jeszcze komuś oprócz mnie, ojca i naszych czy twoich przyjaciół. Nie wiem też, czy może wkrótce nie wyjdziesz za mąż i nie porzucisz malowania, z miłości albo z obowiązku. Nie wiem prawie nic. Nie wiem nawet, czy to mnie powinnaś zadawać te pytania. Wiem jedno: nikt nie odpowie na nie lepiej niż ty. Na pewno. Tylko ty wiesz, jak daleko jesteś w stanie dojść, co jesteś w stanie znieść, dla czego i dla kogo możesz się poświęcić. I wiem jeszcze, że jeśli ktokolwiek może osiągnąć cel, który sobie stawia, to właśnie ty. Ty potrafisz zrobić wszystko, czego zapragniesz. Wszystko.

– Otóż ja nie jestem tego taka pewna. Życie pośród mężczyzn jest zbyt skomplikowane. Sądzę, że wcześniej nie zastanawiałam się nad tym, bo myślałam, że gdzie indziej będzie inaczej, ale teraz widzę, że to nieprawda. Francja bardzo się różni od Hiszpanii. Tam byłyśmy zamknięte w czterech ścianach. Tu jest inaczej, kobiety mają większy wybór, w Villaviciosa zawsze czułam się dziwadłem. Ale teraz myślę, że różnica wcale nie jest taka duża. Czy sądzi mama, że kobieta może w życiu robić to, co zechce? Nawet gdyby udało się jej skończyć studia... Nie wiem... A może się mylę, może nie osiągnę tego, co bym chciała, a to zwykłe życie nie będzie takie złe, skoro tyle kobiet zgadza się na nie...

– Kochanie, nie oceniaj, za wcześnie na wydawanie sądów. Po prostu działaj, rób to, co twoim zdaniem powinnaś robić. A przede wszystkim nie poddawaj się tak szybko. Nie rozumiem, co cię naszło. Dopiero przyjechałaś. Z tego, co mówisz, wynika niezbicie, że to nie Hiszpania, a tym bardziej nie Villaviciosa. Wystarczy przejść się po ulicy, żeby to zobaczyć. Ja czuję się wręcz onieśmielona. Ale ty jeszcze nie zaczęłaś żyć na dobre, nie musiałaś mierzyć się z problemami typowej kobiety. Jak więc możesz wątpić? Dlaczego wątpisz, skoro jesteś o krok od osiągnięcia tego, do czego zawsze dążyłaś? Zadziwiasz mnie. Co się z tobą dzieje? Chodzi tylko o szkołę? Coś się stało? Wiesz, że możesz mi opowiedzieć o wszystkim, że nie będę cię osądzać. Nie jestem od tego. Nigdy nie byłam. A może się boisz?

– Jest mama pewna, że chce mama, żebym studiowała? Naprawdę jest mama pewna? – Głos dziewczyny drżał.

Clara ucałowała ją.

– Właśnie tak. Sądziłam, że to już ustalone. Kochanie, nie bój się o mnie. Nigdy nie pozwoliłabym na to, żebyś zrezygnowała ze swoich marzeń ze względu na mnie, Eliso, nigdy. Nie zapominaj o tym. Ja zawsze będę po twojej stronie, obojętnie, co zamierzysz. Zawsze będę z ciebie dumna, cokolwiek przedsięweźmiesz. Nie musisz studiować, żeby coś mi udowodnić lub żeby udowodnić coś sobie. Ale nie musisz też rezygnować ze studiów. A ja tym bardziej nie muszę prosić cię o to. Uwierz mi.

Clara przysiadła na łóżku, u boku córki, i patrzyła jej w oczy, wygłaszając tę przemowę. Rzadko robiła coś podobnego, rzadko czuła się na siłach. Prawie zawsze wolała milczeć albo po prostu nie miała nic do powiedzenia. Ale teraz... teraz czuła, że tak, może zmienić czyjś los, może przyczynić się do tego, by osoba, którą kocha najbardziej na świecie, dzięki której uznała, że warto walczyć, i to od momentu, gdy po raz pierwszy wzięła ją w ramiona, by jej ukochana córka spełniła swoje pragnienia, coś, o czym ona sama nie śmiała nawet pomyśleć. Nie zamierzała pozwolić, by Elisa zrezygnowała ze swoich marzeń. A tym bardziej ze względu na matkę.

– Córeczko, niełatwo być kobietą. To prawda, że ten świat to świat mężczyzn, i nikt nie wie, ile lat musi jeszcze upłynąć, by to się zmieniło, ani czy w ogóle to się kiedyś zmieni. Ja myślę, że nie, bo każda kobieta jest przywiązana do siebie mocnym sznurem, różnej długości, z różnego materiału, to zależy od osoby, sznurem, który prędzej czy później odkrywa. Poznałam bardzo niewiele kobiet zdolnych do zerwania tego sznura, co zresztą niewiele daje tak naprawdę... Ale ty jesteś malarką, tak, jesteś malarką. Musisz tylko uwierzyć w siebie, uwierzyć, że naprawdę chcesz nią być, a kiedy nabierzesz tej pewności, będziesz mogła walczyć o to albo o cokolwiek innego, o czym zamarzysz. Wiesz, co myślę? Myślę, że wszystkie kobiety są po trosze malarkami i że wyobrażamy sobie niebo, które chcemy namalować na jednym z tych płócien, które tu stoją, i kreska po kresce, z oddania, z cierpienia, z pracy, z marzeń, z rezygnacji, z radości i z miłości, przede wszystkim z miłości, intensywnej miłości, kreska po kresce, tworzymy je każdego dnia. Najpierw wypełniamy tło, na niebiesko. Potem dodajemy księżyc i jego blask, na srebrzysto. A na koniec dorzucamy gwiazdy, miliony białych gwiazd, po jednej za każdego buziaka, jakiego dajemy tym, którzy w jakikolwiek sposób od nas zależą, tym, których kochamy. I pod tym pięknym niebem stworzonym z naszych kresek oni mogą się schronić, kiedy nadejdzie noc. A każda kobieta powinna sama móc decydować o tym, jak pomaluje swoje niebo. Proszę cię, skarbie, obiecaj mi, że nie zrezygnujesz z tego, przynajmniej dopóki nie spróbujesz.

* * *

Gdy zbliżała się godzina rozpoczęcia zajęć, tłumek studentów wpływał w uliczki przylegające do szacownych gmachów szkoły niby mrówki zmierzające do mrowiska. Elisa zawsze stawała przed bramą jako jedna z pierwszych, lubiła przychodzić wcześniej, by odetchnąć zapachem akademii; to był specyficzny zapach, którego nie kojarzyła z żadnym innym miejscem i którego nie potrafiłaby opisać, lecz który wyczuwała zaraz po wejściu w ulicę Des Écoles słynącą z księgarenek pełnych najrzadszych książek, gdzie najbardziej oblegani księgarze wystawiali stoły przed swoje lokale na parterze wysokich szarych kamienic. Studenci tworzyli strumienie, które rozszerzały się i zwężały wedle ich woli, a które z daleka sprawiały wrażenie żywej, rozedrganej materii. Szmer wzmagał się, w miarę jak Elisa podchodziła do tego dziwacznego stwora. Natychmiast zauważyła Martina. Jego czarna czupryna wyróżniała się spośród jasnych głów paryżan, lecz najbardziej rzucał się w oczy strój, zawsze schludny i pełen szyku, niby u eleganta z okładki „Vogue'a". Zdziwiła się, widząc go tu o tej porze. I on, i Diego zaczynali zajęcia później, a Elisa była pewna, że zdarza im się przychodzić po czasie: obaj byli zbyt roztargnieni, by grzeszyć punktualnością, pomimo wysiłków Milagros. Nie wiedziała zresztą, czy przeprowadzka zmieniła ich czy nie, ponieważ nie widzieli się od czasu przybycia do Paryża.

Martín gawędził z jakąś kobietą. Elisa nie widziała jej zbyt dobrze, gdyż stała do niej tyłem, lecz sylwetkę miała czarującą, a ubrana była wedle najnowszej mody paryskiej, której ona sama jeszcze nawet nie zaczęła pojmować. Wbrew sobie opuściła wzrok i spojrzała na ciemną spódnicę zakrywającą kostki i sięgającą trzewików. Gdy podeszła nieco bliżej, rozpoznała nieznajomą. Nie było jak się wycofać, Martín zauważył ją i machał do niej.

– Eliso, jak dobrze, że nas znalazłaś. Diego nie był pewien, czy zaczynasz właśnie teraz. Przesunęli mi jedne zajęcia i chciałem zobaczyć moją małą. Jaka śliczna jesteś, jak zwykle.

Elisa podniosła machinalnie rękę do włosów. Żałowała, że nie może zobaczyć swojej twarzy w lustrze, jakże chętnie naprawiłaby teraz głupotę, jaką było wyjście z domu bez upudrowania sobie choćby nosa. Anna spoglądała na nią władczymi oczami obrysowanymi czarnym tuszem, który podkreślała jej urodę z elegancją kreski pióra montblanc.

– Anno, co ty tu robisz? Myślałam, że wybierasz się na studia do Bordeaux!

Natychmiast pożałowała, że nie poszła za słynną radą ojca, który mawiał, że kto milczy, ma więcej czasu, by przemyśleć, co powinien powiedzieć. Ta kobieta, zawsze o rozmiar szczuplejsza i o komplement bogatsza, miała więcej jadu niż żmija. Szeroki uśmiech, jaki posłała Elisie, wystarczył, by ta uznała swoją przegraną, zanim jeszcze rozpoczęła się batalia.

– Tak, dopóki nie dowiedziałam się, że wy jedziecie do Paryża, Eliso. Matka poleciła mi, żebym zaopiekowała się moim kuzynem.

I wami także, rzecz jasna. Jestem do waszej dyspozycji, gdybyście tylko czegoś potrzebowali. To bardzo duże miasto, w niczym niepodobne do Asturii, jak z pewnością już zauważyłaś. Tu zawsze trzeba zwracać uwagę na to, jak wychodzisz na ulicę. Możesz przecież spotkać kogoś, kogo wcale nie chciałabyś oglądać...

Martín przenosił wzrok z jednej kobiety na drugą, nie odzywał się, napawał widokiem. Strumienie studentów topniały powoli, a szmer przenosił się w stronę wielkiego portyku poprzedzającego wejście na wydział.

– O tak, widać, że ty zawsze przestrzegasz tego zwyczaju. Jesteś wymalowana jak tapeta.

– Eliso, jestem całkowicie pewna, że wciąż jeszcze nie rozumiesz, jak bardzo mężczyznom podobają się tapety. À propos, gdzież to podziewa się mój kochany kuzynek? Niektóre zajęcia mamy chyba razem. Studiowanie z nim będzie bardzo zabawne. Wniesie coś nowego i interesującego na ten uniwersytet.

Elisa nie odpowiedziała. Z przyjemnością palnęłaby w tę uroczą buziuchnę, ale się nie odważyła. Jakżeby to wyglądało? Popatrzyła na Martina i wydało się jej, że ów uśmiecha się z satysfakcją. Oczy mu błyszczały i oblizywał sobie wargi, wydając ledwie słyszalny pomruk niby kot angorski czesany i głaskany. Puścił do niej oko.

– Moje drogie damy. – Stanął pomiędzy nimi i ujął każdą za łokieć. – Myślę, że lepiej uczynicie, oszczędzając siły. To zaledwie pierwsza runda. – Pociągnął je delikatnie w stronę bramy szacownego kamiennego gmachu. Kobiety przestały mierzyć się wzrokiem jak dwie zazdrosne diablice, lecz Martín wyczuł, że prawie jednocześnie napięły mięśnie. – Wyglądacie jak dwie kury w zagrodzie, gdzie znajduje się tylko jeden kogut. Nie obraźcie się za to porównanie, lecz ktoś musiał to wam powiedzieć, a jako że nie ma tu Diega, który zawsze jest szarmancki, postanowiłem, że się tym zajmę. Zapewniam was, że nic nie sprawiłoby mi większej przyjemności niż oglądanie, jak tarzacie się w błocie, lecz mój dobry przyjaciel nigdy by mi nie wybaczył, że pozwoliłem, by jego narzeczona i kuzynka rozpoczęły w tak mało chrześcijańskim, a jakże niewybrednym i wyniosłym stylu swoją relację, więc posłuchajcie mnie i chodźmy już na zajęcia. Nie wątpię, że narodzi się z tego najlepsza przyjaźń i że w przyszłości same będziecie się śmiały na wspomnienie sceny, której miałem przyjemność być świadkiem, a która, zapewniam was, sprawi, że nie raz gryźć się będę w język, by nie ulec pokusie opowiedzenia o niej.

III

VILLAVICIOSA, NIEDZIELA, 14 MAJA 2000 ROKU (GODZ. 17.08)

Drogi ku przeszłości otwierają się w moim umyśle i krzyżują w pamięci, aż natkną się na gest, uścisk, pocałunek, spojrzenie, lament zatrzymany w jednej chwili. I nagle widzę wszystko przed sobą, w serii przyśpieszonych obrazów z mojego życia. Ale jednocześnie gubię się w rzeczywistości. Znikam. Teraz otwieram oczy; dojechaliśmy do Villaviciosa. Pewnie zasnąłem. Taki już mój los, nawet moja ziemia nie przykuwa już mojej uwagi. Pobudowali drogi, które łączą nadbrzeżne miasteczka, dawniej poruszaliśmy się tylko po ścieżkach wydeptywanych pracowicie przez nas samych. Teraz jest nawet asfaltowa szosa do plaży. Wszystko pachnie turystyką, także te miejsca, gdzie kiedyś słychać było, jak las pnie się do nieba. I ten zapach, destylat wody, słońca i ziemi... Ach! Ten zapach... Ale co tu robią te budy? Jak śmieli oszpecić to piękno? To postęp, człowiek jest motorem i początkiem wszystkiego, także swej destrukcji. Ciekawe, czy jest tam jeszcze kaplica wyrzeźbiona w grocie? Na pewno tak. Ludzkość może i zniszczy samą siebie, ale nigdy nie wyzbędzie się wierzeń. Tak, na pewno tam jest, pod kopułą zimnego granitu, Dziewica otoczona kwiatami, a obok niej złoty kielich i skrzyneczka z chlebem. Tak, jest. Violeta zatrzymuje samochód na wysokości ołtarza. Nie z pobożności, nie sądzę. Urzekło ją piękno prostoty, zawierającej więcej boskości niż wszystkie katedry na świecie razem wzięte. Pamiętasz, Dziewico z Groty, tych dwóch chłopaczków i dziewczynkę, którzy kryli się pod stołem ołtarzowym? Chroniłaś nas, bo nigdy nikomu z naszych rodziców nie przyszło do głowy, żeby zajrzeć pod twoje spódnice. Tak, chroniłaś nas, nie chciałaś, żebyśmy dostali burę, sprawiałaś, że byli pewni, że pobiegliśmy schować się za drzewami, które nadal spoglądają na twoje łzy. Och, istoto, która wciąż wydaje mi się taka święta! Kiedyś wierzyłem, że jesteś moją matką, matką wszystkich ludzi, ale matka nie pozwoliłaby, żeby jej dzieci zachowywały się tak, jak zachowują się ludzie. A nawet jeśli kiedyś nią byłaś, na pewno dawno temu pożałowałaś tego i wyparłaś się tych, którzy czynią tyle zła.

– Dziadku, obudziłeś się? To dobrze, musisz pokazać mi, jak dojechać do domu, nie za bardzo wiem, którędy, skończyły się drogi gminne i zabłądzę, jeśli mi nie pomożesz.

– No to mamy kłopot, córeczko. Ostatni raz byłem tu tysiąc lat temu, tysiąc lat! Ale postaram się, wygląda na to, że niewiele się tu zmieniło.

– A dokąd dokładnie jedziemy? Nie pisnąłeś ani słówka, od kiedy wyjechaliśmy z Burgos. Po co tyle sekretów? Nie możesz mi powiedzieć?

Jakiego sekretu dochowuję... Jak jej wyjaśnić, że sekretów się nie dochowuje, że wkradają się do naszego serca tak głęboko, że zapierają nam dech, sięgają dna i szukają ujścia na zewnątrz? Jak opisać jej, co czuję, wracając do tej krainy, patrząc na ocean i plażę, wdychając zapach sosen, rozpoznając tutejsze góry? Jak opowiedzieć jej, czym była dla mnie ta ziemia? Nie potrafię, po prostu.

– Jedź tędy, Violeto, za ten kopczyk piachu. Tam powinniśmy już zobaczyć las. To niesamowity las, sięga aż do morza, kończy się na plaży. Jedź tędy. Tak, ptaszątko, tą drogą dojedziemy.

Nasz las, tak, tyle lat upłynęło... nawet pnie drzew popękały ze starości, ktoś naznaczył ich duszę pierścieniami czasu. Czy to prawda, że posadzono je tu z rozkazu jakiegoś szalonego króla rozmiłowanego w morzu? Pewnie pękał ze śmiechu, patrząc, jak słudzy próbują spełnić jego rozkaz. Długie rzędy niewiarygodnie proste, równoległe i prostopadłe, biegną nieomal na brzeg. Wszystko tutaj mówi mi o tobie, Eliso: niebo, bryza, mewy, szum fal. Nic na to nie poradzę, mam gęsią skórkę, a serce tłucze mi w piersi, powinienem się uspokoić, jestem za stary na takie wzruszenia. A przecież nie mogę się oprzeć nerwowości, która ogarnia mnie jak wówczas, kiedy bawiliśmy się pośród drzew, a potem czekaliśmy na noc, jak się czeka na Trzech Króli, żeby w swym worze mroku przyniosła w prezencie jakąś przygodę. Leżeliśmy na ziemi, patrzyliśmy przez liście na księżyc, a wtedy ukazywał się nasz sekret: kolor, którego potem przez całe życie szukałem podczas pełni księżyca, którego widok napełniał mnie nostalgiczną radością i przenosił do tego lasu, do domu. „Księżycowa zieleń", nazwaliśmy ją pewnej nocy, Martín, ty i ja, pamiętasz? I obrzucaliśmy kamieniami wszystkich, którzy śmiali się z nas wtedy, a zawsze się śmiali, ale tak mało nas to obchodziło!

Eliso, jesteśmy pod domem, Violeta znalazła drogę, chociaż ja nie pamiętałem prawie nic. Ależ się tu pozmieniało. Niebieski gmach stoi jednak niewzruszony, niby domek z baśni, pośrodku ogromnego ogrodu. Wyniosły, pyszny, piękny. Nie rozumiem, jaką to straszną tajemnicę kryjesz w sobie, dlaczego wszystko wokół ciebie emanuje magią. Między kamieniami podmurówki dostrzegam jeszcze ślady rysunków kreślonych sadzą przez małe skrzaty w kapeluszach z dużym rondem i z czerwonym nosem, wymawiające zaklęcia, które zapewniały im niewidzialność. Zbierały się wokół ogniska, gdy zachodził księżyc, śmiały się i śpiewały. Ich znaki na zawsze już pozostały na ścianach. Czy mieszka tu jeszcze jakaś *xana*? Ileż nocy strawiliśmy, polując na nią. Widzieliśmy nawet, jak przedostaje się przez szparę w oknie, pełznie przez ogród i znika pośród drzew. Nigdy nie odważyliśmy się pobiec za nią, nie było ani łatwo, ani bezpiecznie gonić xanę umykającą w cień. I kładliśmy się do łóżek, trzęsąc się ze strachu i z wściekłości na myśl, że kryje się gdzieś blisko, o rzut kamieniem, skacze, szykuje kolejną psotę i śmieje się z naszego tchórzostwa.

Jaki silny czułem się wówczas, wierząc, że obronię się przed tymi fantastycznymi stworami! Później nie umiałem obronić moich bliskich przed prawdziwymi. Ale przecież jeszcze żyję, czemu więc mówię, jakbym nie żył? Lepiej nie myśleć o powodach, jakie ma ciało, by wciąż oddychać, chłonąć magię i przetwarzać ją, choć umysł nie chce już tego. Czy można wyłączyć mechanizm, który zmusza moje oczy, by patrzyły, ręce, by dotykały, komórki, by przyjmowały tlen niezbędny do życia?

Violeta patrzy na mnie, czasem myślę, że wie, o czym myślę, ale skądże by miała wiedzieć? Nie ma pojęcia, co mnie boli. Byłoby niesprawiedliwością zmuszać ją, by dźwigała ciężar moich łez. Czy powinna wiedzieć, jeśli to oznacza cierpienie?

Ach, Eliso! Nawet sobie nie wyobrażasz, jak wszystko urosło; krzak bugenwilli, który posadziła moja matka, zasłania całe wejście. Jego pień jest gigantyczny, skręca się już od podstawy, ginie pod tysiącem pomarańczowych kwiatów. Jak dobrze, że pozwoliłem, żeby Inés zamieszkała tutaj, dba o dom jakby o swój własny. Matce spodobałoby się, wszystko wysprzątane, eleganckie. Moja kochana i zabiegana matka, wiecznie czymś zaprzątnięta, była szczęśliwa w każdym domu, w którym mieszkała. Mam jeszcze szczotkę od kompletu z toaletki, którą podarował jej ojciec dokładnie w dniu, kiedy pocałowałem cię pierwszy raz od naszego przyjazdu do Paryża, tę szczotkę ze starego srebra, w komplecie był flakonik na perfumy, nigdy nie udało się go opróżnić, i lustro, przed którym codziennie czesała po wielokroć swe gęste czarne włosy. Sto razy i ani raz więcej, bo prysłby czar i wyłysiałaby.

Widzę cię, gdy wreszcie zostaliśmy sami. Powstrzymywałem się z największym trudem. Wszystko mi przeszkadzało, za dużo przestrzeni, za dużo godzin, chętnie byłbym się pozbył nawet powietrza, które stało między tobą a moimi rękami. Byłem młody i kochałem cię. Ale musiałem odsunąć cię na jakiś czas, moja matka potrzebowała chorążego, którego mogłaby wysyłać na zwiady, dopóki się nie urządzi, dopóki nie pozna miejsc, w których później będzie się czuć jak ryba w wodzie; sklepy i muzea, cóż mogłoby dać jej więcej szczęścia! I ta niezależność, a zarazem podległość mnóstwu omszałych norm... Znosiłem to, bo miałem nadzieję, że wkrótce będziesz tylko dla mnie, gdy matka poczuje się pewniej. Chciałem opowiedzieć ci o wszystkim! O zajęciach, o nowych profesorach, o kolegach, o błogim uczuciu, że otwiera się przede mną nowy świat nadziei i wiedzy. Ale nic z tego nie miałoby wartości, jeślibym nie mógł podzielić się z tobą. Ani razu nie pomyślałem o tym, co zostawiliśmy za sobą, chciałem jak najprędzej osiągnąć naszą wspólną przyszłość. To cudowne wrażenie, że możemy skupić się na świetlistej przyszłości, w której nic nie może ulec zepsuciu. Ależ byliśmy naiwni! Villaviciosa, Asturia, Hiszpania zostały z tyłu, odsunięte w jakiś zakamarek naszej pamięci.

Ale tu nie odczuwam już strachu, jakżebym mógł się bać, skoro w tym domu nie zaznałem nic oprócz szczęścia? To po wyjeździe stąd dowiedziałem się, jak smakują łzy. Violeta przystanęła przy bramie. Wpatruje się w dom.

– Dziadku! Jesteś pewien, że to tutaj? Na sto procent?

– Tu są klucze.

– Ale przecież to nie dom, to pałac!

– Zbudowany według planów Posady Noriegi na początku wieku, tak. Ale przydałoby się malowanie.

– Nie mogę uwierzyć. Poczekaj, niech usiądę, muszę ochłonąć. Więc chcesz mi powiedzieć, że ten, jak mówisz, „dom", należy do ciebie, chociaż nigdy nie wspomniałeś o nim ani słówkiem. Niemożliwe. Jesteś właścicielem takiego miejsca i nigdy nie przyszło ci do głowy, żeby mi o tym powiedzieć? Dlaczego? O matko, nigdy nie widziałam piękniejszego miejsca! Naprawdę jest twoje?

– Ja też nie wiem, jak to wyjaśnić, uwierz mi. Wprowadziliśmy się tutaj, kiedy byłem małym chłopcem. Rodzice zamówili go, kiedy postanowili wrócić do Asturii z Meksyku, gdzie mój ojciec robił niezłe interesy. Ale tę historię mniej więcej znasz.

– Nie, nie znam, nie w takiej formie. Opowiadałeś mi tylko, że urodziłeś się w Meksyku, nie mówiłeś, że pradziadkowie byli bogaci.

– Bo nie byli, nie w pełnym tego słowa znaczeniu. Powiedzmy, że poszczęściło się im. Ale szybko stąd wyjechaliśmy. Za Republiki rodzice obawiali się problemów, i słusznie. Zostawili dom pod opieką służby, a potem wybuchła wojna domowa, a wtedy osiedliła się tu rodzina twojej babki i gospodarzyła aż do niedawna. Kuzynka twojej babki i jej mąż byli ostatnimi osobami, które tu mieszkały. Zmarli niedawno. To oni tak dbali o dom.

– Ale ten dom nie jest zwyczajny, on jest ogromny! I piękny.

I niebieski! Jaki śliczny! Jestem zachwycona. Nigdy czegoś takiego nie widziałam. Da się mieszkać w takim domu? Nawet nie chcę myśleć, ile będzie kosztowało pomalowanie go z zewnątrz! Jak się mieszka w takim dziele sztuki?

– Dopóki żyli moi rodzice, to oni łożyli na jego utrzymanie. Chociaż nigdy nie wrócili do Hiszpanii, ojciec nie chciał ani go sprzedać, ani wyrzucić Inés i jej rodziny. Ja odziedziczyłem to, czego nie roztrwonili, a mimo starań mojej matki, nie było tego mało. W Stanach Zjednoczonych mieli majątek, który upłynniłem lata temu, kiedy zmarła twoja matka. Pieniądze wystarczyły na długo. Dzięki nim mogłem zachować ten dom. A kiedy turyści zaczęli odkrywać Asturię, wnuczka Inés wynajęła kilka pokojów, bo utrzymanie kosztowało bardzo dużo, a ona sama była bardzo towarzyska i cieszyła się, przyjmując gości. Kiedy jej dzieci założyły własne rodziny, wynajęła więcej. Jeśli cokolwiek jeszcze zostało z tego domu, to tylko dzięki nim. Ja wysyłałem wówczas pieniądze tylko od czasu do czasu. To był ich dom bardziej niż mój. Kiedy twoja matka postanowiła wrócić do Hiszpanii, pewien znajomy zaoferował mi posadę na uniwersytecie i uznałem, że ja też wyjadę z wami, ale nie czułem się na siłach, żeby tu zamieszkać. Poza tym pracę miałem w Madrycie. Ale wcześniej też nie chciałem wracać. Zbyt wiele wspomnień. Gdyby twojej matce nie zachciało się zamieszkać w Hiszpanii i gdybym nie chciał być z wami, moimi ptaszątkami, pewnie nie wróciłbym tu nigdy. Cóż, wystarczy tych opowieści, nie możemy tkwić przed bramą w nieskończoność.

– Ale ja nie mogę się ruszyć. Zamurowało mnie.

– Nie bądź głupia, to przecież nic takiego. To tylko niebieski dom z ogrodem pełnym magnolii, lilii, hortensji, pewnie skaczą też tu gdzieś wiewiórki. Kiedyś były jeszcze kamelie, ale tylko różowe i białe, taki kaprys mojej matki. Nie chciała ani czerwonych hortensji, ani czerwonych kamelii. Ach, i są jeszcze żółte ślimaki bez muszli, wielgachne! I winniczki, mnóstwo winniczków. Przepraszam cię, Violeto, bardzo mi przykro, ale w tym momencie nie czuję się na siłach, żeby ci wyjaśnić, dlaczego nie zabrałem cię tu wcześniej i dlaczego nic nie mówiłem o tym domu. To historia długa i nieciekawa. Może kiedy indziej. Ale uwierz mi, miałem powody.

I nie jestem w stanie ich wyjaśnić. Nie wiem, jak jej powiedzieć, że powrót do miejsca, gdzie cię poznałem, gdzie patrzyłem, jak dorastasz, gdzie pokochałem cię od pierwszego wejrzenia, gdzie podczas pierwszego pocałunku przysiągłem, że zawsze będę cię kochał, powrót do tego miejsca sprawił, że serce mi się krajało, i nadal tak jest.

IV

„Po upływie północy oddziałom wojska udało się wreszcie spacyfikować rejon Gijón i Avilés. Zdradzieccy rebelianci złożyli broń i poddali się po zażartej bitwie, a jeńcy, w liczbie przekraczającej tysiąc sześciuset, zostali uwięzieni. Życie w stolicy powróciło do normy, nie licząc kilku drobnych incydentów, a stacje kolejowe wznowiły działalność. W ogarniętej wrzeniem Saragossie członkowie UGT uspokoili się, strajki zapowiadane w pozostałych prowincjach zostały odwołane, a robotnicy wrócili na stanowiska pracy. Rewolucyjny ruch socjalistyczny załamał się i ostatnie ogniska buntu zostały ugaszone w całej Hiszpanii".

Paryż, 10 października 1934

Elisa była piękna. Paryż dodawał jej urody. Opromieniał ją swym blaskiem, a może Diego nie był po prostu w stanie docenić innej piękności, gdy ona znajdowała się w pobliżu, innych świateł niż te, które dostrzegał w jej fiołkowych oczach. Nie udało im się spotkać sam na sam od dnia podróży; on nie potrafił uwolnić się od rodziców, zwłaszcza od matki, zajęcia na uniwersytecie mieli o różnych porach, a ona traktowała je tak poważnie, że nie zgodziła się opuścić ani jednych, by z nim porozmawiać.

Światła miasta pachnącego świeżym pieczywem i ciastem francuskim odbijały się w rzece, wędrowały po wodzie. Przepływająca barka tworzyła fale, które uderzały w rytmie walca w wielki kamienny mur zwieńczony marmurową balustradą ze splecionych ósemek. Fale wycofywały się, zachodząc na siebie. Fale każdej rzeki tańczyły w innym rytmie, a przynajmniej w tych rzekach, które Diego miał okazję oglądać dotychczas. I choćby próbował z całych sił, wiedział, że nigdy nie uda mu się wyzwolić z obsesji porównywania elementów i struktur wszystkiego, co widzi. A Paryż na każdym rogu oferował mu cuda architektury, które zaprzątały jego uwagę i myśli.

Elisa minęła ich i nie zatrzymała się. Nawet na nich nie spojrzała. Wręcz przyspieszyła kroku, mijając brązową bramę z kutego żelaza zamykającą wejście na dziedziniec. Martín zauważył najpierw jej buty: skórzane paseczki koloru lila były przyklejone do podeszwy spoczywającej na dziwacznym obcasie, wydrążonym, tylko dwa kółka dotykały w kilku miejscach konturu. Wędrując wzrokiem w górę, napotkał jedwabne pończochy znikające pod elegancką niebieską spódnicą. Odebrała już pierwsze lekcje od paryżanek: krój żakietu był pierwszorzędny. A talia aż nazbyt sugestywna.

– Eliso, dokąd biegniesz? Nie widzisz nas? – zawołał za nią zaskoczony Diego.

Nie zwolniła. Szła coraz szybciej, słychać było odgłos jej zdecydowanych kroków na bruku brudnym od kurzu i kolorowych papierków. Tuż przy niej rozległ się klakson automobilu. Przeszywający, wysoki dźwięk tak przestraszył człowieka przechodzącego przez ulicę, że ów upuścił niesiony w rękach pakunek. Jego zawartość rozprysła się na kawałki w zetknięciu z kostką brukową, a brzęk utonął w krzykach przechodnia. Pojazd odebrał mu wszelką nadzieję, przejeżdżając po skorupach prawym kołem o posrebrzanych szprychach. Te diabelskie maszyny widywało się coraz częściej, normalni ludzie na szczęście woleli rowery, a auta były tak uciążliwe i tak brudne, że nikt nie mógł wątpić, że nigdy nie opanują ulic.

– Eliso, zaczekaj, zaczekajże chwilkę. Dokąd pędzisz? Martín, chodź, muszę z nią pomówić.

Diego chwycił przyjaciela za ramię, lecz ten się wyrwał. Wygładził rękaw marynarki i poprawił koszulę. Martín był tak przystojny, że Diego nie rozumiał, dlaczego traktuje z pogardą każdą zbliżającą się do niego kobietę, z wyjątkiem tej jednej, z którą zresztą najchętniej się czubił. Może nie przyjmował do wiadomości, że Elisa dokonała wyboru. Nigdy o tym nie rozmawiali, dżentelmeni nie łamią danego słowa, ale może właśnie nadszedł moment.

– Idź sam, ja mam ochotę napić się czegoś. Jeszcze nie wiemy, jak wygląda paryska noc – odparł Martín, nie patrząc mu w oczy.

– Ale jest dopiero szósta, gdzie ty chcesz iść tak wcześnie? Poczekaj, potem pójdziemy razem.

– Nie chce mi się, ale ty zostań. Masz coś do zrobienia.

Elisa weszła do budynku, brama zamykała się powoli, jakby czekała jeszcze na kogoś. Diego podbiegł do niej i zdążył ją przytrzymać, zanim zamknęła się całkowicie. Gdy odwrócił się, by pożegnać Martina, ów zniknął. Wbiegł po schodach, chwytając się rokokowej balustrady, i dogonił Elisę na półpiętrze poprzedzającym poddasze, które wynajęli jego rodzice w kamienicy w Montparnasse. Złapał ją za ramię w momencie, gdy wchodziła na ostatni odcinek schodów.

– Co ci jest? Dlaczego nie poczekałaś na mnie? Chcesz, żebym ducha wyzionął?

– Wyobraź sobie, że wcale bym się nie zmartwiła!

Jej oczy rzucały iskry. Diego przyjrzał się jej uważnie; ze ściągniętymi ustami Elisa wyglądała jak wiewiórka albo jakiś inny gryzoń.

– Czemu tak mówisz? Słuchaj, nie wiem, o co ci chodzi, co takiego ci zrobiłem? Jeśli złościsz się, że nie byliśmy razem od czasu przyjazdu do Paryża, to naprawdę nie moja wina. Matka nie puszcza mnie od siebie ani na krok. Mam nadzieję, że wkrótce skończą się urządzać i przywyknie do nowego miejsca, bo mam już tego dosyć. Chcę jak najszybciej im powiedzieć, że przeprowadzam się do Martina, on mieszka w Dzielnicy Łacińskiej, dwie minuty od uniwersytetu.

– Tak? Co ty powiesz! Popatrz no, jak świetnie się składa, będziesz mógł zabrać ze sobą kuzynkę!

– Co takiego?

– „Mamo, myślę, że bardzo dobrze zrobiliśmy, przyjeżdżając do Paryża. Z przyjemnością tu zostanę"! – Elisa kpiła z akcentu Diega, przedrzeźniając jego przydechowe „s" z Południa połączone ze ściśniętą wymową z Północy. – Już wtedy było widać, jak ci trudno odkleić się od niej. A ona będzie studiować o dwie minuty od ciebie! Zapewne wiesz już, że zrezygnowała z Bordeaux, żeby studiować tam, gdzie ty.

Diego chwycił Elisę i pociągnął do siebie, ale wyrwała się i odwróciła w stronę schodów. Objął ją jeszcze raz, mocniej.

– Popatrz na mnie, Eliso. Popatrz na mnie. Nie mówisz tego poważnie. Wiesz, że żadna kobieta na świecie nie liczy się dla mnie bardziej niż ty. Ty.

Pocałował ją delikatnie w usta. Nadal je zaciskała. Ale trwało to tylko przez moment, bo wkrótce sama otoczyła go ramionami i wyciągnęła język, by go polizać. Kiedy ich usta się rozłączyły, pozostali jeszcze przez chwilę w uścisku, a on dotknął opuszkami palców jej powiek, tak jak zawsze, gdy kończyli się kochać. Nie przestawał wpatrywać się w jej oczy, ze słodyczą, jakby chciał, żeby każde słowo, które zamierzał wypowiedzieć, osiadło na jej sercu jak piórko na wodzie.

– Kocham cię. Tylko ciebie. Nigdy o tym nie zapominaj. Ty byłaś pierwszą kobietą, którą pokochałem, i będziesz ostatnią. Przysięgam ci.

Weszli razem, jak gdyby nigdy nic. Jak gdyby nic nie wydarzyło się pięć minut temu. Jakby ich serca nie biły w tym samym rytmie, a ciała się nie spotkały. Jakby nie trawiło ich pożądanie. Tylko Milagros przyglądała im się przez kilka sekund dłużej niż pozostali, po czym podniosła oczy do góry. Trzeba było zmienić te kwiatony. Nie pasowały do lamp, które zamierzała kupić. Wróciła wzrokiem do młodych.

– Wiecie już?

– O czym? Co się stało?

– No tak, jesteście zajęci czym innym…

Podała Diegowi rozłożoną gazetę. Czarne, drukowane litery tańczyły jej przed oczami nieprzywykłymi do słabego światła jedynej lampki, od Tiffany'ego, z niebieskimi szkiełkami w kształcie motylków, którą postawiła na stoliku przy oknie. Lampka była prześliczna, lecz nie znalazła jeszcze drugiej, mocniejszej, do kompletu. W Paryżu miała tysiąc sklepów, lecz prowadziło do nich tysiąc ulic, w których nietrudno było się zgubić i w które nie mogła jeszcze zapuszczać się tak często, jak by chciała.

– Górnicy wywołali powstanie. Zaatakowali jednostki policji patrolujące region, ale to im nie wystarczyło. Próbowali opanować siedzibę władz w Oviedo – Milagros wypowiedziała te słowa z niezwykłym dla siebie namaszczeniem. – Ci z Gijón poszli za ich przykładem i zajęli fabrykę broni. Chcą ustanowić sowiecką republikę! W Asturii!

– Milagros, uspokójże się, rząd robi już to, co powinien. – Jaime wydawał się całkowicie pewny tego, co mówi. – Wojsko z León jest tam już od dawna, a ojciec Martina mówił nam, że przybyło jeszcze dwanaście batalionów z Maroka. Nawet Legię Cudzoziemską sprowadził tam ten Franco! Przyzwoici ludzie siedzą w domach, chociaż walki toczą się przede wszystkim w tych dwóch miastach.

– Cóż za okropność, głowa mnie boli na samą myśl o tym. Jak to dobrze, że cię posłuchaliśmy, Jaime.

Manuel podniósł się. Nie udawało mu się zapalić cygara i podszedł do kredensu w poszukiwaniu gilotynki. Leżał tu jeszcze zestaw przyborów toaletowych ze starego srebra, który podarował żonie tego poranka jako rekompensatę za to, że nie chciał pójść z nią do Moulin Rouge. Flakonik na perfumy, szczotka i lusterko tak jej się spodobały, że natychmiast pokazała je Clarze. Ta zaś okazała na ich widok entuzjazm tak niezwykły, dziecinny wręcz, że przez głowę Milagros przemknęła myśl, by jej go sprezentować, i nie zrobiła tego tylko dlatego, że nie chciała urazić swojego męża. Jakiż dobry gust miała jej biedna przyjaciółka… tak, zestaw naprawdę był elegancki. Clara oddała go po długich oględzinach, a Milagros odłożyła go do kredensu. Metal lśnił przed jej oczami. Manuel wciągnął powietrze głęboko w płuca, a wyrzucając je gwałtownie przez nos, wydał dźwięk podobny do odgłosu rury wydechowej tych nowoczesnych automobili. Spojrzał na żonę. Milagros była zbyt milcząca. Złe nowiny z Hiszpanii musiały ją naprawdę przygnębić. Mieli szczęście, wyjechali stamtąd w samą porę.

– Choć raz przyznam ci rację, kochanie, i to tak, że się nie rozzłościsz: jak dobrze, że wyjechaliśmy. Chociaż ci nierozumni ludzie nie powinni byli tego robić. W obecnych czasach byle kto chwyta za broń i sądzi, że potrafi rządzić, to jakieś szaleństwo. Armia zetrze ich w drobny pył. Tłumią powstanie, a po drodze miażdżą wszystkich, którzy znajdą się pomiędzy. Jedni i drudzy dewastują Oviedo. Ojciec Martina jest przerażony. Krążą straszne opowieści o tym, co wyprawiają te dzikusy z Maroka. Hiszpania wplątała się w jakiś absurd, który nie wiadomo jak się skończy.

Clara spoczywała w fotelu w stylu Ludwika XVI obitym płótnem malowanym w liście bluszczu. Trzymała w rękach swój kajet w okładkach z masy perłowej z miniaturowym zamknięciem, do którego kluczyk wisiał na sznureczku z czerwonego jedwabiu. Już pół godziny temu przestała słuchać i gryzmoliła w nim małym ołówkiem, jak tylekroć razy podczas tych spotkań, nikt nigdy nie widział co. Gdy ktoś podchodził zbyt blisko lub zagadywał ją, po prostu zamykała kajet i ściskała go w ramionach. Wszyscy znali ten zwyczaj i porzucili nadzieję, że kiedykolwiek dowiedzą się, dlaczego kreślenie w kajecie ją uspokaja. Nawet Elisa wiedziała, że jeśli zajrzy jej przez ramię albo pochyli się nad nią, matka wstanie, zakryje kartkę ręką albo wykona inny gest, który uniemożliwi oglądanie rysunków. Nawet jej. Nikt już nie pamiętał, kiedy kajeciki przerodziły się w magiczny eliksir i Elisa postrzegała je tylko tak, jako odtrutkę na nieznany jad, i była im po prostu wdzięczna za to, że dzięki nim spojrzenie Clary zapala się na kilka chwil. Dziś była ubrana nieco mniej skromnie niż zazwyczaj, a fałdy spódnicy w kolorze popielu marengo odsłaniały szczupłe kostki. Zanim zaczęła rysować, podwinęła rękawy białej bluzki ze stójką, zapiętej na ostatni guzik. Jej jasne, faliste włosy, zawsze przycięte nad ramionami, ukazywały szyję długą jak u córki.

– Nie zimno wam? – zagadnęła Elisa. Sięgnęła po starannie złożony pled, który zawsze znajdował się na oparciu jakiegoś fotela w tym domu i zarzuciła matce na ramiona. Clara nie oderwała wzroku od swoich rysunków. Elisa pocałowała ją w głowę. Włosy matki zawsze pachniały wodą różaną.

– Powinniśmy zawiadomić Martina, nie wydaje się wam? – Diego wyglądał na zaniepokojonego. Rzadko naprawdę czymś się przejmował, lecz to, co opowiadał Jaime, nie wróżyło nic dobrego.

– Jak chcesz, Diego, ale nie sądzę, żeby trzeba było go straszyć. Jego rodzina miewa się dobrze. Nikomu z naszych znajomych nic nie grozi. To wszystko musiało być okropne, ale przyzwoici ludzie nie mają powodów do obaw.

Clara zamknęła notes na klucz, okryła się pledem i usiadła obok męża, który natychmiast ujął jej dłoń i przytrzymał w swoich. Toporna muszla i delikatna perła. Odwieczne morze i ulotne fale.

– Nie, pójdę po niego. Myślę, że powinien się dowiedzieć. Eliso, idziesz ze mną? – Dziewczyna zaprzeczyła ruchem głowy i usiadła bliżej matki. Jej fiołkowe oczy były jak dwa drżące, malejące księżyce. – Tak, lepiej zostań. Pójdę sam.

Diego sfrunął po schodach i pomknął na skróty, wąskimi uliczkami, które już doskonale znał, do Dzielnicy Łacińskiej, gdzie spodziewał się znaleźć przyjaciela. Noc zapadła już nad rzeką, a przez rozpiętą koszulę przenikał ziąb. Gdy mijał katedrę Notre Dame, ukąszenie lodowatego powietrza sprawiło, że szybko dopiął wszystkie guziki. Elisa miała rację: był tak roztrzepany, że stale zostawiał szalik na wieszaku, jeśli tylko nikt nie przypomniał mu, że klimat w tym mieście jest podobny do klimatu w Asturii, tak chłodny i wilgotny, że oddech zamieniał się w biały obłoczek, gdy tylko wydostał się z ust. Żałował teraz, że nie wziął szalika, lecz szedł przed siebie pewnym krokiem; gdy wejdzie w ciżbę, będzie mu cieplej.

Uliczki wypełniały tłumy studentów, którzy ociągali się z powrotem do wynajętych mieszkań. Wolność związana z nowym życiem, całkowicie różnym od tego, jakiego zaznali dotychczas, sprawiała, że chcieli wycisnąć każdy moment tego nieznanego i ekscytującego, podzielanego przez wszystkich poczucia niezależności. Diego przypatrywał się twarzom, szukając charakterystycznej fizjonomii Martina. Z zatłoczonych knajpek wydobywał się dym i muzyka, splątane z sobą tak ściśle, że tworzyły amalgamat niemożliwy do rozdzielenia. Ale paryżanie zachowywali umiar nawet po pijanemu i studenci, których krzyki rozbrzmiewały przed niezliczonymi domami uciech i barami, zawsze mówili w języku innym niż francuski.

Diego zaczął już rozważać samotny powrót do domu, gdy w drzwiach burdelu, jednego z najdroższych i najchętniej odwiedzanych w mieście – wedle listy krążącej wśród studentów ostatnich lat, którą zresztą udostępniali niekiedy pierwszemu rocznikowi w zamian za jakąś wyjątkową przysługę – ukazało się dwóch zbirów. Chyba wszyscy na uniwersytecie wiedzieli, że pod szyldem kabaretu lokal ów oferował spektakle o wiele bardziej drastyczne niż inne przybytki tego typu i że wśród bywalców, klientów i tancerzy, spotkać można było przedstawicieli wszystkich ras, rodzin, płci, orientacji i upodobań. Zanim Diego zdążył się zdziwić, że taką spelunę stać na opłacanie goryli, ci wyrzucili w powietrze mężczyznę o nagim torsie, którego sekundę wcześniej wlekli z nogami w błocie. Długa splątana grzywa zasłaniała prawie całkiem jego twarz, którą teraz uderzył o bruk. Z nosa pociekła mu krew. Poleciały za nim części odzienia, zbyt eleganckiego jak na stan, w jakim znajdował się jego właściciel. Leżał na ziemi przez długą chwilę, po czym z wielkim wysiłkiem podniósł się i powlókł w stronę, gdzie wylądowało ubranie. Usiadł na bruku i niezdarnie usiłował najpierw znaleźć, a potem wyprostować rękawy koszuli. Krew ciekła mu ciurkiem po twarzy i plamiła biały materiał. Diego podszedł, by mu pomóc, i przeraził się, odkrywając, że obszarpańcem bezskutecznie walczącym z guzikami koszuli jest jego przyjaciel.

– Na Boga, cóż ty tu robisz? Oszalałeś? Możesz wstać?

Martín podniósł głowę, by na niego spojrzeć, ale nie odpowiedział. Uparcie próbował przepchnąć nieprzyjazny guzik przez dziurkę, chociaż ów nadal się opierał. Diego nachylił się nad nim, zapiął pozostałe guziki, po czym pomógł mu wstać i włożyć marynarkę. Martín nie odzywał się.

– Co ty robiłeś w tej spelunie? Nie wiedziałeś, co to za lokal?

– Daj mi spokój, Diego. Mam was dość, doskonałych do bólu. A ja jestem śmieciem, nie widzisz? Tylko śmieciem.

– Cuchniesz alkoholem, za dużo wypiłeś. Nie możesz wrócić do siebie w takim stanie. Co ty w ogóle miałeś zamiar zrobić?

– Mam cię dosyć, przestań mnie pouczać i odczep się. Jestem już dużym chłopczykiem.

Diego wsunął rękę do kieszeni marynarki Martina. Przyjaciel spojrzał na niego z ciekawością. Nie znalazłby tam nic ważnego, chociaż gdyby poszperał głębiej, mógłby natknąć się na coś, co by go zdziwiło. Martín chwycił Diega za rękę i wyciągnął ją ze swojej kieszeni.

– Nie rób tego więcej. Czego szukasz?

– A czego niby mogę szukać? Chusteczki. Masz rozwaloną twarz, trzeba zatamować krwotok.

– Nie potrzebuję twojej pomocy, mogę wrócić do domu o własnych siłach i sam zadbać o swój nos.

– Przestań gadać głupoty i daj sobie pomóc.

Diego wyjął własną chusteczkę i wytarł lepki płyn wciąż płynący z nosa. Zwinął ją potem w kłębek i wsunął do obu dziurek, uciskając zarazem drugą ręką, żeby zatamować krwawienie.

– Na szczęście nie mam złamanego nosa, w innym razie łeb bym ci rozwalił, gdybyś tylko mnie dotknął…

– Jesteś bardzo pijany i pleciesz same bzdury. Przymknij się, porozmawiamy jutro. Teraz idziemy do domu.

– Nigdzie z tobą nie pójdę, powiedziałem. Odczep się wreszcie. Mam dość. Zostań sobie z nią, słyszysz? Zostań sobie z nią i bądźcie szczęśliwi, niech to szlag.

Diego przyjrzał się przyjacielowi. Niekiedy patrząc na niego, przypominał sobie, jak za smarkatych lat pędzili po schodach, wpadali do kuchni i domagali się od panny pokojowej, żeby pozwoliła im zjeść magdalenki prosto z pieca. Byli tak wyczuleni na ich zapach, że wiedzieli, kiedy je wyjmuje i układa na srebrnej tacy, na której zamierzała je podać z popołudniową czekoladą albo kawą, jak to było w zwyczaju w ich domu – jeśli tylko udało się jej nie dopuścić, by łobuziaki wyżarły wszystkie. Kiedy okazywała się twarda i nie pozwalała im, chwytali po kilka i wybiegali pędem, zanim zdążyła zareagować. Ale czas płynął szybko, dwóch chłopaczków zmieniło się w dwóch mężczyzn i walczyli teraz o to, kto z nich spałaszuje tę najlepiej wypieczoną, tę najbardziej foremną, tę, której pożądali obydwaj.

– Musisz do tego przywyknąć, Martín. Nie masz wyjścia. Nie jesteśmy już dziećmi. Nie możesz upijać się z tego powodu. A ja nie zamierzam przestać być twoim przyjacielem. Jest tysiąc przepięknych dziewczyn w Paryżu, milion na świecie, a wszystkie padłyby ci do stóp, gdybyś tylko kiwnął palcem. Pogódź się z sytuacją i zacznij szukać.

– Dureń z ciebie. Nigdy nie zrozumiesz, co mi robicie.

– A ty jutro będziesz wszystkiego żałował. Zaczynając od siniaków na twarzy, idioto.

– Nie dopuszczasz do siebie tej myśli, ale pewnego dnia to właśnie ty pożałujesz, Diego, pewnego dnia, kiedy zdasz sobie sprawę z krzywdy, jaką mi wyrządziliście i jakiej już nie będzie się dało naprawić.

Gdy wypowiadał ostatnie słowa, przez jego ciało przebiegł skurcz. Diego ledwie zdążył popchnąć go lekko, zanim zaczął wymiotować. I wydało mu się, że słyszy, jak jego przyjaciel szlocha, ale żadna łza nie popłynęła mu po twarzy. Tak, Martín płakał, ale prawdziwi mężczyźni płaczą, nie roniąc łez.

V

VILLAVICIOSA, NIEDZIELA, 14 MAJA 2000 (GODZ. 23.00)

Nadchodzi noc z czarną samotnością potępionych dusz. Moja wciąż żyje po omacku. Nie widzi żadnego światełka, żadnej nadziei na ukojenie. Wiem, że nie będę mógł zasnąć, więc szpieguję, wyczułem, że Violeta już się położyła. Biedulka. Nic nie rozumie, bo i skąd? Skoro nawet ja sam nie potrafię wyrazić tego, co czuję. Człowiek to zwierzę niemoralne, jego ciemniactwo czyni go złym. Zmienia go i wypacza. Jak to jej wyjaśnić? Ale przynajmniej wiem, że prędzej czy później odnajdzie cię w twoich obrazach, że odkryje twego ducha w ich barwach, że przemówią do niej, wyraźnie rysując historię naszej historii. Jestem stary, mam w głowie zamęt, trawi mnie poczucie winy, ale czasem udaje mi się na moment uwolnić umysł, i wracasz do mnie, i targa mną ta sama potrzeba ciebie co onegdaj. Pragnę cię, tak, chcę o tobie myśleć. Ratujesz mnie od hekatomby. Między cieniami dostrzegam twoje ciało, letnie, takie, jak pierwszego razu, gdy pozwoliłaś mi oglądać cię nagą. Była to najpiękniejsza rzecz, jakiej dotknąłem w życiu. Najpiękniejsza. Najpiękniejsza. Jakbyś podarowała mi księżyc i gwiazdy.

Wtedy... tak trudno było kochać, wciąż jeszcze czuję strach przed pierwszą pieszczotą; do tamtego dnia umiałem tylko całować cię. Wspomnienie przenika mnie jeszcze. Pocałunki niby deszcz, obfity i głęboki, który wsiąka w ziemię, który daje jej wilgoć, daje jej życie, orzeźwia ją, spulchnia ją, stapia się z nią... Jak wyjaśnić, co czułem. I co czuję nadal.

Potem nie chciałaś na mnie patrzeć, a ja zdumiewałem się letnią miękkością, jaką w tobie znalazłem, i zdumiewałem się za każdym razem, gdy kochałem się z tobą. Każdego dnia łaknąłem powrotu do tej miękkości, którą dawałaś mi tylko ty. Kiedy zimą w naszym domu w Clichy panował chłód, wystarczyło tylko namówić cię, żebyś przerwała to, co robisz, i poszła ze mną do łóżka. Zarażałaś mnie swoim ciepłem, ja zarażałem cię pożądaniem. Niczemu i nikomu nie udało się sprawić, byśmy złamali przysięgę złożoną tamtego dnia: przysięgliśmy, że będziemy się kochać zawsze, przez całe życie i przez całą śmierć. Eliso, czy uwierzysz, że nadal cię pożądam? Tylko ciebie, możesz być pewna. Twoich oczu. Twojego ciała. Ja dotrzymałem słowa: byłem ci wierny, nigdy nie zakochałem się ponownie. Chociaż nie było to trudne, bo nigdy w żadnej innej kobiecie nie znalazłem tego, czym obdarzałaś mnie za każdym razem, gdy zatracałaś się we mnie.

Następnego dnia, nazajutrz po naszym pierwszym razie, zaczęłaś malować obraz z białymi różami. Dotychczas malowałaś głównie pejzaże albo sceny uliczne, lubiłaś bawić się kontrastami, zmianami światła, wychodziłaś z walizeczką, płótnem i sztalugami, całymi godzinami malowałaś nad rzeką, na placu, na targu, wszędzie tam, gdzie coś albo ktoś przykuły twoją uwagę. Ale wówczas, chciałbym wierzyć, że to dlatego, że coś narodziło się w twoim wnętrzu, twoje spojrzenie się zmieniło. Kiedy przyszedłem cię odwiedzić, twoja matka powiedziała mi, że od wielu godzin malujesz kwiaty przyniesione z targu. Ja tylko patrzyłem na ciebie i nie mogłem opanować dreszczu na wspomnienie twojej skóry na mojej skórze, twoich warg na moich, twojego życia, które wreszcie stało się naprawdę moje. Odwróciłaś się ku mnie i uśmiechnęłaś się, ale od razu wiedziałem, że nie ma sensu, żebym na ciebie czekał. Czas przestawał istnieć, gdy malowałaś.

Jak mogło zrobić się już tak późno? Teraz też czas niekiedy przestaje istnieć. Zwłaszcza w mojej głowie. A wówczas istnieje tylko moja agonia albo ty. Ale Violeta też nie śpi. Słyszę, jak przewraca się w łóżku. Chciałbym jej pomóc, ale nie wiem jak. Zmieniła się, oddaliła ode mnie; to nie upływ czasu ani jej wiek; coś ją gnębi, ale nie chce mi się zwierzyć. A ja nie mam już sił, żeby się dopytywać, sama musi zadecydować, moje ptaszątko, nie mam prawa naruszać jej prywatności. Kiedy będzie gotowa, kiedy zechce, opowie mi. Wstała i idzie tutaj, jak co noc, kiedy mieszkała ze mną, sprawdzić, jak się czuję. Ale ja mogę tylko pogłaskać ją po ręce. Wolę nie patrzeć na nią, żeby nie odgadła moich myśli. Całuje mnie, próbując przekazać nieco swego ciepła, ale to nie działa. Violeta, moja słodka wnuczka, była dla mnie wszystkim, wnuczką, przyjaciółką, powodem, dla którego jeszcze istnieję od chwili, gdy opuściła mnie jej matka. A może nawet i wcześniej.

– Nie śpisz jeszcze? Dobrze się czujesz, dziadku? Przynieść ci coś z kuchni? Zejdę po kanapkę, zgłodniałam.

Ach! Gdybyś wiedziała, jak cię kocham! Dlatego zrobiłem to, co zrobiłem. Tylko dlatego.

– My, starzy, jesteśmy jak sowy w nocy i jak motyle w dzień. Nie martw się o mnie, ptaszątko, czuję się dobrze.

Odwraca się ku drzwiom, lecz po chwili przysiada na moim łóżku. Włosy opadają jej na twarz. Szare oczy błyszczą jak u kocicy. Patrzy na mnie, milczy. Kiedy zaczyna mówić, czuję, że jej ręce drżą na moich rękach.

– Dziadku, chcę ci coś powiedzieć.

– I to, co mi chcesz powiedzieć, nie może poczekać do jutra?

– Nie, nie może. Bardzo cię kocham. Wiem, że już od tylu lat nie mówiłam ci tego.

Próbuję usiąść. Pomaga mi. Co się dzieje twojej wnuczce, Eliso? Co się dzieje? Nie płacze, ale jest bliska łez.

– Co ci jest, ptaszątko? Co ci jest? To Álvaro? Wiesz, że możesz o wszystkim mi opowiedzieć, o wszystkim. Spróbuj, nie zawiodę cię.

Waha się. Wiem, że coś się z nią dzieje, ale wycofuje się i tylko mnie ściska.

– Nie, nic mi nie jest, dziadku, nic mi nie jest. Po prostu tęskniłam za tobą. Byłam taką idiotką, że ciągle nie mogę sobie tego darować. Martwię się o ciebie.

– Serce miewa powody, które trudno wyjaśnić, Violeto, jestem nudziarzem, który ciągle się powtarza, ale tak jest. Nie musisz nic mi mówić, jeśli nie chcesz. Czy prosiłem cię o to? Jestem bardzo szczęśliwy, że jesteś przy mnie, i kropka. Nie ma nic więcej do powiedzenia. I jasne, że się dobrze czuję. Ale z nas para idiotów. Zamiast spać, krążymy po tym wielkim, zimnym domiszczu i pleciemy androny!

– Naprawdę dobrze się czujesz? Naprawdę?

– Jasne. Czy mógłbym ci kłamać? Mamy umowę. Zapomniałaś? Idź zrobić sobie kanapkę i nie martw się o mnie. To ty powinnaś na siebie uważać. Wracaj szybko do łóżka, wilgoć tu od razu wchodzi człowiekowi w kości, a ty masz ten sam głupi zwyczaj co twoja matka, łażenia na bosaka. Zobaczysz, zaraz zachorujesz i będę musiał się tobą opiekować.

Nie mogę jej pomóc. Nie pozwala. Jest uparta jak ja. Ale coś jej jest, tak, to pewne, Eliso, ta melancholia w jej oczach nie jest normalna. Nie chodzi tylko o mnie, nie. I rusza do drzwi nadąsana, jak wtedy, kiedy wysyłałem ją do szkoły, a ona nie chciała zostawiać mnie samego. Wyczuwałem u niej nie tyle obawę, co poczucie winy zbyt ciężkie, by mogła udźwignąć je mała dziewczynka, winy polegającej na tym, że porzuca mnie dla tego nowego świata, który właśnie odkrywała, gdzie mogła bawić się przez cały czas i uczyć rzeczy, których potem, by pomniejszyć swą winę, próbowała w domu uczyć mnie. Ależ mnie bawiły jej wyjaśnienia! Wymachiwała rączkami i perorowała, dopóki nie nabrała pewności, że zrozumiałem wszystko, co mówi, a ja cieszyłem się, widząc, że moja malutka rośnie. Ociąga się z wyjściem, lecz w końcu wychodzi i idzie do kuchni. Ależ z niej głodomór, w tym owszem, bardzo się zmieniła, kiedyś jadła tyle co wróbelek, skubnęła tylko kęs lub dwa z tego, co jej smakowało. Odwleka powrót na górę, krąży po kuchni, otwiera i zamyka lodówkę, wreszcie rusza do swojego pokoju.

– Dobranoc, dziadku.

Szepcze, ale ja udaję, że śpię. Nie chcę, żeby wiedziała, że ją szpieguję. No, prawie. Jest ciągle moją małą dziewczynką.

I znów jestem sam na sam z tobą, Eliso. To się często zdarza ostatnimi czasy. Nie opuszczasz mnie, ty też dotrzymujesz obietnicy. Kiedy zamykam oczy, czuję znowu twój zapach, ten, który poprzedzał twoje przyjście i który przypominał o twoim wyjściu. Przestałaś się perfumować na jakiś czas, kiedy doskwierało ci, że kobiety nie mogą być takie jak mężczyźni. Tak jakby musiało być inaczej. Jakby nie było szczęściem właśnie to, że nie jesteście takie jak my. I jakże głupi byli wówczas niektórzy mężczyźni – było ich więcej niż dziś, choć dziś zdarzają się równie głupi – przekonani, że jesteście warte mniej niż oni. Ale nie ja, ja zawsze wiedziałem, ile jesteś warta. Ile jest warta moja matka i wiele innych kobiet.

„Zostawże mnie, Diego, pójdę ubrana, jak chcę, powinnam odrzucić kobiecość, muszą zobaczyć mnie jak równą sobie, jak koleżankę, jak jedną z nich", mówiłaś, kiedy przyglądałem się, jak się ubierasz, kiedy podchodziłem i szeptałem ci do ucha, że bardziej mi się podobasz w spódnicy, z pomalowanymi ustami. Ale nie słuchałaś mnie i wychodziłaś prawie bez makijażu, ze związanymi włosami, w spodniach niepozwalających dostrzec twoich bioder, bioder, które uwielbiałem. Ja przynajmniej wiedziałem, że pozostajesz sobą i skąd to przebranie, ale twoja matka mierzyła cię wzrokiem, zanim wyszłaś na ulicę, choć jak zawsze nie śmiała się odezwać. „Dokąd ona idzie tak ubrana? Oszalała? Wygląda jak strach na wróble. Pozwalasz na to?", pytał Martín; on nie rozumiał niczego. On nigdy cię nie rozumiał. Nie miało nic do rzeczy, czy ja ci pozwalam czy nie. Byłaś wolna, tak jak miało być, wolna, jak mieliśmy być wszyscy. Wolna, by stanowić sama o sobie, nawet kosztem pomyłek. Zresztą kimże byłem, żeby decydować za ciebie? No kim? Tylko twoim kochankiem, twoim skromnym kochankiem, który oddałby wszystko za jeden pocałunek. Nędzną istotą pragnącą towarzyszyć ci przez całe życie. Towarzyszyć, nic więcej. I wychodziłaś na uniwersytet w takim stroju, gotowa zrobić wszystko, by koledzy traktowali cię jak mężczyznę. Jakby do czegoś było to potrzebne! Skoro najlepszą rzeczą w każdej kobiecie, zawsze, jest właśnie to, co sprawia, że nie jest podobna do mężczyzny, że nie jest podobna do nikogo na świecie. Każdy inny, wszyscy równi. Tak jest i tak powinno zostać.

I dużo cię kosztowało znalezienie sobie miejsca na uniwersytecie. Choć nie wyglądałaś na nieśmiałą, byłaś nią nadal, byłaś kobietą, która nie chciała się wyróżniać, pełną sprzeczności, porywającej siły, którą widziałem w twym wnętrzu, ogrodzonej murem, którego nie byłaś w stanie zburzyć, stale pamiętająca o swoich powinnościach, o obowiązku opieki nad matką, a pamięć ta powstrzymywała cię przed szaleństwami, na które zdobywały się osoby mniej śmiałe niż ty, nigdy niesięgająca po cugle, nigdy nieoddająca się marzeniom. Wiedziałem, że to powinno się kiedyś zmienić, ponieważ posiadałaś siłę i umiejętności, ale ileż innych kobiet przed tobą i po tobie porzuciło walkę o swe marzenia! Zbyt wiele przeszkód piętrzyło się przed nimi, zbyt wiele piętrzy się nadal. Wbrew temu, czego się spodziewałem, po przyjeździe do Paryża tak bardzo wątpiłaś w słuszność swojej decyzji, że momentami obawiałem się o ciebie. Obawiałem się, że porzucisz studia, które, byłem pewien, dadzą ci ogromne szczęście. I próbowałem wspierać cię, stać u twego boku zawsze, gdy się chwiałaś, gdy wracałaś z zajęć przygnębiona komentarzem jakiegoś idioty, a było ich mnóstwo, powiadam, i wtedy, i obecnie. Siadałaś przy mnie, brałaś mnie za rękę, wpatrując się w dal, a ja wiedziałem, że znów coś kazało ci się po raz kolejny zastanawiać, czy warto kontynuować. A wtedy, dzień po dniu, próbowałem sprawić, byś była świadoma swojej wartości i tego, że skoro jesteś tutaj, z innymi studentami, oznacza to, że możesz tu być, że wszystkie możecie i powinnyście tu być. A jeśli inni tego nie rozumieją, do diabła z nimi. I organizowałem spotkania w kawiarni z moimi koleżankami, niewiele ich miałem, lecz były inteligentne, najinteligentniejsze z roku. To zawsze wy byłyście na czele. Zawsze najlepsze oceny miała kobieta. Najpilniejsza była kobieta. I krok za krokiem dawałaś się przekonać. Ale szło opornie. Nie rozumiałem tego. Udało ci się rozpocząć studia, które sama wybrałaś, a ty niekiedy sprawiałaś wrażenie, że nie zależy ci na nich, albo jeszcze gorzej, że nie czujesz się na swoim miejscu. A przecież byłaś na swoim miejscu. Bardziej niż ktokolwiek inny. Nauczyciele zawsze chwalili twoje prace, niektórzy tak wylewnie, że brała mnie zazdrość, że tyle o tobie mówią.

Niekiedy zastanawiam się, co by się stało, gdyby nie udało ci się pokonać tej bariery, przed którą wycofałaś się już kiedyś w przeszłości. Tej najwyższej. Tej, którą stawia przed sobą każda kobieta dążąca do spełnienia swoich marzeń, bez względu na to, o jakie marzenia chodzi, tej, którą nieraz ludzie wznoszą przed sobą własnymi uprzedzeniami lub egoizmem. Myślę też sobie, że być może – co zakrawa na ironię losu – gdybyś nie pokonała jej, uniknęłabyś śmierci.

Wyglądało na to, że nawet Martín zazdrościł ci sukcesów, i odnosiłem wrażenie, że trzyma się zbyt blisko ciebie, oczekując na coś, czego nie umiałem w porę zidentyfikować. Przychodził do nas codziennie i przesiadywał całymi godzinami, gawędząc z nami, z twoją matką, z moją. Przychodził sam. Chociaż kobiety szalały za nim, a jego fama hiszpańskiego galanta rozniosła się wśród studentów równie szybko jak reputacja niedostępnego, nigdy nie przyprowadził żadnej do domu, a bardzo rzadko na spotkania, które organizowaliśmy z myślą o znalezieniu mu partnerki. Nic innego nie przychodziło nam do głowy, żeby sprowadzić go na dobrą drogę i sprawić, by przestał ci dokuczać, a wciąż jeszcze uwielbiał to, jak niegdyś, kiedy nosiliśmy spodenki niesięgające kolan, a on gnał za tobą przez cały las, żeby jako pierwszą przyprowadzić cię tryumfalnie do kółka więźniów. Ty wtedy wpadałaś w taką złość, że wracałaś do domu, a ja zostawałem z nim, szczęśliwym ze swego zwycięstwa i niezdolnym do mówienia o niczym innym. Faktem jest, że nie przejmowałem się tym zbytnio: sądziłem, że upora się z tym, kiedy pozna kogoś wyjątkowego. Tak przecież musiało się wydarzyć. Takie było prawo życia. Ależ niewinni byliśmy, ależ niewinni. Aż wreszcie udało ci się znaleźć swoje miejsce w życiu, a ja cieszyłem się ze względu na ciebie, bo kochałem cię ponad życie i nic nie dawało mi więcej szczęścia niż oglądanie twojego.

VI

„Bez wątpienia uroda Pani jest jej największą wartością, tryumfuje Pani w społeczeństwie i olśniewa wszystkich tą cudowną twarzą. Niech Pani jednak pamięta o tym, by dbać o ów najwspanialszy dar jak najbardziej znane i podziwiane panny i mężatki. Niech bierze Pani z nich przykład. Swe najcenniejsze dobra, młodość, powab i urodę, zachowa Pani dzięki płynnemu kremowi z ogórków André. Pamiętać też należy o aplikowaniu toniku do twarzy, by olśniewać jak najsłynniejsze aktorki".

* * *

Paryż, 20 listopada 1935

Wyszła z domu, nie nałożywszy nawet błyszczyka na usta. Całe tygodnie temu porzuciła zwyczaj malowania warg, a dziś nie miała na sobie ani grama makijażu. Cóż za brak kobiecości! Być może. Gdyby nie lekce sobie ważyła, co o niej pomyślą przechodnie, być może zmieniłaby zdanie, ale jej zależało teraz przede wszystkim na tym, by nie wyróżniać się spośród tylu mężczyzn. Nie wszyscy byli zbyt ojcowscy, zbyt pochlebczy, zbyt kulturalni, zbyt władczy wobec kobiety, nie wszyscy. Mimo to starała się jak najbardziej zatrzeć swą kobiecość, wiązała nawet codziennie włosy, ona, która zawsze wzbraniała się przed obcięciem ich powyżej linii Maginota wyznaczonej przez łopatki. Nie była jednak w stanie ukryć oczu, delikatnych rąk, ruchu bioder. Jak ciężko nie chcieć czuć się kobietą właśnie dlatego, że otaczają ją mężczyźni. Diego nie rozumiał tego, a ona nie próbowała mu wyjaśniać. Choć na szczęście przywykła już nieco do dusznej atmosfery przestrzeni uniwersyteckich, gdzie prawie wszędzie przeważali mężczyźni. Napawało ją to poczuciem dumy. Zresztą nieliczne kobiety napotykane na uczelnianych korytarzach sprawiały wrażenie, jakby odczuwały to samo co ona: już to starały się wyglądać jak niewidzialne, już to zbytnio rzucały się w oczy. A być może to wszystko było jedynie wytworem jej wyobraźni, na który miało wpływ, i to przemożny, miejsce, gdzie się wychowała.

W mężczyznach buzowała adrenalina, większość z nich chełpiła się świetną znajomością sytuacji politycznej, doskonale wiedziała, co dzieje się w Europie wstrząśniętej zbrojeniami w Niemczech, rozwojem komunizmu i jego obecnością we Francji czy w Hiszpanii, ciągłymi przepychankami na Półwyspie Iberyjskim, coraz częstszymi nad Sekwaną. W tym także różniła się od nich: obchodziły ją tylko obrazy, pragnęła każdego dnia nauczyć się czegoś, co pozwoli jej ulepszyć technikę, perspektywę, wrażenie życia w portretach, światło w pejzażach. Jej koledzy bardziej niż sztuką żyli spotkaniami w kółkach towarzyskich. Na szczęście Diego był inny. Z nim mogła rozmawiać o wszystkim, o sztuce i o życiu, o przyszłości i o przeszłości. Pękając ze śmiechu. Ileż trzeba kobiet takich jak Milagros, żeby wychować mężczyzn takich on. Zainteresowanych bardziej uczuciami niż wrażeniami. Zdolnych do słuchania swego wnętrza bardziej niż swoich zmysłów.

Przy tym wszystkim jednak wciąż nie mogła przywyknąć do myśli, że po ukończeniu studiów zostanie żoną i matką. Diego prawdopodobnie poprosi ją o rękę, a jeśli nie, to i tak zamieszkają gdzieś razem, nie wiadomo, czy uda się jej profesjonalnie uprawiać malarstwo, ale z pewnością nie porzuci tego zajęcia. Co do jej własnej matki, odnosiła wrażenie, że miewa się lepiej. To zresztą przeważyło w podjęciu decyzji o kontynuowaniu studiów. A malarstwo było jej pasją. Tylko wówczas, gdy malowała, ogarniało ją wrażenie całkowitej wolności. Każdego dnia, prędzej czy później, zasiadała naprzeciwko płótna, sięgała po pędzle, różnej grubości i kształtów, w zależności od tego, co chciała robić – z miękkiego włosia kuny do delikatnych laserunków, z grubszego włosia do gęstej faktury, cienki do konturów, grubszy do mocnych pociągnięć – i zaczynała szykować na palecie mieszaninę poszukiwanych odcieni i tonów: kadmowa żółć, karminowa czerwień, kobaltowy błękit, jeszcze odrobina bieli... I tak do skutku, aż znajdowała kolor, który dawał więcej światła albo odbierał je, retuszował profil, łagodził lub uwydatniał cienie. Jej wyczucie kolorów znacznie się rozwinęło po rozpoczęciu studiów, a styl krystalizował się z dnia na dzień, aż osiągnęła pewność, że poprzez kolor może wyrazić wszystko. Jak pisał Pierre Bonnard: „Kolor sam, bez żadnej pomocy, jest w stanie oddać światło, przedstawić masę i wyrazić klimat zestawień". Elisa była całkowicie przekonana, że to właśnie ów klimat zestawień dawał życie jej obrazom i jej samej, choć możliwości wystawiania i sprzedaży swej twórczości nie wykraczały na razie poza krąg przyjaciół i klientów jej rodziców czy rodziców Diega.

Dziś jednak jej oczy błyszczały nieco mocniej niż zwykle. Miała odwiedzić ich Danielle Lambert, słynna marszandka. Wreszcie jakaś kobieta rozświetli tę męską szarość! Od momentu, gdy zapowiedziano ten wykład, gromadziła informacje na temat jej pracy, wystawianych twórców, preferowanych nurtów. Pewnego popołudnia zajrzała nawet do jej galerii w eleganckiej dzielnicy Saint-Honoré, udając kolekcjonerkę sztuki, lecz nie przyszło jej do głowy żadne wyjaśnienie i natychmiast opuściła galerię. Teraz będzie mogła patrzeć na nią i słuchać jej przez kilka godzin. Przyszła jako jedna z pierwszych i zasiadła tuż przed katedrą, z której miała przemawiać Danielle; słuchacze wchodzili do sali grupkami, po cztery, pięć osób, i sadowili się w ostatnich rzędach. Od czasu do czasu jakiś ekscentryk podobny do niej siadał z przodu i pozdrawiał sąsiadów, było ich niewielu, rozpoznawali się z łatwością. Jeden z nich, o pucułowatej twarzy i korpulentnej sylwetce, z muszką, uśmiechnął się do niej i usiadł nieopodal. W auli pachniało dostojeństwem, typowy zapach miejsc, gdzie królują fotele ze szlachetnego drewna, posągi obserwują obecnych z nadproży umieszczonych wysoko nad ziemią, a gigantyczne żyrandole o trzech dziesiątkach wyciągniętych ramion wyglądają, jakby wyczekiwały na ofiarę, którą pochwycą w lepką sieć. Przez krótką chwilę Elisa poczuła radość z tego, że nie jest owadem.

Gdy weszła Danielle, sala zamilkła. Niebotyczny strop obniżył się nieco, aula zmalała, a krzesła wydały się mniej strojne, przyćmione szykiem marszandki. Stukot jej wysokich obcasów rozbrzmiał pomiędzy setką studentów, nieodrywających od niej wzroku, gdy szła środkowym przejściem w stronę katedry. Należała do tego typu kobiet, których wejścia nie trzeba oznajmiać. Elisę zdumiało odkrycie, że jej oczy nie są małe, piersi – niepozorne, a chód bynajmniej nie przypomina człapania kaczki. Zanim otworzyła usta, wyprostowała się i przygładziła włosy; fale w kolorze sztucznego blondu okalały owalną twarz o wyrazistych kościach policzkowych i dużych ustach. W odróżnieniu od Elisy z ostatnich tygodni była kobietą w każdym calu i nie ukrywała tego, że sprawia jej to cholerną przyjemność.

Od momentu, gdy Danielle rozpoczęła wykład, Elisa notowała każde jej słowo w błękitnym kajecie, tym na najważniejsze notatki, i robiła to aż do chwili, gdy zesztywniały jej palce i musiała przerwać i poruszać nimi, aż odzyskała czucie w opuszkach. Ależ była atrakcyjna! Jakie piękne szare oczy! Prawdziwe zwierciadła duszy! Elisa wpatrywała się w nią z uwielbieniem, gdy dziękowała za uwagę oczarowanej publiczności. W sali rozbrzmiały oklaski. Piękny sen dobiegał końca. Elisa zareagowała spontanicznie. Zerwała się i ruszyła ku katedrze, gdzie Danielle rozmawiała z panem Bernardem. Dyrektor ściskał jej dłoń, starając się omijać wzrokiem jej piersi. Elisa uśmiechnęła się; był pewnie w wieku jej dziadka, który w tym momencie prawdopodobnie siedział na mszy o dziesiątej. Zagadnęła marszandkę, zanim ta zdążyła się wykręcić od zaproszenia na poniedziałkowe zajęcia.

– Panno Lambert, pozwoli pani, że się przedstawię, jestem panna Ortega, studentka trzeciego semestru malarstwa w tej akademii, i chciałam powiedzieć pani, że ogromnie ją podziwiam. Nie umiem nawet wyrazić, jak bardzo.

– Panna Ortega... i tyle? Podejrzewam, że moja droga wielbicielka ma także imię, nieprawdaż?

Elisa poczuła, że jej policzki oblewają się szkarłatem. Nie nabrała jeszcze umiejętności panowania nad rumieńcem w ważnych chwilach. Podniosła chusteczkę do nosa, wysiąkała go tubalnie, dźwięk rozniósł się po sali. Policzki przestały płonąć. Odkaszlnęła donośnie. Danielle odsunęła się nieco, rozbawiona.

– Elisa, nazywam się Elisa Ortega. Jestem Hiszpanką, z Asturii.

– Rada jestem, że panią poznałam. A także, że spotykam Hiszpankę, pochodzi pani z pięknego kraju. I z kraju pięknych obrazów! Mam nadzieję, że korzysta pani ze studiów w tej instytucji. Móc studiować tutaj to prawdziwe szczęście, sądzę, że wie pani o tym.

– O tak, doskonale zdaję sobie sprawę ze swojego szczęścia, i o tym właśnie chciałam z panią porozmawiać. O szczęściu.

– O szczęściu? Nie rozumiem. Dlaczego o szczęściu?

– Ponieważ moje szczęście jest związane z pani szczęściem, wiem o tym, wiem, że możemy razem zrobić wielkie rzeczy, że moje obrazy będą się sprzedawać w pani galerii, że klienci będą je sobie wyrywać z rąk.

Danielle wybuchnęła śmiechem, jej blada – zbyt blada – twarz zaróżowiła się, a Elisa odetchnęła głęboko. Nie miała pojęcia, skąd wzięła ten argument i dlaczego marszandka nie odesłała jej do diabła, ale nie, nie zrobiła tego, zaśmiewała się serdecznie, a ona nie wiedziała, co więcej mogłaby powiedzieć, jakich jeszcze argumentów użyć, więc brnęła dalej.

– Proszę mi wierzyć, jest nam pisane wspólne działanie, robienie rzeczy wielkich. Zapewniam panią. A w każdym razie, no cóż, tak sądzę, i musiałam pani o tym powiedzieć.

– Oczywiście, nie martw się, zrobiłaś bardzo dobrze. Zawsze warto wiedzieć, skąd może zawitać do nas szczęście. Dziękuję ci. A czy mogę zobaczyć choć jeden z tych fantastycznych obrazów, które będziemy sprzedawać? Lubię przyjrzeć się wcześniej dziełom, które będę wystawiać w galerii, żeby się zorientować, ile są warte.

Biegła do domu tak szybko, że nawet nie zatrzymała się na codziennego croissanta z filiżanką czekolady. Kobieta z cukierni znała ją już, gdyż Elisa wielokrotnie wstępowała do jej uroczego lokalu po drodze na zajęcia lub wracając z nich. Dziewczyna była zachwycona tą kobietą: śnieżnobiała płeć, nieduże oczy, perkaty nosek jak u pacynki, jasne włosy zawsze upięte w kok, w który wsuwała świeży kwiat, przypominały jej babkę Florę. Choć jej babka miała paskudniejszy charakter. Tu od samiutkiego rana czuć było zapach kwiatu we włosach ekspedientki, silniejszy niż wszystkie inne zapachy, także te dobiegające z gigantycznego pieca królującego za uchylonymi drzwiami. Gdy dochodził wieczór, kwiat nadal tam tkwił, choć płatki miał przywiędłe od gorąca. Kobieta wyjmowała go dopiero po zamknięciu lokalu, gdy szykowała się, zmordowana, do wyjścia. Był jej atrybutem. Nazywała się Matilde, miała tylko dwie córki, z których jedna umarła jako dziewuszka, a druga wyjechała z mężem do wspaniałego domu w Prowansji; Matilde marzyła o tym, że dołączy do niej kiedyś, gdy przestanie pracować. Elisa znała już w dużej części życie sympatycznej cukierniczki; z przyjemnością wysłuchiwała jej historii, osładzanych zawsze jakimś biszkoptem, który ta podawała jej w papierowej serwetce, papląc nieprzerwanie o drugiej wnusi albo o miłości, jaką darzyła nieboszczyka męża.

Jednakże tego dnia Elisa przeszła obok cukierni, nie zauważając jej: w głowie miała tylko rozmowę z Danielle. Jak to się stało, że podeszła do niej? Jakim cudem odważyła się zaproponować słynnej marszandce, by wystawiła w swej galerii jej obrazy? Nie była w stanie wyjaśnić tego sobie, choć nie przestawała o tym myśleć; dotarła do domu, nie znajdując odpowiedzi, rozdygotana, ze ściśniętym żołądkiem.

Milagros perorowała jak zwykle, lecz Clara tym razem nie rysowała w swoim kajecie, słuchała przyjaciółki z uwagą.

– Ależ ty mało dbasz o siebie, nie rozumiem tego. Oczywiście, że powinnaś wybrać się ze mną na to kobiece spotkanie w parafii, Claro. Co z tego, że na początek będziemy rozmawiać o innych sprawach, nie o tych, które nas najbardziej interesują? Zwłaszcza ja... I jakoś przyzwyczaimy się do dziwnej wymowy tych tutejszych Francuzek. To normalne, że nasza francuszczyzna jest nieco zardzewiała, choć muszę ci powiedzieć, a jakże, że zaskoczyłaś mnie. Jaką ty masz ładną wymowę! Nawet cię rozumieją i w ogóle. Ale ja nie zamierzam siedzieć cicho jak trusia, co to, to nie, trzeba mówić i mówić, aż głowa przywyknie do nowego języka i hop, nawet się nie obejrzysz, jak pewnego dnia będziesz wszystko rozumieć i mówić jak oni.

– Oczywiście, Milagros, to tylko kwestia wprawy.

– Tak, jasne, że tak, nie może być inaczej. Popatrz tylko na dzidziusie, jak szybko zaczynają rozumieć, co mówi do nich mama. Ledwie toto trzyma się na nóżkach, a już mówi, czego chce, tym swoim dziecinnym językiem, i wszyściutko rozumie! Och, jak ja bym chciała mieć już wnusia albo wnusię, o jak bym chciała! Ale oczywiście są jeszcze młodzi, bardzo młodzi, najpierw muszą się pobrać. Już sobie wyobrażam Elisę w bielutkiej sukni... Cała się trzęsę na samą myśl o tym. Ale muszę dać sobie na wstrzymanie, to tak jakby ubierać świętego, zanim się go umyje, czy na odwrót? Nie, mówi się przecież: nie ubieraj świętego, póki go nie umyjesz... – Milagros zobaczyła Elisę i zwróciła się do niej: – A oto i nasza królewna! Jak ci poszło? Wyglądasz nietęgo, jadłaś coś w ogóle? Musisz jeść, dziecko, studia wyczerpują nie tylko intelekt, ale i ciało, trzeba je pokrzepić, żeby mieć siły na pracę.

Elisa uśmiechnęła się do Milagros i podeszła do matki, która siedziała tyłem do wejścia i nie zauważyła jej. Położyła jej rękę na ramieniu i schyliła się, żeby ucałować ją w policzek, nie czekając, aż wstanie. Clara przykryła dłoń dziewczyny swoją i odetchnęła głęboko: córka nadeszła w odpowiednim momencie. Wiele razy już myślała o tym, żeby zwierzyć się Milagros, żeby opowiedzieć jej, w miarę możności, o tym, dlaczego jej spojrzenie jest tak często puste, a dusza – złamana, jak jej droga przyjaciółka określała jej stan, jej bezwład, jej apatię. Bezwład, apatia. Na tym polegało jej życie od bardzo dawna. Clara była świadoma, jak jest postrzegana, i prawie nigdy nie mogła temu zapobiec. Jednakże od przyjazdu do Francji przybyło jej animuszu, sama to zauważała; być może dlatego, że widziała, jak jej córka nabiera zdrowia i siły, a także, choć nieco wolniej, pewności siebie. Czyż mogło być inaczej? O tak, przecież mogło, ale na szczęście Elisa nie musiała odtwarzać jej własnej historii. Kiedy Clara była w jej wieku, wykonywała wyłącznie prace stosowne dla panienki jej stanu. Chodziła do szkoły, owszem, ale jej dziadkowie, którzy zaopiekowali się nią i jej siostrami po śmierci ojca, nigdy nie potraktowali poważnie tej nowinki, że niby kobiety mogą studiować jak mężczyźni, nawet na uniwersytecie, i zdobyć zawód tak jak mężczyźni, lekarza czy nauczyciela, jak jej przyjaciółka Lolita Castilla, która skończyła wydział filozoficzno-humanistyczny, a nawet została nauczycielką. Jakieś nowoczesne wymysły. Ona sama odebrała zatem tylko edukację właściwą dla panienki z dobrego domu: pisanie, podstawy rachunku i arytmetyki, katechizm i Biblia w obfitości, szczypta historii i literatury. Nauczono ją także sporo, podobnie jak jej siostry, o pracach domowych: choć było oczywiste, że nie będzie wykonywać ich sama, powinna umieć poinstruować i dopilnować osoby, które się nimi zajmą.

A oprócz tego wszystkiego Clara umiała malować. Chętnie kontynuowałaby naukę w tym zakresie, chętnie studiowałaby sztuki plastyczne, lecz nigdy nie myślała o tym inaczej niż jak o marzeniu ściętej głowy, kaprysie rozpieszczonej dziewczynki. Swą pasję ograniczała do zapełniania kajetów. Wystarczało jej to. A przynajmniej tak sądziła do czasu, gdy, przedstawiony przez kuzyna Andresa, pojawił się Jaime, a jej świat przewrócił się do góry nogami. Była to jedyna rewolucja w jej uporządkowanym życiu. Po tamtym nadętym markizie, który, jak przyszedł, tak poszedł, ku rozpaczy dziadków uważających go za znakomitą partię, pojawił się on. Nieśmiały jak Clara, pełen szacunku, zgodny, szalał za nią i nie słuchał plotek powtarzanych przez panienki na wydaniu ani opowieści o wyrazie przerażenia na twarzy markiza, gdy ów zorientował się, że jego wybranka nie jest przy zdrowych zmysłach.

Clara była dla niego wyłącznie Clarą; nie dziwolągiem, nie mrukiem, nie tą, co to tylko gryzmoli i gryzmoli w tym swoim kajecie, nie bidulką, ile się ona wycierpi, to jej. Była najpiękniejsza i najsłodsza, była marzeniem o fiołkowych oczach, dla którego Jaime nieodmiennie w każdą niedzielę przemierzał tam i z powrotem krętą drogę z Mieres do Oviedo, do domu dziadków ukochanej, by gawędzić z nią o tym, na co akurat miała ochotę. A jeśli nie miała ochoty na pogawędkę, spacerowali razem po wiekowym parku świętego Franciszka albo jedli lody owocowe, te najlepsze, z lodziarni Pepy, siedząc na jednej z ławek, które władze miasta ustawiły krótko wcześniej pod bardzo gotycką katedrą Zbawiciela, dumą wszystkich mieszkańców Oviedo i sporej części Asturyjczyków. Niewiarygodna mieszanka preromańszczyzny, romańszczyzny, renesansu i baroku służyła mu za pretekst do długich, drobiazgowych wyjaśnień na temat fascynującej historii katedry, portalu, wieży i dzwonnicy, dzięki czemu przesiadywali tu coraz dłużej, obok siebie, biorąc się za rękę od czasu do czasu, jakby przypadkiem, od niechcenia, w momentach, gdy nie patrzył na nich nikt z parafian, którzy przychodzili na mszę, i to niejedną.

Dlatego pozwoliła, by przeniknął do jej serca. O nic nie prosił, nigdy nie sięgał po rękę Clary, dopóki sama mu jej nie podała, nie przysuwał się do niej, jeśli ona nie zrobiła tego pierwsza, nigdy nie pośpieszył się z pocałunkiem, nigdy go nie przeciągał, w odróżnieniu od tamtego głupiego markiza nie podkreślał ostentacyjnie swojego ciała ani tego, jak zależy mu na posiadaniu jej ciała, nie dotykał jej częściej, niż chciała, robił to nieśpiesznie i oszczędnie, jak w zabawie, w którą dała się wciągnąć wbrew swojej woli, głównie po to, by uniknąć gderania babki, a która wkrótce stała się dla niej czymś najważniejszym w życiu. Dawał jej tylko to, o co prosiła, ale w najlepszym gatunku: jeśli książkę, to najpiękniejszą; jeśli kwiat, to pięć najładniejszych; jeśli muśnięcie rąk, to takie, które kończyło się, gdy tego zapragnęła; jeśli pocałunek, to słodki i delikatny, który w niczym nie przypominał tych z jej sekretu, tych, których nie dopuszczała do świadomości.

Jaime chciał być architektem, a ona w oczarowaniu słuchała, jak rozprawia o absydach na rzucie półkola, podniesionych nawach, witrażach, łękach przyporowych, wieżach zegarowych, opactwach benedyktyńskich, które podziwiał, a przede wszystkim o Portalu Chwały, który koniecznie pojadą obejrzeć razem, kiedy się pobiorą. I tak od słowa do słowa, od spaceru do spaceru, Clara coraz bardziej zdawała sobie sprawę z tego, że jest jedynym mężczyzną, którego mogłaby pokochać, i zaczęła pragnąć po kryjomu, żeby jego wizyty trwały dłużej, niż pozwalają dziadkowie, poczuła, że przeszkadza jej siostra, która zawsze towarzyszyła im w charakterze przyzwoitki, a pewnego dnia po prostu przekupili ją, żeby zostawiła ich samych, wielką porcją placka świętego Jakuba, który matka Jaimego przesyłała babce jego ukochanej, od kiedy dowiedziała się, że kobiecina przepada za ciastem migdałowym.

Clara wielokrotnie myślała o zwierzeniu się kochanej Milagros, o wyjaśnieniu jej powodów swego bezwładu, swej apatii, jak określała jej stan przyjaciółka, lecz nigdy się to jej nie udało. Kiedy już prawie nabrała odwagi, by poruszyć ten temat, już to przyjaciółka nie pozwalała jej dojść do głosu, już to słowa więzły jej w gardle i nie była w stanie wydobyć z siebie dźwięku. Jakby jej ciało i okoliczności sprzysięgły się, by zmusić ją do milczenia. Bezwład. Apatia.

– Jak przebiegł ci dzień, kochanie? Marszandka była tak interesująca, jak myślałaś?

Elisa przykucnęła przed matką. Jej oczy płonęły, a Clara od razu zauważyła, że uśmiech córki jest inny niż zazwyczaj.

– Nie zgadnie mama, co ja zrobiłam! Nigdy w życiu mama nie zgadnie!

– Twoja matka może i zgadnie, ale ja na pewno nie, więc lepiej opowiedz nam od razu. Ależ wy, młodzi, każecie się prosić, doskonale wiedząc, że umieramy z ciekawości. Mówże, Eliso, mów wreszcie.

VII

VILLAVICIOSA, PONIEDZIAŁEK, 15 MAJA 2000 (GODZ. 8.30)

No i nadal jestem tchórzem, Eliso, nie zmieniłem się ani o jotę. Już wtedy powinienem był go zabić, o tak, lecz nie zrobiłem tego, po prostu uciekłem, ukryłem się. Myślałem tylko o małej, tylko o tym, żeby ją ocalić. Zaopiekować się nią. A teraz znów czuję się jak mysz, mała i przerażona. A zarazem jak wilk. Człowiek człowiekowi wilkiem. Bzdury! Wilk jest lepszy od człowieka. Ale nie mogę umrzeć, muszę żyć, jeszcze trochę. Chociaż ta wspaniała kraina, która widziała, jak dorastam, ta ziemia lasów, morza i wzgórz, ta ziemia, tak, ta ziemia zobaczy moją śmierć.

Zostawiłem za sobą błękitny dom, a w nim śpiącą Violetę. Mam nadzieję, że dobrze tu sypia, śpi twardo jak suseł, chyba nawet dłużej niż kiedy była mała. Nie chciałem wyjaśniać jej, dokąd idę. Jeszcze nie. A umówiłem się na to spotkanie jeszcze w Los Molinos. Nie chcę go odwlekać. Muszę to skończyć. Oddycham głęboko i znów czuję w płucach chłodne, przyjemne powietrze, skradzione szaremu oceanowi i górom. Taksówkarz jedzie teraz przez las, przez niewiarygodny las gigantycznych drzew posadzonych na rozkaz stukniętego króla. Ziemię nadal pokrywa morski piasek, jak dziwny w takim miejscu, i pozostałości wizyt człowieka: resztki jedzenia ukryte pod kupkami liści, które szeleszczą na wietrze, niedopałki na wilgotnej, zimnej ściółce, papiery pełne martwych liter. Ani jeden promień słońca nie przeniknie nigdy szczelnej kopuły z listowia w koronach drzew i nie dotrze do podłoża, martwego, bez śladu życia innego niż te proste pnie. A na nich, od zawsze, widnieją złączone imiona, rany zadane drzewu, by jego cierpieniem przypieczętować ludzką miłość. Ile z tych par jest nadal złączonych? Pomruk silnika stapia się z szumem wiatru. Fale zderzają się ze skargami marynarzy. Jakże piękna jest kraina, w której się urodziłem! Jak piękna, i jak wspaniały spektakl natury roztacza się w każdym jej zakątku.

Villaviciosa to wyjątkowo smakowity kąsek w tej krainie, dumnej i władczej. Jest jeszcze wcześnie, na ulicy mało ludzi, ale i tak widać, jak rozrosła się przez ostatnie lata, jak się zmieniła, wydaje mi się obca. Ale nie czuję żalu, to normalna rzecz. Już prawie dojeżdżamy, taksówkarz odwraca się i mówi coś, czego nie słyszę. Uśmiecham się, jedzie dalej, po chwili oznajmia, że jesteśmy na miejscu. Płacę i wysiadam. Czuję się trochę lepiej; to miejsce ma chyba na mnie dobry wpływ. Jestem żwawszy i silniejszy, gotów do wypełnienia misji. Już niedługo, cztery, może pięć dni, i będzie po wszystkim. I, Eliso, zobaczysz, że Violeta także nabierze tutaj sił, północny klimat dobrze jej zrobi, będzie miała dość czasu, żeby się zrelaksować, żeby się zastanowić, może zdecyduje się opowiedzieć mi, co ją gnębi. Wszystko w swoim czasie. Muszę uważać i patrzeć pod nogi, żebym tylko nie przewrócił się teraz, kiedy już sprawa jest prawie rozwiązana. I wiesz co? Twoja kuzynka, córka Inés, jest notariuszem i prowadzi kataster, jak twój dziadek, i jest bardzo szanowana i bardzo lubiana w miasteczku. A jej młodsza córka, Ángela, jest prawniczką, jedną z najlepszych, jak mi powiedziano. Muszę się z nią spotkać, muszę połączyć wszystkie wątki, zanim zacznę rozmawiać z Violetą. Zbeształaby mnie, gdyby widziała, jak szybko wchodzę po schodach. Kiedy się starzejesz, jesteś znowu jak dziecko, i wszyscy tak właśnie cię traktują. Uważają, że mają prawo kierować twoim życiem, jakbyś nie mógł robić tego sam. No dobrze, nie powinienem przesadzać, nie jest tak źle, ona tylko troszczy się o mnie, to dobrze, byłoby źle, gdyby tego nie robiła.

Ależ zmieniło się to miasteczko, co ja mówię, prawie miasto! Nieduże, mimo zachłanności spekulantów, przed którą nic się nie uchroni, ale ma wszystko, czego trzeba, żeby wygodnie żyć. Nawet kafejkę internetową, wymysł nowych czasów, trudno to wyjaśnić, coś jak telefon, ale na piśmie, a w środku pełno ludzi. To dziwne, w ogóle nie brakuje mi wykładów, już nie. Na początku, zaraz po tym, jak odszedłem z uczelni, budziłem się codziennie o tej samej porze, wstawałem, szedłem do łazienki, a potem krzątałem się po kuchni, jak dawniej przepowiadając sobie wykłady. Powtarzałem je w myśli, włączając ekspres, mieląc kawę, wsypując ją do filtra, nalewając wody po kreskę, wciskając przycisk. I przewijały mi się wówczas przed oczami twarze i gesty studentów, kawa bulgotała i wpadała, spieniona, do filiżanki, a ja ledwie mogłem się powstrzymać, żeby nie wyjść z domu, nie wsiąść do autobusu i nie pojechać, jak codziennie, na uczelnię. Raz czy dwa zrobiłem to jednak, pojechałem, pospacerowałem w pobliżu, żeby zaspokoić potrzebę życia jak dawniej, póki nie rozwieje się sama.

Wydział kipi życiem od rana do wieczora, szkoda, że edukacja przestała się liczyć, szkoda, że wchodzi w życie ten system boloński, ta puszka Pandory, którą otworzyła Magna Charta Universitatum, jak mawiają pedanci, ciekawe, dokąd nas to wszystko zaprowadzi. Założę się, że uniwersytet stanie się miejscem, które kształci robotników, a nie myślicieli, które wypuszcza tylko producentów i konsumentów i przekazuje ich firmom i korporacjom, tak się stanie, będzie fabryką, będzie uczył wytwarzania rzeczy, a nie wiedzy, jak się je wytwarza. Kształcimy coraz bardziej na opak. Do rywalizacji. Nie do bycia bardziej ludzkim, nie do bycia coraz lepszym. Czy niebawem znikną literatura, filozofia, sztuka, nauki humanistyczne? Kogo to będzie interesować? Jacy będą humaniści przyszłości? Czy będą potrzebni? Kto będzie uczył łaciny, literatury, języka? Garstka szaleńców trawiących życie na studiowaniu martwych przedmiotów? Znajdą się w ogóle tacy szaleńcy? A czy to ważne? Nie wiem, nic nie wiem, jestem tylko starym człowiekiem starej daty, leciwym profesorem architektury zmęczonym nauczaniem ludzi, którzy mają coraz mniej ochoty uczyć się czegokolwiek. Po co? Lepiej nie znać swoich korzeni, nie wiedzieć, skąd przychodzimy. Eliso, nie podoba mi się ten świat, nieczuły, durny, który wciąż nie wie, jak zapobiec cierpieniu, który powtarza te same błędy, dorzucając do nich nowe, jeszcze gorsze. Teraz odda świątynie, gdzie kształcili się mędrcy, tym, przed którymi za chwilę będziemy musieli się bronić. Nie podoba mi się ten nowy świat, postmodernistyczny, postkolonialny, postkretyński. Nie podoba mi się, nie.

– Pan Diego Ferrán? Proszę, proszę wejść, pani Ángela zaraz pana przyjmie.

Podążam za młodą osobą, która otwiera przede mną drzwi do gabinetu. Och, Eliso, nie mogę patrzeć na Angelę, ona ma twoje oczy. Takie samiutkie jak ty. Mam nadzieję, że nie zauważy, że wpatruję się w nie tak bezczelnie. Jest dużo starsza niż ty; być może tak właśnie wyglądałabyś w jej wieku, gdyby los pozwolił ci go osiągnąć. Nie miałem tyle szczęścia, żeby oglądać cię w tej pogodnej piękności, jaką dają lata, ale jej oczy to twoje oczy, Eliso, twoje, twoje. Odwracam wzrok, rozglądam się dokoła. Gabinet jest imponujący. Szlachetne drewno, marmurowa posadzka, w oknach piękne kute żelazo, wielki stół z litego drewna. Masa dyplomów na ścianie, ale nie widzę, czego dotyczą, bez okularów nie mam szans. Rzędy dumnych, szkarłatnych kwiatów storczyka wznoszą się wysoko nad smukłą, popielatą donicą. Wyrastają z niej, niby łapy kaczki, grube, owalne liście i korzenie wyciągnięte jak palce, palce, które chciałyby kogoś dotknąć. A za nimi jej oczy, jak twoje, Eliso, jak twoje.

– Przepraszam za moją uwagę, lecz bardzo mi pani przypomina moją żonę, pani Angelo. Aż mnie dreszcz przeszywa, gdy na panią patrzę, zupełnie jakbym widział ją, choć upłynęło pół wieku.

– Ángela, proszę mi mówić po imieniu, i na ty, Diego, bardzo cię proszę. Ja postąpię tak samo, jeśli pozwolisz. Nie wiesz, jak bardzo żałuję, że nigdy jej nie spotkałam. Moja babcia Inés i moja matka często o niej mówiły. Bardzo je lubiły, Clarę i Elisę. Cieszę się, że widzę cię w przyjemniejszych okolicznościach, nie mieliśmy zbyt dużo czasu na pogawędkę na pogrzebie moich dziadków, wracałeś zaraz do Madrytu. Moi rodzice także darzyli cię sympatią. A pałacyku nie zapomnę nigdy. To jedno z miejsc, gdzie byłam przeszczęśliwa, wiesz, że tam się urodziłam, chociaż zaraz potem rodzice przeprowadzili się do Gijón. Ten dom budzi we mnie mnóstwo dobrych wspomnień.

– Cieszę się. Któż mógłby docenić go bardziej niż wy.

– Diego, za kilka godzin mam rozprawę, lepiej by było, gdybyś przyszedł jutro, nalegałeś, więc wcisnęłam to spotkanie między inne obowiązki. A przecież mamy sobie tyle do powiedzenia.

– Nie przejmuj się, nie zajmę ci dużo czasu. Przyjechaliśmy

wczoraj, ale nie chciałem odkładać tego nawet o jeden dzień. Muszę dopiąć te kwestie spadkowe. Jak już wiesz, rząd francuski odnalazł obrazy Elisy, skontaktowali się ze mną i chcą mi je oddać. Widziałaś, że są znakomicie skatalogowane i zidentyfikowane, nie brakuje ani jednego. Oznacza to sporą sumę dla mojej wnuczki, ale pewnie i sporo komplikacji, które mnie przerastają. A w ogóle to uważam, że zrobiłaś kawał wspaniałej roboty, i chciałem ci podziękować. Chętnie korzystałbym nadal z twojej pomocy.

– Byłam zachwycona tym zleceniem, Diego, nie musisz mi za nic dziękować. Było wyjątkowe pod wieloma względami. Ale też trudne, muszę to przyznać, nie tylko ze względów osobistych. Mnóstwo biurokracji, ale udało się. Na szczęście nie musieliśmy przyciskać ich zbytnio. Jestem bardzo zadowolona. Mogli byli rzucać nam kłody pod nogi. Nie wiem, czy zdajesz sobie sprawę z tego, jakie miałeś szczęście. Tysiące obrazów przepadło bez śladu, ani o nich widu, ani słychu. Sprawdziłam: od momentu, kiedy niemieckie wojska zajęły Francję w tysiąc dziewięćset czterdziestym roku, do wyzwolenia przez aliantów w czterdziestym czwartym, hitlerowcy wywieźli tysiące dzieł sztuki, obrazów, rzeźb, mebli, ceramiki i innych wartościowych przedmiotów. Ograbili ponad dwieście pięćdziesiąt kolekcji należących do osób pochodzenia żydowskiego i do muzeów. Oglądałeś zapewne film z Burtem Lancasterem na temat zrabowanych obrazów.

– Angelo, nie oglądam żadnych niemieckich filmów.

– No tak. Tak, powinnam była się domyślić... Grabież była prowadzona systematycznie. Ostatnimi laty ukazały się bardzo interesujące publikacje na ten temat. I gdybym na własne oczy nie widziała obrazów Elisy, nie uwierzyłabym. To było straszne. Oficjalny urząd do spraw konfiskaty dóbr Żydów i masonów w Europie, ERR, i nie pytaj, od czego to skrót, bo nawet nie potrafię wymówić, gromadził wszystkie skonfiskowane przedmioty w muzeum Jeu de Paume w Paryżu, gdzie szacowano ich wartość i katalogowano je, a następnie wywożono z Francji pociągiem, do Niemiec, Austrii, a potem nawet do Szwajcarii, kiedy naziści zaczęli się obawiać, że mogą przegrać wojnę. Jedna z kuratorek muzeum, Rose Valland, sporządzała szczegółowe fiszki dla każdego dzieła, przekazywała je osobie odpowiedzialnej za muzea, a ów informował ruch oporu. Kiedy wojna się skończyła, Valland brała udział w odzyskiwaniu wywiezionych skarbów. Dzięki jej pracy został udokumentowany rabunek ponad stu tysięcy dzieł, z których ponad sześćdziesiąt tysięcy zwrócono Francji, z czego zaledwie jakieś czterdzieści pięć tysięcy wróciło do spadkobierców prawowitych właścicieli. Nadal jednak nic nie wiadomo o losie tysięcy z nich, tysięcy. No i oczywiście istnieje archiwum dzieł, które udało się ocalić dzięki fałszerstwu. W całej Francji było ich ponad dwa tysiące. A w okupowanej Europie działało wielu malarzy, którzy robili to samo co Elisa. Ale ogromna część zrabowanych obrazów zaginęła na zawsze, hitlerowcy zniszczyli je, sprzedali, ukryli, któż to wie. Obrazy Elisy mogły zostać na zawsze pogrzebane w tych podziemnych kanałach. To cud, że akurat tam zaczęto rozbudowywać metro. Wybacz, chyba się rozgadałam, a ty to wszystko wiesz. Na pewno jesteś oszołomiony tak jak ja faktem, że udało się odzyskać te obrazy.

– Widzisz? Wiedziałem, że mogę ci ufać. Nadal uważam, że znakomicie wykonałaś swoją pracę. Tak, wiedziałem o tym, ale nie szkodzi. Ja też uważam, że to cud. Nigdy nie sądziłem, że odzyskam obrazy. I masz rację, dopiero teraz wychodzi na jaw prawda o tym, co działo się wówczas ze sztuką. Że Hitler planował ukraść obrazy, i w jaki sposób. To niewiarygodne. Rabunek na wielką skalę zgodnie z regułami sztuki, a raczej wbrew wszelkim regułom.

– A przecież ja nie wiem wszystkiego, Diego, zbadałam tylko te wątki, które uważałam za niezbędne w naszej sprawie.

– Logiczne. Tego się spodziewałem. Ale to, co się wydarzyło, jest znacznie bardziej skomplikowane.

– Więc byłabym ci wdzięczna, gdybyś opowiedział mi wszystko, co wiesz. Zostaniecie tu na kilka dni, prawda? Potrzebuję trochę czasu, żeby dopracować testament, moja aplikantka musi go zredagować, Diego, i trzeba będzie wyjaśnić jeszcze kilka kwestii.

– Nie lubię o tym mówić; choć upłynęło tyle lat, wciąż jest to dla mnie bardzo bolesne. Odżywają wspomnienia, do których wolałbym nigdy nie powracać. Ale masz rację, im więcej będziesz wiedziała, tym lepiej. Od kiedy dostałem list z Francji i rozgrzebano tę całą historię, prawie nie myślę o niczym innym. Powiadają, że pamięć chowa w zakamarku to, co jej szkodzi, ale mnie przydarzyło się coś przeciwnego. Gdy uznałem, że wiem, co się stało, przez całe lata próbowałem o tym zapomnieć. Wylałem morze łez. Miałem koszmary. Żyłem z tym. Próbowałem być szczęśliwy. Nie było to ani gorsze, ani lepsze od tego, co wydarzyło się innym. Nigdy jednak nie potrafiłem opowiedzieć o tym nikomu, nawet mojej córce, nawet wnuczce. Ani moim rodzicom, nikomu. Dopóki nie zacząłem rozmawiać z tobą, nikt inny nie znał prawdy. A teraz, nagle, wszystko powróciło. Przypominam sobie najdrobniejsze szczegóły, z dokładnością, która mnie dławi. Nawet twarze. Mógłbym opisać ci twarze ludzi, z którymi się zetknąłem, jakbym oglądał je co dzień na portrecie wiszącym na ścianie. A przecież zniszczyłem wszystkie zdjęcia. Nie mam żadnego z tamtej epoki. Nawet mojej żony. Chociaż zachowałem jeden jej obraz, a tak naprawdę dwa. Ale i tak widzę teraz ich twarze. Może dlatego, że mój stary mózg psuje się już na amen, i tak to się właśnie zaczyna, że lepiej pamiętasz to, co ci się przydarzyło za młodu, niż to, gdzie położyłeś klucze po wejściu do domu. Ale odbiegam od tematu, wybacz, Angelo.

– Nie ma tu nic do wybaczania, to zrozumiałe. To mnie jest przykro, że muszę cię wypytywać. Zresztą mamy czas. Możemy porozmawiać kiedy indziej, gdy będziesz lepiej przygotowany.

– Nie. To najlepszy moment. Poza tym niedługo wychodzisz, więc będę musiał się streszczać. Nie należy dawać wolnej ręki staruszkowi, który zamierza opowiadać o przeszłości. A w każdym razie nie temu staruszkowi i nie o takiej przeszłości. Nie chcesz wracać do tego, ale kiedy już zaczniesz, nie możesz się zatrzymać. Tak to się właśnie odbywa w moim mózgu.

– Jak sobie życzysz, Diego. Słucham cię.

Nie wiem, czy będę w stanie, Eliso, nie wiem, czy będę w stanie. Ale muszę spróbować. Violeta musi się o tym dowiedzieć. I lepiej, żeby najpierw dowiedziała się Ángela.

– Nie wiem, czy będę potrafił wyłuskać to, co najważniejsze. Wszystko było tak poplątane...

– Po prostu zacznij mówić. Później już samo pójdzie.

– Nie jestem oryginalny, mój dramat zaczął się po dojściu Hitlera do władzy. Führer i jego ideolodzy mieli pewne marzenie, niemal od czasu, gdy powstał ich ruch: odzyskać dzieła sztuki, które zostały wywiezione z Niemiec do innych państw w wieku XVI i później. Z takim zamysłem zlecili historykowi sztuki Ottonowi Kümmelowi, dyrektorowi Niemieckich Muzeów Państwowych, opracowanie listy dzieł wywiezionych za granicę, już to poprzez sprzedaż na czarnym rynku, już to jako łupy wojenne, z całego terytorium Rzeszy. Profesor sporządził raport liczący ponad trzysta stron, uwzględniający także badania innych niemieckich uczonych, w którym wymieniał przedmioty wartościowe wywiezione w ciągu ponad czterech wieków, od 1500 do 1930 roku, do różnych państw, nie tylko do Francji. Rzesza pragnęła odzyskać także artefakty znajdujące się w Stanach Zjednoczonych i w Związku Radzieckim, najróżniejszego rodzaju: chorągwie, średniowieczne zbroje, zastawę stołową, kryształy, monety, no i oczywiście obrazy, grafiki, rzeźby. Raport miał być swoistym podręcznikiem, jak wziąć odwet za te wszystkie afronty, które świat wyrządził im przed wielkim zwycięstwem Führera. Od Francuzów domagali się zwrotu mnóstwa dzieł, w tym obrazów wykraczających poza klasyczne kanony, z których wiele było wystawionych w miejscach publicznych. Mieli też chrapkę na to, co rząd francuski zarekwirował Niemcom i Austriakom mieszkającym na terytorium Francji, gdy zakończyła się pierwsza wojna światowa, jako sztukę zwyciężonych. Wszystko było zakrojone na ogromną skalę i znakomicie zaplanowane. ERR, sztab, o którym wspominałaś, lokalizował zbiory nadające się do przejęcia, a było ich wiele: należały do Żydów, masonów, homoseksualistów albo po prostu przeciwników nowego ładu, zwolenników de Gaulle'a, kogokolwiek. Następnie zbiory te były „zabezpieczane" w muzeum Jeu de Paume i wyceniane. Wszystkie musiały zostać wycenione, ponieważ teoretycznie rząd niemiecki powinien był wypłacić rządowi francuskiemu ustaloną sumę za rekwirowane dzieła. Kilku rzeczoznawców francuskich, węszących dobry interes, wyceniało je na śmieszne kwoty, znacznie niższe od ich rzeczywistej wartości. Potem obrazy przewożono ciężarówkami do pociągów, którymi dysponował marszałek Göring. W ten sposób trafiały do Niemiec. Niemiecki rząd, a faktycznie Göring, miał wypłacić te śmieszne kwoty ustalone przez francuskich kolaborantów, przelewając je na rachunek otwarty dla rządu francuskiego, co miało oficjalnie zakończyć transakcję. W rzeczywistości nie wpłacili ani feniga. To była grabież, masowa i świetnie zaplanowana grabież najcenniejszych dzieł sztuki. Ale obrazy Elisy nie znajdowały się na tej liście i nigdy nie powinny były wpaść w ręce Niemców. Nigdy. To był fatalny błąd. A właściwie wielkie draństwo.

Eliso, muszę przerwać, głos mi się łamie. Muszę oderwać wzrok od jej oczu, nie chcę tu płakać. Patrzę na uchylone okno. Zasłony falują, z ulicy dobiega wrzawa. Dwóch mężczyzn krzyczy na siebie. Jak to możliwe, że wciąż jeszcze tak bardzo boli?

– Diego, odpocznij chwilę. I proszę, napij się wody. Dobrze ci zrobi. Naprawdę nie musisz opowiadać mi tego wszystkiego w tym momencie. Jeśli będę miała jakąś wątpliwość, zapytam cię. Albo napisz mi w wolnej chwili, gdzie znajdę daną informację. Tak naprawdę powód, dla którego Niemcy przejęli obrazy Elisy, nie ma znaczenia. Ważne jest to, że w tym momencie posiadają ogromną wartość. Znacznie większą niż pałacyk.

– Dlatego przyszedłem do ciebie. Chciałbym, żeby twoja kancelaria pomogła Violecie, kiedy przyjdzie pora. Chcę zostawić jej spadek uregulowany, żeby nie miała problemów, chcę, żebyś sprawdziła, czy wszystko jest w porządku. Ale chcę też, żebyś była moim prawnikiem, nie jej. Nie wiem, czy mnie rozumiesz.

– Znakomicie.

– To moja wnuczka i wszystko jest dla niej. Tylko tyle powinna wiedzieć. Nie byłbym w stanie niczego jej wyjaśnić, nie mam na to sił. Myślałem, że to tylko kwestia czasu, ale popatrz no, ani się obejrzę, jak skończę sto lat i wciąż jeszcze będę uważał, że to nie pora.

– A jeśli zapyta mnie? Jeśli w jakiś sposób pozna prawdę? Ja ją znam...

– Tak, ale to ja ci opowiedziałem, kiedy rozmawialiśmy o obrazach. Jeśli nie będzie z nimi żadnego problemu i nie będzie musiała poznać całej historii, nie opowiadaj jej. Tylko ja wiem, co się wtedy wydarzyło, no i teraz także ty. I nie jestem pewien, czy odważę się cokolwiek jej wyjaśnić. Raz myślę, że tak, innym razem, że nigdy w życiu. Dlatego napisałem do niej list. Ale powinien trafić w jej ręce, tylko jeśli umrę, nie wyjawiwszy jej prawdy.

– Zgoda. Musisz przynieść mi jej akt urodzenia i wszystkie papiery, jakie posiadasz, zwłaszcza te, które potwierdzają, że byłeś prawowitym małżonkiem Elisy. Wszystkie dokumenty, jakie zachowałeś z tamtej epoki. I jeśli chcesz, kopię tego listu. Oczywiście pozostanie całkowicie poufny, w każdym razie dopóki nie zadecydujesz, co z nim zrobić. I będziesz musiał wyjaśnić mi wszystkie szczegóły, żebym dokładnie wiedziała, co wtedy zaszło i co z tego opowiedziałeś Violecie. Te obrazy są bardzo ważne, Diego, muszę znać całą sprawę od podszewki, żeby dobrze wykonać twoje zlecenie.

Eliso, zobacz, co znaczy ta sama krew, Ángela chce mi coś powiedzieć, ale nie ma śmiałości i zachowuje się identycznie jak ty. Opuszcza oczy, oddycha głęboko. Na pewno coś jej się nie podoba w tym wszystkim. A mnie jeszcze bardziej nie podoba się, że muszę mówić o tym, o czym chciałbym już wreszcie zapomnieć. Siedzieć tu i rozmawiać, jakby nigdy nic.

– I jeszcze jedno, Diego. Przypuszczam, że wiesz, że będzie miała prawo do czegoś więcej niż te obrazy... Elisa była początkującą malarką, nie zdążyła się rozwinąć, wartość jej dzieła wynika bardziej z momentu historycznego, w którym żyła, i z jej biografii, a także ze współpracy z Danielle Lambert, jeśli wyjdą na jaw jej szczegóły, niż z jakości jej pracy. Z prawnego punktu widzenia Violeta odziedziczy znacznie więcej niż obrazy. Przeprowadziliśmy wstępne szacunki. Można domagać się zwrotu wielu gruntów i budynków. Poza tym ostatnimi laty pojawiło się wiele pozwów ze strony spadkobierców rodzin, którym skonfiskowano majątek podczas okupacji hitlerowskiej, a rządy i muzea zaczynają wydawać zgody na zwrot zagrabionych dóbr czy na wypłatę odszkodowań, a niekiedy dochodzi do ugody, i jeśli takie dobra wylądowały w rękach prywatnych kolekcjonerów, przechodzą do domeny publicznej i trafiają do muzeów. Spór może się ciągnąć latami, czasem bardzo trudno jest udowodnić prawo do takiej własności, w tym przypadku tak właśnie by było, ale jestem pewna, że jest szansa, że się uda. Na pewno przemyślałeś swoją decyzję? Nie sądzisz, że byłoby lepiej, gdyby to ona dokonała wyboru, Diego? Możesz zapisać jej także obrazy Elisy, nie posiadasz innych spadkobierców w pierwszej linii i masz prawo wyznaczyć kogokolwiek. Oczywiście jeden spadek nie wyklucza drugiego.

– Angelo, czasem trzeba wybrać między duszą a rozumem. Jestem pewien, że wolałaby zachować duszę. Bardzo trudno jest mi wyjaśnić jej pewne rzeczy. To moja wnuczka, kocham ją bardziej niż kogokolwiek na świecie. Tylko tyle powinna wiedzieć. Być może się mylę, ale już wiele lat temu tak postanowiłem i nie chcę, żeby myślała, że ją oszukałem.

– Dobrze. Musiałam spróbować, to mój obowiązek jako twojego doradcy. Tak czy owak, nie przejmuj się, Diego, rozumiem twoje powody. Poza tym jestem pewna, że jeśli wydarzy się coś, co wymknie się spod naszej kontroli, ona cię zrozumie. Obiecaj mi tylko, że zastanowisz się nad tym, co ci powiedziałam. Masz jeszcze czas, żeby zmodyfikować testament. I jeśli nie chcesz za życia niczego jej mówić, nie musisz.

ROZDZIAŁ 5

Wybieramy model: tym razem będziemy malować pejzaż. W pierwszej kolejności ustalimy, jakie elementy chcemy umieścić na obrazie. Trzeba mierzyć wysoko, eliminując to, co nam się nie podoba lub nie pasuje do reszty, wyobrażając sobie strzelistą wieżę kościoła albo ostry, pokryty śniegiem wierzchołek góry, tam, gdzie stoi brudny i sypiący się biurowiec, zaznaczając w myśli kontury brył, którym przekażemy cząstkę naszej duszy.

VILLAVICIOSA, PONIEDZIAŁEK, 15 MAJA 2000 (GODZ. 12.10)

Podniosła powieki. Spojrzała na zegarek. Z korytarza wpadało jasne światło dnia. Nie wierzyła własnym oczom. W tym niesamowitym pałacyku zdołała przespać ponad dwanaście godzin, budząc się tylko raz, żeby pójść do łazienki. Spędziła tam kilkanaście minut; siedząc na sedesie i czekając, aż długi strumień przestanie płynąć, powtarzała ćwiczenia, o których przeczytała kiedyś, krztusząc się ze śmiechu, u przyjaciółki, w czasopiśmie dla ciężarnych, ćwiczenia na mięśnie krocza o dziwnej nazwie, które zostaną rozerwane podczas porodu, a które można wzmocnić w ten właśnie sposób, wstrzymując i ponawiając sikanie. Nigdy wcześniej tyle nie sikała, chociaż też nigdy wcześniej tyle nie piła. I nigdy wcześniej nie myślała o tych mięśniach o dziwnej nazwie, o tym, w jakim będą stanie, gdy przeciśnie się przez nie mały stwór o wielkim, mechatym łbie. Biedne dziecko! Stwór o wielkim, mechatym łbie, tak powiedziała o swoim maleństwie. To chyba przez tę wczesną godzinę, wykonywała to ćwiczenie o czwartej nad ranem, starając się nie myśleć o nim zbytnio, żeby móc później szybko zasnąć. Strumyk płynął i płynął. Doliczyłaby chyba do miliona, ale nie zaczęła liczyć, wpatrywała się po prostu w żółtą strużkę, w mroku rozjaśnionym tylko światłem dochodzącym z korytarza, nie chciała zapalać go w łazience, żeby się nie rozbudzić. I chyba rzeczywiście się nie rozbudziła, bo gdy już ponapinała i porozluźniała te mięśniątka, zasnęła natychmiast, a kiedy otworzyła oczy, było dziesięć po dwunastej.

Natychmiast poczuła głód. Była jednym wielkim głodem. Podjadła trochę przed pójściem do łóżka, a teraz znowu chciało jej się jeść. Na pewno przytyła już z kilogram albo i więcej. Widziała to po twarzy: kości policzkowe nie rysowały się tak wyraźnie jak kiedyś, wargi były miękkie i mięsiste bardziej niż zwykle. W talii też było widać, spodnie nie dopinały się, spódnice stały się za wąskie, choć zauważała to tylko ona. Ona i na pewno Álvaro, który nieomylnie wychwytywał zmianę wagi każdej kobiety w promieniu pięciu kilometrów. Za to nogi nie zmieniły się, były jak dwa smukłe i sprężyste maszty, obciągnięte delikatną, białą skórą, bez jednego włoska, który trzeba by depilować. Nie przyszło jej do głowy, że może przytyć, nie miała tyle czasu, by pomyśleć, że maleństwo urośnie tak, że jej ciało rozciągnie się na szerokość i upodobni do komody. Tak właśnie mawiał Álvaro o jej ciężarnych koleżankach, że wyglądają jak komody. Nie podobało jej się to określenie, chociaż nie dopatrywała się w nim jakiejś szczególnej złośliwości, aż do momentu, kiedy uświadomiła sobie, że ona też może zostać komodą, i to w ciągu kilku miesięcy, jeśli nie zrobi nic, żeby temu zapobiec.

Gdy poruszyła się w łóżku, Zara zaczęła merdać ogonkiem. Wydzielała mocny zapach, niemożliwy do pomylenia z żadnym innym zapach jamnika szorstkowłosego, który musi pachnąć polem, żeby dziki i króliki nie wyczuły go i nie uciekły. Ale poświęcenie to było daremne: jej jamniczka nigdy nie będzie polować na króliki, na dziki tym bardziej, nie zapoluje nawet na nędznego warchlaka. Dlatego wykąpie ją dzisiaj, jeśli nie zapomni, nieco później. I odniosła wrażenie, że suczka usłyszała jej myśli, bo wyskoczyła spod łóżka i oparła łapki na materacu. Ogonek poruszał się z szybkością światła. Violeta pogłaskała ją po łebku, a Zara zaczęła energicznie lizać ją po palcach.

– Cześć, skarbie, jak się miewasz?

Skarbie. Powiedziała do niej „skarbie". Suczka spojrzała na nią ze zdziwieniem. Violeta poczuła ukłucie w brzuchu i wstała. Łóżko zaskrzypiało. Ile mogło mieć lat? Miała nadzieję, że mniej niż sto, starsze mogłoby nie udźwignąć komody. Kute żelazo zagłówka pomalowane na różowo wyginało się w wielkie kwiaty. Sięgnęła po szlafrok przewieszony przez krzesło Thoneta, narzuciła go na siebie. Otworzyła okno i popatrzyła na morze. Zwierciadło z szarego aksamitu, niezbyt głębokie. Jak znakomicie wybrała jej prababka miejsce na swój dom, to wzniesienie, z którego, mimo oddalenia, widać było wąski pas morza wrzynającego się w ląd, a przy przejrzystym powietrzu, takim jak dziś, wzrok sięgał jeszcze dalej. Łóżko w pokoju dziadka było posłane tak starannie jak zwykle, zawołała go ze szczytu schodów, ale nie odpowiedział. Z Zarą u nogi zeszła do kuchni i dokonała oceny sytuacji. Nie było wielkiego wyboru, w lodówce znalazła tylko to, co przywieźli z Los Molinos, produkty, które zepsułyby się, gdyby zostawili je u dziadka, i które na szczęście postanowił uratować: kilka kromek chleba razowego, pięć jajek, kawałek sera, kilka pomidorów i cztery owoce. Owoce, brrrr! Wzięła trzy kromki chleba i ser, pokroiła pomidora na plasterki i zrobiła sobie dwupiętrową kanapkę. Zjadła ją, lecz głód nie ustępował. Jak to?! Skoro był to tylko orzeszek, jakim cudem tyle jadł i sprawiał, że ciągle chciało jej się sikać? Zara leżała u jej stóp i wpatrywała się w nią, z mordką opartą o jej duży palec, nieruchoma, przednie łapki złączone, a tylne rozsunięte, w śmiesznej pozycji, która pozwalała jej rozpłaszczyć cały brzuch na chłodnej posadzce.

Ależ fantastyczny był ten dom. Wciąż jeszcze nie mogła w to uwierzyć. Pałac, jej dziadek miał pałac, a ona nic o tym nie wiedziała. Marmurowe posadzki, ściany wyłożone do połowy drewnianą boazerią, dębowa stolarka, rżnięte kryształy, dostojne lampy, wymyślne balustrady z posrebrzanego kutego żelaza. Wszystko, wszystko!, wydawało się jak z domku dla lalek z tamtej epoki luksusu, w której królowało piękno i doskonałość rzemiosła. Za sprawą czarów domek rozrósł się w pałac. Świetny gust miała jej prababka, to nie ulegało wątpliwości. Sporo mebli sprawiało wrażenie antyków, tak szlachetnych, że przetrwały upływ czasu i życie trzech pokoleń. Chętnie wypytałaby dziadka o wszystko, co widziała wokół siebie. W sumie jak słabo go znała. Kiedyś myślała, że wie o nim wszystko, że ponad dwadzieścia lat wspólnego życia pozwoliło poznać go na wylot, że nie miał przed nią sekretów, a tu nagle pewnego pięknego dnia dziadek obudził się i postanowił pokazać jej, ot tak, że ma pałacyk w stylu na poły barokowym, na poły modernistycznym, ponad pięćset metrów powierzchni, z ogródkiem w stylu romantycznym, ponad dwa tysiące metrów. Szok. A w sumie dlaczego uważała, że tak świetnie zna Diega? Mieszkali razem przez wiele lat i kochała go jak ojca i matkę razem wziętych, lecz czy można naprawdę znać kogoś, kto nigdy nie pisnął ani słówka o swoim pochodzeniu?

Przyzwyczaiła się do tego, że pewnych tematów nie warto poruszać, bo i tak nie otrzyma się odpowiedzi, ale faktem jest, że nie zależało jej zbytnio. Pogryzając drugą kanapkę – resztka sera i ostatnie plasterki pomidora – wstała i przeszła do salonu. Wytworny kominek z różowego marmuru zachwycił ją, lecz na krótko, bo gdziekolwiek popatrzyła, kolejny przedmiot przykuwał jej uwagę, a jego piękno zdumiewało.

Podeszła do zegara z kukułką, którego wahadło zatrzymało się w najniższej pozycji, a ptak zamarł w pół drogi, z dziobem otwartym od nie wiadomo ilu lat. Rozejrzała się, szukając zdjęć, na półkach, stołach, ścianach, lecz znalazła tylko jedno, bardzo stare, w kolorze sepii. Było w ramce z tłoczonego srebra, z poczerniałymi wgłębieniami, z wywiniętymi brzegami. Brązowa smuga sięgała już prawie do głowy najwyższej postaci. Fotografia przedstawiała dwie kobiety siedzące obok siebie na fotelu o drewnianych poręczach, jedna wydała się jej bardzo ładna, jasnowłosa, szczupła, zamyślona, druga, korpulentna brunetka, spoglądała wyniośle w obiektyw, za nimi stało dwóch eleganckich mężczyzn, każdy z nich ujmował dłoń jednej z pań. Przed nimi chłopczyk i dziewczynka, trzymający się za ręce, dziewczynka uśmiechała się, chłopczyk odwracał twarz i wpatrywał się w nią. Violeta sięgnęła do zdjęcia i zdjęła je ze ściany. Spróbowała wyjąć je z ramki, żeby zobaczyć, czy na odwrocie nie ma jakiegoś podpisu albo daty, lecz nie dała rady, metal się rozciągnął. Odwiesiła fotografię na miejsce. Zara wybiegła z salonu, a Violeta usłyszała, że pędzi po schodach na górę.

– Dokąd biegniesz, skarbie?

Skarbie. Znowu to powiedziała. Nienawidziła tego słowa. Nie mogła znieść, że Álvaro tak ją nazywa. A jednak przejęła je. Álvaro mówił tak do niej, a ona tak mówiła do suczki. Jakieś nieprawdopodobne przeniesienie. Wróciła do pokoju po zeszyt. Schowała go wczoraj tak głęboko, że teraz musiała się nagłowić, żeby przypomnieć sobie, gdzie jest. Usłyszała Zarę na drugim piętrze i weszła tam po ciemku. U wylotu schodów, wyciągnięta przed zamkniętymi drzwiami, Zara podrzucała do góry coś małego i włochatego, a gdy spadało, łapała to w pysk. Violeta spróbowała poruszyć klamką. Drzwi nie otworzyły się. Ponowiła próbę z drzwiami naprzeciwko. Tym razem miała więcej szczęścia. Jej oczy potrzebowały kilku sekund, żeby przyzwyczaić się do snopu światła wpadającego przez świetlik, a wówczas rozpoznała kształty, które przed momentem były groźnymi cieniami. Wszystko tu było martwe od wielu lat. Zobaczyła kilka ptaków, które znała, i kilka nieznanych, wiewiórki, króliki, nawet całego wilka. Poroże trzech jeleni, łby danieli i dzików. Ich wypukłe, szklane oczy zmierzyły ją uważnie, zlustrowały z innego wymiaru, takie odniosła wrażenie. Zakurzona sierść zapewne była niegdyś błyszcząca, pióra, dawniej nastroszone i barwne, wypłowiały i skleiły się. Wypchane zwierzaki zajmowały dużą część podłogi, ale większość znajdowała się na ścianie otaczającej wysoką, drewnianą szafę z pociemniałą witryną, w której stały w rzędzie strzelby i dubeltówki z lufami zwróconymi do góry. Jak mało wiedziała o swoich przodkach.

Jak wszyscy, być może, ale to zetknięcie z trofeami osób z pewnością z nią spokrewnionych uświadomiło jej nagle, że został jej tylko dziadek. Wciągnęła w płuca mocny zapach zamkniętego pomieszczenia i czegoś jeszcze, czego nie potrafiła zidentyfikować.

– Chodźmy stąd, Zara. No, chodź, nic tu po nas. Ta część domu najmniej mi się podoba. A ty nie złapiesz tu więcej ani jednej myszy czy innego zwierzaka. Już ja się o to postaram.

Violeta zeszła powoli po schodach i usiadła przy kuchennym stole. Ile by dała za kubek mleka z cola cao… Zamyśliła się, patrząc w ścianę. Spróbowała przypomnieć sobie. Sięgnęła po długopis i zaczęła pisać.

Dziennik odkochania: część II

Minęły dni, zapomniałam o tym. Zagubiło się gdzieś w plątaninie twoich włosów, twoich ujmujących uśmiechów, słodkich słów, kiedy nic cię nie drażniło. Wypadło mi z pamięci i nie chciałam do tego wracać. Róże zakwitły wreszcie i obrosły pergolę, którą postawiłeś w rogu działki. Caruso zasnął na zawsze, Zara go nie odgrzebała. Ziemia rozkopana w pobliżu wskazywała na to, że próbowała, ale metalowe krzesło okazało się zbyt ciężkie.

Pewnego wieczoru odebrałam telefon. Dzwonił Juan. Chciał spotkać się ze mną, miał jakieś zlecenie. Wróciłeś właśnie z dalekiej podróży, nie było cię przez kilkanaście dni, poszedłeś od razu pod prysznic, żeby zmyć z siebie zmęczenie. Kiedy wróciłeś do pokoju, rozmawiałam z Juanem.

– Tak, tak, mogę to zrobić, jasne. Od razu jutro mogę pójść zobaczyć pokój, poza tym chętnie porozmawiałabym z dzieckiem. To ważne, żeby dzieciak powiedział mi, czego chce, jakie książki ogląda, jakie filmy, czy lubi bajki o królewiczach i smokach, czy woli coś innego, samochody, superbohaterowie i tym podobne. Podaj godzinę, dostosuję się, akurat jestem wolna.

Od wielu tygodni nie pracowałam, klienci nie zaakceptowali mojego kosztorysu, zbyt rzadko spotykałam się z dekoratorami, nie przypominałam im, że mogą na mnie liczyć. Miałeś dla mnie dużo pracy w domu, musiałam zajmować się tobą i robić różne sprawunki dla ciebie, bez trudu dawałam się do tego przekonać.

– Tak, oczywiście, wezmę to pod uwagę. Wiesz, że jestem w tym dobra, Juan, zobaczysz, że będą zadowoleni. Zabiorę portfolio, niech sobie obejrzą. I możesz dać im adres mojej strony, niech rzucą okiem i powiedzą, co mam im namalować.

Patrzyłeś na mnie, nie mogłeś się doczekać, kiedy będziesz mógł mnie objąć i zaciągnąć do łóżka. Widać to było w twoich oczach, rozognionych, i w twoich rękach, poruszałeś nimi niespokojnie, nie wiedząc, gdzie je podziać. Zdziwiło mnie, że nie odebrałeś mi telefonu i nie zacząłeś całować. Odsunęłam się o kilka kroków. Wiedziałam, że nie podoba ci się, że pracuję, że wolałbyś, żebym zawsze czekała na ciebie w domu.

– Dobrze, niech będzie, super. Powiedz klientom, że mogę im przygotować projekt z wyceną i ze wszystkim w ciągu kilku dni. Wielkie dzięki, Juan, cieszę się, że zadzwoniłeś. Z przyjemnością cię zobaczę, stęskniłam się za tobą... Dzięki, ja też cię całuję.

Odwróciłam się do ciebie i zdziwiłam, bo zniknąłeś. Wyszedłeś z pokoju, usłyszałam, jak krzątasz się przy drzwiach. Zara leżała przy mnie, z łebkiem na moich pantoflach. Jej szorstka, kasztanowa sierść domagała się szczotkowania. To dziwna jamniczka, niezależna, ale lubiąca pieszczoty i niezbyt uparta, pomijając jej upodobanie do chodzenia za mną po całym domu. Ona też przywykła do mojej stałej obecności w tym miejscu. Ale ja musiałam znowu zacząć pracować, a to zlecenie podobało mi się. Mieszkanie znajdowało się niedaleko, a dziecko było malutkie; rozradowana buzia, kiedy maluch patrzył, jak zmieniam jego pokój w bajkowy świat, zawsze wynagradzała mi z nawiązką trudy tej pracy. Usłyszałam muzykę, puściłeś ją na cały regulator. Sabina i jego *Pongamos que hablo de Madrid* rozbrzmiały w całym domu. Poszłam za tobą do salonu. Nie patrzyłeś na mnie, stałeś przy oknie i trzymałeś w ręce wysoką szklankę z białym napojem, którego nie rozpoznałam.

– Jesteś już. I jak podróż? Bardzo męcząca? – Podeszłam, żeby cię pocałować, ale odsunąłeś twarz. Popijałeś biały płyn krótkimi łykami, powoli, jeden łyk, drugi... smakowałeś je. Potem zakręciłeś szklanką i przyjrzałeś się jej. – Co ci jest? Miałeś zły dzień? Może mi opowiesz?

Odstawiłeś szklankę na stół. Odwróciłeś się do mnie plecami.

– Daj mi spokój! – odezwałeś się wreszcie, stojąc tyłem. – Gadaj sobie dalej z tym kolesiem, tak ci dobrze szło, nie usłyszałem nawet pieprzonego „dzień dobry". Po tym wszystkim, co dla ciebie robię, przychodzę do domu, a ty nawet na mnie nie spojrzysz. Na kiedy się z nim umówiłaś? Na jutro? Przekaż mu serdeczne pozdrowienia ode mnie.

– Co ty wygadujesz? Álvaro, to Juan, mój kolega z uczelni, studiowaliśmy razem. Nie pamiętasz go? Zajmuje się wystrojem wnętrz, dzwoni do mnie, kiedy jego klienci chcą spersonalizować pokój dziecinny.

Odwróciłeś się. Widziałam twoje rozedrgane źrenice, wyglądałeś na chorego. Może już byłeś chory, a gorączka w twoich oczach wynikała z fizycznych dolegliwości, których nie potrafiłam rozpoznać w porę.

– Aż za dobrze wiem, kto to jest Juan. To ten dupek, który lata za tobą, od kiedy cię znam. To ciacho. Nie doceniłaś mnie, mam bardzo dobrą pamięć. Pamiętam, jak patrzy na ciebie, kiedy jesteście razem.

– Mylisz się, Juan nic takiego do mnie nie czuje. To bardzo przyzwoity człowiek. Byliśmy po prostu dobrymi kolegami.

– Byle kogo nazywasz „dobrym kolegą". To dlatego mówiłaś, że stęskniłaś się za nim? Bo to dobry kolega? Czy ty w ogóle nie zauważyłaś, że już jestem w domu? Przeszkodziłem ci? Dlatego odsunęłaś się, kiedy przyszedłem się przywitać? Nie chciałaś, żebym słyszał?

– Álvaro, pleciesz bzdury, oczywiście, że słyszałam, jak wchodzisz, i nie mam nic do ukrycia. To tylko praca, to tylko Juan. Robiliśmy razem wiele projektów, zwłaszcza dopóki cię nie poznałam, ale nie mogę być tylko na twoim utrzymaniu, chcę być niezależna, dyskutowaliśmy o tym. Lubię swoją pracę i nie mogę mu odmówić. Zrozum.

– Skarbie, ten gość chce cię tylko przelecieć. Czy ty jesteś taką kretynką, że nie zdajesz sobie z tego sprawy, czy to mnie masz za kretyna? Bo ja na pewno nie jestem kretynem. Mnie nie oszukacie, o nie. Będziecie się jutro stukać czy on już cię stukał? No, opowiedz, nie pogniewam się.

Szklanka stała na stole. Pusta. Zapadała noc, światła parku migotały za szybą, walcząc o przetrwanie. Podszedłeś do mnie, podszedłeś bardzo blisko. Twój oddech cuchnął alkoholem, a ciało – cierpkim fetorem zazdrości, a może to był pot; nie zorientowałam się, zaczęłam kpić. Nie ze złej woli, bezwiednie, jak podczas zabawy, przekonana, że nie mówisz serio.

– Tak, jasne, tak naprawdę spędził tu cały weekend, kiedy byłeś w pracy, kochaliśmy się w każdym pokoju, w naszej sypialni, w sypialni gościnnej, wszędzie. Nie uwierzysz, jaki jest dobry w łóżku.

Chwyciłeś szklankę i cisnąłeś nią o ścianę. Rozległ się głuchy odgłos. Setki okruchów rozprysły się po pokoju. A ty chwyciłeś mnie za gardło. Ścisnąłeś. Nie mogłam złapać powietrza, poczułam dreszcz, który przeciął mnie na pół. Połowa mnie była świadoma, że jesteś w stanie mnie zabić, a druga wzbraniała się przed tą świadomością. Zamknęłam oczy, nie mogłam na ciebie patrzeć, byłeś mi obcy, nie byłeś sobą, to nie byłeś ty, ty zniknąłeś.

– Jesteś dziwką. Zawsze byłaś dziwką i zawsze nią będziesz. Ale jesteś moja, w tym momencie należysz do mnie. Nie do tego skurwiela. Tylko do mnie.

Zwolniłeś uścisk i przyciągnąłeś mnie do siebie. Włożyłeś język w moje usta. Wolną ręką zdarłeś ze mnie sukienkę. Popchnąłeś mnie na fotel, ściągnąłeś spodnie i rzuciłeś się na mnie. Potraktowałeś mnie jak środek na uspokojenie furii. Nie mogłam się ruszyć, ale czułam, że z każdym pchnięciem twoje pocałunki i pieszczoty uspokajają się, aż zacząłeś muskać moje wargi i całować je powoli i czule. Wracając do siebie, do tej części siebie, którą kochałam.

Kiedy ze mnie zszedłeś, odsunąłeś się i usłyszałam, że płaczesz. I poczułam smutek, przestałeś budzić we mnie odrazę, pożałowałam cię, zrobiło mi się wstyd, że cię sprowokowałam, że śmiałam się z twojej zazdrości. Wstałam i podałam ci rękę, poszedłeś za mną do łóżka, położyliśmy się i przytuliłam się do twojej piersi, czując się winna, że cię zdradziłam.

Nazajutrz wstałeś rano i poszedłeś pobiegać. Wracając, kupiłeś bukiet żółtych róż i przyniosłeś mi do sypialni. Postawiłeś na mojej szafce nocnej. Ja jeszcze spałam, długo spałam tamtego dnia, jakby coś w moim wnętrzu chciało, żeby sen zabrał z sobą moją niewinność, a po przebudzeniu znalazłam bukiet i karteczkę: „Przepraszam, że cię przestraszyłem, kocham cię tak bardzo, że nie panuję nad sobą. Wybacz mi, skarbie". I wybaczyłam ci, a właściwie nawet nie pomyślałam, że faktycznie mam ci coś do wybaczenia i że za każdym razem, kiedy nazywałeś mnie „skarbem", coraz bardziej mnie urabiałeś, nadawałeś pożądany przez siebie kształt. Pomyślałam tylko, że powinnam uważać, żeby cię nie zranić, bo jesteś słaby, bardzo słaby, i że bardzo mnie kochasz, tak bardzo, że na samą myśl, że mogłabym należeć do kogoś innego, przemieniasz się w coś, czym nie jesteś, czym nie możesz być. Pozostałam u twojego boku. Kiedy wstałam i zeszłam do ciebie, pocałowałam cię szczerze i powiedziałam, że cię kocham, bo była to jeszcze prawda.

Podniosła wzrok znad zeszytu. Tym razem nie płakała. Tym razem poczuła się jak idiotka, uświadamiając sobie, że to siebie obwiniła o to, co się stało, siebie uznała za tą, która postąpiła źle, dając mu powód do zazdrości. Jakby ten telefon miał jakieś znaczenie, jakby rozmawianie z innym albo nawet kochanie innego mogło stanowić dostateczną przyczynę, żeby stać się ofiarą urażonego, a co więcej, winną jego występku. Ale Violeta dostrzegła to dopiero teraz, z daleka od niego, od jego czarującego uśmiechu. A w dodatku była sama, świadomie wybrała samotność. Nie mogła nikomu opowiedzieć, co się z nią dzieje. Nie uważała za stosowne dzwonić do przyjaciół, od których odsunęła się dla niego, zawracać im głowę czymś, co pewnie ich nie obchodziło. Poza tym bała się, że później, jeśli on się zmieni, będą pamiętali, że kiedyś wyrządził jej taką krzywdę, że aż zwierzyła się im, i że tę krzywdę mu wybaczyła. To by było jak zdrada. I kiedy ból mijał, cieszyła się, że utrzymała go w prywatności swojego domu, swojego ciała, swojej duszy. Teraz jednak rozumiała, że była uwiedziona, przez jego oczy, przez słodkie słówka, przez czułe pieszczoty, których nie szczędził jej, kiedy wszystko było tak, jak chciał. Przez strach przed odrzuceniem tego dobrego, które niekiedy jej dawał. Tylko niekiedy. Bo częściej sprawiał, że czuła się zmieszana z błotem, jak szmata, jak najgłupsze stworzenie na świecie. Ale wtedy nie zdawała sobie sprawy.

Weszła na górę, do swojego pokoju, i wyjęła laptopa. Usiadła na łóżku, włączyła go, podłączyła się do sieci i zobaczyła znajomą ikonkę. Ale numer, pałac z ubiegłego wieku ma połączenie z internetem. Cud techniki i wynajmu pokojów jeszcze do niedawna. Uruchomiła wyszukiwarkę i wpisała „maltretowane kobiety". Napisała to, napisała czarno na białym. Już nie tylko miała odwagę, żeby o tym pomyśleć, lecz określała siebie samą jako taką, była w stanie to napisać i zobaczyć swój sekret sformułowany wyraźnie na ekranie, nawet jeśli chodziło o okienko wyszukiwarki *ja-hu*. „Nie, skarbie, nie, nie tak pisze się to słowo, ty naprawdę jesteś opóźniona w rozwoju", powiedział jej, kiedy po raz pierwszy łączyli się z internetem, na samym początku wspólnego zamieszkania. Nie zwróciła na to uwagi, ani wtedy, ani po tylekroć później.

Dwa miliony wyników. Dwa miliony. Tyle ludzi cierpi maltretowanie albo bada je, albo dyskutuje o tym, a jej zabrało aż cztery lata zorientowanie się, że jest ofiarą przemocy... Ale to był pierwszy krok. Później przyjdą następne. Według pierwszego komentarza, na który kliknęła, i tak miała dużo szczęścia. Najwyraźniej nie weszła jeszcze w fazę, kiedy kobiety czują się osaczone. Poza tym nie była od niego zależna i nie była samotna. Miała dziadka. I chyba nie zaobserwowała u siebie wszystkich symptomów, które wskazywałyby na to, że będzie jej bardzo trudno wyjść z tego. Winna, owszem, winna czuła się bardzo często, nadal tak było. I przez długi czas myślała, że problem leży w niej, że to ona nie potrafi go kochać albo dbać o niego wystarczająco dobrze. Że jej miłość nie jest taka, na jaką on zasługuje. Potem coś się zmieniło. Znalazła powód, żeby zacząć myśleć, i być może wykazała się taką odwagą, jaką przypisywał jej dziadek. Chociaż nie sądziła. Odwaga? Jaka odwaga, skoro zastanawiając się teraz nad tym wszystkim, pragnęła jedynie ukryć się, zapaść pod ziemię, zaszyć się w jakiejś mysiej dziurze, gdzie nikt jej nie znajdzie, gdzie nie będzie musiała nic robić… Lecz strach przed wyrządzeniem krzywdy drugiej osobie sprawił, że znalazła w sobie dość odwagi, by powziąć decyzję, że musi coś z tym zrobić, i że odeszła. Teraz musiała się dowiedzieć, czy może mu jakoś pomóc i czy kocha go wystarczająco mocno, żeby wrócić do niego i podjąć próbę. Ale on? Czy w ogóle będzie chciał, żeby mu pomogła? Wyłączyła laptopa, nie mogła dłużej czytać. Zaczęła ją łupać głowa. Z powrotem włączyła laptopa.

Wpisała do wyszukiwarki: „Przerywanie ciąży klinika Asturia". Wcisnęła *Enter* i w pół sekundy później przeczytała: „Około 400 000 wyników". Obejrzała kilkanaście stron, a podejmując decyzję, znów o nim pomyślała. Przypomniała sobie następny wieczór po dniu, kiedy po raz pierwszy nazwał ją dziwką i rzucił na fotel. Przyniósł Zarę. Była wtedy kilkumiesięcznym szczeniaczkiem, na szyi miała różową wstążkę i wisiorek w kształcie serduszka. Machała bez przerwy ogonkiem i lizała mu ręce, kiedy kładł ją na kocyku w zieloną i czerwoną kratę. Kiedy zobaczyła, że jest wolna, ruszyła biegiem w stronę pantofli Violety i zaczęła szarpać za sznurówki, brała je do pyska, a potem odskakiwała i powarkiwała, kiedy nie była w stanie przesunąć buta. „To prezent za to, że cię przestraszyłem. Wiesz, że nie lubię psów, ale robię to dla ciebie, skarbie, bo bardzo cię kocham".

Violeta zapisała kilka numerów i wstała, żeby poszukać telefonu. Wybrała pierwszy numer. Usłyszała trzy dzwonki, miała wrażenie, że słyszy je w stereo.

– Dzień dobry, chciałam się umówić na zabieg. Tak, chodzi o aborcję. Tak, mniej niż trzy miesiące. Tak, oczywiście, znam prawo. Spełniam warunki.

Wiedziała, że przez telefon powinna udawać, że nie łamie prawa. I mówiła, jakby miała za sobą dziesięć zabiegów. Głos jej nie drżał, puls nie przyśpieszył, serce nie łomotało. Pobladła tylko, a kiedy zanotowała datę i godzinę na ostatniej stronie zeszytu, rozpłakała się. Zara nie pozwoliła jej na długi płacz. Po kilku minutach usadowiła się przy jej prawej stopie z podniesionym łebkiem i zaczęła lizać ją po kostce. Powoli, głaszcząc swoją suczkę, uspokoiła się.

– Słoneczko ty moje. Gdybyś była człowiekiem, byłabyś moją najlepszą przyjaciółką. Chodź, chcę poczuć morze z bliska.

* * *

Diego zostawił jej klucze na stole w kuchni, a plaża nie mogła być zbyt daleko; gdy nadjeżdżali wczoraj, przejechali najwyżej kilometr albo dwa od morza. Szły powoli przez dziwaczny las, który zdawał się oblegać brzeg, i zaraz zobaczyły plażę. Chłodna bryza osuszyła resztkę łez i natychmiast poprawiła jej humor. Zapachy kręciły w nosie; moc natury zawsze sprawia, że wszystkie ludzkie smutki wydają się mniejsze. Kilku rybaków zarzucało sieci. Violeta skierowała się w ich stronę, lecz szybko zdała sobie sprawę z tego, że to nie jest dobry pomysł: Zara miała własny pogląd na to, co można robić w takim miejscu, a poważne spojrzenia, jakimi obrzucili ją mężczyźni, słysząc jej szczekanie, skłoniły Violetę do szybkiej zmiany kierunku. Suczka biegła wzdłuż brzegu i wkrótce zniknęła jej z oczu. Bała się, że wejdzie do wody, taka drobinka w takim bezmiarze wód, ale po chwili zobaczyła, czego szukał jej zwierzak. Przyśpieszyła kroku. Zarę głaskała mała dziewczynka. Nie wyglądała na więcej niż pięć, sześć latek. Miała na sobie dziwaczny strój: coś w rodzaju kolczugi z zielonej lycry zakrywającej całe ciało – Violeta widywała wcześniej taki strój kąpielowy tylko u bladych synów niektórych cudzoziemców – i za dużą wełnianą bluzę w kolorze fuksji, której rękawy zostały podwinięte wiele razy, żeby odsłonić rączki. Dziewczynka siedziała na piasku, a między jej nogami leżała na grzbiecie suczka, mała głaskała ją powoli po brzuszku, przednie łapki Zary były zgięte w stawach i opadały bezwładnie, oblepiona piaskiem wyglądała jak szczęśliwy pluszak. Gdy Violeta podeszła bliżej, dziewczynka zerwała się na równe nogi, Zara zaś łypnęła na swoją panią z wyrzutem i nie zmieniła pozycji.

– Nie bój się. To moja suczka. Chciałam tylko poznać jej nową koleżankę. Jeśli przestaniesz ją teraz głaskać, pogniewa się na mnie.

Dziewczynka popatrzyła na zwierzaka, który odwzajemnił jej spojrzenie, i usiadła z powrotem obok niego. Suczka wydawała pomruk głośniejszy niż szum fal za każdym razem, gdy mała przesuwała rączką po jej brzuchu. Violeta zapięła kurtkę i odetchnęła głęboko; jej skóra protestowała przeciwko wilgotnemu i lepkiemu chłodowi płynącemu od oceanu, a na podniebieniu osiadł zapach soli i ryb.

– Wabi się Zara. A ty masz jakieś imię?

– Giselle.

– Giselle... bardzo ładne imię. – Violeta przyjrzała się piaskowi. Widniały na nim rysunki gwiazd różnych rozmiarów, odniosła wrażenie, że ciągną się aż po pagórki porośnięte trzcinami, tam, gdzie plaża przechodziła w las. – Jakie ładne! To ty je narysowałaś? – Pokazała palcem na gwiazdy.

Dziewczynka uniosła brwi z dziecinną dumą, całkowicie zasłużoną.

– Tak.

– Bardzo mi się podobają. Uwielbiam rysować na piasku i w innych miejscach, przede wszystkim na ścianach. Chociaż ja rysuję raczej słońca i księżyce. Gwiazdy są bardzo trudne. Ale twoje są śliczne. Jak ty świetnie umiesz rysować!

– Ja lubię gwiazdy.

– Ja też lubię gwiazdy, zwłaszcza te twoje. Słuchaj, Giselle, chcesz opowiedzieć mi, co tu robisz sama? – Dziewczynka nie przestawała głaskać suczki, która najwyraźniej wciąż nie miała dość tych pieszczot. – No cóż, chyba nie chcesz. To ja ci opowiem, co ja tutaj robię sama, a właściwie z nią. Przyszłyśmy tu szukać wróżek.

Giselle zamarła i podniosła wzrok na Violetę. Zmarszczyła brwi, a jej oczka rozbłysły, lecz zaraz przygasły.

– Wróżek nie ma. Tak mi mówiła mama.

Violeta milczała przez chwilę. Rozpoznała już akcent dziewczynki.

– Mama mówiła, że wróżek nie ma? To może tam, gdzie ona mieszka, bo tutaj owszem, nazywają się xana i to są dobre wróżki. Mieszkają wszędzie, ale można je spotkać przede wszystkim nad morzem wcześnie rano, kiedy nie ma jeszcze plażowiczów. Jesteś pewna, że nigdy żadnej nie widziałaś?

– Ja nie wiem, gdzie mieszka mama. Ona wyjechała.

– Czyli nie możesz mieć pewności, że tam, gdzie teraz mieszka, nie spotkała żadnej wróżki. Może we Francji ich nie ma, ale w Hiszpanii tak, zapewniam cię.

– Nie wiem, czy mieszka we Francji, i jest mi wszystko jedno, czy spotkała jakąś wróżkę czy nie.

– Aha. No dobrze, a chcesz pójść ze mną i poszukać wróżek? Zara rozpoznaje je od razu. Kładzie się wtedy na grzbiecie i chce, żeby ją głaskały po brzuszku. Słuchaj! A może ty jesteś małą wróżką?!

Dziewczynka uśmiechnęła się do niej po raz pierwszy.

– Nie pleć głupstw. Jesteś dorosła. Dorośli nie mówią takich rzeczy. To znaczy mój tata kiedyś tak mówił, ale teraz już nie. Od dawna. Od dawna nie robi różnych rzeczy.

– A wiesz, gdzie jest twój tata? Poproszę go, żeby nam pomógł poszukać wróżki. Na pewno potrafi.

– Był ze mną. Ale zgubił się.

– To chodź, poszukamy go. Na pewno czuje się bardzo samotny i bardzo się martwi, że go nie szukasz.

Giselle podniosła się wreszcie i podała Violecie rękę. Drobne paluszki przywarły do jej dłoni. Nie wiedziała, czy dziewczynka poczuła, że przeszył ją dreszcz. Zara leżała jeszcze przez chwilę brzuchem do góry, aż przyjęła do wiadomości, że jej czas się skończył, zerwała się i pobiegła za nimi. Szybko je wyprzedziła. Przeszły zaledwie kilka metrów, gdy zobaczyły w oddali biegnącego mężczyznę.

– Znalazłyśmy mojego tatę.

– Ciekawe, czy pomoże nam odszukać wróżkę. Ty mu o tym powiedz, dobrze? Ja go nie znam.

– Ma na imię Olivier. Jest Francuzem. Przyjechaliśmy tu szukać dziadka. Nie wiem, jak on może mieć dziadka, skoro jest moim ojcem, ale mówi, że ojcowie też mogą mieć dziadków. Od wielu dni chodzimy po plaży i po domach. Już miałam tego dość. To nudne.

– A ja przyjechałam tu z moim dziadkiem.

– Naprawdę? Coś takiego, od kilku dni wszyscy dorośli macie dziadków. A jak się nazywa twój?

– Mój dziadek ma na imię Diego i jest kapitalnym człowiekiem. A jak się nazywa dziadek twojego taty?

– Nie wiem. To tajemnica. Wiem tylko, że tato uparł się, żeby przyjechać tu na wakacje, a ja słyszałam, jak babcia mówiła mu, żeby tego nie robił, że na pewno go nie znajdzie, żeby przestał się wygłupiać i żeby wziął się w garść. Nie wiem, o co chodzi z tym wzięciem się w garść. W garść można wziąć orzechy albo czereśnie, ale siebie? On nie chciał mi wyjaśnić, co to znaczy. Prababcia niedawno wyjechała i tato zrobił się bardzo nerwowy. Zrobił się bardzo nerwowy już wcześniej, kiedy mama też wyjechała. Ale może ty masz rację, może mama szuka wróżki i wróci, kiedy ją znajdzie.

– Czyli on też kiedyś miał babcię. To czemu jesteś taka zdziwiona, że on albo ja mamy dziadka?

– To była moja prababcia, nie jego babcia. Trudno to wyjaśnić. Wy, dorośli, czasem nie rozumiecie, jak dzieci wam wyjaśniają.

– Dobrze, to nie wyjaśniaj. Ja cię rozumiem.

– Na szczęście.

– Na szczęście.

– Tak, na szczęście.

Violeta ucieszyła się, że ojciec małej pochwycił ją mocno i podniósł do góry. Kiedy postawił ją z powrotem na ziemi, odniosła wrażenie, że płakał.

– Proszę się nie martwić, nic jej nie jest. Jestem z nią od dłuższej chwili. Bawiła się z moją suczką. Właśnie szłyśmy poszukać jakiegoś policjanta, nie mam telefonu komórkowego, nie mogłam wcześniej zawiadomić policji.

– Bardzo dziękuję, nie wie pani nawet, jak bardzo. Zagapiłem się, nie wiem, jak to się stało, i nagle zniknęła. Dopiero teraz przyszło mi do głowy, że mogła wrócić na plażę. Biegałem po lesie i po domach w okolicy, o mało nie oszalałem, tyle rzeczy mogło się jej stać... przeze mnie.

– Każdemu może się zdarzyć. Nic się jej stało. Ma pan córeczkę bardzo mądrą jak na swój wiek. Wiedziała, że to pan się zgubił. – Violeta uśmiechnęła się do ojca Giselle. I zwróciła uwagę na pewien jego gest, miły, choć nieśmiały. Zwilżył sobie wargi – a zęby miał doskonałe – i spojrzał na nią tak, jakby na całym świecie liczyła się tylko ona.

– Mam na imię Olivier.

– A ja Violeta. Bardzo mi miło.

– Wolałbym, żebyśmy poznali się w innych okolicznościach. Ale czy my się już kiedyś nie spotkaliśmy? Była pani w Paryżu?

– Tak, ale nie przypominam sobie pana. Natomiast sądzę, że nadarzy się jeszcze okazja do ustalenia, czy się znamy. Pana córka pokochała moją suczkę.

– Czy możemy pani towarzyszyć na spacerze?

– Jeśli przestaniesz mówić do mnie per „pani".

– Pardon, to stare przyzwyczajenie. My, Francuzi, bywamy sztywniakami.

Olivier wypowiedział to zdanie neutralnym tonem i Violeta nie wiedziała, czy mówi poważnie czy ironicznie.

– Niektórzy Hiszpanie też.

– Tato, tato, popatrz na Zarę, ona oszalała!

Suczka biegała wokół dziewczynki jak nakręcona. Tak, wyglądała, jakby oszalała, ale Giselle zanosiła się śmiechem, próbując bezskutecznie dać krok na zewnątrz. Olivier patrzył na nią z osłupieniem, jakby zobaczył ducha. Zniżył głos, odwracając się do Violety:

– Dawno tak się nie śmiała. Nie wpadłem na to, żeby kupić jej psa. Albo inne zwierzątko.

– Psy potrafią wydobyć z ludzi to, co w nas najlepszego. Są świetnymi kompanami dla osób, które czują się trochę samotne.

– Pani czuje się trochę samotna? – Olivier podniósł zaraz rękę do ust, jakby chciał schować w nich to pytanie albo zawstydził się, że nie zwrócił się do niej per „ty". Spodobał jej się ten gest, ale na jej twarzy nie drgnął ani jeden mięsień. – Przepraszam, naprawdę, wybacz. Zwykle nie zadaję takich pytań ludziom, których dopiero co poznałem. Ale... ona jest teraz taka szczęśliwa... zaraziła mnie.

– Nie masz za co przepraszać, nie uważam tego pytania za niedyskretne. Czy jest ktoś taki na świecie, kto nigdy nie czuł się odrobinę samotny? Myślę, że nie. Ale Zarę dostałam w prezencie, nie kupiłam jej. I to był najlepszy prezent, jaki kiedykolwiek dostałam.

– Giselle jest nią zachwycona.

Niebieski pałacyk wyłonił się nagle przed nimi niby za sprawą czarów. Wyróżniał się spośród innych gmachów po lewej i po prawej stronie drogi, był jak domek z bajki pośród szarej prozy. Nie zdziwiliby się, gdyby z któregoś okna wychyliła się nagle sprytna królewna o długich warkoczach. Olivier stanął jak wryty i wpatrzył się w dom. Mrugał powiekami; miał bardzo ciemne oczy, odcinały się od jasnej cery. Potrząsnął głową i ruszył przed siebie. Chyba nie zdawał sobie wcześniej sprawy, dokąd szli.

– Cudo, prawda? Jak też oniemiałam na jego widok. Należy do mojego dziadka.

– Twój dziadek mieszka w tym domu?

– To pałac z początków wieku, typowa tutejsza budowla, zamawiali je „Indianie", ludzie, którzy wyemigrowali stąd do Ameryki, zarobili trochę pieniędzy i wrócili. Ale dziadek tu nie mieszka.

Wyjechał stąd bardzo dawno temu, w czasie wojny domowej, jak sądzę. Jeśli chcesz, pokażę ci, jak wygląda wewnątrz. A przy okazji napijecie się czegoś, spacer był długi.

– Nie, nie, chyba lepiej będzie, jeśli sobie pójdziemy. Dziękuję, ale mamy jeszcze mnóstwo roboty. Wkrótce wyjeżdżamy.

W tym momencie Giselle podbiegła do ojca i pociągnęła go za rękę. Pochylił do niej głowę, a ona szepnęła mu coś do ucha. Mężczyzna podniósł dłoń do czoła i zrobił żałosny grymas, który rozśmieszył jego córkę.

– Dobrze, księżniczko, zaraz coś wymyślimy. – Popatrzył porozumiewawczo na Violetę, po czym wrócił wzrokiem do córeczki uwieszonej jego ręki. – Sądzę, że jednak chętnie zajrzymy do tego ślicznego domu. Giselle ma do załatwienia bardzo pilną sprawę, której nie mogę ci zdradzić, ale która wymaga odosobnienia. Mieszkamy jakieś dwadzieścia minut stąd, nie zdążylibyśmy. Kiedy Giselle mówi mi o tym, zwykle jest już prawie za późno.

Violeta spojrzała na dziewczynkę i puściła do niej oko.

– Chodź, pościgamy się. O co zakład, że ja wygram?

Suczka także podjęła wyzwanie i we trzy puściły się pędem w stronę starej, żelaznej bramy. Olivier patrzył za nimi, dopóki nie zniknęły za ogromną magnolią zagradzającą wejście. Zaczął się przyglądać ogrodowi, chociaż już go znał. Nie raz zaglądał przez ogrodzenie, sprawdzając, czy ktoś jest w środku. Serce biło mu w zawrotnym tempie; gdyby to stało się teraz, co by zrobił? Zaczęło walić kilka minut temu, kiedy zdał sobie sprawę z tego, że zmierzają do niebieskiego pałacu. Spróbował uspokoić się. I co ma teraz zrobić, do diabła? Czy nie do tego właśnie dążył? Nie rozumiał, dlaczego zamiast ulgi czuje w żołądku nieznośny ucisk. Jakby tysiąc ludzików, które tam mieszkały i przeżuwały jedzenie, waliło w ściany, chcąc się wydostać. O tych ludzikach opowiadała mu babcia, kiedy był mały, mówiła, że roznoszą jedzenie we wszystkie części jego ciała i że trzeba je karmić wszystkim po trochu, żeby dobrze wykonywały swoją pracę, że muszą dostać rybę, mięso, mleko, chleb, a przede wszystkim owoce i warzywa, których tak nienawidził i które zaczął jadać dopiero wówczas, kiedy opowiedziała mu o ludzikach. Bardzo za nią tęsknił. Nigdy by się tego nie spodziewał, ale tęsknił.

W końcu postanowił wejść do domu. Przekroczył próg z największym szacunkiem, jakby profanował święte wspomnienia, w których nie było dla niego miejsca. Ale jakże nie? Oczywiście, że było. Miał prawo być tutaj. Nie powinien mieć żadnych wątpliwości. Sprawdził to w rejestrze nieruchomości w Oviedo: pałacyk nadal należał do tej samej rodziny, nie został sprzedany od czasu, gdy nabyto działkę w roku tysiąc dziewięćset siedemnastym, a jedyny wpis dotyczył testamentu pierwszych właścicieli, którzy przekazywali go synowi, podówczas jedynemu spadkobiercy w linii pierwszej. Lecz za progiem nie był w stanie dać kolejnego kroku. Kilka minut później po schodach zbiegła Violeta.

– Problem rozwiązany. Giselle jeszcze jest na górze, podziwia wannę. Jest zabytkowa, a mała mówi, że jeszcze nigdy nie widziała wanny wielkiej jak basen. Chlapie się w wodzie. Nie wiem, czy chcesz pójść tam do niej, czy pozwolimy jej wejść do wanny...

– Niech się trochę pobawi, jeśli nie masz nic przeciw temu. Od bardzo dawna nie widziałem jej tak szczęśliwej. To cudowne, że się udało.

– No cóż, ja nie mam dzieci, ale odnoszę wrażenie, że twoja córeczka jest wyjątkowa.

– Tak, faktycznie. Giselle jest wyjątkowa, choć przez to nieraz sprawia trochę kłopotu. Od kilku dni bardzo się nudzi. Jest sama z dorosłą osobą, to dla dziecka pewnie dość męczące. Czy mógłbym dostać teraz kubek wody, o którym mówiłaś przed chwilą? Umieram z pragnienia.

– Oczywiście, proszę, przejdźmy do salonu, tędy, przez te największe drzwi. Usiądź, zaraz wracam.

Olivier usłuchał i patrzył za nią, gdy wchodziła do innego pomieszczenia, zapewne do kuchni. Wciąż przypominała mu kogoś, chociaż nie wiedział kogo. Patrząc na jej plecy, zauważył, że jest szczupła i elegancka. I że ma piękne nogi i tyłek. Zdziwiło go, że zwrócił na to uwagę. Nie pamiętał już, od jak dawna nie pozwalał sobie, żeby tak patrzeć na kobietę. Stale porównywał je z nią. A ona zawsze wygrywała. Kobieta o wymykającej się urodzie wygrywała. Nawet gdy chroniła się za murem melancholii. Ta melancholia pojawiła się być może podczas lat małżeństwa, ale jemu wydawało się, że widniała na jej twarzy od zawsze. Nostalgia za czymś, co on – był tego pewien, być może dlatego, że tylko to mu pozostało – dawał jej niegdyś, kiedy ich pocałunki były głośne, a na jej twarzy gościł uśmiech satysfakcji, nie smutek. Czy ich związek popadł w rutynę? Zawsze uważał, że nie. Rozważał to wielokrotnie, znał wiele par, które nie kochały się już, lecz mieszkały razem, słyszał zbyt wiele rozmów na temat rozwodów, poznał zbyt wiele nowych dziewczyn kolegów. Ale on zawsze był pewien, że daje swojej żonie wszystko, co kochała. Jego żona. Zawsze taka poprawna, bez przerwy „proszę" i „dziękuję", eleganckie maniery, gesty idealnie dostosowane do sytuacji. Zero podniesionego głosu, zero wyrzutów, zero sprzeczek. Pieprzona kurwa. Olivier ucieszył się: nareszcie był w stanie to powiedzieć. Pieprzona kurwa.

Usiadł na starym fotelu obitym materiałem w liście bluszczu. Ogromne okna wpuszczały światło z trzech stron świata. Blask sączący się przez wielki świetlik w dwóch ścianach tworzył nastrój kameralny niczym w gotyckim kościele, być może przyczyniał się do tego niebieskawy odcień szyb. Rozejrzał się dookoła. Wreszcie jakieś miejsce, gdzie nic mu jej nie przypominało. Nikogo mu nie przypominało. A czego niby oczekiwał? Wspomnienia nie przenoszą się poprzez krew. A wtedy zobaczył coś, co owszem, doskonale znał: na ścianie wisiało zdjęcie Diega bardzo podobne do portretów, jakie widział w kajetach babci, które przywiózł ze sobą, sam nie wiedząc, po co. Ta sama twarz widniała na obrazie królującym w ich salonie, obrazie, co do którego Olivier i jego rodzeństwo snuli najróżniejsze domysły od najmłodszych lat, kiedy to niewiarygodne perypetie i sekrety ich rodziny z czasów drugiej wojny światowej stanowiły ich ulubiony motyw zabaw. Podszedł do fotografii i obejrzał ją uważnie, próbując odgadnąć myśli mężczyzny, niewydarzonego mężczyzny, łajdaka. Ale widział tylko zwróconego doń profilem chłopca, gołowąsa, którego osobowość zdradzał jedynie wypłowiały goździk trzymany w ręce. Odłożył zdjęcie na stół i zamknął oczy. Czego on, do jasnej cholery, szuka w tym domu? Violeta wróciła z dwiema szklankami wody i postawiła je na stole.

– Przepraszam, nie mogę cię poczęstować niczym innym, przyjechaliśmy wczoraj, nie mieliśmy jeszcze czasu, żeby pójść na zakupy.

– Nie przejmuj się, Violeto, teraz już naprawdę musimy iść. Jeśli nie masz nic przeciw temu, pójdę po małą. Bardzo mi było miło poznać was, jestem pewien, że Giselle też tak myśli. Ale zrobiło się późno, a do domu mamy jeszcze kawałek.

* * *

Kiedy Olivier i Giselle poszli sobie, Violeta usiadła w ogrodzie, w wielkim fotelu, niedawno odmalowanym. Poduszki znalazła w kuchni, w wielkiej skrzyni. Były nowe, wyglądało na to, że ktoś przygotował dom na ich przybycie. Ogarnął ją wielki spokój. Zapach morza i gór koił najbardziej kotłujące się myśli, odpędzał najgroźniejsze demony. Była tak wyciszona, że nie usłyszała wejścia Diega.

– Ptaszątko, tu jesteś! Fantastyczny jest ten ogród, prawda? Zrobiłem tylko drobne zakupy, wydawało mi się, że ten dom znajduje się bliżej miasteczka, ale nie jest, nie. – Diego przydźwigał dwie torby z jedzeniem. Zerwała się, żeby wziąć od niego jedną, była tak ciężka, że zdziwiła się, jakim cudem doniósł je tutaj. Dziadek mówił bez przerwy i po raz pierwszy od jej przyjazdu odniosła wrażenie, że jest spokojniejszy. – Pamiętałem drogę z czasów, kiedy byłem młodym chłopakiem, a to nie to samo. Musiałem w końcu wziąć taksówkę, bo inaczej dotarłbym bardzo późno, już po obiedzie. A ty włóż kurtkę, niby to nic, ale w cieniu jest chłodno. I nie patrz tak na mnie, bo w moim wieku już na pewno się nie zmienię.

– Nie przejmuj się, dziadku, jeśli będziemy potrzebowali czegoś jeszcze, pojedziemy do miasteczka razem. Genialnie się tu siedzi.

Dom jest bajkowy. Potrzebuje malowania i małego remonciku tu i ówdzie, ale to wszystko zajmie najwyżej kilka dni. Nawet ogród wygląda na bardzo zadbany, te rośliny są śliczne, ktoś je przyciął, i prawie wcale nie ma suchych liści. Ja mam po uszy zbierania ich w naszym ogródku, a to przecież może jedna dziesiąta tego co tutaj. Będziesz sprzedawał ten dom?

– To ty zadecydujesz, co z nim zrobić. Jest twój. Dlatego właśnie chciałem tu przyjechać, żeby ci go pokazać, żebyś zaczęła się zastanawiać, czy chcesz go zatrzymać czy nie. Wiele osób przerobiło takie miejsca na hotele albo domy na wynajem, ale to wymaga sporo pracy i nakładów. Nie wiem, ile przyniesie ci spadek po mnie. Zależy, jak nim będziesz zarządzać. Ale to twoja decyzja, nie moja. I nie musisz brać mnie pod uwagę, ja opuściłem ten dom dawno temu. Nie należy do mnie.

– Dziadku, nie chcę o tym słyszeć. Mówisz to tak spokojnie, jakbyś miał umrzeć pojutrze, nie zniosę tego. I jak możesz twierdzić, że nie należy do ciebie? Ile czasu tu mieszkałeś?

– Kilkanaście lat. Miałem trzy albo cztery lata, kiedy się wprowadziliśmy, i osiemnaście, kiedy wyjechaliśmy do Francji. Ale zrezygnowałem z niego już dawno temu. Teraz jest twój.

– Dzięki, ale powtarzam ci, że nie mam najmniejszego zamiaru zostać tak szybko twoją spadkobierczynią. Zadecydujemy wspólnie, co z nim zrobić. Ty i ja. Nie możesz przerzucić tylko na mnie całej odpowiedzialności. Uwielbiam ten dom, mogłabym mieszkać tutaj, byłoby cudownie.

– Dobra, dobra, nie myśl, że każdy dzień wygląda jak dzisiejszy. Na pewno wiesz, że tu często pada, a pogoda bywa podła. Jest też bardzo wilgotno i kiedy robi się zimno, to ziąb przejmuje cię do szpiku kości, a kiedy jest upał, to naprawdę grzeje. Nie zawsze da się siedzieć w ogrodzie i patrzeć na góry. Moja matka mawiała, że trzeba się tu urodzić, żeby znosić ten klimat. Chociaż ona wcale nie była stąd.

– Ale oddycha się innym powietrzem, takim, które daje siłę. Ty też to odczuwasz, czy to tylko ja jestem jak zaczarowana? Nie mogę się napatrzeć na ten dom, ten błękit mnie zachwyca. Magnetyzuje.

– Tak, jest piękny. Chociaż dopiero teraz to zauważyłem. Kolor też wybrała moja matka. I chyba nie obyło się bez problemów. Ojciec był znacznie bardziej prozaiczny. Nigdy nie udało mi się zrozumieć, co ich łączyło. Nigdy się nie rozstawali, umarli prawie jedno po drugim. Sądzę, że temperament matki kompensował stateczny charakter ojca.

– Szkoda, że ich nie znałam.

– Byli ludźmi z innej epoki. Chociaż matka była znacznie nowocześniejsza niż wiele współczesnych kobiet. Na uczelni poznałem wiele dziewczyn bardziej staromodnych od niej, chociaż urodziły się prawie sto lat później. Miewam czasem wrażenie, że cofnęliśmy się w czasie i nie zdajemy sobie z tego sprawy. Niektórym ludziom nowoczesność przyniosła tylko utratę ideałów.

– Nie wiem, o czym mówisz. Nie mam porównania. Sądzisz, że dzisiaj jest mniej idealistów niż w czasach, kiedy miałeś dwadzieścia lat?

– Nie jestem pewien, ale wtedy wielu ludzi oddało życie za swoje przekonania. O tyle spraw trzeba było walczyć... Dziś w świecie zachodnim nikt by już tego nie zrobił. Widzę bierność młodych, którzy mają wszystko i godzą się na to, żeby to utracić, bo nie chce się im kiwnąć palcem, i jest mi smutno. Ja bardzo wcześnie się zakochałem i może to sprawiło, że chciałem żyć na swój sposób. Dzisiaj młodzi trzymają się spódnicy mamusi, dopóki nie zarobią na najnowszy model telewizora. Mówią, że nie mają stałej pracy, że mają marne zarobki, że nie stać ich nawet na opłacenie czynszu. Ale zawsze tak było. Tylko bogaci mieli zawsze pełne talerze, a większość społeczeństwa nie była bogata, miała pracę równie niepewną albo i bardziej niż dziś. U wielu bieda aż piszczała. Ja muszę przyznać, że byłem uprzywilejowany, studiowałem i pracowałem, a rodzice wciąż mi pomagali, ale takich jak ja było jeden na trzech. Większość stała po drugiej stronie barykady. I wszyscy ciężko harowali i zakładali rodziny. Fakt, że wtedy nie było wyboru. Teraz problem polega na tym, że można wybierać.

– Nie zawsze można wybierać, dziadku. Czasem inni wybierają za ciebie.

Pogłaskała się po brzuchu. Patrzyła na krzewy o błyszczących liściach wyrastające zza fontanny z brunatnego kamienia; przysiadł na niej ptak i śpiewał na całe gardło. Violeta słuchała jego psalmu i szumu roziskrzonego strumienia wody opadającego na dno misy okrągłej jak forma na ciasto i zastanawiała się, dlaczego wszystko bywa niekiedy tak skomplikowane. Choć wydaje się proste. Ciemnozielony mech wił się pod wirem. Roztańczona woda krążyła wokół środka misy, po czym znikała w odpływie, wpadając do rur połączonych w obieg zamknięty. Następnie wytryskiwała z penisa szarawego aniołka z odłupanym nosem – jedynego elementu w tym domu, który odbierała jako w złym guście – w nieskończonym tańcu cieczy, światła i blasku.

– Nikt nie powinien wybierać za ciebie. Nikt. Zawsze masz możliwość dokonania zmiany, ale o wiele trudniej jest coś zrobić, niż czekać z założonymi rękami. A jeszcze trudniej jest ustalić, czego się chce. Jeśli wiesz, czego chcesz, Violeto, musisz o to walczyć. A w każdym razie musisz spróbować. Nie pozwolić, żeby inni decydowali w twoim imieniu. Tak postępują tylko tchórze i głupcy.

– To, co mówisz, jest bardzo surowe. I nie wiem, czy słuszne. Nie zawsze jest tak łatwo.

– Nikt nie powiedział, że będzie łatwo, ptaszątko, nic nie jest łatwe. Ale czekanie z założonymi rękami, aż sprawy rozstrzygną się same, nie daje ci żadnej gwarancji, że to, co nadejdzie, będzie lepsze. A w takim razie dlaczego masz pozwolić, żeby poniósł cię prąd? Ja raz to zrobiłem i wciąż jeszcze śni mi się, że tonę. To jednak normalne, że każdy musi popełnić swoje własne błędy, że na cudzych błędach nie uczymy się, że baty odczuwamy tylko na własnej skórze. Tak to już jest. Nie potrafimy postawić się na cudzym miejscu. Nawet nie próbujemy.

ROZDZIAŁ 6

I

VILLAVICIOSA, WTOREK, 16 MAJA 2000 (GODZ. 5.12)

Noc dobiega końca. Gdyby to ode mnie zależało, rozpędziłbym mrok natychmiast. Bo czekanie na brzask to tortura, bez kajdan, bez łańcuchów, bez rzeźnickich noży, zmusza mnie do zamknięcia oczu i patrzenia. I w każdy bezsenny świt nachodzą mnie te same koszmary. Przewracam się z boku na bok, słyszę w półmroku, jak skrzypią moje rozklekotane kości, niby u sypiącego się kościotrupa, który wkrótce przegnije do szczętu i się rozpadnie. A brzask przynosi mi wreszcie światło, znów, jak w tyle innych dni, bezduszne, blade, przytłumione, pozbawione blasku, pozbawione nadziei. I wciąż wstaję razem ze słońcem. Jeden dzień i jeszcze jeden, i jeszcze jeden. Dziś czuję się nieco lepiej, nie tak zmęczony; mam wnuczkę, sprawię, że pozna siebie. Po to przyjechałem.

Otwieram oczy, a one patrzą na mnie. Powiesiłem obraz nad łóżkiem, jak zawsze. To tradycja. Towarzyszyły mi we wszystkich miejscach, gdzie mieszkałem. A było ich dużo. Na szczęście był mały, nie metr na metr, jak te, które najbardziej lubiłaś. I które, Bogu dzięki, od razu sprzedawałaś, bo nadszedł moment, kiedy nie pomieściłyby się w naszym mieszkaniu. Tak jakbyś wiedziała, że powinnaś zostawić mi coś w tym stylu, łatwego do transportu, co mało waży. To piękny obraz. Bardzo piękny. Matka i córka. Kobieta tak elegancka, a dziewczynka tak delikatna. Złączone na zawsze na płótnie. Z tak pogodnym wzrokiem. Witam się z nimi. Żegnam się i witam każdego wieczoru i każdego poranka. To rytuał, magiczny rytuał uzdrawiający. Od początku tak było. Od kiedy przyjechałem do Ameryki i powiesiłem obraz na ścianie. Stanowią część mnie. Od momentu, kiedy zrozumiałem, że cię utraciłem.

A teraz, kiedy wiem, że być może są tam na górze, przy twoim boku, czuję, że muszę cię znowu zobaczyć, gdy życie mnie już prawie oślepiło. Chociaż nie odważyłem się wejść, nie dałem rady. Nadal jestem tchórzem. Dziś w nocy dotarłem pod same drzwi i zatrzymałem się przed nimi, roztrzęsiony, czekając, nie dotykając klamki, po ciemku. Stary głupiec, mogłem się byłem zabić, wchodząc albo schodząc po schodach, a wtedy wszystko bym popsuł. Ale nie odważyłem się wejść, stanąć twarzą w twarz z nimi i z tobą.

Violeta nie wie jeszcze, co się tam kryje, pojęcia nie ma. A ja nie wiem, czy na pewno jestem gotowy. Od wielu tygodni zbieram siły, żeby cię zobaczyć. Słyszę cię, jak wędrujesz w moich myślach niczym duch, który zaburza prawo rozdziału nocy i życia i przychodzi, i patrzy na mnie, i prosi, żebym wrócił. Ale pokażę cię jej dopiero, gdy nadejdzie pora. Nauczę ją szacunku do ciebie, to da jej mocne korzenie. Jeszcze mi się nie udało, jeszcze nie. Wcześniej jednak powinienem spotkać się z Martinem, muszę z nim porozmawiać, muszę dostać walizki. Tak. Będzie potrzebowała walizek. Chociaż jestem słaby, nawet po tylu latach. Mój pierwszy przyjaciel, mój najlepszy przyjaciel, moja opoka; ależ byliśmy głupi, jak kiepsko wyobrażaliśmy sobie, co przyniesie nam życie. Nerwy mnie chwytają na samą myśl o tym. Zalewa mnie wściekłość i obrzydzenie. Ale nauczyłem się z tym żyć i żeby uśmierzyć gniew, wyobrażam sobie ciebie. Eliso, wyobrażam sobie ciebie. Ciebie. Wyobrażam sobie twoje ciało, twoje oczy i twoje wargi, wyobrażam sobie twoje dłonie i twoje ręce. Zamykam się niby w muszli, kryję się w niej niby biała perła, otoczony morzem, skrawkami życia, okruchami deszczu. Twoje oczy więżą mnie. Ale wiem, że muszę się obudzić, muszę się obudzić. Eliso, pomóż mi, potrzebuję twojej pomocy. Muszę spotkać się z nim jeszcze jeden raz.

Sądziłem, że nie zobaczę go już nigdy, ale mieszka tu, w Oviedo, i nie mam wyjścia, muszę go odszukać. W końcu wszyscy wróciliśmy do rodzinnej zagrody. Coś w tej naszej ziemi przyciąga nas, wracamy umrzeć tu, gdzie się urodziliśmy. Jak śpiew syren, które nas wzywają, jak jego echo. A ja nie mam sił, żeby wracać samotnie. To prawda, wciąż jestem tchórzem.

Nagle zdaję sobie sprawę z tego, że nastał dzień. Łóżko jest rozkopane, moje ciało – zlane potem, ręce mi drżą. Moje prywatne ciemności potrzebują kilku godzin, żeby się rozpierzchnąć. Jeszcze przez chwilę słucham odgłosów wewnątrz siebie, dźwięku czasu, echa tego, co przeminęło, widzę twoje oczy i twoje usta. Widzę twoje życie. I znów światło przychodzi mi na ratunek, słucham i słyszę dźwięki, które tym razem płyną ze świata rzeczywistego. To ona, twoja wnuczka. Violeta wstała wreszcie. I ubiera się w takim tempie, jak kiedy była dzieckiem, tak wolno, że trzeba było budzić ją godzinę wcześniej, żeby zdążyła powolutku przywyknąć do nowego dnia. Chociaż teraz już nie guzdrze się aż tak. Myślę o niej, jakby wciąż była malutka. Nic na to nie poradzę. Powinienem był zapytać ją wczoraj, czy wybrałaby się ze mną do Martina, ale dzień zrobił się taki przyjemny, że nie chciałem go psuć, nawet wypowiadając to imię. Chociaż mógł był zacząć się lepiej, to owszem. Byłem pewien, że wizyta w kancelarii i konieczność rozmowy o tych łotrach odbierze mi przyjemność z powrotu do Villaviciosa po tylu latach, ale nawet nie. Ochłonąłem, spacerując po ulicach, nieśpiesznie, przyglądając się oczami starca temu, co podglądałem kiedyś jako szczeniak. I zrzuciłem to z siebie. Ale teraz inne wspomnienia mnie prześladują, doprowadzają do szaleństwa. Je także odpędzam. A ona jest bardzo sprytna. Tak, to spryciara taka jak ty, Eliso. Widać, że macie te same geny, że w waszych żyłach buzuje ta sama krew.

Kiedy wyszedłem z kancelarii, myślałem, że nie będę w stanie wrócić do domu o własnych siłach, że będę musiał zadzwonić po Violetę, ale wciągnęła mnie wędrówka po starych zakątkach i odkrywanie nowych; najbardziej zachwycił mnie powrót do sklepów, do których chadzałem z mamą jako dziecko. Do tych wiekowych lokali pełnych artykułów, które tak ładnie pachną, na przykład w piekarni świeżo wyjęte z pieca bułeczki i ten chleb, tak piękny, tak zwarty, jakiego nie uświadczysz już nigdzie w Madrycie, tylko na wsi, w tych dziurach zabitych dechami. U rzeźnika nie mogłem się powstrzymać i kupiłem jądra i móżdżki, już prawie nikt ich dzisiaj nie kupuje, podobnie jak krezki, kiedyś tak się nią zajadano w Madrycie, a dzisiaj mało kto w ogóle wie, co to takiego. W sklepie z owocami wąchałem jabłka z Bierzo, które ociekają słodkim sokiem i rozpływają się w ustach. A potem mówią, że to, co najlepsze, idzie do stolicy… chyba że do najdroższych delikatesów. Rozanielony chodziłem między straganami, powoli, miałem tylko dwie torby, tę na kółkach zostawiłem w samochodzie, a siły po drodze, ale jak cudownie było wąchać i oglądać to wszystko! To już nie byli ci sami sprzedawcy, o nie, wszyscy przeszli na emeryturę albo pomarli, jakżeby mogło być inaczej. W niektórych sklepach sprzedają wnuki, ale tych jest mniej, więcej jest Chińczyków, tych to wszędzie pełno. Wszystko przejmują, nawet tutaj już doszli. A uważasz, Eliso, nie to, żebym miał coś przeciwko nim, niech mnie Pan Bóg broni, mnie tylko nie podoba się, że pracują od świtu do nocy za jakieś nędzne pieniądze, jeśli interes nie należy do nich. I z nami będzie niedługo to samo, kiedy bogacze stracą resztkę przyzwoitości i stwierdzą, że skoro pod ręką jest tylu Chińczyków, po cóż płacić tym niewychowanym Europejczykom, którzy ciągle domagają się praw.

Nie odbiegaj od tematu, Diego, musisz się wreszcie zdecydować. On nic nie powie, nie ośmieli się, to tchórz. A jeśli spróbuje, będziesz umiał go uciszyć. To co, prosisz, żeby cię zawiozła, czy dzwonisz po taksówkę i jedziesz sam? Nie, lepiej z nią, jak dobrze mieć przy sobie kogoś, z kim można porozmawiać, jak dawno nie gawędziłem z nikim po obiedzie, spokojnie, jak wczoraj, kiedy usadowiliśmy się w starych fotelach w południowej części ogrodu, koło kamelii, które wyglądają teraz jak drzewa, mają gałęzie po dwa metry i więcej. Ależ by się ucieszyła moja matka, gdyby mogła je zobaczyć, gdyby widziała, jak pięknie kwitną w lutym.

Ty znowu swoje, weźże się wreszcie zdecyduj! Powinniście zaraz wyjechać, jeśli nie chcesz wracać po nocy, do Oviedo jedzie się z godzinę albo i dłużej, jeśli ciągle trzeba jechać przez Gijón, jeśli nie ma krótszej drogi, pewnie ją zrobili, ale któż to wie... Ależ śliczne jest moje ptaszątko! Ma takie ładne oczy i te jasne, proste włoski, z którymi wygląda jak dziewczynka. Zawsze będę na nią patrzył jak na moją małą dziewczynkę, nic na to nie poradzę, chociaż już dawno mogłaby być matką, ale jak to teraz odwlekają dzisiejsze kobiety! Jasne, mają tyle rzeczy do zrobienia, bo potem będzie za późno, że kiedy rodzą już swoje ptaszątka, nie mają nawet ochoty się z nimi bawić. Przestań, ty stary zrzędo, niech każdy robi ze swoim życiem, co mu się żywnie podoba, o to walczyliśmy przez tyle lat, żeby nikt nie dyktował nam, kim mamy być i kiedy. I wystarczy tego wreszcie, Diego, tak albo nie, bo trzeba się zbierać.

– Violeto, muszę cię o coś poprosić. Chciałbym, żebyś zawiozła mnie dziś do Oviedo.

– Dowiem się wreszcie, co my tu robimy? O to chodzi?

– Jesteś zła? Chcesz, żebyśmy wrócili do Los Molinos?

– Nie, nie. Nie chcę. Wybacz mi. Wstałam lewą nogą. I jeszcze mi nie powiedziałeś, co masz do załatwienia. Chciałabym, żebyś dał sobie pomóc, dziadku, już od dawna jestem dorosła, możesz mi zaufać. Powiedz mi przynajmniej, po co jedziemy do Oviedo.

– Ty mi już pomagasz, ptaszątko, ty mi już pomagasz. Potrzebowałem tylko twojej obecności. Nie czuję się zbyt dobrze, a ostatnio bardzo za tobą tęskniłem, taki jestem szczęśliwy, kiedyś jesteś ze mną. Nie miałbym odwagi, żeby przyjechać tu sam. Ale nie mam ci nic do opowiedzenia, po prostu musiałem przyjechać, żeby sprawdzić, w jakim stanie jest dom, i żeby załatwić kilka drobiazgów. Mówiłem ci. Pewnie nie chciałabyś, żeby wszystko spadło na twoją głowę, kiedy umrę, co?

– Dziadku, ty nigdy nie umrzesz. Obiecałeś mi, nie pamiętasz? Bo ja owszem, ja nie zapomniałam. A ty zawsze dotrzymujesz obietnicy, tak że nie ma czym się przejmować. Dokąd jedziemy?

– Muszę zobaczyć starego znajomego. Mieszka od lat w domu pogodnej jesieni, w takim hotelu dla ludzi starych. Muszę z nim porozmawiać, zanim któryś z nas przeniesie się na tamten świat.

– A ty znowu swoje.

– No dobrze, muszę z nim pomówić, koniec, kropka. Ale nie chcę jechać sam. Czuję się nietęgo, nie wiem, czy trafiłbym tam bez ciebie.

– Pewnie, że byś trafił. Przesadzasz.

Wyjechaliśmy wreszcie. Jedzie ze mną, Eliso, nie chce zostawić mnie samego. Jest bardzo podobna do ciebie, ma tyle siły co ty, chociaż nie wiem, czy jest jej świadoma. Ma takie przygasłe oczy... i oferuje mi pomoc, chociaż wiem, że to ona potrzebuje jej bardziej niż ja; wiem, że coś jej jest, ale nie chce mi powiedzieć. Gdyby była w lepszym nastroju, nie wpatrywałaby się tak poważnie w drogę przed sobą, paplałaby przez cały czas, jak kiedy była małą dziewczynką, a ja wiozłem ją do miasta. Buzia się jej nie zamykała, gadała i gadała bez chwili przerwy, czasem traciłem już wątek, a ona złościła się, kiedy pytała mnie o coś i odkrywała, że pogubiłem się już wiele „wiesz, dziadziu?" temu. A teraz, bardzo poważna, patrzy czujnie przed siebie, oddycha powoli, zaokrągliła się, na twarzy i w pasie, ona, która zawsze była chuda jak patyk, jak jej babka, tak, jak jej babka, z tych, co to pierścionek ją uwiera. Pierścionek.... nie nosi pierścionków od Alvara, tych wielgachnych ze złota i kamieni szlachetnych, które często dostawała od niego. Im grubszy pierścień, tym większa wina, mawiała moja matka, chociaż nie zawsze miała rację; nie wiem, jak to jest z Alvarem. Bardzo ostentacyjny i bardzo fałszywy! Przepraszam, Eliso, nie mogłem się powstrzymać, wiem, że byś mnie zbeształa, nie podobałoby ci się, że tak myślę o mężu twojej wnuczki, ale ty go nie znasz, nie musiałaś znosić tego co ja, kiedy zabrał mi moje ptaszątko. Nie wiem, co mogło zajść między nimi, ale czasem myślę, że ucieszyłbym się, gdyby już nie byli razem, nigdy mi się nie podobał jako partia dla niej. Prawdziwy mężczyzna nie zostawiłby jej samej na tak długo, dzwoniłby, żeby się dowiedzieć, co porabia jego towarzyszka życia i jak się czuje. Jestem pewien, że coś się stało.

– Dziadku, dojechaliśmy. To dom spokojnej starości. Pozwól, pomogę ci.

– Nie, nie trzeba, pójdę sam, wypiję tylko łyk wody z tej fontanny. Ci dzisiejsi architekci nie mają za grosz gustu... takie bloczysko wystawić dla staruszków! Tak, wiem, wiem, mody się zmieniają, to, co nam wydawało się cudem świata, dzisiaj jest wyszydzane i burzone. Nowe gusta, nowe trendy.

– Ależ to wspaniały zawód, architekt. Zawsze mi się podobał.

– Gdzież tam, gdzież tam, tylko ci, którzy mają dobrego sponsora robią rzeczy naprawdę interesujące, dzieła sztuki, które przetrwają wieki. Inni dziubią te swoje apartamentowce i wille, co to ich powyrastało teraz tyle co grzybów po deszczu, a w wizualizacji zawsze musi być pies, im większy i im głośniej szczeka, tym lepiej. Chociaż faktem jest, że harują od rana do nocy. Zrobił się boom na nieruchomości, dopóki potrwa, będą zarabiać kupę forsy, to na pewno. Wszyscy moi studenci szybko znaleźli pracę, ale zazwyczaj nie wygląda ona tak, jak myśleli podczas studiów. Twoja praca jest znacznie lepsza. Bardziej twórcza. Wchodź w swoim tempie, zaraz cię dogonię.

Weszliśmy... O, ależ by ci się nie podobało tutaj, Eliso. Okropny jest ten nowoczesny wynalazek, żeby odrywać starych ludzi od rodzin, wydawać ich na pastwę samotności, żeby inni mogli spokojnie żyć swoim życiem. Ile oni dali swoim dzieciom, swoim rodzicom, swoim dziadkom! Dlatego mają teraz takie twarze, naprawdę starych ludzi, wiecznie starych ludzi, a jak smutno jest nie mieć przy sobie nikogo, z kim dzieli się wspomnienia. A ja coś o tym wiem. Ja też jestem samotny, tak samotny, że mówię do ciebie zawsze, kiedy potrzebuję, żeby mnie ktoś słuchał. Wyobraź sobie tych biedaków, siedzą tu przez cały dzień albo wloką się, oparci o te piekielne sprzęty, po korytarzu, przywiązani do nich jak psy, pozbawieni wnuków, którzy wchodziliby im na plecy i całowali w głowę. Tak smutno jest być samemu... Kiedy nikt nie przypomni sobie razem z tobą o tamtych świętach, tak mroźnych, kiedy przyszłaś do domu bez indyka, bo człowiek, który stał przed tobą w kolejce, kupił ostatniego i niósł go, dumny, pod pachą, a ty podałaś na kolację kapustę czerwoną z czosnkiem i ryż z kurczakiem, to i tak była uczta, ale nie takiej oczekiwałaś...

a potem szliśmy na pasterkę, na którą kiedyś chodzili wszyscy, nawet ateiści... I patrzą na mnie. Przychodzę z młodą dziewczyną, jestem inny. Oni są po tamtej stronie, a ja po tej, po stronie tych, którzy jeszcze tu nie mieszkają. Nigdy tu zamieszkam, już wcześniej umrę.

– Proszę państwa, już można wejść. Pan Martín skończył robić się na bóstwo.

Eliso, pomóż mi, daj mi siłę, daj mi siłę.

– Poczekaj, Violeto, poczekaj, jeszcze momencik.

Oddycham głęboko, i jeszcze raz, głębiej. Nie wiem, czy moje serce wytrzyma, czy nie wyskoczy mi z piersi. Spokojnie. Spokojnie. Uspokój się, Diego, uspokój się. Pomóż mi, Eliso, najdroższa, pomóż mi. Jeśli tego nie zrobisz, padnę tu trupem.

– Tak, oczywiście, dziadku.

Bierze mnie za rękę. Czuję zapach jej włosów, to moja mała dziewczynka, moja słodka dziewczynka, która urosła, ale niewiele się zmieniła, to wciąż jest moje słoneczko. Moje słoneczko i moja gwiazdeczka, moje rozgwieżdżone niebo, żyję tylko ze względu na nią.

– No dobrze, idziemy. Tak, idziemy – mówię, ale stoję jak wryty, nie mogę się ruszyć. Pomóż mi, na Boga, pomóż mi. To on.

– Cześć, Diego.

– Martín.

– A ty pewnie jesteś Violeta. Rozpoznałbym cię pośród miliona. Wykapana babcia. Gdyby ktoś mi powiedział, tobym nie uwierzył. Przysięgam, że bym nie uwierzył.

Dziwi się, no tak. Jak powie coś, czego nie powinien, zabiję go, tu, własnymi rękami. Przysięgam, tak. Przysięgam ci, Eliso, za ciebie i za siebie.

– Bardzo mi miło, z przyjemnością poznam przyjaciela dziadka.

Przyjaciela, dawnego przyjaciela, tak, przyjaciela z bardzo dawnych czasów. Jak życie może się zmienić w mgnieniu oka, w chwili krótszej niż szloch. I jak źle go potraktowało! Wygląda, jakby zaraz miał zniknąć. Siedzi tu, z pledem na kolanach, z resztką włosów na głowie. Powinnaś go zobaczyć, Eliso! Powinnaś go zobaczyć! A jego oczy… zupełnie nie te same co niegdyś, zrobiły się malutkie; jeśli oczy to zwierciadło duszy, to poszły za nią do piekła. Widać po nich, że wycierpiał tyle co ja. Któż by powiedział. Ale zasłużył sobie na to. I na nic więcej.

– Nie powinno ci być aż tak miło. Nie zasługuję na to. A twoja matka? Jak się miewa twoja matka? Do niej też jesteś podobna?

– Nie żyje, Martín, jej matka nie żyje. Już od dawna. I nie ma co się nad tym rozwodzić. Czemu jesteś na wózku inwalidzkim?

– Miałem wypadek. W Paryżu, zaraz po tym, jak wyjechałeś. Nieszczęśliwy wypadek. No i jestem w takim stanie, jak widzisz. Wszystkich nas dosięga kara, prędzej czy później, na każdego przyjdzie pora. Wróciłem do Asturii dawno temu, mieszkam tu od dziesięciu lat. Cieszę się, że przyszedłeś. Mało kto mnie odwiedza. Myślałem, że dalej mieszkasz w Ameryce i że już nigdy cię nie zobaczę. Nie wierzę własnym oczom, że stoisz przede mną.

– Nie ożeniłeś się? A twoje dzieci? Zostawiły cię samego jak tych wszystkich ludzi tutaj?

– Dzieci? Nie, nie mam ani dzieci, ani żony. Nie udało mi się napotkać miłości takiej jak ta, którą ty i ona znaleźliście tak szybko.

Niech nie wymawia twojego imienia, niech go nie wymawia, chwycę go za gardło, jeśli wymówi twoje imię.

– Dziadku, idę do łazienki i po butelkę wody do automatu. Przynieść wam coś?

– Zamknij drzwi, Violeto, proszę, bo jest przeciąg. – No, dalej, stary głupcze, musisz to zrobić. Musisz. Zostawiła was samych. Teraz albo nigdy. – Martín, nie przyjechałem cię odwiedzić dla przyjemności ani żeby pogawędzić o dawnych czasach. Było, minęło, zostało pogrzebane. Wszyscy już są pogrzebani. Ty tak zadecydowałeś, nie ja. A ja sam wolałbym umrzeć, nie oglądając cię na oczy, ale chcę, żebyś mi oddał walizki Clary. Muszę je dostać z powrotem.

– Walizki Clary… jakie walizki? Jakiej Clary?

– Doskonale wiesz, jakiej Clary, siedzisz na wózku, ale jeszcze nie masz alzheimera, prawda? Ja też nie, nie zapominaj. Chcę dostać walizki Clary.

– A po co ci one teraz? Nie wiem, czy ich nie wyrzuciłem. Wyrzuciłem mnóstwo rupieci, kiedy wyjeżdżałem z Francji. Nie mogłem zabrać wszystkiego. Dużo rzeczy zostawiłem w Paryżu, a już na pewno tam się nie wybiorę. Nie myślisz chyba, że będę wracał do Paryża po jakieś twoje walizki!

– Rób, co chcesz, ale jesteś mi to winien, i wiesz o tym. Byłeś moim najlepszym przyjacielem, moim jedynym przyjacielem. Chociaż nie upłynęło jeszcze tyle czasu, żeby zapomnieć. O, nie upłynęło. Jesteś mi to winien.

– Jaka ona jest?

– Violeta? Wspaniała kobieta. Najlepsza wnuczka. Bez nich nie byłoby mnie już na świecie.

– A jej matka? Wiedziałem, że miałeś córkę, ale… ona… Jak to możliwe, że są tak podobne? Oszukałeś mnie, to fakt. Nigdy by mi do głowy nie przyszło. A co się stało z jej matką?

– Naprawdę chcesz wiedzieć? Ją też zabili w kraju, który nie był jej krajem, i za sprawę, która nie była jej sprawą. Wbiła sobie do głowy, że zostanie dziennikarką i będzie wyrastać tam, gdzie jej nie posiano, uparta jeszcze bardziej niż jej matka. Violeta na szczęście para się czymś innym i, o ile wiem, nie pakuje się w niebezpieczne sytuacje. Maluje pokoje dziecinne, to chyba nie jest zbyt ryzykowne zajęcie. – Nie chcę opowiadać ci o moim życiu. To ty o nim przesądziłeś, ty zostawiłeś mnie samego. Ty, draniu. Ty. Ale uspokój się, musisz go podejść. Przekonać, żeby zwrócił walizki. – Martín, pójdę już. Nie chcę, żeby moja wnuczka czekała. Nie zapomnij, o co się poprosiłem. Tu masz mój telefon. Jeśli miałeś dla mnie chociaż cień sympatii, zadzwonisz.

Zadzwonisz, a jeśli nie, wrócę do ciebie. Nie chcę już dłużej patrzeć na niego, o tylu rzeczach przypominają mi jego oczy, że do moich napływają łzy. A nie dam mu tej satysfakcji. O, nie. Żegnaj, stary przyjacielu, żegnaj.

– Diego… przestałeś kiedyś nienawidzić?

– Nienawidzić? Nienawiść jest niepotrzebna, kiedy życie daruje ci nową szansę i nowy dzień. To strata czasu. One mnie tego nauczyły. Szkoda, że ty nie napotkałeś w końcu nikogo, kto nauczyłby tego i ciebie. Wierz mi, to bardzo smutne, że nie zaakceptowałeś wyboru Elisy i że nigdy naprawdę nie kochałeś. Może na tym polegała twoja kara.

– Ale ja kochałem naprawdę, Diego, kochałem bardzo. Powinieneś o tym wiedzieć.

– Nienawiść jest niepotrzebna, Martín, ale skoro już o tym mówisz, fakt, kiedyś chciałem wiedzieć. Być może łatwiej by mi było przestać nienawidzić, gdybym znał twoje motywy. Teraz już chyba tego nie chcę.

II

„Powiadają republikanie, że są dumni z ustanowienia takiej formy rządów, a ja słyszałem, i państwo także, głosy, jakoby nasza Republika była republiką zamachów stanu i totumfackich. Ale ja nie widzę w tym niczego zdrożnego, za przeproszeniem, ponieważ jedno i drugie ma swą rację bytu, swoją, by tak rzec, racyjkę. Ja bronię ich, ponieważ zamach stanu może być czymś bardzo wartościowym, a nawet i cnotliwym, jeśli powody byłyby szlachetne i wzniosłe. Szlachetni królowie miewali szlachetnych totumfackich. A zamach stanu mógłby się stać sprawą honoru, gdyby przyniósł ocalenie nam i naszej ojczyźnie, zagubionej i straconej dla ludzi zacnego serca".

Paryż, 13 stycznia 1936

Ulica Bonapartego, przy której mieściła się École Nationale Supérieure des Beaux-Arts, dochodziła do bulwaru Malaquais biegnącego równolegle do rzeki. Tłum studentów, zziębniętych, lecz dzielnie znoszących swój stan, wysypał się ze szkoły i pełzł w stronę rzeki, gdzie młodzi ludzie rozchodzili się lub wsiadali do tramwajów, które wiozły ich do odległych dzielnic. Choć wielu z nich wolało mieszkać tutaj, w tętniącej życiem Dzielnicy Łacińskiej, inni dojeżdżali z Saint-Honoré czy nawet z Montparnasse, położonego o ponad godzinę drogi. Elisa zatrzymała się przed galerią Breheret i zsiadła na moment z roweru; już jakiś czas temu nabrała tego zwyczaju, wracając do domu z zajęć. Witryna w kolorze butelkowej zieleni zajmowała całą dolną część budynku, a za szkłem pyszniły się setki wspaniałych akwareli anonimowych artystów, którzy, tak jak ona, czekali tylko na kogoś, komu mogliby podarować westchnienie. Wejście zawsze przejmowało ją zachwytem: dwie żłobkowane kolumny z szarego kamienia podtrzymywały nieduży balkonik, obramowany balustradą z kutego żelaza o wymyślnych kształtach, rozciągającą się na całą fasadę. Cztery wysokie okna o wydłużonych kwaterach, rozdzielone cegłą i kamieniami ułożonymi na rąb, dawały wgląd w to, co działo się na ulicy.

Spoglądając w górę, wyobrażała sobie, kto może mieszkać w tym gmachu, w dzielnicy, o której marzyło tylu innych artystów przed nią. Elisa zawsze wymyślała innych lokatorów o burzliwym życiorysie. Opuściła wzrok; przez jedno z okien wyjrzał mężczyzna o srebrnej czuprynie, a ich spojrzenia skrzyżowały się. Z kamienicy dobiegała spokojna melodia Albeniza, ukochanego kompozytora Milagros. Mężczyzna wyrzucił przez okno niedopałek, zamknął je i zniknął, a ona wyobraziła sobie, że to stary aktor porzucony przez ukochaną, gdy przestał otrzymywać role amantów. Ostatnią graną przez niego postacią był książę de Anjois, i wierzył, że nim jest, od momentu, gdy wiele lat temu postradał zmysły. Gdy straciła go z oczu za szybami zaparowanymi od chłodu, wsiadła na rower i ruszyła wzdłuż quai Malaquais. Jej wzrok przyciągnął teraz most Carrousel. Zawsze zachwycały ją jego przęsła podobne do grzbietu wieloryba. Starała się patrzeć na nie oczami van Gogha, który przeniósł istotę budowli na niezrównany obraz, malowany być może z tego właśnie miejsca. O mało nie straciła równowagi, wpatrując się w imponującą i dostojną sylwetkę Luwru po drugiej stronie rzeki. Metalowe szprychy kół skrzypiały przy każdym obrocie, jakby usadowiła się między nimi rozzłoszczona cykada.

Wreszcie nadszedł długo wyczekiwany dzień. Wiele listów i długie godziny nalegania kosztowało ją uzyskanie od Danielle informacji, kiedy może ją przyjąć. Nie ustała w wysiłkach, dopóki, sześćdziesiąt dwa dni po spotkaniu na uczelni, kiedy to podeszła do marszandki po jej wykładzie entuzjastycznie przyjętym przez setki studentów, nie umówiła się z nią na prezentację obrazów. Miało się to wydarzyć za kilka godzin, a ona wciąż nie mogła się zdecydować, które wybrać.

– Ten nie, kochanie, zbyt dziecinny jak na taką słynną galerię. Tak, tak, to ty wiesz najlepiej, czy się nadaje czy nie, ale mnie o wiele bardziej podoba się tamten, z wazonem z białymi różami.

Clara była podekscytowana jeszcze bardziej niż jej córka. Krążyła po pokoju, wyciągając różne płótna i odstawiając je na miejsce, gdyż przy każdym zdejmowały ją wątpliwości, czy jest dostatecznie dobre, by posłużyć za próbkę talentu Elisy. Zazwyczaj w takiej sytuacji zabrakłoby jej sił nawet na wyrażenie swej opinii, lecz w tym momencie odczuwała przemożną siłę, która zmuszała ją do przeglądania obrazów. Kolory pojawiały się i odpływały niby barki z ładunkiem kwiatów, których odbicia falują na wodzie.

– Mamo, niech mama nie dokłada mi nerwów, już i tak nie wiem, czy w ogóle trafię do tej galerii.

– Powiedzże ojcu, żeby poszedł z tobą, pomoże ci nieść obrazy, nie będziesz chyba dźwigać ich sama!

– O tak, na pewno, mam przyjść na spotkanie w sprawie pracy, bo o to przecież mi chodzi, i przyprowadzić ze sobą tatę. Jakbym była malutką dziewczynką! Ja mam dwadzieścia jeden lat, mamo, jestem już duża i poradzę sobie.

– Ach, córeczko, co tam dwadzieścia jeden lat, miej sobie i więcej, dla mnie zawsze pozostaniesz dziewczynką. Chociaż masz rację, wybierz sama, ale weź przynajmniej ten, Matkę Boską z Dzieciątkiem, którą podarowałaś mi na urodziny. Ten obraz jest wyjątkowy, wprost wyjątkowy. Ona na pewno powie to samo.

Elisa zaakceptowała wybór Clary, a sama wybrała jeszcze dwa płótna: marinę, którą ukończyła tuż przed wyjazdem z Hiszpanii, przedstawiającą widok z jej pokoju, i martwą naturę z bukietem róż, tę, która tak podobała się jej matce, a przede wszystkim Diegowi. Została namalowana *au premier coup*, *alla prima*, za jednym zamachem, jak mówił, pod wpływem impulsu i bez poprawek. Ona także bardzo lubiła ten obraz. Róże rozkładały się na cztery różne odcienie bieli, kilka pociągnięć z domieszką czerwieni kadmowej podkreślało kontury. I namalowała je na wilgotnym podobraziu, niczego nie przemalowywała, niczego nie retuszowała, pędzlem mocno nasączonym gęstą farbą. Do ciemniejszych partii wymieszała błękit pruski, naturalną sienę i odrobinę ciemnoczerwonego kraplaka, i tę samą formułę zastosowała do uzyskania najpiękniejszych cieni, mieszając najciemniejszy kolor podstawowy, kolor uzupełniający i błękit. Trzema pociągnięciami wykonanymi szpachlą naszkicowała wazon z terakoty. Lazurowy obrus wyglądał jak łoże wyrzeźbione z nieba. Kilka rozrzuconych na nim płatków dopełniało martwą naturę. Rezultat podobał się jej od samego początku i zostawiła go w takim kształcie, nie dopracowując szczegółów.

Z pomocą matki opakowała płótna gazetami najlepiej jak umiała, tworząc wielki pakunek obwiązany sznurkiem, i wyszła, przeklinając się w duchu za to, że wciąż jeszcze nie kupiła wielkiej teczki na obrazy, jakiej używali do ich transportu inni studenci.

Clara patrzyła za nią przez okno. Jej córka dzielnie wymijała przechodniów, którzy szli prosto na nią, nie zważając na pękaty pakunek, który ledwie była w stanie unieść. Z góry wydawała się niewinna i bezbronna, choć z pewnością już taka nie była. Być może nie potrzebowała jej już. Niedługo będzie mogła odpocząć. Poza tym miała pewność, że Diego zawsze będzie się nią opiekował. Granatowy beret górujący nad wielkim, ciemnopopielatym pakunkiem zniknął wkrótce pomiędzy koronami drzew wijących się zygzakiem, a ona jeszcze próbowała śledzić sylwetkę córki torującej sobie drogę między ludźmi. Gdy całkiem straciła ją z oczu, osunęła się na fotel. Zamknęła oczy. Widziała ją wciąż, znikającą w oddali, tak młodą, tak pełną życia. Ale była już dorosłą kobietą. Była kobietą.

* * *

– Clara! Clara! Chodź tu! Musisz to zobaczyć!

Inés wzywała ją rozpaczliwie z łazienki. Ojciec wyszedł z najmłodszą siostrą, a one zostały same ze służącą, starszą kobietą o srebrzystych włosach, krzywych nogach i grubaśnych rękach ze żłobkowanymi, pękatymi palcami i paznokciami pokrytymi dziwaczną substancją szmaragdowego koloru. Nigdy nie zapomni tych paznokci, do tej pory odczuwa odrazę na samo wspomnienie, tę samą, która ogarniała ją, gdy przyglądała się im ukradkiem, kiedy ich właścicielka obierała ziemniaki nad piecem. Cóż mogło nadać im tę barwę? Z jakim paskudztwem musiała pracować, żeby poplamić sobie palce tą ciemną i lepką mazią, która nie schodziła nawet po czyszczeniu małą drewnianą szczoteczką, chowaną później skrzętnie do kuferka z przyborami toaletowymi? A jako że była na w pół głucha – Clara żywiła przekonanie, że to dlatego wytrzymała u nich w domu dłużej niż pół roku – starsza siostra popędziła do łazienki ratować Inés.

– Popatrz, popatrz na to! Umieram!

Halka i majtki Inés leżały na posadzce, a dziewczynka, schylona, wpatrywała się w intymne części swego ciała obłąkanym wzrokiem. Po jej udach ciekły strużki krwi, próbowała je wytrzeć jedną ręką, drugą podtrzymując koszulę.

– Clara! Clara! Pomóż mi, błagam! Krew ze mnie płynie! Płynie bez przerwy!

Clara objęła siostrę zanoszącą się płaczem i na próżno usiłującą obetrzeć nogi. Jej pierwsza miesiączka była bardzo intensywna. Majtki całkiem przesiąkły gęstą, ciemną krwią. Jej własny okres nie był taki, nie miała na to sił.

– Spokojnie, kochanie, spokojnie. Nic się nie stało. To normalne. To, co ci się dzieje, jest normalne. Nie martw się. Chodź, wejdź do wanny, uspokój się. Naprawdę, uwierz mi, kochanie, nic ci nie jest.

Z największym wysiłkiem udało się jej przekonać Inés, żeby jej posłuchała. Wyszła na chwilę, postawiła na piecu garnek z wodą. Wróciła prędko, zmoczyła czysty ręcznik w wodzie z kranu i zaczęła mydlić pachwinę siostry. Między udami pojawiła się biała skóra, a włoski podniosły się.

– Pamiętasz mamę? Pamiętasz, jak miewała te straszne migreny? Jej też tak się wtedy robiło. Wszystkim nam tak się robi, skarbie, wszystkim. To znaczy, że już jesteś dorosła, że jesteś kobietą, piękną kobietą, przepiękną.

Clara zdjęła z siostry koszulę i owinęła ją wielkim, miękkim ręcznikiem. Nie widziała jednak drobniutkich, wyhaftowanych na nim kwiatków, wzrok mąciły jej łzy. Próbowała ochłonąć, robiła, co mogła, żeby Inés nie zauważyła, że płacze, a czując, że to jej się nie uda, wybiegła z łazienki. Wróciła po chwili z kawałkiem płótna, ciepłą wodą i suchymi oczami, po czym dokończyła toaletę.

– Popatrz, musisz tylko wkładać to sobie co miesiąc, kiedy piersiątka przestaną cię szczypać i poczujesz, że boli cię brzuch. O tu, czujesz go teraz, prawda? No właśnie, to musisz tylko włożyć sobie szmatkę do majtek i przyczepić do specjalnego paska, żeby się nie ruszała i żeby nikt nie zauważył. Widzisz? Tak jak ja to robię. Podsuń trochę wyżej. O tak, bardzo dobrze. Zanim całkiem nasiąknie, wyjmiesz ją, umyjesz się bardzo dokładnie i włożysz drugą. A tę poplamioną dasz mnie, upiorę ją, kiedy ojca nie będzie w domu. To bardzo ważne, ojciec nie może tego zobaczyć, nie może wiedzieć, że zaczęłaś krwawić. Nie mów mu o tym.

– Jesteś pewna? Nie umrę?

– Powiedz mi, że zrozumiałaś, powiedz, że tak, że w żadnym wypadku ojciec nie może się dowiedzieć. To kobiece sprawy. On tego nie pojmuje za dobrze i lepiej, żeby nie wiedział.

– Tak, rozumiem, rozumiem. Nie powiem mu i nic nie zobaczy, przyrzekam. A poza tym to takie wstrętne, że wolę, żeby mnie nie widział. Ale naprawdę jesteś pewna? Jesteś pewna, że nie umrę?

Clara odprowadziła siostrę do pokoju i pomogła jej się ubrać.

Potem schowała bieliznę, której na razie nie miała czasu prać. Wszystko musiało być w całkowitym porządku, gdy ojciec wróci. Żeby nic nie zwróciło jego uwagi.

– Inés, gdyby mama była z nami, wyjaśniłaby ci to lepiej. Mnie uprzedziła, co mi się stanie, opowiedziała mi o tym wcześniej, dlatego się nie przestraszyłam. Tobie też powinnam była powiedzieć, ale u ciebie przyszło znacznie wcześniej niż u mnie, myślałam, że mam jeszcze czas. Boże Święty, przecież ty nie masz nawet dziesięciu lat! Nie powinnaś była dostać już okresu.... Nie powinnaś była...

– Nie? A dlaczego? Dlaczego nie powinnam była? Zrobiłam coś złego?

Dziewczynka patrzyła na siostrę z buzią wygiętą w podkówkę, gotowa do płaczu. Clara przytuliła ją i wzdrygnęła się, czując drżenie jej drobnego ciała.

– Nie, nie, kochanie, nie bój się, nic nie zrobiłaś. Tylko jest za wcześnie i trochę cię boli, wiesz? Tylko o to chodzi.

* * *

Dzwony na wieży kościoła Saint-Exupéry wybiły czwartą. Clara poczuła się, jakby wracała z podróży do piekła. Była zlodowaciała, ręce i twarz miała jeszcze bledsze niż zwykle, serce jej waliło, jakby wspinała się na bardzo wysoki szczyt, brakowało jej tchu. Rozpłakała się, łzy popłynęły powoli, spływały po elastycznej skórze, już dawno temu nauczyła się powstrzymywać pot i głos, nie wydzielać żadnej substancji zdradzającej miłość, strach, zmęczenie, ból. Teraz płakała po raz pierwszy od wielu lat, od tamtej nocy, kiedy wyschły jej wszystkie łzy, gdy usłyszała, że ojciec podchodzi cicho do pokoju Inés i staje pod drzwiami, oddychając szybko, podczas gdy ona nie śmiała nic zrobić, czekała tylko, przykryta szczelnie kocami, aż okaże się, czy siostra będzie kolejną ofiarą, czy ojciec odejdzie, a jeśli tak, to czy wróci do swojego pokoju czy wyląduje w jej łóżku jak tyle razy przedtem. A nadsłuchując w ciemności, trzęsąc się z gniewu i smutku na myśl o jego rękach, które będą dotykać Inés, jak dotykały jej, błagała Boga, żeby naprawdę było tak, jak czasem jej mówił, że nigdy nie pokocha innej kobiety tak bardzo, jak kocha ją, i że gdyby mogli, pobraliby się.

I to właśnie wspomnienie tych słów bolało najbardziej, gdy dusiła się na myśl o tym, co jej robił, i przeklinała umiejętność czytania, bo może gdyby matka nie pokazała jej, jak czytać książki i czerpać z tego radość, gdyby została analfabetką, jak wiele z dziewczynek, które towarzyszyły czasem swoim matkom pracującym w ich domu, może wówczas nie dowiedziałaby się nigdy, że to, co robi jej ojciec, jest złe, że tak nie powinno być, że nigdy nie będzie mogła wyjść za niego za mąż i że kiedy nakazuje jej, żeby nie zdradzała nikomu ich sekretu, nie robi tego, jak mówił, dlatego, że ją kocha, tylko ze strachu, żeby go nie przyłapano. I Clara ucieszyła się, że płacze, ucieszyła się, że znów jest w stanie płakać, że odzyskała płacz utracony z miłości i z rozpaczy, że odzyskała cząstkę siebie, którą odebrano jej, gdy jeszcze była dzieckiem i nie wiedziała, że można stracić płacz.

* * *

Elisę oblał zimny pot, zaczęło padać, a tego nie przewidziała. Z ławki tramwaju patrzyła na ulicę i miała ochotę krzyczeć do motorniczego, żeby się pośpieszył; deszcz padał coraz mocniej, jeśli nie przestanie, dotrze na spotkanie, wyglądając jak zmokła kura, a gazety, w które opakowała obrazy, całkiem przemokną. Machała nerwowo stopą w górę i w dół, w tym samym frenetycznym rytmie poruszała się jej ławka i beret. Nie zwracała na to uwagi, chciała jak najprędzej dojechać do swojego przystanku, nie była w stanie myśleć o niczym innym.

Gdy tramwaj koloru terakoty zatrzymał się przed budynkiem przy ulicy Des Pyramides, wysiadła i spróbowała otulić obrazy rękami; następnie ruszyła biegiem i szybko pokonała sto metrów dzielące ją od podcieni, gdzie mieściła się galeria mademoiselle Lambert. Kamienne kolumny połączone były łukami półkolistymi, ze środka każdego łuku zwisała wielka metalowa lampa.

Lampy te przywiodły Elisie na myśl botafumeiro, ogromną kadzielnicę z Santiago de Compostela. Gmach zresztą był równie dostojny jak galisyjska katedra. Była pewna, że spodobałby się jej matce. U wylotu ulicy, przy alei Général Lemonnier, lśnił pozłacany pomnik konny Joanny d'Arc. Gdyby stracił blask, Paryż by zapłakał.

Na szczęście przed wyjściem z domu zamieniła buty na obcasie na botki, choć i tak pośliznęła się kilka razy na bruku, na którym utworzyły się już spore kałuże. Gdy weszła w podcienie, miała przemoczony beret i ramiona, a ręce zdrętwiałe z zimna. Jej policzki pokrywał rumieniec, a włosy wyglądały jak gniazdo szpaków. Odstawiła pakunek, mniej zmaltretowany niż ona sama, pod ścianę, i przejrzała się w wielkim lustrze w srebrnej ramie, w stylu churrigueryzmu, tak wielkim, że zajmowało całą prawą ścianę przedsionka. Horror! Nie mogła mieć większego pecha. Patrzyła na nią kobieta o wyglądzie schizofreniczki jak z obrazów ekspresjonistów, które wzbudzały tyle kontrowersji wśród jej kolegów. Poza tym spodnie miała mokre znacznie powyżej kostki. Przeklęta paryska moda! Gdyby włożyła spódnicę, nie wyglądałaby tak. Podwinęła je aż do kolan, żeby ich nie pobrudzić, i zaczęła czyścić botki z błota. Gdy wyprostowała się i spojrzała ponownie w lustro, efekt bynajmniej nie był lepszy. Spróbowała przygładzić włosy i uszczypnęła się kilka razy w policzki, żeby odzyskać zwyczajny kolor, różowy, zdrowszy. Zrugała się w myśli za to, że nie nosi w torebce tych posrebrzanych dziudziołków z różem i kredką, ale zanim zdążyła doprowadzić się do ładu, do przedsionka weszła Danielle. Jak już człowiek ma pecha, to na całego.

– O, widzę, że miałaś problemy z pogodą.

Elisa schyliła się prędko, żeby opuścić nogawki spodni, lecz jedna z nich stawiała opór. Nylonowe podkolanówki nie pozwalały się jej po prostu ześliznąć. Z jedną nogawką podwiniętą gdzieś między kolanem a kostką podeszła do Danielle i uścisnęła jej rękę.

– Cieszę się, że panią widzę. Chociaż moment mógł być lepszy, nie przeczę.

– Od kiedy cię poznałam, ciągle mnie rozśmieszasz. A to dobrze. Śmiech to rzecz najważniejsza w życiu. Nie można żyć bez śmiechu, nie wiedziałaś o tym? Kiedy ktoś zachowuje powagę przez cały rok, umiera.

– Naprawdę?

– Nie, nie wiem, czy naprawdę, zmyśliłam to sobie. Chciałam, żebyś ty też się uśmiechnęła. Słuchaj, przestań się smucić. Nic się nie stało. Każdego z nas złapała kiedyś ulewa w drodze na arcyważne spotkanie z arcycudownymi obrazami pod pachą. To bardzo powszechne. I proszę, mów do mnie na ty, będziesz przecież moją klientką.

W tym momencie Elisa uśmiechała się już szeroko. Schyliła się jeszcze raz, żeby wreszcie odwinąć nogawki spodni. Danielle była nie tylko atrakcyjna. Jej nienagannie odprasowany kostium znakomicie leżał w ramionach, szerokich i zbyt muskularnych jak na kobietę, sprawiając wrażenie elegancji niemalże męskiej, które jednak rozwiewało się, gdy rozmówca podnosił wzrok nieco wyżej, na złote kędziory. Elisa nigdy wcześniej nie znała takiej kobiety, widywała je tylko w filmach. Jej własna matka była śliczna, zawsze tak o niej sądziła, lecz urodą nieśmiałą, dyskretną, proszącą o wybaczenie, Danielle zaś posiadała urok stanowczości i odwagi, wynikający bardziej z arogancji niż z prawdziwego piękna jej rysów. Nie potrzebowała niczyjego pozwolenia, żeby tu być i żeby uważać się za atrakcyjną.

– Chodź, wejdźmy do środka, musisz się wysuszyć, bo zamarzniesz. Pozwól, pomogę ci z obrazami. Trzeba wejść na piętro, moje mieszkanie jest nad galerią.

Elisa ruszyła za nią. Gmach robił wrażenie. Niemalże całe wnętrze było z marmuru: stopnie, po których wchodziły, posadzki, nawet ścianę pokrywał ten błyszczący i wieczny materiał, który po raz pierwszy ujrzała w nowym domu rodziców Diega. Z tym że ten był koloru błękitnego, delikatny, czysty błękit, którego fale zdawały się rozpływać między żyłami.

– Piękny, prawda? To wina tego kamienia, że moja galeria mieści się w tej piekielnie drogiej kamienicy, podobnie jak i mieszkanie. Zakochałam się w nim od pierwszego wejrzenia, nigdy wcześniej nie widziałam czegoś podobnego, sprowadzają go z Włoch, z południa, *palissandro bluette*, tak na niego mówią. Jest bardzo śliski, ale to najpiękniejszy kamień, jaki kiedykolwiek widziałam. Wejdź i czuj się jak u siebie w domu.

Elisa stanęła w progu jak wryta. Z trudem ukryła zaskoczenie. Nawet ktoś przywykły tak jak ona do piękna kolorów musiał poczuć się tutaj jak w innym świecie. Apartament Danielle był ogromny, lecz pozbawiony ścian działowych, nie licząc ścian łazienki, ogromnej garderoby i pokoju dla gości, dla których z pewnością intymność liczyła się bardziej niż dla pani domu. Już od wejścia roztaczał się widok na wielkie pomieszczenie, które w bardziej tradycyjnym mieszkaniu stanowiłoby osobną kuchnię i jadalnię; świadczył o tym najnowocześniejszy metalowy piec, stół i dziesięć krzeseł z dębu patynowanego; naprzeciwko znajdowała się przestrzeń pełniąca funkcję salonu, z wielgachną fioletową sofą, na której bez trudu zmieściłoby się dziesięć osób, kilka stolików i naturalnej wielkości kopia Nike z Samotraki wystawionej w Luwrze, która na długą chwilę przykuła wzrok Elisy.

Danielle mogła była oszczędzić sobie koszty wynajmu galerii, ponieważ sama ściana mieszkania była ogromną powierzchnią wystawową o ponadsześćdziesięciometrowym obwodzie, przedzieloną tylko, od strony ulicy, oknami od podłogi po sufit. Powierzchnię tę pokrywały, każde z własną podłużną lampką, płótna w najprzeróżniejszych stylach, wymiarach i formatach; martwe natury i mariny, portrety, akty i pejzaże, każde umieszczone w centrum przestrzeni, gdzie jego kształt i treść zyskiwały dodatkowe walory: martwe natury nieopodal stołu, pejzaże po bokach niesamowitych balkonów, portrety w pobliżu biblioteczki z ciągnącymi się bez końca półkami pełnymi książek, akty tworzące ramę wokół łóżka i jego bezkresnej kapy z czerwonej satyny, ramę z dwóch przepięknych kobiet o szkarłatnych włosach i niedokończonej sylwetce, które spoglądały na siebie z bezbrzeżną słodyczą i śmiałą zmysłowością.

– Nie stój tak, wejdź i rozgość się, proszę. Idę się przebrać. Jeśli masz na coś ochotę, powiedz służącej.

Elisa dotarła tylko do najbliższego szezlongu i opadła nań, z przyjemnością witając dotyk liliowego aksamitu. Co ona tutaj robi? Co może oferować tej niezwykłej kobiecie, która żyje nie tylko ze sztuki, lecz także zanurzona w niej? Ogarnęła ją nieprzemożna chęć, by zerwać się i wybiec z tego bajkowego domu, uciec od jego jeszcze bardziej bajkowej właścicielki, lecz przypomniała sobie o matce i jej refleksji na temat gwiazd i została na miejscu. Zaczęła przyglądać się obrazom. Wstała, by spojrzeć na nie z bliska. Rozpoznała pomiędzy nimi płótna genialnych artystów, uświęconych i okrzykniętych wielkimi od niedawna: *Nocną kawiarnię* i *Gwiaździstą noc nad Rodanem* van Gogha, *Goździki i powojnik w kryształowym wazonie* Maneta, *Wiosnę* Korowina, *Dworzec Saint-Lazare* Moneta, *Bulwar Montmartre nocą* Pissarra i wiele innych. Uwagę Elisy przykuł obraz nieznany jej i piękny, przedstawiający kobietę przy sztalugach nad rzeką, w świetle księżyca. Gdy Danielle wróciła do salonu, ubrana w niebieskie, jedwabne szarawary i białą bluzkę, Elisa siedziała już z powrotem na szezlongu. Przełknęła ślinę.

– To piękny dom. Bardzo mi się podoba twoje poczucie estetyki. Obrazy są fantastyczne. To musi być bardzo interesujące: znać tych wszystkich artystów i móc się przyglądać, jak dojrzewają u twojego boku. – Podniosła się i stanęła przed ścianą, lecz zaraz wróciła na szezlong. Splotła ręce, co było najpewniejszym sposobem na powstrzymanie ich drżenia, i ciągnęła, nie odrywając wzroku od obrazu: – Bardzo bym chciała poznać osobiście tego malarza. To geniusz, a przynajmniej tak mi się wydaje, myślę, że ma przed sobą wielką przyszłość.

– Jeszcze bardziej interesujące musi być znalezienie się wśród grona tych geniuszy, nie sądzisz, kochana? A pokora jest cnotą, którą posiada mało kto z wielkich artystów. Wiem o tym na pewno, faktycznie znam wielu. I niestety zapewniam cię, że nie jest niezbędna do tego, żeby być geniuszem. Niezbędne za to jest coś, o czym sądzę, że ty to masz: pewność siebie. Żeby być geniuszem, trzeba uważać się za geniusza. Nie pozwól, żebym pomyliła się co do ciebie.

Elisa podniosła się z wygodnego szezlonga, który nagle wydał się jej mniej miękki, i podeszła do jednego z okien. Popatrzyła na plac. Paryż uwodził ją, tu mogła zostać tym, kim pragnęła. Nawet Joanną d'Arc wykutą w złocie, wznoszącą ku niebu chorągiew. Zapadł zmrok, zapaliły się światła na placu Pyramides, a po drugiej stronie ulicy Rivoli dostrzegała zarys Terrasse des Feuillants z długim szpalerem drzew i ogrodem Tuileries w głębi. Być może w tym samym momencie ktoś przechodził ciemnymi ścieżkami, odczuwając tę samą niepewność, która dławiła ją niekiedy. My, kobiety, jesteśmy malarkami nieba i gwiazd. Odwróciła się i spojrzała w oczy Danielle.

– Przyniosłam ci małą próbkę mojej twórczości. W domu mam dużo więcej obrazów.

Nie zwlekając dłużej, podeszła do pakunku, który czekał oparty o stół. Zawahała się, nie wiedząc, który wyjąć najpierw, a w końcu zdecydowała się na martwą naturę. Róże *alla prima* od Diega. Ale Danielle nie poświęciła im wiele uwagi. Spostrzegła za nimi kopię Matki Boskiej i sama wyciągnęła ją z paczki. Zdjęła ze ściany jeden ze swoich obrazów i wyjęła zeń dwa haczyki, do których był przymocowany drut służący do zaczepienia obrazu na haku wbitym w ścianę. Umieściła je w tylnej części obrazu Elisy, który powiesiła na ścianie w miejscu tamtego. Odeszła o krok, potem o kilkanaście kroków, a wreszcie ustawiła się w odległości około pięciu metrów od płótna. Elisie wydało się, że dostrzega w jej oczach nerwowy błysk. Był krótki, niby przelotna iskra, bo zaraz zmrużyła oczy, jakby raziło ją słońce. Przysunęła się do obrazu, dotykając go niemal nosem.

– Nie może być, to niemożliwe – szepnęła.

Podeszła do biblioteczki, szperała w niej, aż znalazła gruby album z reprodukcjami. Przerzucała stronice do przodu i do tyłu, raz, drugi, trzeci. Reprodukcja *Madonny z różańcem* zajmowała całą stronę. Jakie cudowne były te niemieckie albumy z fotografiami w kolorze. Marszandka przenosiła wzrok z obrazu na zdjęcie i ze zdjęcia na obraz. Podeszła do Elisy.

– To ty namalowałaś ten obraz?

– Tak, to ulubiony obraz mojej matki. Namalowałam go dla niej i podarowałam jej na urodziny.

– A jak zdołałaś skopiować go tak doskonale, nie mając przed sobą oryginału? Wydaje się identyczny. Musiałabym wykonać serię ekspertyz, żeby to sprawdzić, ale na pierwszy rzut oka są takie same. Mam spore doświadczenie jako rzeczoznawca. Kiepskie falsyfikaty są bardzo łatwe do wykrycia, ale te dwa obrazy są identyczne. Kubek w kubek. Twoja kopia jest znakomita. Miałam w rękach to płótno Murilla przez jakiś czas, wypożyczone przez Luwr z Muzeum Prado kilka miesięcy temu na wystawę malarzy naturalistów, i nie byłabym w stanie orzec, które z nich jest prawdziwe. Jak go namalowałaś?

– Kilka lat temu byłam z rodzicami w Madrycie. Zwiedzaliśmy Prado razem i moją matkę zachwyciła ta Madonna. Wywarła na niej ogromne wrażenie. Widziałam ją tylko raz. W sali muzealnej zrobiłam szkic i notatki, a potem malowałam w domu, z pamięci, zaglądając do notatek. Kiedy coś mi się nie zgadzało albo nie pamiętałam czegoś, przeglądałam notatki albo wracałam do muzeum. Taki sposób rysowania wychodzi mi zwykle bardzo dobrze, mam dobrą pamięć do szczegółów. Od dziecka. Potrafię wykonać dość precyzyjny rysunek nawet z pamięci. Dlatego zresztą moją specjalnością są portrety, choć nie maluję ich często, wolę inne tematy.

– I jesteś w stanie skopiować każdy styl? Innymi słowy, masz jakiś ulubiony styl czy też nie wykonałaś dostatecznie wielu kopii, żeby to ustalić?

– Wolę tworzyć moje własne obrazy i doskonalić mój własny styl. Dlatego studiuję w akademii. Ale wszystkie obrazy mojej matki i wiele znajdujących się w domach jej przyjaciół to moje kopie. Ofiarowywałam je w prezencie, niezbyt często, tylko bardzo bliskim osobom. W sumie skopiowałam może ze trzydzieści obrazów. Zaczęłam malować jako małe dziecko, matka kupiła mi pierwsze płótno, kiedy miałam zaledwie cztery lata, uczyłam się, kopiując obrazy, które widziałam w książkach lub w rzeczywistości. I nie, nie mam żadnego ulubionego stylu, za każdym razem staram się po prostu wykonać precyzyjny rysunek, dobrze wymierzyć proporcje, złożyć wszystko razem i ustalić, jak uzyskać każdy kolor, zanim zacznę nakładać farbę, zwłaszcza odcienie. Najtrudniejszy jest zawsze światłocień. To po nim widać, czy kopia dorównuje oryginałowi czy nie. Każdy malarz ma własną technikę tworzenia kolorów znajdujących się w cieniu i najbardziej skomplikowane jest dla mnie uzyskanie tej mieszaniny. Podejrzewam zresztą, że jeszcze trudniejsze byłoby to, czego nigdy sama nie robiłam: nie odtworzenie obrazu, lecz efektu upływu czasu. Spękań werniksu, przebarwień spowodowanych światłem lub temperaturą. Metody są znane, każdy malarz, który panuje nad techniką, wie, jak to osiągnąć, i jest wielu doskonałych fałszerzy, niektórzy działają właśnie tu, we Francji. Ale ja nigdy nie zgłębiałam tych technik, bo mnie nie interesowały.

– Chciałabym poddać cię próbie, jeśli nie masz nic przeciwko temu. Dam ci pierwsze zlecenie. Weź ten obraz, to oryginał pewnego hiszpańskiego malarza, który właśnie staje się bardzo modny. Reprezentuję go. Miał szczęście, ponieważ Picasso pochwalił go publicznie podczas pewnej wystawy, po czym wartość jego płócien poszybowała z dnia na dzień. Mam obecnie kupca na ten konkretny obraz, ale on nie chce zapłacić ceny rynkowej oryginałów. Podoba mu się jego styl, ale, jak mówi, jeszcze nie dojrzał, choć kubista jest zachwycony. Ale jeśli zaoferuję mu dokładną kopię, o której tylko on, ty i ja będziemy wiedzieli, że to kopia, zapłaci za nią szczodrze, jestem pewna, znam go od lat. To Szkot, bardzo przystojny, przesympatyczny, którego jednak nie będę mogła ci przedstawić. Chce cieszyć się obrazem bez konieczności wysupłania kwoty, której jego zdaniem obraz nie jest jeszcze wart. A w ogóle to nie wiem, dlaczego opowiadam ci to wszystko. Chyba dlatego, że cię polubiłam. Przypominasz mi mnie sprzed pięciu lat, może nawet młodszą. Choć musisz się jeszcze nauczyć podnosić wzrok i sprawić, żeby twoje piękne oczy błyszczały. Ale pamiętaj, że to tylko próba. Nie zapominaj. Zapłacę ci za pracę, ale dam trzy razy tyle, jeśli twoja kopia przejdzie wszystkie testy na wykrywanie falsyfikatów. Chętnie oddaję ludziom takie drobne przysługi, nigdy nie wiadomo, kto gdzie wyląduje, a takie drobiazgi czasem otwierają różne drzwi. Im więcej ich otworzysz, tym lepiej dla ciebie.

– Ale dlaczego miałabym malować kopie, skoro chcę malować własne obrazy?

– Nikt nie powiedział, że nie będę sprzedawać twoich obrazów. To dopiero początek. To furtka do świata sztuki, Eliso. Możesz być pewna, że jeśli rzeczywiście jesteś w stanie skopiować taki obraz, nowoczesny, nie stosując żadnego postarzania, i jeśli od czasu do czasu wyświadczysz mi tę wielką przysługę, że przyjmiesz takie zlecenie, będzie to oznaczało, że miałaś rację: dokonamy razem wielkich rzeczy. I nie martw się, nie będzie tego dużo. Na szczęście moi klienci zazwyczaj płacą tyle, ile wymagam, i wolą oryginały od kopii. To będzie tylko próba. Te twoje zdolności wydają mi się bardzo interesujące i bardzo cenne, chciałabym zbadać, dokąd sięgają. I, Eliso... jeszcze jedno. Twój podpis. Słynna malarka nie może mieć tak niewyraźnego podpisu.

* * *

Elisa zostawiła w galerii martwą naturę, zabrała pozostałe obrazy i ten, który Danielle dała jej do skopiowania. Mknęła paryskimi ulicami jak na skrzydłach, nie patrząc na mijanych ludzi i budynki, z dziwnym wrażeniem, że stoi w miejscu, a świat wokół niej przesuwa się. Biegła do mieszkania Diega. Nie wiedziała zbyt dobrze, co mu powie. Nie wiedziała, czy propozycja marszandki jest zgodna z prawem czy nie. Nabywca obrazu będzie znał jego pochodzenie, więc nie zostanie oszukany, oszustwo będzie dotyczyło wszystkich innych, ludzi, którzy zobaczą go na ścianie. Nie zapytała, czy autor płótna dowie się, że powstanie duplikat jego dzieła z jego podpisem. Gdyby miał nie wiedzieć o tym, operacja z pewnością byłaby niezgodna z prawem, a wręcz niemoralna. Jej samej nie podobałoby się, gdyby postąpiono tak z jej obrazami, myślała, chociaż nie sprzedała jeszcze ani jednego i było jej trudno wyobrazić sobie, co by czuła. Na samą myśl o tym żołądek skręcał się jej z nerwów. W sumie może nawet chciałaby, żeby ktoś, kogo nie byłoby stać na jej oryginalny obraz, cieszył się przynajmniej tańszą imitacją. A poza tym czy lepiej, żeby dzieło sztuki było dostępne dla wszystkich, czy należało brać zań pieniądze, skoro z części zysków ze sprzedaży artysta mógł się utrzymać?

O mało co nie zderzyła się z wózkiem z warzywami. Ciągnęła go kobieta w kobaltowoniebieskim kombinezonie, cokolwiek zbyt obszernym jak na jej szczupłe ciało. Miała tłuste włosy, niemiłosiernie ściągnięte do tyłu i zebrane w rachityczny kok, twarz i ręce pokryte setką zmarszczek i fioletowych żyłek. Elisa zatrzymała się gwałtownie przed wózkiem, kobieta zmierzyła ją aroganckim wzrokiem, po czym spojrzała na wózek, by się upewnić, że wszystkie sałaty leżą na swoim miejscu. W ojczyźnie Elisy prawdopodobnie padłoby teraz jakieś niecenzuralne słowo; podziękowała w myśli francuskiej kurtuazji, wybąkując przeprosiny z hiszpańskim akcentem.

Ruszyła dalej, starając się zwracać większą uwagę na to, którędy idzie, choć jej myśli były całkowicie zaprzątnięte propozycją Danielle. Nie zauważyła nawet, że zaczął padać śnieg. Płatki lekkie jak pieszczoty urażonych kochanków opadały na bruk pokrywający większą część ulic w centrum. Pogrążona w myślach, weszła do bramy i wbiegła po schodach, przeskakując po dwa stopnie. Na piętrze Diega morskozielona farba łuszczyła się w wielu miejscach, a odciski palców, najróżniejszych rozmiarów i barw, pokrywały niemalże całą ścianę. Zadzwoniła, zanim włożyła klucz do zamka; zawsze tak robiła, sama nie wiedząc, czemu.

– Jesteś wreszcie, na szczęście, już zaczynałem się martwić. Mówiłaś, że wrócisz przed szóstą, a dochodzi ósma.

Diego siedział za stołem w swoim gabinecie. Dębowy blat błyszczał w świetle małej lampki. Gdy nie był z nią, na uczelni albo w pracy, uczył się. Od wielu tygodni nie spotykał się z Martinem, choć ów dzwonił do niego co dwa, trzy dni. Za oknem czerwone i czarne dachy otulała powoli porowata, biała kołdra, gdzieniegdzie tworzyła się nad nimi mgiełka pary zamazująca kontury.

Ale nie było zimno albo może chłód nie docierał do Elisy, nie docierało do niej prawie nic.

– Przepraszam, nie dałam rady przyjść wcześniej. Muszę ci coś opowiedzieć, coś cudownego.

Diego podszedł do niej, rozpiął jej kurtkę, rzucił ją na podłogę i ukląkł przed nią. Wysunął jej bluzkę ze spodni i zaczął rozpinać guziki. Elisa chwyciła go za ręce.

– Poczekaj, chcę ci opowiedzieć. Muszę ci opowiedzieć, co się wydarzyło.

Diego pocałował ją w pępek.

– Życie na tym poziomie byłoby cudowne, widzę twoje piersi, mam przed oczami twój brzuch, mogę pieścić twoje uda i twój tyłeczek, twój rozkoszny tyłeczek. Naprawdę nie możesz poczekać?

– Nie, nie mogę. Muszę zwierzyć się komuś, a tylko ty jesteś pod ręką. Nie chcesz, to pójdę do domu. Mama mnie wysłucha bez oporów. Ona nie podziela twoich skłonności do dolnych części mojego ciała.

Diego wstał i musnął dłonią jej powieki. Pocałowała go przelotnie, zsuwając spodnie i rzucając je na krzesło. Wskoczyła do łóżka i przykryła się kołdrą.

– Chodź tu do mnie, postaram się streszczać, zobaczysz.

Diego dołączył do niej. Ustawił poduszkę pionowo wzdłuż zagłówka i usiadł, opierając się o nią plecami. Elisa zrobiła to samo. Każde z nich otulało się kołdrą, przytrzymując ją rękami założonymi na krzyż. Szybko zdał sobie sprawę z tego, że wolałby usłyszeć jej opowieść nieco później. Kiedy skończyła relację, był zbyt zdenerwowany, by myśleć o dolnych częściach.

– Nie rozumiem. Czy ona nie mogła po prostu powiedzieć, że wystawi twoje obrazy, zabierze sobie prowizję i tyle? Nie mogła zaproponować ci tylko tego?

– Tak naprawdę to powiedziała mi, że będzie sprzedawać moje obrazy, jeśli zgodzę się namalować od czasu do czasu coś na specjalne zlecenie, oczywiście pod warunkiem, że zrobię to dobrze. Byłam zbyt zdenerwowana i zbita z tropu, żeby myśleć chłodno, ale sądzę, że to był jej warunek.

– Nie podoba mi się to. Nie wiem, czy ma sens, żebyś zaczynała swoją karierę od fałszowania obrazów innych malarzy.

– Pewnie masz rację, ale czy mam inne wyjście? Taka okazja na pewno się już nie powtórzy. A ona zrobiła na mnie świetne wrażenie. Musisz ją poznać, to fascynująca kobieta.

– To fałszerka, Eliso, ona proponuje ci przestępstwo. Zmusza cię do popełnienia przestępstwa. Każe ci podrobić podpis innego malarza na obrazie, który nie jest oryginałem. To niezgodne z prawem, zrozum, to cholernie niezgodne z prawem. Niezłą marszandkę sobie znalazłaś, zamawia u ciebie falsyfikat obrazu swojego klienta. A jaką masz pewność, że nie zrobi tego samego z twoimi obrazami, gdyby zaczęły się sprzedawać? I skąd wiesz, czy możesz jej ufać?

– Nie wiem raczej, jak to się stało, że ona zaufała mnie... Ja nie mam nic, a więc nie mam też nic do stracenia. Ale ona... gdybyś widział jej dom... Nasze domy w Villaviciosa to zabawki w porównaniu z jej kamienicą. Nawet dom twoich rodziców. Owszem, są wielkie i bardzo ładne, ale jej dom jest wyrafinowany, wytworny, zupełnie inny. Może zresztą o to tylko chodzi, jest inny. Od razu widać, że jest bogata, bardzo bogata. I ma władzę. Mieszka naprzeciwko złotego posągu. Nie sądzę, żebym zrobiła właściwie, odmawiając jej. I może poprosi tylko o jeden obraz raz na jakiś czas. Przecież ona nie handluje falsyfikatami, reprezentuje słynnych artystów, nawet bardzo słynnych. Nie wchodziłam do galerii, ale w mieszkaniu ma obrazy Moneta, van Gogha, Pissarra, Maneta i mnóstwa innych. To robi ogromne wrażenie. A klientów ma niesamowitych. Kiedy miała przyjść do nas z wykładem, zasięgnęłam języka. Kupują u niej najwięksi arystokraci europejscy: wicehrabia Charles de Noailles, księżna Brandenburga, lady Marian Boalliard, i milionerzy: szwajcarski kolekcjoner Oskar Reinhart, żona magnata kolejowego Averella Harrimana, właściciel Baletów Rosyjskich, sprzedaje nawet do Muzeum Sztuki Nowoczesnej w Nowym Jorku. W głowie mi się nie mieści, że ona może mnie reprezentować, Diego, to najbardziej niezwykłe, co może mi się przydarzyć w życiu.

– Skoro ma tak niesamowitych klientów, to w głowie mi się nie mieści, że musi im sprzedawać falsyfikaty. Są tak bogaci i nie stać ich na oryginały?

– Ma też mniej zamożnych klientów. Sprawia wrażenie osoby bardzo inteligentnej, Diego; jeśli to robi, to pewnie czerpie z tego jakieś profity, niekoniecznie ekonomiczne. To naprawdę może być dla mnie ta wyśniona okazja.

– Czyli już zadecydowałaś. W takim razie nie musiałaś opowiadać mi tego wszystkiego, bo ja chyba się na to nie zgadzam.

Elisa wśliznęła się pod kołdrę i rozpięła mu koszulę. Zaczęła całować go w tors. Wiedziała już, że wykonując językiem koliste ruchy wokół jego sutków, będzie go łaskotać i że prędko zamienią się rolami. Tak właśnie się stało, Diego zapomniał o wzburzeniu i zajął się jej piersiami. Lizał ciemne guziczki, aż podniosły się tak, jak lubił. Elisa chwyciła wówczas poszwę, rozciągnęła ją najdalej, jak zdołała, i przytrzymała na wyprostowanych rękach nad ich głowami i korpusami. Z przechyloną głową patrzyła, jak Diego bawi się z jej ciałem, i odczuwała jego obecność za każdym razem tak, jakby to był pierwszy raz. W końcu musiała opuścić ramiona, poszwa wylądowała na ich nogach i oboje osunęli się, zmęczeni, na plecy, patrząc w sufit i splatając ręce.

Diego podniósł się pierwszy, po długiej chwili. Elisa zasnęła. Nie był w stanie oderwać od niej wzroku. Jej ciało było najdoskonalsze, jakie kiedykolwiek widział. Delikatnie musnął palcami jej powieki, przykrył ją i poszedł do kuchni. Wrócił po kilkunastu minutach, niosąc na tacy dwa kubki mleka i tosty, a także wszystkie pasztety i sery, jakie znalazł w spiżarce. Nie musiał długo czekać, zapach gruyère'a i dżemu truskawkowego przeniknął przez pościel i dotarł do jej nozdrzy. Spałaszowali kolację, siedząc na łóżku.

– Kocham ten obraz. To jeden z najlepszych, jakie namalowałaś. Dużo masz jeszcze do końca?

– Jest już prawie gotowy, zostało mi tylko kilka detali. Muszę podretuszować gitarę i rozmyć trochę twarz, żeby nie była zbyt wyrazista.

– Nie wiem dlaczego, ale ta twarz wydaje mi się najpiękniejsza ze wszystkich twoich obrazów, doskonała. Jak ty to robisz, że rysujesz z pamięci? Nigdy nie widziałem, żebyś porównywała ten portret z modelem, a są identyczne. Nawet wyraz oczu. To niesamowite. – Elisa pocałowała go. Lubiła brać każdą wargę w swoje i przytrzymywać przez chwilę, liżąc go powoli. Ale tym razem oderwał się od niej prawie natychmiast. – Eliso, czy mogłabyś w końcu zamieszkać ze mną? Kiedy wreszcie powiesz matce, że chcesz się wyprowadzić? Pobierzemy się, gdy tylko zechcesz, możesz jej to powiedzieć, żeby była spokojna. Jeśli o mnie chodzi, wziąłbym ślub nawet dziś wieczorem. Rodzice będą wypłacać mi pensję, dopóki nie skończę studiów, nawet mimo że zacząłem już pracować. A ty będziesz mogła studiować sobie nadal w akademii. Martín wściekł się, kiedy wyprowadziłem się od niego, a ja się nie przejąłem, zrobiłem to dlatego, że myślałem, że dołączysz do mnie. Ale minął już ponad rok...

Słuchając go, Elisa odszukała w pościeli majtki. Włożyła też bluzkę, choć nie zapięła jej. Jej skóra miała połysk miodu. Siedziała obok Diega ze skrzyżowanymi nogami, patrząc na niego. Przy słabym świetle jej fiołkowe oczy robiły się granatowe. Pochyliła się ku niemu, żeby go pocałować, lecz przytrzymał ją za ramiona.

– Nie mogę znieść tego, że co wieczór odchodzisz ode mnie. Nie mogę spać. Dlaczego się ubierasz? Idziesz już sobie? Jak długo jeszcze każesz mi czekać?

– Nie przesadzaj, zawsze sypiałeś jak suseł.

– Tak, kiedy jesteś obok.

Ujęła jego dłonie i ucałowała każdą z nich.

– Nie mogę. Jeszcze nie mogę tego powiedzieć mojej mamie. Nie zniosłaby tego dobrze, wiem, chcę jeszcze trochę odczekać. Kilka miesięcy, nie więcej. Możesz powiedzieć twojej kuzynce Annie, żeby zamieszkała z tobą do tego czasu.

Elisa wyskoczyła z łóżka i weszła do łazienki. Zamknęła się. Zza drzwi dobiegał jej śmiech. Diego także wstał i stanął pod drzwiami. Obciągał koszulę, żeby przykryć sobie nogi.

– Nie kpij sobie z tego. Mam powyżej uszu mojej kuzynki,

świetnie o tym wiesz. A jeśli nie wiesz, wyjdź za mnie, a wtedy zobaczysz.

– Tak, tak, powyżej uszu. Nie wygląda na to, kiedy gapisz się na jej cycki.

– Nie zachowuj się jak dziecko, dobrze wiesz, że to nieprawda. Gdyby nie było ciebie, to byłaby inna śpiewka, ale jesteś, siedzisz w mojej łazience i zmuszasz mnie do mówienia tego, czego może będę żałował, kiedy z niej wyjdziesz.

Oparty o drzwi, podniósł głos aż do krzyku. Miał dość kuzynki i tego, że Elisa przypomina mu przy każdej okazji, że zagięła na niego parol. A przecież dawno temu wyjaśnił jej, jak stoją sprawy. Nie pojmował, dlaczego Anna nie dała za wygraną. Kochał Elisę. Tylko Elisę. I dopóki będzie miał oczy, serce i ciało, będą należały tylko do niej.

– A jaka to śpiewka?

– Wyjdź, to ci pokażę ptaszka.

Elisa śmiała się wciąż, zamknięta w łazience. Diego usłyszał, jak spuszcza wodę, a potem, jak myje ręce. Otworzyła powoli drzwi i wyszła. Była naga.

– No to pokaż mi tego ptaszka.

III

Oviedo, wtorek, 16 maja 2000 (godz. 14.05)

Powinienem uciec i ukryć się, przed sobą, przed wspomnieniami, ale jak to zrobić? Jak mógłby człowiek uwolnić się od własnych myśli? Chyba że na jednym z tych ostrych zakrętów, na stromym zboczu. I na tej drodze w jedną stronę, w stronę cmentarnej alei, można by zobaczyć jeszcze raz całe życie, bo trwałoby to zaledwie kilka sekund. Ale jakiż ja jestem naiwny: skoro nie zrobiłem tego przedtem, dlaczego miałbym znaleźć siłę, żeby to zrobić teraz? Życie przywiera do nas jak ciało do kości, aż przychodzi śmierć i odrywa cię na dobre. I niewielu jest takich śmiałków – albo takich tchórzy – którzy są w stanie uwolnić się od tej tyranii, od przymusu istnienia, i odebrać sobie życie, choćby nawet było ono już życiem trupa.

Widziałem go, Eliso, widziałem go. Myślałem, że nie zdołam, ale dotarłem tam, patrzyłem mu w oczy, nie dałem ani kroku w tył, nie uścisnąłem mu ręki, nie wahałem się ani przez moment. Bacząc, czy nie powie o jedno słowo za dużo, tłumiąc to, co naprawdę chciałbym mu powiedzieć, absolutne minimum, czego od niego oczekuję, i kropka. Będzie musiał spłacić dług. Nie potrzebowałem go wcześniej, ale teraz muszę dopiąć wszystko na ostatni guzik, na ostatni guzik. Ach, gdyby można było cofnąć się w czasie! Ale tylko głupiec może o tym myśleć, tylko głupiec może żywić taką nadzieję.

Widziałem w jego oczach tyle rzeczy, o których sądziłem, że zapomniał... ale nie, one osiadły na piersi i na uczuciach. Jak w bardzo głębokiej studni, w oczekiwaniu, czujne, niepotrzebujące pali ani sznurów, wystarczy jedno spojrzenie, jedno zdanie, jeden gest, by wylazły, czepiając się długimi paluchami najmniejszego zagłębienia w wilgotnej cembrowinie wznoszącej się pionowo ku świadomości. I nie bolało. Nie. Uczułem tylko raz jeszcze tę pustkę, którą jakiś czas temu przestałem starać się wypełnić.

Zobaczyłem go znów jako dzieciaka: jak wtedy, gdy bawiliśmy się we trójkę, psocąc i dokazując jak szczeniaki; jak szliśmy do szkoły, umierając ze strachu przed panią Eulalią, kiedy nie odrobiliśmy zadania, taka drobniutka była nasza pani Eulalia... jak bawiliśmy się w chowanego w niesamowitym lesie. Tysiąc rzeczy sobie przypomniałem, tysiąc. Całe dzieciństwo razem. Zbyt wiele wspomnień za jednym zamachem. I później, kiedy byliśmy młodzi, odkrywaliśmy życie w Villaviciosa, szukaliśmy samych siebie w nowych wrażeniach, w nowych uczuciach. I potem w Paryżu. Ileż godzin spędziłem u jego boku, włócząc się po ulicach, odkrywając kolejne zaułki, głowiąc się, jak tu na siebie zarobić. Codziennie rozprawialiśmy o tym, naprawialiśmy świat, rozkładaliśmy go na czynniki pierwsze i składaliśmy z powrotem, ale paplaliśmy też o błahostkach, zaśmiewaliśmy się jak para głupców, zapamiętywaliśmy się w dyskusjach. Tylko we dwóch, spacerując nad brzegiem Sekwany, w tym mieście baśniowym i innym. Na początku, kiedy ty i ja jeszcze nie mieszkaliśmy razem, umawialiśmy się we trójkę codziennie wcześnie rano, żeby wspólnie iść na zajęcia. Zobaczyłem Martina młodego, przystojnego, eleganckiego, wytwornego; idealny mężczyzna dla olśniewającej kobiety, takiej, z jakimi przychodził później na spotkania, pamiętasz? Potem robiliśmy zakłady, ty i ja, jak długo wytrzyma z każdą z nich, jaki powód poda, żeby zerwać, i po ilu dniach przyprowadzi nową dziewczynę i na jak długo. Ta jest strasznie głupia, tamta to spryciara, ta zbyt nieokrzesana, tamta nie daje mi oddychać, ta ma za krótkie nogi. Eliso, byliśmy okrutni, bo w głębi duszy czuliśmy, z jakiego powodu wszystkie są dla niego za duże albo za małe, choć nigdy o tym nie rozmawialiśmy, nigdy, nawet kiedy beształaś mnie za to, że Anna za mną chodzi, nie mówiliśmy o tym, co dzieje się z Martinem. Tak, żadna kobieta nie miała tego, co powinna była mieć. A teraz, kiedy przechodzi mi gniew, a ostatnio szybko mi przechodzi, zostaje tylko współczucie, a po tym, jak go zobaczyłem, jeszcze bardziej, bo my mieliśmy siebie nawzajem, a on miał tylko to, co sobie wymyślił, i mnóstwo nienawiści w sercu.

A tobie dziękuję za to, Eliso, bo wybrałaś właśnie mnie i dzięki tobie poznałem, czym jest miłość. Zawsze ci za to dziękowałem. Musiałem. Światło, które mnie wiodło. Słodki, kryształowy głos, słyszę go jeszcze, dźwięczy mi w głowie, czuję muśnięcie policzków i truskawkowych warg. Pośród ciemności stale widzę twoje oczy, zamknięte. Otwierasz je, pocałowałem cię. Światło. Twoje światło. Światło, którego chciałem tylko dla siebie. Nie znosiłem, kiedy odchodziłaś o świcie, po tym, jak cię posiadłem. Ale nie miałem innego wyjścia, musiałem pogodzić się z tym, że zajmuję trzecie miejsce w twoim życiu, za matką i za obrazami. Zresztą nie żałowałem, bo gdy ktoś okazuje komuś albo czemuś tyle uczucia, to zawsze jest godne pochwały. I oznacza, że jeśli zdołasz dotrzeć do serca tej osoby, możesz być następny w kolejce. Zbyt wielu ludzi na tym świecie nie potrafi kochać nikogo. Ty tak mocno kochałaś matkę, że co noc wracałaś do domu, nieważne, która była godzina, po to, żeby rankiem zastała cię w łóżku, kiedy przyjdzie cię obudzić, i żeby uśmiechała się do ciebie. Cała reszta mogła poczekać, ja też.

Poza tym od kiedy poznałaś Danielle, odsunęłaś mnie jeszcze bardziej. Zawsze byłaś zajęta malowaniem, kończeniem jakiejś pracy na uczelnię albo szykowaniem obrazów na wystawę. Niekiedy ogarniała mnie zazdrość o tę twoją pasję, tak przemożną, że oddalała cię ode mnie, ale nie śmiałem się skarżyć. Nie miałem prawa. Na szczęście pora twojej pierwszej wystawy nadchodziła wielkimi krokami, a zanim nadeszła, ty już zaczęłaś sprzedawać. Danielle miała rozległe kontakty. Twoje obrazy podobały się już wtedy, co dopiero, kiedy odkryła cię paryska socjeta, ten wyrafinowany światek, który szybko uznał cię za pupilkę i wciągnął w swój zawrotny wir. Mogliśmy zamieszkać razem natychmiast. Ale rozruchy w naszej ojczyźnie nasilały się, zataczały coraz większe kręgi i oddziaływały na nas wszystkich, a szczególnie na naszych rodziców. My wykazywaliśmy się egoizmem właściwym brakowi doświadczenia, który słabnie z wiekiem, choć nie zawsze. Zwłaszcza ja, który codziennie nalegałem, żebyś wreszcie przeprowadziła się do mnie, ale ty wciąż nie chciałaś zostawić Clary. Wprawdzie, jak sama mówiłaś, wydawała ci się bardziej zrównoważona, ale nie wierzyłaś do końca w poprawę. Mogła być przelotna, nie chciałaś ryzykować. Nasze rodziny mieszkały wciąż w tej zagubionej Hiszpanii, która długo jeszcze miała szukać sama siebie, a nasze matki, twoja i moja, zmieniły temat codziennych rozmów. Nie zawsze dotyczyły one tylko ciebie; świadomość, że bliscy ci ludzie mogli w każdym momencie znaleźć się w śmiertelnym niebezpieczeństwie, sprawiała, że słońce nie świeciło tak mocno jak zwykle.

* * *

Violeta zwalnia; trudno się prowadzi po tych drogach, trzeba bardzo uważać, zakręty są tak ostre, że łatwo z nich wypaść, a wówczas zostałaby z nas tylko miazga. Ileż to ludzi straciło życie z powodu chwilowej nieuwagi? Czy jednak można wyobrazić sobie piękniejszą śmierć, na ziemi, która wydała cię na świat, pośród wspaniałego krajobrazu, którego człowiek nie zdążył jeszcze zniszczyć, choć wszystko ku temu zmierza, coraz mniej drzew, coraz brudniejsze rzeki, ryby mają inny smak. Ale moment jeszcze nie nadszedł, jeszcze nie. A ja w końcu zrobiłem to, odważyłem się. Dzięki, Violeto. Wróciłaś w samą porę.

– Dziadku, muszę stanąć tu na chwilę i zatankować. Chcesz wyjść do toalety czy poczekasz w samochodzie?

– Zostanę, nie przepadam za toaletami publicznymi. Nie zbliżaj się zbytnio do sedesu. Wiesz przecież.

– Tak, wiem, nie martw się.

Violeta śmieje się, myśli, że to ględzenie staruszka. Ale nie jestem taki głupi i umiem liczyć. Od czasu, gdy wyjechaliśmy z domu, była w toalecie cztery razy. Eliso, twoja wnuczka jest w ciąży. Jest w ciąży! Stąd ta pucułowata buzia i te piersi, i te pielgrzymki do toalety i apetyt bez końca! Dałbym sobie głowę uciąć, jest w ciąży! Ale jeśli tak, to dlaczego nie powiedziała mi od razu? A może się mylę i faktycznie ględzę. Wraca, z tym swoim promiennym uśmiechem.

– Przyniosłam ci butelkę wody. Możemy jechać. Naprawdę nie chcesz wysiąść i czegoś przegryźć? Mamy czas.

– Wiesz co, masz rację, tak sobie właśnie myślałem, że moglibyśmy coś tu przegryźć. Bo jak nie, to obiad będzie bardzo późno. Jesteś głodna? Na pewno tak. Tyle godzin z pustym żołądkiem, to niezdrowe. A poza tym chętnie rozprostuję nogi. Chodź, zaparkuj porządnie i pójdziemy coś zjeść.

Patrzy na mnie zdziwiona, nie wiem, jak rozumieć to spojrzenie. Czy oznacza, że domyśliła się, że wiem, czy myśli, że zwariowałem. Nie potrafię już czytać jej w myślach.

– Smażone kiełbaski w przydrożnych barach to czasem prawdziwe niebo w gębie. Prawda, ptaszątko? Może dlatego, że jak jesteś w podróży, to wiesz, że minie wiele godzin, zanim znowu będziesz mogła zjeść coś ciepłego. Chodź, sprawdzimy, na pewno już ci ciekne ślinka.

Tak, tak, wiem. Nic na to nie poradzę. Jestem jej mamą, tatą, dziadkiem i babcią, czegóż chcesz? Za dużo tego naraz, a z drugiej strony ona też była dla mnie wszystkim. Pozwól, że porozpieszczam ją jeszcze trochę, że postaram się, żeby się uśmiechnęła, po raz pierwszy od kilku dni. Pozwól mi, Eliso.

– A słuchaj no, Violeto, jak tam Álvaro? Długo jeszcze będzie za granicą? To bardzo dziwne, że nie dzwoni do ciebie. Wszystko gra?

– Álvaro miewa się bardzo dobrze, tak. Ale budowa jest na drugim końcu świata i rozmawiam z nim tylko w nocy, wiesz dobrze, gdzie leży Ameryka i ile kosztuje telefon. Wzięłam laptopa i rozmawiamy przez e-maile, o północy, kiedy oboje siedzimy przed komputerem.

– Przez i co?

– Przez pocztę elektroniczną, przez internet. W ten sposób nie płacimy za połączenie.

– Bardzo ciekawe. Gdybym ja miał coś takiego za młodu. Ten internet to naprawdę wspaniały wynalazek, niektóre rzeczy nie mieszczą mi się w głowie.

– Jeśli zechcesz, pokażę ci, jak się tym posługiwać.

– Wolę oglądać cię w rzeczywistości, ptaszątko, jeśli nie masz nic przeciwko temu.

– A kto to jest, ten Martín? Nie wyglądaliście na bardzo szczęśliwych z tego spotkania...

– Martín był moim najlepszym przyjacielem, kiedy byliśmy młodzi. Znał twoją babkę. Ale życie nas rozdzieliło kupę lat temu. Chciałem po prostu zobaczyć go, zanim umrę.

– A ten dalej swoje. Nie mów tak. Nie umrzesz. Co za głupia mania.

– Wszyscy musimy umrzeć prędzej albo później. Takie jest prawo życia. Liczy się to, czy żyłeś, nie robiąc nikomu krzywdy, uczciwie, a przede wszystkim, czy bardzo kochałeś.

– Czy bardzo kochałeś, jak to ładnie brzmi! A ty bardzo kochałeś?

– Ja wciąż bardzo kocham, Violeto, z każdą minutą, z każdym

oddechem, nadal kocham. Kiedy przestanę kochać, to wtedy, właśnie wtedy, umrę.

IV

„Niechaj te strofy umilkną..., niech pocałunki zgasną..., Niech cytrynowce uschną, a zioła niech nie pachną! Niech anioł z mostu płacze, niech rzeka wzbierze skargą, wachlarze liści zrzucą oliwki na ziemię twardą!" (Manuel de Góngora)

Paryż, 19 czerwca 1936

Światło bladło. Elisa ledwie już widziała twarz młodej dziewczyny, której portret starała się namalować, lecz nie chciała przerywać pracy. Nie udawało się jej dostrzec wyrazu tej twarzy i od wielu godzin retuszowała rysy. Jeszcze jeden dotyk pędzla na powiece; dwa nieco niżej, żeby podkreślić kącik ust; i jeszcze z boku, żeby lepiej zaznaczyć uśmiech, ten uśmiech, który nadawał jej wyjątkowy charakter. Jakże trudne było przeniesienie na obraz osobowości, temperamentu, życia modela. To właśnie podobało się jej najbardziej w ukochanym malarstwie: magia wyłuskiwania duszy z rzeczywistości.

Zapaliła dwie dodatkowe lampy, ustawiając żarówki tak, żeby cienie zrównoważyły się i nie zakłóciły oświetlenia płótna, wstała, przyniosła sobie szklankę wody. Wypiła łyk, potem drugi. Diego nie odrywał od niej wzroku. Spędził tu całe popołudnie. Zawsze wpatrywał się w nią, jeśli był w domu, podczas gdy ona pracowała. Elisa czuła to spojrzenie na swojej skórze, na swoich pędzlach. Lubiła je. On także był po trosze jej obrazem, stanowił cząstkę jej wnętrza.

Wróciła na taboret. Ramiona miała obnażone, nie narzuciła na siebie luźnej bluzy do malowania, jedna z piersi wyglądała nieśmiało z naturalnego dekoltu. Diego wiódł za nią wzrokiem od momentu, gdy jej właścicielka wstała, by pójść po dzbanek i szklankę, a różowy sutek wystawił na ciężką próbę jego cierpliwość. Podniósł się z fotela i stanął za nią. Pocałował ją delikatnie w kark, rozpuścił włosy. Kosmyki opadły na ramiona, a on lizał jej szyję, tę piękną, ukochaną skórę, za którą zaczynał tęsknić, gdy tylko odrywał od niej wargi. Lecz tym razem nie naprężyła się. Elisa siedziała nieruchomo, ze wzrokiem utkwionym w obraz. Wzięła do ręki paletę i umoczyła pędzel w ultramarynie. Przeciągnęła nim po bluzce postaci i dodała odrobinę terpentyny. Musiała rozcieńczyć nieco gęstość farby, stonować cielistość ramienia wychylającego się z fałdy płótna. Diego obrócił ją na taborecie i pochylił się nad nią. Spróbował ją pocałować. Uderzyła go w twarz.

– Czy ty nie możesz pojąć, że muszę dokończyć ten przeklęty obraz? Co mam zrobić, żebyś zostawił mnie w spokoju? No powiedz, co mam zrobić! Mam się rzucić na ziemię, żebyś się zaspokoił, i dopiero wtedy dasz mi pracować? Tego chcesz?

Diego spojrzał jej w oczy. Chciał tylko ją kochać. Odwróciła się do obrazu, wzięła do ręki pędzel i zanurzyła go w farbie. Sięgnął po kurtkę i wyszedł bez słowa. Nie pobiegła za nim.

* * *

Martín przyjął go jak zwykle, z kpiącym uśmieszkiem, który zdawał się mówić: „Jesteś wreszcie, co ci zrobiła tym razem?". Pytanie, które wypowiedział, brzmiało jednak inaczej:

– Dokąd idziemy?

– Co ty robisz w domu? – odpowiedział pytaniem Diego. – Myślałem, że cię nie zastanę.

– Jak widzisz, nie mam ostatnio ochoty włóczyć się po mieście. Moi najlepsi przyjaciele są stale zajęci sobą, a bardziej doborowego towarzystwa nie znalazłem. Ale to nie potrwa długo, wiem już, jak temu zaradzić. Poznałem kogoś.

– Tak? To musisz zaraz przedstawić ją Elisie, wiesz, że lubi matkować twoim dziewczynom. Ma w tym sporą wprawę.

– A co teraz ją ugryzło? Znowu wystawa?

– Nie zmieniaj tematu. Co to za dziewczyna?

– Nie bądź taki mądry. Nie pokażę ci mojej najnowszej sympatii. Nawet nie wyobrażasz sobie, kto to; pewnie nawet za bardzo by ci się spodobała. Chociaż... może kiedyś... Ale nie mam ochoty rozmawiać o niej z tobą. Niech każdy pilnuje swojego nosa. Wiesz o tym. Opowiedz mi lepiej, co ci zrobiła Elisa. Masz taką minę, jakby doszło do niezłej awantury. Denerwuje się tą jutrzejszą wystawą?

– Nie poszło o wystawę... A może i tak, sam już nie wiem. Jest dziwna, jakby odjechana, ale przecież wiedziałem o tym już wcześniej. Wiedziałem, czym jest dla niej malarstwo, nie mogę się skarżyć. Chociaż wcześniej wydawało mi się... jakby to ująć... że łatwiej będzie dojść z nią do ładu.

– Owszem, możesz się skarżyć, wszyscy możemy się skarżyć, narzekać na swój los. Tylko czy to cokolwiek zmieni? Ale ty sam tego chciałeś, masz mniejsze prawo do narzekania. Jak powiadasz, to był twój wybór. Chciałbym mieć takie szczęście.

– Nie wiem, czemu opowiadam ci o tym wszystkim. To niesprawiedliwe, wiem.

– Niesprawiedliwe? Nie, to głupie. Ale ja już przywykłem. I nigdy się nie wahaj, czy przyjść do mnie, Diego. Tylko ciebie mam. I naprawdę przywykłem. Chodź, zabiorę cię do jakiejś speluny, których tak nie lubisz. Wykorzystajmy czas, który nam daje Elisa, mój dobry przyjacielu, i nie biczujmy się za karę, że nie możemy zerwać z tym, co tak nas pociąga.

Kiedy Diego wrócił do domu wiele godzin później, lepki język zdawał się należeć do kogoś innego, a stopy nie chciały stawać w należytym porządku, jedna za drugą, i lądowały w miejscu i w tempie, które same wybrały. Dopiero po wielu próbach udało mu się trafić kluczem w otwór zamka; poczuł się bardzo szczęśliwy, gdy tego wreszcie dokonał i przeklęte drzwi się otworzyły. Myślał o zapaleniu światła, ale zrezygnował, nie na wiele by mu się zdało, i tak obijałby się o drzwi, ściany i siebie samego. Blask latarń ulicznych wpadał przez okna i bezwstydnie przyświecał jego chwiejnemu marszowi pomiędzy meblami. Cienie rzucane przez jego ciało tańczyły w rytmie czkawki. I wtedy ją zobaczył. Siedziała na podłodze, w rogu pokoju, z głową pomiędzy nogami, z czołem opartym na rękach. Księżyc malował srebrzyste fale na jej splątanych włosach. Diego spróbował podejść do niej bezgłośnie, odkładając na później ustalenie, jak ją przenieść na łóżko, by się nie zorientowała, że jest pijany, i to mocno. Jednakże ona podniosła twarz i spojrzała na niego; po jej policzkach płynęły łzy.

– Tak mi przykro, Diego. Tak bardzo mi przykro. Wybacz mi. Nie wiem, co we mnie wstąpiło. Powiedz, że mi wybaczasz.

Nie był w stanie nic powiedzieć, wiedział, że słowa posklejałyby mu się w ustach jak ślimaki ciągnące za sobą strużkę śluzu. Wybuchnął gromkim śmiechem, niepohamowanym. Elisa przestała szlochać i patrzyła na niego. Usiadł obok niej i został tak przez długą chwilę, śmiejąc się przez łzy, przenosząc wzrok ze swoich rąk na Elisę i z Elisy na swoje ręce, a ten głupi ruch sprawił, że wkrótce zakręciło mu się w głowie i zdjęły go mdłości. Wstał nagle i ruszył, zataczając się, do łazienki. Dobiegły ją odgłosy wymiotów przeplatane histrionicznym śmiechem. Czekała na niego pod drzwiami, zbita z tropu. Długo nie wychodził. Kiedy w końcu stanął w progu, nie płakał, a ciało miał lodowate. Przytulił się do niej, opierając głowę na jej piersi i otaczając ją ramionami, i stał tak przez długą chwilę, bez słowa. Potem puścił ją i ucałował jej powieki, policzki, brwi, nos, ucałował piersi i ręce, i wszystkie części jej ciała, których zdołał dosięgnąć ustami. Kiedy upewnił się, że żaden skrawek jej ciała nie został pominięty, popatrzył jej w oczy i dostrzegł w nich swoje odbicie.

– Ja tylko chciałem kochać się z tobą. Czy to taka zbrodnia?

– Tak, jeśli to robisz, kiedy ja nie chcę. Nie rozumiesz tego? Naprawdę tego nie rozumiesz, Diego?

Noc minęła szybko, trzymał Elisę w objęciach aż do świtu. Ona zaś spała tylko przez kilka godzin, po tym, jak opadli na łóżko, wyczerpani i pogodzeni z sobą. Obudziła się na długo przed nim i leżała u jego boku, wiedząc, że może zapomnieć o wszystkim, co zaszło między nimi poprzedniego wieczoru. Diego taki już był. A kochał ją bardziej niż kogokolwiek na świecie. Wiedziała o tym. Jej myśli pobiegły ku wystawie.

Kiedy przybyli pierwsi goście, wszystko było gotowe. Danielle zadbała o najdrobniejsze detale i nawet Milagros nie dopatrzyła się żadnego zaniedbania. Elisa gładziła sobie ręce, próbując opanować gęsią skórkę. Miała obnażone ramiona, a etola z niebieskiego aksamitu służyła tylko do podkreślenia jej długiej szyi. „Łabędzia", mawiał jej ojciec. „Masz łabędzią szyję, najpiękniejszą, jaką kiedykolwiek widziałem". Ale jej łabędzia szyja była teraz zdrętwiała z zimna, podobnie jak reszta ciała. Nie wiedziała zresztą, czy owo poczucie zimna, lżejsze w słoneczne poranki, nasilające się w deszczowe wieczory, tak częste ostatnio, było wynikiem aury czy raczej histerii, która powodowała te same objawy: dreszcze, ból stawów, sceptycyzm i niepokój. A ona od wielu dni czuła się niespokojna, może tylko odrobinę bardziej niż zwykle, lecz histeryczne przeskoki emocjonalne były tak silne, że sama zdawała sobie z nich sprawę. Od wielu nocy miała kłopoty z zaśnięciem, przewracała się z boku na bok, wyobrażając sobie, co będzie czuła, gdy nadejdzie moment, który właśnie nadszedł. A nikt oprócz niej samej, Diega czy Martina nie odgadłby, co wydarzyło się poprzedniej nocy, sądząc wyłącznie po jej wyglądzie: choć zdenerwowana i zziębnięta, Elisa promieniała. Dreszcze zaś ustały w momencie, gdy zobaczyła, że obrazy powieszone tak, jak podpowiedziała marszandce intuicja, wyglądają znakomicie.

Clara zarzuciła jej na ramiona swoją etolę, futrzaną, mniej wytworną, lecz cieplejszą. Ujęła ją za rękę, którą ucałowała bardzo dyskretnie, po czym odsunęła się i ukryła za mężem. Wiele wysiłku kosztowało ją pozowanie do zdjęcia, które przyjaciółka Danielle, pracująca dla „Le Figaro Illustré", zrobiła im wszystkim kilka minut temu, podczas entuzjastycznego i gorącego toastu inaugurującego wystawę, i wciąż jeszcze miała w ustach posmak poczucia obcości, jakim napawała ją świadomość, że jest, choćby tylko przez parę sekund i z profilu, bohaterką czegokolwiek.

– Nie denerwuj się, Eliso, jesteś olśniewająca, a twoje obrazy są cudowne. Zobaczysz, jaki sukces odniesiesz – szepnął jej do ucha Diego walczący z węzłem krawata, któremu bezskutecznie usiłował nadać właściwy kształt.

– Pozwól, że ci pomogę, synu. Nie mogę uwierzyć, że jeszcze się tego nie nauczyłeś. – Milagros poprawiła węzeł kilkoma ruchami, a gdy uznała, że jest idealny, odwróciła się i podjęła rozmowę, w której grała pierwsze skrzypce. Rozprawiała żywo z grupą osób nieznanych jej, lecz robiących świetne wrażenie i – oby! – majętnych. Każda z nich podjadała kanapeczkę, ukrywając dyskretnie w ustach nieprzełknięty kęs, gdy nadeszła jej kolej na zabranie głosu. Kanapeczki były przeróżne i z pewnością nie za sprawą przypadku barwy past, wędlin i serów na kawałkach bagietki układały się w doskonałą tęczę. Elisa nie potrafiła powstrzymać uśmiechu, widząc, jak całkowitą kontrolę sprawuje Milagros nad wszystkim, od synowskiego krawata po najbardziej rozbawione gremium. Diego pogłaskał jej rękę.

– Nie widzę obrazu, który najbardziej mi się podoba, kobiety z gitarą.

– Nie, nie ma go. Tego obrazu nie sprzedaję.

– Dlaczego? Na pewno uzyskałabyś dobrą cenę.

– Nie sprzedaję go. On jest specjalny. Jego przeznaczenie jest inne, powinien być bardzo blisko ciebie.

– Blisko nas?

– Przy mnie będzie zawsze. Nie może być inaczej. Ale chcę, żeby był twój. Jest dla ciebie.

Diego ucałowałby ją, nie za jej słowa czy za obraz, lecz dlatego, że ją kochał, kochał ponad życie, a to oznaczało, że odłoży ten pocałunek na później, ponieważ nie wyglądałoby dobrze, gdyby dał upust swym uczuciom w sali pełnej potencjalnych klientów całowanej artystki, którzy teraz przechodzili od obrazu do obrazu z taką miną, jakby doskonale wiedzieli, jak i po co zostało wykonane każde pociągnięcie pędzlem.

– Wiesz, czy Martín przyjdzie?

– Jasne, przecież wie, że wernisaż jest dzisiaj. Dlaczego pytasz?

– Nie wydaje ci się, że jest jakiś dziwny ostatnio?

– Teraz, kiedy o tym powiedziałaś, myślę, że tak. Kiedyś zawsze czekał na mnie, szliśmy razem na zajęcia i razem wracaliśmy, teraz robi to bardzo rzadko. I nigdy nie przychodzi do mnie, chociaż wie, że kiedy malujesz, przestaję dla ciebie istnieć. Chce, żebym to ja do niego przychodził. Ale przecież mógł znaleźć inne towarzystwo, mniej zaabsorbowane sobą niż ty i ja. To by było normalne, prawda?

– Nie żartuj, naprawdę niczego nie zauważasz? Ja myślę, że coś mu jest, nie wiem co, patrzy na mnie jakoś inaczej, nie potrafię zinterpretować jego wzroku. Nie sądzę, żeby dalej miał na mnie chrapkę, Diego, nie sądzę. To niemożliwe. To bardzo inteligentny człowiek, na pewno mu już przeszło. Myślę, że dzieje się z nim coś innego. Może byś go zagadnął? To twój najlepszy przyjaciel, powinieneś zapytać go, spróbować pomóc...

Diego ucieszył się, że tak mówi, że chciałaby pomóc Martinowi. Oznaczało to, że szanuje go, mimo wszystko.

– Nie wiem. Znam go na wylot, ale nie wiem, jak się zachowa, kiedy poruszę ten temat. Nigdy mi nie mówił, kto mu się podoba albo przestał podobać. Pod tym względem zawsze był skryty. Niesamowicie skryty. Nawet kiedy byliśmy dziećmi, nigdy mi nie powiedział, czy czuje coś do jakiejś dziewczynki, podczas gdy ja zamęczałem go tobą. Nie śmiej się, tak, tobą, no przestań się już śmiać. Tylko tobą. Taki już ze mnie głupiec. Ale co to ma do rzeczy teraz? Teraz powinnaś się cieszyć, to twój dzień. O Martinie pomyślimy później.

Elisa dołączyła do grupki, w której wiodła prym Milagros, a Diego wyruszył na poszukiwanie popielniczki, do której mógłby podrzucić niechcianą pestkę z oliwki. Nie znalazł. W całej galerii nie było ani jednej popielniczki. Danielle nie znosiła zapachu tytoniu, niweczył woń chanel numer 5, wydzielaną przez wszystko, czego dotknęła, a konieczność zachowania obrazów w dobrym stanie stanowiła doskonałą wymówkę, wystarczającą, by nikt nie odważył się tu zapalić. Dlatego zresztą natychmiast dało się odczuć, że ktoś wszedł z zapalonym papierosem. Woluty dymu wydobywały się z czerwonych ust domagających się pocałunku, nad którymi lśniły oczy obwiedzione precyzyjną kreską czarnej kredki. Kobieta rozpięła pasek beżowego prochowca o szerokich klapach i poprawiła dłonią włosy, przytrzymując drugą ręką niebieski, filcowy kapelusz. Mało kto jednak zwrócił nań uwagę, wszyscy patrzyli w dół.

– Wyrazy uznania, Eliso, pozwól, że ci pogratuluję.

– Anno, nie spodziewałam się ciebie tutaj. Wielkie dzięki, że przyszłaś.

– Nie zasługuję na podziękowania, nie mogłam pozwolić, żeby ominęło mnie to wydarzenie. Przychodzę w imieniu rodziców, którzy są poza Paryżem. A poza tym widzę już, że było warto. Nie wiem, czy zdajesz sobie z tego sprawę, ale w sali są persony bardzo ważne w tym mieście. – Elisa wzruszyła machinalnie ramionami i natychmiast pożałowała tego. Anna roześmiała się. Wiśniowe usta lśniły równie pięknie jak doskonale równe zęby. Rzuciła niedopałek na srebrną tacę po kanapeczkach z winogronami i roquefortem i zwróciła się ponownie do Elisy. – No tak, powinnam była się domyślić… ty nawet nie wiesz, w co się wpakowałaś. Jeśli odwrócisz się trochę, zobaczysz damę w białych rękawiczkach, z torebką od Louisa Vuittona. To Anna Riccie, córka amerykańskiego króla bawełny. Gawędzi z Nicole de Seydoux, księżną d'Anjou, i jej mężem, który wżenił się w fortunę i prowadzi teraz wesołe życie. To on zna się na sztuce. Za jego plecami, elegant z przyciętym wąsikiem i założonymi rękami, ten, który tak głośno się śmieje, to Piero de Luca, ambasador włoski, jego małżonka to ta w etoli w kolorze bordo. I na ile się orientuję, twoje obrazy ogląda jeszcze baletmistrz z Baletów Rosyjskich i co najmniej dwóch ministrów. Jak ty to zrobiłaś? Jak osiągnęłaś to, że reprezentuje cię sama Danielle Lambert? Mnie też podobają się twoje dzieła, ale ja się nie znam, nie potrafiłabym ocenić, czy są średnio dobre czy po prostu kiepskie. Ale skoro ona wystawia je w swojej galerii, to chyba znaczy, że można je sprzedać, prawda?

– Cześć, Anno, widzę, że nic się nie zmieniłaś. – Diego ucałował kuzynkę, starając się pozostać jak najdalej od niej, po czym natychmiast zaczął się tłumaczyć: – Nie mogę podejść bliżej, chyba zaraz będę chory, powinienem jak najszybciej pójść do lekarza. Nie potrafię przywyknąć do tego ziąbu, który przenika mi wszystkie kości i sprawia, że zamarzają mi myśli.

– Jest wiele sposobów na to, żeby się rozgrzać, Diego, wiele sposobów.

W tym momencie podeszła do nich Danielle, ujęła Elisę pod rękę i zabrała ją do grupki znajomych przyglądających się portretowi starszej kobiety z łaciatym beaglem. Goście gromadzili się przed obrazami lub tłoczyli przy stole, gdzie na wytwornych srebrnych tacach spoczywały kolorowe delikatesy; Milagros i Manuel wykazywali w tym rejonie sporą aktywność. Diego i Anna stanowili jedyną nieruchomą parę wśród zgromadzonych; pozostali oglądali obrazy, jedli lub gawędzili w wielobocznych grupkach, których struktura zmieniała się w zależności od upodobań i impulsów.

– Anno, nie mów, że znalazłaś się tu tylko z powodu wystawy. Myślałem, że już ci przeszło albo że przynajmniej wszystko jest jasne.

– Co? Co miało mi przejść? – Promienny uśmiech nie schodził z jej twarzy. – Co jest jasne? Że nie zostawisz tej obiecującej malarki? Otóż nie, wciąż jeszcze nie jest to dla mnie całkiem jasne. Jestem bardzo młoda. Mogę poczekać. Pewnego dnia zerwiecie z sobą, a ja się nie zmienię i będę czekać na ciebie.

– Nie mogę w to uwierzyć. Naprawdę. Każdy z mężczyzn w tej sali jest wart więcej ode mnie. I każdy z nich poszedłby za tobą, gdybyś tylko kiwnęła na niego palcem. Dlaczego mnie prześladujesz? Anno, ja nigdy nie zostawię Elisy. Przyjmij to wreszcie do wiadomości. A nawet gdyby ona mnie porzuciła, nie miałbym odwagi wiązać się z tobą. Jesteś przepiękną kobietą, zbyt piękną dla mnie. Czy ty tego nie rozumiesz? Ja jestem bardzo prostym człowiekiem, uwierz mi, zanudziłabyś się ze mną.

– Nie lekceważ mnie, Diego. Nie jestem głupia. I nie sądź, że lubię być odrzucana. Pewnego dnia sprawy mogą przybrać obrót, którego ani ty, ani ja nie jesteśmy sobie w stanie wyobrazić, a wtedy być może pożałujesz.

Gromkie oklaski przerwały ich rozmowę. Milagros zasiadła do pianina, a wszyscy goście ustawili się w kręgu wokół niej. Na kilka minut do kolorów dołączyła muzyka. Obecni nagrodzili kolejną burzą oklasków jej wykonanie *Czterech pór roku*, a Jaime zakrzyknął „wiwat", jakby znajdowali się w ojczyźnie. Do pianistki podszedł mężczyzna tak elegancki, że musiał być Francuzem albo arystokratą. Wydatny nos królował na niewielkiej twarzy, lecz oczy o czułym wyrazie łagodziły tę dysproporcję. Uśmiechał się szeroko.

– Milagros, widzę, że nie zmieniłaś się ani o jotę, wyznaczasz rytm w każdym miejscu, gdzie się znajdujesz.

– César, kochany! Jakże się cieszę, że cię widzę! Kiedy wysyłałam ci zaproszenie, myślałam, że nie będziesz mógł przyjść.

– Jakżebym mógł przepuścić okazję, by was zobaczyć po tak długim czasie? Aż trudno uwierzyć, że mieszkacie w Paryżu już ze trzy lata, a widzieliśmy się tylko kilka razy... Ale muszę przeprosić w imieniu żony i córek, one rzeczywiście nie mogły mi towarzyszyć, są obecnie w Londynie, przygotowują naszą bożonarodzeniową podróż. Za długo już siedzimy w tej Francji, nawet jakiś wnuk mi się urodził, a córki nie mogą patrzeć na cydr... A gdzież to podziewa się mój najukochańszy kuzyn?

– Przyznam, Cesarze, że nie mam bladego pojęcia. Przy takich wyjściach, zwłaszcza kiedy siadam do pianina, Manuel znika gdzieś, ale zawsze znajduje się prędzej czy później. Pozwól, że skorzystam z okazji i przedstawię ci artystkę, Elisę, moją przyszłą synową, jeśli tylko uda mi się odszukać ją w tym tłumie.

Milagros krążyła po sali, aż znalazła synową elektkę konwersującą z kobietą wysoką i tak szczupłą, że różowy kapelusik o szerokim rondzie, ze wstążkami, wydawał się największą krągłością jej ciała. Ujęła Elisę za ramię i pociągnęła za sobą, rzuciwszy tyczce niewyraźne *pardon*.

– Cesarze, mam przyjemność przedstawić ci bohaterkę dzisiejszego wieczoru, Elisę Ortegę de Arrieta, autorkę tych wszystkich fantastycznych obrazów, z których jeden z pewnością byłby wspaniałym prezentem-niespodzianką dla mojej najdroższej kuzynki.

– De Arrieta... Czy także z naszych ziem? Pochodzisz z Villaviciosa?

– Bardzo mi miło pana poznać, mam nadzieję, że podoba się panu wystawa. Tak, ja też urodziłam się w Villaviciosa. Ale dziś w tej sali to chyba nic oryginalnego.

– Twoim dziadkiem był Pablo de Arrieta? Notariusz?

– Tak, znał go pan? Znał pan mojego dziadka?

– Miałem tę przyjemność, tak, i znam także twoją matkę Clarę. Przepiękną kobietką była wówczas, podobnie jak twoje ciotki, ale ona... ona była wyjątkowa. Z tego, co widzę, natura jest najlepszą kopistką... Poznałem ich wiele lat temu. Twój dziadek wezwał mnie pewnej nocy, ponieważ w okolicy nie było innego medyka, właśnie do niej. Niezwykły przypadek, a dla mnie pierwszy wymagający natychmiastowej pomocy, nigdy go nie zapomnę, to było straszne doświadczenie: twoja matka w bardzo ciężkim stanie, a ja dopiero zaczynałem praktykę. Zresztą niedługo później twój dziadek dostał zawału serca i zmarł. Byłem na jego pogrzebie, pamiętam, jak rozmawiałem z jego rodzicami, którzy nagle musieli zaopiekować się trzema dziewuszkami. Jak widzisz, pamiętam doskonale i twoją matkę, i dziadka. Jego poznałem późno i w niedobrym momencie, ale poznałem. A twoja matka... wspaniała kobieta... ty jesteś tego dowodem. Mam nadzieję, że osiągniesz wielki sukces.

– Tak się składa, że ta wspaniała kobieta także tu jest, ukrywa się jak zwykle, ale na pewno ucieszy się na twój widok.

Milagros wyruszyła na kolejne łowy, lawirowała pomiędzy stołami, obrazami i rzedniejącym tłumem gości, aż znalazła przyjaciółkę opartą o kolumnę i wpatrującą się błogim wzrokiem w płótna córki. Zaciągnęła ją do krajana. Ów podał jej rękę i otworzył usta, żeby coś powiedzieć, lecz Clara spojrzała mu w oczy i osunęła się na podłogę, tuż obok stołu, na którym zostały już tylko bułeczki z jakąś czerwoną i lepką masą, podobną do krwi. Do gęstej i ciężkiej krwi. César pochylił się, polecił zgromadzonym, żeby się rozstąpili, ujął nieprzytomną kobietę za rękę, zbadał puls i poprosił o szklankę wody. Danielle podała mu flakonik, który lekarz obejrzał pod światło, otworzył i podsunął Clarze pod nos.

Otworzyła oczy. Nie widziała jeszcze nic oprócz cieni, a gdzieś pomiędzy nimi tliło się wspomnienie: oślepiające słońce, upalne popołudnie, długi rząd cyprysów wbijał się w niebo, muskał je czubkami ciemnozielonych igieł. Szarość ulotniła się, rozmyła się w świetle dnia, a ona nie zniknęła. A przecież próbowała, ona też próbowała się ulotnić, wiele razy, na różne sposoby. Proboszcz pozwalał jej czytać swoje książki, można było dowiedzieć się z nich wielu rzeczy, jeśli tylko dobrze się poszukało. Z pomocą służącej, łatwej do przekonania, zdobyła potrzebne składniki, wymieszała je, zażyła miksturę, lecz coś pewnie musiała przeoczyć, bo nie udało się jej umrzeć, a lekarz, którego ujrzała teraz przed sobą, po tylu latach, przywrócił ją wówczas do życia i do więzienia.

Teraz widziała przed sobą wieńce. Różnobarwne wieńce. Bardzo wesołe. Wesołe wieńce w darze od mnóstwa ludzi. Całe miasteczko poważało jej ojca, dobrego człowieka, o tak, bardzo uczciwego, bardzo prawego, myślał tylko o swoich córkach, jak on je kochał, nawet nie spojrzał na inne kobiety, biedaczek... całe miasteczko opłakiwało jego śmierć. Jej siostry szły uczepione rąk babci, ona szła z dziadkiem, który także opłakiwał syna, płakał w białą chusteczkę obrzuconą niebieską koronką. Clarze chusteczka wydała się cudem świata, a dziadek i babcia – aniołami. Nie uśmiechała się, ale też nie płakała. Już od miesięcy nie była w stanie uronić ani łzy, chociaż teraz chętnie by się zaniosła nieutulonym szlochem, żeby móc zostać z tyłu i zobaczyć, jak krzepcy mężczyźni z miasteczka dźwigają na barkach trumnę z jej ojcem.

Kiedy Clara zaczęła widzieć przed sobą coś więcej niż cienie, do jej uszu dotarły dziwne dźwięki, jakby piski. Posadzono ją na krześle, powoli odzyskiwała czucie w rękach. Pierwszą twarzą, jaką zobaczyła wyraźnie przed sobą, była twarz Martina. Miał wybałuszone oczy, wymachiwał rękami. Nie słyszała jeszcze, co mówi. Stojący za nim mężczyzna o wypomadowanych włosach, wilgotnych wargach i pulchnych dłoniach, w którego wpatrywały się wszystkie panie, bez wyjątku, położył rękę na jego ramieniu i próbował go uspokoić. Ale Martín nie przestawał krzyczeć. Clara usłyszała nagle, bardzo wyraźnie, jego słowa.

– Uwierzcie mi, to prawda, wybuchła wojna! Generał Emilio Mola i Francisco Franco, ten sam, który spacyfikował Asturię, powstali przeciwko rządowi Republiki i połowa Hiszpanii walczy teraz z drugą połową. Ulicami jeżdżą czołgi, świszczą kule. W Hiszpanii toczy się wojna! W Hiszpanii wre wojna domowa!

V

Villaviciosa, wtorek, 16 maja 2000 (godz. 16.25)

Pokój to chimera, ideał głupców, relikwia poczciwców. Pokój ludzi, tych prawdziwych, tych, którzy wstają o świcie i w pocie czoła pracują na chleb, jest kruchy jak mechanizm umożliwiający oddychanie. Pewnego dnia zacina się i powietrze nie wchodzi do organizmu, nie dociera do pęcherzyków płucnych, nie ma wymiany gazowej, nie jest dostarczane do tkanek, tlen nie trafia do komórek, umierają definitywnie. Tak jak oddychamy, żyjemy, wierząc, że jesteśmy bezpieczni. Pracujemy, nienawidzimy, kochamy, jemy, śpimy, żyjemy sobie spokojnie, jakby tak miało być wiecznie, jakby nigdy nic nie mogło się zmienić, a kiedy pewnego ranka otwieramy oczy i okazuje się, że wybuchła wojna, nie wiemy, co takiego zrobiliśmy, żeby zasłużyć na podobną podłość. Wolność to tlen człowieka. Ale z wielu powodów coś może zatrzymać ją w tchawicy, przeszkodzić w dotarciu do płuc. A gdy to się wydarzy, dusimy się. Z nadmiaru zła, z przemocy, z nienawiści, z mordu i z barbarzyństw, których tylko istota ludzka jest w stanie dokonać.

Zamykam oczy i drżę. Chciałbym nie oglądać tego więcej. Bracia przeciwko braciom, wróg był niegdyś świadkiem na twoim ślubie, a teraz jest zabójcą twojego ojca, gwałcicielem twojej córki, grabarzem twojego syna. Spycha nogą do rowu nieruchome ciało niewinnego człowieka, którego zastrzelił. Przejmuje twoje gospodarstwo, twoje kozy i owce, twój chleb, twoją głowę rozłupaną na skrawku ziemi, którą zostawił ci dziadek. Albo pluje ci prosto w twarz z furią istoty wyższej, która ma nad tobą władzę. Nie, lepiej otworzę oczy i odetchnę, i będę oddychał i będę żył wolny, z nadzieją, że nauczyliśmy się czegoś.

Tak się nie zdarza, to jedna jedyna rzecz, którą przekazało mi doświadczenie, że nie uczymy się ani na własnych błędach, ani na szczęśliwych trafach. Gdybyś mogła go zobaczyć, Eliso, takiego opuszczonego, takiego samotnego, o wiele bardziej niż inni. Martín naprawdę nie ma nikogo. Ale teraz chcę zapomnieć nawet i o nim. Przynajmniej dopóki nie zadzwoni z wiadomością o walizkach Clary. Zrobi to, wiem. Ukrywa je gdzieś, domyśliłem się, kiedy udał, że nie ma bladego pojęcia, o czym mówię. Zobaczyłem to w jego wzroku i w jego rękach, pocierał jedną o drugą, jakby chciał zetrzeć kłamstwo, które wtopiło mu się w skórę. Muszę je mieć, Violeta może będzie musiała zobaczyć ich zawartość. Tylko dlatego się przemogłem. Bo i po cóż miałbym to robić? Po co miałbym fundować sobie widok Martina i czuć, że skręca mi jelita? O tak, brzuch mi skręciło do tego stopnia, że gdyby nie to, że zapadłem w drzemkę zaraz po jedzeniu, rzygałbym pewnie aż do jutra. Ale w tym pół śnie, pół jawie, przerywanej przez silnik i radio, którego twoja wnuczka słucha bez przerwy, znów odpływam tam, gdzie wcale nie chcę wracać. Kiedy wreszcie skończą się te powroty? Kiedy? To jest najgorsze w tym oczekiwaniu na śmierć, moja słodka Eliso, po raz kolejny przeżywać to, co już przeżyłem, i to wówczas, gdy sądziłem, że przeszłość została zamknięta raz na zawsze.

Wszystko pogorszyło się, kiedy wybuchła wojna, wszystko. Aż do tamtego dnia nasze życie obracało się wokół twojej wystawy; kiedy nie malowałaś, rozmawialiśmy o twoich obrazach, wychwalaliśmy je, twoja matka pomagała, ojciec wychodził z pokoju zirytowany, bo nikt nie zwracał na niego uwagi, jego gust prawie się nie liczył. Ale kiedy zaczęła się wojna, dokładnie tego dnia, gdy po raz pierwszy pokazałaś publicznie swoje obrazy w galerii Danielle, moja matka wbiła sobie do głowy, że powinniśmy wyjechać jeszcze dalej, że Franco jest szalony i że my, Hiszpanie, zwariowaliśmy jak on i staliśmy się pośmiewiskiem. Nie dowierzała Europejczykom, przestała im ufać, choć nadal nosiła się według najnowszej mody paryskiej i chadzała do Folies Bergère na rewie o tytułach z trzynastu liter. A Clara... Jej stan uległ spektakularnej poprawie, która jednak trwała krótko. Twój sukces podniósł ją na duchu, mówiła tylko o twoich obrazach, oglądała je, dbała o nie jak o skarby najcenniejsze zaraz po tobie. Stała się kimś innym. Jej oczy błyszczały, biegała między blejtramami, udzielała ci rad, usta jej się nie zamykały. Nawet zmieniła kolory bluzek zapiętych pod samą szyję i spódnic, zawsze ciemnych, a pewnego dnia zaskoczyła nas kostiumem w żywej różowej tonacji. Nie chwaliłaś jej zbytnio, żeby się nie zawstydziła, wiedziałaś, że niewiele trzeba, by euforię pochłonęła nieśmiałość i by zepchnęła tę niespodziewaną wesołość w najgłębszy zakamarek swojej skorupy na nie wiadomo jak długo. Ale po publicznym omdleniu na wystawie wróciła jej poprzednia osobowość. I przyznaję, że niekiedy nienawidziłem jej za takie zachowanie, bo zawsze kończyło się na tym, że zwracała na siebie uwagę wszystkich, kiedy najbardziej chciała pozostać niezauważona, i obwiniałem ją za to, że nie mogłaś być ze mną, że musiałaś się nią opiekować, że zdawałaś się bardziej jej matką niż córką.

Tamtego dnia mój gniew rozwiał się, gdy tylko Martín wykrzyczał, że w Hiszpanii wybuchła wojna. Poza tym spostrzegłem, że jesteś tak zmartwiona jej stanem, że twój niepokój natychmiast mi się udzielił. Przeczuwałaś, że doszło do regresu, że znów zapadła się w sobie, i nie spotykałaś się ze mną przez wiele dni, nie opuszczałaś jej do momentu, gdy uznałaś, że wydobrzała i że możesz zostawić ją na chwilę samą. Kiedy widziałem, jak pielęgnujesz ją z całkowitym oddaniem, tym serdeczniej, im smutniejsze miała oczy, tym mocniej cię kochałem, bo wiedziałem, że mój kawałek ciebie jest bezpieczny. Miałaś aż nadto miłości, by się nią dzielić, i właśnie taką cię kochałem.

Eliso, podobałaś mi się od momentu, kiedy cię poznałem, gdy byłaś dziewuszką o blond warkoczach i dźwięcznym śmiechu, którego nie sposób zapomnieć. Już wtedy wiedzieliśmy, że będziemy związani z sobą, że nic i nikt nas nie rozłączy... Jakże mogliśmy aż tak się mylić? I dlaczego wciąż staje mi przed oczami twój obraz jako małej dziewczynki, ze szczegółami, które mnie zdumiewają? Czy to objaw śmierci neuronów? Jeśli tak, to jak powoli umieram, jak powoli... Myślałem, że to potrwa tylko sekundę, a tymczasem minęło już wiele dni. Widzę, co dobre i co złe, a tak żywe, tak realne, że niekiedy otwieram oczy i wydaje mi się, że mogę cię dotknąć, pogłaskać po twarzy, ukochanej i młodej, gładkiej jak skrzydła motyla, ciepłej jak matczyne łono. Czy to przedsionek zapomnienia? Czy to właśnie się czuje, zanim mózg ulegnie unicestwieniu? Nasze serce powinno znajdować się bliżej mózgu, wtedy słuchalibyśmy go częściej. Prawie nigdy nie robimy tego w porę.

Po wystawie spróbowałem porozmawiać z Martinem. To ty sprawiłaś, że się zaniepokoiłem i poszedłem do niego. Nie rozmawialiśmy o miłości; w tamtych czasach to było normalne. Mężczyźni nigdy nie rozmawiali o miłości, nie to, co teraz. Ani o kobietach, ani tym bardziej o seksie, pomijając fanfaronady, których jednak unikali prawdziwi dżentelmeni. I to bynajmniej nie dlatego, że czasy były bardziej purytańskie. Nie. Tak naprawdę nie potrafię powiedzieć dlaczego. Dni płynęły, nie zastałem go w domu raz i drugi, machnąłem ręką. Jakże miałem tego żałować! Ale przecież nie mogłem wiedzieć...

A poza tym co innego zaprzątało nas wtedy: jak pogodzić naszą miłość z taką masą bólu innych. Nasza ziemia rozdarta pomiędzy różnymi frakcjami, republikanami, prawicowcami, anarchistami, zwolennikami powrotu monarchii i upatrującymi ratunku w komunizmie lub marksizmie. Zbyt wiele ideologii i przekonań, zbyt mało rozsądnych i inteligentnych umysłów, które mogłyby pełnić rolę rozjemców, przekonać wszystkich, by nie mordowali się wzajemnie. Stale docierały do nas wieści z Hiszpanii, pochodzące bezpośrednio od uczestników wydarzeń wzbraniających się przed przyjęciem do wiadomości okropieństw, jakie działy się wokół nich. Prześladowania z jednej i z drugiej strony; palenie klasztorów, pól i wiosek; zabójstwa czerwonych i zielonych; gwałty, tortury, dzieci wyrwane rodzicom… Wojna była jednym wielkim lamentem i prawie wszyscy, jednogłośnie, zaczęli dokładać swoje, by uczynić go jak najdonośniejszym, ci z jednej i ci z drugiej strony, jak podpowiadała im geografia albo żarliwość. Ale my byliśmy ślepi. Woleliśmy pilnować własnego nosa, a nosy mieliśmy wielkie, jak cała młodzież, która nie stara się zrozumieć nikogo poza sobą samą i złości się, gdy inni nie stawiają się w jej położeniu. Za drzwiami domów naszych rodziców pogrążonych w ferworze dyskusji ty i ja żyliśmy jak gdyby nigdy nic, jakby tamto nie dotyczyło nas w żaden sposób i jakby nigdy nie miało nas dotyczyć.

Nie obchodziła nas też zbytnio najbliższa rzeczywistość. Nawet ona. Wzburzona Europa, liżąca jeszcze rany po Wielkiej Wojnie, tej pierwszej, której wspomnienie nie miało nawet dwudziestu lat, która pozostawiła po sobie przesunięte granice i okaleczone tożsamości; Niemcy starający się zmyć z siebie hańbę klęski, walczący o to, by podźwignąć się z nędzy, głodu i niedoborów, by się rozwinąć, by się dozbroić i kroczek po kroczku odzyskać siły i odpłacić się tym, którzy ich pohańbili; ci z drugiej strony, próbujący odnaleźć się po takiej dawce bólu i krwi, ale przemawiający chełpliwie, patrzący z wyższością, bo zwyciężyli, a przy tym przytłoczeni świeżym wspomnieniem tysięcy młodych ludzi, którzy znaleźli śmierć w okopach, pogrążeni w kryzysie ekonomicznym bez wyjścia. Ale nam tak jak wielu innym, którzy nie dostrzegli zbliżającego się dramatu, to, o czym tylko słyszeliśmy, nie wystarczało, by odciągnąć nas od rzeczy naprawdę ważnych, tych, które sprawiały, że wstawaliśmy każdego ranka i kładliśmy się każdego wieczoru szczęśliwi, podczas gdy w naszych żyłach płynęła młodzieńcza nieczułość. I dni upływały nam na czytaniu, uczeniu się, malowaniu, ty miałaś swoje obrazy, a ja rysunki i plany, a kiedy widywaliśmy się w przelocie, kochaliśmy się do bólu. I mimo wszystko były to najszczęśliwsze dni mojego życia. A miały trwać tyle co westchnienie szczęścia.

VI

„Przed moimi oczami jego martwe oczy. Kiedy dławi nas ogromny ból po stracie, chcemy ofiarować tym, którzy odeszli, to, co w nas najlepsze, to, co o nas stanowi, to, co chcielibyśmy, by oni dali nam w obliczu naszej śmierci. Ja chciałbym zadedykować mojemu towarzyszowi, który zginął w León, do końca wypełniając obowiązek szczerego kronikarza tego absurdu, zachowany w pamięci obraz jego ręki dodającej mi otuchy, jego słów zachęcających mnie do trwania mimo biedy i beznadziei, jego miłej twarzy, jego humanitaryzmu. Wydobywam jego postać z mroków zapomnienia i wyobrażam sobie, że spotkamy się pewnego dnia, a póki tak się nie stanie, widzę przed sobą dziennikarza, który zginął w imię nędzarzy, pełniąc swą powinność, z duszą i oczami wzniesionymi ku niebu".

Paryż, 5 sierpnia 1936

Milagros włożyła beżowy kapelusz z podwójnym rondem i zawiązała wokół szyi dwie szarfy opadające po bokach. Materiał wyglądał na najzwyklejszą gazę, ale taka była najnowsza moda w Paryżu, a w kwestii mody nie zadawała sobie żadnych pytań, szła za nią, koniec, kropka. Nie zaciskała zbyt mocno, żeby przypadkiem nie został jej na skórze ten straszny ślad, taki jak kiedyś, gdy nosiła kapelusiki wiązane sznurkiem. Rozpyliła na karku odrobinę bardzo drogich perfum, które podarował jej Manuel. Zastanowiła się. Właściwie skoro nie widział tego, mogła pozwolić sobie na więcej. Nacisnęła rozpylacz jeszcze dwukrotnie, tak było dobrze. Wyszła na ulicę i rozejrzała się za tymi pojazdami, które zawsze oczekiwały w pobliżu targów lub najbardziej uczęszczanych kawiarni. Po przejściu kilku kroków natknęła się na jeden z nich. W Hiszpanii nigdy nie widziała czegoś podobnego, być może dlatego, że nie podróżowała tyle. Rozsiadła się w granatowym wózku umieszczonym między dwoma wielkimi kołami i połączonym z siodełkiem rowerowym. Nie był zbyt wygodny, ale ona, nieprzepadająca za chodzeniem, bardzo go sobie ceniła. Zrobiło jej się żal rikszarza, bawełniana koszulka ukazywała tak wychudzone ciało, a łydki wystające z ciemnych, przykrótkich spodni były tak szczupłe, że wyobrażając sobie, ile wysiłku będzie go kosztowało ciągnięcie korpulentnej osoby, pomyślała po raz kolejny, że może powinna jeść nieco mniej. Zwłaszcza teraz, kiedy z Hiszpanii dochodziły fatalne wieści i należało się spodziewać coraz gorszych. Byłoby nieładnie, gdyby nadal objadała się jak gdyby nigdy nic. Spod obszernego kaszkietu, którym rikszarz chronił głowę przed niemiłosiernym słońcem, wyglądała twarz blada jak płótno, a skóra na rękach i nogach była przezroczysta jak u trupa. Poczuła, że dostaje gęsiej skórki. Ale szybko zdała sobie sprawę, że nie doceniła rikszarza: monsieur pedałował z niespotykaną siłą, a jej aż zakręciło się w głowie, gdy próbowała wpatrywać się w kostkę bruku, nad którą frunęła riksza.

Gdy dojechali do kamienicy, w której mieszkała Clara, spostrzegła, że zgubiła kwiatek z klapy, i wykrzywiła usta w podkówkę. Powinna była bardziej uważać! Teraz jej kapelusz nie nawiązuje kolorem do niczego. Zapłaciła rikszarzowi, dała mu nawet pokaźny napiwek. Jego szczerbaty uśmiech wydał się jej szczery. Przeszła przez ulicę, a przed wejściem do bramy przejrzała się w witrynie cukierni. Być może była nieco puszysta, za co niekiedy beształ ją jej lekarz, ale w krainie tak wspaniałych słodyczy nie sposób było odmówić ich sobie. A poza tym, czy to ważne! Manuela doprowadzały do szaleństwa jej biodra, a ona sama uważała się za piękną kobietę, bardzo wytworną. Nie oparła się zatem pokusie, weszła do cukierni i kupiła coś podobnego do kremówek dla siebie i dla przyjaciółki, dla Jaimego nie, on nie przepadał za słodkościami. Wchodząc do apartamentu, położyła ciastka na stoliku w przedpokoju.

– Milagros, dziękuję, że przyszłaś, musisz mi pomóc. Chodzi o Clarę, niedobrze z nią. Od czasu wernisażu Elisy zachowuje się bardzo dziwnie. I jest coraz smutniejsza. Mówi, że nic jej nie jest, ale ja wiem, że to nieprawda, i już nie wiem, co robić. Nie wytrzymam dłużej. Co mogę zrobić, żeby jej pomóc?

Jaime mówił szeptem, jego głos, zwykle stentorowy, był cichy jak tchnienie.

– Jest w domu? Może nas usłyszeć?

– Nie, nie usłyszy nas. Była zmęczona i przygotowałem jej ciepłą kąpiel z solami. Dopiero co wyszedłem z łazienki. Potrzebuje odpoczynku. Może martwi się sytuacją w Hiszpanii, jest coraz gorzej, a ona bardzo się przejmuje. Ale też myślę, że zdaje sobie sprawę z tego, że Elisa wkrótce wyprowadzi się do twojego syna, i trudno jest jej się z tym pogodzić. Nie wiem, co robić. Nie chce o tym mówić. Naprawdę nie wiem, co robić.

– Może powinniśmy zabrać ją do jakiegoś lekarza, Jaime, nie wiem, czy dobrze zrobiliśmy, odwlekając to. Sądziłam, że miewa się lepiej, wydawało się, że zmiana powietrza dobrze jej zrobiła. Wyglądała wręcz na szczęśliwą, bardzo cieszyła się wystawą Elisy. Ale skoro tak mówisz... Prędzej czy później będzie musiała zmierzyć się z odejściem córki, to już dorosła kobieta, powinna być niezależna. Nie może zawsze z nią mieszkać. Z drugiej strony możemy porozmawiać z Elisą, żeby odłożyli ślub czy co tam mają w planie, chociaż mnie aż coś się robi na myśl, że nie pobiorą się, jak należy. Uważam, że mogą jeszcze trochę poczekać, żeby Clara oswoiła się z tą perspektywą, co ty na to?

– Tak, tak, jasne. Oczywiście, że tak. Moja córka uwielbia ją. Skoro Clara nie czuje się dobrze, Elisa na pewno zgodzi się jeszcze trochę poczekać.

– Dobrze, więc uspokój się, znalazłeś już jakieś rozwiązanie. A potem poszukamy jej dobrego lekarza. Jeśli pozwolisz, pójdę do niej, zobaczymy, czy będzie chciała ze mną porozmawiać.

– Tak, proszę, wiesz, że bardzo cię lubi. Jesteś dla niej kimś znacznie więcej niż przyjaciółką, jesteś jak siostra.

Milagros zapukała do drzwi łazienki. Na framudze błyszczała biała laka. Wielkie deski z ciemnego drewna pokrywające podłogę wypaczyły się w kilku miejscach. Trzeba będzie odświeżyć ją wkrótce, choć niewątpliwie był to parkiet bardzo elegancki, podobnie jak reszta domu. Jaki dobry gust miała Clara. I nie dziwiło jej ani trochę, że Diego był tak zakochany w jej córce. Mogła być spokojna; w ostatecznym rozrachunku Martín nie okazał się tak niebezpieczny, jak obawiała się na początku. Ależ łatwo pomylić się co do człowieka; będzie musiała nauczyć się bardziej ufać Manuelowi, rozsądnemu i spokojnemu.

– Claro, mogę wejść? – zapytała, stukając mocniej w drzwi łazienki. – To ja, Milagros, dobrze się czujesz? Mogę wejść na chwileczkę?

Clara nie odpowiadała. Milagros zawołała Jaimego, który nadbiegł z salonu. Jego pantofle ślizgały się po wyfroterowanym parkiecie i o mało nie stracił równowagi.

– Co się stało? Zamknęła się na zasuwkę? Nigdy tego robi, panicznie boi się zamkniętych pomieszczeń!

Przekręcił gałkę, drzwi się otworzyły. Owiało ich ciepłe powietrze, gęsta para osiadła na ścianach, pokrywała lustra. Ale wodę w wannie widać było wyraźnie, bardzo mętną, czerwona krew Clary rozpływała się w aromatycznych solach. Wyglądała jak pogrążona w spokojnym śnie, w którym wreszcie zdoła się zatracić i zniknąć. Jej ciała można się było domyślić pod plamami na wodzie, pośrodku gęstego różowawego cienia; głowa spoczywała na krawędzi wanny. Powieki były zamknięte. Jaime zareagował jako pierwszy, podbiegł i spróbował ją podnieść. Milagros popędziła do telefonu, zadzwoniła do kuzyna Manuela, jedynego zaufanego lekarza, jakiego miała w Paryżu, ów wezwał karetkę sanitarną. Gdy wróciła do łazienki, Jaime wydobył już Clarę z wody i złożył na posadzce, obok brązowych nóg, na których stała wanna, obie tak samo białe, ściskał ręczniki, którymi owinął przeguby żony. Posadzkę pokrywały kałuże ciemnego płynu pachnącego kwiatami.

– Ona żyje! Milagros, ona żyje! Jeszcze oddycha! Pomóż mi, błagam, pomóż mi!

Płakał. Jego łzy padały na mokre włosy Clary, a ciało leżało krzyżem na jej ciele, nagim i wiotkim, ręce niby gwoździe uciskały przeguby, głowa spoczywała niby korona cierniowa obok jej głowy, którą okrywał pocałunkami.

– Kocham cię, Claro, kocham cię, dlaczego to sobie zrobiłaś?

Kochanie moje, skarbie, dlaczego? Ja tak cię kocham... Nie umieraj. Proszę, nie umieraj.

Milagros rzuciła się na kolana i pomagała mu przyciskać ręczniki do dwóch otwartych ran, ale gruba tkanina nabierała czerwonej barwy, aż dziw, że tak matowa czerwień pochodziła z tak przezroczystej kobiety.

– Robisz to bardzo dobrze, Jaime, tak właśnie trzeba, tak mi powiedział César, to mamy robić, dopóki nie przyjdzie. Jeśli oddycha, trzeba uciskać przeguby, zatamować krew, tak powiedział. Zaraz przyjedzie karetka, o mój Boże, żeby tylko zaraz przyjechała.

* * *

Gabinet Cesara znajdował się nieopodal, więc lekarz pojawił się prawie natychmiast, lecz Clara już dawno temu rozpłynęła się pomiędzy swymi światłami i cieniami. Gdy wszedł do łazienki, Jaime uciskał jeszcze przeguby żony i całował zamknięte powieki, zsiniałe wargi, uwielbianą twarz. I przeklinał się na cały głos, że nie umiał jej kochać, że nie kochał jej wystarczająco mocno, że nie potrafił jej ocalić. Przeklinał się za to, że nie przeniknął jej sekretu, że jej nie uratował. Medyk przyłożył palce do jej szyi, do tętnicy, i spojrzał na Milagros, kręcąc głową. Z wielkim wysiłkiem odsunął Jaimego i zaczął reanimować Clarę, wdychał powietrze w jej nieruchomą pierś i naciskał ją mocno, raz, drugi, trzeci, trzydziesty, patrząc na zegarek i licząc głośno, i powtarzał tę czynność przez kilkanaście minut, aż nabrał przekonania, że odpłynęła na zawsze.

– Przykro mi. To na nic. Jej serce nie reaguje.

Jaime rzucił się wówczas na nią, objął i podniósł wysoko nad ziemię, jej głowa opadała w dół, ją też próbował otoczyć ramieniem. I całował ją, i tulił ile sił, pragnąc ją odzyskać, ściskał jej ciało nagie, lodowate, okaleczone dawno temu, którego rany zasklepiły się tylko na jakiś czas, a teraz otwarły się znowu, cięcia na żywym ciele, znów zapragnęła zniknąć. Jaime całował ją bez ustanku, jego łzy mieszały się z zakrwawioną wodą, a serce wzbraniało się przed rozłąką.

– Nie, kochanie moje, nie... Dlaczego? Dlaczego to zrobiłaś? Dlaczego nie kochałaś nas na tyle, żeby żyć, choćby tylko dla nas? Claro... kochanie moje...

Jej ręce zwisały po bokach, białe i bezwładne, pocałunki i łzy Jaimego na próżno pokrywały martwą twarz. Milagros nachyliła się nad nim i znalazła w sobie siłę, by przemówić, bardzo cicho, ujmując go za ramię, z trudem powstrzymując chęć, by przytulić się do nich obojga i zapłakać wraz z nim.

– Puść ją, Jaime. Puść ją. Już nic nie da się zrobić. Ona nie żyje. Puść ją.

Manuel wszedł do łazienki w chwili, gdy udało się jej przekonać Jaimego, by złożył Clarę na posadzce, podniósł go i wyprowadził. A tam wszyscy objęli się i płakali wspólnie, opłakiwali najpiękniejszego anioła, jaki pojawił się w ich życiu.

– Biedna kobieta, wreszcie znalazła ukojenie – powiedział doktor. Wycierał narzędzia i układał je w torbie. Ręce drżały mu niezauważalnie.

– Biedna kobieta? Clara nie jest biedną kobietą. Clara była wspaniałą kobietą, zapewniam cię. I czemu mówisz, że wreszcie znalazła ukojenie? Dlaczego miałaby szukać ukojenia?

– Milagros, lepiej będzie, jeśli ty też stąd wyjdziesz. I nie rób tego, wiesz, że trzeba ją zostawić tak, jak jest.

Milagros została z Cesarem w łazience, w oczekiwaniu na karetkę, i okrywała przyjaciółkę białym, czystym ręcznikiem haftowanym w drobne żółte kwiatuszki, których nie widziała zbyt dobrze, gdyż łzy mąciły jej wzrok.

– César, to moja najlepsza przyjaciółka, nie pozwolę, żeby oglądano ją w takim stanie, nie zasługuje na to.

– Nie, masz rację, nikt nie zasługuje na to, przez co ona przeszła. Przykro mi, że nie zdołała podnieść się z tego.

– Przez co przeszła? Podnieść się z czego? O czym ty mówisz? Ty coś wiesz? Wiesz, co było Clarze? Powiedz mi, na miłość boską, powiedz mi. Powinniśmy byli jej pomóc, ale nikt z nas nigdy nie pojął, co jej było. Nikt nie wiedział, nawet jej mąż, który kocha ją nad życie.

– Milagros, opowiem ci o tym, ponieważ cała sprawa utkwiła mi w pamięci i wielokrotnie zastanawiałem się, czy postąpiłem słusznie. Byłem wtedy bardzo młody, zaczynałem praktykę, a pan de Arrieta był człowiekiem wpływowym. W noc, kiedy mnie wezwał, Clara była o włos od śmierci, musiałem zbadać ją bardzo dokładnie, nie od razu zrozumiałem, co jej dolegało. Prawdę mówiąc, do dziś nie mam pewności, czy moja diagnoza była trafna. Uznałem, że od pewnego czasu zażywała małe dawki trucizny; leczenie poskutkowało i wyzdrowiała. Ale podczas badania odkryłem, że nie jest dziewicą; miała zaledwie jedenaście czy dwanaście lat, mieszkała z ojcem i już nie była dziewicą. Ktoś ją wykorzystywał, nie wiedziałem, od kiedy, ale byłem tego pewien. Kiedy ją badałem, powtarzała w malignie jedno zdanie: „Nie rób tego, nie chcę, żebyś mnie kochał, nie chcę, żebyś nas kochał". To zdanie wryło mi się w pamięć. Ale nic nie powiedziałem jej ojcu. Był jedynym notariuszem w okolicy, człowiekiem bardzo szanowanym, pomyślałem, że może nie uwierzy, że narobi mi kłopotu albo że oskarży kogoś bez dostatecznych dowodów, albo, kto wie, że będzie obwiniał małą. Wkrótce potem zmarł, a dziadkowie zabrali trzy siostry do siebie, do Oviedo, i uznałem, że jeśli ktoś zmuszał ją do tego, straci do niej dostęp, a poza tym, że przeżyła już jedną tragedię, śmierć ojca, i ujawnianie tej historii z pewnością jej nie pomoże, więc zostawiłem rzeczy swojemu biegowi. Wtedy na wernisażu, kiedy zobaczyłem Elisę, bardzo się ucieszyłem, bo uznałem, że Clara przezwyciężyła traumę. Nie wyobrażasz sobie, jak ubolewam nad tym, że się myliłem.

Sędzia pojawił się dość szybko, odnotowano orzeczenie Cesara, wyniesiono ciało, przewieziono je do kostnicy i przygotowano do czuwania.

Pogrzeb, dwa dni później, przebiegł jak wszystkie pogrzeby, w smutku i w ciszy, lecz Elisa na nim nie była. Nie dlatego, że czuła żal do matki za to, że ją opuściła. Nikt, ani Diego, ani nawet ojciec nie zdołał zachęcić jej do wyjścia z pokoju przez wiele dni po samobójstwie matki. Przestała chodzić na zajęcia, przestała się odzywać, przestała nawet malować. Nie chciała nikogo oglądać i nie dawała oglądać siebie. Tolerowała tylko Diega, pozwalała mu wchodzić do pokoju, w którym się zamknęła, i zostawiać na stole odrobinę wody czy jedzenia, które prawie zawsze wracało nietknięte, nie pozwalała mu podchodzić i mówić do siebie. Aż pewnego ranka obudziła go, kazała się natychmiast ubierać i poprosiła, żeby jej towarzyszył.

Milagros i Manuel przekonali Jaimego, by wyjechał z nimi do domu Cesara nieopodal Paryża, na kilka dni; zmiana powietrza dobrze mu zrobi, a powietrze francuskiej wsi zawsze leczyło najbardziej zranione dusze. Cała trójka wybrała się do Elisy, by spróbować namówić ją, by dołączyła do nich wraz z Diegiem, ale Elisa wpuściła tylko ojca, by go pocałować i się pożegnać. Milagros i Manuel musieli odejść z kwitkiem.

– Dokąd się wybieramy? Musisz mi powiedzieć, chcę wiedzieć, czy mam się pakować czy co... – Diego starał się nie okazać zaciekawienia.

– Nie pleć głupstw, nie potrzebujesz nic oprócz ubrania, które masz na sobie. Chodźmy – zakomenderowała, ruszając ku drzwiom.

Było bardzo wcześnie, paliły się jeszcze latarnie, paryżanie wciąż spali twardym snem. Weszli po cichu do mieszkania Clary i Jaimego. Elisa zachowała swój klucz, ściskała go teraz w ręce. Nie patrzyła na zabytkowe meble, na tapety w liliowe kwiatuszki, na obrazy, na zdjęcia ze wzruszającymi migawkami z życia, które przeminęło. Na razie nie czuła się na siłach, by powracać do niego.

– Nie wiem, czy przyjście tu to dobry pomysł, Eliso. Oglądanie jej rzeczy nie przyniesie ci ulgi, nie sądzisz?

– Przestań. Wiem, co robię.

– Powiedz mi przynajmniej, po co tu przyszliśmy. Prędzej czy później chyba mi powiesz.

– Masz poszukać dużego pakunku. Jak go znajdziesz, zawołaj mnie. Nie otwieraj.

– Dużego pakunku. Jasne, dużego pakunku.

– Tak, dużego pakunku. Kiedy go zobaczysz, będziesz wiedział, że go znalazłeś.

Przetrząsnęli cały apartament, zajrzeli do szaf i pawlaczy, do najgłębszych części szuflad, szperali w kredensie i między donicami, za książkami porzuconymi przez Jaimego, który po odejściu żony nie chciał wiedzieć, co mu mają do powiedzenia, pod łóżkami i za drzwiami, we wszystkich kątach i zakamarkach. Elisa miała rozczochrane włosy, Diego – obolałe ręce. Patrzył na nią. Opadła na fotel. Płakała, a on zrozumiał, że nie może zrobić nic, żeby ukoić jej ból. Pocałował ją w policzek i szukał dalej, sam. Wrócił do sypialni małżeńskiej, może coś przeoczyli. Jaime nie spał w domu od śmierci Clary, Manuel i Milagros zaoferowali mu gościnę i nie miał siły odmówić. Czuł się zagubiony, bardziej niż samotny, opuszczony; wszystko odeszło razem z nią.

Pokój wyglądał tak, jak zostawiła go Clara, skromny wystrój nie zaskoczył go. Oprócz obrazów córki i kilku zdjęć w ramkach przedstawiających matkę i siostry jedyną dekorację stanowił wazon ze szkła rzymskiego, który Jaime napełniał co sobotę świeżymi kwiatami, różnymi w zależności od pory roku. Clara najbardziej lubiła hortensje, te niebieskawe; paryskie różniły się nieco od jej ojczystych, ich kwiatostany były płaskie, nie kuliste, a płatki mniejsze. Kochała te bujne, gigantyczne krzewy, ponieważ przepadała za nimi jej matka, a ich widok przypominał jej, jak szczęśliwa była, spacerując pomiędzy kolosami otaczającymi ich dom. Ale teraz w wazonie tkwił sztywno bukiet niegdyś pachnących róż o zeschniętych łodygach, liściach i płatkach, te ostatnie zasypały stolik, na resztce poczerniałej wody unosił się zielony kożuch. Diego schylił się, by poszukać jeszcze raz pod łóżkiem, a potem w szafie; starannie powieszone ubrania pachniały jeszcze Clarą. Zamknął drzwi i rozejrzał się. Nie przychodziło mu do głowy żadne inne miejsce, gdzie można by ukryć duży pakunek. Wrócił do salonu. Elisa położyła się na sofie i zasnęła, obejmując portret matki, ten, który dokończyła, zanim wyjechali z Asturii. Fiołkowe oczy spoglądały w niebo. Elisa miała zaróżowioną twarz, jakby rozcierała ją sobie przez długą chwilę, przymknięte powieki, wilgotne policzki. Diego narzucił na nią koc i wyszedł bezszelestnie.

Poszedł do kuchni. Słoje z warzywami i z ryżem były na wpół pełne, naczynia stały w równych rzędach, ułożone według wielkości, tak jak lubiła, haftowane chusteczki z koronką w kolorze kremowym, złożone na czworo, wyścielały półki spiżarki. Niemal widział ją, szykującą posiłek, w milczeniu, ze wzrokiem utkwionym w rondel i z tym pogodnym wyrazem twarzy osoby, która wszystko przeżyła albo nie przeżyła niczego. A wówczas wpadł na pomysł, żeby rozumować tak jak ona. Gdzie mogła ukryć coś tak, żeby nikt tego nie znalazł? Odpowiedź wydała się oczywista: właśnie tutaj. Elisa zaglądała tu tylko po to, by dotrzymać jej towarzystwa podczas gotowania, a potem smakować jej potrawki, ale nie czuła żadnego pociągu do garnków i patelni; Jaime wpadał tylko na śniadanie, obiad i kolację, nigdy by nie grzebał koło pieca. Kuchnia była idealną kryjówką. Rozejrzał się: gdzie tu można schować wielki pakunek? Spróbował przesunąć największą szafkę, ale była zbyt ciężka, przymierzył się zatem do mniejszej, w której stały tylko kubki, filiżanki i słoiczki z przyprawami. Szmer mebla popychanego po wypastowanej podłodze wydał mu się prawie niedosłyszalny. Gdy przesunął go o kilka centymetrów, dostrzegł to, czego szukał: wnękę w ścianie, wielką jak szafka, a w niej cztery walizki, dwie z brązowej skóry, dwie ciemniejsze. Jego twarz rozbłysła i wybiegł powiedzieć Elisie, lecz ta spała jeszcze i nie miał serca jej budzić. Wrócił do kuchni. Wyciągnął jedną z walizek i rozpiął paski. Powinien był wpaść na to wcześniej, tylko tego mogła tu szukać: kajetów, dziesiątek notesów, w których Clara rysowała swoje życie. Zamknął drzwi i zaczął je oglądać. Cała ona była w tych rysunkach, jej życie, jej marzenia, jej radości, jej obawy, jej miłości; w tych walizkach odnalazł Clarę. I poznał ją dopiero teraz, po jej śmierci. Otworzył pozostałe walizki, wszystkie zawierały kajety z rysunkami. W sumie było ich pewnie ponad sto. Wybrał na chybił trafił jeden z tych, które sprawiały wrażenie najstarszych. Tym razem zobaczył nieznajome osoby, a rysunki miały zupełnie inny charakter. Nie potrafił ich zinterpretować, zabarykadował drzwi krzesłem i przeglądał szkice przez kilka minut, nie rozumiejąc niczego, przerzucając kartki. Wszystkie stare zeszyty zawierały czarno-białe ilustracje, tylko te nowe były podkolorowane. Rozpoznał w nich prawie wszystkie postaci, niektóre rysunki pochodziły najwyraźniej z ostatnich dni przed samobójstwem Clary.

– Diego! Gdzie jesteś?

Elisa wołała go z salonu, zaniepokojona. Niewiele myśląc, wrzucił do wnęki dwie walizki, te z najstarszymi zeszytami, i przysunął szafkę na miejsce. Wziął pozostałe dwie walizki, ruszył w stronę salonu, postawił je tryumfalnie na stole.

– Zobacz, co znalazłem.

– Są tu? Są jej rysunki? – zapytała Elisa z błyszczącymi oczami.

– Sama zobacz. Tego szukałaś, prawda?

Po raz drugi odpiął paski jednej z walizek i wyjął notes, który wydawał się najnowszy, z okładkami z białej masy perłowej. Patrzyła na niego z niedowierzaniem, a na jej twarzy rozkwitł uśmiech jak kwiat. Przytuliła się do Diega i obsypała go pocałunkami. Pozostała w jego objęciach przez długą chwilę, dopóki nie przestała płakać, dopóki nie ochłonęła z rozpaczy, której nie potrafiła opanować, rozpaczy, w jaką wtrąciła ją zdrada Clary. Dziękowała mu, że pomógł jej odnaleźć matkę, a potem przez długie godziny oglądali jej rysunki, śmiejąc się i płacząc, a ona czuła, że znów zbliża się do niej, do tego dobra, które Clara zostawiła jej w spadku.

ROZDZIAŁ 7

Zaczynamy malować. Najpierw duże powierzchnie. Odczucie poszczególnych kolorów zależy od tego, jakie kolory znajdują się obok. Każdy kolor może zostać zgaszony albo rozświetlony, przytłumiony albo podkreślony. Błękit między fioletami czerwienieje, między czerwieniami nabiera odcienia fioletowego; kolory ciepłe pomiędzy sobą miękną. Kolory pokrewne rozmywają się. Przeciwstawne się kłócą. Przygotowujemy właściwy kolor na palecie, mieszając pigmenty na gładkiej powierzchni drewna lub plastiku do uzyskania odpowiedniej konsystencji, zdrapując je, łącząc z olejem albo z terpentyną, tworząc pastę gęstą lub półprzezroczystą, w zależności od tego, czy chcemy, żeby schły szybko, czy nie, eksperymentując, aż osiągniemy żądany odcień.

Villaviciosa, wtorek, 16 maja 2000 (godz. 16.45)

Wreszcie dojeżdżali. Podróż dłużyła się jej. Znowu potrzebowała łazienki. Ale droga zachwyciła ją, Asturia była górzystą, zieloną pięknością z domieszką mgły i morza. A poza tym przydarzyło jej się coś takiego jak wtedy, kiedy złamała rękę i nagle zaczęła wszędzie widzieć ludzi z ręką w gipsie. W ośrodku, gdzie mieszkał Martín, w Oviedo, zauważyła co najmniej cztery zaokrąglone brzuchy, u opiekunek i u gości. Gdy wracali, po obu stronach drogi widziała mnóstwo domów takich jak rezydencja dziadka. Były bardzo różne, lecz łączył je majestatyczny wygląd tak nieoczekiwany w tej dzikiej i naturalnej krainie. Nie były niebieskie, nie miały ani trzech skrzydeł, ani dwuspadowego dachu, przypominały jej dom tylko eklektyzmem, wielkością i jaskrawymi barwami, a także ogromniastymi ogrodami wokół, ale zdawały się pozostawać w wyraźnym związku: wszystkie odstawały od sąsiednich domostw i od pejzażu. A może tak tylko wydawało się jej, obcej na tej ziemi, podczas gdy te domy stały na niej od tak dawna, że były już jej częścią i znakiem charakterystycznym. Ci goście mieli jaja, powiedziałby Álvaro; ona tylko musiała przyznać, że wykazali się odwagą, wyruszając za ocean w poszukiwaniu fortuny, „na podbój Ameryki", jak mawiał Diego. Kiedy zgromadzili dość pieniędzy i tęsknoty za swoim, wracali i budowali pałacyki otoczone zielenią. Łatwo je było rozpoznać: wielkie budowle, niektóre o niemal groteskowych połączeniach, ale zawsze bajeczne w swej różnorodności; jednakże najłatwiej było poszukać palm: jeśli rosły palmy, domostwo na pewno powstało na zamówienie Indianina, który powrócił do ojczyzny.

– Dziadku, dlaczego przy twoim domu nie ma palm? Prawie wszystkie, jakie tu widzę, w tym stylu co twój, takie wielkie i takie oryginalne, mają jakąś palmę w ogrodzie, a ty nie. Tylko te kolosalne drzewa i lilie.

– Magnolie.

– Tylko magnolie.

– Są jeszcze setki kamelii, rododendrony i hortensje, ale masz rację. Twoja prababka była niezwykłą kobietą. Miała bardzo wyrafinowany gust i nie podobały jej się palmy, mawiała, że są zbyt kiczowate, uważała za to, że magnolie to *crème de la crème* w ogrodnictwie. Kobiece pomysły. To znaczy pomysły kobiet sprzed stu lat. Chociaż mój ojciec nienawidził magnolii, mówił, że są bardzo mdłe, chciał posadzić drzewka pomarańczowe i cytrynowe, nie dało się. A przecież matka pochodziła z Sewilli.

– Z Sewilli?

– Tak, z Lora del Río, ale to była nietypowa sewilijka, niezwykła mieszanka meksykańskiej nowoczesności i andaluzyjskiej oryginalności, tak bym to ujął. Kiedy przeprowadziliśmy się do Paryża, to ona najbardziej się z tego cieszyła, a wyobrażasz sobie, co wspólnego mógł mieć Paryż z Sewillą pół wieku temu.

– Mieszkałeś w Paryżu? Czemu nigdy mi o tym nie opowiadałeś? Kiedy to było?

– Nie pytałaś. Nie wszyscy starzy ludzie rozpowiadają wszem i wobec, co to wyczyniali, kiedy byli młodzi, nawet ci, którym się usta nie zamykają tak jak mnie. Tym bardziej jeśli nie powiodło im się najlepiej. Nie mam dobrych wspomnień z Paryża, widziałaś, że nie zachowałem ani jednego zdjęcia, podobnie zresztą jak nie zachowałem żadnego zdjęcia z tego domu. Twoja matka zawsze robiła mi wyrzuty z tego powodu, nie wiedziała, jak wyglądała jej własna matka, to okropne, ale są takie rzeczy, o których chcemy zapomnieć, a jeśli chcemy, no to zapominamy.

– Mogłam sama się domyślić. Kiedyś, dawno temu, słyszałam, jak mówisz po francusku. A mógłbyś teraz opowiedzieć mi o tym? Myślałam, że ty i mama prawie cały czas mieszkaliście w Ameryce, zanim wróciliście do Hiszpanii...

– Bo prawie tak było. Mieszkałem we Francji tylko kilka lat, tuż przed wybuchem wojny domowej. Twoja matka urodziła się w Paryżu, ale zaraz wyjechaliśmy do Stanów. To były burzliwe lata, bardzo ciężkie, okropne dla nas, którzyśmy nie chcieli słuchać o wojnach ani o faszyzmach. Chociaż nie różniły się zbytnio od obecnych czasów.

– Co ty mówisz, dziadku! Porównujesz wojnę domową i wojny światowe z tym, co dzieje się teraz na świecie?

– Oczywiście. Nic się nie zmieniło, córko, nic. Nic się nie polepszyło. Przyznaję to z żalem, ale jestem przekonany, że tak jest.

– Nie mówisz serio. Ja tego nie przeżyłam, nie wiem, czy naprawdę było tak okropnie, jak podają podręczniki do historii, ale żyję teraz i nie ma tyle przemocy, tyle nienawiści. To, co się stało z Żydami i z innymi nieszczęśnikami, było przerażające, miliony ludzi zginęło podczas drugiej wojny światowej, miliony! Nie da się tego porównać z tym, co dzieje się teraz.

– No cóż, ja nie jestem podręcznikiem do historii, przeżyłem to wszystko, owszem, było straszne, ale nie masz racji. Teraźniejszość nie jest lepsza niż tamte czasy. Jest dużo gorsza.

– Dużo gorsza? Chyba żartujesz.

– Nie żartuję. Gdzie ty patrzysz, córko? Na jaką część świata patrzysz, kiedy mówisz, że jest lepiej? Od kiedy wróciłem ze Stanów i zacząłem wykładać architekturę na Complutense, poznałem wiele pokoleń różnych młodych ludzi i to dziwne, ale w miarę, jak płynęły lata, widziałem, że chociaż mamy coraz większą wiedzę i coraz większą kulturę, czyli powinniśmy zachowywać się coraz bardziej racjonalnie, tak naprawdę ludzie zapadają w letarg i tracą umiejętność analizowania i krytycznego myślenia. Wstajemy rano i od razu zakładamy sobie opaskę na oczy. Zdejmij ją, Violeto, zdejmij ją i naucz się patrzeć nie tylko wokół siebie. Jeśli to zrobisz, zobaczysz może takie samo zło jak wtedy, taki sam egoizm. Świat zmienił się na gorsze, bo teraz trudniej jest dostrzec wroga, to nie jest Hitler czy Franco, czy Salazar, czy Mussolini, nie ma konkretnej twarzy, a przecież jest potężniejszy i nieskończenie bardziej bogaty, zżera go zachłanność, nie szuka poddanych, szuka niewolników. Niczego się nie nauczyliśmy, Violeto, niczego. A najgorsze jest to, że nawet nie zdajemy sobie sprawy z tego, co nam robią. Nie wiem dokładnie, od kiedy, ale na pewno od dawna, cofamy się.

Diego zamilkł na moment i nabrał tchu. W jednej ręce ściskał pas, jakby przytrzymywał się poręczy autobusu, co dawało mu poczucie bezpieczeństwa, i spoglądał na wnuczkę niewidzącym wzrokiem. Violeta nie wiedziała, co powiedzieć. Patrzyła uważnie na drogę przed sobą i słuchała jego słów, pragnąc, żeby skończył, bo wyczuwała, że dziadkowi chodzi o coś innego, niż mogłoby się wydawać, i że jest coraz bardziej podekscytowany.

– Popatrz na miejsce, gdzie byliśmy przed chwilą. Porzucamy naszych rodziców i dziadków, oddajemy ich do domów opieki, mieszkają tam z dala od swoich rodzin, sami. Patrz dalej. Na pewno się mylę, ale wydaje mi się, że macie teraz na głowie tyle samo co wasze babki, chociaż wydaje wam się, że nie, bo pracujecie w domu i poza domem. A kobiety, które nie znoszą domu i które mogą sobie na to pozwolić, pracują jeszcze ciężej po to, żeby móc opłacić kogoś, kto zrobi za nie dokładnie to, czego zazdrościł im każdy mądry mężczyzna: będzie z dziećmi. Wiesz co? Ja byłem uprzywilejowany jako mężczyzna, bo opiekowałem się wami, moimi ptaszątkami, i to w czasach, kiedy większość mężczyzn patrzyła na dzieciarnię tylko po to, żeby sprawdzić, czy to na pewno ich. Ja was karmiłem, myłem, ubierałem, stroiłem, prowadziłem do szkoły i pomagałem odrabiać lekcje, zachęcałem, żebyście zostały tym, kim chciałyście zostać, a przede wszystkim poznałem was. Życie zmusiło mnie do bycia z wami, do zrozumienia, jakie jesteście, do pokochania was nad wszystko inne, i to była najlepsza rzecz, jaka mi się przytrafiła, najlepsza. Nie wyrzekłbym się tego za nic w świecie. Absolutnie za nic, Violeto. To było najlepsze w moim życiu. Ale wielu mężczyzn nawet nie wie, co stracili, bo nie mieli takiej możliwości, a teraz wcale nie jest tak, że ją otrzymali, bynajmniej, teraz to wy musicie wyrzekać się tego przywileju. Ja jestem tylko biednym staruszkiem, który nic nie rozumie i który na pewno się myli, ale choćbym nie wiadomo jak się starał, nie sądzę, żeby świat zmienił się na lepsze od tamtych katastrof. To wszystko kłamstwo, bajka wymyślona przez tych, co mają władzę, złota klatka dla ich robotników i konsumentów.

Violeta milczała. Kilka minut temu dojechali do domu, wyłączyła silnik. Patrzyła na dziadka. Płakał. Łzy płynęły mu po policzkach i nawet nie starał się ich wytrzeć. Patrzył na nią, ale nie widział jej, Violeta nie potrafiła powiedzieć, do kogo mówił. Przytuliła się do niego i także się rozpłakała. Nie wiedziała dlaczego, ale płakała, płakała, bo widziała, że on płacze, bo nigdy nie oglądała go w takim stanie i bała się, że go straci. Płakała nad Alvarem i płakała nad sobą.

A poza tym tak naprawdę nie umiałaby odeprzeć żadnego z jego argumentów, choć nie rozumiała zbyt dobrze, o czym mówił. O sprawiedliwym świecie? O kobietach? O mężczyznach? O idealizmie? Nie wiedziała, czy przyznać mu rację czy nie. Wróciła myślą do rzeczy, która najbardziej zaprzątała teraz jej umysł:

do brzucha. Aż do tego momentu sądziła, że prawie wszystkie kobiety, które znała, mogły wybierać, jak chcą żyć. Dokonała szybkiego przeglądu tych z najbliższego otoczenia; same znajome Alvara. Zaczęła od dwóch rozwódek. Czy słusznie? Bo o co właściwie chodziło dziadkowi? O chęć opiekowania się dziećmi? O możliwość bycia matką i pracy w swojej profesji? Na czym, do diabła, polega godzenie życia zawodowego i rodzinnego? Jak to można zrobić? Kto to może zrobić? Liczyła dalej: Esther, dziennikarka, trzydzieści osiem lat, przychodziła do redakcji o piątej rano, dwie córki, pięć i sześć latek, sama odbierała je ze szkoły, rzadko bywała w dobrym nastroju, ale niech tam, to jedna. Eva, milionerka, nie, ona się nie liczy. Sandra, magister zarządzania, trzydzieści jeden lat, dwóch synów, trzy lata i pięć, następne dziecko w drodze, wyszła za Javiera, dyplomatę, nigdy nie pracowała, uwielbiała swoje życie, ale zadawała sobie pytanie, czy kiedyś się zmieni. Laura, asystentka dyrektora, wiek nieznany, dwuletnie dziecko, poprosiła o skrócone godziny pracy i przeniesiono ją do obsługi klienta, po czym sama skróciła sobie godziny pracy do zera. Estrella, kierowniczka HR, trzyletni synek, zawoziła go do przedszkola, a odbierała go Elba, młodziutka Latynoska, bardzo serdeczna i przywiązana do nich. Maribel, informatyczka, trzydzieści osiem lat, córeczka, dwa latka, o siódmej rano zostawiała ją u dziadków, odbierała o siódmej wieczorem. Wszystkie miały pracę, mniej czy bardziej pewną, i życie mniej czy bardziej zorganizowane, ale inne? Te, które wypadały gdzieś po drodze, kelnerki w restauracjach i kawiarniach, ekspedientki w masarni, te, których nie było stać, żeby komuś zapłacić za opiekę nad dziećmi, które nie mogły liczyć na pomoc męża czy rodziny. Jak one sobie radziły?

I jak ona sobie poradzi?

Ona. W tym właśnie sęk! Gdyby zmieniła zdanie i urodziła dziecko, jak będzie mogła się nim opiekować, jeśli zostawi Alvara? A jeśli z nim zostanie? A może w gruncie rzeczy jest szczęściarą, nie musi pracować w stałych godzinach, mogłaby pogodzić pracę ze sztywnym harmonogramem malucha. Po znajomych Alvara widziała, że to niełatwe, nie zwierzały się jej, lecz trudno byłoby nie dostrzec łamańców, jakie wyczyniały, by dopasować się do godzin przedszkola i szkoły: wszystkie gimnastykowały się, żeby zaprowadzić je i przyprowadzić o właściwej godzinie; stawały na głowie, żeby dzieci nie spędzały w szkole zbyt wielu godzin przed i po lekcjach; dokonywały cudów, żeby przychodzić na niezliczone przedstawienia teatrzyków, pokazy tańców, dni babci i dziadka, dni matki i ojca, święto kasztana i Halloween, najróżniejsze bale przebierańców, jasełka, tygodnie kultury, wieczorki opowiadania bajek. Ona przynajmniej mogłaby pracować w czasie, gdy jej dziecko byłoby w przedszkolu, od dziewiątej do czwartej. Ale kto jeszcze może sobie pozwolić na przychodzenie do pracy o dziesiątej i wychodzenie o w pół do czwartej? No kto? Dziadek ma rację, coś zgubili po drodze i byli związani jedni i drudzy, tak mężczyźni, jak kobiety. Ale przecież jest wybór, jeżeli kobieta wie, czego chce, tak, jest wybór. Zawsze mogła wybierać, to nie było ani łatwe, ani opłacalne w większości przypadków, ale czy miłość ma cenę? Każdy człowiek coś kocha. Każdy kocha na swoją modłę. Violeta westchnęła tak ciężko, że dziadek to zauważył.

– Przepraszam, Violeto. Bardzo przepraszam. Nie mam żadnego prawa, żeby tak do ciebie mówić. To niesprawiedliwe. Nie wiem, co we mnie wstąpiło. Wybacz mi, proszę.

Spojrzała na niego. Przywykła już do jego siwych włosów i pergaminowej skóry, do plam na rękach i na twarzy, do głębokich bruzd wokół oczu. Nie patrzyła teraz na to, chciała przeniknąć jego wnętrze. Jego odruch był przejawem troskliwości i czułości, jaką pamiętała od zawsze. W jego oczach wciąż widziała człowieka, którego kochała najbardziej na świecie. Objęła go bardzo mocno, ucałowała w czoło i w policzki. Wysiedli z samochodu. Diego ujął ramię wnuczki i poszli powoli w stronę drzwi. Przypomniała sobie, że chciała zapytać go, po co jechali do Martina, ale to nie był odpowiedni moment. Oboje przestali już płakać.

– Nie przejmuj się, dziadku, wszyscy się boimy. Wszystkich nas przeraża życie i przytłacza prawda. Ale teraz muszę ją poznać, obiecaj, że nie będziesz mnie oszukiwać.

– Nigdy cię nie oszukałem, nigdy. Zawarliśmy pakt. Dlaczego tak mówisz?

– Powiedz, jesteś chory i nie chcesz się przyznać? Muszę wiedzieć. Jeśli coś ci jest, proszę, powiedz mi to, bądź ze mną szczery. Odnoszę wrażenie, że coś się z tobą dzieje i nie chcesz mnie straszyć, ale cokolwiek by to było, ja muszę wiedzieć.

Diego przytulił się do niej jeszcze mocniej i ujął ją za rękę. Oddychał bardzo powoli, a jego oczy znów wypełniła woda.

– Nie martw się, ptaszątko, nie jestem chory. Przykro mi, że cię przestraszyłem. Jestem tylko zmęczony. I jeszcze... jeszcze czasami czuję się samotny. Nie piję do ciebie, nie o to chodzi, nie myśl, że chcę ci robić wyrzuty. Nadal daję sobie radę sam i chcę tak żyć, dopóki zdołam. A ty powinnaś iść swoją drogą, nie możesz spędzić całego życia u mojego boku. Ale są dni, kiedy samotność pokonuje mnie i łapię się na tym, że myślę: byłoby lepiej, gdybym zniknął. Potem przypominam sobie o tobie, że mam jeszcze ciebie, i odzyskuję ducha. Oczywiście to nie powód, żeby cię straszyć. Przepraszam.

– Nie przepraszaj. To prawda. Masz rację. Pewne rzeczy umykają mi, ale nie mylisz się co do sedna. A ja też powinnam była odwiedzać cię częściej. Byłam głupią egoistką. Ale... trochę się popsuło między mną a Alvarem i nie chciałam cię martwić.

– Co się stało? Dobrze się czujesz?

– Nic ważnego, rutyna, praca, to wszystko, co twoim zdaniem utraciliśmy. Poza tym nie jest łatwo być razem. Tak czy owak, nie powinnam była tak długo zwlekać z wizytą. Naprawdę przepraszam.

– Ależ z nas para głupców, powtarzamy w kółko „przepraszam". Ale to dobrze, lepiej powiedzieć „przepraszam" kilka razy, niż nie powiedzieć wcale.

Violeta uśmiechnęła się, ale zaraz poczuła w żołądku skurcz, który nasilił się i przedłużył, a potem zmienił się w węzeł marynarski. Tym kłamstwem znowu zerwała ich pakt, pakt zawarty tak dawno, że nie pamiętała nawet kiedy. Spróbowała wziąć się w garść. Być może nie odbiegła tak bardzo od prawdy, być może wszystko da się jakoś naprawić.

– Pójdę się położyć na chwilę. Jestem wykończony. Za dużo dziś było biegania jak dla mnie.

Violeta słuchała, jak dziadek wchodzi po schodach. Wspinał się bardzo powoli, jakby każdy stopień stanowił przeszkodę. Jakie to musi być ciężkie, kiedy każda chwila życia staje się wyzwaniem, a to, co niegdyś robiło się odruchowo, wymaga teraz takiego wysiłku. Spojrzała pod nogi i odkryła Zarę, która wyciągnęła się obok niej i pomrukiwała, z łapami do góry. Ależ śmieszna jest ta psina.

– Zara! Idziemy na spacer?

Przez brązowy serdelek z długim ogonkiem i wilgotną mordką przebiegł dreszcz, Zara podniosła się jednym susem. To pytanie zawsze sprawiało, że zaczynała podrygiwać na krótkich łapkach, bez względu na to, jaki spacer miała na myśli jej pani i czy były jeszcze w domu czy już nie. Violeta wrzuciła do plecaczka kanapkę z chorizo, dwa jogurty, jabłko, butelkę wody i zeszyt, po czym wyszła. Zara natychmiast stanęła na czele wyprawy.

* * *

Od kiedy przyjechali, codziennie po południu kropiło. Powietrze pachniało świeżością i solą. Violecie podobały się te popołudnia, szare, prawie zimne, kiedy ziemia była wilgotna, zanim jeszcze zaczął siąpić deszcz, drobny, ale uporczywy, który po pewnym czasie przenikał wszystko. Chciała pójść na plażę, przy takiej pogodzie być może będzie ją miała całą dla siebie. Pomyślała przez chwilę o Alvarze i zdała sobie sprawę, że początkowa nienawiść przerodziła się w cień smutku, który niekiedy ogarniał ją całkowicie, a innym razem rozwiewał się w promieniach słońca, z każdym dniem coraz jaśniejszego. Powoli godziła się z faktem, że więcej go nie zobaczy, ale chwilami zdejmowały ją wątpliwości; być może gdyby powiedziała mu, że jest w ciąży, zmieniłby się i zaakceptował myśl, że nie może stale narzucać swojej woli.

Zastanowiła się, dlaczego jeszcze do niej nie zadzwonił, lecz w tym momencie przypomniała sobie, że zostawiła komórkę w domu, podłączoną do sieci. Na początku trzymała ją w walizce. Na samą myśl o tym, że Álvaro może chcieć z nią porozmawiać, zaczynała się trząść. Drugiego dnia wyjęła ją i naładowała, ale zwykle porzucała ją na jakimś meblu. Potem wsuwała po prostu do kieszeni. Nie chciała przyznać sama przed sobą, że wyczekuje na jego telefon, ale gdyby tak nie było, czemu zwyczajnie nie zostawiała go w domu? Być może nie wie, co jej powiedzieć, być może zastanawia się, jak ją przeprosić, wręcz była pewna, że wrócił do domu z bukietem kwiatów, bransoletką albo kolczykami, a kiedy stwierdził, że jej nie ma i znalazł wreszcie kartkę, cisnął z wściekłością prezentem o ścianę. Sądziła tak, ponieważ wielokrotnie widywała te ataki szału, zwrócone przeciwko niej albo przeciwko jemu samu. Nieważne. Musiała pisać dalej; otwierając zeszyt, otwierała zasklepione rany; choć sporadyczne i nieregularne, sprawiały, że strach powracał i znów czuła szarpnięcie, od którego dostawała gęsiej skórki, a serce zaczynało łomotać.

Zatrzymała się przy skalnym ołtarzu. Bardzo jej się spodobał, kiedy zobaczyła go po raz pierwszy. Przyjrzała się figurce. Maryja miała niecały metr wysokości, była okryta purpurowym płaszczem, w ramionach tuliła synka o kasztanowych kędziorach. Jej oblicze było tak łagodne, że wyglądała nieludzko. Ludzie nigdy nie są tak dobrzy. Patrząc na nią, rozumiała, dlaczego religia ma tylu zwolenników. Wobec tego piękna łatwo uwierzyć, że łzy, które wylewa, naprawdę biorą się z jej miłości do ludzi. Jej kroki ku uświęconej wnęce przerywały ciszę; dotarła do kamiennej ławki i usiadła. Poczuła chęć, by dotknąć Maryi. Odnosiła wrażenie, że ten gest wystarczy, by uzdrowić ją ze wszystkich chorób duszy i ciała.

Otworzyła zeszyt i przeczytała dotychczasowe zapiski. Potem odłożyła go na bok i dotknęła rękami podbrzusza. Nie chciała jeszcze powiedzieć dziadkowi, że jest w ciąży, chwilami myślała, że niesłusznie, że mógłby pomóc jej postanowić, co zrobić z życiem, ale nie był już silnym i wesołym mężczyzną, jakiego pamiętała, i nie chciała przysparzać mu trosk, tym bardziej po rozmowie sprzed kwadransa. A jednak tęskniła za kimś, komu mogłaby się zwierzyć, opowiedzieć o tym, co ją gryzie. Gdyby przynajmniej żyła jej mama... ona by zrozumiała. Choć pamiętała ją tylko przez pryzmat spojrzenia małej dziewczynki, w jej wspomnieniach zawsze się śmiała, dużo z nią rozmawiała, bawiła się z nią i przywoziła śliczne prezenty, które Violeta zachowała do tej pory. Leżały w mieszkaniu, gdzie został Álvaro. Przeszyło ją dziwne uczucie, dreszcz intensywnego egoizmu, chęć, by odzyskać wszystko – swój dom, swoje rzeczy, swoją dumę – i zapragnęła, żeby ją porzucił. Zarazem poczuła ulgę, ponieważ po raz pierwszy pomyślała o nim jako o kimś obcym, o kimś, bez kogo może się obejść, a to dodało jej sił, bo wcześniej, kiedy planowała wyrzucenie go ze swojego życia, było jej go żal. Sięgnęła po zeszyt, nadeszła pora, żeby znowu rozjątrzyć rany.

Dziennik odkochania: część III

Przyszliśmy późno, prawie wszyscy twoi znajomi już byli, kiedy weszliśmy do imponującego, pełnego ludzi domu Evy i Javiera. Tym razem zamówili catering: dwóch kelnerów, śniadych, szczupłych, w smokingu, z muszką, z wypomadowanymi włosami pasującymi do wymyślnych kompozycji kwiatowych, paradowało ze srebrnymi tacami. Ależ byłam zmęczona tymi ludźmi, ale zmęczona! Jak mnie nużyły ich rozmowy, zawsze o pieniądzach, o niezliczonych rozrywkach, przejażdżkach konnych, grze w golfa. Prawie wszyscy byli tacy sami, z wyjątkiem Any i Miguela, ta para była fajna, wyglądali na zakochanych w sobie po uszy i nie pasowali tu, podobnie jak ja, chociaż też uwielbiali golfa. Wziąłeś swój pierwszy rum z colą i wmieszałeś się w tłum. Patrzyłam za tobą, tej nocy byłeś cholernie przystojny, zmieniłeś fryzurę, miałeś na sobie czarną koszulę Emilia Aretroha podkreślającą plecy i ramiona. Poczułam dumę i radość z tego, że jestem twoją partnerką. Ale trwało to krótko, szybko zdałam sobie sprawę, że już od długiej chwili wpatrujesz się w Evę. Była we wzorzystej tunice z wąską talią, z rękawami do łokcia, trójkątny dekolt odsłaniał ponad połowę jej pięknych piersi. Wodziłeś za nią wzrokiem od momentu, gdy weszła do salonu, gawędząc z inną twoją znajomą. Jej sukienka była znacznie krótsza od tej, którą kazałeś mi zdjąć, a obcasy przyprawiały o zawrót głowy.

– Nie, skarbie, ty jesteś zbyt elegancka, żeby się tak ubierać. Naprawdę nie wolałabyś włożyć czegoś prostszego? – powiedziałeś. Nie czekałeś na moją odpowiedź, wszedłeś do garderoby i usłyszałam, że przesuwasz wieszaki. Wyjąłeś czarne spodnie o szerokich nogawkach i białą bluzkę. – Lepiej włóż to.

– Spóźnimy się, jeśli zacznę się teraz przebierać, Álvaro. A poza tym wolę tę sukienkę.

– Wkładaj to, co mówię, kurwa, bo wyglądasz jak dziwka w tej przykrótkiej kiecce. A jak się spóźnimy, to niech czekają!

Twoje słowa brzmiały mi w uszach, kiedy nie odrywałeś wzroku od Evy. Zauważyłeś, że cię obserwuję. Odstawiłeś pustą szklankę na tacę wymuskanego kelnera i podszedłeś do mnie. Objąłeś moją pupę i szepnąłeś do ucha:

– Widzisz? Dobrze zrobiłaś, że mnie posłuchałaś, jesteś najbardziej elegancka. Widziałaś Evę? Wygląda, jakby chciała, żeby ją przelecieć. Nie rozumiem, jak Javier może pozwalać, żeby się tak ubierała. I jeszcze te jej dwa wymiona. Ale ty… ty dzisiaj jesteś boska. Schrupię cię potem.

Pocałowałeś mnie w kark i zmyłeś się, pognałeś do tego kolegi z ambasady, nigdy nie pamiętam, jak się nazywa. Obaj wpatrywaliście się w Evę, rżąc ze śmiechu w tym waszym męskim gronku. Zaprosiła nas do jadalni. Srebrzyste bieżniki lśniły jak pary kieliszków, jeden na wodę, drugi na wino, i jak sztućce, nowiutkie, wyrafinowane. Jak zwykle wszystkie detale były dopracowane, kwadratowy tekowy stół, zajmujący połowę pokoju, dopieszczony, wszystkie miejsca oznaczone kwiatem w malutkim kryształowym kieliszku z imieniem każdego z nas. Na tacach oczekiwały pakuneczki polędwicy ze smażonym kozim serem i sałatka z winogron z kaczą wątróbką. Wszystko bardzo glamour. Usiedliśmy, wymuskani kelnerzy przystąpili do dzieła, roznosili półmiski i uśmiechy. Słychać było brzęk widelców o talerze, rozmowy toczyły się tylko między jednym kęsem a drugim. Podano deser. Ledwie go było widać pośrodku ogromnych talerzy zaprojektowanych przez kogoś o nazwisku nie do wymówienia. A wtedy Miguel wstał i podniósł kieliszek.

– Słuchajcie, chcielibyśmy coś uczcić z wami. – Wszyscy popatrzyliśmy na niego. Promieniał. – Ana jest w ciąży... w trzecim miesiącu!

Pochylił się nad swoją żoną i ucałowali się wśród aplauzów gości. Natychmiast wzniosłeś drugi toast za cudowną nowinę i byłeś pierwszym, który im pogratulował. Kiedy skończyliśmy jeść, bieżniki były poplamione jak podczas każdej typowej kolacji w domu, w którym nie oznajmiono tak dobrych wieści, a ja patrzyłam na ciebie i nie wierzyłam własnym oczom. Byłeś wniebowzięty, wręcz zdenerwowany, rozwodziłeś się nad tym, jak fantastycznie jest być ojcem i jaki wspaniały nowy etap rozpoczyna się w ich życiu, rozprawiałeś o tym z Aną, rozprawiałeś o tym z Evą i z Javierem, rozprawiałeś nawet z Andresem, z którym zazwyczaj nie poruszałeś tematów innych niż padel i kobiety. Wychylałeś jedną szklankę za drugą, kelnerzy zniknęli, ja wyglądałam przez okno, przestałam już patrzeć na zegarek, był piątek, nazajutrz miałam spotkanie z klientem, umówiłam się na rano, ale zacząłeś zbierać się do wyjścia dopiero wtedy, kiedy Eva i Javier oznajmili, że padają na nos.

– Chcesz, żebym prowadziła? W ogóle nie piłam – powiedziałam.

– Nie przejmuj się, ostatniego drinka piłem dawno temu, już nie ma po nim śladu.

Wiedziałam, że tak nie jest, twój oddech czuć było ginem, ale wiedziałam też, że nie da się ciebie przekonać, żebyś pozwolił mi poprowadzić. Twój samochód był jeszcze bardziej święty niż twoja żona. Zapięłam pasy, ruszyłeś powoli w stronę domu, jechałeś przez puste ulice, mokre od kropel, które ześliznęły się z wielkiej jesiennej chmury.

– Świetna nowina, nie? Ana i Miguel to chyba kapitalne małżeństwo. Nie dziwię się, że są tacy zadowoleni.

– Para dupków. Nie wiedzą, w co się pakują – odrzekłeś, nie odrywając wzroku od drogi. Popatrzyłam na ciebie. Uśmiechałeś się. I mówiłeś całkowicie serio.

– Co?

– Że para dupków. Mają przesrane, i to nieźle. Jak przychodzi dziecko, to koniec. Zmieniasz mu pieluchy i oszczędzasz na studia. Wpadli po uszy, sama przyznasz za kilka miesięcy.

– Nie wiedziałam, że nie lubisz dzieci.

– Owszem, lubię, ale na chwilkę. I najlepiej, jak są cudze. Dzieci to zawracanie dupy, Violeto, po prostu zawracanie dupy. No dobra, kiedyś wreszcie trzeba je mieć i będziemy je mieć, jeśli zechcesz, ale gdyby to ode mnie zależało...

– Nigdy się nad tym nie zastanawiałam. Nie wiem, czy chcę mieć dzieci czy nie, teraz to prawdę mówiąc, nie, ale widziałeś twarz Any? Promieniała, była szczęśliwa, a Miguel jeszcze bardziej. Nie wiem, może to nie jest takie straszne, jak myślisz.

Dojechaliśmy do domu, zgasiłeś silnik. Nie wychodząc z samochodu, położyłeś rękę na mojej piersi i pocałowałeś mnie.

– Chcesz zajść w ciążę? Tego chcesz? To jazda, dajemy od razu, zrobię wszystko, żebyś tylko była zadowolona!

Violeta zamknęła zeszyt. Nie wiedziała, co więcej napisać. Tamtej nocy nie sprawiła jej przykrości informacja, że Álvaro nie pała chęcią posiadania dzieci. Nie drążyli tego tematu, wiedziała, że wspaniałym ojcem raczej nie będzie, ale też nie zastanawiała się nad tym zbytnio. Dlaczego przypomniała to sobie teraz? Álvaro był cynikiem i hipokrytą. Gratulował przyjaciołom, jakby rodzicielstwo było najwspanialszą rzeczą na świecie, a potem, sam na sam z nią, potwierdził, że nie ma za grosz instynktu rodzicielskiego, jeśli coś takiego w ogóle istnieje. Ale to samo w sobie nie było ani dobre, ani złe, chodziło o pewną opcję, którą człowiek mógł obstawić albo nie, zależnie od okoliczności. Nie ruszała się z miejsca, myśląc intensywnie, próbując zrozumieć, dlaczego opisała to zdarzenie w zeszycie. Po chwili poczuła, że wie. Martwiło ją nie to, że on nie chce mieć dzieci, ale to, że chce narzucić tę opcję jej. Bo żeby podjąć taką decyzję, żeby ustalić, że mężczyzna i kobieta rezygnują z bycia rodzicami, z założenia rodziny, oboje powinni być tego pewni i postanowić to razem. W przypadku Alvara nie było mowy o wspólnej decyzji, o żalu, o miłości, okazał się egoistą, myślącym tylko o tym, czego chce on sam. A wówczas zdała sobie sprawę, czego się obawiała, dlaczego opisała to wspomnienie: gdyby się dowiedział, że jest w ciąży, zmusiłby ją do aborcji, była tego pewna. Nie chciał mieć dziecka teraz, nie będzie go chciał mieć nigdy. Być może już choćby z tego powodu powinna je urodzić.

Podniosła głowę i spojrzała przed siebie. Jej oczy napotkały oczy Maryi i poczuła, że Matka Boska także patrzy na nią, jakby wiedziała, że chce pozbyć się jednego z jej dzieci.

* * *

Gdy jej myśli uspokoiły się, zaczęła obserwować otaczający ją las. Wyobraziła sobie, że to miejsce jest naprawdę zaczarowane przez xany, których dziadek nie odważył się gonić, kiedy był małym chłopcem. W ich przejrzystych, modrych oczach nie mogło być zła, raczej psotność, z pewnością mogły tu mieszkać, między morzem, skałami i niebem. Poczuła się bezpiecznie, kiedy wreszcie zostawiła za sobą cień ostatniego drzewa i weszła na majestatyczną, pustą plażę, ogrom szarości i niebieskości, pełną srebrzystych ryb i krzyków mew. Długo wędrowała po piasku, odwlekając moment powrotu: porzucenie tego piękna przekraczało jej siły. Ale chmury zaczęły się ściemniać, podobnie jak góry, więc zawołała Zarę, uznając, że czas wracać do domu. Suczka była zajęta polowaniem na kawałki drewna, które fale wynosiły na brzeg i zabierały z powrotem, i początkowo nie zareagowała. Dopiero gdy pani zniknęła jej z oczu, poddała się i popędziła za nią. Odwracając głowę, Violeta widziała, jak biegnie zygzakiem, podnosząc za każdym krokiem tumany piasku, które opadały na nią, a wtedy podrygiwała ze strachu i przebierała łapkami jeszcze szybciej.

Słońce chowało się, jego promienie były z metalu. Violeta przyglądała się im, gdy znikały za górą. Znowu zachciało się jej sikać. Słyszała, że tak się dzieje w ciąży, ale nie zwracała na to szczególnej uwagi. To i pieczenie w żołądku znosiła najgorzej. Konieczność ciągłego uzupełniania płynów, żeby łożysko było stale nawodnione, oznaczała noszenie przy sobie butelki i popijanie wody co pół godziny. A ona nie była osobą zbyt metodyczną. Ale mogło być gorzej, mogło dziać się z nią to, co z jej koleżanką Paulą, której nie widziała z tysiąc lat. Częstotliwość uzupełniania wody przez Paulę osiągała jeden łyk na dwadzieścia minut. A lamentów – jeden na kwadrans. Skarżyła się na wszystko: na opuchnięte kostki, na ból piersi, na poranne mdłości, nawet na to, że zasypiała w kinie. Jej mąż był jednak nieziemsko cierpliwy, i im bardziej marudziła, tym bardziej się troszczył; „Pantoflarz", mówił o nim Álvaro. Uświadomiła sobie, że tęskni za Paulą.

Zara biegła teraz przed nią, ścigając pianę, wracała do niej na chwilę, po czym znów ruszała do przodu. Szczekała jak wariatka. Widok Zary budził w jej pani taką euforię, że chętnie poszłaby w jej ślady. Ale nie byłaby w stanie, suczka biegła zbyt szybko i robiła takie zwody, że nawet w czasach szkolnych, kiedy osiągała najlepsze wyniki w bieganiu, nie potrafiłaby jej prześcignąć. Owoc, brrrrrrr, owoc; sam jego zapach przyprawiał ją o ból żołądka, ale dzidziuś potrzebuje witamin. Ale dlaczego tak jej na tym zależy? Dziwne. Nie postrzegała go bynajmniej jako czegoś żywego, lecz bezkształtnego, a jedyna forma depersonalizacji jego istnienia, do jakiej była zdolna, polegała na tym, że nie nadała mu jeszcze imienia. Orzeszek, choć anonimowy i zanurzony w nieznanej, wodnej ciszy, był już jej orzeszkiem, miał oczka, nosek, paluszki i włoski.

No i jeszcze piersi, ciężkie jak dwie piłki do kosza. Bardzo ją bolały, zwłaszcza przy zmianie pogody; kiedy było jej chłodno, sutki nabrzmiewały i szczypało ją tak głęboko, że musiała nacierać je, żeby się rozgrzały. Ile czasu zajmie jej ciału powrót do poprzedniego stanu, kiedy pozbędzie się dzidziusia? Tyle samo co jeśli je urodzi? Nigdy wcześniej nie zastanawiała się nad tym, ale teraz, kiedy była umówiona na wizytę w klinice, wątpliwości tego typu osaczały ją. Pomyślała o Diegu, a co on na to powie? Jak by zareagował, gdyby opowiedziała mu prawdę? Nie mogła tego zrobić, wciąż jeszcze czuła wstyd i strach. Było tak, jakby wypowiadając pewne słowa na głos, mogła sprawić, że to, czego się obawia, znów nabierze kształtu.

Wróciły do domu. Zara wbiegła do salonu i zwinęła się w kłębek na swojej poduszce. Przez resztę wieczoru ignorowała ją, być może za karę, że zmusiła ją do porzucenia ukochanych kawałków drewna. Violeta rozejrzała się za dziadkiem i zorientowała się, że serce bije jej szybciej, gdy nie odpowiadał na jej wołania. Szukała go, coraz bardziej zdenerwowana. Przypomniało się jej, jak po śmierci mamy Alvara jego ojciec przyszedł do nich bez uprzedzenia. Była ciekawa, jaka jest jego rodzina, nigdy jej o nich nie mówił, wiedziała tylko, że mieszkał prawie zawsze z babcią, póki nie umarła. Gdy wszedł do domu, ojciec i syn nie objęli się, nie pocałowali, usłyszała tylko beznamiętne „cześć, synu, co tam u ciebie słychać" i odpowiedź „dobrze, dzięki, a co u ciebie". Álvaro wszedł potem na górę, żeby wziąć prysznic, i wrócił w piżamie. „Po co przyszedłeś?", zapytał, sięgając po zaimprowizowaną przystawkę. Ojciec powiedział mu wówczas, że zmarła jego matka i że pogrzeb odbędzie się następnego dnia. Álvaro nie skomentował tego, wstał, podszedł do lodówki, otworzył puszkę piwa, wypił duszkiem. Potem wrócił do niej i powiedział, że boli go głowa i że pójdzie się położyć. „Do widzenia, tato, cieszę się, że u ciebie w porządku". I zostawił ją z nim w kuchni. Ojciec Alvara był nieduży i smutny, kiedyś był może przystojnym mężczyzną, lecz nie został po tym ani ślad.

„Przykro mi", powiedziała mu. „Musiało go bardzo zaboleć i dlatego tak się zachował". „Tak, tak, na pewno", odrzekł. Wstał od stołu, ruszył w stronę wieszaka, ale w połowie drogi zawrócił i popatrzył jej w oczy. Mrugał szybko powiekami. „Nie, to nie to. To ja, to zawsze byłem ja. On nie ponosi winy za nic. Jego matka zostawiła nas, odeszła do innego mężczyzny, kiedy miał zaledwie dwa latka, nie poradziłem sobie z tym, załamałem się.

Nie wiedziałem, co zrobić z maluchem. Moja matka wychowała go tak jak mnie: żaden z nas nigdy nie poczuł, że jest kochany. Ale to była moja wina, tylko moja, nie potrafiłem temu zaradzić, nauczyć się go kochać, pozwoliłem, żeby wycierpiał to samo, co wycierpiałem ja. Bardzo tego żałuję, chociaż już za późno na żal". Rozpłakał się na jej ramieniu. Nie wiedziała, co powiedzieć, więc nic nie powiedziała. Czekała. Kiedy się uspokoił, uścisnął jej rękę, poszedł po kurtkę i nie ujrzała go więcej.

Teraz dziwiła się, że ta scena nie wywarła na nią żadnego wpływu. Nie dopytywała się, nie chciała wiedzieć. Do tego czasu uderzył ją już kilka razy. To były tylko krótkie napady furii, kończyły się gwałtowną kłótnią, rękoczynami i – najpóźniej następnego dnia – prezentem. Ale Violeta nie chciała dociekać. Tamtej nocy, kiedy położyła się obok niego, przykryła kołdrą i usłyszała spokojny oddech, pomyślała tylko, przed zaśnięciem, o tym, że dla niej najwspanialszą rzeczą na świecie byłoby mieć przy sobie tatę i mamę, a dla niego nie miało to najmniejszego znaczenia. I dopiero teraz, gdy niespodziewanie znalazła w sobie siłę, by uciec, zaczęła łączyć jego niezdolność do kochania jej na inny sposób ze zwierzeniem tamtego przygaszonego, przegranego człowieczka i z obojętnym spojrzeniem, jakim pożegnał go wówczas Álvaro, całkowicie lekceważąc zmarłą matkę. Uświadomiła sobie też, że nie chciała wtedy dostrzec, jak różnią się ich sposoby kochania.

Ruszyła na górę, żeby zajrzeć do pokoju Diega. Drewno zaskrzypiało pod jej stopami.

– Dziadku, odezwij się, gdzie jesteś?

Przy trzecim pytaniu i szóstym stopniu usłyszała uspokajającą odpowiedź:

– Już schodzę, spało mi się dłużej, niż planowałem.

Krew zaczęła w niej płynąć w tempie normalnym dla ciężarnej, która wraca z długiego spaceru i potrzebuje glukozy i spokoju. Usłyszała powolne kroki na schodach. Worki pod jego oczami jeszcze bardziej napuchły i kołysały się jak różowa rtęć tocząca się po podłodze. Odniosła też wrażenie, że ręce chwytające za poręcz drżą.

– Ptaszątko, masz jakieś plany na jutro? To znaczy, czy chciałabyś coś zrobić sama, bez starszego pana, który przystaje co dziesięć kroków?

– Nie zastanawiałam się. Nie myślałam o zwiedzaniu, chociaż w sumie czemu nie. Nie znam Asturii. Dlaczego pytasz?

– Muszę spotkać się z pewną osobą, ale chciałbym pojechać sam. Nie chcę cię zanudzać, a to wyjątkowy człowiek, na pewno będziemy gadać bardzo długo.

– To nie szkodzi. Mogę iść z tobą, dziadku, nawet jeśli będę musiała czekać, nie mam nic innego do roboty. Po to tu przyjechałam.

– Dzięki, ale wolę pojechać sam. To tu niedaleko, w Villaviciosa. Nie martw się o mnie, mam zamiar zadzwonić po taksówkę, w jedną i w drugą stronę. Potem możemy pójść na obiad, tam, dokąd będziesz miała ochotę.

– Jak wolisz, nie będę nalegać. Jak wstanę, a ostatnio wstaję koło południa, wybiorę się na zakupy. Możemy umówić się w miasteczku.

Zostawiła Diega w salonie i przeszła do kuchni. Zajrzała do lodówki, wzięła kilka serków topionych i banana. Ten owoc budził w niej najmniejszy wstręt. Zaczęła otwierać sreberko, a wychodząc z kuchni, rzuciła okiem na telefon. Álvaro dzwonił do niej trzy razy. Podniosła pokrywę, wyjęła kartę sim, odłożyła martwy sprzęt na stół. Głośny dzwonek sprawił, że podskoczyła. Dziadek rozpoznał go od razu: dobiegał od głównego wejścia. Odsunął firankę, żeby wyjrzeć przez okno. Za ogrodzeniem stał nieznajomy mężczyzna. Diego wyszedł do niego, a po chwili wrócił z dwójką osób.

– Violeto, masz gości.

Zara rozpoznała ich pierwsza. Zerwała się jak na sprężynie i popędziła w stronę drzwi. Giselle przyklękła przy niej i zaczęła ją pieścić. Wyglądały jak dwie przyjaciółki, które znają się od niepamiętnych czasów.

– Dziadku, to Olivier i jego córka Giselle, poznaliśmy się wczoraj na plaży. – Violeta odwróciła się do nowo przybyłych. – A to mój dziadek Diego.

Mrugnęła porozumiewawczo do dziewczynki, która odpowiedziała tym samym. Uświadomiła sobie, że nie opowiedziała Diegowi o spotkaniu na plaży. Zbyt wiele spraw zaprzątało im głowę. Ale on nie zapytał o nic.

– Widzę, że Zara doskonale zna Giselle. Bardzo mi miło, Olivierze, proszę czuć się jak u siebie w domu.

Mężczyzna patrzył na Violetę, mnąc w dłoniach rękawy kurtki przewieszonej przez ramię. Jego skóra zmieniła nagle odcień o kilka tonów, z intensywnie czerwonej stała się różowa, a później blada. W niebieskim świetle okien salonu ta biel przybrała odcień trupio siny. Nie spojrzał na Diega, nie odpowiedział mu, lecz przestał miąć kurtkę i uścisnął energicznie kruchą dłoń staruszka.

– Dobrze się czujesz? – zapytała Violeta. – Chcesz coś do picia? Wyglądasz na zmęczonego. W kuchni znajdzie się coś więcej niż wczoraj.

– Nie, nie fatyguj się, dziękuję, czuję się dobrze, to tylko zmęczenie, opieka nad tym huraganem wykańcza mnie.

– Jakże to? Ta śliczna dziewczynka to huragan? Nie wygląda. – Diego podszedł do Giselle i zagadnął ją, pochylając głowę tak, że znalazła się na wysokości jej główki. – A ta piękna lalka jest twoja? Pokażesz mi? Ja umiem robić takie lalki.

Dziewczynka przestała głaskać psa i przeniosła uwagę na Diega. Przytuliła lalkę do siebie.

– Dziadkowie nie robią lalek.

– To zależy od dziadków i od lalek.

– To nie rozumiem.

Violeta i dziadek roześmiali się; Giselle nie. Była bardzo poważna. A jej ojcu drgnęły tylko koniuszki warg, lecz zaraz zacisnął je, tłumiąc tę próbę uśmiechu. Przysunął się do córeczki, jakimś cudem udało mu się powstrzymać drżenie rąk.

– Niektórzy dziadkowie owszem, potrafią robić niektóre typy lalek. Właśnie tyle to znaczy, Giselle – wyjaśnił. Wciąż był bardzo blady, a głos mu tańczył, wibrował w sposób dostrzegalny tylko dla niego, co zmieniało intonację słów.

– Mój dziadek nie umie robić żadnych lalek. On nie umie nic robić, tylko czyta i pali, tak mówi babcia.

– Chcesz pójść ze mną, Giselle? – zapytał stary człowiek. – Chciałbym pokazać ci gniazdo szpaków, zaraz będą się wykluwać, wiesz? Na razie są tylko jajeczka, matka pozwoli nam je zobaczyć. Trochę to dziwne, bo zwykle nie zakładają gniazd o tej porze w tym rejonie, ale są.

– Mogę? – zapytała dziewczynka z oczami błyszczącymi z podniecenia.

Diego spojrzał na Oliviera, który po chwili kiwnął głową. Giselle przekazała lalkę Violecie, prosząc wzrokiem o opiekę nad nią, ujęła dłoń, którą wyciągał Diego, i podążyła za nim do ogrodu.

– Urocza jest twoja córka. Zjednuje sobie każdego.

– Tak, ta podróż bardzo dobrze jej robi. A suczka ją oczarowała. Od momentu, kiedy stąd wyszliśmy wczoraj, wierciła mi dziurę w brzuchu, żeby wrócić. Chciała wręczyć ci prezent za to, że pozwoliłaś jej bawić się z Zarą. Nie myśl, że chciała ci podziękować, że jej pomogłaś, nic z tych rzeczy, chodziło tylko o to, że ją „poznałaś" z Zarą. Ustąpiłem. Wybacz prezentację, Giselle uparła się, żebyśmy opakowali prezent w to, co było w domu. Nawet nie chcę ci mówić, czym zamierzała go zawiązać. – Olivier wyjął z torby nieduże pudełko owinięte w gazetę i podał Violecie.

Odbierając je, dotknęła jego ręki i poczuła, że jest zbyt zimna, a zarazem niezwykle delikatna w porównaniu z muskularnym przedramieniem. Miała tę obsesję od czasów szkoły podstawowej, pierwszą rzeczą, na którą zwracała uwagę u mężczyzny, były ręce, czy są duże czy małe, i tyłek, czy jest zapadnięty czy wystający. Uśmiechnęła się w duchu: nie umiała jeszcze powiedzieć, do której z tych dwóch kategorii należał Olivier!

– Proszę cię, Violeto, otwórz, zanim wróci, a potem zawiń z powrotem; będzie chciała wręczyć ci go sama. Tylko o tym mówiła po drodze, ale potem zaprzątnął ją pies i ptaki obiecane przez twojego dziadka. Chciałbym, żebyś zobaczyła, co to jest, bo muszę cię uprzedzić, że nie przyjmie odmowy.

– Dzięki, ale ja nie zrobiłam nic wielkiego, rozmowa z twoją córką sprawiła mi ogromną przyjemność. Naprawdę.

– Otwórz, proszę.

Violeta zaczęła odpakowywać prezent z największą ostrożnością. Z ogrodu dobiegały krzyki dziewczynki i głos dziadka, który strofował ją, żeby nie robiła hałasu. Od razu zobaczyła przepiękne róże wytłoczone na czymś, co wyglądało jak szklany wazonik, lecz musiała rozwinąć cały papier, żeby odkryć, co się w nim kryło: staromodny flakon na perfumy, z rozpylaczem i podstawką ze starego srebra, na której wygrawerowane były te same róże co na szkle i na dozowniku ozdobionym pomponem z szarego jedwabiu. Srebro błyszczało.

– Przykro mi, nie mogę tego przyjąć. Jest zbyt piękny i zbyt wartościowy. Ja nie zrobiłam nic takiego.

– Giselle wozi go zawsze ze sobą. To ona go wybrała dla ciebie. Nie mogłem powiedzieć jej, że nie, i ty też nie możesz. Kiedyś zawsze była właśnie taka: radosna, ufna, szelmowska, wręcz zbyt śmiała. Od momentu, gdy się poznaliśmy, znów taka jest. Czuję się, jakbym odzyskał swoje dziecko. Nie możesz odmówić, nie pozwoli ci. Jest uparta jak osioł.

– No to powiem, że przyjmuję, a ty go zabierzesz tak, żeby nie zauważyła.

– Nie robię takich rzeczy. Przepraszam.

Olivier znowu stał się bardzo poważny. Ale mężczyźni jego pokroju wstydzili cię publicznego okazywania powagi. Spróbował się uśmiechnąć, jego usta wykrzywił nieco impertynencki grymas. Violeta nie potrafiła zinterpretować jego spojrzenia.

– Widzę, że nie mam wyjścia i muszę przyjąć prezent. Bardzo dziękuję, jest śliczny. Będę musiała kupić dobre perfumy, żeby współgrały z flakonem.

– Chcę, żebyś wiedziała, że wiele dla niej znaczy. Podarowała go jej prababcia, do tej pory nie rozumiem, jak to się stało, że chce go komuś oddać. Ale tak postanowiła, a ja uszanuję jej decyzję. Wszystko jest warte jej uśmiechu. Od dawna nie była taka szczęśliwa.

– Ja naprawdę mogę jej powiedzieć, że go nie chcę.

– Nie nalegaj, proszę.

Violeta postawiła rozpylacz na stole. Słodki aromat kwitnących magnolii i jaśminów zmieszał się z zapachem oleju lnianego; ktoś rozlał go na podłodze, błyszczał jeszcze na kilku płytkach. Połączenie było dziwne, nie ciężkie, nie męczące, nie przyjemne. Jak zapach kanapki z kalmarami w cukierni.

– Giselle powiedziała mi, że jej mama umarła. To musi być bardzo trudne. Dla was obojga.

– Tak ci powiedziała?

– Powiedziała mi, że odeszła. I było widać, że bardzo ją to boli.

– Jej matka nie umarła. Zostawiła nas. Giselle wie o tym, nie ukrywałem tego.

– Wybacz, proszę. Nie powinnam była poruszać tego tematu.

– Nie mam nic do wybaczania, skąd miałaś wiedzieć? A poza tym to ja zacząłem, mówiąc, że źle się czuje. Wniosek był logiczny. Pokazuje, że jesteś wrażliwą osobą.

– W takim razie to przecież naturalne, że jest smutna. Wiem, o czym mówię. Moja mama zmarła, kiedy byłam mniej więcej w jej wieku. Dla niej pewnie byłoby nawet łatwiej, gdyby faktycznie umarła.

– Nie tylko dla niej. – Olivier spojrzał jej w oczy.

Violeta nie wiedziała, czy zaraz się rozpłacze, czy wyjdzie. Ale nie zrobił żadnej z tych rzeczy.

– Nie potrafię sobie wyobrazić żadnego powodu, żeby porzucać córkę.

Twarz Oliviera skurczyła się. To samo powiedział jej. Jak mogła zrobić coś podobnego swojej córce? Czy nie ma serca? Co za dureń – nie powiedziała tego, ale widział w jej wzroku, że uważa go za głupca. Chociaż to nie była kwestia serca, ona nigdy nie chciała mieć dzieci, a on wiedział o tym, a jeśli nie dopuszczał do siebie tego faktu, znaczyło to, że woli żyć w ślepocie. Poprawna i uprzejma w mowie, a zarazem uszczypliwa i obraźliwa w tym, czego nie wypowiadała, a co okazywała, piękny trujący kwiat, przyciągający zapachem czy barwą, który parzy, gdy go dotkniesz. Ślepy…

A przecież wszystko, na co patrzył, widział jej oczami, tak było przez całe życie, dopóki ich nie porzuciła, był tyglem pragnień swojej żony. Stapiał je i nadawał im formę, jakiej sobie życzyła.

– Ja też nie. I nie wiesz nawet, jak często zadaję sobie ostatnio to pytanie. Prześladuje mnie. Nie potrafię zrozumieć. To potworne. Zło skrupia się zawsze na najsłabszych, a dziecko takie właśnie jest, najsłabsze ze wszystkich. Nie ma większej podłości niż porzucenie dziecka, a jeśli to twoje dziecko, to już nie tylko podłość, ale aberracja. Największa nikczemność, do jakiej jest zdolna istota ludzka. Nie potrafię przestać jej nienawidzić za to.

Olivier opuścił wzrok. Teraz już naprawdę płakał. Violeta podeszła do niego i pogłaskała go po twarzy. Ujął ją za rękę, przytrzymał, po czym spróbował otrzeć palcami łzy, podniósł głowę i spojrzał na nią.

– Dzięki, Violeto.

– Bardzo mi przykro, że musicie przez to przechodzić. I że zmusiłam cię, żebyś mi o tym opowiedział.

– Nie zmusiłaś mnie, jestem dużym chłopczykiem. Chciałem ci to opowiedzieć, gdybym nie chciał, nie zrobiłbym tego. Chyba chciałem tego od wczoraj, od momentu, kiedy wszedłem do tego domu. Czasem łatwiej jest rozmawiać z kimś całkowicie nieznajomym, ale nie każdy ma ochotę słuchać. Naprawdę ci dziękuję, Violeto.

Zara wpadła do domu, a zaraz za nią wbiegła Giselle. Była rozczochrana i spocona, ale uśmiech od ucha do ucha pokazywał, że nie przejmuje się tym nic a nic.

– Tatusiu! Tatusiu! Diego pokazał mi gniazdo pełne takich malutkich jajeczek i jedno pękło, jak patrzyliśmy, i zobaczyliśmy, jak wychodzi z niego ptaszek! Był bardzo brzydki. Cały mokry i brudny, i miał wielkie i czarne oczy. Zaczął kwilić i kwilić, i musieliśmy sobie pójść, bo jego matka nie podleciałaby, gdybyśmy stali tak blisko, i mógłby umrzeć z głodu. Tak mi powiedział Diego. On jest ornitorogiem.

– Ornitorogiem? Córeczko, jak Diego może być ornitorogiem?

Ornitorog pojawił się po chwili, spokojniejszy, ale też dużo bardziej zmęczony niż dziewczynka. Na jego widok Olivier znowu zesztywniał. Nie potrafił się przemóc. Nie chciał się przemóc.

– Nic z tego, nie jestem w stanie za nią nadążyć. Nie daję rady. Miał pan rację, Olivierze, to małe tornado. Ale jak przyjemnie patrzeć na jej buzię, kiedy samica przylatuje do gniazda z robakiem, który jeszcze się rusza w jej dziobie, i dzieli go między pisklęta. Dziecko zawsze się cieszy na taki widok, wszystko jedno, czy to dzieje się dziś czy działo dwadzieścia lat temu.

– Tatusiu, Diego to taki ktoś, kto dużo wie o ptakach, bo je lubi. To on mi to powiedział, bo ja nie znałam takiego słowa.

Violeta wybuchnęła głośnym śmiechem, a Olivier chwycił się za głowę. Jaką czułość zdradzał ten gest u tak poważnego człowieka. Nadawał mu chłopięcy wygląd, niepasujący do powściągliwego sposobu bycia. Porównała go w myśli do Alvara. On nigdy nie zareagowałby w ten sposób na przejęzyczenie dziecka; zmierzyłby je pogardliwym wzrokiem i kompletnie zignorował.

– Co was tak bawi, jeśli można wiedzieć? – zapytała dziewczynka.

Stary człowiek ruszył w stronę kuchni, nie czekając na odpowiedź, i wrócił z tacą, na której stało kilka szklanek i dzbanek lemoniady. Gdy zaczął ją rozlewać, Zara zerwała się i wybiegła znów do ogrodu, a Giselle popędziła za nią. Obie rozsadzała energia i obie poruszały się podobnym truchcikiem.

– Otóż zostałeś ornitorogiem, dziadku. Popatrz, Olivier przyniósł mi prezent za to, że znalazłam wczoraj jego córkę na plaży.

– Tak? Kiedy? Nic mi nie mówiłaś...

Diego wypił łyk napoju. Musujący smak cytryny i cukru dodawał sił.

– Wczoraj przed południem, kiedy się obudziłam, a ciebie nie było. Potem na śmierć zapomniałam. Znalazłam Giselle na brzegu morza, a ściślej rzecz biorąc, znalazła ją Zara, i bawiły się razem. Potem odprowadzili mnie do domu.

Diego ujął flakon, podszedł do okna, oglądał go przez kilka minut, po czym odstawił na stół. Olivier nie spuszczał z niego oka.

– To piękny rozpylacz. – Diego usiadł przy stole. – To antyk, ma chyba ze sto lat, prawda? Kiedyś były bardzo popularne. Jest pan bardzo hojny. A pańska córeczka to słoneczko.

– To ona chciała podarować go Violecie, myślę, że to ładny prezent. Flakon należy do niej. To jej decyzja. A moja córka wiele dla mnie znaczy. Wiem, że ten gest wypływa z jej serca i że nie będzie żałować.

– Dobrze pan robi. To bardzo zmyślna dziewczynka. Ale w takim razie będą państwo musieli zostać na kolacji. Dla mnie wiele znaczy moja wnuczka, a tak zadowolonej dawno jej nie widziałem. A poza tym chętnie posłuchałbym opowieści z pańskiej ojczyzny, mieszkałem kiedyś we Francji, wiele lat temu, wie pan? W nie najlepszym okresie jej historii, powiedzmy jasno, ale na początku żyło się bardzo dobrze... Świetnie pan mówi po hiszpańsku, dziewczynka także, macie tu rodzinę?

Olivier oparł się o ścianę. Przed wejściem do tego przeklętego domu, stojąc przy furtce i sięgając do dzwonka, myślał, że na widok Diega nie będzie mógł się powstrzymać, wykrzyczy mu prawdę w twarz, zabierze Giselle i wyjdzie w poczuciu, że zrobił to, co do niego należało, i że wszystkie problemy zostały rozwiązane. Jednakże coś pokrzyżowało jego plany, a właściwie dwa cosie: jedno wysokości około metra siedemdziesięciu, o jasnych włosach i szarych oczach, drugie niesięgające nawet pół metra, o czarnych ślepiach i głosie zdecydowanie zbyt donośnym jak na tak mało psa. I kiedy wreszcie stanął przed człowiekiem, dla którego tu przyjechał, nie był zdolny wyrzucić z siebie wszystkich zapiekłych uraz. Człowiek ten był sympatycznym, uprzejmym starszym panem, a Giselle uwielbiała jego wnuczkę, choć widziała ją tylko raz w życiu. Niektórzy ludzie posiadają pewien wewnętrzny urok, który przyciąga innych. Chciał nienawidzić Diega, myślał, że naprawdę czuje tę nienawiść, lecz teraz zdawał sobie sprawę, że to uczucie nie dotyczyło tego człowieka, lecz jego obrazu, idei, jaką sobie o nim wyrobił przez te wszystkie lata. Tego obrazu, którego jego babka nigdy nie przestała kochać, przez który nigdy nie oddała się całym sercem i duszą innemu mężczyźnie. Skoro zaś ona, osoba, którą Diego zostawił samą z małą córeczką, nie czuła do niego nienawiści, jakie prawo miał on sam, by wtargnąć do świata starego człowieka i zburzyć go, domagać się wyjaśnień, chwytać za wspomnienia, wyciskać je? Jego matka powiedziała mu wyraźnie: „Olivierze, ja nie czuję do niego nienawiści, a to był mój ojciec, może byś tak mu przebaczył? Nie zwróci ci tego, co skradła ci inna osoba, tylko ty sam możesz się z tym uporać. Nie rozumiesz tego?". Tak, teraz rozumiał. Ale głęboko w jego wnętrzu coś, nad czym nie sprawował kontroli, wciąż popychało go do szukania winnego.

– Nie możemy zostać, przykro mi – odezwał się wreszcie. – Kiedy Giselle wręczy Violecie prezent, pójdziemy sobie. Trudno będzie ją stąd wyciągnąć, ale mam sprawy do załatwienia. W każdym razie bardzo panu dziękuję. Jestem pewien, że spotkamy się jeszcze.

ROZDZIAŁ 8

I

VILLAVICIOSA, ŚRODA, 17 MAJA 2000 (GODZ. 1.15)

Cienie odbijają się na ścianie. Nieogarnione niby długie jęzory mroku, długie jęzory. Liżą rafy światła i pochłaniają je, obserwują mnie z niewzruszonym spokojem. Uciekłbym stąd w te pędy, gdybym mógł. Gdybym mógł, pobiegłbym na koniec świata, żeby tam cię znaleźć, Eliso. Boli mnie dusza, nogi, wspomnienia, stawy, cienie, ręce, słowa. A kiedy zamykam oczy, jest jeszcze gorzej, widzę cię martwą. Powinienem był zabrać twój obraz, moją kotwicę do twych rąk, mój sznur skazańca do ostatniego pala życia, mój jedyny magnes do twego metalicznego wspomnienia. Twego wspomnienia. Namalowałaś tylko jeden swój portret: ty z gitarą, wymyślona namiętność; tylko twe oczy w oczach kobiety grającej na gitarze. Eliso... czemu nie malowałaś się częściej? Może gdybym mógł ujrzeć cię ponownie, mój ból byłby mniej gorzki. Na pewno sprawiłabyś, bym w twoich oczach odnalazł spokój. Ale nie dałaś się przekonać. I mam cię tu tylko w zakamarkach marzeń. Odnajduję cię tam bez przerwy, natykam się na twoje spojrzenie, które przywołuje wspomnienia, które sprawia, że przeżywam cię jeszcze raz. A potem umykasz, a moje łzy buntują się przeciw rozumowi, spadają na posadzkę i rozbijają się o nią, jak zrobiłbym ja sam, rzucając się ze skały, gdybym miał w sobie choć krztę odwagi. Zapalam światło, ale cienie nie znikają, nie rozpierzchłyby się, nawet gdyby padło na nie tysiąc promieni słońca, a poza tym wiele godzin dzieli mnie jeszcze od świtu, jeśli w ogóle nastanie dla mnie jakiś świt. Po raz kolejny wyruszam na strych. Krok po kroku, powłócząc nogami, w żółwim tempie, dochodzę. Przekręcam klucz. Czekam. Czekam.

Nie wiem, czy zdołam wejść, czy stanie się to samo co wczoraj, zostanę pod drzwiami, niezdolny, by się przemóc. Czekam. Opuszczam wzrok. Spreżam się. Patrzę na ziemię. Gdybym mógł, już bym się tam pogrzebał, ale Violeta nie jest jeszcze gotowa. Ja też nie. Nie wiem, czy w ogóle kiedyś będę gotów. Teraz zdarza mi się myśleć, że się pomyliłem, że nie miałem żadnego prawa zrobić tego, co zrobiłem. Właśnie teraz, kiedy powinienem wrócić do prawniczki, zebrać się na odwagę, opowiedzieć jej, właśnie teraz mam najwięcej wątpliwości. Nigdy wcześniej nie miałem ich aż tyle. Muszę się wreszcie zdecydować. Obrazy mogą nie wystarczyć, żeby wszystko opowiedzieć, a czy odzyskam zeszyty? Jak mam wyjaśnić jej mój grzech? To były moje słoneczka... bez nich umarłbym. Chociaż wiem, że to nie dało mi żadnych praw. Czy byłyby w stanie wybaczyć mi? Skoro ja sam nie potrafię sobie wybaczyć, skoro kiedy myślę o tym, jestem moim własnym katem, moim własnym sznurem na szyi. Może gdybym zobaczył obrazy, gdybym zobaczył ciebie raz jeszcze, tchnęłabyś we mnie siłę, której nie mam, by odpowiedzieć za zło, które wyrządziłem. Czy to było zło? Nigdy się nie dowiem. Pomóż mi, Eliso. Błagam, pomóż mi dowiedzieć się i zrobić to, co należy. Wiem, że skłamałem im i że nie powinienem był tego robić. Czy mogę to jeszcze naprawić?

Odwagi, Diego, musisz się przełamać, wejdź i spojrzyj na obrazy. Choćby cię bolało, choćbyś czuł, że serce ci rozrywa, że oczy ci zachodzą łzami, że twój umysł odpływa, musisz je pokazać Violecie, musisz zrobić chociaż tyle. Kończy ci się czas. Wszystkim nam się kończy, powinnaś była zobaczyć Martina, ten to dopiero jest zgrzybiałym staruchem, życie potraktowało go podle, zresztą tak, jak on potraktował życie. Powinnaś była go zobaczyć, sparaliżowany, stetryczały, ani śladu po energicznym przystojniaku, jakiego znałaś. Tysiąc razy wolałbym go nie oglądać, chociaż może myśli o mnie to samo... Pal go sześć, umarłbym spokojnie bez jego widoku, ale musiałem go o coś poprosić. O jedną jedyną rzecz, jaką zataiłem przed tobą. Jedną jedyną. Pozwól, że ci to wyznam, Eliso, pozwól mi.

Gdy patrzyłem na niego, zobaczyłem was wszystkich: ciebie, moich rodziców, Danielle, jej pruskiego księcia, moją kuzynkę, twojego ojca, twoją matkę. Twoją nieszczęsną matkę. Nie zasłużyła na swój los, nie powinno było przydarzyć się jej to wszystko. Ale ty byłaś jej światełkiem, to jedno zawsze będzie mnie z nią łączyć: oboje żyliśmy na skraju twojego mocnego, ciepłego światła. Wtedy uświadomiłem sobie, że byłoby o wiele lepiej, gdyby zabrali jej ciało, zanim przyszłaś, gdybyś mogła je zobaczyć dopiero, gdy już przyszykowali je na pogrzeb. Życie obracało się w nicość, kiedy widziałem, jak cierpisz. Gdy weszłaś, twój ojciec objął cię i płakaliście razem do momentu, gdy osunął się na ziemię, a moi rodzice przenieśli go na łóżko. Lekarz musiał przepisać mu środki uspokajające, żeby zasnął tej nocy i w wiele następnych. Ty usiadłaś w fotelu i schowałaś głowę między kolanami, zwinęłaś się w kłębek drżący i kruchy, bezbronny, bezwładny, niemal bez życia. Słychać było tylko twój płacz. Płakałaś, aż skończyły ci się łzy. Zapadła noc, a ja usiadłem obok ciebie i objąłem cię, i głaskałem po włosach, próbując namówić, żebyś pozwoliła mi się zbliżyć do siebie, najgorsza możliwa pociecha ze strony człowieka, który kochał cię ponad wszystko. Nie pamiętam, kiedy zasnęliśmy oboje na fotelu, ty skulona, a ja na tobie, aż nastał świt i powiedziałaś mi: „Chodźmy stąd, ona już śpi w spokoju", i pozwoliłaś poprowadzić się ulicami, nad którymi wstawał dzień, i położyliśmy się do łóżka, i znów spałem, przytulony do ciebie.

Przez całe miesiące nie wspominałaś o niej ani słowem. A kiedy zaczęłaś to robić, mówiłaś tak, jakby miała za moment się pojawić, jakby nie umarła, jakbyś mogła zobaczyć ją w każdej chwili; jakby miała wejść, spojrzeć na ciebie i powiedzieć: „Eliso, chodźmy, kochanie, zrobiło się późno, chodźmy już do domu". Ale co noc, kiedy czesałaś się przed pójściem do łóżka, słyszałem, jak mówisz do niej, stojąc przed lustrem. Wiedziałem, że tęsknisz za nią tak bardzo, że nie jestem w stanie nic zrobić, żeby ci pomóc, mogę tylko czekać, aż twój ból sam się ukoi.

Pozwól, że starzec wyzna ci wreszcie wszystko. W dniu, kiedy w końcu wyszłaś ze swojego pokoju po tym, jak matka cię opuściła, kiedy znaleźliśmy jej walizki, które sprawiły, że poczułaś się bliżej niej, po raz pierwszy zataiłem coś przed tobą i nigdy nie zdradziłem ci tego sekretu. Nie mogę powiedzieć, że tego żałuję, ponieważ później zrozumiałem, że postąpiłem dobrze, ale sekrety palą wnętrzności, jeśli się ich komuś nie wyjawi. Eliso, ja pokazałem ci tylko te obrazki, które powinienem był ci pokazać, te, które musiałaś mieć. Ale było ich o wiele więcej. W mieszkaniu twoich rodziców zostały jeszcze dwie walizki pełne kajetów. Nie spodobały mi się wówczas i porzuciłem je; kilka godzin później, kiedy wreszcie zasnęłaś, wróciłem i długo je oglądałem. Niektóre były bardzo nieprzyjemne i nie chciałem, żebyś je oglądała, cóż mogły mieć z tobą wspólnego? Od razu wiedziałem, że nie wolno ci ich pokazywać, że mogą rozjątrzyć jakąś ranę, która wreszcie zaczęła się zasklepiać, i po prostu zabrałem je stamtąd. Zabrałem obie walizki i powierzyłem je Martinowi, w oczekiwaniu na chwilę, kiedy będę mógł obejrzeć je na spokojnie i zdecydować, co z nimi zrobić. Chciałem odczekać, aż upłynie więcej czasu, aż ból po stracie matki ukoi się nieco. Nie wiedziałem, że inni zadecydują za mnie. Teraz muszę je odzyskać, są cząstką ciebie, twojej istoty, tego, czym byłaś, tego, czym byliśmy oboje. I być może w tych zeszytach zawiera się coś z nas, co mógłbym zostawić Violecie, żeby nas odkryła i żeby odkryła w nich siebie.

II

„Zamach na sekretarza ambasady niemieckiej w Paryżu dokonany przez obywatela żydowskiego pociągnął za sobą surowe represje wobec Żydów na terenie całego Reichu. Wydano dekret zakazujący im noszenia broni, a kto złamie ten zakaz, zostanie wywieziony do obozu koncentracyjnego lub skazany na dwadzieścia lat więzienia. W całej Europie złupiono lub podpalono synagogi i nikt nie wydaje się odczuwać zgorszenia tym faktem.

Synagoga przy Prinzeregenten Strasse płonie od rana, a strażacy gaszą ogień nie po to, żeby ją uratować, lecz by zapobiec rozprzestrzenieniu się pożaru na sąsiednie sklepy z konfekcją. W wielu miastach napadnięto na ich firmy i zniszczono mienie; wandale działają bezkarnie. W dzielnicy Steglitz szyby witryn wszystkich sklepów żydowskich leżą rozbite na ziemi, a przechodnie omijają je szerokim łukiem, żeby się nie pokaleczyć. W Monachium Bank Izraelski został obrabowany. Policja zatrzymała dyrektora, a jego małżonka popełniła samobójstwo".

Paryż, 10 listopada 1938

Teraz była jeszcze bardziej obecna. To dziwne. Ludzie, którzy odeszli na zawsze, pozostawiają niekiedy po sobie ślad szerszy i trwalszy niż rozlane rzeki; jej wspomnienie było wówczas bardziej żywe niż niegdyś jej istnienie. Tak właśnie stało się z Clarą: jakby jej fiołkowe oczy stale ich obserwowały tak jak wtedy, gdy podnosiła je znad kajetu o perłowych okładkach, wszyscy czuli to spojrzenie mocniej niż w rzeczywistości. Zawsze gdy się spotykały, Milagros i Elisa mówiły o niej, jakby po prostu wyjechała w jakąś bardzo długą podróż, z której może wrócić w każdym momencie. A jeśli kiedyś rozważano w tym domu myśl o ślubie, projekt został odłożony na nieokreśloną przyszłość, w oczekiwaniu, aż przedłużająca się nieobecność zakończy się i Clara wróci albo przynajmniej aż upłynie wystarczający czas, by ich serca zniosły brak przenikliwego spojrzenia, gdy jej śliczna córka będzie podchodziła do ołtarza lub do czego by zechciała podczas ceremonii ślubnej.

– Na miłość boską, Diego, ściszże to radio. Nie mogę już znieść tych złych wieści. Wystarczy, że twoja ciotka dzwoni co wieczór z Hiszpanii i opowiada nowiny, nie dbając o to, czy chcę jej słuchać czy nie. Moje serce nie ścierpi więcej.

Diego podszedł do aparatu i przekręcił gałkę, zostawiając tylko cichy dźwięk w tle. Wiadomości z ojczyzny nie były aktualnie jego największym problemem, wojna musi się skończyć niebawem, republikanom kończyły się posiłki, rebelianci zdobywali kolejne pozycje. Pokojówka weszła z deserem: sernik z dżemem truskawkowym. Wreszcie nauczyła się piec taki sam jak w Santander! *Fromages* i *crudités* były oczywiście bardzo *chic*, ale wszyscy potrzebowali od czasu do czasu poczuć w ustach hiszpańskie smaki.

– Nie wiem, czemu nie chcecie pojechać z nami. W Stanach jest teraz mnóstwo możliwości, a dom jest ogromny, możemy mieszkać razem przez jakiś czas, dopóki nie postanowicie, co dalej. Diego, przy odpowiednim poparciu architekt taki jak ty może zbić tam fortunę. A moi wspólnicy od wielu lat prowadzą wielkie interesy w tamtej części świata i przygotowali nam grunt. To wprawdzie nie Meksyk, ale ten kraj ma przed sobą wielką przyszłość. A ty, Martín... Nie muszę chyba mówić, że drzwi są otwarte i dla ciebie, jeśli postanowisz zmienić zdanie i dołączyć do nas.

Martín palił papierosa, oparty o krzesło, przy oknie. Podziękował spojrzeniem za propozycję. Ale on też zamierzał zostać, nie chciał zostawiać przyjaciół, nawet mimo że Stany oferowały wielkie możliwości. Idioci, ale co on może na to poradzić. Palił spokojnie, zdecydowany jak zwykle, by podążyć drogą, którą wytyczali mu oni. Pewnego dnia to jednak się zmieni. Trzeba było tylko wykazać cierpliwość.

– Dzięki, ojcze, ale Elisa zaczyna się tutaj urządzać. Dużo sprzedaje, nawet teraz, kiedy nikt nie wie, dokąd wiatr powieje. Danielle to fantastyczna marszandka, a ona mieszka przecież i pracuje w Paryżu. Nowojorska galeria jej siostry też ma sporo klientów, ale Danielle na razie nie chce, żeby Elisa wyjechała, a my jeszcze nie możemy sobie pozwolić na obycie się bez marszanda. Nie możemy wyjechać. Ja mogę pracować gdziekolwiek, ale dla niej zaczynanie wszystkiego od nowa będzie trudniejsze. Nie martwcie się o nas, tu będzie nam dobrze. Francja to nie Hiszpania. I nie sądzę, żeby nam groziło cokolwiek ze strony Niemców. Pies, który dużo szczeka...

– Daj spokój, Manuelu, Diego jest równie uparty jak ty. Nie przekonasz go. Ja próbuję od miesięcy i nie da rady. Nie da rady.

Ani modły, ani świeczki, nic nie działa. Pogniewałam się chyba z Panem Bogiem i nie spełnia już żadnego mojego życzenia. Sama zaczynam myśleć, że macie rację. W każdym razie nie będziecie tu sami, moja siostra i szwagier wiedzą, że wyjeżdżamy, i możecie na nich liczyć we wszystkim. Wiecie już, że Anna pracuje w czymś tam dla rządu, dla tego Lebruna, co to mógłby wreszcie zgolić sobie wąsik. Przyszli kiedyś wszyscy pożegnać się z nami. Moja siostrzenica jest prześliczna, o tak. I wyłudziła ode mnie przepiękny prezent, ta spryciula. Próbowała przejąć cały komplet, ale jej się nie udało: pozostanie podzielony na trzy, dopóki nie spotkamy się po tej przeklętej przerwie; część tego cudownego zestawu, który podarował mi jej wuj, rezerwuję dla kogoś bardzo specjalnego. Ależ sprytna jest moja siostrzenica. A jej nowe stanowisko jest bardzo ważne. Daleko zajdzie

– O tak, twoja siostrzenica umie przykleić się do tego, do kogo trzeba, to pewne. – Jej mąż uśmiechał się, ale Milagros nie odwzajemniła uśmiechu.

– Manuelu, nie bądź zacofany. I nie bocz się już, nie myślałam, że tak się będziesz złościł o podobne głupstwo. Jeszcze raz przepraszam, że dałam jej rzecz, którą dostałam od ciebie; bo też rozpieszczasz mnie... tyle mi dajesz prezentów... A doskonale wiesz, że ładna kobieta może zajść daleko bez konieczności przyklejania się do kogokolwiek, jak mówisz, przynajmniej tu, we Francji. Anna ciężko pracowała, żeby znaleźć się w miejscu, w którym się znajduje, nie możesz o tym wątpić. I jest bardzo zdolna, zrobi wszystko, co sobie postanowi. Pamiętasz, że to ona doradziła mojej siostrze i szwagrowi, żeby zainwestowali w te wszystkie dzieła sztuki w najwłaściwszym momencie. Szkoda, że nie posłuchaliśmy jej i nie poszliśmy za ich przykładem. Na pewno sporo na tym zarobią, poczekaj tylko, a zobaczysz.

– O tak, Anna daleko zajdzie, jeśli tylko nie natrafi po drodze na jakąś zazdrosną żonę sprytniejszą od siebie.

Milagros przeszyła Manuela wzrokiem. Kawałek ciasta o mało nie utknął jej w gardle. Gdy udało się jej go przełknąć, ukroiła sobie następny kawałek, ale zostawiła go na razie na talerzu.

– Nie ma sensu poruszać pewnych tematów z mężczyznami, wy zawsze wiecie najlepiej. Ale pamiętaj, że to moja siostrzenica i że jesteś jej winien szacunek. Jej i mnie, Manuelu, a zwłaszcza mnie.

– Masz rację, wybacz mi. Jestem bardzo zdenerwowany. Perspektywa podróży pociągiem, a potem statkiem przez nie wiem ile dni od wielu nocy spędza mi sen z powiek. Cóż, nie mamy wyjścia, nie da się dojechać samochodem do Maine. Wybacz, proszę. Zapamiętaj jednak moje słowa: Anna jest zbyt piękną kobietą, żeby zajmować się polityką. Piękne kobiety mogą uzyskać władzę, ale rozpętują bardzo niebezpieczne namiętności. A ten rząd nie jest chyba zbyt pewny, nie ma takich rozłamów jak u nas, ale tutaj też ci z prawa drą koty z tymi z lewa. A to nigdy dobrze nie wróży. Przekonaliśmy się w Hiszpanii.

– Anna będzie umiała zadbać o siebie, dam sobie rękę uciąć. Do tej pory nie potrzebowała niczyjej pomocy, nie zapominaj o tym.

– Przestańcie, proszę, i posłuchajcie, co mówią w radiu. – Jaime, odwrócony do nich plecami, stał przy kwadratowym, brązowym aparacie z wielką gałką pośrodku; dobiegał z niego głos spikera z wyraźnym akcentem z Vichy, którego niektórzy z obecnych rozumieli tylko chwilami. – Ten Hitler jest na językach wszystkich, „The Times" uznał go nawet za człowieka roku. A Amerykanie zazwyczaj wiedzą, co robią. I zobaczcie, co Niemcy zrobili z Austrią i na co im pozwolono w Czechosłowacji. Temu człowiekowi nie można wierzyć, mówię wam, chociaż musi mieć coś w sobie, skoro aż tak daleko zaszedł, prawda? Diego, myślę, że jesteś zbytnim optymistą. Prawdę mówiąc, nie uspokaja mnie pozorna siła armii francuskiej ani tym bardziej największa duma Francuzów, linia Maginota. Aż strach oblatuje, kiedy pokazują ją w kinie, to jakiś szatański wynalazek. Ale nie wiem, czy na coś się przyda, jeśli on nie zechce zatrzymać się w Polsce. Jesteś pewien, że nie cofniesz decyzji? Córko, będę bardzo tęsknił za tobą, zostałaś mi tylko ty. Nie wiesz, jak bardzo bym się cieszył, gdybyś pojechała z nami.

Elisa myślała o matce. Wciąż odnosiła wrażenie, że w najmniej spodziewanym momencie wejdzie do salonu, usiądzie w fotelu i zacznie rysować w zeszycie. Kiedy minęło wystarczająco dużo czasu, by nauczyła się znosić ból, jaki sprawiało wspominanie, widywała ją przed oczami w tej właśnie pozycji. Jak ona chciałaby, żeby postąpiła? Jak mogła spełnić swoje marzenia? Prawie się jej udało, jej obrazy sprzedawały się bardzo dobrze. Chociaż musiała też namalować kilka, może kilkanaście kopii, udoskonaliła technikę do tego stopnia, że tyle samo czasu zabierało jej odtworzenie cudzego obrazu, ile stworzenie własnego. Jednakże nie miała jeszcze nazwiska, z którym mogłaby rozpoczynać sama w innym kraju, a była pewna, że Danielle nie spodoba się jej wyjazd, biorąc pod uwagę szczególne zlecenia, które dla niej wykonywała. Okazały się bardziej dochodowe, niż wydawało się im na początku, i zarabiała na nich dużo pieniędzy; przynosiły dobry zysk im obu. A Diego przyzwyczaił się wreszcie i przestał ją dręczyć, żeby porzuciła ten proceder. Elisa wstała i podeszła od tyłu do siedzącego przy stole ojca. Czubek jego głowy wyglądał z góry jak tonsura mnicha, w wianuszku włosów siwe wyraźnie dominowały nad czarnymi. Pochyliła się i pocałowała go. Gdy przemówiła, głos jej się łamał:

– Przykro mi, ojcze, ale nie mogę teraz wyjechać. Jeśli to zrobię, będę musiała zrezygnować ze wszystkiego, o co walczyłam, z tego, czego oczekiwała ode mnie matka. Czuję, że nie mogę jej tego zrobić, że powinnam malować kolejne pasma na moim niebie, dla niej, ale także dla siebie. Nie mogę jeszcze wyjechać. Ale obiecuję ojcu, że zrobimy to wkrótce. Mogę napisać do galerii w okolicy Maine, a kiedy znajdę kogoś, kto będzie chciał mnie reprezentować, kogoś, z kim będę mogła malować, obiecuję, że dołączę do ojca.

Jaime znalazł wreszcie sposób, żeby nie płakać, kiedy łzy same napływały mu do oczu: zamykał je i próbował sobie wyobrazić uśmiechniętą Clarę. Zabieg ten nie przygnębiał go, wręcz przeciwnie, przypominał mu ją w chwili, gdy coś sprawiło, że była szczęśliwa u jego boku. Były to zwykle te same obrazy przedstawiające sceny z życia rodzinnego: gdy akuszerka po raz pierwszy włożyła jej w ramiona córeczkę owiniętą w powijaki i w bielutkie prześcieradło; gdy przyniósł jej nowy kajet, ponieważ skończył się poprzedni; gdy pewnej letniej nocy wrócił do domu z partyjki z kolegami i zastał je obie wyciągnięte na kocu, na ziemi, w ogrodzie, gawędzące o babskich sprawach i patrzące w gwiazdy. I z dnia na dzień skracał się czas, kiedy oczy musiały pozostać zamknięte. Tym razem wystarczyły mu trzy sekundy.

Elisa wyszła do przedpokoju i wróciła z płaskim pakunkiem. Nietrudno było odgadnąć jego zawartość.

– To dla was – powiedziała, wręczając go Milagros. – Chcielibyśmy, żebyście mieli ten obraz. To nie tylko prezent ode mnie, także od Diega, tak naprawdę należy do niego i oboje chcieliśmy podarować go wam.

Milagros rozerwała papier. Jego skrawki opadły na ziemię. Oczy kobiety z gitarą wpatrywały się w dal.

– Eliso, nigdy nie przestań malować, nie ulega wątpliwości, że masz specjalny dar, potrafisz uchwycić to, co najgłębsze w człowieku. Świetlistość jego duszy. Ach! Alem głupia! O mało nie zapomniałam. Ja też mam prezent dla ciebie. To coś, o czym wiem, że cię zachwycało. Bardzo dużo dla mnie znaczy i wiem, że podobało się też twojej matce. Chciałabym dać tę rzecz tobie. Jest częścią bardzo cennego prezentu, jaki zrobił mi Manuel, kiedy przyjechaliśmy do Paryża. Tym razem nie pogniewa się, bo to ty go dostaniesz. I będzie jak układanka: pozostanie rozdzielony między kobietami z rodziny do momentu, aż spotkamy się wszyscy i złożymy go. Obiecaj mi, że przechowasz go do momentu, aż przyjedziecie do nas, do Stanów, dobrze?

Wracając do domu, Diego i Elisa trzymali się w pasie. Robili tak zwykle wtedy, gdy szli razem i się śpieszyli. Niewielu Francuzów podzielało ten zwyczaj, ale oni lubili okazywać, że dużo dla siebie znaczą. Zbyt wiele czasu spędzili, ukrywając się przed otoczeniem, zanim w Paryżu stali się dla wszystkich formalnymi narzeczonymi. Formalni narzeczeni... Elisa oparła głowę na ramieniu Diega i szli wolniej niż zazwyczaj. Noc była przeklętą kochanką księżyca, zasłaniała mu część kraterów jasnego oblicza chusteczką pełną mroku. Elisa patrzyła na niego, nie był to ten sam księżyc, który widywała w Hiszpanii, choć nie była pewna, czy to ten piękny srebrzysty dysk się zmienił, czy jej sposób patrzenia. Na ulicy nie widzieli żywego ducha, to także wydawało im się dziwne w Paryżu, gdzie zawsze był jakiś piękny posąg do oglądania, romantyczny zakątek do odkrycia, niezwykły spektakl do podziwiania czy najskrytszy pocałunek do ukradzenia.

– Przemyślałaś to wszystko? Mam wrażenie, że popełniamy błąd.

Słowa Diega wyrwały ją z zamyślenia. Podniosła głowę i szła dalej wyprostowana, choć wciąż obejmując ukochanego.

– To o tym myślisz? To dlatego nic nie mówisz? Myślałam, że zgadzasz się ze mną.

– Nie wiem już, co mam myśleć, Eliso. Ale oni mają rację. Sytuacja może się skomplikować. Powinniśmy wyjechać.

Elisa puściła go i przystanęła. Chłód był dotkliwy. Odczuła go najpierw na karku, stamtąd rozszedł się po całym ciele jak płatki śniegu osuwające się po górskim zboczu. Jakaś para spojrzała na nich, wciąż jeszcze mówili o ton głośniej niż Francuzi; ona coś powiedziała jemu, on pocałował ją i poszli dalej. Sowa zatrzepotała skrzydłami nad ich głowami i odleciała na drzewo po drugiej stronie rzeki. Księżyc był w nowiu.

– Nie wyjadę – powiedziała bardzo poważnie. – Ale ty możesz to zrobić, jeśli chcesz. Nie musisz zostawać ze mną.

– Nie wyjadę bez ciebie, dobrze o tym wiesz.

– Nie wiem. Może wolałbyś, żeby towarzyszył ci ktoś inny.

– Nie zaczynajmy po raz setny, Eliso.

– To ty zacząłeś. Ja podjęłam decyzję. Zostaję tutaj.

– Ja tylko mówię, że jeśli Niemcy wejdą do Paryża, nie wiemy, co się wydarzy. Nie potrafimy wyobrazić sobie, jakie konsekwencje mogą wyniknąć z tego, że zajmą Francję, tak jak zajęli inne kraje. Może się okazać, że sytuacja stanie się bardzo szpetna i pożałujemy, że ich nie posłuchaliśmy. Powinniśmy to lepiej przemyśleć. Twój ojciec to inteligentny człowiek, a widziałem, że jest bardzo zaniepokojony. Mamy okazję wyjechać razem, a w Ameryce na pewno znajdziesz sposób, żeby sprzedawać obrazy.

– Ja nie mam nic do przemyślenia, Diego. Wiem, że chcę zostać. Teraz nie mogę porzucić tego, co robię. To dla mnie bardzo ważne. Ale ona chętnie wyjedzie z tobą, wiesz o tym. Ciągle za tobą chodzi. Nigdy się od niej nie uwolnię.

– Nie chodzi za mną. A poza tym, jakie ma znaczenie, co ona robi? Liczy się to, czego chcę ja, nie sądzisz?

– A ty wiesz, czego chcesz? Jest bardzo ładna. A twoja matka powiedziała, że teraz ma ciepłą posadę przy rządzie. To dobra partia.

– Co ty wygadujesz, Eliso? A cóż mnie to obchodzi? Ja już wybrałem. Nie chcesz tego zrozumieć? Ja wybrałem ciebie i mam już dość powtarzania tego.

Diego ujął jej ręce i całował je. Odsunęła je.

– Ona jest bardzo sprytna i potrafi usidlać mężczyzn. Twój ojciec też to zauważył. Stale to robi. Pewnego dnia zdobędzie cię, Diego. Jestem pewna.

– W takim razie nie wątpisz w nią, wątpisz we mnie. Nie pójdę do łóżka z Anną, nawet gdybyś umarła.

– Idź do diabła.

– Widzisz? Skoro kochasz mnie z całej duszy i nie możesz beze mnie żyć, dlaczego się umartwiasz? Wiesz, że nie pokocham jej, nawet gdybyś mnie porzuciła, niech ją licho weźmie. Będę kochał tylko ciebie, przez całe życie i przez całą śmierć. Jak mam ci to udowodnić? Powiedz, a to zrobię!

– Kto wie? Może kiedyś rzeczywiście to udowodnisz. Na razie ja tylko ci mówię, że nie wyjadę z Paryża. Przykro mi. Nigdy nie byłam niczego tak pewna jak teraz, wiem, że muszę tu zostać, muszę spróbować spełnić moje marzenie, Diego. Zostań ze mną albo wyjedź, możesz wybierać, ale ja wiem, że mam tu coś ważnego do zrobienia i nie mogę jeszcze wyjechać.

Elisa ponownie oparła głowę na ramieniu Diega i poszli dalej. Wiedział, że skoro uznała rozmowę za skończoną, była skończona, więc nie nalegał dłużej. Jednakże echo jej słów brzmiało w jego głowie przez całą drogę i gdy wchodzili do domu, a później, kiedy zasnęła przy nim, jak zawsze zwinięta w kłębek i przytulona do jego ciała, podczas gdy on obejmował ją, jakby potrzebował jej ciepła, by zasnąć, wspomnienie tej rozmowy dręczyło go coraz bardziej. Cholerny księżyc. Ależ tęsknił za oknami domu w Asturii. Nawet tam, gdzie słońce nie prażyło przez pół roku, w oknach sypialni zakładano często okiennice, które po zamknięciu całkowicie odcinały dostęp światła. Od czasu przyjazdu do Paryża musiał się przyzwyczaić do spania przy poświacie dochodzącej z zewnątrz i do oślepiającego blasku świtu w słoneczne poranki. Początkowo każdego wieczoru przed położeniem się do łóżka zaciągał zasłony z grubego materiału, które kupiła Milagros, by oszczędzić mąk ukochanemu synowi, lecz nie wystarczały: otwierał oczy, gdy tylko do pokoju dostawała się strużka światła. Elisa za to mogłaby spędzić noc na ławce w parku, bo ani hałas, ani jasność nie przeszkadzały jej spać jak suseł.

Wstał z łóżka i wyjrzał przez okno. Szyby były zaparowane, cienie okapów i dachów zniekształcone przez mikroskopijne kropelki. Napisał na nich palcem imię, jej imię, „Elisa". To zawsze będzie ona. Dookoła narysował gwiazdę, a obok, na całej powierzchni, mnóstwo innych gwiazd, dużych i małych. Odsunął się i spojrzał na swoje dzieło. Gwiazdy nie spodobały mu się. Czemu Anna nie dawała za wygraną? Nie potrafił tego zrozumieć. Na uczelni osaczała go bez ustanku, do tego stopnia, że kilku jego kolegów zaczęło insynuować, że jest homoseksualistą: jeśli ktoś był w stanie nie ulec urokowi tej kobiety, nie mógł być prawdziwym mężczyzną. Myślał najpierw, że wkrótce jej przejdzie. Chodziła z innymi, flirtowała z wieloma. Ale nie odpuszczała.

Teraz często wpadała do jego pracowni pod byle pretekstem: żeby wyjaśnił jej pewne plany architektoniczne, co wyniesie ją jeszcze wyżej w zawrotnym locie ku niebiosom ministerialnych gabinetów, po opinię o pewnym dziele sztuki albo jakiejś nieruchomości, nad której nabyciem zastanawiali się jej rodzice lub ona sama, po radę w sprawie prezentu dla ukochanych wujostwa przed ich wyjazdem do Ameryki, na szybką kawę w drodze z pracy do domu, a pracowała niedaleko Diega. Kuzynka Anna zawsze miała jakiś powód, żeby zajrzeć do niego na kilka minut i sprawić, by poczuł się co najmniej zdenerwowany. Jej zapach smakowitego melona unosił się w powietrzu, jakby gabinet Diega był jego naturalnym otoczeniem, a ona sama jedynie pretekstem. Przypomniał sobie jej ostatnią wizytę, sprzed kilku dni. Wyglądała prześlicznie. Była prześliczna. A fakt, że wiedziała o tym, nie ujmował jej urody.

– Byliśmy pożegnać się z twoimi rodzicami. Ciebie nie było, miałeś ponoć coś do zrobienia – powiedziała, wchodząc do jego biura; nigdy nie czekała, aż sekretarka ją zapowie. – Przychodzę pożegnać się teraz z tobą. W cztery oczy, tak jak przystoi. Myślę, że wybiłeś sobie z głowy tę szaloną decyzję i że jednak wyjedziesz z nimi, prawda?

– Elisa i ja zostajemy. Pewnie będziemy się więc nadal widywać.

– Jesteś szalony, kuzynku. Nie wiem, czy słyszałeś, co wyprawiają naziści w Polsce. Coś podobnego może się wydarzyć i we Francji. Dlaczego nie chcesz skorzystać z okazji i wyjechać z rodzicami?

– Ty też zostajesz. Nie wiem, co cię tak dziwi.

– Ja urodziłam się tutaj. To co innego. Potrzeba czegoś więcej niż jacyś cholerni naziści, żeby wykopać mnie z mojego kraju. Ale ciebie nic nie wiąże z tą ziemią. To nie jest twoje miasto. Ty po prostu wciąż jesteś zakochany w niej po uszy i dlatego tak się narażasz. To niewiarygodne. Nigdy się nie zmienisz.

– Po co przyszłaś naprawdę, Anno? Jestem zajęty.

– Czemu nie wyjedziesz z rodzicami? Tam będziecie bezpieczni. Jesteś Hiszpanem, po jakie licho tu siedzisz? Będzie coraz gorzej, wszyscy to wiedzą, chociaż mało kto chce się do tego przyznać. A może zostajesz, bo w skrytości ducha planujesz porzucić ją i spróbować wreszcie, jak to jest ze mną? – Usiadła na biurku Diega, jakby zawsze miała do tego prawo, od niepamiętnych czasów, jakby miała prawo usiąść na dowolnym meblu, a nawet na dowolnym mężczyźnie, na którego jej przyjdzie ochota.

– Anno, proszę, naprawdę mam dużo pracy. Daj mi spokój. Muszę skończyć zlecenie.

Ale ona nie wychodziła, nie, nie odpuszczała. Zakładała nogę na nogę, przygładzała włosy, nachylała się do niego.

– To dla niej. Jasne. Zawsze wszystko dla niej. Gdybyście wyjechali, Elisa musiałaby przestać żyć w cieniu Danielle Lambert, a ty nigdy byś się na to nie zgodził. Jesteś durniem. Albo nie, może raczej cudownym kochankiem. Myślisz, że pozwolisz mi kiedyś dowiedzieć się, jaki jesteś naprawdę, kuzynku?

W tym momencie Anna poznała po jego twarzy, że przebrała miarę, zeskoczyła z biurka i pożegnała się szybko, przesyłając mu dłonią w powietrzu całusa, który tkwił potem w jego myślach, póki zapach dojrzałego owocu nie ulotnił się całkowicie z pokoju, a jemu udało się skoncentrować wreszcie na pracy.

Jego kuzynka zawsze taka była: wir liści w parku, trąba wodna, wodogrzmot walący się na ścieżkę. Anna była wyjątkową kobietą, ale on kochał Elisę i zamierzał zostać tylko po to, by być u jej boku. By móc kochać ją ciągle.

III

VILLAVICIOSA, ŚRODA, 17 MAJA 2000 (GODZ. 8.35)

Jestem spokojny. Muszę taki być. Przekonałem się, że muszę to zrobić. Zostało mało czasu. Ostatnie minuty, ostatnie godziny, ostatnie dni. Wkrótce wszystko będzie skończone. Wszystko zakończy się tak, jak należy. Dzień upływa mi na westchnieniach, coś stale dławi mi pierś. Wszystkie dni, wszystkie godziny, wszystkie minuty. Poza tym jestem zmęczony, przyjeżdżając tutaj, zrezygnowałem z przywileju, by dokończyć żywot w fotelu, wpatrując się w ogień buzujący w kominku, niby nobliwy szlachcic, który oczekuje na ostatnią godzinę, wiedząc, że dopełnił wszystkiego, że może odejść w pokoju. Eliso, we mnie nic nie jest w pokoju. Wiem, co powinienem zrobić, ale nie wiem, jak to zrobić. Od wielu dni nie potrafię wybić sobie z głowy jej obrazu. Patrzy na mnie ze swojej luksusowej niszy, skąd uleciały dusze i zniknęły nawet szczątki rozłożonych ciał. Zrozumiałaby mnie? Dobrze ją znałaś. Zdołałaby mi wybaczyć? Gdybyś mogła mi odpowiedzieć. Potrzebuję tego. Tylko tego. Jej wybaczenia.

– Diego, proszę, niech pan wejdzie, pani rejent czeka na pana.

Zbyt szybko. Przyjęła mnie dużo wcześniej, niż powinna. Jeszcze się nie zdecydowałem. Ale czy to kiedyś nastąpi? Chyba nie. Szkopuł w tym, że nie mam już tyle czasu, ile bym potrzebował. Przegląda jakieś papiery; przerzuca kartki pośpiesznie, jakby czegoś szukała, ale wyczuwa, że wchodzę, podnosi głowę i się uśmiecha. A ja nie mogę przywyknąć. Znów mam przed sobą twoje oczy, Eliso. To twoje oczy.

– Droga Angelo, jaka piękna zawsze mi się wydajesz. Zapewne z powodu, który znasz. Mam nadzieję, że nie przeszkadza ci, że patrzę na ciebie w ten sposób.

– Nie przejmuj się, Diego, z takim samym wyrazem twarzy patrzyły na mnie babka i mama. Ja, niestety, nie mogłam sprawdzić, czy faktycznie jestem tak podobna do niej, jak sugerowałoby twoje zdziwienie. Wiem, że ty też nie zachowałeś jej zdjęć, a wśród obrazów, które odzyskaliśmy, nie było żadnego jej portretu.

– Nie znajdziesz go. Nie ma. Elisa namalowała samą siebie tylko jeden jedyny raz, a ten obraz znajduje się gdzie indziej, nie w Villaviciosa. Zapewniam cię jednak, że jesteś do niej niezwykle podobna. Więcej; czuję się nieswój, patrząc na ciebie. Zwłaszcza oczy. Twoje fiołkowe oczy są identyczne jak jej.

– Nie przejmuj się, rozumiem. Ale do rzeczy. Zbyt długo zwlekamy jak na testament. W tych sprawach, kiedy już raz podejmie się decyzję, trzeba wszystko szybko przygotować. Przemyślałeś, co zrobisz z Violetą? Przyniosłeś mi list?

– Nie przyniosłem, nie. Zostawiłem go w Madrycie, ale mogę ci go streścić, niczego nie pomijając, jeśli to takie ważne. I jeszcze nie postanowiłem, co z wnuczką. Myślę, że najlepiej by było uwzględnić obie opcje. W ten sposób będziemy pewni, że nic nie pójdzie źle. Kiedy umrę, będziesz kontynuować to, co ja zapewne porzucę w pół drogi, i pomożesz jej podjąć decyzję.

– Jesteś pewien? W przypadku, gdyby Violeta chciała wykonać prawo do swojego ogromnego spadku, wszystko byłoby znacznie łatwiejsze, gdybyś mógł osobiście przedstawić swoją wersję. Z drugiej strony możemy, na wszelki wypadek, sporządzić oświadczenie pisemne, którego autentyczność poświadczę. To w sumie nie byłby zły pomysł.

– No to niech tak będzie. Nie wiem, czy będę miał siły, żeby zrobić coś więcej. Obrazy jej pokażę, owszem, a kiedy będę miał je przed oczami, któż to wie, co będę w stanie jej wyjaśnić. Nie wyobrażasz sobie nawet, jak się czuję, głowa mi pęka od czasu, gdy to się zaczęło, bez przerwy, w dzień i w nocy. Budzę się o świcie i zalewają mnie wspomnienia, tego, co błahe, i tego, co ważne, sceny z życia codziennego, a czasem tylko spojrzenie, tylko pocałunek. Na początku nie mogłem się pozbierać, bolały tak, że uznałem, że to już śmierć, ale teraz nie wiem, może przywykłem, czasem nawet sprawiają mi radość. Nie wszystkie. To nie wchodzi w rachubę.

– Chcesz mi coś jeszcze powiedzieć? Prawdę mówiąc, wydaje mi się, że wiem wszystko, czego potrzebuję. Zapewniam cię, że chętnie poznałabym wszystkie fakty, żeby spróbować zrozumieć Elisę, ale to nie ma znaczenia dla kwestii, którą się teraz zajmujemy. Szukałam dodatkowych informacji na temat tego, w jaki sposób Göring wykorzystał hitlerowski ERR do rabunku niezliczonych dzieł sztuki nie tylko we Francji, ale w całej okupowanej Europie, ale to, co się wydarzyło, nie jest jeszcze dostatecznie przebadane i udokumentowane. Rabunek był prowadzony na taką skalę, że potrwa to wiele lat. Poza tym, jak sądzę, zbyt wiele ran jeszcze broczy.

– I te rany bardzo trudno zasklepić, Angelo.

– Tak, bez wątpienia. Poza tym w grę wchodzą rozliczne interesy. Do sądów zaczynają trafiać pozwy od spadkobierców wywłaszczonych rodzin, którzy domagają się zwrotu dzieł pozornie sprzedanych zgodnie z prawem, argumentując, że tak naprawdę zostały one skradzione przez nazistów albo pozyskane poprzez wymuszenie. Że na przykład umowa sprzedaży została podpisana pod groźbą śmierci. I można domniemywać, że te sprawy skomplikują się jeszcze bardziej w przyszłości, kiedy przedmioty te zaczną wychodzić na światło dzienne, pojawią na prywatnych aukcjach albo nawet w publicznych zbiorach należących do muzeów, które nabyły je w sposób legalny od trzeciego czy czwartego właściciela. Bardzo trudno jest udowodnić, jak przechodziły z rąk do rąk. To była tak skomplikowana siatka, a śledzenie operacji nabycia w tamtym okresie jest tak trudne, że w wielu przypadkach pojawia się pole do oszustwa. Do tego dochodzą falsyfikaty. Niektóre są tak dobre, że weszły do normalnego obiegu na rynku sztuki. Podczas okupacji nazistowskiej sfałszowano setki obrazów w całej Europie i chociaż wielu spraw jeszcze nie ruszono, a lwia część płócien pozostaje w ukryciu, w archiwach ambasady brytyjskiej i wywiadu brytyjskiego znajdują się teczki kilkudziesięciu utalentowanych malarzy, niekiedy o renomie większej niż Elisy, którzy przez całe lata uprawiali potajemnie ten sam proceder co ona.

– Ale nic z tego nie dotyczy mnie ani Violety, prawda? Oryginalne obrazy Elisy są na miejscu i zostało udowodnione, że są jej pędzla i że zostały zrabowane, prawda? Jeśli nie, to przecież by ich nam nie zwrócono, jak sądzę.

– Problem nie tkwi w obrazach. Nikt nigdy nie podawał w wątpliwość, że ten spadek jest prawnie waszą własnością.

– Angelo, wróćmy do pierwotnego planu. Powiedz mi, jak i kiedy powinienem złożyć oświadczenie, które wszystko wyjaśni, jeśli jeszcze zostało cokolwiek do wyjaśnienia. Nie chcę zostawiać jej bez tego prawa. Im szybciej, tym lepiej. To przynajmniej jestem w stanie zrobić.

– Zgoda, to najlepsze rozwiązanie. A ja dokończę testament, w którym zapisujesz jej wszystkie dobra. Istnienie tego listu, napisanego twoją ręką, sprawia, że testament jest niezbędny.

* * *

Teraz cieszę się, że nie chciałem, by Violeta przyjechała ze mną, i że tylko lustro w łazience widzi, jak płaczę. Eliso, ja kiedyś nigdy nie płakałem, a teraz popatrz, zachowuję się jak osesek. Łzy płyną mi z oczu wbrew mojej woli. Emocje pędzą po gigantycznej kolejce górskiej, z pionowymi wjazdami i zjazdami, z szybkością sto na godzinę. I miotam się między wrażeniami i wspomnieniami, jakbym był samochodzikiem połączonym z innymi, poruszanym przez łańcuchy wypuszczone z szyn przytwierdzonych do ziemi. Przed chwilą byłem wysoko, a teraz... teraz jestem na samym dnie. Ángela sprawiła, że wracam myślami do tamtego okresu, do początku końca, do początku naszego końca. Końca, który wyznaczyła ta przeklęta inwazja. Francja i Anglia wypowiedziały wojnę Hitlerowi, choć była to *drôle de guerre*, jak słusznie ją nazwano później, dziwna wojna, wojna śmiechu warta. Francuzom przez myśl nie przeszło, że Niemcy mogą ich zwyciężyć, że mogą zajść tak daleko, pokładali całkowitą pewność w swojej fantastycznej linii Maginota, wierzyli, że wróg zastosuje te same taktyki co podczas poprzedniej wojny, tej wielkiej, i że ewentualna próba inwazji nastąpi od strony Niderlandów. Byli przekonani, że Belgia poprosi ich o pomoc i że przeniosą tam pole walki. Poprzestali na oczekiwaniu, chcieli tylko reagować na działania sąsiadów. Ale ci zmienili nagle plany i armia niemiecka wtargnęła przez Ardeny, gdzie Francuzi zupełnie się jej nie spodziewali, a potem Anglicy opuścili ich, tak, porzucili własnemu losowi, musieli sami bronić Europy w chaosie, okaleczonej, pogrążonej w bólu; szybko ustąpili. Zbyt wyraźnie mieli w pamięci francuscy żołnierze ciężkie walki pierwszej wojny, zbyt szybko powtórzyło się wszystko, nie chcieli przechodzić ponownie przez to piekło; choć wyszli z wojny jako zwycięzcy, nie zapomnieli o swoich zmarłych. Ich osiemdziesięcioletni generałowie i żołnierze o dobrej pamięci nie stawili oporu nazistowskiej żądzy zemsty.

Kiedy Niemcy wkroczyli do Paryża, byliśmy w domu, leżeliśmy w łóżku, ze splecionymi rękami i trwogą w sercu; postanowiliśmy nie uciekać po raz drugi. Pamiętasz, Eliso? Pamiętasz? Bo ja tak. Patrzyliśmy na niebo za oknem, widzieliśmy w oddali błyski, ogień z dział, z których waliło wojsko nieprzerwanie posuwające się naprzód, płomienie pożarów, światełka zbolałych dusz wędrujących do nieba; i słyszeliśmy strzały i jęki, walące się mury i bramy i chrzęst potwornych gąsienic czołgów miażdżących wszystko, co nie usunęło im się z drogi. Ale ty i ja obejmowaliśmy się, patrzyliśmy na siebie, dotykaliśmy siebie. Jedno zatracone w szybkim oddechu drugiego. W jego skórze. Niechcący myśleć o tym, co przyniesie jutro. Przekonani, że będziemy zawsze razem i że razem przezwyciężymy trudne chwile. Sporo osób opuściło już miasto, drogi wypełniały tłumy uciekinierów zdążających na południe, świadomych, że celem Hitlera i jego oddziałów będzie stolica; zabłąkali się po drodze, nie dotarli donikąd. Ale ty i ja postanowiliśmy zostać i czekać, jak wielu innych. I to my postąpiliśmy słusznie. Przynajmniej na początku.

Wobec niemożności obrony przed Niemcami, wobec opuszczenia przez Brytyjczyków władze francuskie ogłosiły Paryż miastem otwartym i podpisały bezwarunkową kapitulację. Wieża Eiffla ukorzyła się. A Hitler przeszedł się, wyprostowany i dumny, po Polach Elizejskich, pokazując światu, że Francja uległa nieodpartej aryjskiej wyższości. Powoli nastał świt, a ty i ja nadal obejmowaliśmy się, wierząc, że jesteśmy bezpieczni na naszym poddaszu, w pościeli, całując się, pieszcząc każdy zakamarek skóry, każdy otwór mojej, każdy skrawek twojej. Paryżanie płakali gorzkimi łzami, a ty i ja kochaliśmy się z największą zachłannością, do jakiej byliśmy zdolni.

IV

„Czego wymagają Państwo od środka znieczulającego? Odpowiedź jest prosta: uwolnienia od bólu głowy, pleców, zębów, brzucha czy każdej innej części ciała. Niekiedy wiążą się z tym jednak niepożądane skutki uboczne dla naszych najważniejszych organów: serca, nerek, żołądka, a nawet układu nerwowego. Lecz dzięki postępom medycyny pojawił się Superon, a wraz z nim rozwiązanie wszystkich problemów: wreszcie będą Państwo mogli uśmierzyć każdy ból bez obawy o te groźne komplikacje".

Atmosfera była naładowana czymś dziwnym. Martín nie umiałby sprecyzować, skąd się bierze to wrażenie, lecz wydawała się zawierać obce cząsteczki, których nie było tu jeszcze do niedawna. Przedostawały się do atmosfery powoli, stopniowo, jak obrazy senne układające się w sekwencję, nie wiadomo skąd przybyłe i od jak dawna obecne, które pamiętamy nadal po obudzeniu, choć nie wiemy czemu. Wisiały w powietrzu, unosiły się nad Sekwaną, osiadały na ławkach, drzewach, gmachach, ludziach. Także barwa Paryża uległa zmianie. Jakby jakaś mgławica zatrzymała się przed oczami przechodniów i zasłoniła im wszystkim naraz światło niegdyś czyste i błyszczące. Ludzie szli ulicą, wdychając to zatrute powietrze o nieznajomym zapachu, widząc rzeczy dookoła siebie przez ołowianą chmurę. Było ich mniej niż dawniej, gdy miasto tętniło życiem, a wielu z nich nosiło mundur, obcy i nieprzyjemny, choć nie dla Martina, który nie raz już dowodził, że jak na Niemców, te nienagannie skrojone uniformy wyglądają całkiem nieźle.

Nie było nic dziwnego w tym, że Elisa chciała zamieszkać właśnie tutaj, na wzgórzu Montmartre, w *la Butte*, dzielnicy uroczych podwórek, kamiennych schodków prowadzących do urokliwych zakątków, anonimowych bulwarów, uliczek i pasaży, gdzie tłoczyli się artyści i uliczni muzykanci, chociaż Diego pracował na drugim końcu miasta. Gdy Martín szedł do przyjaciela, kierował się zawsze na niezawodny punkt orientacyjny, który niby śnieżnobiała latarnia morska oświetlał wzburzony ocean szacownych kamienic, wąskich uliczek i drzew: imponującą kopułę i dzwonnicę bazyliki Sacré-Cœur.

Elisa i jej znaki: oprócz tego, że było to największe w mieście siedlisko bohemy, gdzie artyści tacy jak van Gogh, Matisse czy Modigliani, nie licząc wielu innych, wnosili do każdego zakątka swą fantazję i ducha wolności, Elisa wybrała to wzgórze, gdyż mówiono, że druidzi uważali je za święte, a rzecz taka nie mogła być jej obojętna.

Przy tym Martín nie mógłby zaprzeczyć, że jemu też podobało się to miejsce, choć z innych powodów, mniej malowniczych: nieopodal znajdował się cmentarz Montmartre, który go fascynował. Kiedy szedł odwiedzić przyjaciół, wychodził wcześniej, by skręcić na placu Clichy i dojść do alei Rachel, gdzie wznosiła się brama stanowiąca niegdyś wejście do kopalni. Nie wiedział, skąd brała się owa fascynacja. Gigantyczny żelazny wiadukt przecinający cmentarz od niedawna był największą profanacją świętej przestrzeni, jaką mógł sobie wyobrazić. Ukryte pod metalowymi odnóżami groby, które przestały patrzeć w niebo, budziły w nim wrażenie, że cierpią, jakby skarżyły się na to, że dwukrotnie utraciły możność oglądania światła. A czytanie epitafiów dla znamienitych osób, które także dosięgła śmierć, nieubłagana nawet wobec geniuszy, bogaczy, ludzi wybitnych czy niezastąpionych, sprawiało mu nieopisaną satysfakcję. Nigdy nie widział posągów piękniejszych niż tu. Przystawał zawsze przed nagą kobietą okrytą płaszczem, który zasłaniał jej twarz, lecz obnażał resztę ciała. Nie był w stanie wyobrazić sobie lepszej metafory śmierci, która jednym ruchem zabiera tożsamość, rozum, duszę, to, co ulotne, pozostawiając na długo ślady życia, to, co solidne, materialne, fizyczne, cielesne, by robaki i inne pasożyty toczyły je powoli i ze smakiem. Martín musiał zmuszać się do oderwania wzroku od posągu, wychodził z cmentarza i szedł do przyjaciół.

Crêperie naprzeciwko kamienicy, w której mieszkali Diego i Elisa, przy bulwarze Clichy, była wciąż czynna, podobnie jak wiele innych małych firemek należących do paryżan, którzy nie uciekli i nie zniknęli, a którzy z nieznanych powodów – chwalebnych lub nie – posiadali jeszcze jakieś przywileje i towar na sprzedaż. Martín nie zastanawiał się nad tym; ważne było to, że jest jeszcze miejsce, gdzie mógł zjeść swojego ulubionego naleśnika z czekoladą.

– Tak, poproszę jeden, niech będzie ten.

– Ależ z ciebie łasuch, Martinie, niewielu mam klientów, którzy jedzą tylko słodkie naleśniki. Może spróbowałbyś wreszcie innych smaków?

Martín wolałby teraz, żeby piersi ekspedientki nie przyciskały się tak mocno do przeszklonej lady, zasłaniały mu naleśnika, którego wybrał i którego mu podawała. Od przyjazdu do Paryża miał zbyt wiele okazji, by się przekonać, jak kokieteryjne są Francuzki. W Hiszpanii kobiety przynajmniej czekały, aż on wykaże inicjatywę. Nie wiedział, czy wynikało to z chęci przeżycia wszystkiego szybciej niż zwykle, czy przed okupacją też były takie; nie miało to zresztą dla niego znaczenia, tak czy owak, drażniło go. A ponieważ zamierzał wrócić jeszcze do naleśnikarni, obdarzył dziewczynę swym najpromienniejszym uśmiechem.

– Może kiedy indziej, dzisiaj potrzebuję słodyczy.

Gorący naleśnik parował, gdy podawała mu talerz i sztućce. Położył pieniądze na kontuarze z różowego marmuru, parodii dawnych czasów. Ekspedientka poszła do kasy po drobne, a gdy odwracała się, by podać mu resztę, zacisnęła dłoń z monetami w pięść i spuściła wzrok. W szybie lady zobaczył, że do lokalu weszło trzech oficerów.

– Heil Hitler!

Oczy Niemców nie różniły się niczym od oczu ludzi, których mógłby spotkać w innym miejscu i w innym momencie. Nie były ani bardziej niebieskie, ani bardziej głębokie, ani większe, ani mniej wyraziste. A niektórzy z ich właścicieli byli bezsprzecznie przystojni. Oficer z prawej utkwił w nim wzrok. To właśnie był jeden z tych przystojniaków. Kopia greckiego sportowca, którzy tak im imponowali, o jasnych oczach i złocistej czuprynie, który zdawał się bardziej interesować tym, co znajdowało się poza ladą niż w niej.

– Mogę zobaczyć twoje dokumenty?

Wydawało się, że te słowa wychodzą z innych ust, być może dlatego, że ciepły ton rażąco kontrastował z ich treścią. Podobnie nie pasowały do siebie trupia czaszka i skrzyżowane piszczele na czapce oficera Schutzstaffel i jego ujmujące spojrzenie. Ekspedientka wyszła na zaplecze. Żarówki w cynowych abażurach zwisających z sufitu w truskawkowym kolorze zamigotały i zgasły, lecz po kilku sekundach światło zapaliło się ponownie, jak zwykle.

– Oczywiście. Proszę.

– Martín. Masz na imię Martín. Piękne imię.

Pozostali oficerowie wybuchnęli głośnym śmiechem, podczas gdy ich kolega zamykał nieskazitelnie czysty portfel i oddawał go właścicielowi. Wzięli talerze i usiedli przy okrągłym stoliczku na żeliwnej nodze, tuż obok drzwi. Czarne mundury sprawiały jeszcze bardziej posępne wrażenie przy bieli aryjskiej skóry i marmuru. Z ulicy dobiegł odgłos wystrzału. Tylko Martín spojrzał w tamtą stronę.

– Dziękuję. To hiszpańskie imię.

– Tak, zauważyłem. Hiszpan mówiący doskonale po francusku. To wielki kraj, Hiszpania. Zachowaliście się bardzo inteligentnie, wy, Hiszpanie.

Martín nie odpowiedział. Podniósł tylko głowę i spojrzał na Niemca, rysując kciukiem malutkie kółeczka na opuszku palca wskazującego. Powoli. Bardzo powoli.

– Może miałbyś ochotę usiąść ze mną przy stole? Nie znam zbyt wielu interesujących ludzi w tym kraju, ale kuchnię mają fantastyczną.

– Śpieszę się, jestem umówiony.

– Bywają powody, dla których warto dać poczekać na siebie, nie sądzisz? Poza tym musisz dokończyć deser.

Martín wziął kapelusz i talerz i usiadł przy wolnym stoliku. Oficer otworzył bombonierkę z czekoladkami w najróżniejszych kolorach i wybrał prawie wszystkie. To samo zrobił z cukierkami z likierem, po czym dosiadł się do Martina.

– Mam na imię Wolfgang. Hauptsturmführer Wolfgang Hahn. Kapitan Wolfgang Hahn, jeśli wolisz.

– Twoje imię jest niemieckie. Także piękne. Zachowaliście się bardzo inteligentnie, wy, Niemcy.

– Czym się zajmujesz? Opowiesz mi?

– Jestem adwokatem. Pracuję w kancelarii przy ulicy Boului, nieopodal Luwru.

Kapitan przysunął się jeszcze bliżej. Smakował cukierka, obracając go w ustach, odpakowując z celofanu następnego. Zmiął sreberko i rzucił na ziemię. Za ich plecami oficerowie rozmawiali bardzo głośno, lecz Martín nie rozumiał ich. Słodki zapach naleśników tracił urok wobec ich twardego akcentu.

– Na wojnie wszystko dzieje się szybko, więc nie będziemy tracić czasu. Chcę tylko wiedzieć, czy lubisz cukierki.

– Czy to jest bezpieczne? Twoi koledzy mogą nas usłyszeć.

– Nie martw się o to. Sekretu dzielonego łatwiej dochować, zwłaszcza jeśli łączy nas miłość do słodyczy. Oni zresztą są już zajęci, a ja szukam. Nie odpowiedziałeś mi.

– A mam jakąś opcję?

– Tak, masz opcję, którą wolisz. Zostanę tu przez jakiś czas, moja przeklęta jednostka stacjonuje teraz w Paryżu. Nie wiem, jak długo to potrwa, to mogą być dni, miesiące, może na zawsze. Nie lubię być sam. Ale mężczyzna taki jak ty może wybierać. Szukam kogoś wyjątkowego. Nie pospolitego kochanka, a już na pewno nie z ulicy.

– Wierz mi, że cię rozumiem, Wolfgang, ale nie mogę ci pomóc. Znudziłbyś się szybko. Żałuję.

– Nie wierzę. To zabawne.

Martín zacisnął palce wokół trzonka widelca. Chętnie przywaliłby temu szkopowi. Wszystkim szkopom.

– Zabawne?

– Bardzo. Czekoladki tej klasy to rzadkość. Nie powiesz, że nie, Martín.

– Być może. Nie mam zbyt wielu okazji do jedzenia czekolady. To jedno z niewielu miejsc, gdzie można ją jeszcze dostać. Podejrzewam, że wiem już dlaczego.

– Dlaczego?

– Dlaczego? Rozejrzyj się.

– Wciąż mi nie odpowiedziałeś.

Martín wyprostował się, żeby spojrzeć w oczy Niemcowi i żeby ów mógł widzieć jego oczy.

– Wolfgang, czuję się bardzo zaszczycony. Ale nie mogę ci pomóc. Nie wiem, dlaczego pomyślałeś, że się nadam. Nie lubię cukierków. Chociaż, gdybym lubił, jestem pewien, że nie znalazłbym cukierka wyższej klasy. Kiedyś to było łatwe, teraz – niemożliwe. Lepiej zapomnieć o pewnych rzeczach. Czekolada to jedna z nich. O dobrej kawie. O dobrym tytoniu. O dobrej kobiecie. Takiej jak dawne, o czystym spojrzeniu. Teraz wszystkie to szczwane lisice. Poza tym moje serce jest zajęte od dawna. Poważnie, zaraz byś się znudził. – Martín wciąż patrzył mu w oczy. Położył ręce na stole i skrzyżował je. – Sądzisz, że moi przyjaciele odczekali już dostatecznie długo? Chciałbym sprawić ci przyjemność, ale nie mogę. I wierz mi, że żałuję.

– Dobrze. Ale gdybyś zmienił zdanie, odszukaj mnie. Z przyjemnością poznam cię bliżej.

* * *

Martín wyszedł pierwszy. Schował do kieszeni kartkę, na której oficer zanotował, ładnym, kanciastym pismem, swoje nazwisko i adres, nałożył kapelusz tak prosto, jak tylko mógł. Na ulicy nie było nikogo, tylko on. Latarnie zapaliły się przed chwilą, choć nie wszystkie. Zaczął wchodzić po schodach. Zrobiło się późno, z powodu godziny policyjnej będzie musiał spędzić noc w mieszkaniu Diega. Nie wiedział czemu, lecz tego wieczoru wolałby wrócić do siebie i wziąć długi prysznic. Tak jakby wściekłość dało się zmyć ciepłą wodą. Tylko tego potrzebował. Pokonywał stopień za stopniem znacznie wolniej niż zwykle. Jak łatwo było wykorzystywać swoją pozycję, gdy siedziało się po prawicy Boga. Jak trudno pokonać tę pokusę. Ten oficer nie musiał nadużywać swojej władzy, żeby znaleźć sobie kochanków, jakich tylko by chciał. Ale jeśli ktoś miał władzę, trudno było nie wykorzystać jej i zachowywać się inaczej. Albo i nie. Nie wiedział, nie był w stanie myśleć jasno. Zaskoczyła go zimna krew, z jaką się zachował. Odpowiedział mu bez zastanowienia, wręcz drwiąco: „Twoje imię jest niemieckie. Także piękne". Zaryzykował, zaryzykował i wyszedł jako zwycięzca, sam nie wiedział dlaczego. Być może nie wszyscy Niemcy byli tacy jak ci, którzy przychodzili po jego sąsiadów. Właściciele nazwisk, które, jak było powszechnie wiadome, przeklinali więźniowie, bici i torturowani. Nie wszyscy musieli być tacy sami. Ten miał miłe spojrzenie. I też lubił cukierki. Może nawet zostaliby przyjaciółmi w innym momencie i w innym życiu. Teraz chciał tylko zapomnieć o jego kwadratowym podbródku i gładkich włosach z przedziałkiem na środku, wielkich dłoniach i nadgarstkach przeciętych żyłami, przechodzących w atletyczne przedramiona. Chciał zapomnieć, że kiedykolwiek go widział i że otrzymał propozycję zostania jego kochankiem. Ale takich rzeczy nie zapomina się łatwo, zwłaszcza jeśli osoba, którą kochałeś od zawsze, nie odwzajemnia twojego uczucia, i choćbyś na tysiąc sposobów próbował wymazać ją z pamięci, będziesz tylko pragnął postąpić tak jak ten oficer, spojrzeć jej w oczy i złożyć propozycję, bez bólu, bez poczucia winy, pewnym głosem i z niezmąconym spojrzeniem, nie chowając się za sumieniem i jego wyrzutami. Dokładnie tak jak ten oficer.

Dotarł na poddasze, sam nie wiedząc kiedy. Zadzwonił, drzwi otworzyły się natychmiast, lecz kiedy przestąpił próg, nikt nie wyszedł mu na powitanie. Wszedł bez słowa. Wciąż był pogrążony w myślach. Światło paliło się tylko w mansardzie, więc poszedł tam. W głębi, naprzeciwko okna, siedziała ona. Włosy spadały jej na plecy długimi kędziorami wymykającymi się z koka spiętego na karku wielką spinką, obowiązkowa koszula z białej bawełny poplamiona najróżniejszymi kolorami odsłaniała dużą część dziewczęcego dekoltu i uda, długie i gładkie. Siedziała bokiem na wysokim, wąskim taborecie, więc widział je doskonale, choć nie chciał na nie patrzeć. Nigdy nie chciał na nią patrzeć.

– Danielle, jak to dobrze, że już jesteś – powiedziała, nie odrywając wzroku od obrazu. – Prawie skończyłam. Musi tylko wyschnąć, a spękania werniksu muszą sczernieć. Za tydzień ci przyniosę.

Oparła stopy na ziemi i obróciła taboret, a na widok Martina uniosła brwi tak wysoko, że wybuchnął śmiechem.

– Jak widzisz, nie jestem Danielle. Przepraszam, powinienem

był zadzwonić. Chciałem się zobaczyć z Diegiem, już od dawna nie wiem, co u was słychać.

Elisa wstała i stanęła przed obrazem. Zarumieniła się, lecz w świetle latarni wpadającym przez okno widział tylko, że jej włosy lśnią, tworząc groteskową aureolę.

– Nie przejmuj się. Nic się nie stało. Myślałam, że to ona, umówiłyśmy się na dzisiaj. Pewnie nie zdążyła wyjść z domu tak, żeby dotrzeć tu przed godziną policyjną. Spróbuję zadzwonić później. Te zamachy na Niemców dały nam popalić, teraz w ogóle nie da się wyjść z domu po zmroku. A jak ty się miewasz? To prawda, że nie widzieliśmy się mnóstwo czasu. Opowiedz o najważniejszych sprawach... Chodzisz jeszcze z tą dziewczyną?

– Czemu miałabyś zaczynać delikatnie, co? Bezpośrednia jak zawsze. Ale nie. Tamto skończyło się kilka tygodni temu. Nie potrafię ułożyć sobie tych spraw. Wiesz przecież, jestem beznadziejny w miłości i w nienawiści.

– Nie sądzę, powinieneś po prostu bardziej się starać, tylko o to chodzi. Prawdziwej miłości nie znajduje się łatwo.

Mówiła szybko. Machinalnie pocierała sobie ręce i kołysała się z boku na bok, jakby tańczyła.

– A może jestem skazany na to, że nigdy nie znajdę mojej. Wcale bym się nie zdziwił. A ty może byś tak włożyła coś na siebie? Jeśli Diego zobaczy cię w takim stroju, nie wiadomo, co sobie pomyśli.

Elisa spojrzała na siebie i spostrzegła, jak bardzo jest roznegliżowana. Nawet stopy miała bose. Nie wiedziała, który ze swych skarbów powinna przykryć w pierwszej kolejności. Wybrała obraz. I tak była już dostatecznie nieostrożna. Zdjęła go ze sztalug, postawiła na podłodze i oparła o ścianę, tyłem do pokoju. Przykryła go prześcieradłem w popielate plamy. Następnie owinęła płótnem oryginał i wzięła go pod pachę. Spojrzała na zegarek. Do powrotu Diega zostało trochę czasu.

– Niedługo przyjdzie, we wtorki zawsze wraca trochę wcześniej. Pójdę pod prysznic. Malowałam przez cały dzień i cuchnę. Jeśli chcesz się czegoś napić, wiesz, gdzie szukać. Zaraz wracam.

Zbiegła po schodach. Weszła na chwilę do swojego pokoju,

a potem do łazienki. Usłyszał, jak zamyka drzwi. Chciał pójść za nią, ale potknął się o coś. Na podłodze leżała marynarka Diega, zwinięta w kłębek, a obok stały jego lśniące jak zawsze buty. Na stoliku zobaczył dwa puste kieliszki. Zamknął oczy. Miał sucho w ustach i napięte mięśnie. Ten dom wyprowadzał go z równowagi. Nie chciał patrzeć na rzeczy, które dzielili, oznaki wspólnego życia, odstępy czasu wypełniające się doświadczeniami, z których był wykluczony. Podszedł do obrazu przykrytego prześcieradłem. Nie znał się na sztuce, ale to chyba nie był jej styl. Odkrył go i odwrócił. Obserwował przez kilka minut, a później porównał z obrazami zgromadzonymi w pracowni. Były całkiem inne. A wtedy uświadomił sobie, co ma przed oczami. Widział już kiedyś ten obraz, w jakimś muzeum, może w Luwrze. Milagros nalegała, żeby syn i mąż poszli z nią na wystawę, a Diego poprosił go, żeby im towarzyszył. Był prawie pewien. Płótno wyszło spod ręki jednego z tych nowoczesnych malarzy i wydało mu się namalowane przez dziecko, podobnie jak pozostałe dzieła z wystawy.

Elisa wyszła z łazienki i krzątała się po kuchni, nucąc jakąś piosenkę, lecz umilkła w progu pracowni, na widok Martina wpatrzonego w obraz. O mało nie wypuściła z rąk tacy z dwiema filiżankami, w ostatnim momencie oparła ją o stół. W jednej filiżance była odrobina czekolady, w drugiej herbata.

– Przepraszam, ale nie mamy cukru. Czekolady nie ma za wiele, ale jest przepyszna z tym płynem podobnym do mleka. Dostajemy ją z Ameryki, od Milagros, przez Annę. Ale… od kiedy to tak cię interesują moje obrazy?

– Od kiedy nie są twoje. Co ty wyprawiasz?

– Nie mógłbyś po prostu zapomnieć, co zobaczyłeś?

– Co do czekolady, nie przejmuj się, mam jej dzisiaj aż nadto. Powiedz, co to.

– Kopia obrazu. To chyba jasne.

– Od kiedy kopiujesz cudze obrazy?

– Od kiedy mi się podoba.

Martín odstawił obraz na miejsce i podszedł do Elisy. Jej ciało było jeszcze wilgotne. Pachniała tak słodko, że miał ochotę wybiec z tego domu. Powstrzymał się jednak i tylko uszczypnął ją lekko w policzek.

– Ciągle takie dziecko.

– A ty taki głupi. Tysiąc razy ci mówiłam, że nie jestem żadnym dzieckiem i żebyś mi tak nie robił. Chyba widać, co? To kopia obrazu Paula Klee. Myślę, że dość wierna. Nie powinieneś był jej zobaczyć. Byłam bardzo nieostrożna. To mógł być też Diego.

– Czyli kopiujesz obrazy. I wszystko gra. Tak?

– Tak. Wszystko gra.

– Jednak ciągle dziecko z ciebie. Zarumieniłaś się. Tak samo jak w szkole, kiedy próbowałaś coś ukryć. Powiedz, o co chodzi.

– Nie jestem żadnym dzieckiem! I nic ci powiem. Nie chcę cię narażać. Tylko o to chodzi.

Usiadła i zaczęła mieszać łyżeczką ciemnozielony płyn. Pachniał miętą i rozmarynem. Nieopodal parku rosło ich jeszcze trochę. Ale nie piła.

– A czemu przestraszyłaś się, że to mógł być Diego? Nie wie o tym?

– Martín, odpuść.

– Zapytam go, kiedy przyjdzie.

– Nie, nie wie. Myśli, że kopiuję tylko obrazy malarzy mało znanych, ale drogich, żeby sprzedać je ludziom, którzy wiedzą, że kupują kopie. Ten obraz namalował Klee, nawet ty się zorientowałeś.

– A czemu mu nie powiesz? To chyba nie taka duża różnica. Czy to nie wszystko jedno, czyje obrazy kopiujesz? Powiedz mu. Nie sądzę, żeby się przejął.

– On nie może o tym wiedzieć. Ty też nie. Nie powinieneś był tego odkryć. Zachowałam się bezmyślnie. To musi zostać między nami, Martín. Diego nigdy nie może się dowiedzieć, a ty nie możesz o tym mówić nikomu. Naraziłbyś nas na ogromne niebezpieczeństwo, nas wszystkich, Diega, mnie, także siebie. A poza tym on by nie zrozumiał. Jeśli mu powiesz, jestem pewna, że mnie zostawi.

– Diego nie zostawiłby cię za nic w świecie.

– Nie bądź taki pewny.

– Dla kogo jest ta kopia? I skąd masz oryginał? Tak łatwo wynieść go z muzeum?

– Nie mogę ci tego powiedzieć, przepraszam. Zapomnij o tym, co widziałeś, i ani słówka Diegowi. Gdyby odkrył, co robię, nigdy by mi nie wybaczył. Wiem, że nigdy by nie zrozumiał, co tak naprawdę robię i dlaczego.

– Dla pieniędzy, to jasne.

– Nie, nie dla pieniędzy.

– Na pewno tak. Jeśli nie dla pieniędzy, to po co? Nie przejmuj się, ja tam rozumiem, że robisz to dla pieniędzy.

– Niczego nie rozumiesz. Nie robię tego dla pieniędzy. Te obrazy nie są na sprzedaż, one są na wymianę.

– Teraz to już naprawdę nie rozumiem. Na wymianę? Za co?

– Kopie zostają podstawione za oryginały w miejscach, skąd pochodzą, w muzeach, gdzie są przechowywane.

– Kopie za oryginały. Znakomicie. A oryginały sprzedajecie. Niezły interes.

– Nie, Martinie, to nie jest interes. Oryginały próbujemy ukryć w najróżniejszych miejscach. Przed nazistami.

– Eliso, jeśli nie chcesz mi powiedzieć, co robisz z obrazami, to nie mów, ale nie próbuj wcisnąć mi bajki, a potem zarzekać się, że już nie jesteś dzieckiem. Ta pierwsza bajka była znacznie bardziej przekonująca.

– Nie wciskam ci żadnej bajki. To prawda. Hitler chce za wszelką cenę odzyskać obrazy, które Napoleon wywiózł z Niemiec i z Austrii. Tysiące obrazów malarzy flamandzkich, holenderskich, austriackich, niemieckich. Najpierw chciał zabrać je do przyszłego wielkiego muzeum europejskiego w Berlinie. Teraz grabi wszelkie możliwe dzieła sztuki. Zaczął od kolekcji żydowskich. Nic się nie da na to poradzić. Zresztą robi to nie tylko on. Widziałeś, jak się zachowuje rząd Pétaina, lecą jak sępy na okruchy wielkich fortun, które zostawiają im z łaski naziści. A ci rabują, kogo popadnie. Ostatnio ogłosili, że skonfiskują i wystawią na aukcję dobra Rothschildów, jednej z najbardziej wpływowych rodzin we Francji. Na nic się im nie zdały te wpływy, to Żydzi, nie mają żadnych praw. Tysiące obrazów, Martín, rabują tysiące obrazów i wszystkie wartościowe przedmioty, jakie tylko można sobie wyobrazić. Wszystko, te niemieckie szakale i francuskie sępy rabują wszystko.

– Eliso, nic nie rozumiem. Co ma wspólnego historia tych i innych Żydów z konfiskatą obrazów, które przywiózł do Francji Napoleon ponad sto lat temu? A przede wszystkim co to ma wspólnego z tobą? I skąd ty to wszystko wiesz? To prawda, że Vichy podpisuje się pod modą nagonki na Żydów... no cóż, kolaborują z Rzeszą... Chcą wyciągnąć od niej jak najwięcej... Ja nie wiem, czy robią dobrze czy źle, ale przynajmniej nie mamy otwartej wojny. Za to intencje Hitlera nie są całkiem jasne, nie licząc jego manii podkreślania wyższości rasy aryjskiej i prześladowania każdego, kto mu się nie spodoba. W sumie nie przeszkadza to prawie nikomu oprócz tych ostatnich. A zresztą niczego sam nie wymyślił. Ta moda jest stara jak świat, Eliso, pedały i Żydzi mało komu pasują. Skąd ty wiesz, co planują Niemcy?

– Słuchaj, ja nie wiem, czy przypadkiem jedynym grzechem Żydów nie jest to, że okazali się bardzo sprytni i zdobyli wielkie fortuny, ale nie będę się wdawać w te rozważania. Nie znam się na polityce i z czysto ludzkich względów staję po stronie prześladowanych, bez względu na to, kim są, z kim sypiają i do kogo się modlą. Protestuję przeciwko ściganiu i prześladowaniu innych ludzi z każdego powodu, a już szczególnie dlatego, że nie są tacy jak ty. Teraz jednak nie w tym rzecz. Mnie obchodzi tylko sztuka, Martín. Hitler zaczął od Żydów, od wielkich kolekcjonerów, od najbardziej renomowanych marszandów, ale za chwilę zabierze się do muzeów. Jego pierwszym celem jest Luwr, bo to tam znajdują się najważniejsze dzieła sztuki, które przywiózł Napoleon ze swoich kampanii w krajach germańskich, po zwycięstwach pod Monachium, pod Kassel, pod Wiedniem. Ściągnął do Francji niezliczone dzieła o ogromnej wartości, na przykład lwią część cesarskiej galerii austriackiej czy kolekcji Fryderyka Wielkiego. Wiedzą o tym wszyscy w świecie sztuki. Po jego upadku wiele z tych przedmiotów zrabowanych przez jego armię zostało zwróconych prawowitym właścicielom, w Austrii, w Niemczech, we Włoszech, ale nie wszystkie, sporo zostało we Francji, już to dzięki przemyślności grabieżców, którzy niekiedy proponowali w zamian mniej wartościowe dzieła francuskie, już to z innych powodów, o które teraz mniejsza. Zostały setki obrazów, które naziści chcą odzyskać. Obrazy Rubensa, Tintoretta, Brueghla, Rembrandta, Tycjana. Całe mnóstwo, Martín, całe mnóstwo.

– Cóż ja mogę ci powiedzieć, Eliso. W sumie nie jest to całkiem nieuzasadnione roszczenie. Skoro te obrazy były niegdyś własnością niemiecką, nie wydaje mi się niezgodne z prawem, że chcą je odzyskać. Nie mam bladego pojęcia o sztuce, rzadko ją oglądam. Nie przepadam za malarstwem, nie licząc twoich obrazów, i nie byłbym w stanie odróżnić Velazqueza od Goi, ale nie widzę powodu, żebyś miała się narażać, próbując nie dopuścić do ich wywiezienia. Można by pomyśleć, że chodzi o twoje obrazy.

– Jak możesz tak mówić? – krzyknęła. – Tobie też się zapomniało, że żyjesz w okupowanym kraju? Rząd Pétaina kolaboruje i *c'est la vie*, ale Niemcy najechali Francję, weszli tu siłą, to samo zrobili w Polsce, w Austrii, w Sudetach, i nie zanosi się na to, że to ich zaspokoi. Do czego jeszcze się posuną? Nie mówimy o zwrocie dzieł sztuki prawowitym właścicielom, tylko o tym, że trafią w ręce jednego człowieka albo jego niezliczonych popleczników, albo zostaną sprzedane nie wiadomo komu i gdzie. Co oni potem z nimi zrobią? Wierzysz, że oddadzą je Włochom albo Żydom, których złupił Napoleon? Wierzysz w to? Poza tym polują na sztukę, której zabronili u siebie, którą nazywają „zdegenerowaną", „wynaturzoną". Na tysiące obrazów Cézanne'a, van Gogha, Braque'a, Légera, Picassa, Vlamincka, Kleego, Matisse'a, Gauguina i wielu innych, impresjonistów, ekspresjonistów, fowistów… każdego, kto nie mieści się w ich kategoriach piękna. Każdego, kto jest inny niż oni. Co twoim zdaniem zrobią z tymi obrazami, kiedy je przejmą? Powiedz mi! Co z nimi zrobią?

– Nie unoś się. Masz rację. Nie mam pojęcia, co zrobią, ale na pewno nic dobrego. A tobie odbiło, chociaż to, co robisz, jest wspaniałe. Jeśli się uda, z pewnością przejdziesz do historii. Ale skąd ty o tym wszystkim wiesz? To nie są rzeczy powszechnie znane. Podajesz bardzo konkretne dane, konkretne plany rządu niemieckiego. Kto oprócz Hitlera i jego współpracowników wie, jakie są ich zamiary?

– Zdziwiłoby cię, ilu ludzi jest skłonnych ryzykować życie, by ocalić sztukę. Powoduje zło i korupcję, ale wielu zginęłoby za nią. Nie powinieneś wiedzieć nic więcej. To zbyt niebezpieczne.

– Eliso, znamy się od dziecka, razem dorastaliśmy, moi rodzice uwielbiają cię; zrobiliby wszystko, żeby mieć cię za synową, i nie sądź, że nie próbowali. Wiesz, że możesz mi ufać. Nie możesz przerwać w połowie tej sensacyjnej opowieści. A poza tym nigdy nie uwierzę, że zaangażowałaś się w coś podobnego, ty, z taką słodką i nieśmiałą buzią, moja mała!

– Nie kpij ze mnie, Martinie! Doskonale wiem, co robię. I nie mów tak do mnie! – Elisa spojrzała na kopię. Owinięta w prześcieradło wyglądała na zwykły obraz, który powędruje do galerii. Pomyślała o Clarze. Zawsze, gdy spoglądała w lustro, widziała jej fiołkowe oczy, była skazana na wspomnienie matki i jej niezrozumiałego odejścia. A wspomnienie to ciążyło jej mniej od czasu, gdy zaczęła kopiować te obrazy. Czuła się, jakby robiła coś w zastępstwie matki, jakby jej życie nabrało nagle sensu i Clara mogła być teraz z niej dumna. – Ja tylko próbuję pomóc, jak tylu innych. Jest mnóstwo do zrobienia. W pierwszej kolejności kopiujemy obrazy zakazane w Niemczech, bo nie wiemy, co się może z nimi stać i czy aby nie zostaną zniszczone. Jeśli naziści odważą się wejść do muzeów, ocalimy przynajmniej część arcydzieł.

– W niezłe tarapaty się wplątałaś. To znacznie gorsze, niż się spodziewałem. Jeśli jednak mogę się zabawić w adwokata diabła, moją specjalność, muszę ci powiedzieć, że nie wierzę, żeby Niemcy byli tak głupi, żeby nie zorientować się, że mają do czynienia z falsyfikatami. Eliso, uważam, że wasz plan jest naiwny, ryzykowny i naiwny.

– Martín, uważaj, co ci się żywnie podoba. Masz prawo. Na razie działa. Zapewniam cię. Ukryliśmy w bezpiecznym miejscu dziesiątki obrazów. A za nimi pójdą inne.

– Kto stoi za tym wszystkim? Nie sądzę, żeby ruch oporu miał środki wystarczające na sfinansowanie tego, o czym mówisz; w grę wchodzi wiele osób, a wy, fałszerze – przepraszam za to określenie – jesteście przecież kosztowni. Bo nie sądzę, żeby twój idealizm nakazywał ci rezygnację z wynagrodzenia, co?

– Myśl sobie, co chcesz, nie będę ci niczego udowadniać. Ja wiem, czemu to robię. Ale przysięgnij, że nie powiesz o tym Diegowi, proszę, jestem pewna, że nie wybaczyłby mi tego.

Martín podszedł do Elisy i pogłaskał ją po twarzy. Naprawdę miała buzię małej dziewczynki, tęczówki koloru niebieskawego fioletu niby dwie lampki zapalone w białym namiocie podczas festynu, prosty, zgrabny nosek nieznacznie wystający spomiędzy różowych policzków, nie za pulchnych, nie za pociągłych. Nie tylko jej rysy wydawały się dziecinne, ciało także: ledwie zaznaczone krągłości, bardzo szczupła i drobna, niemal androginiczna. Nie zmieniały tego jasne kędziory opadające na szyję niby sprężyny w puklach tak grubych, że gdy umyła i rozczesała włosy, sięgały poniżej łopatek. Brakowało tylko, by uczesała je w warkoczyki i związała wstążką. A jej wargi były najpiękniejsze, jakie widział w życiu. Chociaż Anna była niewątpliwie ładniejszą kobietą. Czemu Diego był taki głupi? Tylu ludzi kochało go, a on musiał wybrać właśnie ją.

Nie potrafił zrozumieć, co takiego miał jego przyjaciel, że budził podobne zainteresowanie. Nie był ani specjalnie przystojny, ani umięśniony, ani zwinny, ani wysoki, ratowała go tylko barczysta sylwetka, czarne, żywe oczy, które potrafiły zauroczyć każdego, ciemne włosy, długie, kręcone, które zaczesywał tak, by podkreślić ich walory. I może jeszcze głos, poważny, ale bardzo łagodny, niby u księdza, który kocha swoje owieczki i moduluje ton głosu podczas kazania, żeby nie przestawały go słuchać. Jego rysy nie były zbyt męskie, wręcz przeciwnie, skórę miał bardzo gładką, a niekiedy zauważał u niego ambiwalentne zachowania, czułe spojrzenie, delikatny gest. Jakby uchylały rąbka sekretu, którego sam nie zamierzał wyjawić. Poruszał się niezgrabnie, w sposób pozbawiony wdzięku, a ręce miał tak wielkie, że wydawało się niemożliwe, żeby były zręczne w miłości. Pieszczoty takich łapsk musiały być po prostu ciężkie. A jednak budził namiętność w bardzo różnych osobach. W diametralnie różnych. Ból przywrócił go do rzeczywistości: zagryzał wargi tak mocno, że pociekła krew, czuł jej smak, to nic, zaraz przestanie płynąć.

– I nie boisz się? Nie wiesz, co się może z tobą stać, kiedy ktoś odkryje, co robicie? Odnoszę wrażenie, że uważasz to za zabawę, zachowujesz się, jakbyś w coś grała. Na pewno powinnaś bardziej uważać, najwyraźniej jest w to wplątanych wiele osób, a to, co robisz ty, jest bardzo niebezpieczne. Poza tym wciąż jeszcze umyka mi wiele szczegółów. Nie pojmuję na przykład, jak wam się udaje wnieść tu obrazy i wynieść je? I jak je podmieniacie?

– Opowiedziałam ci wszystko, co wiem. Nie znam, ani z nazwiska, ani osobiście, nikogo innego, kto byłby w to zaangażowany, malarzy czy pośredników, nie wiem nawet, które obrazy zostały już skopiowane i które są następne na liście. Maluję tylko to, co mi zlecono. Nie wiem, jak kopia trafia do muzeum, dokąd wędruje oryginał. Nie powinnam tego wiedzieć. Obrazy przynosi mi zawsze ktoś inny, gońcy, którzy nie znają wartości tej przesyłki i którzy przychodzą zawsze pod nieobecność Diega. To najbardziej ryzykowny etap całej operacji, chodzi przecież o dzieła niezwykle cenne, ale nikt się nie zorientuje, ponieważ ja ciągle przynoszę i wynoszę moje własne obrazy, a niekiedy, w przypadku tych wielkiego formatu, wynajmuję firmę przeprowadzkową. Poza tym stale zamawiam płótno na moje obrazy. I to wszystko, czym się zajmuję. Po prostu kopiuję obraz, który mi kazano skopiować. I nie bawię się, Martín, ja tylko pracuję pędzlem po to, żeby żyć tak, jak chcę; trudno to wyjaśnić, ale nie mogę czekać bezczynnie na rozwój wydarzeń.

V

Villaviciosa, środa, 17 maja 2000 (godz. 11.00)

Bolą mnie ręce. Czuję, że są zimne, wyschnięte. Palce jak sękate kije, zginam je z trudem, jakby mogły się złamać przy każdym ruchu. Po wyjściu z gabinetu Angeli musiałem przysiąść na chwilę w poczekalni. Wróciły wspomnienia matactw tych łajdaków; do tej pory zastanawiam się, czy za ich obsesją czystości etnicznej i ideologią wyższości rasowej nie stała tylko nieskończona chciwość. Gdy sadowię się wygodniej na skórzanym fotelu, czuję każdą kosteczkę. Skóra i żywe ciało opinają te skamieliny, lecz wkrótce zbutwieją i rozpadną się, życie z nich wkrótce uleci, odlicza sekundy. Życie, które mi pozostało. Tyle rzeczy chciałbym cofnąć, Eliso, tyle rzeczy... Gdybym mógł zawrócić bieg chociaż jednej chwili, jednej jedynej, aż nadto dobrze wiem, którą bym wybrał, który z moich błędów próbowałbym naprawić. Ale nie mogę i pozostało mi tylko wspominanie tego, co dobre, tego, co bym chętnie powtórzył. I na tej zabawie trawię ostatnio moje dni i moje noce, jak sama widzisz. Dziś o świcie wszedłem na górę jeszcze raz, ale nie mogłem się przemóc, żeby spojrzeć na nie, nie mogłem. Sprawiają, że czuję się taki winny! Później spróbuję znowu. Nie mam pojęcia, co poczuję, kiedy cię w nich zobaczę. Chociaż właściwie to nie wiem, czego się boję. Przecież prawie wszystko przewinęło mi się przed oczami. Stale się przewija. Nocą i dniem, we śnie i na jawie.

Nawet ci, których zapomniałem już dawno temu, buntują się i wracają. Przynoszą mnóstwo szczegółów. Bo chcą wrócić. Wystarczy obca muzyka, która nagle wydaje mi się znajoma, zarys obejmującej się pary gdzieś w oddali, muśnięcie dłoni albo po prostu zamknięcie oczu na dłuższą chwilę. Teraz pewien zapach: odświeżacz powietrza, aromat słodkiego melona, który unosi się w tej tak poważnej poczekalni. Niektóre z tych widm przynoszą tylko nostalgiczny posmak, na poły żal za tym, co minęło, na poły radość. Inne karzą mnie ostrym bólem w piersi lub głębiej.

To właśnie czuję, kiedy myślę o mojej kuzynce Annie. Zmarła niedawno, ze starości, we własnym łóżku, zapewne otoczona tą samą wonią, która otaczała ją za życia niby eteryczne halo. Któż by przypuszczał. I w obecności wszystkich, którzy ją kochali, a było ich wielu. Dostałem wiadomość o jej śmierci i byłbym pojechał na pogrzeb, tak, chętnie byłbym się z nią pożegnał, zasługiwała na to, ale tyle miałem tutaj do roboty... mnie też kończy się czas. Jakie to szczęście tak umrzeć! Tak właśnie należy umierać. Jak się żyło. Wiedziałem, że jest bardzo szczęśliwa, już wtedy, kiedy wróciłem do Paryża, żeby zidentyfikować ciało Violette. Nie odstępowała mnie ani na krok. Jeszcze piękniejsza niż za młodu, o tak. Staje mi teraz przed oczami. Jej uśmiech, włosy, czarne oczy. Śniada cera i melodyjny głos. Nigdy nie pojąłem, dlaczego mnie prześladowała; nie zrobiłem niczego, by sprowokować to huraganowe uczucie, którym domagała się wszystkiego, którym oddawała się bez zazdrości. Jakże myliłem się co do niej. I co do Martina. Ale ona... widziałem w niej tylko kokietkę. Jak późno zorientowałem się, że za urokliwymi oczami kryje się mózg i niezłomne uczucie. Wtedy te rzeczy wydawały się prostsze, my, mężczyźni, uważaliśmy się za lepszych, sprytniejszych, uczciwszych, z patentem na wiedzę i wyłącznością na prawdę. Wszystko było dzięki temu łatwiejsze, ale też świat był znacznie bledszy.

Pewnego zimowego popołudnia znów przyszła do mnie, do biura. Nie pamiętałem, kiedy zaglądała tu ostatnio. Nie wiem, czemu pomyślałem, że chce mi opowiedzieć, że chodzi z Martinem. Nie musiała tego robić, lecz uznałem, że skoro od tylu lat znoszę jej zaloty, poczuła się w obowiązku, by poinformować mnie o tym, że znalazła sobie kogoś, kto mnie zastąpi. Pamiętasz, jak się ucieszyliśmy, ty i ja, kiedy zobaczyliśmy ich kilka dni wcześniej spacerujących nad Sekwaną jak wszyscy zakochani, a także ci, którzy właśnie się odkochiwali... Byłem przekonany, że stanowią idealną parę, nasz przyjaciel i moja kuzynka, oboje ponadprzeciętni, oboje doskonali, i zalało mnie poczucie ulgi, przedziwnej, wyzwolicielskiej. Wyszliśmy wtedy na spacer przed godziną policyjną. Musieliśmy to zrobić. Chcieliśmy przeżyć, a w tym celu trzeba było próbować żyć, jakby to, co działo się wokół nas, było normalne. Jakby obławy, aresztowania i strzały za rogiem, za murem, pod twoim nosem, nie miały nic wspólnego z nami. Jakby prowizoryczne okopy, granatowe albo czarne mundury i swastyki były akcesoriami, po które sięga piękne miasto, nakładające dla zabawy posępną maskę. I ty, i ja walczyliśmy o to każdego dnia, od momentu, gdy wstawaliśmy z łóżka, po chwilę, gdy kładliśmy się spać. Próbowaliśmy ignorować to wszystko, czego nie dało się znieść. To był jedyny sposób, by ból i wściekłość, jeśli miało się choć kawałeczek serca, nie wdarły się w człowieka na tyle głęboko, by zdławić chęć do życia.

Szliśmy, trzymając się za ręce, a tak jak my dziesiątki paryżan wędrowało w dół i w górę rzeki, ubranych i uczesanych jak zwykle, perorujących z ożywieniem, jakby codzienna rutyna została po prostu przeniesiona na inną scenę, jakby karabiny na plecach żołnierzy paradujących ulicami przez całą dobę nie oznaczały, że Paryż jest pod okupacją, lecz stanowiły część dekoracji, która niebawem zostanie zdemontowana. I wtedy zobaczyliśmy ich. Martín trzymał Annę pod rękę, szli powoli, rozmawiając, z głowami tuż obok siebie, tak blisko, że chwilami wydawało się, jakby ich wargi się stykały. Byliśmy daleko od nich, ale nie sposób było się pomylić co do tej pary kochanków jak z filmu. Po chwili przystanęli, a on się odwrócił. Żeby nas nie rozpoznali, zawróciliśmy pośpiesznie. Nie wiem dlaczego; może oboje pragnęliśmy, żeby rzeczywiście stanowili parę, i nie chcieliśmy przerywać tego czaru, nie chcieliśmy dowiedzieć się, że to nie oni albo że spotkali się przypadkiem. Nie ośmieliliśmy się obejrzeć za siebie, ale potem często rozmawialiśmy o nich, o tym, jakby było dobrze, gdyby okazało się to prawdą, jakbyśmy się cieszyli, że wreszcie oboje spotkali osobę, którą mogą pokochać. Czyż nie tego wszyscy pragnęliśmy? Czyż nie tego wszyscy pragniemy?

Ale łatwo się pomylić w kwestiach miłosnych. I Anna nie przyszła do mnie, by opowiedzieć, że chodzi z Martinem. Było już późno. Za oknem wiatr wył wściekle, jakby wcale nie chciał targać koronami drzew, kluczyć pomiędzy smukłymi pniami, mknąć przez park na drugi brzeg rzeki. Ostatni klient wyszedł właśnie i ja też się zbierałem. Przez cały dzień ślęczałem nad planami fabryki butów dla wojska. Właściciel chciał ją powiększyć i nie żałował pieniędzy. Martwi przynosili duży dochód. Piekły mnie oczy, chciałem już być w domu, potrzebowałem prysznica i twojego widoku, tęskniłem za tobą. Weszła i zamknęła za sobą drzwi. Zdjęła palto i powiesiła je na wieszaku z wielkich przekrzywionych ósemek, na którym został już tylko mój prochowiec i kilka parasoli zapominalskich klientów. Pamiętam jej srebrnopopielatą sukienkę i wielki niebieski pasek dokładnie w pół drogi między biodrami a biustem. Anna była przepiękną kobietą, ale ja kochałem ciebie. Zawsze tak było, nadal tak jest. Podeszła do mojego stołu i usiadła, tym razem jak Pan Bóg przykazał, na krześle naprzeciwko, wpatrując się we mnie. Po chwili wyjęła z torebki miniaturowe lusterko, podniosła je do oczu i poprawiła włosy. Gdy uznała, że wygląda jeszcze doskonalej, przechyliła się ku mnie. „Nie rozumiem, jak to się dzieje, że zawsze jesteś taki samotny, będąc tak przystojnym mężczyzną", powiedziała. Chciałem wstać, ale nie ruszyłem się z miejsca. Jej oczy były zbyt czarne. „Dzisiaj nic nie mówisz, ale na pewno się zastanawiasz, co tutaj robię po tych wszystkich miesiącach nieobecności. Tak, na pewno tak. Więc powiem ci. Zmęczyłam się, Diego. Postanowiłam dać ci jeszcze jedną szansę. Ale to będzie ostatnia. Przyrzekłam sobie, że przestanę czekać na ciebie i wierzyć, że któregoś dnia będziesz mój. Nie będę tracić więcej czasu. Nie mogłam jednak tego zrobić, nie mówiąc ci o tym. Sądzę, że przynajmniej to mi się należy".

Nie wiedziałem, co odpowiedzieć. Może wybełkotałem, że kocham ciebie i nie potrafię przestać cię kochać, że dziękuję jej za szczerość i że jest fantastyczną kobietą, która, gdy tylko tego zechce, znajdzie mężczyznę, który pokocha ją tak, jak na to zasługuje; nie w tej kolejności i nie tymi słowami, ale myślę, że powiedziałem jej z grubsza coś takiego. Ona zaś zwilżyła sobie wargi, wstała z krzesła, obeszła stół, stanęła przy mnie i schyliła się tak, że czułem jej oddech, po czym pocałowała mnie. Nie mogłem się odsunąć, nie chciałem, sprawiły mi przyjemność jej smak, jej usta, jej ciepło. Sprawiły mi przyjemność. Ale od razu poczułem, że nie będę w stanie posunąć się dalej, że nigdy nie pokocham jej tak, jak kocham ciebie, że jej zapach i jej ciało nigdy nie będą twoimi i że dlatego nigdy nie będę mógł po nich wędrować. Dostrzegła to. Wiem. Zrozumiała, że podczas tego pocałunku między jej pragnienie a moją ślinę wkradły się twoje fiołkowe oczy, mrożąc wszelkie uczucie, jakby całowały się nie dwie osoby, lecz dwie góry lodowe. Oderwała się ode mnie. Pomalowała wargi karminową pomadką, zauważyłem, że zadrżały nieznacznie. Włożyła swój wełniany płaszcz koloru marengo i wyszła z biura bardzo powoli, nie zamykając za sobą drzwi, nie oglądając się. Na stole, pomiędzy szkicami planów i skalówkami, została czerwona róża, której nie zauważyłem wcześniej, i jej rękawiczki z czarnej skórki. Potem zniknęła. Nie widziałem jej przez długi czas i uznałem, że wreszcie przyjęła do wiadomości mój wybór. Tak było najlepiej dla nas wszystkich. Ale zostało mi poczucie straty, które wzmogło się później, kiedy pokazała, kim była naprawdę i co była skłonna dla mnie zrobić. Zdjąłem z wieszaka kapelusz, włożyłem prochowiec i rękawiczki. Wciąż jeszcze czułem chłód. Zamknąłem drzwi i wyszedłem z biura, zostawiając na stole jej różę.

Wracałem do domu wolnym krokiem, z rękami zwisającymi wzdłuż ciała, ze wzrokiem wbitym w bruk, jakbym zgubił coś bardzo cennego, co odnajdę, jeśli będę patrzył bardzo uważnie pod nogi. Z zamyślenia wyrwał mnie metaliczny dźwięk. Otwierając z rozmachem drzwi ciężarówki ERR, niemiecki żołnierz uderzył nimi o karoserię. Blacha zadźwięczała. Pojazd zajmujący prawie połowę chodnika stał przed zabytkowym, kamiennym portalem przy ulicy Faubourg Saint-Honoré. Czterech mężczyzn w mundurach wynosiło z bramy najróżniejsze przedmioty, które potem układali pod ciężarówką. Jednemu z nich wysunął się z rąk obraz, rama pękła, uderzając o chodnik. Jego przełożony walnął go w twarz i wrzasnął coś, czego nie zrozumiałem. Wskoczył na pakę i podał żołdakom koce, w które zaczęli owijać łupy złożone na ziemi: meble, lustra, obrazy, rzeźby. Srebrną zastawę, porcelanowe figurki i inne bibeloty układali w skrzyniach wymoszczonych słomą. Co kilka minut wynosili z bramy nowe przedmioty, kładli je na kocach rozciągniętych na ziemi albo opierali o ciężarówkę.

O tej porze na ulicy nie było już zbyt wielu ludzi, ci nieliczni przechodzili na drugą stronę już na kilkanaście metrów przed bramą i odwracali wzrok. I ja także to zrobiłem, Eliso, ja także to zrobiłem. Nie chciałem patrzeć na to, co się dzieje. I żałuję tego po dziś dzień, bo kiedy wydarza się coś takiego, powinniśmy wyryć bardzo głęboko w naszej pamięci tę zniewagę, żeby nikt nie mógł jej zakwestionować, zaprzeczyć, że została wyrządzona. Ja wiem, że tak było, i ty też. Wiemy aż nadto dobrze. Zanim skręciłem za róg i poszedłem swoją drogą z sercem, które chciało wyskoczyć mi z piersi, odwróciłem się i spojrzałem za siebie. Dwóch oficerów wywlekało z bramy dwoje starszych ludzi, zapewne właścicieli, o zwyczajnym wyglądzie, z rękami skrępowanymi na plecach i z błędnym wzrokiem. Gdy wpychali ich do czarnego samochodu ozdobionego swastyką, mężczyźnie spadły okulary. Kierowca podniósł je i schował do kieszeni, po czym zasiadł za kierownicą i zamknął drzwi. Oficer wyglądający na dowodzącego akcją wybrał z obrazów rzuconych na pakę jeden i spoglądając z uśmiechem na właścicieli, wręczył go konsjerżowi, a ów uścisnął mu rękę i szybko wszedł do bramy. Gdyby wszystko skończyło się na tym, gdyby tylko rabowali ich i poniżali... Tak się jednak nie stało, a teraz, kiedy o tym wiemy, mogę tylko przeklinać tych chorych ludzi i żyć dalej. Ale żeby umrzeć z godnością, nie można nigdy tego zapomnieć.

VI

„Z doniesień naszego korespondenta wojennego na temat Błękitnej Dywizji i walki z komunizmem wynika, że nasi żołnierze w mundurach koloru lasu maszerują pod osłoną czerwono-żółtej flagi, dumni z tego, że Hiszpania może się przyczynić do unicestwienia sowieckiego bolszewizmu i do przyszłego pokojowego rozwoju Europy. Niemieccy żołnierze patrzą na nich z aprobatą. Odwagi, towarzysze! Podążajcie naprzód u naszego boku, z Rzeszą w głowie i z Hiszpanią w sercu".

Paryż, 19 września 1941

– Dlaczego jesteś zawsze taki szarmancki, Friedrich? Ona wiedziała, że nie powinna była wkładać tego samego czepka co wczoraj, przestrzeganie etykiety to jeden z jej obowiązków. Dziś jest piątek, czyli dzień czepka z trzema rogami. A poza tym przecież nic takiego się nie stało, powiedziałam jej tylko, że jeśli nie ma głowy do pamiętania o właściwym czepku, to może zamiast czepka powinna zmienić sobie głowę... Ale ty zawsze stajesz w obronie biedaków, jak kiedy byliśmy dziećmi. Nie wiem, co się z tobą stanie, kiedy będziesz musiał kogoś zabić, kochany.

– Zabić wroga to jedno, a wrzucić na dno rzeki godność biednej dziewczyny to drugie, i to bardzo różne rzeczy, Danielle. A moje galony nie przemieniły mnie ani w łotra, ani w mordercę, ani w człowieka bez serca. Gdyby tak było, czy zakochałabyś się we mnie?

– Dobre rozumowanie. Gdybyś był mordercą, jestem pewna, że nie przejmowałbyś się honorem służących maltretowanych przez ich panie.

– Otóż to. Nie zmieniłem się. To, że noszę teraz mundur, wynika wyłącznie z okoliczności życiowych, które nie zawsze zostawiają nam inne wyjście. Ale my, ludzie, jesteśmy czymś więcej, niż wynika z naszego ubioru, i możemy decydować o tym, jak się zachowujemy. I nie przesadzaj, nie maltretowałaś jej, tylko przypomniałaś, gdzie jej miejsce, a ja też jej nie broniłem, tylko byłem bardziej pobłażliwy.

– To jedno nie wyszło twojemu ojcu: choć tak bardzo się starał, nie zniszczył twoich idealistycznych ciągot, tak rzadkich u osoby twojego rodu, Friedrich. Nie przestajesz mnie zadziwiać. Właśnie dlatego cię kocham. Nie dlatego, że jesteś jak pluszowy miś, mój kochany pułkowniku.

Kochany pułkownik przysunął się do Danielle. Pocałunek był krótki, lecz wspaniały. Seks z nim był zawsze wspaniały. Nie rozumiała, jak to się stało, że tak długo się nie widzieli. Tylko on wzbudzał w niej ten dreszcz przed szczytowaniem, w którym jej ciało wibrowało, gdy doprowadzał ją do rozkoszy, pieszcząc tak długo, jak tego pragnęła. Spotkała w życiu niewielu takich mężczyzn, którzy nie wstydzili się tak postępować, którzy nie uważali za prostytutki kobiet wymagających od nich relacji tego samego typu, jakiego szukali oni sami, w każdym razie w burdelach. Friedrich był wyjątkowy: nie bardzo przystojny, nie bardzo dobry, nie bardzo zły, nie bardzo natrętny, za to owszem, bardzo bogaty. Wszystko w sam raz. W jej oczach miał tylko jeden defekt: włosy tak jasne i jedwabiste, że konkurowały z jej włosami. Ale jego ręce potrafiły wędrować po niej, a duch był wolny, mimo konwenansów, w których gorset usiłowano go wbić w rodzinnej posiadłości. Być może miał jeszcze coś, co wyjdzie na jaw później, lecz spotykali się od niedawna. Czołgi przejeżdżające pod Łukiem Triumfalnym przy powiewających flagach ze swastyką, podczas gdy wielu Francuzów spluwało na ten widok, przywiozły jej niespodziewany prezent, jej pierwszego kochanka, młodego pruskiego arystokratę, z którego rodziną jej rodzice spędzali niekiedy lato na gorącej i promiennej Riwierze albo w chłodnych lasach Szwarcwaldu. Zgrabnego i cholernie przystojnego hrabiego, z którym straciła swe znienawidzone dziewictwo.

Niektórzy znajomi uznaliby ją za kolaborantkę; z pewnością oskarżali ją o to ci nieliczni Francuzi, którzy wiedzieli o tym związku, a byli przeciwni okupacji, ale ona nie przejmowała się tymi miernotami. Nie leżało w jej naturze oglądanie się na opinię zwyciężonych. A poza tym prawda była zupełnie inna.

– Prawdziwe tornado z ciebie, kochanie. Ale musisz już iść, jestem umówiona, a ty zanudziłbyś się na śmierć, gdybyś został z nami.

– Jesteś nieubłagana, Danielle. Z kim jesteś umówiona?

– Tajemnica. Moja głęboka tajemnica.

– Nie wierzę własnym uszom. Osobą, która powinna utrzymywać w najgłębszej tajemnicy swoją bardzo tajemniczą pracę, jestem ja, a nie ty. Ale to ty zostawiasz mnie zawsze w napięciu. Będę musiał nasłać na ciebie szpiega, który doniesie mi, co knujesz.

– Zrób to, a nigdy więcej nie dostaniesz tego, co tak dobrze ci służy, mój kochany hrabio.

Danielle głaskała sobie piersi, już ubrana, rozmawiając z nim. To dlatego szalał za nią: tak inteligentna, tak wykształcona, tak wyrafinowana; ta powszechnie podziwiana paryska marszandka zachowywała się tak wyuzdanie jak żadna inna kobieta, z jakimi miał do czynienia dotychczas. Pod tym względem uzupełniali się jeszcze bardziej niż pod względem czystości krwi i wysokiego pochodzenia.

– Zatem idę sobie. Zadzwoń do mnie niebawem albo wrócę po ciebie, nawet jeśli nie będziesz chciała.

Friedrich włożył marynarkę trzy czwarte z szarej wełny i czapkę. Jak diabelnie przystojni byli ci mężczyźni w mundurach, choć bez wątpienia jeszcze bardziej było im do twarzy nago. Zanim wyszedł, odwrócił się do niej i puścił oko. Wzdrygnęła się, przypominając sobie, jak wsuwał język między jej nogi. Oczywiście, że niebawem zadzwoni. Choćby mieli ją za to aresztować. Usiadła w fotelu wysłanym aksamitem, zrzuciła pantofle i podciągnęła nogi. Była zmęczona, lecz nie chciała się kłaść, wiedziała, że ma jeszcze sporo do zrobienia, zanim będzie mogła odpocząć. Po jakie licho wplątała się w tę historię? Czy nie wystarczyło jej, że zakochała się w naziście, jednym z tych, których większość mieszkańców okupowanego kraju nienawidziła z całej duszy albo którym zazdrościła? Czy musiała dokładać do tego jeszcze inne powody do niepokoju? Choć rzadko odczuwała strach i wbrew temu, co podpowiadał rozsądek, nie obawiała się, że obie, ona i Elisa, zostaną zdemaskowane, a jeszcze mniej, że byłby zdolny wydać ją Friedrich, który kochał ją na zabój i jeszcze bardziej, od czasu do czasu przerażała ją własna zuchwałość. A co takiego mogło się stać jej młodej malarce?

Służąca wyrwała ją z zamyślenia, oznajmiając, że gość już jest. Ta dziewczyna zawsze była punktualna, bardzo czysta, bardzo nieśmiała, ale pełna niezłomnego uporu, który, jak oceniała Danielle, zaprowadzi ją daleko, zwłaszcza w połączeniu z niezbędną urodą i wybitną inteligencją. Od tego ostatniego czynnika zależał cały plan, od tego, czy będzie zdolna pracować z właściwą sobie skrupulatnością, nie popadając w skrajne emocje, nie puszczając pary z gęby, nie zdradzając się niebacznym komentarzem. Danielle ufała jej i była przekonana, że dziewczyna nie zawiedzie jej zaufania. Jednakże gdy zajrzała dziś rano do galerii, wydała się jej zdenerwowana i dlatego zaprosiła ją do domu. Chciała wysondować, czy wydarzyło się coś, o czym powinna wiedzieć.

– Przyszłam za wcześnie. Odpoczywałaś. Przepraszam, Danielle.

Elisa stanęła w progu z żakietem z niebieskiego filcu w jednej ręce i elegancką torebką Lanvin w drugiej. Była tak ładna, że Danielle czasem dla zabawy wyobrażała ją sobie nagą. Nie pociągały jej kobiety, w każdym razie niespecjalnie, ale Elisa należała do tych, z którymi w pewnych okolicznościach poszłaby do łóżka. Apetyczna i rozkoszna niby *crêpe suzette* ze śmietanką.

– Wejdź, kochana, nie stój w drzwiach jak gapa. Nie przejmuj się, nie spałam, zamknęłam tylko oczy na moment. Friedrich właśnie wyszedł, a po jego wizytach zawsze jestem nieco oszołomiona. Musieliście się minąć. Nie widziałaś go?

– Nie wiem, przecież nigdy mi go nie przedstawiłaś, nie pamiętasz? Nie chciałaś mi go nawet pokazać.

– Tak będzie lepiej dla nas obu, powinnaś to zrozumieć. Jesteś zbyt ufna. To mój kochanek, ale nie powinnam poddawać mu tropów. Rzadko miewam tak dobre relacje z moimi malarzami i mógłby zacząć coś podejrzewać. Choć jestem pewna, że nie zdradziłby mnie, gdyby się dowiedział, co robimy.

Danielle wstała i sięgnęła do dzwonka. Służąca pojawiła się od razu ze srebrną tacą w kształcie płatków wielkiej róży i postawiła ją przy oknie. Elisa nie mogła oderwać od niej wzroku. Ależ była przepiękna! I jaki świetny gust miała ta szarooka kobieta, delikatna jak grecka bogini w długiej szacie, z obojętną twarzą. Służąca postawiła filiżanki na eleganckim obrusie i powoli nalała kawę, tę dobrą, tę, która pachniała i smakowała wręcz jeszcze lepiej niż ta przed wojną. Przyniosła też cukierki i maleńkie paczuszki owinięte w złotko, których Elisa nie rozpoznała.

– Zamierzałam właśnie zjeść podwieczorek. Poczęstuj się, a potem mi opowiesz, czemu jesteś taka zdenerwowana. Stało się coś, o czym nie wiem?

– Boję się, Danielle.

– Ja też. Życie budzi lęk, kochana.

– Mówię poważnie.

– A ja, czy słyszałaś kiedyś, żebym nie mówiła poważnie?

Danielle wypiła kilka łyczków ze swojej filiżanki. Następnie powoli rozwinęła z opakowania wyśmienitą szwajcarską czekoladkę i starannie poskładała papierek, zanim odłożyła go na spodeczek. Włożyła delikates do ust i zamknęła oczy; otworzyła je dopiero, gdy skończyła smakować czekoladkę.

– Powiedz, dlaczego się boisz. Stało się coś, o czym nie chcesz mi powiedzieć?

Elisa nie wahała się. Nie przyszła tu po to, żeby czynić wyznania. Raczej żeby się czegoś dowiedzieć. Nieoczekiwane spotkanie z Martinem, który nakrył ją podczas malowania kopii, wytrąciło ją z równowagi, ale już jej przeszło. On nie zrobi nigdy niczego, co mogłoby jej zaszkodzić.

– Nie. Nic się nie stało. Ale nie wiem, czy nie popełniamy jakieś głupoty. Jak to możliwe, żeby naziści nie zorientowali się, co robimy?

– Zawsze mogą się zorientować, ale to mało prawdopodobne. Proszę, chodź, usiądź tu przy mnie. Przypominasz mi mnie samą, kiedy byłam w twoim wieku. Chociaż nie myśl, że jesteś dużo młodsza, to tylko takie powiedzenie.

Elisa usiadła ze złączonymi nogami i splecionymi rękami. Nie wiedziała, dlaczego zawsze tak robi w obecności Danielle, lecz już wcześniej zdała sobie sprawę, że przybiera wobec niej postawę uczennicy spodziewającej się bury. Przysunęła się do stołu i ujęła swoją filiżankę. Smak kawy przypomniał jej momenty, do których nie chciała powracać, i dolała mleka, by rozpuścić wspomnienie w białym obłoczku.

– Skąd wiesz, że nas nie nakryją?

– Kochana, odpowiedź jest prosta. Bardzo prosta: nie wiem. Gdybym wiedziała, jak będzie wyglądała nasza przyszłość, moje życie byłoby łatwiejsze; a może i nie; pojęcia nie mam, co bym zmieniła we własnym życiu, gdybym wiedziała, co się ze mną stanie. Dlatego właśnie powinniśmy czerpać korzyść ze wszystkiego, co nam oferuje. Nie przyszłaś jednak po to, żebym opowiadała ci o tym, co sama wiesz; przyszłaś, żebym przekonała cię, że nas nie złapią.

– Niewykluczone. Możesz spróbować.

– Otóż przychodzą mi do głowy różne powody. Po pierwsze, w tym mieście sztuka jest tak wszechobecna, że nasze obrazy nie powinny zwrócić niczyjej uwagi. Paryski rynek sztuki przeżywa apogeum, kochana, krążą tu wielkie pieniądze, pieniądze ludzi bogatych – ale nie Żydów – którzy nie chcą ryzykować zmiany waluty czy dewaluacji, a nie mają gdzie wydać tych pieniędzy, nie mogą popłynąć na luksusowy rejs, nie mogą udać się w podróż, nikt nie odważy się kupować biżuterii i złota, bo a nuż stracą na wartości. Co ty byś zrobiła, gdybyś miała dużo pieniędzy?

– Wyjechałabym stąd.

– Nieprawda. Przecież mogłabyś wyjechać, gdybyś chciała. Poza tym nie to miałam na myśli. Co byś zrobiła, gdybyś miała te pieniądze i chciała je zainwestować? My, bogacze, nigdy nie zostawiamy pieniędzy w spokoju. Blakną, kochana, blakną i dewaluują się. A ponieważ wszyscy wiedzą, że Niemcy kochają sztukę, jej zakup stał się pewnym interesem, tak dla samych Niemców, jak dla Francuzów czy Szwajcarów. Jak świeże bułeczki sprzedają się nawet najprostsze obrazki, martwe natury i pejzaże małego formatu. Teraz kupuje się obrazy nie tylko do domów i dworów, każdy, kto ma choć trochę forsy, którą chciałby umieścić w pewnym miejscu, inwestuje w sztukę. To pierwszy powód, dla którego nie powinni nas nakryć: jest mało prawdopodobne, żeby zwrócili uwagę właśnie na nasze obrazy. – Danielle sięgnęła po następną czekoladkę. Uśmiechała się przy każdym kęsie. Spojrzała na Elisę; gdyby tylko była pewna tego, co mówi, nie odnosiłaby teraz wrażenia, że ją oszukuje. – Są jeszcze inne powody. Po drugie, najważniejsi rzeczoznawcy to są Żydzi. To byli Żydzi. Już ich nie ma, prawie wszyscy zginęli albo zaginęli; jedynie ci, którzy przewidzieli rozwój wypadków i wyjechali z Francji w porę, wykonują ekspertyzy, a niektórzy wręcz robią interesy z Niemcami, bo ci bynajmniej nie są głupi i nie dają się łatwo oszukać. Ale tu, w Paryżu, nie ma już wystarczającej liczby rzeczoznawców, by brali udział w każdej transakcji. Zbyt wiele ich się odbywa. Wyobraź sobie, jak trudno teraz o żywego eksperta. Sami Niemcy zadbali o to, by ich usunąć. A większość malarzy, którzy z nami współpracują, nie wie, do czego mają posłużyć ich kopie. Wykonują zlecenie, dostają za to pieniądze, koniec, kropka. Ty jesteś moją przyjaciółką, Eliso, i bardzo cię cenię. Nie chciałam cię oszukiwać i narażać, nie informując, co tak naprawdę robisz. Byłam pewna, i nadal jestem, że mi pomożesz. Zaufałam mojej intuicji i nie żałuję. Ale powinnaś zostać wyjątkiem. Byłoby dla nas zbyt niebezpieczne, gdyby więcej osób rozumiało, co się dzieje. Dlatego zresztą nawet ty nie wiesz zbyt dobrze, dokąd trafiają twoje falsyfikaty.

– A czy one rzeczywiście są tak dobre? To wszystko nie może być takie łatwe. Gdyby tak było, ktoś już wcześniej musiałby na to wpaść.

– Jakość kopii jest tu najmniej ważna. Ale nie zaniedbujemy tego, ty i wszyscy inni fałszerze jesteście zawodowymi malarzami, zostaliście przeszkoleni, gdy wystąpiła taka potrzeba, a obrazy są oceniane przed podmianą, i postarzane, jeśli zachodzi konieczność. Te, które nie zostaną pozytywnie zaopiniowane przez techników z ruchu oporu, odrzucamy, bo są zagrożeniem dla całego planu. Zapewniam cię, że twoje falsyfikaty są znakomite. Ani jeden z twoich obrazów nie został dotychczas odrzucony przez naszych ekspertów. Mówiłam ci już o tym. Kopie przechodzą przez wiele rąk, zanim dojdzie do zamiany. Twoja praca to tylko małe ogniwo wielkiego łańcucha. Możesz spać spokojnie, nikomu nie przyjdzie do głowy, że to falsyfikaty.

Elisa nabrała powietrza. Oczy lśniły jej tak jak wówczas, gdy malowała. Danielle pomyślała, że naprawdę jest bardzo piękna. Wzięła ją za rękę. Chciała przekazać jej część swojej siły, ale w pewnych sytuacjach człowiek musi znaleźć taką siłę w sobie samym, sięgając głęboko do własnego wnętrza. Elisa miała tę siłę, marszandka nie wiedziała jeszcze skąd, lecz była pewna, że mimo tych wątpliwości dziewczyna nie zdradzi jej.

– Czy to wszystko nie jest zbyt proste, żeby mogło się udać, Danielle?

– To absolutnie nie jest proste, moja śliczna malarko, ty jesteś tylko pierwszym ogniwem. Obrazy przeszłyby wszystkie ekspertyzy wykonalne na obecnym poziomie techniki, a tak naprawdę jest bardzo mało prawdopodobne, by zostały im poddane, z przyczyn, które ci właśnie objaśniłam, bo na rynku krążą tysiące płócien, bo eksperci poznikali, a poza tym, gdyby nawet doszło do tego, że jakiś francuski rzeczoznawca odkryje, że są fałszywe, nie wyjawi tego Niemcom, żeby zaoszczędzić sobie problemów. Eliso, bądź taka dobra, spróbuj postawić się na miejscu Francuza, od którego naziści zażądali oceny obrazu Paula Klee, a który zorientuje się, że być może ma do czynienia z kopią. Naprawdę sądzisz, że odważy się im to powiedzieć? Powiedzieć, że obraz, który skradli z Luwru, jest tylko imitacją? A przede wszystkim mamy nad nimi jedną wielką przewagę, kochana: nie spodziewają się tego, wybierają zawsze obrazy z najważniejszych muzeów i nie mają powodów do podejrzeń. Co za wariat podjąłby takie ryzyko? Najważniejsze, że my wiemy, co zamierzają zrobić. Przejrzeliśmy ich zamiary, a to na pewno nie przyszło im do głowy.

– Pytasz mnie, co za wariat? Ja znam dwie wariatki, które podjęłyby takie ryzyko, Danielle. Naprawdę znam dwie wariatki, które by je podjęły, i obie są bardzo niedaleko.

– No dobrze, moja kochana wariatko, chcesz, żebym zdradziła ci wreszcie, jaki następny obraz będziesz malować?

ROZDZIAŁ 9

Przy podejmowaniu decyzji o tym, co będziemy malować, największe znaczenie ma właściwy wybór tematu. Niektórzy skłaniają się ku bezsprzecznej atrakcyjności morza, spokojowi marynarzy, nonszalancji ich sieci; inni wolą unosić się w przestworza i malować gwiazdy; są tacy, co potrafią uchwycić duszę kwiatów, a w ich kolorach widzą coś więcej niż tylko jedwabiste pigmenty; innych ujarzmia niewiarygodna siła burzy lub świtu; jeszcze inni malują tylko kobiety, mężczyzn i psy; a są też i tacy, którzy tylko w martwych naturach upatrują ucieczki od nudy banalnych żywotów i którym udaje się zawrzeć w błysku jabłka pragnienie wolności, a niekiedy nawet gnuśność. Lecz wszyscy zgadzają się co do tego, że uchwycenie spojrzenia starca, młodzieńca, kobiety albo dziecka i przeniesienie go na portret, wymaga zawsze maestrii widocznej tylko u prawdziwych geniuszy.

VILLAVICIOSA, ŚRODA, 17 MAJA 2000 (GODZ. 11.10)

Znowu zdarzyło się to samo. Zaczynało przeradzać się w nawyk. Jeśli tak dalej pójdzie, nigdy nie wróci do Madrytu: Asturia działała jak środek rozkurczowy, likwidujący najróżniejsze skurcze jej życia. Znów spała przez dwanaście godzin bez przerwy. Przed zajściem w ciążę nigdy tyle nie spała, nawet jako dziecko. Wręcz przeciwnie, zrywała się wcześnie, żeby wykorzystać poranek. Często wychodziła na spacer z Zarą, także pisała.

Od zawsze lubiła to robić; czuła się lepiej, gdy tylko zaczynała gryzmolić długopisem po białych kartkach. Nie pisała na komputerze. Jego chłód odstręczał ją, wolała czuć, jak słowa tryskają z każdego ruchu jej szczupłych palców. Ale teraz pisała tylko po to, żeby przypomnieć sobie różne rzeczy. Dotknęła piersi. Jak bardzo jeszcze urosną? Przypomniała sobie Paulę. Jej cycki powiększyły się jeszcze bardziej, kiedy już urodziła dziecko i „podeszło" jej mleko. Violeta nigdy wcześniej nie słyszała tego wyrażenia w takim kontekście, pamiętała je tylko z dzieciństwa, kiedy dziadek ostrzegał ją, żeby dopilnowała mleka podgrzewanego w rondlu, bo podejdzie, jeśli będzie je zbyt długo trzymać na ogniu, a wtedy wyleje się cała śmietanka i będzie jej bardzo żal, bo uwielbiała tę lepką, słodką substancję, która stygnąc, zamieniała się w ciało stałe.

No więc kiedy Pauli podeszło mleko, a dziecko przyssało się do jej piersi, cyce urosły jej tak bardzo, że nie wchodziła w żadną sukienkę, a nawet musiała sobie kupić nowe staniki, o trzy numery większe. Nie wiedziała tylko, co stało się z nimi później, z jej cyckami, kiedy dziecko przeszło na papki i przestało ssać brodawki, bo wtedy rzadko już rozmawiała ze swoją kumpelką i wstydziła się zapytać, w jakim stanie znajduje się jej bujny biust skandynawskiej bogini.

Wzięła szlafrok i weszła do łazienki. Zara wsunęła się tam momentalnie przez szparę, którą zdołała zrobić, trącając mordką drzwi, i położyła się na dywaniku. Wyglądała jak długi cień, szorstko- i brązowowłosy, który towarzyszył jej wszędzie, a przynajmniej próbował. Zdjęła piżamę i weszła pod prysznic. Nacierając ciało gąbką, zorientowała się, że jej gładki brzuch nie jest już taki gładki. Ile to mogło być? Dwa miesiące z czymś? Wiedziała, że okres ciąży mierzy się w tygodniach, ale jeszcze do tego nie doszła, jeszcze nie była u ginekologa, musiała najpierw zadecydować, jak postąpi. Gdy popatrzyła w dół, odkładając gąbkę na krawędź wanny, zakręciło się jej w głowie. Nigdy wcześniej nie kręciło się jej tak mocno i przestraszyła się. Owinęła się ręcznikiem i przysiadła na sedesie. Spróbowała się ubrać, ale jej głowa wpadła w prawdziwy wir, więc powlokła się z powrotem do łóżka, opierając się o ściany, i położyła się. Zawołała dziadka, ale nie odpowiedział, a to dodało jej sił, by wstać i doczłapać do jego pokoju. Poczuła ulgę, kiedy zobaczyła, że jego łóżko jest posłane, a pod krzesłem nie ma butów. Przypomniała sobie, że poprzedniego dnia uprzedzał ją, że wyjdzie gdzieś rano. Odetchnęła głęboko. To uczucie dzikiej jazdy na karuzeli powinno zaraz przejść. Spojrzała na obraz wiszący nad łóżkiem. Był to ten sam obraz, który wisiał u niego w Madrycie, portret kobiety z niemowlęciem w ramionach. Podeszła, żeby spojrzeć na podpis. Ten sam nieczytelny zawijas. Nie wiedziała, czy patrzy na kopię pierwszego obrazu, czy Diego przywiózł go ze sobą. Zapyta go później. Kiedy udało się jej wciągnąć przynajmniej spodnie i leciutką koszulkę i kiedy odzyskała równowagę, zeszła do kuchni i zaprosiła się na ucztę: sok pomarańczowy, wielka kanapka z serem i z wędliną i kubek mleka z cola cao. Wreszcie zaspokoiła głód.

Przeszła do salonu i usiadła na sofie w niebieskie i fioletowe kwiatki. Zapadła się w niej; sięgnęła po poduszkę i umieściła ją pod lędźwiami. Rozejrzała się dokoła. Wyobraziła sobie dziesiątki oczu spoglądających na nią z otchłani czasu, zdziwionych widokiem obcej kobiety. Rozbawił ją ten obraz, ale szybko spróbowała skoncentrować się na tym, co chciała sobie przypomnieć. Wyprostowała się i położyła na nogach zeszyt. Włożyła kartę sim do telefonu i popatrzyła, o której godzinie dzwonił do niej Álvaro. Wyłączyła telefon i włączyła drugi, służbowy, ten, którego numer podawała tylko klientom. I zaczęła pisać.

Dziennik odkochania: część IV

Wyszliśmy wreszcie. Za drugim razem udało mi się wybrać odpowiednią kreację; w sumie nie było trudno wymyślić, która cię zadowoli. Poperfumowałam się i pomalowałam usta, pochwaliłam twój garnitur i nowe buty. Ale nie byłeś jeszcze w dobrym nastroju, ciągle boczyłeś się na mnie, wiedziałam dlaczego.

– Wielkie dzięki, że się zgodziłeś, Álvaro, bardzo ci dziękuję, że idziesz ze mną. Nie darowałabym sobie, gdyby ominął mnie ten spektakl. Balet Narodowy bardzo rzadko występuje w Madrycie.

– A czy to konieczne, żebym tak się ubierał? Wyglądamy, jakbyśmy szli na ślub. A mnie jest najwygodniej w dżinsach.

O tak, chodziłeś wygodnie w dżinsach wszędzie tam, gdzie cię prosiłam, żebyś się porządnie ubrał, ale nie przejmowałam się. Pocałowałam cię i to cię chyba usatysfakcjonowało. Od kilku tygodni nie kłóciliśmy się, czułam, że cię bardzo kocham, że kocham życie, że uda ci się pokonać te napady furii, że nadejdzie moment, kiedy zdołasz ochłonąć, zanim rąbniesz pięścią w stół albo zerwiesz się i wyjdziesz z domu, trzaskając drzwiami. Niekiedy budziłam się nocą, słyszałam twój równy oddech i przytulałam się do ciebie, myśląc, że jesteś jak rozdrażnione dziecko, ale że nauczysz się być inny, że to tylko kwestia czasu i wielkiej miłości. Wyjrzałam przez okno: Madryt był pogrążony w mroku, samochody zbyt głośno trąbiły, pachniało brudem. Zamknęłam okno i włączyłam radio. Grali gorzką balladę, od której przeszedł mnie dreszcz. Przyjechaliśmy wcześnie, ale przed wejściem do teatru stała już długa kolejka.

– Pierdolony tłum, przecież jeszcze całe pół godziny, a miejsca są numerowane! Co robią tutaj ci wszyscy ludzie?

Nie komentowałam, byłam taka zadowolona… miałam ogromną ochotę zobaczyć to przedstawienie, a także Anę i Miguela, którzy dali się namówić, żeby wybrać się z nami. Przyszli, kiedy czekaliśmy przed wejściem już od kwadransa. Dzidziuś bardzo mało spał i rzadko wychodzili z domu, ale tyle razy opowiadałam Anie, jak fantastyczny jest hiszpański balet, że postanowiła pójść z nami, a Miguel szedł za nią wszędzie, poszedłby na Księżyc, gdyby było trzeba. Usiedliśmy wreszcie na naszych miejscach, wy po bokach, Ana i ja w środku. Lubiłam z nią gawędzić, zawsze się śmiała. Spektakl rozpoczął się. Na scenę weszło trzech tancerzy, w czarnych strojach, w butach na obcasie, ze skórzanymi szarfami. Rozległ się dźwięk gitary, ale Ana wierciła się na swoim miejscu i paplała:

– Widziałaś to? Popatrz tylko, Violeta, popatrz na tego faceta. Widziałaś kiedyś w życiu przystojniejszego mężczyznę?

Włos zjeżył mi się na głowie. Pomyślałam, że może nie usłyszałeś. Przysunęłam się do niej i powiedziałam cicho:

– Ana, masz malutkie dziecko! Nie przesadzaj, to znowu nic takiego.

– Jak to nic takiego? Ty przyjrzałaś się dobrze tym gościom? Matko jedyna. A ja nic nie wiedziałam. Mogłaś powiedzieć mi wcześniej! Sama nie wiem, który mi się bardziej podoba. Wszyscy są zajefajni, a jak tańczą! Prawdziwe ciacha. Popatrz na bruneta, popatrz na bruneta…

Jej śmiech był szczery i czysty. Wzięła Miguela za rękę, podniosła ją do ust i ucałowała. Spodobał mi się ten gest i sięgnęłam po twoją. Ale wyrwałeś ją.

– No nie wiem, dla mnie nie są znowu aż tacy piękni – powiedziałam, starając się, żebyś mnie usłyszał. – Tańczyć, owszem, tańczą nieźle, ale nic poza tym.

Patrzyliśmy na scenę. Balet nosił tytuł *Serce zielonego kamienia*, muzyka podniecała, choreografia przyprawiała o dreszcze. Siła tańca tych mężczyzn zatrzęsła mną, a wdzięk kobiet sprawił, że nie byłam w stanie wydobyć z siebie ani słowa. Mimo Any. Spektakl skończył się i poszliśmy na kolację. Prawie nie brałeś udziału w rozmowie, ale tylko ja to zauważyłam, tamci żartowali bez przerwy, opowiadali o maluszku, o tym, co je, o tym, jak płacze, o tym, jak się śmieje, o tym, jak ich męczy. Ale ich oczy błyszczały, a w głosach było słychać czułość. Pozazdrościłam im, zamieniłabym się z Aną bez chwili wahania, dałabym sobie odciąć palec albo i całą rękę, żeby chociaż raz poczuć to, co ona czuła codziennie przy swoim dziecku. Jej miłość była porażająca. Po kolacji chcieli zabrać nas gdzieś na drinka, ale ty wolałeś wrócić do domu. I otworzyłeś przede mną drzwi samochodu jak zwykle, i zamknąłeś je, nie trzaskając, i nie odzywałeś się przez całą drogę, ale pomyślałam, że pewnie jesteś zmęczony. Byłam spokojna, patrzyłam na jezdnię, a potem na ciebie, uznałam, że jestem bezpieczna.

Weszliśmy do domu, zamknąłeś drzwi. Zdjąłeś marynarkę i rzuciłeś ją na poręcz schodów, po czym podszedłeś do mnie.

– Po to mnie tam zabrałaś? Powiedz, to chciałaś, żebym zobaczył! Jak śmiesz drwić ze mnie w ten sposób? – Chciałam podejść do drzwi i wyjść, ale zagrodziłeś mi drogę. – Dokąd idziesz? Nie odpowiedziałaś mi. Powiedz, za kogo ty się, kurwa, uważasz, żeby kpić ze mnie w ten sposób!

Rozpłakałam się, ale to cię nie wzruszyło. Już mnie nie widziałeś, straciłeś mnie z oczu w teatrze, kiedy usłyszałeś nasze szepty. Domyśliłam się, co nadchodzi, i zaczerpnęłam powietrza. Spróbowałam cię pocałować.

– Co ty robisz? Nie dotykaj mnie, niech ci nie przyjdzie do głowy mnie dotknąć!

– Álvaro, uspokój się, nic się nie stało. Nie wiem, czemu się tak wściekasz, uspokój się, porozmawiajmy.

Rąbnąłeś pięścią w drzwi kuchni i przebiłeś je. Wiedziałam, że już się nie uspokoisz. Miewałeś te ataki wcześniej, tyle razy, zawsze, kiedy coś cię rozdrażniło, zawsze, kiedy powiedziałam coś, co ci się nie spodobało, kiedy patrzyłam na innych facetów, kiedy sprzeciwiłam ci się w obecności twoich kolegów, kiedy nie miałam ochoty cię pocałować. Każdy pretekst był dobry, żeby wpaść w spiralę niekontrolowanej furii, wyzywałeś mnie, wrzeszczałeś na mnie, tłukłeś wszystko, co było pod ręką. A ja zawsze myślałam, że nauczysz się trzymać nerwy na wodzy – do momentu, kiedy nadchodził kolejny raz.

– Nie odpowiedziałaś mi. Po co zabrałaś mnie z sobą? Żeby wystawić na pośmiewisko? Odpowiadaj! Po co? Żeby drwić ze mnie? Po to?

Krzyczałeś z coraz większą furią. Popatrzyłam w podłogę, pomodliłam się, żebyś wyszedł. Poprosiłam gestem, żebyś zlitował się nade mną. Ale nie zrobiłeś tego. Pierwszy cios zabolał mnie mniej, ponieważ się go nie spodziewałam. Nadszedł znienacka, zdradziecko, bez powodu innego niż ten, że musiałeś wyładować gniew. Dwa następne odczułam bardziej, także dlatego, że otwartą ręką bolało mniej niż pięścią w żołądek albo w żebra. To zauważyłam już za pierwszym razem, ale z czasem stworzyłam sobie prawdziwą psychologię bólu. Chociaż od początku wiedziałam, że cios, który bolał najbardziej, najbardziej ze wszystkich innych, to był cios w serce. Bijąc w moje ciało, miażdżyłeś maczugą moje serce. Aż stało się malutkie i zniknęło zupełnie i przestałam czuć inne ciosy, te prawdziwe, a pewnego razu uznałam, że wreszcie mnie zabijesz. Ale za pierwszym razem biłeś mnie tylko dopóty, dopóki stałam. Kiedy osunęłam się na podłogę, przestałeś, może też dlatego, że się nie odzywałam: wiedziałam, że każde słowo tylko wzmoże twój gniew, i milczałam, jakbyś naprawdę mnie unicestwił.

Zgasiłeś światło i poszedłeś na górę. Ja zostałam na podłodze, przerażona, tak wytrącona z równowagi, że nie uroniłam ani jednej łzy, w ciemności słyszałam twoje kroki i ruchy, potem już nic nie słyszałam. Nie mogłam uwierzyć w to, co się stało. Nie byłam w stanie pojąć, jaki guzik nacisnęłam, żeby twój szał przekroczył granicę, którą uważałam za nieprzekraczalną, żebyś posunął się do tego, by mnie uderzyć. I nie mogłam wiedzieć, że to był tylko pierwszy raz. Potem było już łatwiej: wybuchałeś dużo wcześniej. Dowlokłam się do fotela i przykryłam aksamitnym pledem, który przywiozłeś z ostatniej podróży do Włoch. Rozgrzałam się nieco od zewnątrz, ale w środku wciąż byłam zlodowaciała.

Następnego dnia wyszedłeś bardzo wcześnie. Nie musiałam mijać się z tobą i słyszeć twojego „dzień dobry", wypowiadanego szczerym tonem. Nie musiałam jeść śniadania obok ciebie, udając, że nie boli mnie już żadna pozostałość twojej furii na skórze i we wnętrzu. Poszłam pod prysznic. Mydło szczypało w niektórych ranach. Tych powierzchownych. Wytarłam się porządnie i nałożyłam makijaż, i pomalowałam wargi, a kiedy ubrałam się i spojrzałam w lustro, zdziwiłam się, widząc, że wszystkie ślady zostały zamaskowane, że na zewnątrz nie widać ani cienia mojej krzywdy i mojego bólu. Gdyby ktoś popatrzył na mnie albo gdyby popatrzył na ciebie, nie odgadłby, ile wycierpiałam. Zawsze tak było. Poza tym starałeś się nie zostawiać śladów na twarzy. Chętnie zapytałabym czemu, dlaczego szanowałeś we mnie tylko twarz. Nie wyobrażam sobie żadnego powodu, dla którego ktoś, kto profanuje to, co najświętsze w drugiej osobie, której mówi, że ją kocha, jest zdolny mieć jakieś względy wyłącznie dla jej twarzy. Może tylko, że gdybyś wyrył swoje piętno także na niej, następnego dnia, kiedy już ochłonąłeś i nie chciałeś tego pamiętać, patrząc na mnie, nie mógłbyś negować tego, kim jesteś.

Wróciłeś wcześnie i podszedłeś do mnie. Poczułam zapach twoich włosów i ogarnęły mnie mdłości.

– Zobacz, co tu mam. Wiem, że od dawna chciałaś tam pojechać.

Trzymałeś w ręce dwa bilety lotnicze, pierwszej klasy, do Wenecji, i potwierdzenie rezerwacji pokoju w pięciogwiazdkowym hotelu.

Spojrzałam ci w oczy i spróbowałam zmusić cię, żebyś jednak zobaczył ślady, które pozostawiłeś wykute w mojej duszy.

Violeta odetchnęła głęboko. Jeden, dwa, trzy oddechy. Zamknęła oczy. Jedna, dwie, trzy sekundy. Wstała i nalała sobie wody. Jeden, dwa, trzy łyki. Zadzwonił jej telefon. Jeden, dwa, trzy dzwonki. Wzięła go do ręki. Jedno, dwa, trzy halo. Popatrzyła na numer. Jedno, dwa, trzy bicia serca. Aparat wypadł jej z ręki. Z wysiłkiem podniosła go do ucha.

– Violeta, Violeta, jesteś tam? – głos Alvara brzmiał słabo albo tak jej się wydawało. Na pewno to drugie. – Jesteś tam?

– Álvaro… – Jej głos załamał się, zabrakło jej tchu. – Cześć, Álvaro.

– Nie rozłączaj się, proszę, skarbie, nie rozłączaj się. Pozwól mi coś powiedzieć, zanim się rozłączysz. – Álvaro odczekał kilka sekund, nie rozłączyła się. – Świetnie, dziękuję, bardzo ci dziękuję. Proszę cię tylko, żebyś dała mi szansę porozmawiać z sobą.

– Skąd wziąłeś ten numer?

– Ana dalej jest moją przyjaciółką, ubłagałem ją, nie umiała odmówić. Próbowałem u kilku twoich koleżanek, dopiero ona miała ten numer. A poza tym i tak odnajdę cię kiedyś, prędzej czy później odnajdę cię, bo kocham cię nad życie. Naprawdę nie wiesz o tym? – Zamknęła oczy. Już miała nacisnąć klawisz, żeby przestać go słuchać, ale słuchała dalej. – Kocham cię, Violeto, nigdy nie pokocham nikogo tak, jak kocham ciebie. Dlatego czasem mi odbija, ale bardzo tego żałuję. Musisz mi uwierzyć, żałuję wszystkiego, co się stało. Przysięgam ci, że to się nie stanie nigdy więcej.

– Álvaro, nie wierzę ci. Czemu miałabym ci wierzyć? Zrobiłeś mi taką krzywdę…

Poczuła, że po twarzy płyną jej łzy. Nie była w stanie ich opanować, płakała, ponieważ nadal go kochała, głupia, nadal kochała tego chorego człowieka, który prawie przekonał ją, że to ona jest chora.

– Przysięgam, Violeto, zmienię się. Już się zmieniam, pójdę na terapię do pewnej psycholożki, jest taki program urzędu miasta, specjalizują się w tym, będę chodził co sobotę, chcę się zmienić, przysięgam ci, uwierz mi. Zrobię wszystko, o co mnie poprosisz, wszystko. Ale wróć do mnie.

– Álvaro, muszę kończyć.

– Poczekaj chwilę, błagam. Musisz mi uwierzyć, kiedy robię ci krzywdę, nie jestem sobą. Tak bardzo cię kocham, tak mocno kocham, że tracę kontrolę, kiedy wydaje mi się, że cię stracę. Nie mogę znieść myśli, że oddalasz się ode mnie. Ale kocham cię bardzo mocno, musisz wrócić do mnie, potrzebuję cię.

– Álvaro, nie dzwoń więcej. Nie chcę, żebyś dzwonił. Nie wiem, co zrobię, ale cokolwiek to będzie, sama podejmę decyzję.

– Dobrze, rozumiem, naprawdę, nie chcę cię naciskać. Ale obiecuję ci, że jeśli wrócisz, wszystko będzie inaczej. Obiecuję ci.

* * *

Violeta rozłączyła się. Czuła się oszołomiona, lecz całą jej uwagę przykuło łaskotanie w brzuchu: piruet płynów, kręciły się w mikroskopijnym wirze. No nie, orzeszek poruszył się! Ale to mogło się zdarzyć dopiero w piątym miesiącu, słowa Pauli wryły się jej w pamięć: „Jeszcze dwa tygodnie i poczuję, jak kopie; jeszcze całe dwa tygodnie!", i tak w kółko, przez kilkanaście dni, aż wreszcie naprawdę poczuła swojego dzidziusia, a nie tylko te dziwne ruchy nad łonem. Jeszcze jeden piruet. Zmusił ją do położenia ręki na brzuchu. Przestała płakać. Skoncentrowała się na orzeszku i na tym, co mogło być jego pierwszym ruchem, który poczuła wewnątrz siebie, i prawie zobaczyła, jak macha rączkami i prostuje nóżki, otwierając i zamykając buzię jak rybka: „Bul, bul, bul", taki dźwięk wydawały dzidziusie w wodach płodowych. I jeszcze uśmiechały się i miały czkawkę. I myśl o dziecku pozwoliła jej uciec przed wizją Alvara, przepraszającego i po raz pierwszy mówiącego o pracy nad swoim problemem, i poczuła się czysta i mocna. Nie potrzebowała go już, nie wierzyła mu, nigdy do niego nie wróci, bo wprawdzie go kocha, ale jeszcze mocniej kocha siebie samą. A czy w takim razie nie byłaby zdolna do tego, żeby pokochać też to maleńkie coś, co rosło w jej wnętrzu i którego kopnięcia miała niebawem poczuć, jedyne, jakie można znieść z miłości? Czy może się teraz go pozbyć? Czy miałby pozbawić ją także tego? Czy powinna uwierzyć mu i dać jeszcze jedną szansę? A może nie kłamał i naprawdę odszuka ją, bo kocha ją tak, jak mówił.

Dzwonek przy furtce przestraszył ją. Brzmiał jak miauknięcie chorego kota, może dlatego, że miał już prawie sto lat i nawet dzwonki tracą głos po tak długim użytkowaniu. Przy ogrodzeniu stał Olivier. Koszulę miał wypuszczoną na spodnie, a każda skarpetka była w innym kolorze, ale zachowywał się przy tym tak naturalnie, że nie uznała tego za efekt roztargnienia. I nic nie mogła poradzić na to, że jej wzrok pobiegł od jego kostek w górę, wzdłuż nóg, do torsu. Francuz był mężczyzną żylastym, choć szczupłym, a dziś wyglądał jeszcze bardziej gamoniowato niż poprzednio, być może dlatego, że przyglądała mu się z uwagą. Biała koszula nadawała mu młodzieńczy wygląd, ale szmaciane sandały, niwelujące oryginalność skarpetek i urok fryzury tak nienagannej jak zwykle, od której nie odstawał ani jeden kosmyk, co byłoby całkowicie normalne w miejscu, gdzie morski wiatr targał najmocniej przyczesane włosy, dodawały mu za jednym zamachem dziesięć lat. Tym razem był sam.

– Przepraszam, że przeszkadzam, mam nadzieję, że cię nie obudziłem.

Mówił bardzo szybko, francuski akcent stał się bardziej słyszalny.

– A Giselle? Nie przyszła dziś z tobą?

– Została w domu z córką moich znajomych z Paryża, która przyjechała tu na jakiś czas jako *au pair*. Zostawała z nią już wcześniej, kiedy musiałem robić coś zbyt nudnego albo męczącego dla dziecka w jej wieku. Doskonale się dogadują.

– To szkoda, jej widok zawsze sprawia mi radość. Ale wejdź, nie stój tak, dziadek zrobił kawę, a ja właśnie miałam smak na drugą magdalenkę.

– Nie, dzięki, nie chcę ci zbytnio przeszkadzać. Przyszedłem tylko, żeby coś ci powiedzieć. Wyjeżdżamy pojutrze, ale muszę powiedzieć ci to wcześniej.

– Ale tajemniczy! Wejdź i mów, co chcesz. Nie czuję się za dobrze, muszę usiąść.

– Co ci jest? Nie chcę ci przeszkadzać, chciałbym tylko porozmawiać z tobą dziś po południu, może koło piątej albo szóstej, w kafejce naprzeciwko ratusza. Chcę też coś ci pokazać.

– To nic takiego, trochę kręci mi się w głowie, napiję się wody i będzie dobrze. A dlaczego nie opowiesz mi od razu tego tajemniczego czegoś? Czemu mamy czekać do piątej? Co mi chcesz pokazać?

– Teraz nie mogę. Zbyt wiele jest do wyjaśnienia. Nie chciałbym, żeby twój dziadek wrócił, zanim opowiem ci wszystko.

– Skąd wiesz, że nie ma dziadka? Szpiegowałeś nas? Przestraszyłeś mnie! Co cię dzieje, Olivierze? Coś się stało Giselle?

Violeta poczuła, że znów zbiera się jej na mdłości. Coś podchodziło jej do gardła, a ciało oblał zimny pot.

– Nie, nic się nie stało. Ale na razie nie mogę ci nic powiedzieć. Zrobię to po południu. To mój obowiązek.

Olivier zbyt długo stał przy furtce, zanim odważył się zadzwonić. Nie zamierzał się teraz wycofywać, ale to nie mogło odbyć się tutaj, nie chciał, żeby Diego nadszedł, zanim zdąży wyjaśnić Violecie swoje racje. Dość już mu było jednej nienawidzącej go kobiety.

– Twoim obowiązkiem jest opowiedzieć mi coś? O czym? Nie rozumiem, ale nie podoba mi się to. Znasz mnie skądś? Słuchaj, nie zamierzam nigdzie z tobą wychodzić, żeby porozmawiać. – Violeta podniosła ręce do oczu, zmącił się jej wzrok, nogi ugięły i zdążyła tylko oprzeć się o mężczyznę, żeby nie upaść. – Słabo mi, nie mogę ustać. Pomóż mi wejść do domu, proszę.

Olivier chwycił ją w pasie i poniósł prawie w powietrzu do salonu. Była już nieprzytomna. Położył ją na fotelu i pobiegł do kuchni. Szybko nalał wody do szklanki, rozejrzał się za jakąś szmatką, zmoczył ją pod kranem, wykręcił, wrócił do salonu i umieścił na jej czole. Zmierzył puls, zbyt wolny, minuta dłużyła się w nieskończoność. Spryskał wodą jej twarz. Naprawdę była śliczna. Nie przypominała tamtej, jego eks: twarz Violety była bardziej pociągła, a jej usta znacznie bardziej mięsiste; posmutniał, uświadamiając sobie, że nawet w tej sytuacji ta kobieta, którą dopiero co poznał, wydaje mu się bardzo atrakcyjna, a jej usta bardzo apetyczne, tym bardziej w tej pozycji, z włosami rozwichrzonymi na twarzy, zamkniętymi oczami i koniuszkiem języka wystającym z rozchylonych ust. Nie potrafił się powstrzymać, by nie przyjrzeć się jej szyi i jej nagim ramionom, których nie zasłaniały cieniutkie ramiączka kusej, bawełnianej koszulki, a już zupełnie nie potrafił się powstrzymać, by nie oprzeć wzroku na okrągłych piersiach: jedna wznosiła się nad drugą, rozkosznie rozpłaszczoną o fotel. Przeczuwał, gdzie znajdowały się sutki, przeczuwał bladoróżowy kolor skóry. Udało mu się zmusić do oderwania oczu, jeszcze raz włożył palce do szklanki z wodą. Musiał ją ocucić. Moczył jej kilkakrotnie kark, aż wreszcie podniosła powieki. Od razu spróbowała się podnieść.

– Nie, poczekaj, bo znowu zrobi ci się słabo. Nie bój się. Myślę, że po prostu spadło ci ciśnienie. Jeśli chcesz wstać, to bardzo pomału, ale lepiej będzie, jeśli trochę odczekasz. Nie martw się, zostanę z tobą, aż wróci dziadek. Jeśli zechcesz.

– Dzięki, ale nie trzeba. Zaraz mi przejdzie.

– Bardzo mi przykro. Przepraszam, że cię przestraszyłem. Od miesięcy zachowuję się jak dupek, ale to... Cóż, myślałem, że kiedy tu przyjdę, poczuję się lepiej, ale zamiast tego coraz bardziej się pogrążam. Jak się czujesz? Przynieść ci coś?

– Może jakiś słodki napój? To chyba trzeba wypić, kiedy spada ciśnienie? I nie obraź się, ale może podniósłbyś mnie troszkę, nie chcę, żeby dziadek zobaczył mnie rozłożoną na fotelu i ciebie półleżącego na mnie. Tego by tylko brakowało.

– Nie leżę na tobie.

– Owszem, leżysz na mnie.

Olivier wyprostował się.

– Dobra, chyba faktycznie leżałem na tobie. Przepraszam, chciałem cię lepiej zmoczyć... to znaczy zmoczyć ci kark. Idę po coś do picia, ale ty nie wstawaj, żeby znowu nie zrobiło ci się słabo.

Minutę później był z powrotem, z wysoką szklanką pełną żółtego napoju z plasterkiem cytryny. Przyniósł jeszcze kawałek czekolady i kilka magdalenek.

– Nie mam pojęcia, co zrobić, żeby ci pomóc, ale nabierasz kolorów.

– To nic groźnego. Jestem w ciąży. Jeszcze. – Olivier popatrzył na nią z otwartymi ustami. Wybuchnęła śmiechem. – Gdybyś spojrzał w lusterko, nie uwierzyłbyś, jaką masz minę.

– Przynajmniej trochę cię rozśmieszyłem. Zachowywałaś się za poważnie.

– Fakt, ale nic dziwnego, biorąc pod uwagę początek tej rozmowy.

– Zapomnij. I gratuluję.

– Nie ma czego. Chcę przerwać tę ciążę.

– Widzę, że oboje powinniśmy opowiedzieć o naszym życiu nieznajomemu. A myślałem, że ty trzymasz się w garści lepiej niż ja.

Zdziwił się, słysząc we własnych ustach to samo wyrażenie, którego użyła jego matka, odradzając mu wyjazd do Hiszpanii na poszukiwanie dziadka. Cóż za kretynizm! Dokąd się wybiera z tymi starymi walizkami? Co niby zamierza z nimi zrobić? Matka miała rację, przyjazd tu to była ostatnia głupota i nigdy by go nie odnalazł, gdyby nie Violeta, miał już wracać do Paryża, kiedy Giselle poznała ją na plaży.

Po raz kolejny wrócił myślą do swojej byłej żony. Ona też często nazywała go kretynem. Tyle zła wyrządzili jej on i jego córka? Nie kochali jej? On może i nie, żadna miłość nie jest wystarczająca, jeśli kobieta nie czuje się kochana, ale jej córka, co takiego złego jej zrobiła? I jaki błąd popełniła babka, skoro Diego nigdy nie chciał nawet słyszeć o nich? Przez te wszystkie lata nawet nie próbował ich odszukać, czyżby w ogóle nie wiedział, że miał drugą córkę? Taki był zajęty? Tak zaabsorbowany własnym życiem, że ani razu nie pomyślał o tym, co zostawił w Paryżu? Jak łatwo wymazać z pamięci cudze życie... Ale czy Violeta miała zapłacić za to, o czym nigdy nie słyszała? Znał odpowiedź i dlatego przyszedł tutaj: żeby spróbować wyjaśnić jej, co zamierza zrobić, ale teraz? Co teraz? Skończyła jeść drugą magdalenkę. Odwinęła ją zgrabnie z folii i odrywała palcami małe kawałeczki, zaczynając od zaostrzonego końca, wkładała je do ust jeden po drugim. Giselle też tak robiła.

– Wzięłam się w garść, Olivierze, ale nie wiem, czy chcę mieć to dziecko.

– Nie wiesz... i dlatego chcesz się go pozbyć?

– Tak. Dziecko powinno przyjść na świat, tylko jeśli jest bardzo upragnione.

– Możesz zmienić zdanie, kiedy je urodzisz. Tak bywa prawie zawsze. Ale nigdy się nie dowiesz, jeśli tego nie zrobisz.

– A jeśli je urodzę, a potem będę żałować? Nawet nie nadałam mu imienia.

– To nadaj. To łatwo zrobić. A czy będziesz żałować... nie wiadomo. Popatrz na Giselle. Jej matka nie chciała jej mieć.

– Dlatego was porzuciła? Skoro wychodzi na to, że jesteśmy dwojgiem nieznajomych, którzy wylewają przed sobą swoje żale, twoja sytuacja na pewno nie jest bardziej nieprzyjemna niż moja. –

Violeta uśmiechnęła się. Zapomniała już o nieufności, jaką wzbudził w niej na początku, kiedy nalegał, że musi opowiedzieć jej pewien sekret i że może to zrobić tylko poza niebieskim domem. Jej twarz nabrała koloru. Twarz, która Olivierowi nadal wydawała się śliczna.

– Nie tylko dlatego, mam nadzieję. Zostawiła mnie dla innego. I miała potem drugie dziecko. Kiedy odchodziła, była już z nim w ciąży. Myślę więc, że my byliśmy tylko pretekstem. Ludzie nie zachowują się racjonalnie. Myślimy, że tak, ale to nieprawda. Myślę, że nie chciała mieć dziecka ze mną, a nie mieć dziecka w ogóle. Dojście do tego wniosku kosztowało mnie jednak sporo czasu i długą podróż. Szkoda, że nie przyjechałem tu wcześniej, zaoszczędziłbym kupę forsy na psychologach. Powiedz mi, co ty o tym sądzisz. Czy to, że nie była we mnie zakochana, mogło być wystarczającym powodem, żeby porzucić Giselle? Czy to sprawiedliwe wobec niej? Ona jest sensem mojego życia, Violeto, to dar, który dostaję od losu każdego dnia. Nie jestem w stanie wyobrazić sobie, jak by wyglądało życie, gdyby nie było jej przy mnie. Muszę przypominać sobie o tym, bo czasem zapominam, a ona jest jeszcze bardziej zagubiona niż ja. To jej matka, ktoś, kogo nie da się zastąpić. Kiedy tak się dzieje, kiedy jeden rodzic znika z życia swojego dziecka, ten, który zostaje, musi kochać je w dwójnasób, żeby wynagrodzić mu tyle rzeczy… A ja naprawdę od dawna zachowuję się jak dupek.

– Nie mogę uwierzyć, że ona jej nie chce.. Jak ktoś może z własnej woli stracić córkę, taką córeczkę jak Giselle?

Violeta zamilkła. Wyglądała, jakby uświadomiła sobie właśnie, co sama myśli, wypowiadając na głos te słowa. Spojrzała na podłogę, podniosła ręce do twarzy i rozpłakała się. Olivier pochylił się nad nią, pogłaskał ją po rękach i ucałował je. Spodobał mu się ich zapach i ich smak. Zapragnął, żeby tę drugą skórę przebiegł dreszcz pod dotknięciem jego warg, ale ona tylko płakała.

– Płacz jest dobry, Violeto, ja często płaczę, a za każdym razem płynie mniej łez. Pewnego dnia nie popłynie już żadna; a przynajmniej mam taką nadzieję.

ROZDZIAŁ 10

I

Mein Kampf to wielka książka. I aktualna. Niemcy i Anglia powinny walczyć z sowiecką Rosją. Książka wyjaśnia, dlaczego poszerzenie terytorium kosztem sąsiadów było dla Niemiec konieczne. Jednakże państwa zachodniej demokracji nie potrafiły zachować się w sposób inteligentny i sprawić, żeby wysiłki Niemiec skupiły się na kolonizacji albo na wschodnich granicach. Gdyby politycy nie byli tacy zarozumiali, natura Niemiec doszłaby do głosu tylko kosztem bolszewickiej Rosji, z korzyścią dla reszty Europy, ponieważ gdyby dążenie Führera do ekspansji zostało zaspokojone na Rosjanach, Europa oszczędziłaby sobie okropności tej wojny. Gdyby Wielka Brytania była mądrzejsza, dałaby Rzeszy zajęcie na sporą część tego wieku".

Paryż, 10 maja 1942

Martín przychodził do kancelarii codziennie o tej samej godzinie, a wychodził o różnych porach. Kochał swoją pracę. Posiadał władzę nad życiem innych ludzi. To właśnie sprawiało mu ogromną przyjemność: że niekiedy trzymał w ręku cząstki ich mało ważnych żywotów. Mógł zmieniać ich kształt. Choć oni nie zdawali sobie z tego sprawy, miał ogromny wpływ na to, czy ich życie pozostanie, jakie było, a nawet czy zmieni się na lepsze; bez jego pomocy wielu trafiłoby do więzienia, zostałoby pozbawionych własności albo spadku. I, paradoksalnie, wyjątkowo silnie odczuwał swoją moc w tych momentach, gdy sprawiedliwość była efemeryczna jak sorbet cytrynowy i pozostało niewielu specjalistów zdolnych odwoływać się do prawa boskiego albo rzymskiego. To prawda, że jego możliwości działania były teraz bardziej ograniczone i już od dłuższego czasu starannie wybierał klientów, ponieważ prawa zmieniły się i uleciała z nich wszelka moralność, zdawało się wręcz, że narzucili je barbarzyńcy; niezliczone sprawy nie miały szans na wygranie, sprawy ludzi, których nowa sytuacja wyrzuciła poza system.

Większość Francuzów nie znała zbyt dobrze szczegółów i kruczków nowego prawodawstwa wprowadzanego od początku okupacji, ale on tak, on przestudiował dwadzieścia dwie ustawy i dwadzieścia dekretów wydanych dotychczas przeciwko Żydom i tyleż samo przeciwko innym osobom, które jeszcze kilka lat albo kilka miesięcy temu były pełnoprawnymi obywatelami. Ale najgorszy los przypadł bez wątpienia Żydom: wszyscy zamieszkali poza strefą okupowaną zostali zmuszeni do zarejestrowania się, a w ich dokumentach tożsamości i na kartkach żywnościowych wbito pieczątkę ze słowem „ŻYD", drukowanymi literami. Już od dłuższego czasu nie mogli zajmować stanowisk publicznych i usunięto ich ze wszystkich prestiżowych zawodów, z medycyny, prawa, farmacji, dziennikarstwa. Represje sięgały zresztą dalej: nowe władze były bezlitosne wobec masonów, komunistów, zwolenników de Gaulle'a czy obcych agentów, wszystkich tych, którzy w obecnej sytuacji mieli status „terrorystów". Zanim doszło do pierwszej łapanki i deportacji, zostało już aresztowanych wiele osób, wobec których jedynym udokumentowanym zarzutem była tożsamość. Martín nie zdziwił się zbytnio, odkrywając, że to bynajmniej nie Niemcy organizowali masowe aresztowania; identyfikacją i ściganiem podejrzanych zajmowała się najpierw francuska policja, która nie miała szczególnych oporów w wywiązywaniu się z nowych obowiązków, a niekiedy wręcz wykazywała się nadmierną gorliwością w kolaboracji.

W takich to nowych okolicznościach musiał poruszać się Martín. Mimo wszystko jednak zostało jeszcze sporo klientów, którzy zachowali jakieś prawa i mogli zgłaszać pozwy; dla nich pracował, wywierając ten wpływ na cudze życie, który tak bardzo go zachwycał, choć wszystko działo się w obrębie zmienionej legislacji, legislacji *sui generis*, podporządkowanej nazistom. To właśnie przerodziło jego pracę w sposób ucieczki: poczucie upojenia, które zalewało go za każdym razem, gdy sędzia ogłaszał wyrok na korzyść jego człowieka. Uzyskiwał wówczas pewność, że życie tego klienta zmieniło się dzięki niemu. Czuł się potężny. Choć w rzeczywistości cieszył się nie tyle z powodu klienta, ile ze swojego zwycięstwa, zwycięstwa potwierdzającego jego zdolności. Tylko dlatego powoli zdobywał renomę jednego z najlepszych adwokatów w Paryżu, chociaż sam przecież był cudzoziemcem.

Pochylał się teraz nad jednym z ostatnich wyroków wydanych przed okupacją na jego korzyść, odczytując na głos niektóre fragmenty i pociągając cygaro z całkiem przyzwoitego tytoniu, jeden z ostatnich prezentów od innego zadowolonego, wpływowego klienta. Z błogostanu wyrwał go podniesiony głos sekretarki, domagającej się od kogoś, żeby poczekał, aż go zaanonsuje, lecz przybliżający się odgłos mocnych kroków na dębowym parkiecie wykładającym podłogę w całej kancelarii oznajmił mu, że jej perswazje nie przyniosły skutku. Markiz Genewy otworzył energicznie drzwi. Jego nienagannie skrojony garnitur wciąż był nieco zbyt luźny, a laska ze srebrną gałką wydawała się nieco starta, gdy wygrażał nią sekretarce, podążającej za nim aż do gabinetu. Kilka lat temu był stałym klientem, przynoszącym lukratywne pozwy przeciwko organom administracji, przeciwko krewnym lub przeciwko każdemu, z kogo spodziewał się wyciągnąć jakiś zysk. I w wielu przypadkach dopinał swego.

– Bardzo dziękuję, Bernadette, za wprowadzenie pana markiza. Zechce pani zamknąć drzwi za sobą. – Martín odłożył cygaro do popielniczki i podniósł się, by uścisnąć rękę gościa, który wyprostował poły tweedowej marynarki, zanim rozsiadł się w fotelu naprzeciwko biurka mecenasa. – Mój dobry przyjacielu – powitał go. – Cóż za przyjemność znów pana oglądać. Nie poinformowano mnie, że był pan umówiony. Lecz proszę się nie martwić, dla pana zawsze znajdę wolną chwilę.

– To była spontaniczna decyzja, przepraszam, po prostu nie zniosę tego dłużej. Coś musi dać się zrobić, pomyślałem. Ta hołota rozpanoszyła się w moim domu i wszystko niszczy.

– Proszę mi wyjaśnić dokładniej tę historię. Kto rozpanoszył się w pańskim domu?

– A któż by? Ci przeklęci oficerowie. Już od sześciu miesięcy tu siedzą, od sześciu miesięcy! To jakieś szaleństwo. Powiedziano nam, że na krótko. Co znaczy krótko dla tych intruzów? Sądzi pan, że sześć miesięcy to krótko?

Martín wrócił na swój fotel. Mebel tak nowoczesny, że można było podnosić i opuszczać siedzisko, zaskrzypiał podejrzanie. Omiótł wzrokiem przybory rozłożone na biurku. Już od jakiegoś czasu panował wśród nich nieporządek. Wyrównał pióro marki Waterman, które podarował mu Diego na ostatnie urodziny, do spiczastego ołówka, którym robił notatki w notesie o skórzanych okładkach, prezent od kogoś, kogo nie pamiętał; ustawił ramkę ze zdjęciem prostopadle do krawędzi biurka i do srebrnej popielniczki, tworząc trójkąt równoboczny; dym z dopalającego się cygara otaczał głowę klienta.

– To musi być bardzo uciążliwe, tak, doskonale rozumiem, ale sądzę, że nie powinien pan zapominać, że żyjemy w kraju, w którym trwa wojna, pomimo kapitulacji. Niech pan Bogu dziękuje, że wojsko zabrano do tych baraków na obrzeżach miasta. A jest ich mnóstwo, nie tylko żołnierzy, także kancelistów, wyobraża pan sobie, ile papierów generują ci Niemcy, którym ludzie tacy jak pan muszą zapewnić wikt i dach nad głową? I tak powinien być pan zadowolony, coś niecoś za to panu płacą, jak się domyślam.

– Ale ja mam tego dość. Dostaję kilka bezwartościowych franków za to, że ja i moja rodzina mieszkamy z trzema nicponiami, którzy jedzą jak kozacy, bardzo elegancko, nie powiem, ale zawsze wybierają najlepsze kąski, a w dodatku musimy znosić, że przynoszą najlepszy tytoń, a nawet cukier i słodycze, nigdy nas nie częstują i delektują się nimi przed naszym nosem jakby nigdy nic.

– Cóż, myślę, że nie trafił pan najgorzej, George, inni zostali zmuszeni do odstąpienia im całych domów. A przecież nie wszyscy mogą mieszkać w hotelach. Chociaż i tak Crillon, George V, Lutetia, Commodore są pełne. Tam być może jest jeszcze gorzej: krążą najróżniejsze historie o tym, co muszą znosić pokojówki, muzycy i kucharze. Zajmują najlepsze pokoje i korzystają z wszystkich udogodnień. Ale proszę powiedzieć, czego oczekiwałby pan ode mnie?

– Pozwania ich, czegóż innego mógłbym oczekiwać.

Martín nie potrafił powstrzymać uśmiechu. Nie wierzył własnym uszom. Pozwać... kogo? Chyba NSDAP, całą partię... o panoszenie się w domu człowieka przywykłego do stania ponad prawem.

– A niechże mi pan powie, przyjacielu, co pana zdaniem osiągnie pan w ten sposób? Załóżmy, że wygra pan proces, bardzo hipotetycznie, proszę nie robić sobie złudzeń. Żadnych złudzeń. Oprócz wypędzenia tych pasożytów z pańskiego domu, cóż takiego może pan zyskać?

– Co takiego mogę zyskać? Naprawdę zapytuje mnie pan, co mogę zyskać? Jak to co, panie mecenasie, jak to co: mogę odzyskać godność.

* * *

Martín wyszedł z kancelarii, nie przestając myśleć o markizie z dużym nosem i nieco zezującym okiem, który chciał odzyskać swoją godność. Wojna przemieniła świat w dom wariatów, gdzie rozum był największym grzechem. Przyzwyczaił się już do sloganów propagandowych, jeden krzykliwszy od drugiego, rządu w Vichy: „Praca, rodzina, ojczyzna" i nazistowskich, typu: „Przyjeżdżajcie pracować do Niemiec", „Wstąp w szeregi Legionu Ochotników Francuskich", lecz patrząc na nie, uśmiechał się pod nosem. Władze sądziły najwyraźniej, że ludźmi powodują pobudki inne niż interes. Gdyby zamiast tych głupich haseł proponowano cielęcinę i mleko na trzydzieści dni, z pewnością długie rzędy Francuzików ustawiałyby się w punktach rekrutacyjnych każdego pierwszego dnia miesiąca. Życie walczyło o siebie. Do tego stopnia, że klomby zdobiące niegdyś Ogród Luksemburski, przez który lubił przechodzić, wracając do swojego mieszkanka w Dzielnicy Łacińskiej, skąd nie chciał się wyprowadzić nawet po skończeniu studiów, przemieniły się w małe ogródki warzywne z rzodkiewkami, pomidorami, ogórkami, cebulą, a nawet, tu i ówdzie, kapustą. Problem polegał na tym, że nic nigdy nie zdążyło porządnie wyrosnąć, bo gdy tylko pojawiła się jakaś główka albo szczypior, ktoś wyrywał je, zanim jeszcze podrosły tak, by mieć jakąkolwiek wartość odżywczą.

Nic już nie należało do nikogo, tylko strach był wspólny. I plotki, i szepty w długiej kolejce do delikatesów, w których zawsze pustoszały półki, zanim ostatni z kolejki zdołał nabyć choć jeden artykuł. Nawet masła nie można już było dostać, ani legalnie, ani z przemytu, a chleb pieczono bardziej z trocin niż z mąki, która stała się tak cennym towarem, że spotkać ją można było tylko w kuchniach o niemieckich zapachach. Nawet ptaki przestały śpiewać, może dlatego, że wielu z tych, którzy niegdyś rzucali im okruchy, osiągnęło mistrzostwo w zastawianiu wnyków, a pieczone wróble i gołębie stanowiły znakomite źródło białka. Zdziwił się, usłyszawszy śpiew kosa gdzieś w szpalerze drzew. Melodia przeniosła go w przeszłość, której wspomnienie nie przynosiło radości, lecz udrękę.

– Widzę, że nadal jesteś tak przystojny. – Martín stanął jak wryty na dźwięk tego głosu. Człowiek u jego boku odwijał z opakowania coś, co wyglądało na cukierek z czarnej czekolady. Spojrzał mu w twarz. To był Wolfgang. Hauptsturmführer Wolfgang Hahn. Kapitan Wolfgang Hahn. Nie potrafił zapomnieć jego imienia. Ani oczu. Ani ust. – I znów się spotykamy. Przepraszam, jeśli cię przestraszyłem, wyrastając obok ciebie znienacka. Zresztą w obecnych czasach to normalne.

Martina przeszedł dreszcz. O mało co nie popuścił moczu, lecz wstyd albo duma okazały się silniejsze.

– Można wiedzieć, czemu zawdzięczam honor tego spotkania? Myślałem, że zapomniałeś o mnie.

Mężczyźni mierzyli się wzrokiem. Grupa dzieci bawiła się nad stawem naprzeciwko nich. Puszczały na wodę papierowe łódeczki i biegły za nimi, aż któraś uderzała o brzeg albo tonęła, co dzieciaki przyjmowały głośną wrzawą, zaabsorbowane rozrywką, zapominając o całym świecie.

– Pewnych przyjemności nie zapomina się łatwo, a czekolada to jedna z nich. Obawiam się, że smak na nią będzie prześladował mnie do końca życia.

– Już ci wyjaśniłem, że go nie podzielam. To chyba było prawie rok temu. Powinieneś był znaleźć inną markę, która cię zadowoli. Rok samotności to dużo.

Oficer chwycił go za przedramię. Zacisnął palce na muskularnym ciele.

– Przestań. To nie zabawa. A poza tym ty nie wiesz, o co toczy się gra. Ktoś inny kieruje partią.

– Powiedz mi, proszę, po co ze mną rozmawiasz. Nie sądzę, żebyś zadał sobie trud śledzenia mnie, teraz i zapewne już wcześniej, tylko po to, żeby zwierzyć mi się, że dalej lubisz słodycze.

Niemiec puścił ramię Martina i wyjął z kieszeni podłużny album, który rozwinął jednym ruchem, ukazując dziesiątki zdjęć. Na wielu z nich widniała Danielle. I Elisa.

– Znasz tę kobietę? – Wolfgang pokazał na paryżankę.

– Pół Paryża ją zna, a drugie pół pragnie ją poznać.

– Dobrze powiedziane. Wiem, że ją znasz, to marszandka tej drugiej kobiety, malarki, z którą jesteś bardzo zaprzyjaźniony.

– A co takiego zrobiły? Gdybyście podejrzewali, że popełniły jakieś przestępstwo, już byście je aresztowali, prawda? W takim razie czego chcesz ode mnie? Może szukasz im adwokata? Chyba wybrałeś nieodpowiednią osobę.

– Słyszałeś kiedyś o Sonderauftrag Linz? Należę do niej. Pracuję pod rozkazami kogoś bardzo wpływowego. Moja misja polega teraz na tym, żeby chronić twoją malarkę i jej marszandkę. Dlatego dotarłem do ciebie. Ale zmęczyłem się czekaniem. Myślałem, że sam mnie odszukasz. Zawiodłeś mnie. Chociaż możesz to jeszcze naprawić.

– Jeśli coś przeskrobały, aresztuj je, i sprawa załatwiona. Nie wiem, do czego zmierzasz, Wolfgang. Powiedz mi i przestańmy grać w kotka i myszkę. Guzik mnie obchodzi los Danielle i nie mam bladego pojęcia, kim jest ta malarka, o której mówisz. Nie wiem, dlaczego opowiadasz mi rzeczy, których nie powinieneś mi opowiadać. Życzyłbym sobie, żebyś zostawił mnie w spokoju i żebym nie musiał cię już nigdy oglądać. Ale świat jest niedoskonały. Powiedz, czego chcesz.

Wolfgang zapalił cygaro. Dym podrażnił nozdrza Martina. Jakże chętnie wdychałby zapach jego ciała, zmieszany z zapachem tytoniu, nikotyny i smoły.

– Chcę ciebie.

– A ten dalej swoje.

Słowa Hiszpana zabrzmiały mocno i poważnie.

– Nie znam tego wyrażenia. A opowiadam ci to wszystko, ponieważ jesteś na słabszej pozycji. To oczywiste. Nie możesz zrobić niczego przeciwko mnie. A choćbyś nawet mógł, nie zrobisz, bo jesteś inteligentny i także lubisz władzę. Ale nie zapominaj, że ja owszem, mogę wyrządzić ci sporą krzywdę. A pewne relacje powinny opierać się na wzajemnym zaufaniu, czyż nie?

– Ciągle mówisz o czymś, w czym nie mogę ci pomóc.

– Danielle jest pod ochroną pewnej ważnej osoby, zaatakowanie jej jest trudne, chociaż nie niemożliwe. Za to twoja malarka nie, a ja mógłbym uznać, że, niestety, zlikwidowanie jej stało się konieczne, a nawet, co byłoby jeszcze łatwiejsze, moglibyśmy poinformować ERR o jej działalności, a wówczas zniknęłaby z twojego życia. Jednakże nie widzę żadnych przeszkód, żeby zostawić sprawy takimi, jakie są, jeśli tylko rozważysz moją propozycję. Będzie wówczas bezpieczna. Chodzę za tobą od czasu, kiedy poznałem cię w *crêperie*. Mam obsesję na punkcie twoich ust, prześladuje mnie widok twoich oczu i twojego ciała, śnię o twoich rękach i piersi, kocham się z innymi i masturbuję się, tylko myśląc o tobie. Kocham cię. Poza tym mnie nie oszukasz. Wiem, kim jesteś. To tylko intuicja, ale wiem. A ja mogę ci bardzo pomóc. Wiem, że jesteś sam. Polub czekoladę. Trochę tylko boli na początku. Potem się wciągniesz. W obecnych czasach, Martinie, nie liczy się prawda, a jedynie pozory. A przeżywają ci, którzy pozorują, że są tym, kim powinni być.

– Dlaczego niby miałbym ci wierzyć? Dla mnie jesteś po prostu kolejnym nazistą, jednym z tych, którzy rozpanoszyli się w naszym życiu, i tylko twój mundur pokazuje mi, że masz więcej władzy niż ja. Ale może oszukujesz mnie i wcale nie jesteś tak wpływowy, jak twierdzisz.

– Masz odwagę. Wiedziałem, że nie pomyliłem się co do ciebie. Dostrzegłem to w twoich oczach. Ale miałem cię za mądrzejszego. Nie zawiedź mnie. Chcesz, żebym cię przekonał, że nie kłamię? Sądzisz, że odszukałbym cię i powiedział bez ogródek, czego oczekuję, gdyby to wszystko było tylko bujdą? Nie bądź naiwny; wiem, że masz więcej oleju w głowie. Nie udało mi się ustalić, czy wiesz, że Elisa jest fałszerką, ale za to jestem pewien, że zdajesz sobie sprawę, że nawet gdyby nią nie była, może popaść, jak każdy, w niełaskę potwornego aparatu Hitlera. Nie jest konieczne, żeby wszystko to, co ci powiedziałem, było prawdą, byś się domyślił, że jeśli zechcę, mogę ją załatwić.

– A cóż ci po kochanku, który nie chce być kochany?

– Rozkosz rządzi się mechanizmami, które nie słuchają głosu rozumu. I niekiedy są bardzo skomplikowane. Podwójną satysfakcję sprawi mi świadomość, że człowiek, który pociąga mnie najbardziej, od kiedy przyjechałem w to miejsce, gdzie wielu rzuca mi się do stóp i błaga, bym ich uwiódł, tylko przez wzgląd na to, co, jak sam mówisz, oznacza mój mundur, że ten człowiek nie należał być może nigdy do nikogo, a ulegnie właśnie mnie. Tobie też się spodoba, zapewniam cię, to rozkosz tak stara jak ludzkość. A przyjemność jest nie do opisania. Ale to nie będzie to samo, jeśli użyję siły. Mógłbym zmusić cię do tego, żebyś poszedł ze mną, a jednak nie zrobię tego. Nie jestem bydlakiem ani gwałcicielem. Nie jestem potworem. Dam ci szansę: jeśli posiądę cię, a ty nie poczujesz, że to mogłoby ci sprawić przyjemność, pozwolę ci odejść. Na nic mi dziwka, która nie odczuwa rozkoszy, choćby nie wiadomo jak piękna. Proponuję ci układ, w którym chcę tylko, żebyś dał mi szansę pokazania, co mogę ci zaoferować. A poza tym jestem pewien, że nie mylę się co do ciebie.

– Ciągle nie dajesz mi dowodów, że to, co mówisz, jest prawdą.

– No dobrze, będziesz moim kochankiem, myślę, że możesz wiedzieć trochę więcej. Ja wiem o tobie dużo. Twoja malarka fałszuje obrazy, które mają być zarekwirowane przez ERR, organizację powołaną do życia przez NSDAP, jak najbardziej legalnie rzecz jasna, na mocy umów podpisanych w ramach zawieszenia broni z rządem francuskim. Chodzi im o zabezpieczenie oryginałów. Ale ERR wykracza poza swoje kompetencje, a to, że one działają w ruchu oporu, żeby ich oszukać, bardzo rozbawiło mojego przełożonego. To zaprzysiężony wróg Göringa, mocodawcy ERR, a ja jestem jego wysłannikiem specjalnym, moja misja jest priorytetowa we wszystkich organizacjach naszego ukochanego wodza i mam *carte blanche*, by podejmować wszelkie działania, jakie uznam za stosowne do wykonania mojego zadania. A moim obecnym zadaniem jest chronienie ich. To historia długa i skomplikowana, ale jako adwokat jesteś przyzwyczajony do jeszcze bardziej zawikłanych spraw. Może opowiem ci ją kiedyś w całości. Na razie wystarczy, żebyś wiedział, że twoja malarka igra z ogniem i tylko od ciebie zależy, czy się nie poparzy.

– Ale nie udowodniłeś mi, że Elisa jest w to wplątana. To tylko malarka… Na pewno się mylicie.

– Swoją drogą, świetna malarka. Jej falsyfikaty są prawie doskonałe. Namierzyliśmy ją, ponieważ jest romantyczką. Twoja malarka maluje gwiazdy, gwiazdy! Ha! Podoba mi się ta kobieta, ma śmiałość; byłbym niezadowolony, gdybym musiał ją oskarżyć. Widzę jednak, że zaczynasz mi wierzyć. To dobrze. Będziemy się cudownie dogadywać, zobaczysz.

– A jaką rolę odgrywasz ty w tym wszystkim? Wiem już, co robi ona, wyjaśniłeś mi, ale ty? Dlaczego niby wy, naziści, mielibyście się gryźć między sobą?

– My, naziści, nie jesteśmy jednym człowiekiem. Jesteśmy wieloma sercami kierowanymi przez jedną czcigodną głowę. Nasze ramiona są długie i jest ich wiele, a każde z nich kończy dłoń, która ma ochotę na inne jabłko. Nie wszyscy przywódcy partii pragną narażać sztukę na niebezpieczeństwo. Tak naprawdę nietrudno to zrozumieć. Jedno z tych ramion zniszczyło albo zagrabiło zbyt wiele dzieł, które inne ramię pragnęłoby zachować dla ludzkości, jakakolwiek by nastała po Hitlerze, i które na to nie pozwoli. Tym właśnie zajmujemy się my. Dlatego podoba mi się twoja malarka, spadła nam prosto z nieba. Popatrz, to ostatni obraz, który sfałszowała. – Wolfgang pokazał zdjęcie z obrazem Moneta. – Po wykonaniu kopii zanosi oba obrazy marszandce, następnie ukrywają oryginał, a falsyfikat zajmuje jego miejsce w muzeum albo tam, gdzie był wystawiony, na wypadek gdyby znalazł się na liście Göringa. Nie zlokalizowaliśmy wszystkich obrazów, jakie sfałszowały, i nie wiemy, w ilu przypadkach udało im się oszukać ERR, ale biorąc pod uwagę tempo, w jakim pracują od momentu, kiedy je odkryliśmy, pewnie było tego sporo. To plan prawie doskonały, ale rzecz jasna niewymyślony przez nas, a zatem ma pewne niedociągnięcia.

– Wolfgang, nie musisz mówić dalej, nie chcę wiedzieć nic więcej. Na cóż mi ta wiedza?

– Żeby mnie poznać. Żeby mnie szanować. Szacunek jest w tym wszystkim ważny. Chodź, ruszmy się, dwóch mężczyzn rozmawiających na stojąco w parku może wzbudzić podejrzenia, zwłaszcza jeśli jeden z nich nosi mundur i nie żąda od drugiego okazania dokumentów.

Martín posłuchał i powoli dalej poszli. Ziemia była wilgotna. Niedawno padało, kałuże wsiąkły już, została tylko cienka warstwa błota, w którym mieszały się śmieci, kurz i piasek. Breja, w którą zamieniły się zeschłe liście, zalegała w pobliżu studzienek kanalizacyjnych, a obok niej jakieś papierzyska i inne odpady trudne do rozpoznania. Grupka zakonnic wyprzedziła ich, maszerując zdecydowanym krokiem. Czarne worki kołysały się na boki, chwiejąc się niepokojąco.

– W takim razie powiedz mi, jakie były te niedociągnięcia. Skąd masz pewność, że to one kopiują obrazy?

– Nieco ponad rok temu do naszej pracowni trafił słynny obraz.

Spadł z jednej z ciężarówek, którymi zbiry Göringa wiozły kolejną partię arcydzieł do jego zamku w Bawarii. Nasi ludzie śledzili tę ciężarówkę, przejęliśmy obraz i przekazaliśmy do ekspertyzy, żeby sprawdzić, czy jest oryginalny. Ekspertyza nie przyniosła rozstrzygających rezultatów, jedni rzeczoznawcy twierdzili, że to falsyfikat, drudzy, że nie. Nie wiem, czy wiesz, że Danielle jest kochanką wysokiego oficera Wehrmachtu stojącego na czele służby, która współpracuje z nami i nie przepada za ERR; to on dostarczył nam klucz: poprosiliśmy go, żeby jego eksperci dokonali własnej analizy. To normalne, że żądamy wielu raportów, gdy sprawa budzi wątpliwości, a w tym przypadku tak właśnie było: obraz został zarekwirowany bezpośrednio z kolekcji paryskiego muzeum doskonale strzeżonego przez ERR, z Petit-Palais; nie mógł być sprzedany ani nawet wyniesiony z muzeum bez wyraźnej zgody Göringa, a twoja malarka jeszcze nie malowała gwiazd. Po kilku dniach zwrócił nam obraz, informując, że jego eksperci ustalili z całą pewnością, że jest oryginalny. Płótno powędrowało do jednej ze skrzyń oczekujących na inwentaryzację przez Kunstschutz. Ale mój przełożony wiedział o związku Friedricha z panną Lambert i doznał olśnienia. *Voilà!* A zaraz później zaobserwowaliśmy wiele podejrzanych manewrów w galerii jego ulubionej marszandki. Ten obraz był falsyfikatem. A mój przełożony pija często za jej zdrowie winem z Périgord, rocznik trzydzieści trzy, i jest zachwycony jej zagrywką, ale wiesz już, że to może się zmienić. Zależy od ciebie. I uprzedzam: próba ostrzeżenia ich na nic ci się nie przyda. Zrób to, jeśli chcesz, a zobaczysz, że nie kłamię.

* * *

Martín wałęsał się paryskimi ulicami przez wiele godzin; nie widział ludzi wokół siebie, nie patrzył pod nogi, nie wiedział, dokąd chce dojść. Bolała go głowa, szczypały oczy, przez nogi przebiegały skurcze. Nie rozpoznawał gmachów, które mijał, nie pamiętał, czy most, przez który przechodzi, prowadzi w tę czy w tamtą stronę miasta. Jego chwiejny chód i błędny wzrok nie odróżniały go zresztą zbytnio od pozostałych przechodniów. Sam nie wiedząc jak, znalazł się wreszcie przed bramą kamienicy Diega. Było mało prawdopodobne, żeby ktoś go śledził, lecz z drugiej strony był pewien, że Wolfgang wie, że spróbuje to zrobić, więc nie miał nic do stracenia. Drzwi, jak zwykle, były otwarte, chyba jako jedyne w Paryżu o tej porze, a kiedy mimo wszystko zastukał, żeby oznajmić swoją obecność, Elisa zawołała z poddasza, żeby wszedł.

– Powiedz mi, co to jest ERR.

Spojrzała na niego, a pędzel, który odkładała właśnie do słoiczka, gdzie zresztą nie było już zbyt wiele miejsca, trafił w powietrze obok.

– ERR? Pojęcia nie mam.

– Nie oszukasz mnie, zawsze marszczysz nos, kiedy kłamiesz. Rozmawiasz ze mną, Eliso, odpowiedz. Muszę to wiedzieć. Nie martw się, nic nie powiem Diegowi.

– Kto ci powiedział o ERR?

– Pamiętaj, że jestem adwokatem, mam wielu dobrze zorientowanych klientów. Historia, którą mi opowiedziano, jest jednak tak niewiarygodna, że muszę sprawdzić u źródeł. A ty jesteś jedynym źródłem, które wszystko wie.

– Ja jestem źródłem?

– I to najbardziej godnym zaufania. Czekam. Powiedz mi, co to jest ERR.

– Po co chcesz to wiedzieć?

– Żeby zrozumieć, po co to robisz. Powiedz mi. Powiedz mi więcej o tym, co robisz. Albo wyjawię wszystko Diegowi. Przysięgam.

– Jeśli to zrobisz, rzuci mnie, już ci to mówiłam. A to jego kocham ponad wszystko. Przykro mi.

– Powiedz mi.

– Od czego mam zacząć?

– Od ERR. Co to jest i jaką rolę w tym odgrywa. A przede wszystkim chcę wiedzieć, co robisz.

– ERR to organizacja, którą założył Hitler do grabienia dzieł sztuki w okupowanej Europie. Jest oczkiem w głowie Göringa, jego zastępcy.

– A obrazy, które fałszujecie, mają posłużyć do tego, żeby oszukać ERR i żeby nie wywieźli oryginałów.

– Właśnie tak.

– Opowiedz mi więcej.

– Nie chcę.

– O której godzinie wraca Diego?

– Jesteś łotrem i szubrawcem.

– A ty niegrzeczną i lekkomyślną dziewczynką, która fałszuje obrazy, żeby oszukać nazistów, a na dodatek zataja to przed narzeczonym, który nie wybaczy jej tego, kiedy się dowie. Mów dalej.

Zmarszczyła brew. Ruszała noskiem jak myszka. Odłożyła pędzle na stół i oparła się na nim. Założyła ręce i popatrzyła na niego, jak kiedy byli dziećmi i musiała uznać, pękając ze złości, że zwyciężył ją w jakiejś zabawie.

– Nic nie zyskasz, dowiadując się o tym, a poza tym to bardzo długa historia.

– Nie masz wyboru. Mów.

– Wszystko zaczęło się od inwazji, jak całe to gówno, w którym siedzimy. Ale przecież opowiedziałam ci już coś niecoś, prawda? Nie pamiętam. Wszyscy doskonale wiedzą, że wódz ma obsesję na punkcie sztuki. Piękno Paryża zauroczyło go, zanim jeszcze go zajął, a jednym z priorytetów stała się odwieczna chęć odzyskania wywiezionych skarbów, a przy okazji powiększenia swojej kolekcji o najcenniejsze dzieła. Dzieła, na które ma mniejszą chrapkę, miały stać się zalążkiem muzeum, które zamierzał utworzyć w Niemczech, muzeum odzyskanej sztuki niemieckiej, o którym ci już opowiadałam. Dzieła artystów zdegenerowanych prawdopodobnie zniszczy, wymieni albo sprzeda. Taki miał plan. Żeby go wykonać, wkrótce po zajęciu Paryża powołał do życia trzy organizacje, które miały zarządzać niezliczonymi dziełami sztuki znajdującymi się we Francji: misję przy ambasadzie niemieckiej, Wojskowe Dowództwo do spraw Ochrony Sztuki, Kunstschutz, działający pod rozkazami sztabu armii niemieckiej, słynnego Wehrmachtu, i ERR, który tak cię interesuje. To oddziały specjalne, odkomenderowane na terytoria okupowane, kierowane przez Alfreda Rosenberga, marszanda i znawcę sztuki, naprawdę sterowane przez Göringa. Göring to zachłanny kolekcjoner, sybaryta o wyrafinowanych gustach; dostrzegł niepowtarzalną okazję do zaspokojenia swojej żądzy.

Martín wciągnął powietrze do płuc. Ręce go swędziały, a myśli pędziły jak szalone. Usiadł i próbował nie patrzeć jej w oczy. Nie chciał, żeby zobaczyła jego strach. Zatrzymał wzrok na obrazach porozstawianych w pracowni i spróbował się uspokoić. Elisa zamilkła i podeszła do okna. Patrzyła na park. Stojąc pod światło, wyglądała jak zjawa: tak biała, tak drobna, o jasnych włosach... doskonały anioł, który stał się malarką. Odwróciła się gwałtownie i zaczęła mówić dalej; jej twarz rozświetliła się, jakby opowieść o tym, co robi, ożywiła coś drzemiącego do tej pory w jej wnętrzu.

– Cele tych trzech organizacji były bardzo różne. Początkowo ambasada miała zabezpieczać dzieła sztuki i dokumenty historyczne osób prywatnych, zwłaszcza Żydów. Otrzymała zadanie ochrony wartościowych przedmiotów do czasu nadejścia pokoju, nie mogła nikogo wywłaszczać. Z drugiej strony Kunstschutz miał inwentaryzować te dobra i chronić je zgodnie z umowami międzynarodowymi. Też nie miał prawa ich konfiskować, miał tylko potwierdzić, że są oryginalne, i upewnić się, że nic im nie grozi. Jednakże w pewnym momencie ambasador Otto Abetz postanowił na własną rękę zarekwirować majątek niektórych francuskich organów administracji i żydowskich galerii sztuki, na przykład słynnej galerii Jacques'a Seligmanna, i zabrał sobie obrazy, książki, a także dokumenty najwyższej wagi, takie jak oryginał traktatu wersalskiego o niewyobrażalnej wartości historycznej. Spodobał mu się ten proceder i od tamtej pory grabi najróżniejsze dzieła i ogłasza je własnością Rzeszy, nad którą on sprawuje pieczę. Wiele obrazów skonfiskowanych przez ambasadora zawisło w domach wysokich urzędników ambasady, a także trafiło na paryski rynek sztuki, na którym ruch rośnie.

Wkrótce potem ERR, na bezpośredni rozkaz marszałka Göringa, wkroczył do magazynów przedsiębiorstwa transportowego pracującego dla ambasady i zarekwirował kilkadziesiąt skrzyń z dziełami skonfiskowanymi przez Abetza gotowymi do wywozu do Niemiec. Nie wiem, czy potrafisz sobie wyobrazić, co to oznaczało dla relacji tych dwóch służb, które, choć niezależne i podległe tylko Hitlerowi, wiedziały o swoim istnieniu i miały rozkaz wzajemnego respektowania się. Ale na tym się nie skończyło. Do otwartego konfliktu doszło wtedy, kiedy niemiecki komendant okupowanej Francji otrzymał informację o unieważnieniu wszelkich umów kupna i sprzedaży z państwem francuskim i z osobami prywatnymi zawartych po wypowiedzeniu wojny Polsce pierwszego września, ponad dwa lata temu, i o przekazaniu ERR pełnomocnictw do konfiskaty dzieł sztuki i wywozu do Niemiec. W praktyce oznaczało to, że pod koniec ubiegłego roku ERR stał się głównym narzędziem grabieży sztuki na terenie Francji. To samo działo się zresztą w całej okupowanej Europie. ERR dostał tym samym cały tort, odsuwając od stołu pozostałe organizacje, ku niezadowoleniu ich dowódców. Na pierwszy ogień poszli Żydzi, ale polują też na innych. Interesują ich nie tylko dzieła sztuki, grabią wszystko, co ma jakąkolwiek wartość i co można przywłaszczyć pod byle pretekstem. Mają chrapkę na najstarsze fortuny, im kto bogatszy, tym lepiej, jak możesz się domyślić. Rabują wszystko: meble, rzeźby, obrazy, nawet książki czy instrumenty muzyczne, zwłaszcza skrzypce. A rząd francuski, Pétain i jego administracja, zaprotestował wprawdzie przeciwko tym rekwizycjom, ale bynajmniej nie zrobił tego z powodów humanitarnych, tylko dlatego, że sam chce położyć łapę na tym mieniu. Dlatego zresztą Niemcy wydali dekrety pozwalające kolaborantom na zatrzymanie majątku Żydów, zbiegów i członków ruchu oporu.

Kiedy ererowcy przejęli skrzynie ambasadora, weszli w otwarty konflikt z ambasadą. Göring wydał wówczas rozporządzenie rozszerzające kompetencje ERR. Mogą konfiskować zbiory Żydów przebywających poza strefą okupowaną, z powodu nieobecności właścicieli uznane za bezpańskie. ERR posiada teraz nieograniczoną władzę. Jako druga osoba w Rzeszy Göring ma do dyspozycji całą maszynerię: ciężarówki, samoloty, prywatne pociągi, paliwo, wszystko, czego tylko zapragnie. Sztuka Francji znajduje się w jego rękach. ERR grabi zbiory, na które mu przyjdzie ochota, a on zabiera sobie te, które mu się podobają. Resztę wymienia albo sprzedaje. Pozostałe organizacje naprawdę się nie liczą. A choć teoretycznie szefem jest Rosenberg, obrazy przejmuje Göring. I w tym miejscu do gry włączył się ruch oporu. Ktoś z jednej ze służb skonfliktowanych z ERR przekazał im informację, która pozwoliła nam podjąć próbę niedopuszczenia do wywozu obrazów. Göring ma bardzo potężnych przyjaciół, ale jego wrogowie też mają władzę. Pewne bardzo wpływowe osoby pragną zapobiec grabieży i ocalić francuskie dziedzictwo. Niektórzy Niemcy także chcą ratować sztukę. My tylko pomagamy.

– Musisz przestać to robić. Przestań kopiować obrazy.

– Dalej się o mnie troszczysz? Martín, mówiłam ci tysiąc razy, nie jestem już małą dziewczynką. Przestań się bawić w starszego brata.

– Powinnaś wyjechać z Paryża. Wyjedź do ojca, zabierz Diega, jeśli chcesz, ale nie rób już tego.

Gdy kończył zdanie, głos mu się załamał. Opuścił głowę, a Elisa usłyszała, że płacze. Podeszła do niego i pogłaskała go po głowie. Zawsze był najbardziej wrażliwy z całej trójki, to on rozczulał się nad jaszczurkami dręczonymi przez inne dzieci, i nie zważając na śmiech rówieśników, wypuszczał je z glinianej miski, gdzie je więziono. Ale to było dawno temu.

– Daj spokój, nie martw się, nic mi się nie stanie. Dzięki za troskę, ale nikt nas nie odkryje. Naprawdę, uwierz mi. Nie płacz, nie mogę tego znieść.

Pogładziła go po twarzy, a Martín podniósł wzrok. Łzy sprawiły, że wyglądał dziecinnie, skóra na jego policzkach wydała się jej jedwabista. Nachyliła głowę i pocałowała go usta. To był krótki pocałunek, jak wszystkie skradzione pocałunki, jak buziaki, które sobie dawali jako dzieci, bawiąc się z parobczakami ze wsi, którzy nie wiedzieli za dobrze, kogo chcą pocałować, i całowali wszystkich i nikogo. Zamilkli. Odsunęła się od niego. Zarumieniła się. Jej fiołkowe tęczówki błyszczały.

– Przepraszam, Martinie. Nie powinnam była tego robić.

– Przepraszaj. I nie rób tego więcej. Posłuchaj mnie i przestań się bawić w konspirację, narazisz nas wszystkich. Nie wiesz nawet, jak bardzo.

Wytarł twarz czystą chusteczką, którą zawsze nosił w kieszeni spodni, i wyszedł z ich mieszkania, zostawiając otwarte drzwi.

II

„Ambasador Niemiec był głęboko wzruszony, lecz oddał szczególny hołd żołnierzom niemieckim, hiszpańskim, włoskim i portugalskim, którzy padli z bronią w ręku w chwalebnej hiszpańskiej krucjacie, przekonany, że ich wspomnienie zawsze będzie żyło w niemieckich sercach. Ciała bohaterskich lotników zostały pogrzebane, podczas gdy rozbrzmiewały hymny Hiszpanii i Niemiec oraz salwy na ich cześć".

Paryż, 3 lipca 1942

La Pointe Saint-Eustache był to café bar o różowym daszku z nazwą wymalowaną wielkimi drukowanymi literami w kolorze cytrynowożółtym, którego ogródek znajdował się pod markizą kamienicy z szarego kamienia, w najgłębszej części Dzielnicy Łacińskiej. Była to też ulubiona kafejka Diega. Życie toczyło się jak zwykle. Właśnie wybiło południe i nie było ani jednego wolnego stolika. Francuski sposób bycia nie przestawał go zadziwiać. Mało która z osób wokół niego nie brała udziału w jakiejś rozmowie, lecz słychać było głównie kelnera przekazującego do kuchni zamówienia, a ów bynajmniej nie krzyczał, przemawiał spokojnie i melodyjnie. Bardzo szybko przyniósł im napoje na cynowych talerzykach o wyszczerbionych brzegach. W jego trójkątnym kieliszku kostki lodu roztapiały się powoli w czerwonym wermucie, a po powierzchni falowały nieśpiesznie różowawe esy. W żłobkowanej szklance Martina pływała czereśnia. Skąd wytrzasnęli ją w Paryżu, gdzie od dawna obowiązywały kartki na żywność?

Kilka minut później ten sam kelner postawił obok kieliszków syfon, którego głowica przypomniałaby Diegowi dawny hełm pruskiego wojaka, gdyby nie to, że wojskowe skojarzenia nie były aktualnie zbyt dobrze widziane i kontrolowano je nawet w myślach. Po drugiej stronie stolika wiaderko o drewnianych rączkach z dużym zapasem kostek lodu już na pierwszy rzut oka wyglądało na zmrożone, nie trzeba go było dotykać, żeby się o tym przekonać. W ich kierunku szła zakonnica. Jego matka w życiu nie nałożyłaby na siebie równie niedorzecznego stroju, zasłaniającego całe ciało, zwisającego zeń niby oklapła flaga. Nie potrafił powstrzymać uśmiechu: siostra człapała jak kaczka.

Diego czuł, jak promienie słońca padają mu na plecy, a przyjemność z ciepłego dnia, w porze, gdy nie nastał jeszcze kleisty upał, ukoiła nieco smutek dławiący mu pierś. Tego ranka przechodził, jak tylekroć razy wcześniej, ulicą Ricci. Lubił iść tędy w stronę centrum: zachwycały go dwa ślimaki z brązu ponadmetrowej wysokości spoczywające na daszku z szyldem sklepu z rybami i owocami morza. Gigantyczne, o lśniących muszlach i wystawionych rogach, zdawały się napawać tak jak on blaskiem poranka, i podobnie jak wielkie krzyże nieomylnie wskazywały na aptekę, te figury oznaczały miejsce, gdzie można było nabyć małe galaretowate mięczaki budzące w nim taki wstręt. Ich rola we francuskim menu znacznie wzrosła od czasów inwazji: do ich zdobycia nie trzeba było niczego oprócz rąk chętnych do zbierania ich po wsiach, a tych, Bogu dzięki, nie brakowało. Choć przygnębiała go świadomość, że szyldy stanowią już tylko pamiątkę z dawnych czasów, ponieważ w sklepach spożywczych sprzedawano to, co udało się zdobyć właścicielowi i co bardzo rzadko miało coś wspólnego z nazwą sklepu, monstrualne zwierzaki spoglądające z góry na przechodniów zawsze wywoływały uśmiech na jego twarzy.

Jednakże tego ranka trafił na moment, kiedy sprzedawcy wyrzucali śmieci. Do starych, blaszanych wózków wsypywali nieliczne resztki, żywność w stanie posuniętego już rozkładu, bo dopóki istniała choćby najmniejsza szansa na jej sprzedanie, trzymali ją na półkach. Przechodząc przez ulicę, musiał przystanąć przy nich. Wiele osób grzebało w tych resztkach, w większości ludzie starsi, lecz nie brakowało młodych żebraków o równie błędnym wzroku i grymasie urażonej godności. Jedni podchodzili powoli i nieśmiało, inni wspinali się po krawędzi i zsuwali do wnętrza wózków, by zdobyć najlepsze resztki. Niekiedy dwie osoby kłóciły się o jeden kawałek zepsutej ryby. Nie mógł na to patrzeć, skręciwszy za róg, postanowił nie przechodzić więcej tamtędy, a w każdym razie nie o tej porze.

Martín wrzucił mu do szklanki więcej lodu i dolał wody sodowej, a syk syfonu przywrócił Diega do teraźniejszości, do ukochanej kafejki o różowej markizie.

– Powinniśmy byli wyjechać z twoimi rodzicami. Byliśmy ślepi albo nawet gorzej, głupi. Powinniśmy byli wyjechać z nimi, Diego. To się bardzo źle skończy. Dziś rano zabrali kolejną rodzinę z mojej kamienicy. To straszne, ich krzyki zostają ci w głowie, milkną dopiero, kiedy zaśniesz.

– Może masz rację. Ale któż mógł wiedzieć, że nikt nie kiwnie palcem? Wygląda na to, że wielu Francuzów wolało rząd prawicowy, choć zależny od obcych. A potem sprawy wymknęły im się z rąk. Nie myślą o tym, ale słono za to zapłacą. Oni i my. Ale przynajmniej na razie zostawiają nas w spokoju, we Francu widzą sprzymierzeńca i nie czepiają się nas. Mam nadzieję, że to się nie zmieni. Na szczęście w Hiszpanii nie przyszło nam do głowy, żeby opowiedzieć się za Republiką, i nie mamy nic wspólnego z polityką. Nawet znalazłem powód do tego, żeby się cieszyć, że Anna jest moją kuzynką. W innym wypadku mogłoby być z nami bardzo źle. Ogarnia mnie panika na samą myśl o tym.

– Powinniśmy spróbować wyjechać, może pozwolą nam wrócić do Hiszpanii – nalegał Martín. Starał się, by Diego nie zauważył jego lęku, popijał drinka małymi łyczkami i nie patrzył przyjacielowi w oczy.

– Ja nie mam zamiaru wracać do Hiszpanii, dopóki rządzi tam Franco. Mowy nie ma. Elisa też nie będzie chciała teraz wyjechać. Cała jej praca poszłaby na marne. Na pewno już woli Niemców. Nie pytaj mnie jak, ale Danielle nadal sprzedaje jej obrazy, interes kwitnie. Ta kobieta to fenomen.

Martín opuścił wzrok. Musiał podjąć decyzję. Diego nie patrzył na niego, przyglądał się parze, która właśnie weszła. Dwóch mężczyzn szło w odległości zaledwie kilku centymetrów od siebie. Wyższy odsunął krzesło dla swojego towarzysza, a tamten usiadł, patrząc mu w oczy.

– A między wami wszystko w porządku? Nadal jest doskonała? – zapytał Martín, gdy Diego oderwał wzrok od obu mężczyzn.

– Jest tak doskonała, że jej największa wada to ta, że za nią tęsknię. Maluje całymi dniami, jakby ktoś rzucił na nią czar. Zdarza się, że widuję ją tylko wtedy, kiedy wchodzę do pracowni, bo ona nie schodzi nawet na kolację. Myślę, że wreszcie znów jest szczęśliwa, że uporała się z tą historią z matką, a ja jestem szczęśliwy, kiedy widzę ją w tym stanie, zwłaszcza w obecnych czasach, gdy szczęście trwa minutę, rzadko dłużej… Zauważyłeś, że pary chodzą teraz bliżej siebie, prawie objęte? Jakby ludzie bali się, że ktoś ich rozłączy. Nawet ci, którzy nie powinni wystawiać się widok publiczny, całują się na ulicy. Nigdy nie widziałem tylu całujących się na ulicy. Miłość jest znacznie potężniejsza, kiedy wiesz, że za minutę możesz zginąć. Tak że ja jestem zadowolony, bo mam ją dla siebie przynajmniej w nocy. I choć wiem, że zajmuję drugie miejsce na liście jej priorytetów, chrzanię to; nic nie poradzę na to, że jest kobietą mojego życia.

– Skąd masz tę pewność?

– Nie wiem, wiem tylko, że tak czuję. Myślę, że ty jeszcze nigdy nie spotkałeś kogoś, kto by sprawił, żebyś to poczuł, i dlatego trudno ci uwierzyć, ale kiedy poznasz taką osobę, będziesz o tym wiedział. A ja wiem od czasu, kiedy miałem pięć lat. To zawsze była ona.

Martín zmarszczył brwi, lecz jego przyjaciel tego nie zauważył. Zawsze nosił grzywkę starannie rozczochraną nad oczami, co łagodziło jego rysy. Diego dopił swój wermut i zamierzał zamówić kawę, tutejsza cykoria najlepiej go stymulowała; odwracając się, by zawołać kelnera, zobaczył, że kobiety przy stoliku za nimi nie spuszczają z nich wzroku i że to nie on jest obiektem ich zainteresowania. Martín podbijał wszystkie serca. Szeptały sobie do ucha, a potem śmiały się, zakrywając usta ręką. Zachowywały się tak głupie dzierlatki i szelmowskie nastolatki, typowa scena, widywał ją wiele razy, gdy wychodzili gdzieś wspólnie. Nawet w tych czasach mroku. Już dawno przywykł. Jedna z dziewcząt przygładziła włosy i wstała. Przechodząc obok ich stolika, upuściła trzymaną w ręku książkę. Tylko Diego zauważył, że zrobiła to umyślnie. Martín natychmiast schylił się, podniósł ją i oddał właścicielce, której zabłysły oczy.

– Bardzo pan uprzejmy – powiedziała.

Martín nie odpowiedział, odwrócił się do rozmówcy i kontynuował rozmowę.

– A wiesz coś na temat Anny?

– Departament, w którym pracuje, mieści się obok mojego biura. Często spotykam ją w kawiarni. Kiedyś wpadała do mnie, ale od czasu ostatniej sceny, o której ci opowiadałem, już tego nie robi, chyba się uspokoiła, w każdym razie na to wygląda. Myślałem nawet, że masz w tym swój udział, ale nie puszczasz pary z ust. Pewnie wiesz, że obraca się w towarzystwie Niemców. Dopięła swego, nie pokazuje się z nikim poniżej kapitana. Obawiam się, że nie wie, w co się pakuje.

– A w co się pakuje, według ciebie?

Diego ściszył głos tak, że ledwie słyszał sam siebie.

– Rozejrzyj się. Francja podzieliła się na dwa obozy: z jednej strony ci, którzy przeszli na stronę domniemanych zwycięzców, uśmiechniętych i sprawujących władzę; z drugiej ci, którzy patrzą na nich z urazą i szemrają. Ona dokonała wyboru, ale należy do mniejszości. Nie przejmuje się tym. Powinieneś to zobaczyć, radzi sobie znakomicie. Tak znakomicie, że mam nadzieję, że na jakiś czas da mi spokój.

Martín nie zamierzał opowiadać Diegowi o tym, co wiedział

na temat dwóch obozów, na które podzielili się Francuzi. Odwrócił się z roztargnieniem i przesuwając wzrokiem po kawiarni, zauważył, kilka stolików dalej, znajomą twarz. Kobieta śmiała się beztrosko, a jej towarzysz oparł głowę na blacie i całował jej ręce jak filmowy amant. Podnosił potem na nią wzrok, nie odrywając brody od stolika, i oboje wybuchali śmiechem; para gołąbków słodkich aż do mdłości. Zorientował się nagle, kogo widzi.

– Diego, nie patrz, tam siedzi Danielle.

– Danielle? W tej części Paryża? To dziwne. Cóż mogłaby porabiać w tej dzielnicy zwykłych śmiertelników?

– Otóż doskonale się bawi, zapewniam cię.

Diego spojrzał przez ramię przyjaciela i zobaczył jej jasną głowę wśród wielu innych. Dziś włosy miała gładko zaczesane, poruszały się w rytm jej śmiechu. Człowiek siedzący u jej boku kręcił końcami apaszki w morskim kolorze, którą miała na szyi, błyszczącej jeszcze mocniej niż jej kolczyki, od czasu do czasu przyciągał ją do siebie i całował w usta. Diego poczuł ukłucie w piersi, pochylił głowę nisko nad filiżanką, widział tylko brązowe fusy na jej dnie i głęboką rysę na boku – odniósł wrażenie, że zaraz pęknie.

– Jest z jakimś pułkownikiem. To pułkownik niemieckiego wojska.

– Nie dziwi mnie to. Ona nie zadaje się z byle kim. Nie wiedziałeś? Elisa na pewno wie o tym, co, Diego?

– Nie wiem, z kim się zadaje, ale ten tu to wysoki dowódca Wehrmachtu, popatrz na jego pagony. Widać od razu. Nie wierzę własnym oczom. Nie sądzę, żeby Elisa wiedziała. Chodźmy stąd, nie chcę, żeby mnie zobaczyła.

Ledwie przeszli na drugą stronę ulicy, z ust Diega chlusnął na latarnię żółtozielony płyn. Patrzył przez chwilę, jak ścieka, rozlewając się powoli po chropowatym, szarym żelazie. Chwycił się słupa i przyłożył do niego czoło. Zamknął oczy. Przeniknęło go ciepło metalu nagrzanego od słońca i wstrząsnął nim dreszcz, a może był to dreszcz strachu. Martín podszedł i położył mu ręce na ramionach.

– Muszę ci coś powiedzieć.

Diego podniósł wzrok. Miał twarz bledszą niż ręce, nawet po wydaleniu z ciała wszystkich płynów, które przed chwilą przyjął.

– Co znowu?

– Elisa cię oszukuje.

– Martín, proszę, nie jestem w nastroju do żartów.

– Oszukuje cię. Zapewniam. Robi coś bardzo niebezpiecznego i sądzę, że powinieneś zmusić ją, żeby tego zaniechała.

– Masz na myśli kopie? Wiem o nich. Już tyle razy jej mówiłem, żeby przestała. To mi się nigdy nie podobało, ale po tym, co zobaczyłem przed chwilą, myślę, że to niedorzeczność. Jak się dowiedziałeś? Bo o to ci chodzi, prawda?

– Nie wiesz, co naprawdę robi. To nie są te kopie, o jakich myślisz. Elisa próbuje oszukać nazistów. Nie fałszuje obrazów na sprzedaż, robi kopie, żeby podmienić je na oryginały, które naziści rekwirują ze zbiorów publicznych, z muzeów, z urzędów i z kolekcji prywatnych.

– To niemożliwe. To jakaś bzdura. – Diego spojrzał w oczy przyjacielowi. Martín był bardzo poważny. Diego zachwiał się ponownie. – Skąd wiesz?

– Elisa mi powiedziała. Zaskoczyłem ją kiedyś wieczorem u was w domu. Czekała na Danielle, malowała, kiedy wszedłem do pracowni. Zwróciłem uwagę na kolory. Ona nigdy nie używa tyle zielonego. I rysunek był niepodobny do niej. Podpuszczałem ją, aż opowiedziała mi o wszystkim. Jest jak dziecko. Wciąż nie może znieść, że się jej nie docenia. Ale teraz straciła głowę. Musisz ją zmusić, żeby przestała. Długo się zastanawiałem, czy ci o tym powiedzieć, wierz mi. Wiem, że nie będziesz zadowolony, bo cię okłamała, Diego, ale sprawy nabrały tempa. Kilka tygodni temu przyszedł do mojej kancelarii dawny klient i poprosił o pomoc w odzyskaniu kolekcji sztuki, a to, co mi opowiedział, przeważyło szalę. Mój klient był człowiekiem bardzo wpływowym, ale był też Żydem. Wyjaśnił mi szczegółowo, jak, wedle jego wiedzy, postępują naziści i jak okradli jego rodzinę. Informacje posiadał od osób, które były mu coś winne, a które obecnie wchodzą w skład rządu Pétaina, ale także od członków ruchu oporu pozostających pod rozkazami de Gaulle'a, jednakże nikt nie był w stanie mu pomóc. My też nie. Jestem bezsilny. Nic się nie da zrobić. A teraz zniknął, on i jego obrazy. Jestem pewien, że Elisa nie wie, w co się wplątała. Wydaje się jej, że Niemcy chcą ukraść kilka arcydzieł, ale ich plany sięgają znacznie dalej. Skala jest ogromna, wszystko jest doskonale zorganizowane, a rozkazy przychodzą z bardzo wysoka. To coś niewiarygodnego, to historia iście makiaweliczna.

Diego wyprostował się i patrzył na Martina. Ów mówił tak cicho, że aby go usłyszeć, musiał prawie dotknąć jego twarzy swoją. Pachniał jeszcze wodą kolońską. To był jedyny człowiek w Paryżu zdolny do zachowania szyku nawet wówczas, gdy opowiadał o niewiarygodnych spiskach.

– To niemożliwe. Elisa nigdy by mi tego nie zrobiła. Jestem pewien.

– Chcesz wiedzieć, co robi, czy nie?

Diego potaknął.

– Chodź, nie będziemy tkwić tutaj. Odprowadzę cię do domu, a po drodze wszystko wyjaśnię. Nie zostawię cię teraz samego. Wyglądasz strasznie.

Martín ruszył do przodu. Diego dogonił go zaraz i chwycił za łokieć.

– Mów dalej. Powiedz mi, co robi Elisa.

– Spokojnie. Jeszcze zdążysz to przerwać. Możesz sprawić, żeby wyplątała się z tego szaleństwa. Bo to szaleństwo. Wszyscy wiedzą, że Niemcy kochają sztukę. Zwłaszcza Hitler. Za młodu dwukrotnie próbował dostać się na Akademię Sztuk Pięknych w Wiedniu. Myślę teraz, że to wielka szkoda, że go odrzucili, mielibyśmy złego malarza, ale nie mielibyśmy szalonego dyktatora. Francja to raj dla miłośników sztuki, chce ją zdobyć bez względu na koszty. Jego metoda jest dziwaczna. Powołał do życia trzy niezależne formacje: pierwsza jest powiązana z ambasadą niemiecką, druga, zwana Kunstschutz, podlega sławetnemu Wehrmachtowi, trzecia to ERR, sterowany przez Göringa. Początkowo wszystkie miały podobny cel: chronić i inwentaryzować sztukę.

– Ale co to ma wspólnego z Elisą? Ja chyba zaraz zwariuję.

– Ma dużo wspólnego. Ale jeśli nie opowiem ci całej historii, nie zrozumiesz, jakie niebezpieczeństwo jej grozi. Göring, zły duch ERR, zamiast chronić dzieła sztuki, kradnie je dla siebie, w całej okupowanej Europie, nie tylko w Paryżu.

– I? Wciąż nie rozumiem, co ona ma wspólnego z tym szaleństwem. I skąd ty wiesz to wszystko? Skąd o tym wiedzieli ludzie, którzy poinformowali twojego klienta? Jaka jest rola Elisy? To przecież tylko początkująca malarka… jak to się stało, że ma z tym cokolwiek wspólnego? – Diego miał wrażenie, że głowa mu za chwilę pęknie. Kotłowało się w niej tyle pytań, że tracił dech, wyrzucając je z siebie.

– Daj mi skończyć. Pomiędzy tymi trzema służbami panuje silna rywalizacja, bo ich interesy są często rozbieżne. A teraz słuchaj uważnie, ponieważ w tym miejscu na scenę wchodzi Elisa. Powiedziała mi, że kopiuje obrazy poszukiwane przez Niemców, żeby podmienić je na oryginały tam, gdzie są wystawione, i oszukać ERR, ale sądzę, że nie zna wszystkich szczegółów. Rzesza, czyli Hitler, pochwala postępowanie ERR, ale są też osoby, które, choć wierne Führerowi, nie chcą, żeby arcydzieła zniknęły na zawsze, zniszczone albo sprzedane. Naziści mają listę dzieł, które zamierzają odzyskać, ta lista znajduje się w raporcie niejakiego Kümmla. Ten tajny raport zawiera wszystko, co naziści uważają za zrabowane Niemcom w ciągu wielu wieków, od czasów poprzedzających inwazję Napoleona, wiele tysięcy dzieł wchodzących w skład kolekcji prywatnych albo wystawionych w państwowych muzeach i w urzędach Francji. Są tam też przykłady nowoczesnych kierunków, których nienawidzą i które prześladują, nazywają je sztuką zdegenerowaną, albo coś w tym stylu. Brzmi zabawnie w ich ustach. Ale ktoś mający dostęp do raportu Kümmla przekazał go dyrekcji muzeów państwowych we Francji, żeby ujawnić prawdziwe intencje Göringa i Führera. W porozumieniu z dowództwem w Londynie ruch oporu zorganizował akcję ratowania tych dzieł, przede wszystkim sztuki zdegenerowanej, bo w jej przypadku prawdopodobieństwo zniszczenia przez Niemców jest największe. Elisie zlecono ich kopiowanie. Sądzę jednak, że nie wie, że naraża się bezpośrednio ERR i Göringowi i że to pewien nazista ujawnił te informacje. To wszystko jest cholernie niebezpieczne, Diego. Ten, kto przekazał raport Kümmla, jest wierny nazistowskiej ideologii i Rzeszy, ale nienawidzi Göringa i próbuje nie dopuścić do tego, żeby obrazy trafiły do zamków w Niemczech, służących ERR za magazyny i warsztaty konserwatorskie, a w dalszej kolejności do zamku Göringa w Bawarii, gdzie tylko on będzie mógł je podziwiać albo gdzie ślad po nich zaginie. Człowiek, o którym mówię, kocha sztukę, na swój sposób, ale kocha. Do tego stopnia, że naraził się na niebezpieczeństwo, żeby ją ratować. Nigdy nie wiadomo, do czego może posunąć się miłość, Diego. A wiesz, że Elisa także kocha sztukę. Nade wszystko. Ale oznacza to też, że wśród nazistów są osoby, które wiedzą o każdym ruchu Elisy i Danielle. To właśnie jest najgroźniejsze. Jeśli równowaga sił między służbami zostanie zachwiana, jeśli któryś z tych nazistów popełni jakiś błąd albo postanowi przejść do drugiego obozu, zapłacą za to właśnie one. A wszyscy wiemy, czym się płaci w tej grze.

– I ona jest wplątana w tę makabrę, i nic mi nie powiedziała? Niemożliwe, Martinie, to nie może być. Gdyby tak było... ja... ja... nie zniósłbym tego. Bardzo ją kocham, ale to... to...

Głos mu się załamał. Wstrząsnął nim szloch. Nie pamiętał, kiedy płakał po raz ostatni. Może kiedy odeszła Clara. Martín położył mu rękę na plecach. Głaskał go powoli, okrężnymi ruchami. Diego spojrzał na drugi brzeg rzeki. Woda pluskała, jakby skarżyła się na to, że musi płynąć w określonym kierunku, jakby pragnęła sama znaleźć sobie drogę w korycie o bagnistym dnie. On też chciał odnaleźć swoją w podobnym bagnie.

– Rzeczy nie zawsze są takie, na jakie wyglądają, Diego. Uczymy się tego prędzej czy później. Jest mi przykro, że to ja musiałem ci o tym powiedzieć. Nie wiedziałem, czy mam to zrobić, ale zobaczywszy towarzysza Danielle, podjąłem decyzję. Elisa jest w niebezpieczeństwie, musisz sprawić, żeby przestała malować falsyfikaty. Musisz, w innym razie przydarzy się jej coś bardzo złego.

– Zostaw mnie tu, Martinie, proszę. Zostaw mnie samego.

– Jest mi bardzo przykro, naprawdę, przepraszam cię. Ale musiałem ci powiedzieć. Jestem przekonany, że grozi jej poważne niebezpieczeństwo i że powinieneś interweniować. Musisz ją powstrzymać. Nie sądzę, żeby zdawała sobie sprawę, do jakiego stopnia się naraża.

* * *

Ulice ciągnęły się w nieskończoność. Przestał widzieć słońce, pogrążył się w gęstej mgle, wypełniającej mu głowę i spowalniającej ruchy. Odnosił wrażenie, że dając krok do przodu, cofa się o dwa kroki, a chwilę później uświadamiał sobie, że biegnie. Przyhamowywał wówczas i szedł wolno, aż znów zatapiał się w myślach i przyśpieszał. Dotarł do domu oblany potem, choć zarazem było mu zimno. Chłód przeniknął do jego ciała w momencie, gdy wychodzili z kawiarni, i nie opuszczał go. Mijana na schodach sąsiadka pozdrowiła go, lecz nie usłyszał, co mówi, widział tylko jej usta. Była bardzo podobna do Matki Boskiej z obrazu Clary, jedynego, który Jaime zabrał ze sobą do Stanów. Włożył klucz do zamka i przekręcił, słyszał zasuwę poruszającą się jak w zwolnionym kadrze, jakby wbrew sobie. Jego życie, Elisa była jego życiem. Cholera. Podszedł do niej, ucałował w kark. Wzdrygnęła się. Nigdy nie słyszała, kiedy podchodził; gdy malowała, stawała się nieobecna dla całego świata, dla wszystkiego oprócz prostokątnej powierzchni płótna. Diego lubił się jej przyglądać; wkładała na siebie wygodne ciuchy, luźne, niekrępujące ruchów, odsłaniające spore partie ciała, a on nauczył się już, że jeśli tylko odczeka odpowiednio długi czas, zareaguje na jego pieszczoty.

Zazwyczaj zaczynał od karku. Zewnętrzną powierzchnią palców kreślił fantastyczne figury od włosów po barki i od razu widział, że dostaje gęsiej skórki. Przybliżał potem usta, ujmował nimi skrawki ciała, bardzo powoli, jakby chciał tylko, żeby go rozpoznała. Następnie rozbierał ją. Koszule ledwo przylegały do ciała, zsuwały się na podłogę, jakby były z jedwabiu. Milczała, wpatrzona w obraz, ściskając jeszcze w dłoni pędzle. A wówczas traktował jej skórę jak płótno i malował na jej plecach ustami i pieszczotami, najpierw na skraju delikatnego materiału, na jednym barku, potem na drugim, następnie na każdej piędzi, gładkiej i miękkiej, konturów, a wreszcie na prostej linii dzielącej ją na dwie harmonijne połówki, które przebiegał wilgotnymi palcami coraz wolniej, coraz delikatniej, aż wreszcie pędzle, którymi przesuwał po tej intymnej bruździe, moczyły się w dwóch ciemnych otworach rozchylających się przed czeluścią jego pożądania, a gdy już tam dotarł, schylał się, kładł ręce na jej biodrach i lizał ten otwór, zostawiając na niej bruzdę śliny niby patynę po sobie. Kiedy czuł, że jej ciało jest dostatecznie pobudzone, obejmował ją w pasie, kładł ręce na brzuchu i zaczynał wędrować w górę. Ocierał się o nią powoli i delikatnie, pokrywając niby wybornym werniksem, od którego błyszczała cała skóra, podążając zarazem otwartymi dłońmi ku małym piersiom, które go oczekiwały. Opuszkami palców masował sutki, kończąc swój obraz, aż puszczała pędzle i odwracała się bez słowa.

Jednakże tym razem nie zostali obok obrazu, pochwycił ją i zaniósł do łóżka i kochał tak, jakby chciał wykrzyczeć, że robi to po raz ostatni.

– Co ci jest? Diego, ty płaczesz. Powiedz, to z radości? Tak dobrze to dzisiaj zrobiłam?

Otarł łzy prześcieradłem i spróbował się przykryć.

– Nic się nie stało, pewnie coś mnie bierze. Obudziłem się dziś cały rozbity.

Elisa zmarszczyła brwi, a potem uniosła je w dziwnym grymasie. Odkryła się i zrobiła gest, jakby chciała wstać, lecz Diego powstrzymał ją.

– Poza tym to wszystko mnie przerasta. Może powinniśmy wyjechać. Wrócić do Hiszpanii. Eliso, powinniśmy wyjechać.

Elisa położyła się obok niego i przykryła kołdrą. Jej zetknięcie z nagim ciałem nie było tak przyjemne jak zwykle.

– Do Hiszpanii? Oszalałeś? Jak mielibyśmy wracać tam teraz? Nie możemy, nie wiem już, co gorsze, naziści czy frankiści.

– Ja też nie wiem. Ale bardzo się boję.

– Tak się boisz, że aż płaczesz? Diego, nie owijaj w bawełnę, powiedz wreszcie, co ci jest.

Spojrzał na nią, lecz natychmiast zamknął oczy, przesunął dłonią po czole i nie odrywał jej, kręcąc głową. Po czym usiadł gwałtownie i popatrzył na nią znowu, tym razem wytrzymując jej wzrok.

– Wiesz, że Danielle ma przyjaciela nazistę?

– To o to chodzi... Skąd wiesz? Wiem od jakiegoś czasu, ale nie chciałam cię martwić. To nic takiego. Znali się od dziecka. Nie jest nazistą, to pruski hrabia, ich rodziny znają się od lat, spędzali razem lato na Riwierze.

– Pruski hrabia z Wehrmachtu? Niezły zestaw. Jak możesz przyjmować to tak spokojnie? Niemiec czy nazista, czy to nie na jedno wychodzi?

Elisa wstała z łóżka. Nie chciała, żeby patrzył na nią, kiedy kłamie. Wiedziała, że potrafi to wyczuć, zawsze wiedział, kiedy go oszukuje. Mówił, że rusza się jej czubek nosa. Poszła do łazienki, sięgnęła po chusteczkę i wycierała nią sobie twarz, odpowiadając.

– Wiesz, że to nie to samo. A Danielle kocha tego człowieka. Wiem o tym. Ta przygoda zaczęła się na długo przed wojną. Po prostu wrócili do siebie. To chyba jedna z niewielu par, które ta nieproszona wojna połączyła. Ale jestem pewna, że Danielle jest bardzo ostrożna. Poza tym doskonale jej płacą. Nie odważy się zaryzykować utraty tych pieniędzy.

– Niemcy też potrafią przekupić marszandów. Wiesz, że grabią Żydów i różnych innych ludzi, zabierając, co tylko wpadnie im w ręce, i bynajmniej nie dlatego, że wiedzą, gdzie tamci ukrywali swoje skarby. Paryż jest pod okupacją, ludzie chwytają się najróżniejszych środków, żeby przeżyć. Nie powinnaś wykonywać żadnych ryzykownych ruchów. Nie mamy pojęcia, do czego się posuną, żeby osiągnąć swój cel. – Diego ujął dłoń Elisy w swoje ręce i patrzył jej w oczy. – To głupota, próbować oszukać nazistów. Powiedz mi, że wiesz o tym.

– Moje obrazy nie są aż tak cenne, żebyśmy musieli się przejmować, Diego, a Danielle nic nie powie Niemcowi. Jestem pewna. Została we Francji, ponieważ tak chciała, mogła wyjechać do Ameryki z resztą rodziny, ma tam rodziców i siostrę, ale została, bo robi tu dobre interesy, nawet lepsze niż dawniej. Nigdy nie narazi się na niebezpieczeństwo, a jeśli ona jest bezpieczna, to ja też. Nie musi przechodzić na drugą stronę, żeby zarobić duże pieniądze.

– Eliso, Danielle sypia z jednym z nich, jak możesz tak mówić?

– Ale to nie to samo. To jakbyśmy ty i ja musieli teraz się rozstać i spotkalibyśmy się za kilka lat w Hiszpanii, i ja byłabym po stronie republikanów, a ty – rebeliantów. Zrobiłbyś mi krzywdę? Powiedz... byłbyś zdolny do tego, żeby zrobić nam krzywdę?

Diego zawahał się. Słowa Martina tłukły mu się w głowie. Jak jej powiedzieć, że wie o wszystkim, że jest świadom, że go oszukuje i że zależy mu tylko na tym, by ją stąd zabrać? Czy mógł ją zdradzić? Doskonale wiedział, co próbuje zrobić, wobec kogo zaciągnęła dług. Wiedział tak dobrze, że nie potrafił powiedzieć jej tego, co chciał, zmusić jej do ucieczki w tej chwili, bez sekundy zwłoki. Objął ją i poczuł kruche ciało przy sobie. Elisa była tym, co najbardziej kochał, ale czy miał prawo zmuszać ją do rezygnowania z tego, czego pragnęła z całej duszy, tylko dlatego, że ją kocha? Czy miłość dawała mu takie prawo? Widząc spokój, z jakim mówiła mu to, co pragnął usłyszeć, zdał sobie sprawę z tego, że Elisa już wybrała swą drogę, a on mógł tylko podążać tą drogą razem z nią albo ją porzucić. A wówczas zdjęły go wątpliwości. Czy powinien wierzyć Martinowi? Skąd mógł mieć pewność, że ów nie wymyślił całej tej makabrycznej historii? Na przykład po to, żeby ich rozdzielić? Osaczało go zbyt wiele cieni.

– Obiecaj mi, że przestaniesz robić falsyfikaty – powiedział wreszcie. – Obiecaj mi, albo przysięgam, że wyjadę sam. Nie zniósłbym, gdyby coś ci się stało. Jeśli Danielle ma kontakty z Niemcami, sprzeda im to, o co ją poproszą. Fałszowanie obrazu na sprzedaż zubożałemu paryskiemu bankierowi, który wie, co kupuje, to nie to samo, co igranie z arystokratą z niemieckiej armii albo z jakimś jego kolegą. Eliso, nie możesz być pewna, komu Danielle sprzedaje twoje obrazy, nie możesz ufać jej bezgranicznie. Oszukiwanie nazistów to nie zabawa. To coś znacznie bardziej poważnego, Eliso, tak poważnego, że mogą cię zabić. Czy ty tego nie rozumiesz?

– Diego, przysięgam ci, że nie robię już kopii na sprzedaż. Przysięgam, musisz mi uwierzyć. Już dawno temu przestałyśmy to robić. Nie kopiuję już obrazów, które Danielle sprzedaje. Przysięgam. Ale nie możemy wyjechać, zdobyłam sobie pewną renomę, wykonuję ważną pracę, nie mogę zdradzić samej siebie, nie mogę teraz wyjechać. Proszę, zrozum to. Potrzebuję cię przy sobie, ale nie mogę przestać robić tego, co robię.

III

VILLAVICIOSA, ŚRODA, 17 MAJA 2000 (11.40)

Eliso, ręce mi się trzęsą, nawet taksówkarz to zauważył i przechylił się szybko, żeby otworzyć mi drzwi. A wychodząc z kancelarii Angeli, o mało co się nie przewróciłem. Poza tym w końcu zapomniałem jej powiedzieć, gdzie zostawiłem list. Muszę to zrobić, choć łatwo go znaleźć, lepiej, żeby wiedziała, gdzie jest. Nie wiem, co z moją głową. Stale błądzę gdzieś myślami, chodzę jak nieprzytomny. „Stuknięty staruch!", tak na pewno pomyślała para wysiadająca z taksówki, widząc, jak zataczam się, podchodząc do samochodu. Niech sobie myślą, co chcą, cóż mnie to już obchodzi! Mają jednak sporo racji. Jestem stukniętym staruchem. Odbiło mi ze strachu. Eliso, strach jest najgorszy. Nigdy nie należy podejmować decyzji ze strachu. Ale czegóż ja jeszcze mogę się bać? A ty wiesz, że się boję. Boję się o nią. Krążę i nie mogę się zdecydować. I o obrazy, jeszcze ich nie oglądałem. A muszę to zrobić, zanim jej pokażę. Violeta musi je odkryć, póki jeszcze żyję. Czasem myślę, że jej nie doceniam. Nie powinienem wątpić w nią, w jej miłość, a tym bardziej w jej wielkoduszność. Wybaczy mi? Jestem jej dziadkiem. I nauczyłem ją stawiać się na miejscu drugiej osoby. A jeśli ja się nie odważę, list powie o wszystkim. I obrazy, i zeszyty. Będzie miała gdzie się szukać, jeśli zechce. Powinienem już się uspokoić, Eliso, czy nie mam do tego prawa?

Ale nie mogę jeszcze spotkać się z tobą, nie mogę, nie mam odwagi. Doszedłem do przystanku bardzo powoli, patrząc uważnie pod nogi, żeby się nie przewrócić. Szedłem po brukowanych ulicach i kilka razy o mało się nie wygrzmociłem. Ludzie wyprzedzali mnie, najcierpliwsi szli za mną po wąskim chodniku, aż się zmęczyli. Nie zawsze tak było. Starość narzuca ci powolny rytm, zmusza do dokładności, do zwracania uwagi na szczegóły. Chcesz wszystko dostrzec, wchłonąć, zrozumieć, żeby czas popłynął wolniej, żeby powstrzymać każdą chwilę. Chociaż nigdy zbytnio się nie spieszyłeś, kiedy dochodzisz do mojego wieku, życie zwalnia i już nie musisz donikąd pędzić. Wręcz zatrzymujesz się w parku i zapominasz na chwilę o cierpieniu, przyglądając się dzieciom bawiącym się z matkami, ptakom dziubiącym bezczelnie łyse głowy posągów, psom biegającym za piłeczką rzucaną przez panią albo pana. Tam w końcu ochłonąłem nieco; dzisiejsze spotkanie z prawniczką bardzo mnie wzburzyło. O wiele bardziej niż poprzednie. Jej oczy mają kolor twoich oczu. Widziałem to już na pogrzebie jej matki, a potem jej ojca, także wtedy, kiedy przyszedłem do niej zaraz po przyjeździe do Villaviciosa, ale byłem wówczas zbyt zdenerwowany i nie przejąłem się tym. Instynkt samozachowawczy, jak sądzę. Ale dziś, owszem, dziś zobaczyłem w niej ciebie, jakbyś stała przede mną. I cóż za dziwne uczucie, przejść od snów do przytłaczającej rzeczywistości. Jej siostry nie są tak podobne, ale prawniczka… Serce mi zamarło. Zobaczyłem cię, prawdziwą, nie tylko w marzeniach, jak wtedy, kiedy byłaś przy mnie.

A teraz myśli kłębią mi się w głowie. Co za galop uczuć. Co za mętlik w brzuchu i w mózgu. Widzę cię ponownie; w oknie pociągu, w błękitnym kapeluszu, z kwiatem, który przypinałaś do klapy, kiedy wybierałaś się w podróż, nigdy nie zrozumiałem, dlaczego zabierałaś go tylko do pociągu. Patrzę dalej. Wracasz z wystawy, którą zorganizowałyście w Reims, gdzie spotkałaś Joannę d'Arc na placu Du Parvis, i powiedziałaś mi potem, że łączy cię z nią jakaś tajemnicza więź. Widok Danielle w kafejce z jej pruskim hrabią pozwolił mi zrozumieć, jak udawało się jej zdobywać gwiazdki z nieba, to, co było, nie do pomyślenia dla nas, zwykłych śmiertelników. Tylko tak mogę sobie wytłumaczyć, skąd wzięła wszystkie niezbędne zezwolenia w tak krótkim czasie i jak mogłyście poruszać się po okolicy tak gładko. Być może zresztą pomogło wam to, o czym opowiedział mi Martín, że któremuś z tamtych były na rękę wasze działania. Kiedy zobaczyłem biały kwiat, a nad nim jasne włosy, rozpoznałem cię od razu, o mało nie krzyknąłem. Jak mógłbym ci to powiedzieć? Jak miałbym się ośmielić, żeby żądać od ciebie przerwania tej pracy? Wciąż nie wiedziałem, czy miłość daje mi takie prawo, ale uznałem, że tak, że mogę, że twoje życie jest ważniejsze. Najważniejsze. Adrenalina, strach w najczystszej postaci, da mi siłę, by to zrobić, krążyła mi w żyłach bez przerwy od kilku dni, od kiedy, po twoim wyjeździe, przetrząsnąłem pracownię i twój pokój w poszukiwaniu tego, czego nie chciałem znaleźć: niezbitego dowodu na to, że Martín mówi prawdę. I znalazłem, jakżeby nie, znalazłem. Nie musiałem się zbytnio trudzić. Wśród twoich obrazów, na widoku, oryginał Modiglianiego, który teoretycznie nigdy nie powinien był opuścić Luwru, wyróżniał się tym, że jako jedyny pokryty był werniksem. A obok leżała wierna kopia. Moje wymiociny zatrzymały się o kilka centymetrów od obrazów. Nawet nie pofatygowałaś się, żeby je schować. Chciałaś, żebym je odkrył i zmusił cię, byś przestała narażać życie? Tego chciałaś? Wystarczyło tylko mi powiedzieć.

Kiedy umyłem się i posprzątałem po sobie, rozpłakałem się, Eliso. Nie mogłem się powstrzymać i rozpłakałem się. I płakałem długo, siedząc na podłodze, aż zapadła noc i ogarnął mnie lodowaty chłód, choć wewnątrz mnie krew wrzała jak bardzo rzadko. Skłamałaś mi, teraz już wiedziałem, ale nie to było ważne; dręczyła mnie myśl, że skoro słowa Martina okazały się prawdziwe, jesteś w ogromnym niebezpieczeństwie. A ja musiałem cię powstrzymać. Bo cię kochałem i cię kocham. Musiałem cię powstrzymać. Pomimo twoich racji. O tak, wiedziałem, dlaczego to robisz: żeby pokazać swojej matce, gdziekolwiek jest, że stałaś się kimś, z kogo może być dumna. Jakby naprawdę trzeba było zrobić coś niezwykłego, żeby ci, którzy nas kochają, kochali nas! Ale w takim razie czemu tego nie zrobiłem? Dlaczego nie przerwałem tego szaleństwa? Wiesz dlaczego. A ja w każdej minucie przeklinam się za to. Ale cóż z tego?

Nasz pocałunek był dziwny, zetknięcie ust, które znają się, lecz coś ukrywają przed sobą, i natychmiast przytuliłaś się do mnie. Sprzedałyście prawie całą kolekcję Niemcom, którzy przejęli najpiękniejsze wille w Reims i chcieli je ozdobić. Czynili honory domu niby dobrzy gospodarze, a w twoim przypadku okazali szczególny szacunek, bo zapłacili ci za twoje obrazy. Myślę, że od czasu do czasu oni też potrzebowali trochę normalności, żeby dalej czuć się ludźmi. I byłaś tak zadowolona, że całowałaś mnie bez ustanku. Mój gniew ostygł. Postanowiłem, że odłożę go na później, kiedy wrócimy do domu. „Diego, pobieramy się", powiedziałaś, gdy przekroczyliśmy próg. Wzięłaś mnie za ręce i ucałowałaś je. Nie wiedziałem, jak zareagować. Zamurowało mnie. Zmuszałem się, by nie zwracać uwagi na to, co robisz. Bolało, ale zrozumiałem, że byłaś jej to winna, że nie powinienem wtrącać się między was. Clara poparłaby cię. A może nie, może zachowałaby się przede wszystkim jak matka, ale dłużniczką byłaś ty. A ja byłem niefrasobliwym głupcem, zbyt cię jednak kochałem, żeby się narzucać. Wiedziałaś, że ta gra była niebezpieczna, ale grając, byłaś szczęśliwa. Kim byłem, żeby zabraniać ci tego? Któż albo cóż przyznało mi takie prawo?

„Chcesz się ze mną ożenić, czy nie?", powtórzyłaś. Jasne, że chciałem. Otworzyłem szeroko oczy i uszczypnąłem się, żeby sprawdzić, czy nie śnię, a ty umarłaś ze śmiechu i pogrzebałem swoje lęki w twoich włosach. Poza tym nagle przyszło mi do głowy pytanie: wyszłabyś za mnie, gdybym zmusił cię do wyjazdu z Paryża? Ogarnęła mnie panika. Choć dawno temu pogodziłem się z obecnym stanem rzeczy, niczego tak nie pragnąłem jak tego, żebyś została moją żoną. Z przyzwyczajenia, a może z szacunku, nie ponowiłem mojej propozycji, nawet jeszcze zanim zmarła twoja matka. „Słuchaj, nieróbże takiej miny, ja tylko poprosiłam, żebyś się ze mną ożenił. Masz tylko powiedzieć, że tak", nalegałaś. Powiedziałem sobie, że wszystko skończy się dobrze, że Anglicy wygrają wojnę, że skoro tak długo parałaś się procederem, o którym opowiedział mi Martín, i nic się nie stało, to dlaczego niby mieli cię teraz zdemaskować. Naziści, o których mówił, mieli wystarczająco dużo roboty z wewnętrznymi rozgrywkami. Przysiągłem sobie, że będę cię chronił z cienia, że będę śledził każdy twój ruch. A w rzeczywistości sprzedałem ci się za pierścionek, tak; i przez ten pierścionek, teraz to wiem, cię straciłem.

Objąłem cię i obsypałem pocałunkami. Zanosiłaś się od śmiechu, twój śmiech był zaraźliwy, wylądowaliśmy w łóżku, zaśmiewając się.

Musiałem przyrzec mojej matce, że pewnego dnia, kiedy skończy się wojna albo kiedy spotkamy się z nimi w Stanach, o co zawsze nas prosiła, powtórzymy ceremonię, ale z księdzem i całą resztą. Będzie miała wówczas okazję, żeby pomóc ci w przygotowaniach, wybrać gości, ubrać się jak świadek i odprowadzić mnie do ołtarza, a przede wszystkim oglądać cię w sukni godnej księżniczki, z diademem z pereł i bukietem białych róż, jak przystało. Dopiero wtedy uległa mi, ale choć nie była do końca przekonana, nie mogła nic zrobić, żebyśmy zmienili zdanie.

Danielle uparła się, żeby podarować ci satynową suknię w kolorze lila, w której wyglądałaś jak słodkie ciasteczko, i odpowiednie buty, i bardzo się rozgniewała, ponieważ, choć chciała cię przekupić, ofiarowując ci pierścionek z diamentami, nie pozwoliłaś jej przyjść na ślub, a już tym bardziej zorganizować przyjęcia, nawet bardzo kameralnego. Martín porzucił mnie w pół kawy, kiedy mu o tym powiedziałem, i wyszedł z kawiarni bez słowa. Nigdy więcej nie rozmawiał ze mną o twoich kopiach i o nic nie pytał. Zarazem przestał nas odwiedzać tak często jak dotychczas. Myślałem, że się obraził. W ostatecznym rozrachunku miał prawo: był naszym najlepszym przyjacielem, a my wykluczyliśmy go z najpiękniejszego dnia naszego życia. Byłem zbyt zaślepiony swoim szczęściem, żeby się tym przejmować. Anna i wujostwo przysłali nam po prostu prezent. W gruncie rzeczy wszyscy poczuli pewne rozczarowanie, kiedy zmusiliśmy ich do wyrzeczenia się jednej z nielicznych wówczas okazji do świętowania. Ale ja wiedziałem, że skoro nie mogła być przy tym twoja matka, nie pozwolisz, żeby był ktokolwiek inny. Nadal za nią tęskniłaś, a kochałem cię za to jeszcze bardziej.

Byłaś taka piękna! Sukienka była bardzo prosta, poprosiłaś o to Danielle, długa i gładka, bez ozdób, bez kamieni, bez żadnych dodatków oprócz bukietu białych lilii i twojego uśmiechu. Dla mnie to było wystarczające. Nie wiem, jakim cudem zachowałem w pamięci te tak mało męskie szczegóły, ale mógłbym odtworzyć nawet twoje buty, połyskujące sandałki odsłaniające drobne palce, i srebrną spinkę na włosach, przytrzymującą je z jednej strony. W sądzie, szarym i poważnym jak wszystkie sądy paryskie, które poznałem, urzędniczka w okrągłych okularach i z dużym nosem odczytała sopranem, ze łzami w oczach, indyjski poemat o kwiatach, które rosną, splatając się. Gdy skończyła, wytarła twarz rękawem i odcisnęła na naszych policzkach po dwa całusy dla każdego oraz pieczęć poświadczającą, że jesteśmy mężem i żoną, na papierze z nagłówkiem rządu Vichy. Dokument ten wręczyła nam w tym samym momencie. Nie wierzyłem własnym oczom, już miałem zapytać, czy aby na pewno jest prawdziwy. A po wyjściu z sali musiałem przysiąść na ciemnej, porysowanej ławie; obok pochlipujących matek innych nowożeńców usiadłem, aby nieco ochłonąć, podczas gdy ty uśmiechałaś się do mnie i głaskałaś mnie po czole i policzkach. Frunęliśmy do domu. „Będziesz pierwszym ze swojej rodziny świętującym własny ślub kąpielą w rzece, ale zobaczysz, że nie ostatnim", powiedziałaś i szybko rozpięłaś suknię i pozwoliłaś, żeby miękko zsunęła się z twojego ciała na podłogę. Następnie wskoczyłaś w kostium kąpielowy i krótkie spodenki, tak prędko, że nawet nie zdążyłem spróbować wykorzystać twej przelotnej nagości i przekonać cię, byśmy wybrali inną formę świętowania.

Wsiedliśmy na rowery i pojechaliśmy nad Sekwanę. Jechałem za tobą w euforii, słońce lśniło na twoich włosach, a może nie, ale ja widziałem świetliste refleksy na wszystkim, co się otaczało. Byłem szczęśliwy, Eliso, bardzo szczęśliwy, do tego stopnia, że nie liczyło się dla mnie nic więcej. Gdy przemykaliśmy przez most Carrousel, pod osłoną cienia drzew, staruszki robiły na szydełku, usadowione na rachitycznych krzesłach, księża zakasywali rękawy sutann, czytając na głos, młode matki parkowały na moment wystawne wózki z niemowlakami, by odpocząć po długim spacerze. Wielu z nich odwracało za nami głowy, gdy ich mijaliśmy, po czym wracało gorliwie do swoich zajęć. Na lewym brzegu długi szereg spontanicznych wędkarzy przycupniętych na taboretach o wyblakłych kolorach pochylał się nad rzeką, by zarzucać i podnosić wędkę. Mężczyźni i kobiety, starzy i dzieci, wiedzeni byli może nadzieją na wrzucenie do żołądka kęsa innego niż zwykle. Lewy bulwar dzielił się na dwie części. W górnej połowie, wychodzącej na wysoki mur oddzielający ją od ulicy, opalali się na trawniku ludzie o bardzo białej skórze w rude piegi; niektórzy chowali się przed słońcem pod gęstymi koronami drzew, inni smażyli się z wyraźną przyjemnością. W drugiej połowie bruk palił stopy, od razu wskoczyłaś do wody. Z uśmiechem szczęścia, który nie schodził z mojej twarzy, przyglądałem się, jak pływasz nieopodal, śmiejąc się do mnie, a zimne krople pryskające na moje ciało orzeźwiały mnie mniej niż twój śmiech. Usiadłem na stopniach i czekałem na ciebie, a ty zanurzałaś się raz po raz w ciemnozielonej toni, obok innych kąpielowiczów, którzy także pragnęli się w niej zanurzyć, by zapomnieć na chwilę, że podczas gdy my cieszymy się z każdego gorącego pocałunku, z każdego tchnienia wiatru, z każdej pieszczoty słońca na mokrej skórze, inni cierpią prześladowania, są kaleczeni lub mordowani przez żołdaków, którzy panują teraz nad tym krajem. A owa świadomość naszego uprzywilejowania – reakcja okrutna, lecz głęboko ludzka – sprawiała, że ta kąpiel w słońcu i w rzece stała się najpiękniejszą w całym naszym życiu.

IV

„Wiadomo wszystkim, że formuł ucieczki od rzeczywistości jest wiele i bardzo różnorodnych; niektórzy piją, inni popełniają samobójstwo, niektórzy narkotyzują się albo grają w chińczyka, są tacy, co czytają powieści o miłości albo o Indianach, gotują, wieszczą, że będzie jeszcze gorzej, więc cieszą się z tego, co jest. Sposobów ucieczki od obecnej rzeczywistości, od świata pogrążonego w wojnie, jest tyle, ile osób wdrażających je w życie, bo każdy próbuje uciec na własną modłę, w swych snach albo w swej codzienności, kiedy może lub kiedy mu wolno".

PARYŻ, 23 LIPCA 1943

Obrazy opuszczały jej pracownię w pełnym świetle dnia. Elisa malowała kopię na płótnie o kilka centymetrów większym od oryginału. Owijała ją potem w cieniutki papier i wsuwała w ramę swojego obrazu, który miał być wywieszony na sprzedaż w galerii Danielle, tak żeby miały grubość jednego obrazu. Wiązała je i pakowała. Jednak tym razem nie szło jej, kopia nie wchodziła, bolały ją palce, sztywne jak kołki. Ale to już zdarzyło jej się kiedyś i wiedziała, że nie dlatego czuje bąbelki w brzuchu i że przyczyną zdenerwowania nie jest to, że niszczy sobie koszulę, obracając w tę i we w tę nieszczęsne płótno. Nie potrafiła oderwać myśli od rozmowy z Diegiem. Skłamała mu, a tego nie robiła prawie nigdy. A poza tym dotychczas były to drobne kłamstewka, żeby go zadowolić, nieistotne, gdyby je odkrył, zdenerwowałby się trochę i tyle. Teraz jednak była pewna, że gdyby odkrył, co robi, nie zdołałaby go przekonać, że postępuje słusznie. Nie postępowała słusznie, była tego świadoma. Robiła rzecz szaloną, ale nie była w stanie przerwać. Była to winna osobie, która zawsze w nią wierzyła i która zdradziła ją tylko raz. I która nauczyła ją nie oceniać. Myśląc o swojej matce, Elisa czuła zapach jej perfum, a wówczas zamykała oczy i widziała ją obok siebie, chłonącą jej postępy, od momentu, gdy kupiła jej pierwsze płótno i sztalugi, by zaczęła malować, zawsze dodającą animuszu, nawet kiedy jej oczy zasnuwała melancholia, a myśli błądziły gdzieś daleko. Już dawno temu poczucie winy rozpłynęło się, jak księżycowa poświata rozpływa się w wodzie, gdy nadchodzi dzień, pozostało tylko mocne pragnienie, by jej nie zdradzić, by decydować o swoim losie, czego ona sama nie chciała lub nie była w stanie zrobić.

Wreszcie udało jej się wsunąć jedną ramę w drugą. Skórzana teczka, w której nosiła obrazy, jeśli tylko nie były zbyt duże, miała przetarte brzegi, na niektórych rogach widniały pęknięcia. Owinęła ją płótnem, zawiązała tasiemki i ubrała się pośpiesznie. Musiała porozmawiać z Danielle, choć nie wiedziała, czy powinna. Danielle była skomplikowaną kobietą, która mówiła dużo, kiedy przyszła jej ochota, a nie słuchała prawie nigdy, lecz wywierała na Elisę taki wpływ, że ta wybaczała jej natychmiast każdą oznakę lekceważenia i czuła do niej coś w rodzaju serdeczności, jaką można żywić do starszej siostry zachowującej dystans. Odbierała ją jako osobę przywykłą do tego, że ma wszystko, lecz silną, która nie pogrążyłaby się razem ze światem, gdyby ów nagle zapadł się jej pod stopami. Nawet ten szalony świat, w którym przyszło im żyć. Nie ustaliła jednak jeszcze, czy zostały przyjaciółkami, czy jedynym, co je łączy, jest ich pakt. Zawarły pakt? Ona sądziła, że tak, ale od kiedy Diego powiedział jej, że widział ją z Niemcem, była mniej pewna, że wie, kim jest Danielle i czy może jej ufać. Do tej pory nikt nigdy nie zatrzymał jej, żeby sprawdzić, co niesie w teczce, i ani razu nie zażądano od niej okazania dokumentów. Chciała myśleć, że relacja Danielle z oficerem może okazać się dla nich wręcz korzystna, ale tym razem niepewność, czy marszandka jest w stanie go oszukiwać, sprawiała, że była cała w nerwach. Jak mogła nie zdradzić się przed nim, skoro ona sama czuła się tak okropnie, oszukując Diega, i skoro niemal codziennie myślała o tym, żeby rzucić wszystko i wyjechać z nim do Ameryki?

– Ależ masz minę. To na pewno wyrzuty sumienia, że nie pozwoliłaś mi przyjść na wasz ślub.

– Wiesz, że nie chodziło tylko o ciebie. Nie mogło być żadnych gości. Żadnych. Ale wzięłam ślub w twojej sukience. Jest piękna, najogromniej ci dziękuję, Danielle.

– Mogłaś była wystąpić także w fantastycznym pierścionku z diamentami. Jesteś nieprzekupna, kochana. W taki razie powiedz, skąd ta mina. Chcesz kropelkę koniaku? Od razu nabierzesz animuszu.

– Nie, dziękuję, Danielle. Chcę tylko usiąść. Rozumiem, że trzeba zachowywać pozory normalności i że powinnam przynosić ci obraz w biały dzień, ale konieczność wstawania tak wcześnie całkowicie wybija mnie z rytmu.

– Duszko, jeśli będziesz mało spać, będziesz dłużej żyć. Tak mawiała moja babka, która dożyła dziewięćdziesięciu lat. Robię wiele rzeczy, których mnie nauczyła.

– Tak, ale twoja babka na pewno miała kogoś, kto robił jej śniadanie, prawda? A ja maluję i maluję, a potem muszę ugotować sobie obiad, nie mówiąc o innych rzeczach, które by cię zanudziły.

– Musisz przychodzić od czasu do czasu z obrazami na sprzedaż. To logiczne, wszyscy malarze, którzy nie są jeszcze bogaci ani sławni, to robią. Posyłam kogoś tylko po wielkie płótna. Ale jeśli te są dla ciebie za ciężkie, możemy poszukać innego rozwiązania. Choć wydaje mi się, że chodzi o coś więcej niż zmęczenie. Gdzie się podział promienny uśmiech, z którym zawsze wręczasz mi swoje dzieła?

– Nic mi nie jest. Tylko że czasem odnoszę wrażenie, że to, co robimy, jest o wiele bardziej niebezpieczne, niż nam się wydaje. Ale kiedy widzę, że jesteś taka spokojna, myślę sobie, że sama jestem głupia, że się boję.

– Eliso, rozmawiałyśmy już o tym. To normalne, że się boisz. Tylko głupcy nigdy nie czują strachu. Ale jeśli chcesz, możesz dać sobie spokój. Zrozumiemy.

– Nie o to chodzi, ja chcę to robić. Początkowo nie wiedziałam, czemu miałabym komplikować sobie życie. Teraz widzę to bardzo jasno, jestem to jej winna. Moja matka poparłaby mój wybór. Ona nie walczyła i najgorsze jest to, że nie wiem, kiedy i jaką batalię przegrała, ale ja będę walczyć za nią. Przejęłam od niej pałeczkę i czuję, że tak jest dobrze. Czasem jednak wątpię. To tylko tyle.

– Na razie wszystko idzie znakomicie, mój kontakt mówi, że nie ma powodów do obaw, a to kontakt bardzo ustosunkowany i wiarygodny, zapewniam cię. Na początku był pewien zgrzyt z jednym obrazem, ale to zostało rozwiązane. Niemcy dotychczas nie wywieźli żadnego obrazu, który został podmieniony, pochłania ich polowanie na kolekcje żydowskie, są bardzo bogate i znacznie łatwiej je skonfiskować. Niektórzy marszandzi żydowscy ukryli swoje, więc Niemcy szukają obrazów i innych wartościowych przedmiotów.

– Dziwi mnie, że jesteś taka spokojna. Nie sądzisz, że ktoś się w końcu zorientuje?

– Nie. Nikt się nie zorientuje. Jestem pewna, że podobna rzecz nawet im nie przyszła do głowy. Nigdy nie wpadną na to, co robimy. Ziarnko po ziarnku, obraz po obrazie, ratujemy dzieła sztuki. Pamiętaj, to właśnie robimy, ratujemy sztukę, a przy okazji zarabiamy pieniądze. Jeśli wywiozą te obrazy z muzeów, oryginały ocaleją dzięki nam.

– Przecież ktoś może wykryć, że to falsyfikaty. A co się wtedy stanie? Co się dzieje z Żydami, których wywożą, Danielle? Dlaczego nie chcesz mi powiedzieć?

– Nie możemy wałkować tego bez końca, Eliso. Zapytaj mnie o to, o co naprawdę ci chodzi. Od początku krążysz wokół tematu. To nie strach, ty chciałabyś wiedzieć więcej o tym, jak to wszystko działa. A nie powinnaś. Im więcej będziesz wiedzieć, w tym większym będziesz niebezpieczeństwie. Nie mogę wyjawić ci nic więcej. Niemcy konfiskują zawsze wiele dzieł na raz, nie są w stanie weryfikować autentyczności każdego z nich, sprawdzać pochodzenia i tak dalej. Oddają do ekspertyzy tylko te, które uważają za najcenniejsze, a wartość obrazów stale jest zaniżana, częstokroć oni sami zmuszają rzeczoznawców, by ją zaniżali, powinni coś zapłacić właścicielom, więc trudno się dziwić, że są wręcz zadowoleni, jeśli ekspert uzna, że niektóre obrazy są falsyfikatami. To im odpowiada, jest im na rękę, w ten sposób mogą wywieźć je z Francji za jedną tysięczną ich ceny, zachowując pozory normalności transakcji, jakby bynajmniej nie okradali prawowitych właścicieli, tylko wykonywali swój obowiązek. Dlatego właśnie falsyfikaty, kiedy nadejdzie ich kolej na wywiezienie z Francji, zostaną uznane za autentyczne, na zasadzie oszust oszukany. A poza tym, Eliso, możesz być pewna, że nawet gdyby udało im się odkryć prawdę, nigdy nie powiążą tego ani z tobą, ani ze mną. Tylko mój kontakt wie, że jestem w to wplątana, a ja nigdy nie mówiłam mu o tobie, sądzi, że wysyłam oryginały do Ameryki i że są fałszowane właśnie tam. Wie, że mam dobre znajomości i że wiele mogę. Naprawdę, możesz być spokojna.

Danielle uśmiechnęła się przelotnie, przypominając sobie, co zrobiła owemu kontaktowi, by uwierzył, że wiele może, i że chętnie robiłaby mu to samo dalej, gdyby nie to, że odnalazła Friedricha i jej życie przewróciło się do góry nogami. Za oknem rozbrzmiały syreny ogłaszające alarm przeciwlotniczy, lecz obie zignorowały je. Samoloty skręcały zwykle w stronę fabryk Renault albo ku lotniskom.

– Z czego się śmiejesz? Ja nie widzę w tym nic śmiesznego. Naprawdę jesteś taka pewna? Nie wiem, czasem mam wątpliwości, zaczynam myśleć, że zbytnio się narażamy. – Elisa urwała, wiedziała już, jak nazwać swój lęk. I nie potrafiła milczeć dłużej. – Ufasz Friedrichowi? Nie boisz się, że odkryje, co robisz?

– Ja nie tylko mu ufam, ja chcę wyjść za niego. Może oszalałam, ale my też chcemy się pobrać. Narobiliście nam smaku, kochana. Ta wojna skończy się pewnego dnia i wszyscy będziemy mogli wrócić do naszego życia, w taki czy inny sposób. Znów będziemy chodzić razem do teatru na sztuki Schillera, spędzać lato, gdzie nam przyjdzie ochota, w miejscach najbardziej egzotycznych, brać ślub w wielkich katedrach przed setkami gości, spacerować brzegiem rzeki, nie musząc się zastanawiać, czy wrócimy do domu tej nocy czy nie. Znów będziemy żyć, Eliso, być może inaczej, tego nie wiemy, ale ja nie chcę wstrzymywać mojego życia do czasu, aż to się skończy. Kocham Friedricha, od kiedy miał dziesięć lat, a może i dłużej, a on kocha mnie, poza tym łączy nas miłość do sztuki. Jego rodzina w Prusach też ma galerię, może nawet liczącą się bardziej niż moja. Był moim pierwszym kochankiem, mężczyzną, z którym odkryłam seks i wiele innych rzeczy, a powrót do niego po wypróbowaniu tylu innych facetów był niespodziewanym darem, który przyniosła mi ta okropna wojna. Nie pozwolę, żeby mi go odebrała. Ale umiem oddzielić jedną kwestię od drugiej. Robię to przez całe życie; my, bogacze, postępujemy tak od urodzenia: nasze serce to jedno, a nasza sakiewka to drugie; a płacą nam wyśmienicie. Nie skąpiąc ani franka.

– Ja nie narażałabym się dla pieniędzy. Chodzi mi o dużo więcej niż o nie. Nie wiem, czy byś mnie zrozumiała, nie wiem zresztą, czy potrafiłabym to wyjaśnić.

– Nie rób tego, nie wyjaśniaj. Każdy ma swoje powody, dla których postępuje tak, jak postępuje. Chociaż mogę cię zaskoczyć. Ja też nie robię tego dla pieniędzy. Eliso, ja żyję sztuką od urodzenia. Dla mnie to coś więcej niż zwykłe transakcje handlowe. Mój pradziadek założył ten interes, zaczynając od małego sklepiku, w którym ledwie zarabiał na chleb. Produkował w Marsylii płótna, pędzle i farby i sprzedawał je na całym południowym wschodzie Francji. Cały towar woził w lichej przyczepce, którą ciągnął rowerem i która miała tylko nędzny daszek chroniący przed słońcem i deszczem. Swoje pierwsze obrazy dostawał od malarzy w zamian za materiały i przybory, za które nie byli w stanie zapłacić. Artyści nieraz klepią straszną biedę, nie wszyscy mają tyle szczęścia co ty. Jego syn Alexandre został już marszandem, zamieszkał w Paryżu i rozbudował firemkę. Dostrzegł okazję, jaka nadarzała się we Francji, gdzie rosnąca w siłę burżuazja zaczynała kolekcjonować sztukę i dekorować swoje rezydencje, a w galeriach transakcje zawierano jedna za drugą. Miasto Światła nie zawdzięcza tego przydomka słońcu, wiesz? Chodzi o światło jego sztuki, którą tylko zacofane umysły mogą nazwać brudną. Mój dziadek założył galerię przy ulicy Laffite, ulicy obrazów, gdzie młodzi malarze tacy jak ty przychodzili stale, by sprzedawać swoje dzieła, uczyć się i nawiązywać kontakty z innymi dziwakami swojego pokroju. Widział, jak rodzili się impresjoniści, i zakochał się w nich.

Zauroczyła go ta sztuka nowa i inna, poznał Moneta i Pissarra i Henri-Martina Lamotte'a i Jana Peszkego i wielu innych takich jak oni. Potrafił sprzedać ich obrazy ludziom, którzy je docenili, w Europie, a przede wszystkim nuworyszom z Ameryki. Wtedy też otworzył to, co wyrosło na słynną nowojorską galerię Lambert, którą prowadzi moja siostra Agnès i do której ja też pewnie bym się przeniosła, gdyby nie pojawił się Friedrich. Dlatego doskonale cię rozumiem. Dla mnie to coś znacznie więcej niż interes. To moje życie i muszę zrobić wszystko, co w mojej mocy, żeby przeżyć je tak, jak sama tego pragnę, a nie tak, jak wskazują mi inni.

Danielle podeszła do jednego z renoirów, który wisiał na różowej ścianie jej salonu. Dziewczynka trzymająca za rękę swoją mamę pod baldachimem z niebieskich parasolek dygała wdzięcznie. Marszandka pogładziła złoconą ramę, po czym stanęła przed jednym z wielkich okien. Postać na koniu lśniła niczym ognisko na leśnej polanie pośród nocy. Paryż nie zawsze był taki, tak ciemny, tak smutny, tak teatralnie zwyczajny, udający normalność, pozornie roześmiany i snujący plany, podczas gdy większość mieszkańców nie miała z czego się śmiać i nie czekała z nadzieją na kolejny świt. Danielle spojrzała na Elisę. Bardzo ją ceniła. Ta dziewczyna podobała się jej od dnia, w którym ją poznała, na uczelni, zanim jeszcze życie zmieniło się w żałosną i bezduszną parodię osaczonej rzeczywistości. Ciągnęła przyciszonym głosem:

– Nie wszyscy Niemcy to złodzieje dzieł sztuki, nie wszyscy są tacy jak ten bandyta Göring. A poza tym od czasu, gdy się tu pojawili, kryzys zniknął, a rynek sztuki poszedł w górę jak piana, o czym doskonale wiesz. Po Wielkiej Wojnie wiele galerii musiało zamknąć działalność, ceny gwałtownie spadły, wielu marszandów zbankrutowało. Ale kiedy wkroczyli Niemcy, a Wehrmacht przywrócił pozwolenie na aukcje, ceny podskoczyły tak wysoko jak nigdy przedtem. Niech ci powie kuzynka twojego męża. Ona sama i twoi wujostwo parający się polityką zbili na tym fortunę. I nie tylko oni. Poza tym pojawili się nowi kolekcjonerzy. Jest sporo nowobogackich, którzy zarobili na wojnie, na sprzedaży broni, samochodów, mundurów, butów, żywności dla wojska, a wielu z nich nie wie, co zrobić z tymi pieniędzmi. Wojna ma zawsze dwa oblicza, a to bogate oblicze mieszka w Paryżu i kupuje. Kupuje, co może. Jak wiesz, nie mogą kupować samochodów, modnych strojów, podróży, a ci, co nie chcą wydawać bajońskich sum na kawę na czarnym rynku, wolą nabywać antyki, książki, meble, sztukę. Każdy dziś kupuje obrazy, a Niemcy najwięcej, czasem tańsze, ale w dużych ilościach, żeby się opłaciło. Kurs Reichsmarki jest pięciokrotnie wyższy niż kurs franka, a za Niemcami przychodzą Belgowie, Holendrzy, Szwajcarzy. Gdy można zarobić, obrzydzenie chowa się do kieszeni. A mnie tu jest dobrze, nie zamierzam się ruszać z Francji. To, co robimy, postrzegam tylko jako drobną uciążliwość, niezbędną, by ocalić to, co jest dla mnie najcenniejsze na świecie. Wielu Niemców, zaślepionych nową ideologią, nie potrafi docenić sztuki, którą prześladują, sztuki zdegenerowanej. Ja wiem, że degeneratami są ci, którzy tak myślą. To się zmieni, jestem pewna, wszystko wróci na swoje miejsce. Ale dopóki tak się nie stanie, nie pozwolę na to, żeby wiele z największych arcydzieł w historii ludzkości zniknęło albo uległo zagładzie. Nie mogę na to pozwolić i muszę coś robić, żeby do tego nie doszło, nawet jeśli to tylko kropla w morzu. – Danielle usiadła obok Elisy i skrzyżowała nogi. Wyglądała jak rozbawiona dziewczynka pogrążona w grze, której reguły zna tylko ona. Położyła jej ręce na ramionach i przysunęła się nieco. – Kocham Friedricha i ufam mu. On nic nie wie o naszej małej kombinacji, ale jestem pewna, że gdyby się dowiedział, nie wydałby mnie. A ufam mu, bo… no cóż, muszę ci wyznać, że jestem w ciąży, od kilku miesięcy. I rzecz jasna, on jest ojcem.

– Danielle, jak mogłaś?

Marszandka przechyliła głowę na bok, a później spojrzała na brzuch.

– Jak normalny człowiek. Co niby sobie myślisz? Potrzeba tylko trochę ochoty. A oboje mamy jej aż za wiele.

– Przepraszam, nie to chciałam powiedzieć. Chodzi o to, że… dziecko! Podziwiam cię, Danielle. Masz odwagę rodzić dziecko, kiedy na świecie szaleje wojna!

– Jestem kobietą, Eliso, i chcę mieć dziecko. A znalazłam, wcale nie szukając, mężczyznę, który świetnie się nadaje na ojca. I jest już ojcem. Tak że jest mi obojętne, czy szaleje wojna czy nie, mnie nikt nie pytał o zdanie, kiedy ją rozpętywano, nie będę przejmować się nikim, układając sobie życie. Gdybyśmy to kiedyś zrobiły, gdybyśmy przedłożyły wojny albo pieniądze, albo wygodę, albo uczucia nad nasze pragnienie bycia matkami, albo dały się na to namówić, nasz gatunek wymarłby całe wieki temu. Mężczyźni nie biorą nas pod uwagę, kiedy wytyczają kierunek, działają wyłącznie z własnych, egoistycznych, pobudek; teraz jest wojna, ale zawsze znajdzie się coś, co przeszkodzi w tym, żeby kobiety decydowały za siebie. Tak żyje ludzkość od miliona lat i tak będzie żyła przez kolejny milion, jestem pewna. Teraz wyobrażam sobie dziecko, które rośnie we mnie, i zbiera mi się na płacz. Znasz mnie od dawna. Nie płaczę z byle powodu. To w złym guście. Z drugiej strony nie miałam zbyt wielu powodów: dopóki nie pojawili się ci nadludzie mający się za bogów, którzy przewracają nasz świat do góry nogami, nie było o co płakać. Zawsze miałam aż nadto pieniędzy, żyłam dobrze, robiłam to, co chciałam. Ale myślę o tym dziecku i płaczę. Dlatego uczynię wszystko, żeby móc zobaczyć jego oczy.

* * *

Elisa zapaliła światło na klatce schodowej i zaczęła schodzić. Pod jej stopami błyszczał marmur. Niebieskie wody falowały, pobłyskując na perłowo przy jej każdym kroku. Nic nie powinno tak błyszczeć w czasach, kiedy urodzenie dziecka wymaga odwagi. Przy pożegnaniu uścisnęła Danielle z uczuciem pewnego dyskomfortu, który sprawiał, że co rusz zwilżała sobie wargi językiem i uśmiechała się. Czuła się dziwnie, nigdy wcześniej nie myślała o tym, żeby być matką. Mieć dziecko... Nie można przecież było myśleć o tym w takim momencie, kiedy życie często skrywało się pod spróchniałymi deskami podłogi, zakamuflowane przesuniętą szafą. O takich rzeczach myśli się dopiero, gdy nie trzeba dziękować za to, że otwieramy oczy, i gdy możliwość czucia nie jest przywilejem nielicznych. Być może Martín miał rację, mówiąc, że uważa to za zabawę. To, co działo się wokół niej, uznała w głębi siebie za coś obcego, niemającego nic wspólnego z nią samą. Była Hiszpanką, katoliczką, blondynką, malarką. Nie powinna się bać. I nikt nic nie wie o falsyfikatach, nie powinna w to wątpić.

Niemcy przeprowadzali inwentaryzację dóbr znajdujących się we francuskich muzeach, by kontynuować grabież, lecz ta nacja rozkochana w sztuce miała jej tyle, że zadanie okazało się tytaniczne. Plan przewidywał rozpoczęcie grabieży od mniej znanych muzeów, od dzieł ważnych, lecz nie arcydzieł, żeby nie wzbudzić podejrzeń. W muzeum Jeu de Paume, dokąd naziści zwozili zrabowane dobra, zaledwie kilka metrów od apartamentu Danielle, konserwatorzy szacowali, fotografowali i katalogowali to, co zamierzali w krótkim czasie wywieźć z Paryża, lecz nie mogli przeprowadzić ekspertyzy wszystkich obrazów, a Danielle powiedziała jej, że kolej na ich falsyfikaty jeszcze nie nadeszła. Poza tym były znakomite, od tej strony nie powinna mieć powodów do obaw. Po wyborze kolejnego dzieła zamawiano szczegółową analizę pigmentów użytych w farbach olejnych, rodzajów werniksu, stanu konserwacji, wszystkiego, co mogło okazać się istotne. Analizę tę wykonywali restauratorzy i konserwatorzy z poszczególnych muzeów, którzy nie znali jej prawdziwego przeznaczenia. Następnie dostarczano jej płótno, jak najbardziej podobne do płótna użytego przez malarza oryginału. Wybierano zazwyczaj obrazy niemające więcej niż pół wieku, w przypadku starszych przekazywano je innemu specjaliście, który poddawał je obróbce: utwardzano je w piecu, wyprażano w celu uzyskania pęknięć, niektóre pokrywano nawet chińskim atramentem, żeby je postarzeć. Gdy chodziło o bardzo stare obrazy, nacierano je alkoholem, żeby przeszły test starości. Prawdziwe obrazy podmieniano na podróbki wykonywane przez dziesiątki malarzy w całej Francji, nie tylko w Paryżu. Szykując się na najgorsze, krok po kroku, bez rozgłosu, prowadzono jedną z najbardziej tajnych i najlepiej zaplanowanych operacji, wspieraną przez dwie rodziny żydowskich milionerów spokrewnione z sobą, które zdołały uciec stąd w porę, i przez niemieckich kolekcjonerów, którym udało się opuścić okupowaną Europę i którzy, z miejsca wygnania, pragnęli zagrać na nosie ludziom prześladującym i aresztującym ich krewnych i przyjaciół; bezpieczni w Stanach Zjednoczonych, otrzymywali wieści o tym, że nazistowscy oficerowie wprowadzają się do ich posiadłości, burzą ściany, przekopują ogrody, zabijają ich pokojówki i szoferów, dążąc do uzyskania informacji o tym, gdzie schowane są skarby, których nie znaleźli do tej pory. Poza tym, jeśli Danielle kochała Friedricha, musiała mieć swoje powody. Intuicja nigdy dotychczas jej nie zawiodła; skoro miała mieć z nim syna, nie wchodziło w rachubę, żeby – nawet gdyby dowiedział się o tym, co robią – wydał je czy naraził na niebezpieczeństwo. Powinna zachować spokój.

Wyszło słońce. Po wielu dniach porywistego wiatru i mgły zapowiadającej deszcz, złośliwej i oszukańczej, bo kiedy wreszcie się rozpraszała, odkrywała zasnute niebo, promienne światło zalało Paryż. Zamyślona Elisa o mało co nie wpadła pod rower, którym próbowała kierować kobieta w zielonym kapeluszu. Nie odwracając głowy, wymamrotała przeprosiny. Rowerzystka jechała dalej, slalomem, nie rozgniewała się. Częstokroć nie da się ominąć przeszkody, która staje nam na drodze, a którą widzieliśmy już z odległości kilku metrów. Odnosimy wówczas wrażenie, że kierownica porusza się bez naszego udziału, że koła kręcą się same, że rower przemienił się w perfidną miotłę, która leci tam, gdzie jej się spodobało, a człowiek nie jest w stanie jej zatrzymać ani zmienić kursu, aż wjeżdżamy nieuchronnie na ten kamień albo dopiero w ostatnim momencie, gdy już mieliśmy wjechać w latarnię, udaje się nam szarpnąć kierownicą i wrócić na dobrą drogę. A może to tylko kwestia równowagi.

Zobaczyła ją z daleka. Obcięła włosy *à la garçonne*. Gdy szła, jej ciało poruszało się w taki sposób, że nawet gdyby miała na sobie prześcieradło, nie ulegałoby wątpliwości, że kryje się pod nim kobieta. Tak naprawdę Anna fascynowała ją; gdyby nie jej obsesja na punkcie Diega, chętnie by się z nią zaprzyjaźniła. Spróbowała iść z wzrokiem wbitym w ziemię, jakby jej nie zauważyła, lecz tamta nie miała żadnych oporów, by ją zaczepić. Towarzyszyło jej trzech mężczyzn w mundurach o zbyt bogato zdobionych pagonach. Elisa zdążyła tylko przełknąć ślinę i spojrzeć jej w oczy. Głos Anny był stanowczy.

– Jakże się miewa moja kuzynka? Już myślałam, że się nie zatrzymasz. Wyglądasz, jakbyś się bardzo spieszyła.

Wymieniły całusy, cmokając powietrze. Pachniała chanel. Wszystkie paryżanki pachniały chanel, albo może Elisa miała spaczony węch i nie wyczuwała żadnych innych perfum. Tak czy owak, zapach był delikatny. Gdyby ulatniając się, przybrał widzialną postać, musiałby mieć barwę różowawą jak policzki Anny. Zdziwiła się, bo ona sama od wielu miesięcy nie była w stanie kupić najnędzniejszej wody kolońskiej. Kiedy Anna odsunęła się od niej, na jej dekolcie zakołysał się gruby sznur pereł. Elisa pomyślała, że wyglądają na prawdziwe i że zbytnią śmiałością jest noszenie ich na ulicy. Czerwona torebka od Diora miała ten sam kolor co apaszka zawiązana na szyi w sposób, jakiego nigdy nie widziała. Jakieś malutkie dziecko rozpłakało się o kilka kroków od niej. Matka niosła je na piersi w chuście z białej koronki. Zdumiał ją ten odgłos. Nie myślała o tym wcześniej, lecz w tym momencie uświadomiła sobie, że w Paryżu nigdy nie słyszała płaczu małego dziecka. Albo słyszała, ale nie zwróciła uwagi.

– Zgadłaś – odpowiedziała. – Spieszę się, ale chętnie przystanę na chwilkę, żeby pogawędzić z rodziną. Wszystkiego najlepszego z okazji awansu, Anno. Diego mówił mi, żebym zadzwoniła ci pogratulować, ale jakoś się nie składało. Myślałam zresztą, że będziesz bardzo zapracowana na nowym stanowisku.

– Nie aż tak bardzo, zawsze znajduję czas na to, co ważne. Często widuję Diega, spotykamy się w tej samej kawiarni, przychodzi z bardzo szacownymi klientami. Nie miałam okazji pogratulować ci osobiście z okazji ślubu. Musisz być bardzo zadowolona. A co tam w pracy? Dalej współpracujesz z tą marszandką, tak ekstrawagancką i o takich koneksjach?

– Tak, nadal wystawiam w galerii Danielle. Mam już część zarezerwowaną dla siebie i są klienci, którzy przychodzą specjalnie po moje obrazy. Jestem bardzo zadowolona, nie mogę narzekać.

Anna podeszła do Elisy i szeptała jej prawie do ucha. Wielu rzeczy nie można było mówić na głos, nawet jeśli stało się po stronie niemieckiej.

– A ja myślałam, że nie ma już wielkiego ruchu, przynajmniej na legalnym rynku...

– Ja tego nie odczuwam, być może inni malarze, owszem. Mnie na razie powodzi się dobrze.

– Bardzo się cieszę, że dobrze ci idzie, Diegowi też. W obecnych czasach niełatwo o dobrą posadę. Niełatwo jest w ogóle żyć. Swoją drogą, Eliso, chętnie porozmawiałabym z tobą kiedyś na spokojnie. Mogłybyśmy spotkać się we dwie, powiedz, kiedy ci odpowiada. Przyszłabym po ciebie i poszłybyśmy na spacer, co ty na to? Myślisz, że mogłabyś w przyszłym tygodniu?

– Coś się stało? Znamy się od lat i po raz pierwszy chcesz się ze mną umówić. Czy powinnam się martwić?

– Mam tylko ochotę pogawędzić z tobą, niekoniecznie w obecności Diega, ale jeśli wolisz, może być z nim, nie mam nic do ukrycia, zadecyduj sama.

Elisa zastanowiła się przez moment, czy Anna mogła wiedzieć coś z tego, co ona ukrywała przed Diegiem. Od razu jednak uznała, że nie podejmie ryzyka, by zapytać. Jej fiołkowe oczy pociemniały.

– Dobrze, zgoda, w przyszły czwartek i piątek będę po południu w domu, możemy pójść na herbatę. Diego umówił się z jakimiś klientami i wróci dopiero późnym wieczorem. To byłby dobry moment.

– No to znakomicie. W piątek przyjdę po ciebie. I nie przejmuj się za bardzo, to nic ważnego, ale nie będę spokojna, dopóki nie porozmawiamy. Ucałuj bardzo mocno ode mnie mojego ślicznego kuzynka i powiedz, że z przyjemnością zobaczę się z nim, kiedy tylko zechce.

– Tak, Anno, powiem mu, bądź pewna. Ale ma tyle pracy, że

prawie nie wychodzi, więc wybacz mu, jeśli nie zadzwoni do ciebie zbyt szybko, to nie dlatego, żeby nie chciał cię widzieć.

Pożegnały się, nie muskając policzkami. Chętnie dałaby jej w twarz, ale mundury jej korpulentnych kompanów, zaprojektowane przez samego Hugo Bossa, były zbyt dobrze odprasowane, a orzeł o rozpostartych skrzydłach na ich czapkach miał zbyt czerwone oczy. Anna szepnęła coś jednemu z nich i oboje wybuchnęli śmiechem. Ruszyli w swoją drogę. Kuzynka przystanęła jeszcze na moment i popatrzyła na nią.

– Eliso, musisz bardzo uważać, wierz mi, to niedobre czasy dla sztuki.

Chciała przyspieszyć; przeszła przez ulicę, lecz zaraz musiała przystanąć. Oparła się o ścianę. Kręciło się jej w głowie. Chętnie by zwymiotowała, ale mdłości podeszły jej tylko do gardła i tam zostały. W uszach dźwięczał jej jeszcze śmiech Anny po drugiej stronie ulicy i głosy mężczyzn. Była jak kogut między gdakającymi wokół niego kurami. Krwiożerczymi kurami. Skręciła w stronę parku i zdziwiła się na widok ludzi biegnących w przeciwnym kierunku. To byli zwykli ludzie, tacy jak ona; jedni trzymali za rękę dzieci, inni – zadbanego psa na smyczy, ktoś miał na sobie niebieską bluzkę, ktoś inny – jedwabną apaszkę na szyi. Wszystkich łączył zdezorientowany wyraz twarzy, wyraz, jaki normalnym ludziom nadaje strach. Minęła posąg galijskiej heroiny. Przystanęła przed wejściem do parku i zamiast wejść do Jardin des Tuileries przez Terrasse des Feuillants, by przejść na drugi brzeg i poczekać na tramwaj do Montmartre'u, skręciła w prawo, w ulicę Rivoli. Tknęło ją złe przeczucie. Przyśpieszyła kroku. Od razu zauważyła, przed czym uciekali. Przed placem Concorde, na pierwszym skwerze parku, przed budynkiem o jońskich kolumnach, w którym mieściło się muzeum Jeu de Paume, grupa żołnierzy otaczała stos obrazów. Elisa wdziała ich kolory i wydało się jej, że rozpoznaje niektóre z nich: małe płótno z wazonem z kwiatami Paula Klee, portret Chagalla i murzyńskie dziecko, pejzaż Georges'a Michela, nagiego chłopca z kotem Renoira, a nawet kilka niemożliwych do pomylenia z niczym innym postaci Żyda

Modiglianiego. Zobaczyła dwóch żołnierzy wynoszących z wnętrza muzeum kolejne płótna i rzucających je na stertę. Usłyszała trzask pękającego materiału.

Elisa wstrzymała oddech. Schowała się za ogrodzeniem parku, o kilka metrów od nich. Widziała wyraźnie kordon mężczyzn w eleganckich czapkach i mundurach, ze swastykami na rękawach, białe mankiety koszul kontrastowały z kolbami karabinów z ciemnego drewna. Rozmawiali, wielu śmiało się głośno, podnosząc do ust papierosy z brązowym filtrem, które trzymali w pożółkłych od nikotyny palcach. Dym gryzł w oczy. Jej serce wydało jęk, złożyła ręce na piersi, żeby je osłonić, udało się jej powściągnąć szloch. Kiedy płomienie wystrzeliły ponad ich głowy, wszyscy ucichli. Uczestnicy nazistowskiego sabatu spoglądali beznamiętnie i z przyjemnością na stos płonący w świetle dnia, makabryczną konkurencję dla pomarańczowego blasku słońca. Elisa chwyciła się kamienia podtrzymującego ogrodzenie. Chciała odejść, ale nie była w stanie poruszyć ani jednym mięśniem. Nie mogła oderwać wzroku od płomieni, słyszała trzask iskier sypiących się z płócien i z drewnianych ram, które ciemniały, skręcały się, a w końcu znikały w ogniu. Brzmiało to jak lament. Pachniało jakimś środkiem odkażającym. Jeden z żołnierzy spojrzał w kierunku jej kryjówki i rzucił niedopałek na ziemię. Podszedł do kolegi, szepnął mu coś na ucho. Serce Elisy już miało pęknąć na maleńkie kawałeczki. Podniosła rękę do ust, żeby nie krzyczeć. Przeklęte skurwysyny, przeklęte.

Gdy zobaczyła, że mężczyźni przestali się oglądać i wrócili do nikczemnego spektaklu hańby i ognia, odwróciła się i popędziła ku najbliższym budynkom, przebiegła kilka ulic, aż zabrakło jej tchu w piersi i musiała wejść do bramy, żeby odpocząć. Trzęsły jej się nogi, usiadła na posadzce. Otarła łzy wierzchem dłoni i czekała, próbując uspokoić oddech, obejmując rękami kolana, aż przestała słyszeć walenie serca, a wtedy wstała i wyszła. Nikt już nie biegł, na ulicach zapanowała udawana normalność. Tylko światło słońca zmąciło się, a w powietrzu czuć było spaleniznę. Ruszyła piechotą na północ, w stronę domu. Drżała.

W tym czasie Diego siedział przy stole, przeglądając różne papiery, a w pokoju rozbrzmiewała muzyka z gramofonu, który podarowała mu przed wyjazdem matka, „w ten sposób przypomnisz sobie o mnie zawsze wtedy, kiedy nastawisz te płyty, na których grają na pianinie wielcy mistrzowie", powiedziała mu. I miała rację. Gdy tylko dawał się słyszeć odgłos igły dotykającej czarnych rowków magicznego krążka, przed oczami stawała mu ona, przebiegająca palcami po klawiszach. Nigdy nie widział tła ani innych elementów tej sceny, nie wiedział, czy znajduje się w ich domu w Villaviciosa, w paryskim mieszkaniu czy może w Meksyku, kiedy był jeszcze dzieckiem, a czarowny dźwięk, który matka wydobywała z przedmiotu przypominającego smoka, urzekał go. Ten obraz jej twarzy i jej rąk był tak żywy, że napełniał go poczuciem bezpieczeństwa.

Elisa trzasnęła drzwiami tak mocno, że zadzwoniły szyby w oknach naprzeciwko. Diego podskoczył na fotelu. Uspokoił się, dopiero gdy zobaczył, że to ona. Miała włosy mokre od potu i załzawione oczy. Zgubiła w parku pustą teczkę, ale nie myślała o tym teraz. Straciła tam coś o wiele cenniejszego. Podniosła oczy i spojrzała na Diega. Nie wiedziała, co mu powiedzieć. Był w szlafroku, nieuczesany. Odłożył pióro, odsunął papiery.

– Co ci jest? Czemu trzaskasz drzwiami? Miałaś wrócić dużo wcześniej, coś się stało?

Nie chciała się odzywać. Usiadła tylko obok niego i przywarła do jego ręki. Położyła mu głowę na ramieniu i milczała, oddychając rytmicznie, próbując ukoić smutek. Diego rysował jej palcem kółeczka na wierzchu dłoni. Potem pogłaskał ją po twarzy. Czekał, lecz ona nie była w stanie wydusić z siebie ani słowa.

– Powiedz, co ci jest. Dobrze się czujesz? – zapytał po chwili, gdy poczuł, że uspokoiła się nieco.

Czując ciepło jego dłoni na policzku, Elisa nie mogła powstrzymać kolejnego ataku płaczu. Nie chciała kłamać, nie miała czasu, żeby wymyślić powód, dla którego jej twarz jest taka blada, nie wiedziała zresztą, co mogłaby mu powiedzieć. Łzy płynęły jej po twarzy jak grochy. Położyła się na fotelu, kładąc głowę na kolanach Diega, i poczuła, że chce zostać tu na zawsze, że nic, co dzieje się na zewnątrz, nie ma znaczenia. Tylko on potrafił natchnąć ją takim poczuciem spokoju i bezpieczeństwa.

– Wszystko w porządku, jesteś przy mnie. Wszystko w porządku.

Diego odczekał, aż wstanie, i wytarł jej łzy chusteczką. Gdy przestały płynąć, podniósł łagodnie jej podbródek i spojrzał w oczy. Czując jego palce przesuwające się po powiekach, odzyskała spokój.

– Wyjedźmy, Eliso, wyjedźmy stąd wreszcie.

– Tak, Diego, wyjedźmy. Daj mi tylko czas, żebym znalazła marszanda w Stanach Zjednoczonych. Wtedy wyjedziemy.

V

Villaviciosa, środa, 17 maja 2000 (godz. 11.50)

Zbliżamy się do końca. Myślałem, że będzie trudniej. W sumie to dzięki niej poszło tak łatwo. Jaka ona jest mądra. Kobiety takie jak Ángela mogą teraz daleko zajść. Ależ ten świat się zmienił. Jak mogliśmy żyć tyle czasu, odsuwając połowę ludzkości na drugi plan. A przecież wciąż tak się dzieje w wielu miejscach. Tak jakbyśmy się tego bali, jakbyśmy myśleli, że gdy będziecie mieć wolność wyboru, porzucicie nas, odsuniecie na bok to, czego tak bardzo od was potrzebujemy. Jesteśmy głupi, a być może zbyt sprytni, nigdy tego nie rozstrzygnę. Jak tu ładnie. Może nie miałem racji, że nie chciałem wcześniej tu wrócić. Bolało tak bardzo, że nie czułem się na siłach. Jestem tu tylko przez wzgląd na nią, na twoją wnuczkę, Eliso. Tylko przez wzgląd na nią. Chciałbym pokazać jej także twój dom, ścieżki, którymi spacerowaliśmy, drzewo, pod którym pocałowałem cię po raz pierwszy, naszą szkołę, miejsca, gdzie się bawiliśmy, Martín, ty i ja, trójka nierozłącznych przyjaciół, którzy nie dopuszczali nikogo do swojego tria piratów, Indianki i kowbojów, księżniczki i książąt, bohaterów tych wszystkich zdumiewających historii, jakie opowiadała mi matka, gdy miała wolne popołudnie. Tylko nas troje w świecie małych wstydów i małych trosk, wielkich nadziei i wielkich pragnień, z oczami otwartymi na nowe, które przydarzało nam się każdego dnia i które z taką radością dzieliliśmy.

– Przepraszam, czy mógłby pan wysadzić mnie tutaj, przed tym domem? Dalej pójdę pieszo. Kroczek po kroczku, na pewno zajdę.

Pójdę piechotą od miejsca, gdzie mieszkałaś jako mała dziewczynka. Chcę zobaczyć wszystko jeszcze raz, poczuć zapach morza, nasycić się widokiem tego nieba, przemierzyć dawne drogi, choć zrobię to znaczniej wolniej, nie biegając, nie skacząc, przyglądając się zakątkom, na które wówczas nie zwracałem uwagi, których nie dostrzegałem. Wszystko jest znacznie mniejsze niż w moich wspomnieniach. Drzewa nie są tak wysokie, drogi nie są szerokie jak autostrady, domy nie są tak wielkie; w mojej pamięci wszystko miało fantastyczne rozmiary, a rzeczywistość wygląda bardziej niepozornie, bardziej szaro. Myślę, że kolory dobrych wspomnień zawsze są żywsze. Ale jestem słaby, ale nieporadny. Jak kiepsko zdajesz sobie sprawę z upływu czasu, dopóki nie wybuchnie ci pod czaszką w formie ostrego bólu podczas próby podniesienia nogi nieco wyżej albo dźwignięcia czegoś cięższego. Taksówkarz jest uprzejmy, zwraca mi resztę, nie dając odczuć, że należy mu się napiwek. Dlatego mu go daję; to ciekawe, że kiedy czasem ktoś zmusza nas do czegoś, przestajemy to robić. Psychika człowieka jest równie złożona jak jego zdolność do czynienia zła. Podobnie jak i dobra.

Mury domu, w którym się urodziłaś, stoją jeszcze, drzwi przetrwały, w oknach szyby wybite, lecz ościeżnice całe, dach na wpół zapadnięty. A herb twojego dziadka wyryty na kamieniu u drzwi wejściowych lśni jak nowy, chociaż w dolnej części pokrył go już grynszpan. Ale wszystko jest porzucone, Eliso. Jakby jego dusza uleciała do nieba, by spocząć obok dusz dawnych, zmarłych już właścicieli, obok dusz tych, którzy mieszkali tu i odeszli dziesiątki lat temu. Nie wiem, czemu to miejsce opustoszało po śmierci twojego dziadka; gdy twoja matka i twoje ciotki wyprowadziły się, nie zamieszkał tu nikt. Nie widzę was tutaj, nie widzę twojej matki, nie widzę ciebie. Ptaki zawładnęły drzewami i pustą przestrzenią między ścianą a okapem. A żelazna huśtawka, którą postawił twój ojciec w dniu, kiedy zraniono cię w szkole, wciąż tu jest, choć zardzewiała. Jakiś chłopiec cisnął na oślep kamień, który wylądował na twojej Bogu ducha winnej głowie, z przeciętej skóry polała się krew i pani poprosiła nas, żebyśmy odprowadzili cię do domu. Martín niósł cię na rękach, a mnie zżerała zazdrość, wlokłem się za wami, przeklinając go i umierając z żalu, że to nie ja występuję jako zbawca mojej zmaltretowanej aksamitnej królowej.

Martín... na myśl o nim jeszcze przechodzą mnie ciarki. A tak chcieliśmy, żeby zbliżyli się do siebie... Dlaczego nie wpadliśmy na to wcześniej? Anna i Martín. Zdawali się dla siebie stworzeni. W tamtym momencie byliśmy już prawie pewni, że tak jest, ona uspokoiła się wreszcie, a on przestał cię zaczepiać. Zobaczyliśmy ich razem jeszcze raz albo dwa, w kafejce, także gdzieś w dzielnicy, gdzie pracowała Anna. To i obojętność, jaką nam okazywali, wydawało się najlepszym dowodem, że odnaleźli wreszcie to, co nas upajało od momentu, kiedy się poznaliśmy. To prawda, że nic z niego nie wyciągnąłem na ten temat. Ale nie dziwiło mnie to, zawsze był bardzo dyskretny. Od kiedy się pobraliśmy, rzadko zdarzało nam się ich widywać; nie zabiegali o to. Albo może oficjalny papier uświadomił im, że od naszej decyzji nie ma odwrotu.

Nie było tygodnia, żeby nie dzwonił do nas twój ojciec albo moja matka, nalegając, żebyśmy przyjechali do nich; matka wciąż miała nadzieję, że pozwolisz jej zorganizować prawdziwe wesele. Ale ty zawsze znajdywałaś jakiś pretekst, żeby odwlec ten wyjazd, aż do tamtego dnia, kiedy wróciłaś do domu roztrzęsiona, z poszarzałą twarzą, i nie zdołałem ani sprawić, żebyś przestała płakać, ani nakłonić cię, żeby opowiedziała mi, co się stało. Wtedy, owszem, przystałaś na moją propozycję i odważyłem się marzyć, że już niebawem wyjedziemy, oboje. Coś, co wydarzyło się tamtego dnia, otworzyło ci oczy, a we mnie wzbudziło determinację, by wreszcie wywieźć cię z Francji.

A wówczas zastanowiła mnie pewna rzecz. Dlaczego Danielle narażała się na ryzyko? Twoje racje znałem, a co mogło powodować nią? Do tej pory tego nie rozumiem. Miała wszystko: bogactwo, pozycję, renomę, prestiż, nawet miłość, miała też miłość. Uznałem, że wasz „wspólny" plan był tylko wybiegiem, podstępem uknutym przez Danielle i jej pruskiego hrabię, by pozyskać dla siebie obrazy, że oszukiwali cię, że oryginały zostawiali sobie. Ten motyw był dla mnie znacznie łatwiejszy do zrozumienia niż rzeczywistość. Robiła to tylko dla pieniędzy, żeby zdobyć te arcydzieła, podstawiając za nie twoje kopie. Sprzedadzą je potem, kiedy wojna się skończy, i zarobią na tym krocie. Zawsze łatwiej jest żyć, kiedy jesteś przekonany o tym, że błędy popełniasz dlatego, że to inni cię sprowokowali, że wykorzystał cię ktoś sprytniejszy. Kiedy wykluczysz własną winę, własną pomyłkę. I wałkowałem tę myśl, wydawała mi się najbardziej prawdopodobna, wyjaśniała wszystko, a poza tym wyłączała cię ze złowieszczego planu tych szaleńców, o którym opowiedział mi Martín. Jednym ruchem ręki ratowałem cię ze śmiertelnego zagrożenia.

Ale nie, teraz wiem, że to nie było tak. Nie wiem tylko, czy osiągnęłaś to, czego szukałaś. Być może niedługo się dowiem, kiedy spotkam się z nią w niebie. Czy ty już ją widujesz? Jeśli tak, zapytaj o to. Chciałbym wiedzieć, czy twoja matka pragnęłaby, żebyś żyła czy żebyś umarła. Zapytaj ją, Eliso, zapytaj. A potem poproś ją w moim imieniu o wybaczenie, że nie potrafiłem ochronić cię tak, jak powinienem był.

Od tamtego dnia, kiedy wróciłaś do domu spłakana, zacząłem mieć koszmary. Śniło mi się, że malujesz makabryczne obrazy, pełne krwi i scen, od których włos jeży się na głowie. Mój sen zaczynał się zawsze tak samo: siedziałaś naprzeciw sztalug, w białej koszuli poplamionej farbami i z upiętymi włosami. Patrzyłaś na mnie, a potem odwracałaś się w stronę płótna i malowałaś gorączkowo, po czym znów odwracałaś się do mnie. Spoglądałem na obraz i widziałem to, co najgorsze w człowieku: poćwiartowane ciała, dzieci zalane krwią tryskającą z wyrwanych członków, makabryczne morderstwa, odrażające gwałty, ludzi pożerających ludzi, kobiety depczące trupy z twarzą wykrzywioną w grymasie... Co noc coś mroczniejszego, coś bardziej przerażającego. I budziłem się zlany zimnym potem, z opuchniętą piersią i zaciśniętymi pięściami, a ty spałaś obok, bezpieczna, nie zdradzając mi swego sekretu, lecz u mojego boku, oddychając spokojnie, podczas gdy ja dręczyłem się za ciebie. I obejmowałem cię, żeby opanować strach. Obym nie wybaczył ci tego. Obym wywiózł cię w tamtym właśnie momencie, choćby siłą, gdyby było trzeba. Obym nie czekał ani minuty dłużej. Do czego może doprowadzić miłość. Albo egoizm.

VI

„Carmen żyje nocą, a sypia za dnia. Jej oczy jak świetliki, żarzą się czarnym cygańskim ogniem. Jej ręce jak giętkie węże, pełzają po ciele. Jej włosy, ach, jej włosy, czarny jadeit, wierzchołek złocistego zbocza twarzy. Carmen to duch i werwa, a przede wszystkim czysty romantyzm; nigdy nie dopuści, by przed jej urokiem uchronił się jakikolwiek mężczyzna w promieniu stu kilometrów od jej ciała. Tańczy i mówi, a jej głos i jej taniec to magowie. Nie chodzi, kołysze się, a jej nogi to dwie śniade kamienne kolumny. Muszą Państwo ją zobaczyć, nie pozwólcie, by ominęła was adaptacja tego mitu do współczesnych warunków. Tu, przed wami, w Teatro Nueva España, do przyszłego tygodnia".

Paryż, 30 lipca 1943

Montmartre był dzielnicą różnobarwną i sybarycką, gdzie nawet ludzie i budynki starali się pasować do siebie. Malowniczy osobnicy ze sztalugami rozstawionymi na środku ulicy mimo wszechobecnej przygaszonej zieleni khaki doskonale zgrywali się z kamiennymi budynkami z plamami pleśni. A romantyczne zaułki skrywały i miłości, i smutki. Anna szła żwawym krokiem. Chciała jak najszybciej dotrzeć do domu Diega. Od wielu miesięcy zastanawiała się, co robić, czy miała jeszcze jakąkolwiek szansę, czy powinna dać za wygraną, czy działać zgodnie z planem, czy wycofać się zeń, czy trzymać się podjętej decyzji, czy po prostu zniknąć mu z oczu. Udało jej się przynajmniej nie odwiedzić go ani razu od czasu, gdy Martín przekonał ją, żeby przestała miotać się na oślep i oświadczyła się kuzynowi, a ona zrobiła to, nie zwlekając. Dziwny był ten Martín, taki na dystans, a jednak chętny do wysłuchania jej. Była pewna, że on sam ma jeszcze mniej szans niż ona. Niezła para idiotów. Poza tym był bardzo atrakcyjny. O wiele bardziej niż Diego. Ale miała już dość kłopotów ze zdobywaniem jednego mężczyzny zakochanego w Elisie. Zdobywanie dwóch to byłoby za dużo.

Upłynął rok od czasu, gdy postanowiła go posłuchać, poszła do pracowni kuzyna i pocałowała go. Diego nie zareagował, nie podniecił się ani odrobinę, równie dobrze mogła całować trupa. Przez cały ten czas próbowała zapomnieć. Nie wiedziała, czemu jej nie wychodzi. Było tylu innych mężczyzn, wręcz zbyt dużo; w wojennej zawierusze wszystko stawało się prostsze, żeby się kochać, nie trzeba było niczego prócz dwóch chętnych istot. A ona nigdy nie miała trudności ze znalezieniem takiej osoby. Wszyscy, tylko nie on. Może dlatego uparła się, żeby go mieć. Często tak myślała, gdy wpadał jej w oko ktoś przystojniejszy, silniejszy, wyższy; kiedy pociągały ją oczy lub usta innej szelmowskiej twarzy; gdy czuła ochotę, by oddać się w każde inne ręce byle nie jego. Gdy go całowała, nie odrzucił jej, lecz nie poczuła owego magicznego dreszczu, który, jak sobie sto razy wyobrażała, miał ją przebiec, gdy będzie gryzła jego wargi. To był niewinny buziak, niezobowiązujący, znudzony, nieomal dziecinny, uświadomił jej tylko, że nigdy nie pozna jego smaku, dopóki nie zniknie Elisa.

Podjęcie decyzji kosztowało ją sporo. Teraz jednak, gdy już to zrobiła, nic nie byłoby w stanie jej powstrzymać. W sumie to Martín ją namówił. Po głowie wciąż krążyło jej wspomnienie owego popołudnia, kiedy przyszedł do niej, do pracy. Było to wkrótce po tym, jak pocałowała Diega. Wszedł do jej biura bez pukania. Miał na sobie jasne ubranie, włosy dłuższe niż zwykle, w ręce trzymał czerwoną różę. Położył ją na jej stole i usiadł naprzeciwko. Dużo czerwonych róż krążyło ostatnio po świecie. Annie stanęła przed oczami ta, którą zostawiła na biurku kuzyna, gdy o mało nie rozpłakała się w jego obecności, ale nie wszystkie kwiaty miały ten sam zapach. A Martín nie nosił rękawiczek.

– Możesz poświęcić mi dziesięć minut? – zapytał bez ceregieli. – Poprosiłem twoją sekretarkę o spotkanie, ale najbliższy wolny termin masz za tydzień. Pomyślałem, że przyjmiesz mnie, choć nie jestem umówiony. Chodzi o Diega.

Mówił po francusku płynnie. Obcy akcent był ledwie wyczuwalny. Gdyby nie włosy i oczy, tak hiszpańskie, z łatwością uszedłby za urodzonego paryżanina. Nie można być takim przystojnym i tak długo samotnym. A może i tak; to samo wiele osób mogło pomyśleć o niej.

– Zawsze jesteś mile widziany, Martín. Powinieneś był tylko powiedzieć mojej sekretarce, żeby skonsultowała to ze mną. Zresztą sama jej powiem, żeby wiedziała na następny raz.

– Nie bój się. Nie będzie następnego razu. Chcę tylko porozmawiać z tobą o czymś bardzo ważnym.

– Mów. Jeśli tylko będę mogła pomóc, możesz na mnie liczyć.

– Nie miałaś za wiele szczęścia z Diegiem.

Serce zaczęło jej bić szybciej. Myślała, że jest na to odporna. Ale nie. Zadzwoniła do sekretarki i poprosiła o szklankę toniku.

– A ty napijesz się czegoś? Pewnie nie. Już byś poprosił.

Młoda, drobna dziewczyna weszła zaraz z napojem, Anna wypiła go małymi łyczkami. Potem wstała, włożyła rękawiczki i płaszcz. Martín patrzył na nią.

– Chodź, przejdziemy się trochę. Mam dość tego biura na dzisiaj.

Poszedł za nią. Zabrał różę. Liście opadłe z drzew wyścieliły ziemię. Anna poślizgnęła się na nich, chwycił ją za ramię i podtrzymał. Było bardzo zimno. Słońce z trudem przebijało się przez chmury. Wiele osób spacerowało bez wyraźnego celu w jego słabym świetle.

– Nic nie mów. Nie trzeba. Ktoś mi kiedyś powiedział, że na wojnie wszystko dzieje się bardzo szybko; miał rację. Nie możemy tracić czasu. Wiem o czymś, co może sprawić, że Diego i Elisa rozłączą się. A ty dostaniesz to, czego zawsze pragnęłaś. I czego nie udało ci się dotychczas osiągnąć.

– A co ty na tym zyskasz, Martín? Elisę? Pozwól, że powiem ci to wyraźnie: nie masz najmniejszej szansy. Nie mówiłam ci tego podczas naszej rozmowy sprzed kilku miesięcy, ale teraz jestem całkowicie pewna. Posłuchałam cię i poszłam do niego. Nic z tego.

– Nieważne. Powiedz, czy jesteś zainteresowana.

Wciąż trzymał ją za ramię. Przeszli kilka metrów, wyglądając jak jeszcze jedna para pomiędzy wieloma. Miał twarz poważną, prawie nie gestykulował. Anna przystanęła i popatrzyła na niego.

– Martín, ja też nie mam najmniejszej szansy. Żadnej. Absolutnie żadnej. Jedyne, co możemy zrobić, to poddać się losowi; pomału do tego dochodzę. To trudne, ale nie możemy przez całe życie kochać się w osobie, która nie odwzajemnia uczucia. I nie chodzi o to, że nie kochają nas, bo kochają siebie nawzajem. Po prostu nie są w nas zakochani i nigdy nie będą. Im szybciej się z tym pogodzisz, tym lepiej. Posłuchaj mnie. Zbyt długo zachowywaliśmy się jak kretyni. Doprowadziliśmy się prawie do choroby. Nie rozumiałam, dlaczego byłeś tak samotny, ale jeśli dlatego, to masz jeszcze czas, żeby temu zaradzić. Oboje mamy jeszcze czas. I masz rację, wszystko dzieje się bardzo szybko. Nie możemy zwlekać.

– Nie myśl, że wszyscy są tacy jak ty, Anno. To typowy błąd. Ja stawiam sobie inne cele. Podobasz mi się. Jesteś inna. Myślałem, że mogę ci pomóc. Nigdy nie wiadomo, do kogo trzeba będzie się zwrócić w którymś momencie, a ja od czasu do czasu lubię oddawać przysługi. Przemyśl to, a jeśli zmienisz zdanie, daj mi znać.

Puścił ją i odsunął się. Jeszcze raz owinął szyję szalikiem i pożegnał się, podnosząc dłoń do ronda kapelusza i pochylając nieco głowę.

– Zaczekaj, Martín. Przemyślę to. Byłeś dla mnie miły, dziękuję, naprawdę. Dlatego ja też coś ci powiem. Uważaj na siebie.

Masz nieodpowiedniego przyjaciela. Nie wszyscy naziści są tacy sami, ale Wolfgang... Wolfgang nie jest odpowiednim towarzystwem.

Nie odpowiedział. Odwrócił się i odszedł szybko, jakby obawiał się, że ktoś zobaczy ich razem. Anna wiodła za nim wzrokiem, aż jego głowa zniknęła w morzu innych głów. Ruszyła w przeciwnym kierunku. Jakieś dzieciaki krzyczały w pobliżu. Narysowały kredą na chodniku kilka kwadratów i skakały z jednego w drugi. Wyminęła je.

Miała jeszcze w pamięci gorzkawy posmak, który pozostał jej po tym spotkaniu. Minęło kilka miesięcy, lecz wciąż odczuwała go na to wspomnienie. Przypominał smak zielonej herbaty, zbyt mocnej i bez cukru. Przywarł do kubków smakowych i wciąż tam tkwił, choć ostatnią filiżankę wypiła całe lata temu. Początkowo postanowiła zachować bierność, ale obie te rozmowy, z Martinem i z Diegiem, spędzały jej sen z powiek. Musiała coś z tym zrobić.

Przeszła aleją Rachel i wzdłuż muru cmentarza Montmartre. Nad głowami śmiałków przekraczających bramę wznosiły się gargulce. Gdy je mijała, poczuła na sobie wzrok pustych oczu i przyspieszyła. Zawsze w pobliżu niezliczonych posągów zdobiących Paryż ogarniało ją to samo wrażenie: że ich kamienne spojrzenia świdrują jej mózg i przenikają myśli. Wiedziała, że to dziecinny lęk, lęk, który odczuwała od najmłodszych lat, od którego nie była w stanie się uwolnić; domyślała się, że wynika z jej panicznego strachu przed śmiercią. Ów strach miał niezwykłą formę, Anna nie bała się śmierci w ścisłym tego słowa znaczeniu, bała się wszystkiego, co wydawało się jej pozbawione życia, widok rzeczy martwych przerażał ją tak samo jak perspektywa własnej śmierci. To były jej jedyne koszmary, z pozostałymi dawała sobie radę. Być może dlatego skręcając za róg i pozostawiając za plecami makabryczne figury podwieszone pod okapem muru, odetchnęła, nie zwalniając jednak kroku. Elisy nie zdziwił jej głos za drzwiami, otworzyła i zaprosiła ją do środka. Jej oczy były jak dwa zwierciadła. Anna widziała w nich swoje odbicie. Zawsze czuła się przy niej mała. Nie potrafiła przemóc tej ujmy na swoim ego nawet teraz, gdy stać ją było na zakupy w galerii Danielle. Kupiła coś tam raz czy dwa. Jednakże osoba, która omotała jej kuzyna, była jedną z niewielu, które wzbudzały w niej poczucie niższości, i była pewna, że to obce i nieprzyjemne uczucie wiąże się z Diegiem. Elisa miała go już, a ona nie, i nie była w stanie przejść nad tym do porządku dziennego. Ale nie mogła pozwolić sobie na wahanie. Weszła i ruszyła prosto do salonu, nie czekając na zaproszenie.

– Powiedz, na co masz ochotę. Diego wróci dziś bardzo późno, ma ważne spotkanie z namolnymi klientami, więc możemy zostać w domu, jeśli zechcesz. Przygotowałam coś podobnego do kawy.

– W takim razie nie chodźmy nigdzie. Chcę tylko porozmawiać z tobą tak, żeby nas nie zaskoczył. Jeśli ty też tak wolisz, możemy pogawędzić tutaj.

Elisa wyszła z salonu. Anna rozejrzała się wokół siebie. Wszędzie stały płótna, pomalowane i jeszcze niepomalowane, pachniało terpentyną i farbami olejnymi. Wiedziała już coś niecoś na temat tego natarczywego zapachu, który wnikał głęboko w materiał i który nie opuszczał obrazu przez bardzo długi czas. Zwróciła uwagę na niewielki portret: wzrok Diega uwodził ją nawet z obrazu, który namalowała ona. Który namalowała ona. Spojrzała na drzwi. Zawahała się na moment, lecz zaraz chwyciła go i owinęła w szary papier, którego arkusze walały się po całym pomieszczeniu. Zdążyła ukryć go w torebce kilka sekund przed powrotem Elisy. Ta uśmiechała się do niej, jakby były najserdeczniejszymi przyjaciółkami. Z królującej na srebrnej tacy kafeterki w kształcie greckiego olpe wydobywała się spirala dymu, którego aromat przebijał zapach farb i terpentyny. Mieszanka kręciła w nosie.

– Przysyła mi ją moja teściowa z Ameryki, przez Hiszpanię. Chowa między puste sztalugi, na wypadek gdyby na granicy chcieli przeszukać paczkę. Diego uwielbia tę kawę. Mam nadzieję, że będzie ci smakować. I nie stój tak, proszę.

Anna podeszła do obrazu ustawionego na sztalugach i przyglądała mu się z zainteresowaniem. Jakie ładne były te malowidła

Elisy. Nigdy nie będzie mogła dorównać jej pod tym względem. Przy niej zawsze traciła pewność. Nawet pewność własnej urody. Odwróciła się do niej, podnosząc podbródek wysoko do góry. Był to gest pawia, ale uczucie niższości ogarniało ją tak rzadko, że nie kontrolowała swoich odruchów. Na szczęście takie rzeczy przytrafiały się jej tylko w obecności Elisy.

– Dziękuję, z pewnością będzie wyśmienita. Ale nie mam ochoty na nic w tym momencie. Przyszłam cię ostrzec, Eliso, tylko po to przyszłam.

– Brzmi groźnie. Czy powinnam się bać? I proszę, nie pogardź zwykłą filiżanką mojej kawy.

Anna podniosła filiżankę, lecz nie usiadła.

– Wiem, co robisz, i nie ja jedna. Zwykle, kiedy ruch oporu planuje jakąś akcję w tym stylu, trzymam się na uboczu, ale twój przypadek jest inny. To, co robisz, jest bardzo niebezpieczne i nie może się dobrze skończyć. A ja nie chciałabym, żeby cokolwiek ci się przydarzyło.

– Zaskakujesz mnie, Anno. Od kiedy to tak ci zależy na mojej pomyślności?

– Nie zależy mi na tobie, zależy mi na nim. Wiesz o tym. Nigdy tego nie ukrywałam. Ale jeżeli stanie się coś tobie, on będzie cierpiał, a tego nie chcę. Nawet teraz tego nie chcę. Nie potrafię się przemóc, wiem, że tak nie powinno być, że powinnam mieć to w nosie, ale nie mogę nic poradzić na to, że czuję, co czuję. Dlatego postanowiłam cię ostrzec. Musisz przestać fałszować obrazy, im prędzej, tym lepiej. Naziści nie patyczkują się z ludźmi, którzy wodzą ich za nos, Eliso, zapewniam cię. ERR ma zbyt wielu przyjaciół w różnych miejscach. Mierzycie bardzo wysoko i ryzykujecie bardzo dużo, wierz mi. A jestem pewna, że nie jesteś świadoma tego ryzyka.

– Nie wiem, o czym mówisz. Nie robię nic z tych rzeczy. Pojęcia nie mam, o co ci chodzi.

– Zmieniłaś się, Eliso, nie jesteś już nieśmiałą, niepewną dziewuszką, która właśnie przyjechała do Paryża. To zresztą normalne, nie powinnam się dziwić, czy ktokolwiek pozostał sobą po tym wszystkim, co się wydarzyło? Ale powinnaś trochę więcej myśleć o nim. I nie zaszkodziłoby ci więcej respektu wobec śmierci. Jeu de Paume mieści się w samym środku Paryża. Wiele osób wie, co się tam wyprawia; ERR jeszcze nie słyszał o was, ale to może się zmienić w każdej chwili. Nigdy nie wiadomo, jak zareaguje ktoś pod wpływem bólu. Powinnaś o wiele bardziej uważać albo raczej powinnaś posłuchać Diega i wyjechać do Ameryki, do ojca. Znajdziesz tam wspaniałe warunki do malowania.

Elisa zawahała się przez moment, lecz spojrzała jej w oczy, a te nie kłamały. Sądziła, że uwolniła się już od grozy, jaka ogarnęła ją na widok obrazów płonących w parku, ale odkryła, że nie, że groza ta tylko gdzieś się ukryła. Przebiegły ją ciarki, choć tylko ona czuła, że jej warga drży leciutko i że za chwilę załamie się jej głos.

– Nie rozumiem cię, Anno. Skoro nadal jesteś zakochana w Diegu, dlaczego próbujesz mi pomóc? A może wreszcie poznałaś kogoś i zostawisz nas w spokoju?

– Nie przyszłam udzielać ci wyjaśnień, możesz mnie posłuchać albo robić dalej to, co robisz. To ty wystawiasz się na największe ryzyko. Ja tylko chciałam ci pomóc, choć przeczuwałam, że to na nic. Nie powiem ci, że przestałam go kochać. Nie mogę. Nie potrafię wyjaśnić, dlaczego to czuję, ale kocham go od momentu, kiedy zobaczyłam, jak wysiada z pociągu, gdy przyjechaliście do Paryża. I nie chcę dłużej rozmawiać o tym z tobą. Możesz zrobić, co uznasz za stosowne, ja tylko próbowałam pokazać ci, w jakim jesteś niebezpieczeństwie. Ale narażasz także jego. Ja wiem, jak działają ich umysły, Eliso, nie jesteś w stanie wyobrazić sobie rzeczy, które robią Niemcy. To nie jest zwykła wojna, Hitler nie jest tylko charyzmatycznym przywódcą, który oczarował swój wspaniały, kulturalny naród i postanowił powiększyć swoje imperium. Jego głowa pracuje inaczej. A za kurtyną pozornej normalności rozgrywają się w tym mieście mroczne sceny, których część ludzkości będzie żałować przez całe wieki, podczas gdy druga część wyprze się ich. Wierz mi, jesteś w niebezpieczeństwie, a kiedy coś się stanie, nikt nie będzie mógł cię ocalić.

– Widzę, że Diego nie powiedział ci jeszcze, że postanowiliśmy wyjechać. Kiedy tylko załatwię kilka spraw w Stanach i papiery potrzebne do tej podróży.

Filiżanka wysunęła się z dłoni Anny. Stłukło się tylko uszko, lecz płyn ochlapał jej spódnicę i zniszczył buty z czerwonego zamszu. Pewnie dużo łatwiej byłoby wyczyścić setki kropelek ciemnego napoju, które na nich osiadły, niż usunąć nieogarnięty żal, który zawładnął w tym momencie całym jej sercem i niemal całym jej życiem. Całym jej życiem.

ROZDZIAŁ 11

Wybraliśmy gamę. Tło zostało pokryte, linie nakreślone węglem zniknęły, przed naszymi oczami roztacza się nowy świat, który na zawsze już pozostanie między czterema krawędziami płótna. Odcienie zacierają się, plany różnicują, niebo wygląda na prawdziwe, przecinają je gwiazdy, kręcąc piruety. Szukamy głębi, rzeczywistości albo figury; każdy szuka w swych obrazach tego, co pragnąłby znaleźć w najtajniejszym zakamarku siebie lub innych. Świetlistości promienieją, kolory nasycają się, bryły uwydatniają się albo spłaszczają.

VILLAVICIOSA, ŚRODA, 17 MAJA 2000 (GODZ. 12.35)

Violeta znów zwymiotowała. Telefon od Alvara bardzo ją zdenerwował, a dobiła niespodziewana wizyta Oliviera, zwłaszcza że w końcu nie udało się jej wyciągnąć z niego, co chciał powiedzieć. Co takiego musiał wyjaśnić? Co miał do pokazania? Widzieli się zaledwie dwa razy... Zaintrygował ją, choć na odchodnym oznajmił, że w sumie chodziło o głupstwo i że powinna o tym zapomnieć. Dobrze przynajmniej, że z Giselle wszystko w porządku, bo już zaczynała się martwić. Cóż za wyjątkowa dziewczynka, ależ by chciała, żeby była jej córką. Poza tym nie zamierzała zadręczać się już dłużej myślą o tym, co zrobić z orzeszkiem, ale on sprawił, że znów zaczęła się wahać. Co więcej, wyjawiła swój sekret nieznajomemu. Ta świadomość ostatecznie rozstroiła jej kruchy organizm i zdążyła tylko wyjść z domu, po czym zwróciła całe śniadanie na terakotę pod drzwiami. Na szczęście Olivier poszedł już sobie, po tym, jak zemdlała mu na rękach, miał chyba dość wrażeń. Posprzątała, a po chwili poczuła w żołądku ukłucie zwiastujące, że za chwilę znowu będzie umierać z głodu. Nie odważyła się jednak nic zjeść, wróciła do salonu i położyła się w fotelu.

Zamknęła oczy i oddychała powoli, skoncentrowana na odczuwaniu każdego skrawka ciała, po czym oderwała się od niego i weszła w stan niemal hipnozy, poprzedzający sen. Od jakiegoś czasu często stosowała tę praktykę, żeby się zrelaksować i żeby spróbować zasnąć, gdy po raz tysięczny budziła się w środku nocy. Nauczyła ją tego przyjaciółka w zaawansowanej ciąży, która opanowała tę technikę w szkole rodzenia. Według Pauli wszystkie grube przyszłe mamusie kładły się posłusznie na plecach i znosiły, jak mogły, ból, który narastał w krzyżach, kiedy krzywizna kręgosłupa ciągnąca się od kości ogonowej do szyi „prostowała się", a dzidziuś opadał pod wpływem siły przyciągania. Miały wówczas zamknąć oczy, głęboko wdychać powietrze i wydychać je powoli, starając się nie dopuścić do hiperwentylacji, i miały rozluźnić mięśnie, zmuszając je do tego siłą umysłu, jeśli było trzeba, a gdy przestały już je czuć, koncentrowały się na przywoływaniu przyjemnych wspomnień, każda własnych, a na koniec wpatrywały się w dal, w punkt zagubiony w bezkształtnej masie rozmaitych mroczności, w jaką zamieniała się myśl, kiedy opadały powieki, a ty próbowałaś patrzeć jak najdalej przed siebie.

Od czasu wyjazdu z domu, kiedy Violeta próbowała zrelaksować się w ten sposób, przywoływała zawsze ten sam obraz: matkę siedzącą z nią na huśtawce na patio u dziadka, kiedy to huśtały się powolutku do przodu i do tyłu, zapach kwiatów pomarańczy z dwudziestoletniego drzewka sprawiał, że czuła się czysta i szczęśliwa, a mamine objęcia zapewniały poczucie bezpieczeństwa. Leżąc teraz w salonie niebieskiego domu, przypominała sobie ten aromat kwitnących kwiatów i andaluzyjskich pól, a to relaksowało ją bardziej niż wszystkie inne myśli czy techniki zen dla ciężarnych razem wzięte.

– Dzień dobry, już jestem! Ptaszątko!

Co za mania z tym nazywaniem jej ptaszątkiem. Choć w głębi ducha musiała przyznać, że to lubi; poza tym dziadek wymawiał to słowo z taką słodyczą, że nie mogła mieć mu tego za złe.

– Gdzie się podziewałeś? Ciągle mnie straszysz. Od chwili, kiedy przyjechaliśmy, bez przerwy gdzieś znikasz. Dobrze chociaż, że, jak powiadasz, jesteś zmęczony, bo co by było, gdybyś był w pełnej formie!

– Ba! Powiedziałem ci, że to nic ważnego, że chcę tylko odwiedzić pewnego znajomego w Villaviciosa. Zresztą zajrzałem do ciebie przed wyjściem, ale spałaś tak mocno, że nie miałem serca cię budzić, i pojechałem sam. Zjadłaś porządne śniadanie? Musisz dbać o siebie.

Violeta wzięła zeszyt i zamierzała wstać, ale znów zawróciło się jej w głowie i została w miejscu.

– Co ci jest, ptaszątko? Dobrze się czujesz? Wyglądasz mizernie.

Diego poszedł zdecydowanym krokiem do kuchni i przyniósł jej szklankę wody. Zanim zdążyła się odezwać, przyłożył ją do jej ust.

– O tak, powolutku, zobaczysz, że zimna woda dobrze ci zrobi. Musisz dbać o siebie, te rzeczy potrafią wam dokuczyć.

– Te rzeczy? Jakie rzeczy?

– No te... Te wasze kobiece rzeczy, okres. Prawda? A dzisiaj jest pełnia księżyca. Mówią, że podczas pełni księżyca kobiety, które są pod koniec ciąży, rodzą szybciej, a te, które nie są, mają bardzo obfitą miesiączkę, jak przypływ morza. O co zakład, że nie wiedziałaś o tym? Co, ptaszątko?

Violeta spojrzała na dziadka. Żałowała, że nie potrafi czytać mu w myślach. Ale gdyby opowiedziała mu teraz o wszystkim, nie byłoby odwrotu. Musiałaby wyjaśnić też, dlaczego nie została z Alvarem, wymyślić jakąś historię, która byłaby tak naciągana, że dziadek na pewno zaraz by to odkrył. Przemknęło jej przez myśl, że miała go zapytać o coś ważnego, ale nie pamiętała o co. Jej głowę wypełniały inne sprawy. Miała mało czasu: na jutro była umówiona na zabieg przerwania ciąży. Na aborcję. Zrobi to? Jasne, że nie. Dla Giselle. Nie zasługiwała na to. Może inna kobieta w innym miejscu i w innym momencie będzie zmuszona podjąć taką decyzję, tak trudną, tak niesprawiedliwą, tak niesłychanie bolesną, albo zrobi to z przekonania, a może z jednej z miliona przyczyn niezrozumiałych dla nikogo poza nią samą. Ale Violeta miała to szczęście, że mogła wybierać. Chociaż tak czy owak pojedzie do kliniki i tam uzyska pewność, czy chce utrzymać ciążę. I musiała jeszcze postanowić, co zrobi z Alvarem. Dopiero wtedy będzie mogła opowiedzieć dziadkowi to, na co miała ogromną ochotę: że zostanie matką i że to najpiękniejsze, co przytrafiło się jej w życiu.

Uświadomiła sobie, że prawie od początku chciała mieć to dziecko, że wiedziała to być może już w momencie, gdy zamykała za sobą drzwi domu. Dlatego wyjechała. Musiała sprawdzić, czy jest w stanie mieć je bez Alvara i czy chce przeżyć u jego boku to tak intymne, piękne, osobiste doświadczenie bycia matką. Połączyłoby ich na całe życie, a ona nie wiedziała, czy tego chce. Nie wierzyła mu nawet. „Zmienię się", powiedział. „Zrobię to, o co mnie poprosisz". Nie wierzyła mu, nie, choć pragnęła wierzyć. Przypominała sobie jego oczy, jego pieszczoty, jego pocałunki, jak mówił jej, że ją kocha, kiedy oglądali razem telewizję, rozparci na sofie. Ujmował ją za brodę i przyciągał delikatnie do swoich ust, po czym całował i zapewniał, że jest tym, co kocha najbardziej na świecie. Ale skoro tak ją kochał, dlaczego nie był w stanie powstrzymać się od przemocy? Dlaczego w pewnych sytuacjach z miłości jego życia zmieniała się w jego ofiarę? Nie potrafiła odpowiedzieć na to pytanie. Zdała sobie sprawę, że przynajmniej jedna rzecz się zmieniła: kiedy myślała o nim, do oczu nie napływały jej już łzy, powoli przywykała do myśli, że będzie jej lepiej bez niego. Orzeszek da jej siłę, by go odsunąć, skoro nie potrafił nauczyć się jej kochać.

Zjedli obiad w ogrodzie, pod pergolą z zielonego metalu. Poprzeczki zdobione wzorem z róż splecionych łodygami tworzyły sklepienie, przez które przenikały tylko cienkie nitki słońca. Po jednej z podpór pięła się roślina o matowych liściach, obsypana kwiatami o czterech płatkach i żółtych słupkach, pozbawionymi zapachu. Tysiące jasnoniebieskich płatków pokrywało kratownicę jak żywy płaszcz nieba pod tym drugim niebem.

– Jakie ładne niebieskie kwiatki. Nigdy takich nie widziałam.

– To klematis, nie pamiętam, jaka odmiana. Nie było ich tu, kiedy wyjeżdżaliśmy, pewnie posadziła je Inés albo jej córka, tak jak wiele innych. Nie wszystkie rośliny są tak długowieczne jak drzewa.

– Są spektakularne. Ten ogród mnie zachwyca, wydaje się magiczny.

Zara wydawała się podzielać zachwyt Violety. Szczególnie zainteresował ją pewien klomb, kopała w nim zapamiętale dół, w którym mieścił się już cały jej łebek. Violeta roześmiała się, ta suczka nie potrafiła usiedzieć w miejscu. Wyglądała jak szczur z uniesionym sztywno ogonkiem, ryła ziemię, rozrzucając ją na boki i usypując małe kopczyki wokół otworu.

– Myślę, że wszystkie ogrody mają w sobie coś magicznego, jeśli projektują je właściciele. Pracowałem przez jakiś czas jako architekt krajobrazu, zaraz po przyjeździe do Stanów Zjednoczonych. Posesje były tam ogromne, a Amerykanie uwielbiali wielkie przestrzenie i gigantyczne ogrody. Żeby stworzyć piękny ogród, musisz poznać ludzi, którzy będą z niego korzystać. Nawet jeśli później zlecą opiekę nad nim ogrodnikowi.

– To ci, którzy stworzyli ten ogród, byli wyjątkowi, dziadku. Bardzo.

Niebo w oddali rozświetliło się, a kilka sekund później wydało z siebie ogłuszający grzmot. Suczka schowała się pod krzesło Violety. Wyglądało na to, że podziemne skarby przestały ją interesować. Podkuliła ogon i przyłożyła przednie łapy do pyska, jakby chciała zasłonić sobie oczy.

– Zaraz zacznie padać, ptaszątko, wracajmy do domu.

– Ale tak tu jest przyjemnie... poczekajmy jeszcze chwilę, może się rozejdzie.

– Widać, że nie znasz tutejszej pogody. Tutaj chmury nie rozchodzą się, a jak już lunie, to przemokniemy natychmiast do suchej nitki.

– Jakoś to może zniesiemy, co, dziadku?

– Jak chcesz. Mnie teraz mało co przeszkadza, a już najmniej deszcz. Bardzo lubię patrzeć na deszcz, chociaż nie wtedy, kiedy ziąb przenika ci kości.

– Wiesz co? Ostatnio często przypomina mi się mama. Ledwie ją znałam, byłam malutka, kiedy umarła.

– A co jeszcze chciałabyś o niej wiedzieć? Tyle ci już opowiedziałem... Chociaż to było dawno temu.

– Nic specjalnego, nic konkretnego... A właściwie tak, zależy, jak na to popatrzeć. Zastanawiam się, jak się jej udało wychować mnie samej. Chociaż przynajmniej miała ciebie, prawda? Na pewno dużo jej pomagałeś.

– Bynajmniej. Twoja matka była bardzo niezależna. Przyjechałem do Hiszpanii za wami, ale nie dlatego, że mnie o to prosiła. Poradziłaby sobie beze mnie. To ja nie potrafiłem bez was żyć. Była bardzo podobna do twojej babki, świetnie wiedziała, o co jej chodzi, i dążyła do tego. Kiedy zaczęła wyjeżdżać za granicę jako korespondentka, przydałem się jej, bo mogła zostawiać cię ze mną i była spokojniejsza; może gdyby nie ja, nie mogłaby pracować w ten sposób. Widzisz? Nigdy nie wiadomo, co jest najlepsze. Może żyłaby jeszcze.

– Eee tam, nie to chciałam usłyszeć. Czasem coś się po prostu zdarza, i tyle, nie ma co szukać winnych. Ale ja chciałam się dowiedzieć, jak ona się czuła, samotne wychowywanie dziecka musi być bardzo ciężkie. A ona wychowała mnie przecież sama.

– I była przy tym bardzo szczęśliwa, zapewniam cię. Wychowanie dziecka to rzecz bardzo trudna, czasem wyczerpująca, ale też fantastyczna. Kiedy musisz być zarazem tatą i mamą, sprawy się komplikują, ale dziecko najbardziej potrzebuje miłości. Jeśli chcesz mu ją dać, przezwyciężysz wszystkie przeszkody. Wszystkie.

– Tak myślisz?

Dwie błyskawice przecięły niebo na cztery równe części. Linia podziału lśniła na żółto na tle poczerniałych chmur. Na ich głowy spadły gęste i grube krople. Były lodowate i Violeta poczuła szczypanie w piersiach i gęsią skórkę. Objęła je rękami, lecz chłód przeniknął już w głąb jej ciała.

– Chodźmy, Violeto! Prędzej, zanim nas zleje. Zostaw to, zbierzemy naczynia później. Ale uważaj, nie biegnij, żebyś się nie przewróciła.

Ruszyli pośpiesznie w stronę niebieskiego domu, który stał się fioletowy. Niebo zmieniło barwę, wyglądało jak wzburzone morze z falami powietrza i ciemnych kolorów. Chmury przepływały szybko, nabrzmiałe hukiem rozszalałego żywiołu. Schronili się w salonie i podeszli do okna, żeby popatrzeć. Spektakl zapierał dech w piersiach. Woda tworzyła ruchomą ścianę zasłaniającą powietrze, ziemię, drzewa, niebo. Nie było przez nią widać prawie nic oprócz kolejnych warstw wody. Nic oprócz wody, wszędzie ona. Gdy ulewa nieco osłabła, usiedli obok siebie.

– Widzę, że nadal piszesz. Co piszesz teraz?

Violeta nie zauważyła, że zostawiła zeszyt na sofie. Sięgnęła po niego i otoczyła ramionami.

– Nic takiego, dziadku, same błahostki. Przydaje mi się do uporządkowania myśli. Coś w stylu dziennika.

– Dziennika. Twoja matka też prowadziła dziennik, a właściwie nie jeden dziennik, wiele dzienników.

– Mama pisała dziennik?

– Była dziennikarką, Violeto, a poza tym osobą bardzo skłonną do refleksji, pisała często i dużo. Swoją drogą, kiedy zadawałem jej to samo pytanie co tobie, odpowiadała mi tak jak ty. Jej też zapiski służyły do porządkowania myśli. Wygląda na to, że w tej rodzinie jest zbyt wiele tajemnic albo zbyt wiele nieuporządkowanych myśli.

– A gdzie są te dzienniki? Myślisz, że byłoby niedyskrecją, gdybym je przeczytała?

– No... nie wiem, co ci powiedzieć. Zależy, co chciałabyś w nich znaleźć. Ale masz prawo lepiej poznać swoją matkę. Pod warunkiem, rzecz jasna, że jesteś gotowa przyjąć taką wiedzę. Robiła notatki każdego dnia, praktycznie od czasu, kiedy nauczyła się pisać. Na początku sama mi je odczytywała, ale szybko zaczęła zachowywać je dla siebie, choć prawdą jest, że dużo rozmawialiśmy i nigdy nie odczuwałem potrzeby, żeby wiedzieć więcej, niż mi mówiła.

– A gdzie są te dzienniki?

– W Los Molinos. Kiedy wrócimy, pokażę ci. Sama byś ich pewnie nie znalazła. Trzymam je w walizkach, owinięte w reklamówki.

ROZDZIAŁ 12

I

VILLAVICIOSA, CZWARTEK, 18 MAJA 2000 (GODZ. 5.10)

Oj, Eliso! Twoja wnuczka jest w ciąży, o tak, dam głowę, że jest. Nie zasnę już dzisiaj, nie mam nawet co próbować. Miała dziś mdłości, je i pije bez przerwy, i chodzi do łazienki. Niemożliwe, żeby to było coś innego! I nie rozumiem, dlaczego mi nie powie, po południu miała to już na końcu języka, wiem, widziałem to w jej oczach, w tych oczkach sprytnej wiewiórki, jak u jej matki, jak u jej babki. Patrzyła na mnie i myślała: „Muszę powiedzieć dziadkowi, na pewno sam już zgadł", ale jest coś, co chce przede mną ukryć, i ugryzła się w język. Na pewno chodzi o Alvara, może już się nie kochają i myśli, że tego nie zrozumiem, że sądzę, że kiedy masz z kimś dziecko, jesteś do niego przywiązany na całe życie, nawet jeśli już go nie kochasz. Ach, jeśli ona tak myśli, Eliso, ma mnie za nieczułego starucha. Jak słabo zna mnie moja wnuczka, jak słabo. Ale to choroba młodości, przypisywać starym przywary wielu młodych. Gdyby wiedziała, jaki byłbym szczęśliwy na wieść, że rzuca Alvara i że będę pradziadkiem... Wiem, że nie powinienem tego okazać, ale nic nie poradzę na to, że tak czuję. Umieram z podniecenia, Eliso, słowo daję, umieram. Chciałbym obudzić ją i zapytać wprost, ale nie bój się, wiem, że nie mogę tak zrobić.

Poza tym dałbym głowę, że ma w oczach ten sam blask co ty, kiedy przyszłaś do mnie, gdy jeszcze leżałem w łóżku, i zawołałaś, że jesteś w ciąży. Fiołkowy kolor twoich oczu zamienił się w różowy, a twój uśmiech był wiosennym słońcem. A mnie zatrzęsły się ręce i nogi. I ledwie zdołałem to ukryć, kiedy wyciągnęłaś się przy mnie, płacząc z radości. Ale uspokoiłaś się szybciej niż ja. „Diego, musimy wyjechać. Już nie chcę tu być, chcę pojechać do ojca, byłam egoistką. Musimy wyjechać czym prędzej. Nie będę czekać na żadne papiery", powiedziałaś. A potem przytuliłaś się do mnie, a ja nie mogłem uwierzyć, że uczyniłaś mnie najszczęśliwszym człowiekiem na świecie dwukrotnie w ciągu krótkiej chwili. Stale mnie zaskakiwałaś, każdego dnia. Przesunąłem ci palcami po powiekach i ucałowałem cię czule, a potem przyłożyłem ci rękę do brzucha i napisałem na nim: „Dziękuję, bardzo dziękuję". Byłem tak rozradowany, że kiedy zostawiłem cię przed sztalugami, musiałem zwierzyć się Martinowi; nie widziałem go od dnia, kiedy powiedziałem mu, że chcesz wyjechać z Paryża. Zadzwoniłem do niego w euforii i prawie wykrzyczałem, że będziemy mieć dziecko. Ty i ja. Ty i ja będziemy rodzicami, nie posiadałem się z radości. Poza tym moje szczęście było całkowite: wreszcie wyjedziemy. Skończą się moje cierpienia. Nie od razu zrozumiał, milczał przez moment, który wydał mi się wiecznością, po czym pogratulował mi. Przeklęty drań.

Violeta miewa od kilku dni to samo zamyślone spojrzenie co ty, kiedy przysiadałaś na chwilę, żeby odpocząć, kładąc ręce na naszej córeczce, na razie maleńkim zaczynie życia. Na początku myślałem, że to z powodu Alvara, że tęskni za nim, że chce pojechać do niego albo choćby zadzwonić lub coś w tym stylu, ale teraz wiem, że nie. Takie samo spojrzenie miałaś ty, kiedy kładliśmy się razem na poddaszu, żeby patrzeć na gwiazdy, a ty brałaś mnie za rękę i przesuwałaś nią po brzuchu. „Diego, mam już dla niej imię", powiedziałaś mi. Ale ja już wiedziałem, wiedziałem, że wybierzesz najbardziej świetlisty kolor, kolor życia. Wybrałaś kolor oczu twojej matki: „Violette, nasza córka będzie miała na imię Violette". A twój wzrok ginął w oddali, jakbyś wyobrażała sobie nowy świat, w którym będzie żyła. Takie samo spojrzenie ma teraz co chwilę twoja wnuczka. I nie wiem, skąd wiedziałaś, że urodzisz dziewczynkę. Czary młodych matek. Wiedziałaś i już. Zawsze wiecie więcej niż my.

Jak bardzo tęskniłem za tobą, kiedy przyszło mi się opiekować naszymi córeczkami, moimi ptaszątkami, o, jak bardzo. Ileż się namartwiłem. Na szczęście była moja matka, to mi bardzo pomogło. Ja nie miałem nawet pojęcia, jak się zmienia pieluszkę, chociaż Amerykanie mieli już pieluszki jednorazowe, jakiż to był postęp. Jeden z pierwszych kroków do wyzwolenia kobiet. A ile to mówi o drodze, jaką przebyłyście! Moja matka nie miała cienia wątpliwości: „Synu, to największy wynalazek od czasu pralki, powiadam ci". Jak bardzo cię kochała moja matka i jak bardzo kochała twoją córkę. O mały włos poznałaby też wnuczkę, ale twoją córkę wprost uwielbiała. Zawsze miała dla niej jakiś prezent, kupowała po dwa i przechowywała, dopóki nie spotkała się z nią, a jej najlepszy uśmiech zawsze był dla Violette; nawet kiedy dogasało w niej życie i ledwie się ruszała, na jej widok rozświetlała się jej twarz. A jaka była dumna, kiedy dowiedziała się, że chce zostać dziennikarką! „Dziennikarką! – mówiła – moja wnuczka będzie dziennikarką i to z tych najlepszych, z tych, co piszą i o tym, co dobre, i o tym, co złe, i nie upiększają, nie dodają, nie odejmują, wyjaśniają tylko to, co widzą, żeby wlać nam trochę oleju do głowy". To dla niej zostałem w Stanach. Dla niej, zawsze tak radosnej, tak zalotnej, tak kobiecej, duszy towarzystwa. Violeta polubiłaby ją. A ile się namęczyłem, żeby nie opowiedziała Violette ze wszystkimi szczegółami, kim była jej synowa, z której była tak dumna, ile się namęczyłem, żeby nie wskrzeszała wspomnień, ile się namęczyłem… Nie rozumiała, ale nie ustąpiłem, nie mogłem. Po prostu nie mogłem.

Do tej pory nie mogę, sama widzisz, Eliso. I jak się męczę, odtwarzając twoje oblicze, twoje ciało. Wiem, że kiedy wejdę na strych i spojrzę na obrazy, wszystko się zmaterializuje. Bo one tam są. A teraz już naprawdę muszę wejść. Powinniśmy wrócić do Los Molinos, Violeta potrzebuje odpoczynku i spokoju, żeby przemyśleć sprawy, które ją martwią. Czyli muszę wreszcie dokończyć to, po co tu przyjechałem. Nadszedł ten moment. Wejdę teraz. Moje kroki rozbrzmiewają echem na posadzce. Każdy kosztuje mnie mniej wysiłku niż poprzedni. Blask księżyca wpada przez okna i przenika do moich myśli. Nie wiem już, czy jest na zewnątrz, czy wewnątrz. Widzisz go z miejsca, w którym jesteś? Jeśli tak, to powiedz mu, żeby świecił trochę mocniej, bo nie widzę stopni ani zamka w drzwiach, a nie chcę zapalać światła, nie będę ryzykował obudzenia Violety. Jeszcze nie. Wchodzę i zamykam drzwi za sobą, teraz owszem, muszę zapalić, żeby cokolwiek zobaczyć. Nadszedł moment. Muszę spotkać się z tobą. Myślałem, że gdy upłynie pewien czas, zakręci się we mnie kran z bólem, ale myliłem się. Jest otwarty, wciąż jest otwarty. Diego, zapal światło, ty stary durniu! Zapalże już wreszcie, klamka zapadła.

Wciskam włącznik, nabieram powietrza, jeszcze raz i jeszcze raz. Podnoszę wzrok... Widzę je. Naprawdę cię widzę! Jesteś tu, wszystkie tu są. I jakiż głupi byłem! Bo wcale nie czuję bólu, tylko ulgę, spokój na myśl o tym, że wszystkie twoje obrazy są tu, w miejscu, z którego nie powinniśmy byli nigdy wyjeżdżać. Przestańże płakać, biedny staruchu, przestań płakać. Eliso, one są tobą! Jesteś w nich wszystkich, wreszcie cię widzę, jakże się myliłem! Szukałem cię w snach i w oczach prawniczki, i w madryckim portrecie, a okazuje się, że to, za czym tęskniłem, mam przed oczami. Mam przed sobą. A gdy patrzę na nie, gdy patrzę na twoje obrazy, stoisz za nimi ty, widzę cię, jak je tworzysz. Czy to tutaj, siedząca przy oknie salonu i spoglądająca na Morze Kantabryjskie, czy w Madrycie, nad stawem w parku Retiro, czy, w większości przypadków, w Paryżu, w ogrodzie Tuileries, w naszym mieszkaniu, nad brzegiem rzeki, na wsi... I w nich wszystkich widzę ciebie. Eliso, jesteś ze mną. Teraz już mógłbym umrzeć, tutaj, przy twoich obrazach. Przy tobie.

Mógłbym już zamknąć oczy.

Ale teraz nie chcę tego zrobić, teraz nie chcę umrzeć. Muszę zobaczyć mojego prawnuczka! Nie mogę jeszcze odejść, a poza tym zostało mi coś do zrobienia. Jak dobrze wykonała Ángela swoją pracę! Nie brakuje ani jednego, wprost oczom nie wierzę, są wszystkie, wszystkie! Ten z różami, Danielle na rowerze, martwa natura z tulipanami i słoiczkami na farby... wszystkie z galerii Danielle i te, które oczekiwały w domu na swoją kolej.

Nawet ten, którego nie zdążyłaś dokończyć. Nawet ten. Ten boli, nadal boli.

Cicho, Diego! Nie ruszaj się, nie rób hałasu; słyszę twoją wnuczkę. Wstała i poszła prościutko do łazienki. Jasne, że tak, córeczko, jakże mnie uszczęśliwisz, jak uszczęśliwisz; móc znów zobaczyć buzię niemowlaka, nacieszyć się jego pierwszym uśmiechem, pierwszym spojrzeniem, kiedy będzie odkrywał świat, pierwszymi słowami, pierwszymi krokami; na tyle pewnie nie starczy mi czasu, ale postaram się. O tak, postaram się. Idę sobie teraz, zostawiam cię tutaj, z obrazami, ale wrócę. Powoli, powoli, Diego, nie pośliźnij się teraz, stopnie są jak fale, zdradliwe, wystarczy, że źle stąpniesz, a możesz skręcić sobie kark. Spokojnie, mam czas, żeby zacząć szykować jej porządne śniadanie. Takie rzeczy trzeba robić z miłością, taką, na jaką zasługuje, oby mi wreszcie powiedziała, chcę, żeby mi powiedziała. Ale skoro jeszcze tego nie zrobiła, pewnie ma powody. Wy, kobiety, zawsze macie swoje powody, a my powinniśmy po prostu rozumieć was i wspierać, zwłaszcza kiedy jesteście w tym stanie, tak cudownie kobiece, tak pełne, tak boskie.

– Dzień dobry, ptaszątko. Jak się dzisiaj czujesz?

– Dziadku, po co się fatygowałeś? A poza tym zapraszasz na śniadanie kompanię wojska czy co?

– To przecież odrobina... Jedz, jedz, ile masz ochotę, a jak jeszcze będziesz głodna, zrobię więcej.

Ma włosy spięte w kucyk, jak kiedy chodziła do szkoły, a jaka jest ładna! Mogłabyś ją namalować, spodobałaby ci się, byłaby śliczną modelką i bardzo zdyscyplinowaną.

– Masz jakieś plany na dzisiaj, dziadku? Znowu jakąś wycieczkę? Zrobiłeś już wszystko, co zamierzałeś?

– Już niedługo, kilka dni, nie więcej. Możesz zaczekać?

– Tak, pewnie, nie ma problemu, pytałam, bo mam ochotę wybrać się do Oviedo, do Muzeum Sztuk Pięknych. Widziałam w gazecie, że w pałacu Velarde jest wystawa, którą chętnie bym zobaczyła, skoro już jestem tutaj.

– Wybacz staremu dziadkowi, ptaszątko, jestem egoistą. Oczywiście, że tak, nie pomyślałem, że zechcesz poznać Asturię. To raj. Nie przyjeżdżałem tu od wielu lat, ale ta ziemia zawsze była cudowna, a tutejsze plaże i góry są najlepsze w całej Hiszpanii. Jesteśmy tu od tygodnia, a zajmujemy się wyłącznie pilnymi sprawami. Jeśli wybierasz się tylko do muzeum, oferuję ci moje towarzystwo, posiedzę sobie, kiedy będziesz oglądać wystawę, a potem możemy wrócić przez Gijón, też cudowne miejsce, możemy iść na spacer, na ile tylko pozwolą mi nogi, i zjeść kolację w Tazones. Powinniśmy dojechać tam przez zmrokiem. Spodoba ci się to miasteczko, to prawdziwa perełka, a owoce morza w knajpeczkach z widokiem na plażę na pewno dalej są nie do pobicia. Jeśli tylko zawieziesz mnie tam, znajdę siły, żeby dotrzymać ci towarzystwa.

Cóż to za przyjemność patrzeć, jak Violeta wcina wszystko, co postawiłem na stole. Niech jej wyjdzie na zdrowie! I niech będzie przepiękna, jak wszystkie kobiety, kiedy mają w swym wnętrzu to, co w życiu najlepsze. Nowe życie!

– Pójdę do samochodu po mapę, żebyś przyjrzała się drodze, zanim wyjedziemy. Myślałem, że będziesz chciała wracać już do Madrytu, ale pomysł z Oviedo jest znakomity.

Została w kuchni, dopija mleko; pij, ile tylko ci potrzeba. Eliso, odżyłem, tak bardzo, że nagle czuję chęć, żeby wszystko zobaczyć, chcę na nowo odkryć tę ziemię. Wąchać ją i smakować. Rozumiesz mnie? Zamartwiałem się tak bardzo przez ostatnie miesiące, a teraz dziecko i twoje obrazy, wszystko na raz! Ale nie mogę jej znaleźć, nie ma jej tam, gdzie powinna być, gdzież podziała się ta mapa? Myślałem, że gdzieś tutaj, ale nie widzę.

– Violeto… – Patrzy na mnie uważnie, zbierając ze stołu nieliczne resztki. – Nie mogę znaleźć mapy drogowej, nie przypominam sobie teraz, czy ją zabrałem.

– Dziadku, dzwonił Martín, nie chciał poczekać, aż po ciebie pójdę, powiedział tylko, że możesz przyjeżdżać, że ma to, czego szukałeś. A czego szukałeś?

Eliso! Walizki! Odda mi walizki Clary! Skurczybyk mówił, że je wyrzucił, że je zostawił w Paryżu… Stary łgarz.

– Ależ ciekawska się zrobiłaś z upływem lat, ptaszątko. Bardzo ciekawska. Nic takiego, kilka pamiątek, które chciałem ci przekazać, a które przechowywał, kiedy wyjechałem z Francji. Nic ważnego.

– Pojedziemy w takim razie do Oviedo teraz, żeby załatwić jedno i drugie?

– Nie, nie. Wolałbym jutro, poza tym dzisiaj jeszcze powinienem się spotkać z moim znajomym. Umówiliśmy się wczoraj. Jest wcześnie, dzisiaj nie spałaś dwunastu godzin. Jeśli zadzwonię teraz po taksówkę, załatwię wszystko do południa i wrócę na obiad. A na jutro będę już wypoczęty i gotowy do wyjazdu, dokąd tylko zechcesz. Możesz potem zajrzeć do księgarni, na rynku w Villaviciosa wciąż jeszcze działa ta, która była tam od zawsze, i kupić mapę drogową. Lepiej mieć aktualną. Chciałbym, żebyś przyjrzała się trasie, zanim wyjedziemy, nie chcę czekać, aż kupimy ją na stacji benzynowej.

Tak, Eliso, tę drogę muszę pokonać sam, żeby powiązać wszystkie wątki, i to dobrze powiązać. Potem zostanie już tylko jedno: żeby cię spotkała. To już wkrótce. Eliso, jestem już prawie gotowy, żeby opowiedzieć jej o niej. I o tobie.

II

„Minister propagandy Rzeszy, doktor Goebbels, tytułuje *Bez cienia obawy* swój ostatni artykuł, który ukazał się w tygodniku «Das Reich». Przypomina w nim, że historia oferuje wiele przykładów, że wojny nie zawsze kończyły się tak, jak sądzono na początku. Niemcy najechały Europę, a plan wdrożony w życie został opracowany po to, by osiągnąć zamierzony cel, a gdyby to się nie udało, żeby całkowicie zmienić mapę tej wojny. Lecz inni także czytają i mieli okazję zapoznać się z tym planem; w innych wojnach planów wroga nie poddawano pod publiczną dyskusję. Lecz Goebbels twierdzi, że Niemcy poświęcą się bez wahania za swój los, za swoją misję, i oddadzą wszystko, by osiągnąć chwałę, jedyną nagrodę, o której marzą: zwycięstwo".

Listy szły długo, ale większość dochodziła. Elisa zdziwiła się, otrzymawszy list od marszandki z Maine, na który czekała od miesięcy. Uznała nawet, że zaginął, i tak czy owak szykowali się do wyjazdu, lecz świetnie, że jest odpowiedź, oby tylko zechciała ją reprezentować! Patrzyła na zielony stempel z orłem o białej szyi i nie była w stanie powściągnąć radosnego uśmiechu. Który przerodził się w euforyczny, kiedy przeczytała odpowiedź. Niepokoiła ją tylko niepewność, czy dziecko urodzi się już na ziemi amerykańskiej. Podróż zapowiadała się na bardzo długą: po pierwsze, musieli jeszcze czekać, aż jej szwagier uruchomi całą niezwykle splątaną sieć kontaktów, dzięki którym miał zdobyć dla nich wizę wyjazdową i wjazdową, następnie będą musieli pojechać pociągiem do Hawru, tam przesiądą się na pokład statku, którym przepłyną Atlantyk i dotrą na Wschodnie Wybrzeże, po czym znów będą jechać kawał drogi pociągiem do Maine. Ale nie miała wątpliwości, wiedziała, że da sobie radę, że przetrzyma podróż i wszystko to, co nastąpi później.

Nie miała zbyt wielu dolegliwości, trudno jej się tylko było przyzwyczaić do tego, że budzi się w środku nocy i nie może zmrużyć oka aż do świtu. Wtedy zasypiała i nie słyszała nawet, jak Diego wstaje, nie widziała, jak wkłada strój świetlisty niczym wyraz jego twarzy i patrzy w lustrze na uosobienie szczęścia, nie czuła, jak całuje ją i wychodzi do pracy. Od momentu, gdy dziecko zaistniało w jej wnętrzu, sypiała bardzo źle. Drzemała potem w ciągu dnia; malując, podnosiła nagle głowę i uświadamiała sobie, że miała zamknięte oczy, kładła się wówczas na sofie i spała aż od powrotu Diega. On siadał przy niej, podnosił koszulę, całował jej pępek i używał go później jako najprostszego mechanizmu przekazywania miłości. Potem opierał głowę na jej brzuchu, jedynej dziwacznej krągłości w drobnym ciele, i szeptał do niego. Chciał, żeby jego głos był pierwszym, który usłyszy dzidziuś, kiedy zacznie odkrywać świat. Jak tylu innych świeżo upieczonych ojców na świecie. Ale oprócz tego szeptu świat miał mu do zaoferowania krzyki i śmiertelną ciszę. Często puszczał mu muzykę. Na gramofonie Milagros kładł jedną płytę za drugą, według wskazówek przyszłej babci. „Dzięki temu dziecko będzie mądrzejsze, zapewniam cię, puszczaj mu muzykę, muzykę klasyczną, tę prawdziwą, nie te nowoczesne wymysły, tego fokstrota czy swing". I faktycznie wydawało się, że dzieciaczek to lubi, ponieważ kiedy Elisa siedziała zasłuchana, czuła w brzuchu łaskotki takie, jakie wcześniej kojarzyła z niestrawnością, i dostawała gęsiej skórki.

Nie mogła powstrzymać uśmiechu, wyobrażając sobie Milagros szykującą ślub. Cała w nerwach, tryskająca energią i stanowczością: „Mój wnuczek nie może się urodzić, dopóki związek jego rodziców-ateuszy nie zostanie pobłogosławiony, bo jedno nie przeszkadza drugiemu". Od wielu miesięcy nie dało się do niej dodzwonić, bo zawsze okazywało się, że wyszła załatwić coś w związku z uroczystością. A Jaime w ogóle nie mógł mówić. Łzy sprawiały, że głos wiązł mu w gardle, i Elisa uznała, że lepiej, jeśli to Diego będzie przekazywał przyszłemu dziadkowi nowiny z przebiegu ciąży; nie było ich za wiele, lecz Jaime twierdził, że nie przeszkadza mu wydawanie kroci na rozmowy międzykontynentalne. Nie wrócili do Hiszpanii i nie wiedzieli, czy to uczynią. Wieści napływające z Europy nie napawały optymizmem, wręcz przeciwnie, jeśli Hitler nie zaprzestanie podbojów, Hiszpania nie będzie szukać innej drogi. To jednak nie miało teraz większego znaczenia.

Zostawiła rozpięty guzik szarej spódnicy z popeliny, sięgającej po kostki. Diego prosił ją, żeby przestała nosić spodnie, bo to mogłoby się okazać niedobre dla dziecka, a ona śmiała się z tego tak, że w końcu wyszedł z pokoju śmiertelnie obrażony, z nadąsaną miną, choć przed wyjściem z domu wrócił do niej i pocałował na pożegnanie. To był zwyczajny pocałunek, dany bez namysłu, taki sam jak każdego dnia. Elisa zaczesała włosy do tyłu; musiała podciąć je nieco, ale ostatnio nie miała ochoty przeglądać się w lustrze ani stroić, całymi godzinami rozmyślała o swoim maleństwie: czy to będzie chłopczyk, czy dziewczynka, czy będzie miała jej oczka i jej włoski, czy odziedziczy miłość do malowania po mamie, która nie robiła nic innego od najmłodszych lat. Dziś miała wybrać się do Danielle. Miała zanieść jej ostatni obraz.

Zjadła późno i marnie. Ostatnio dokuczało jej pieczenie w żołądku i nie odczuwała wielkiego głodu. Była zdenerwowana, nie wiedziała, czy Danielle zrozumie jej powody, a zbyt ją szanowała, by kłamać. Głowiła się przez cały poranek, jak jej powiedzieć, wreszcie uznała, że nie będzie owijać w bawełnę. Czasami najprostsze rozwiązania są najlepsze. Włożyła dwa płótna do ciemnej teczki. Czerwone tasiemki wystawały po bokach. Spojrzała na zdjęcie rodziców, wzięła je do ręki, wyjęła z ramki. Przytrzymała przez chwilę w palcach. Matka uśmiechała się do aparatu, fiołkowe oczy na czarno-białej fotografii miały nieokreślony kolor. Ojciec obejmował ją. Jak oni się kochali. Niekiedy jeszcze dręczyło ją pytanie, jak Clara była w stanie to zrobić, co ją przywiodło do tego, żeby porzucić wszystko i odebrać sobie życie. Nie rozumiała, a wściekłość z powodu tej niewiedzy była silniejsza od udręki z powodu śmierci matki. Choć nie płakała już, odczuwała tylko smutek, gorzki, przejmujący, który osiadał na podniebieniu, albo tak jej się przynajmniej wydawało, bo znikał dopiero, gdy wypiła kubek wody pełny po brzegi.

Teraz nie czuła już tak często żalu, który zmusił ją do malowania gwiazd; nadeszła pora, żeby żyć w inny sposób. Elisa wiedziała, że od momentu jej śmierci usiłowała zrobić coś za nią. A przede wszystkim starała się nie zawieść jej. Nie potrafiłaby wyjaśnić tego nikomu, sama sobie nie przedstawiła tego nigdy słowami, chodziło o wrażenie, które początkowo nie opuszczało jej ani na minutę, a potem słabło wraz z każdym kolejnym dniem, aż teraz wreszcie uznała, że spłaciła dług i że znów może myśleć o niej wyłącznie z miłością, z tą ogromną miłością, dzięki której gładząc jej wizerunek, czuje ją tuż obok siebie. Nie odłożyła fotografii na miejsce; pod wpływem impulsu schowała ją do torebki, obok paczki herbatników, grzebienia, portfela, pióra nowego typu i niebieskiego notesu. Przewiesiła torebkę przez ramię i wyszła.

Na ulicy nie czuła się dobrze. Coraz więcej było niemieckich patroli, spojrzenia przechodniów stały się bardziej nieufne. Większość z nich szła ze spuszczonym wzrokiem, niektórzy wyglądali, jakby nie wiedzieli, dokąd zmierzają, i powłóczyli nogami, jakby to były kotwice do nieznośnej rzeczywistości. Choć byli i tacy, którzy podnosili głowę wysoko i stąpali pewnie, a nawet wyglądali na szczęśliwych, pchając wózek z małym dzieckiem, spacerując po Polach Elizejskich. W powietrzu rozbrzmiewały czasem wystrzały lub krzyki, lecz szczekanie głodnych psów czy nawoływania sprzedawców zachwalających nędzny towar wydawały się bardziej realne. Te inne odgłosy dochodziły jakby z kinowego głośnika, do scenerii wytwornych kamienic i królewskich ogrodów nie pasowała prawdziwa wojna. Ale oczywiście docierała i tutaj, dając o sobie znać przede wszystkim podczas pierwszego bombardowania, kilka miesięcy temu, gdy alianci rozpoczęli ataki z powietrza, a ich samoloty przelatywały nad miastem niby ciemne, błędne sępy nienaturalnych rozmiarów.

Podniosła rękę do brzucha i szła tak przez całą drogę, osłaniając go rozpostartą dłonią, jakby chciała oszczędzić dzidziusiowi widoku tego, czego sama nie chciała oglądać. W zależności od tego, na co kierowała wzrok, Paryż wyglądał jak miasto okupowane albo jak miasto wolne, jak na makabrycznej szachownicy, gdzie za każdym ruchem figura trafia na pole jasne albo ciemne, na taką albo inną dolę. Obok jej domu witryny wielu lokali były zniszczone i zabite deskami, w miarę jak zbliżała się do rzeki, rosła liczba budynków z drzwiami i oknami zablokowanymi listwami przybitymi na krzyż. Na innych ulicach prowizoryczne barykady z szarych worków wypełnionych kamieniami zagradzały przejście. I na całej trasie do domu Danielle spotkała zbyt wiele osób w połatanej odzieży i znoszonych butach i takich, które na piersi nosiły sześcioramienną, żółtą gwiazdę. „Znakowani jak krowy i konie", komentowała Milagros, kiedy dzwoniła, żeby przekonać ich do wyjazdu z Paryża. Teraz już nie rozmawiały o tym, Milagros zachowywała się, jakby miała na oczach opaskę i dostrzegała tylko pociąg i statek, które zaniosą ich w jej stęsknione ramiona, najwyższa pora.

Niania otworzyła jej drzwi, od razu weszła do środka. Dom Danielle zmienił się nie do poznania, w wielu kątach zalegał jeszcze pył, podłogę pokrywały sterty zapakowanych obrazów, oczekujące na decyzję, gdzie zostaną powieszone. Część mebli zakrywały plastikowe płachty, nie było dywanów ani wazonów z kwiatami, ani luster, one też czekały jeszcze w skrzyniach. Ale wysokie fryzy nad podłogą, kasetony podwieszone pod sufitem, antyczne drzwi z litego drewna, żyrandole z tysiąca kryształków i kilkucentymetrowy podest z egzotycznego drewna wyraźnie zapowiadały, że niebawem dom odzyska poprzedni wygląd.

– Wybacz ten nieporządek, za szybko się wprowadziliśmy. Skończyli remont, mamy wreszcie pokój dla małej i pokój dla niani, ale będę musiała wynieść kilka obrazów, bo się nie mieszczą. Czego to się nie robi dla dziecka! Może powinniśmy byli przenieść się do domu w Montparnasse, ale tak mi się nie chciało wędrować codziennie przez cały Paryż! Musiałabym iść ponad dwadzieścia minut... Jak ślicznie wyglądasz, wszystko u ciebie w porządku, prawda, kochana?

– Tak, czuję się cudownie, trochę zmęczona, ale nic więcej. Nic, czego nie dałoby się znieść. A Marie? Mogę ją zobaczyć? Bardzo bym chciała, myślałam o niej przez całą drogę.

– Spokojnie, jeszcze się napatrzysz na dzieci, aż do znużenia. Zobaczysz sama. Co za okropność, nawet z nianią nie daję sobie rady. Ale jest przekochana, kiedy patrzy na ciebie i uśmiecha się, zapominasz o wszystkim. Właśnie zasnęła, ale jeśli zostaniesz na chwilę, gdy się obudzi, podam ci ją. Już wyciąga rączki. Jest jak karmelowy flan, mięciutka i słodziutka. – Podczas tej przemowy Danielle rozpakowywała obraz, który wręczyła jej Elisa. – Jaki wspaniały. To jedna z twoich najlepszych prac. A może nawet najlepsza. Fantastyczny.

Poszła zamknąć drzwi, po czym nastawiła płytę na gramofonie. Dźwięki skrzypiec rozbrzmiały echem między żyrandolami w gigantycznym salonie. Elisa odpowiedziała cicho i poważnie, jak zawsze, gdy mówiła o swojej pracy:

– Tak, to arcydzieło. Sporo się przy nim namęczyłam. Klimt

ma styl bardzo osobisty, bardzo trudny do podrobienia, zwłaszcza jeśli chodzi o rysunek.

– O, wyobrażam sobie, wyobrażam sobie. To bardzo skomplikowane malowidło. Jesteś geniuszem, kochana.

– Nie wiem, czy aż tak, ale to prawda, że bardzo się napracowałam. Musiałam wykonać kilkanaście testów i szkiców, a w końcu połączyłam różne techniki. Dlatego tak długo to trwało. Najpierw zastosowałam system siatki. Obraz jest jednak zbyt duży i skomplikowany, rezultat w ogóle mnie nie przekonał i postanowiłam użyć rzutnika. To spodobało mi się bardziej, a reszta była już łatwiejsza. Myślę, że jest doskonały. Jestem bardzo zadowolona.

– A przestałaś już malować gwiazdy na odwrocie blejtramu?

– Co takiego?

Elisa wytrzeszczyła oczy. Zacisnęła wargi i odwróciła się plecami do Danielle, żeby ukryć wyraz twarzy na wpół rozbawiony, na wpół zaskoczony.

– Myślałaś, że nie wiedziałam?

Elisa roześmiała się, jakby nakryto ją na oszukiwaniu w grze w gęś. Jej oczy błyszczały, a śmiech był niewinny i szczery. Odwróciła się z powrotem do marszandki.

– Były maleńkie. Jak je odkryłaś?

– To nie ja, odkryli je rzeczoznawcy, ale spodobało im się i po prostu usuwali je przed zamianą. Mnie też się spodobało, uznałam, że to bardzo romantyczne, mieć wśród najlepszych klientów malarkę gwiazd.

– Muszę ci coś powiedzieć, Danielle.

– Że to ostatni.

– Domyślałaś się?

– Jasne. Nie jestem tak nieczuła, na jaką wyglądam. Nie martw się, rozumiem to doskonale. Tak będzie dobrze dla nas obu. Zrobiłyśmy już aż nadto, nie sądzisz? Musimy teraz cieszyć się tym, co mamy, a wierz mi, czas leci jak na skrzydłach. Jeszcze chwilę temu Marie nie potrafiła nawet przewrócić się na bok, kiedy położyłam ją na materacyku, a teraz jest tak ruchliwa, że nie można jej spuścić z oka, nauczyła się chwytać prętów łóżeczka i wstaje sama.

To diablątko. Malutkie, tłuściutkie diablątko o szarych oczkach. Poza tym Niemcy ostatnio zrobili się bardzo nerwowi. Jednostka Friedricha jest w stanie gotowości. Widuję go rzadziej, a chociaż staramy się nie rozmawiać o tym, widzę, że coś się kroi. W samej armii niemieckiej dzieje się coś dziwnego. Nie wszyscy są zadowoleni z rządów Hitlera. Lepiej zwinąć interes, skoro wszystko tak dobrze poszło i nie odkryli ani jednej podróbki.

– Muszę ci też powiedzieć, że wyjeżdżam z Paryża. Jedziemy do Stanów. To kwestia najwyżej kilku miesięcy. Mam już prawie wszystko gotowe.

– Cóż, tego akurat się nie spodziewałam. Czemu nie powiedziałaś mi wcześniej? Relacje handlowe ze światem anglosaskim urwały się po tym, jak wypowiedzieli Niemcom wojnę, ale moja siostra może cię tam reprezentować. Wiedziałaś o tym, prawda? Nie chcę stracić cię ani jako klientki, ani jako przyjaciółki.

– Dzięki, Danielle, dziękuję ci za tę propozycję. Skontaktowałam się już z pewną marszandką z Maine. Kiedy będę na miejscu, chciałabym najpierw trochę odpocząć. Diego potrzebuje tego, nie spodobałoby mu się, gdybym dużo podróżowała, zwłaszcza kiedy urodzi się dziecko. Dlatego nie mówiłam ci wcześniej. Wiedziałam o twojej siostrze, ale ona mieszka bardzo daleko od naszej rodziny. Chociaż na pewno znajdziemy później jakiś sposób na dalszą współpracę. Tak czy owak, wszystkie obrazy, o których rozmawiałyśmy, zostaną w twojej galerii. A ja też będę bardzo tęsknić za tobą. Jesteś dla mnie jak siostra. Nie mam ochoty wyjeżdżać, ale ojciec zbyt długo już jest sam, a Diego… sama wiesz, jak się cieszy. Nie był zadowolony z tego, że zostaliśmy w Paryżu. Zrobił to tylko dla mnie. Swoją drogą, mam coś dla ciebie. Prezent. Skończyłam go w tym tygodniu, jest jeszcze trochę wilgotny, ale nie chciałam czekać dłużej. Mam nadzieję, że ci się spodoba.

Elisa wyjęła z teczki drugi obraz. Był nieco mniejszego formatu niż typowe dla niej, owinięty w szary, niezbyt piękny papier, który ozdobiła plamkami w złotym kolorze.

– Wreszcie podarujesz mi swój obraz? Kochana, to najpiękniejszy prezent, jaki mogłaś mi zrobić. Już myślałam, że będę musiała go kupić.

Rozdarła szybko opakowanie, wyjęła płótno i ustawiła pod ścianą. Siedziała na nim, na bujanym fotelu, z Marie na kolanach, otulając pulchne, nagie ciałko córeczki śnieżnobiałym prześcieradełkiem. Podobieństwo do modeli było zdumiewające, a czułość, z jaką je odmalowano, wzruszała. Danielle odwróciła się do malarki i objęła ją. Elisie wydało się, że słyszy jej szloch.

– Płaczesz? Nie podoba ci się? Nigdy nie myślałam, że mój obraz doprowadzi cię do łez, proszę, wybacz. Podaruję ci inny, wybierz sobie, który chcesz.

– Nie płaczę. – Danielle odsunęła się od Elisy i otarła łzy. Znów była sobą. – Nie chcę innego obrazu. Ten jest bardzo piękny, bardzo. Jesteś wyjątkową malarką i nie podoba mi się, że nie będę już z tobą pracować, ale przede wszystkim smuci mnie, że wyjeżdżasz. Nie powinnaś tego robić.

Danielle podniosła obraz i wyszła szybko z salonu. Zaniosła go do pokoju Marie i postawiła na balkonie, opierając o barierkę. W ten sposób szybciej wyschnie. Gdy wróciła, Elisa podeszła do niej i pocałowała ją.

– Nie wyjeżdżam na zawsze. Kiedy to wszystko się skończy, znów będziemy się często widywać. Prędzej czy później wrócę do Paryża. Potrzebuję tego miasta, żeby móc malować. I umarłabym, gdybym miała nigdy więcej nie zobaczyć Marie. Bardzo mi pomogła. Kiedy uświadomiłam sobie, jak się czułaś, dowiadując się, że będziesz matką, coś się we mnie uspokoiło.

– Nie sądzę, żeby to była nasza zasługa, Eliso. Naprawdę, nie sądzę. I oczywiście musicie wrócić. Friedrich i ja pobierzemy się, kiedy tylko ten koszmar się skończy i będziemy mogli wyprawić wesele jak się patrzy. Oczywiście będziecie zaproszeni.

– Danielle, mogę cię o coś zapytać?

– To zależy, ale nie będę w stanie ocenić tego, dopóki nie zapytasz, więc zrób to.

– Jak ci się udało ukryć przed Friedrichem to, co robimy? To ojciec twojej córki, a to całe przedsięwzięcie jest zbyt poważne, żeby je tak po prostu przemilczeć. Poza tym wymaga sporego planowania i ogromnej samokontroli.

– To proste. Nigdy go nie kusiło, żeby szukać czegoś podejrzanego w moim domu. A przede wszystkim szanuje mnie tak jak ja jego. Moja praca pasjonuje go, on też kocha sztukę, ale nie kontroluje obrazów, które wystawiam czy sprzedaję, i nie kontroluje moich klientów. Zresztą wszyscy moi nabywcy i moi malarze są poza wszelkimi podejrzeniami, nie mam już ani klientów żydowskich, ani masonów, ani nawet marnego homoseksualisty, którego można by mi wypomnieć. Wszyscy pochodzą z szacownych rodzin, zwykle zaprzyjaźnionych z moimi rodzicami czy dziadkami albo krewnymi z całej Francji. Chociaż ja nigdy nie pytam, skąd pochodzą moi klienci, ani o ich religię, ani o ich wyznanie, jeśli tylko dobrze płacą. A klientami brytyjskimi i amerykańskimi zajmuje się Agnès i mój ojciec, oboje osiadli w Nowym Jorku. Tak się umówiłyśmy. Czyli mnie nikt nie podejrzewa. Swoją drogą, skąd mieliśmy wiedzieć, co się stanie ze Schlossami! Z Kanami! Z największymi figurami francuskiego rynku sztuki! Do głowy by mi nie przyszło, że ograbią ze wszystkiego tych biednych Żydów, i chociaż między Bogiem a prawdą nie przepadałam za nimi, uważam, że to, co im robią, jest przerażające. Polują na nich jak na psy, pamiętasz łapankę Vel d'Hiv'? Na samo wspomnienie ciarki mnie przechodzą. Aresztowani masowo przez naszą francuską policję, mogli zabrać ze sobą tylko dwie koszule, parę butów, koc i ciepłe ubranie. Niewiarygodne. A bogatych okradają z majątku i wywożą w niewiadomym kierunku; to, co mi opowiada mój kontakt z ruchu oporu, jest tak straszne, że nie chcę w to wierzyć. Ale to przecież nie moja wina, tak wyszło, myślę, że między marszandami i konserwatorami sztuki jest mnóstwo donosicieli. Nawet stróże donoszą na żydowskich sąsiadów, jeśli zauważyli w ich posiadłości coś dziwnego i zostali dobrze opłaceni. Praca Friedricha, owszem, dotyczy sztuki, ale jego przełożeni nie potrzebują mojej pomocy. Mają innych.

Danielle obracała wielki pierścień z błyszczącym zielonym topazem, który nosiła na palcu serdecznym. To był prezent od niego.

Ciemny kolor kontrastował z oprawą z białego złota. Zatrzymała go i przyglądała mu się przez chwilę. Potem podjęła wątek.

– Poza tym, Eliso... moja głowa i mój rozum są po stronie Francji i jej sztuki; Friedrich ma moją duszę, moje serce i resztę mojego ciała. To chyba wystarczy. Kiedy skończy się wojna, pogodzimy się. Poza tym dziwi mnie, że właśnie ty o to pytasz, kochana. A jak ty możesz to ukrywać przed Diegiem? Bo przecież nic mu nie powiedziałaś, prawda?

– Nie mogę tego zrobić. Jest dużo bardziej pragmatyczny. Nie wiem, czy zrozumiałby moje powody. A nie chcę go utracić.

– Eliso, każda kobieta ma zawsze jakiś powód, żeby żyć tak, jak żyje, żeby reagować albo nie, żeby wybierać albo nie, a najtrudniejsze, co musimy czasami zrobić, to dać się ponieść naszym własnym pragnieniom. Ale ty podjęłaś decyzję i ja też. W tym najbardziej jesteśmy do siebie podobne. Dlatego spodobałaś mi się od pierwszego momentu, kiedy podeszłaś do mnie na uczelni. Byłaś jeszcze nieoszlifowanym diamentem, ale już bardzo niewiele brakowało ci do tego, żeby być sobą. Jesteś już sobą i masz wystarczająco dużo siły, żeby osiągnąć wszystko to, czego pragniesz. A trzeba siły cyklopa, bo każdego dnia walka toczy się o coś innego. Nawet w przypadku nas, kobiet, które sądziłyśmy, że mamy wszystko.

Dźwięk dzwonka sprawił, że wzdrygnęły się. Danielle już wcześniej myślała o tym, żeby go zmienić. Brzmiał ponuro, jak węgierska kołysanka grana na akordeonie. Po chwili rozległ się jeszcze raz. Marie obudziła się i zaczęła płakać. Było ją słychać nawet w drugim końcu domu. To przeważyło; Danielle obiecała sobie, że wymieni go zaraz następnego dnia.

– Muszę wyjść na chwilkę. Proszę, poczekaj tu na mnie. Poczęstuj się truflami, Friedrich przywiózł je ze Szwajcarii. Są przepyszne, z prawdziwej białej czekolady.

W tym momencie Elisa nie była w stanie wyobrazić sobie smakołyku, na który miałaby większą chętkę, ale nie ruszyła się z miejsca. Patrzyła na bryłki pokryte naturalnym kakao i cukrem pudrem i słuchała, jak niania uspokaja dziecko. Poczuła, że soki jej żołądka zaczęły podrygiwać w rytmie polki; nie wiedziała, czy to z własnej inicjatywy, czy pod wpływem maleństwa, które z wnętrza brzucha wyczuwało chyba każdą rzecz mającą w sobie choćby odrobinę słodyczy. Wstała i przeszła do pokoju małej. Niania przewijała ją na jedwabnym prześcieradle. Na jego brzegu widniał szereg herbów rodowych haftowanych złotą nicią, tych samych co na każdej sztuce pościeli w tym domu; namalowała je na swoim obrazie. Dziewczynka chwytała się za paluszki u stóp, a jej oczka błyszczały, jakby właśnie odkryła, że ma tyle nowych zabawek. Poczekała, aż niania dokończy, po czym wzięła malutką na ręce. Niania uczesała ją szczoteczką o miękkim, białym włosiu i rozpyliła wodę różaną na włoskach, na ślicznym, jasnym kosmyku. Zapach pobudził jej pamięć: przed oczami stanęła jej matka używająca tej samej wody. Niektóre gwiazdy miały wiele imion. Niania weszła z kolacją w momencie, gdy Elisa usłyszała trzask zamykanych drzwi. Obsypała Marie pocałunkami, włożyła ją do łóżeczka i wróciła do salonu. Danielle dołączyła do niej prawie natychmiast.

– Przepraszam cię, to był dozorca, przyszedł po pieniądze za wyrzucanie śmieci i inne usługi. W tym miesiącu poprosił, żebym zapłaciła mu z góry. Widziałaś Marie?

– Tak, oczywiście. Urocza jest.

– Tak, ale też bardzo męcząca, sama zobaczysz; negocjowanie ze wszystkimi malarzami na świecie jest tysiąc razy lżejsze. Nawet sfałszować obraz jest łatwiej, niż wychowywać dziecko.

– Danielle, muszę już iść, robi się późno, a nie chcę, żeby Diego czekał na mnie, teraz jest jeszcze bardziej nerwowy. Ale obiecuję, że przyjdę jeszcze przed wyjazdem.

Marszandka podeszła do niej i objęła ją. Elisa poczuła, że jej serce bije szybko. Pachniała tymi sami perfumami co zwykle, lecz doszedł do nich inny aromat, słodki, nieokreślony, którego w tym momencie nie potrafiła rozpoznać.

– Bardzo ci dziękuję za wszystko, Eliso, na tym kończy się nasze wspólne dzieło, i miałaś rację, dokonałyśmy razem wielkich rzeczy. W Ameryce na pewno pójdzie ci świetnie. Pamiętaj o mnie, kiedy tam zajedziesz, i mów tylko w superlatywach o mojej galerii swoim bogatym klientom, których z pewnością będziesz tam miała na pęczki.

Elisa patrzyła na nią i chciała podziękować za wiele rzeczy, ale poczuła dławienie w piersi i ucałowała ją tylko w policzek, ściskając jej rękę w swoich.

– Jeszcze nie wyjeżdżam, odwiedzę cię niebawem. Obiecuję.

Wyszła powoli. Nie chciała odwracać się za siebie. Miała już wyryty w pamięci obraz najbardziej niezwykłej kobiety, jaką spotkała w życiu. Chwyciła się poręczy z ciemnego drewna. Bolały ją krzyże i poczuła ukłucie w lewej części pleców, tak mocne, że musiała przystanąć. Ale to nie dlatego płakała.

Zdołała pchnąć ciężkie drzwi, nie zginając się i nie napinając mięśni, wyszła na ulicę. Ziąb uderzył ją w twarz. Włożyła rękawiczki i ruszyła w kierunku domu. Światło księżyca odbijało się w ciemnym grzbiecie konia świętej, a odblask ciągnął się po całej ulicy i kładł się u jej stóp. Liście wirowały niespokojnie pod ławkami, lecz ich metalowe łapy zagradzały im drogę. Tylko od czasu do czasu któremuś z nich udawało się wydostać z tumanu kurzu i martwej materii, unosił się wówczas, targany wiatrem, nad kamiennym brukiem, a nawet wzlatywał ponad jej głowę. Z daleka dobiegały odgłosy strzałów, stłumionych krzyków, syren, ale była do tego przyzwyczajona; nie była za to przyzwyczajona do tego, by iść sama przez park, nawet jeśli chodziło o park Tuileries, a tym bardziej, gdy tylko minuty dzieliły ją od momentu, od którego poruszać się swobodnie po Paryżu będą mogli wyłącznie żołnierze i szczury.

Gdy przechodziła przez most Carrousel, księżyc znów rozbłysł nad nią i zobaczyła jego rozproszone światło tonące w rzece. Jak na obrazie Moneta, choć po wodzie tańczyły nie promienie czerwonej kuli, lecz świetlistej srebrnej tarczy, która zdawała się rzucać zaklęcie na każdego, kto na nią patrzył. Zły urok dosięgnie każdego, kto ma lękliwe serce. Szła najszybciej, jak umiała, i zdążyła na ostatni tramwaj. Poczuła ulgę na widok własnej bramy. Szukała kluczy, gdy ktoś chwycił ją za ramię. Chciała się wyrwać, lecz uścisk był zbyt silny. Czterech mężczyzn w czarnych płaszczach z insygniami ERR otaczało ją, a dwóch czekało w smolistych skarabeuszach o przyćmionych szybach, zaparkowanych przy chodniku, których drzwi otwarto tuż przed nią.

– Pani Elisa Ortega?

A wówczas przypomniała sobie: słodkawy zapach, jaki bił od Danielle, zmieszany z jej perfumami, to był zapach ciałka Marie. Jej małego, kruchego ciałka.

III

Oviedo, czwartek, 18 maja 2000 (godz. 11.05)

Szpalery drzew prowadzące do wejścia kojarzą mi się z cmentarzem. To prawda, obraz jest wyświechtany, ale mogli byli wymyślić jakiś inny pejzaż, kurna, my, architekci rozwiążemy każdy problem oprócz tego, który nas nie interesuje. A tu widzę bardzo małe zainteresowanie. Wygląda, jakby wszyscy ci staruszkowie byli już martwi. Przeraziłabyś się, Eliso, jestem pewien. Chociaż ty nie potrzebowałabyś takiego domu, miałabyś mnie, który opiekowałbym się tobą za życia, a nawet za śmierci, pokazałem ci przecież, że potrafię.

– Proszę nie zatrzymywać taksometru, chciałbym, żeby pan poczekał na mnie, jeśli jest pan tak uprzejmy. Będę potrzebował pomocy, żeby przenieść dwie walizki, a potem chciałbym wrócić do Villaviciosa. Nie zabawię długo. Zawołam pana.

A na dodatek brama jest z lichej blachy, nawet się nie wysilili, projektując wejście, jakby było wszystko jedno, kto będzie tędy przechodził, a to przecież jest najważniejsze. Kiedy wchodzisz gdzieś i wita cię plastikowy kwiatek, to co dopiero będzie w pokojach? Nawet nie chcę o tym myśleć. Przede wszystkim wygląda na to, że nikt nie przejmuje się tym, kogo spotkasz za tymi drzwiami.

– Już może pan wejść, panie Ferrán. Pański przyjaciel czeka na pana od dłuższego czasu.

Mój przyjaciel... niech nie nazywają go „moim przyjacielem", nie jest moim przyjacielem, był nim kiedyś, ale przyjaciel, który cię zdradził, staje się najgorszym wrogiem. Tak, jest, zapadnięty w siedzisko swego więzienia na kółkach, zasługuje na nie. Przykro mi, Eliso, nie umiem wykrzesać z siebie ani krzty litości dla niego, czuję tylko urazę. Nie potrafił pogodzić się z faktem, że przegrał, wolał dopuścić się zdrady. Ależ nas oszukała ta para. O tak, nieźle nas oszukała. I w niezłym miejscu przyszło mu żyć na starość, w umieralni, gdzie czeka już tylko, aż nadejdzie koniec. Za pierwszym razem nie zwróciłem uwagi, byłem zbyt zdenerwowany. Ale teraz tak, teraz wszystko widzę. Ściany brudne, podłoga popielata, telewizorek na stoliku z melaminy na podniesionych nogach, łóżko z ochronną ramą, żeby nie spaść w nocy, zielony urynał wsunięty w kąt i niebieski wazon z plastikowymi różami, dwie ryciny nad zagłówkiem, zawieszone na różnej wysokości, zdjęcie, z którego uśmiecha się, dużo młodszy. Całość ratuje tylko okno, na ponad dwa metry, wychodzące na imponujący ogród, jak ucieczka od rzeczywistości, która pewnie wydaje mu się nieznośna. To wszystko, czego potrzebuje człowiek, kiedy pozostaje mu już tylko śmierć! Jakie to smutne, Eliso! Jakie to wszystko jest brzydkie, jakie bezosobowe, jak pokazuje ci, że żyłeś seryjnie, jakbyś siedział w poczekalni do cudzej śmierci.

– Witaj, Diego.

– Martín. Masz to, o co prosiłem?

– Tak po prostu, bez żadnego dzień dobry, dziękuję, jak się miewasz? Gdzie się podziało twoje wychowanie?

– Słuchaj, zamknij się lepiej i daj mi to, po co przyszedłem.

– Chciałbym, ale nie mogę.

– Jak to nie możesz? W co ty pogrywasz, Martín? Nie baw się ze mną w kotka i myszkę, już od dawna nie mam ochoty na zabawę.

– Są zbyt ciężkie, nie podniosę. Przywieźli je wczoraj. Popatrz tam, za drzwiami.

O mały włos, Eliso, o mały włos. Muszę się opanować, bo te ręce, które nigdy nikomu nie zrobiły krzywdy, mogłyby chwycić go za szyję i ścisnąć. Zostawił mnie samego, zostawił mnie samego, ja nigdy bym tego nie zrobił, nigdy. To był mój przyjaciel, ufałem mu, a on zostawił mnie samego. Zdradził mnie, dopuścił się najgorszej ze zdrad.

– Diego, widziałeś ich zawartość? To znaczy, widziałeś wszystko? Nie tylko rysunki w kolorze, widziałeś te czarno-białe?

– Czemu pytasz? Wiesz, że nie, zdążyłem tylko przejrzeć kilka zeszytów. Ale widzę, że ty owszem, obejrzałeś wszystkie. Kanalia z ciebie, nie miałeś prawa.

– Spędziłem wiele lat w samotności, Diego, a kiedy wyjechałeś, jedynym, co mnie z tobą łączyło, były te walizki. Nie mogłem się powstrzymać, żeby do nich nie zajrzeć, ale nie martw się: niczego nie brakuje, a poza tym, cóż to ma dziś za znaczenie! Wszyscy, którzy są na tych rysunkach, nie żyją, a tobie i mnie brakuje bardzo niewiele. – Jemu mniej niż mnie, to akurat jest jasne. Musi umrzeć przede mną, muszę zobaczyć, jak wraca do ziemi to, co nigdy nie powinno było na niej urosnąć. – Pokażesz je swojej wnuczce? Po to ich szukasz? Na twoim miejscu nie robiłbym tego. Niektóre rysunki są bardzo mocne, wręcz okrutne. Clara była bardzo dziwną kobietą. Te rysunki wyjaśniają wszystko, wyjaśniają, co musiała przecierpieć.

– Martín, nie mów tyle, nie chcę, żebyś mi cokolwiek opowiadał. Przejrzę je sam. Jest za późno, żebyś wdawał się w wyjaśnienia. To nie pora. Idę sobie.

– Popatrz na pierwsze rysunki, te najstarsze, te, które nie są zamknięte na klucz. Pochodzą z czasów, kiedy Clara była mała. Na niektórych pojawia się jeszcze jej matka, ale one są inne, na nich jeszcze nic się nie stało. Musisz zobaczyć te, które narysowała po śmierci matki. Zobaczysz, jak się zmieniły. Clara musiała wiele wycierpieć jako dziecko. Diego, jej ojciec… jej ojciec gwałcił ją.

– Co ty mówisz, Martín?

– Zobaczysz sam, ja cię tylko uprzedzam. Clara była jeszcze lepszą rysowniczką niż jej córka, niż Elisa, portrety są zadziwiająco wierne. A wszystkie rysunki mają datę. Bez problemu ustalisz, kiedy powstały. Jest też trochę nowszych, chociaż bardzo mało. Na nich jesteśmy wszyscy: twoi rodzice, ty i ja, Elisa, Anna, nawet

Danielle, nie brakuje nikogo, to całe nasze życie, Diego. Asturia, podróż do Francji, Elisa przy sztalugach, z nami, w Villaviciosa, w Paryżu. Ale musisz zobaczyć te, które matka Elisy namalowała jako mała dziewczynka. Pierwszy zeszyt pochodzi z 1900 roku, a w ostatnim jest kilka rysunków z dnia pierwszej wystawy Elisy, z galerii Danielle. Dlatego pytam, czy je widziałeś, bo ty masz więcej zeszytów, prawda?

– Były jeszcze dwie walizki, które zabraliśmy z domu Clary i które wręczyłem Elisie krótko po śmierci jej matki, ale zostały w Paryżu. Zawierały rysunki z ostatnich dwóch lat. Niektóre z tych dwóch pierwszych walizek wydały mi się nieprzyjemne, ale nie rozpoznałem tam Clary, po prostu nie spodobały mi się i uznałem, że nie pokażę ich Elisie. Dość już się nacierpiała. Nie zastanawiałem się nad tym, co przedstawiają, pomyślałem tylko, że śmierć matki bardzo ją przygnębiła. Ale to, co mówisz... to... nie może być.

– Diego, ojciec Clary wykorzystywał ją, myślę, że zaczął wkrótce po tym, jak jej matka umarła. Te najstarsze, które powstały, kiedy była mała, a matka żyła jeszcze, to są rysunki szczęśliwego dziecka. Musisz jednak zobaczyć to, co zaczęła rysować, kiedy została sama z ojcem i z siostrami. To bardzo smutne rysunki, niektóre aż nazbyt dosłowne. Dobrze widać, co robił. To bardzo nieprzyjemne. Nie pokazywałbym ich Violecie. Niczego nie wyjaśnisz. I posłuchaj, co ci mówię, Diego: jestem pewien, że Clara zabiła swojego ojca. W tamtych latach miałem dużo czasu i oglądałem te zeszyty wiele razy. Nie mam cienia wątpliwości: ona go zabiła. Clara zabiła swojego ojca. Dlatego odebrała sobie życie.

– Martín, ty oszalałeś. Teraz jestem pewien, że w Paryżu po prostu ci odbiło. To niemożliwe. Clara była niezwykle łagodną kobietą, bardzo ciepłą, najlepszą, jaką kiedykolwiek znałem i jakiej z pewnością nie poznam przez ten krótki czas, jaki mi pozostał. Jakżeby miała zabić swojego ojca?

– Otruła go, bała się o swoje młodsze siostrzyczki. Nie chciała dopuścić, żeby zrobił im to samo co jej, i zabiła go. Dręczyła ją myśl, że je też może zgwałcić. Rysunki są bardzo realistyczne, Diego, a niektóre nie pozostawiają żadnych wątpliwości. Wielokrotnie rysowała tę samą scenę: jest w kuchni, dosypuje jakiś proszek do kawy, którą podawała mu codziennie po obiedzie. Wróciła do stosowania kolorów dopiero po tym, jak narysowała pogrzeb ojca. Te rysunki dały mi dużo do myślenia.

– Nie wierzę ci, Martín, doskonale wiedziałem, jaka szuja z ciebie, gdyby nie te zeszyty, nigdy bym się z tobą nie kontaktował, ale to... Nie wiem, dlaczego próbujesz mnie teraz tak zranić. Nie uda ci się. Nie skrzywdzisz mnie bardziej, niż to już kiedyś zrobiłeś. A poza tym co ci z tego przyjdzie?

– Nie musisz mi wierzyć, sam wyciągnij wnioski. Clara była bardzo nieszczęśliwą dziewczynką, Diego, jej ojciec wykorzystał ją, żeby zastąpić żonę, kiedy była jeszcze dzieckiem, a przynajmniej ona tak myślała, to chyba chce powiedzieć w niektórych rysunkach. Zabiła go. Sądzę, że wcześniej próbowała popełnić samobójstwo, ale jej się nie udało. Doktor, ten kuzyn twojego ojca, który potem wyjechał do Paryża, odratował ją. To on, pojawia się na jednym z tych starych rysunków, dużo młodszy, przy łóżku dziewczynki, którą potem gwałci starszy człowiek, ten sam, którego widzimy później w trumnie, dziadek Elisy. To nie może być zbieg okoliczności. Kiedy próba samobójstwa nie powiodła się, postanowiła zabić ojca. Przez całe miesiące podawała mu coś. Tym razem się udało. I pewnie żyła z poczuciem winy do czasu, kiedy wiele lat później zobaczyła tego samego lekarza, który ją wtedy leczył, i nie zniosła tego. Spotkała się z nim na pierwszej wystawie Elisy w Paryżu, pamiętasz? W dniu, kiedy wybuchła wojna domowa. Kiedy przybiegłem, żeby wam o tym powiedzieć, była nieprzytomna, myślę, że zemdlała na jego widok. Dlatego popełniła samobójstwo. Była krucha, żyła dla Elisy, obejrzyj rysunki, jeśli mi nie wierzysz, obejrzyj je. Elisa jest na wszystkich, od dziecka, mnóstwo zeszytów jest tylko o niej. Clara musiała czuć się winna, spotkanie z osobą, która jej przypomniała, co zrobiła, wstrząsnęło nią. Przemyśl to, wygląda logicznie. Czemu miałaby odbierać sobie życie, kiedy jej córka zaczęła robić to, co napawało ją taką dumą? Portret lekarza na wystawie to ostatnia rzecz, jaką narysowała. Sprawdź sam... I nie patrz tak na mnie. Dalej mi nie wierzysz?

– Jak miałbym wierzyć w cokolwiek, co mi mówisz? No powiedz, jak!

– Masz prawo. Nie wierz mi, ale miej odwagę przyjrzeć się rysunkom. Clara opowiada o wszystkim. Długo myślałem o tym, żeby spalić te zeszyty, żeby pozbyć się ich, ale nie dawały mi spokoju przez te wszystkie lata. To była moja prywatna tortura. Czułem mękę za każdym razem, kiedy otwierałem je i widziałem twoją twarz i jej twarz, twarz twojej matki, twojego ojca, Clary, Jaimego; za każdym razem, kiedy siadałem i patrzyłem, jak się całujecie, jak się śmiejecie; to byliście wy, ona i ty, moja jedyna miłość, moje życie, jedyne, o co walczyłem. To byliście wy, których już nie było. A wtedy czułem, że umieram, ale nie byłem w stanie oderwać wzroku, te zeszyty przypominały mi, że wciąż jestem żywy i że zrobiłem to, co zrobiłem, z miłości, wyłącznie z miłości. Diego, przysięgam ci, jeśli kiedykolwiek zrobiłem komuś krzywdę, to tylko z miłości. Dlatego nie zniszczyłem ich. Ale nie chciałem ci ich oddać, wiedziałem, że cię zranią.

– Skurwiel! Jesteś nędznym skurwielem! Jak możesz mówić o poczuciu winy? Ty! Przeklęty gnój! Nigdy nie robi się krzywdy z miłości. Słyszysz? Nigdy! To zawsze jest egoizm, przeklęty skurwysynie, tylko egoizm.

Egoizm, on nigdy nie umiał kochać, nigdy. Kochał tylko siebie samego. A chciał mi wmówić, że liczył się ktoś oprócz niego! I na jak krótko wystarczyło mi cierpliwości, ale... jak ten gnojek mógł mówić coś podobnego o Clarze! Upiekło mu się, bo weszła pielęgniarka i odciągnęła mnie. Jaki wstyd, w moim wieku! Szarpać za resztkę włosów biednego starego inwalidę! Co ja mówię, jakiego biednego! To gnój, po prostu gnój. Uspokój się, Diego, musisz się uspokoić. Ale to nie może być, nie może być. Nikt na świecie nie może być tak okrutny, żeby zrobić coś takiego małemu dziecku. Albo i może, teraz wiem, że takich jest dużo, więcej, niżbyśmy sądzili. Znowu się duszę. Eliso, duszę się. Niechże ten taksówkarz wreszcie się zatrzyma, żebym mógł wysiąść i odetchnąć. Muszę odpocząć. Ale to nie może być prawda. Nie mogę uwierzyć. Jakżebym mógł? On mnie zdradził, jakżebym mógł mu wierzyć? Chociaż zrobił to już kiedyś, wyglądało na to, że coś dla niego znaczymy, tak jak teraz, ostrzegł mnie, że jesteś w niebezpieczeństwie. Dlaczego opowiada mi o tym, jakby znaczyła coś dla niego moja wnuczka, jakby znaczył coś dla niego ktokolwiek oprócz niego samego? Ale wtedy powiedział mi, co robisz i że powinienem cię powstrzymać. Dlaczego? Nie mogłem tego zrozumieć ani wtedy, ani teraz. O co mu chodziło? Czego chciał, opowiadając mi tę makabryczną historię?

Wtedy, owszem, musiałem mu uwierzyć i zacząłem cię śledzić, próbując cię ochronić. Jaki naiwny byłem, jak dramatycznie głupi. Śledziłem cię też wtedy, kiedy zaniosłaś Danielle ostatni obraz i prezent, tamtego przeklętego wieczoru. Pożegnałem się z tobą i zamknąłem drzwi; odgłos drewna uderzającego we framugę rozbrzmiewa jeszcze w mojej głowie metalicznym, lodowatym echem, szukając jakiegoś zakamarka, gdzie mógłby się schronić. Odczekałem, a potem szedłem za tobą, szedłem aż do jej domu. Posąg świętej dobrze mnie już znał. Byłem tu wielokrotnie od czasu, kiedy powiedział mi, co naprawdę malujesz, a co potwierdziło się, kiedy odkryłem oryginał, który nie powinien znajdować się w naszym domu. Kilka kroków za tobą podążałem za twoim cieniem rysującym się między plamami światła rzucanymi przez nieliczne latarnie, sunąłem bezgłośnie, czając się za rogiem, przyklejając do murów, starając się nie robić hałasu, wtopić się w mrok. Docierałem wkrótce po tobie pod wielki dąb stojący przy kamienicy, gdzie mieszkała Danielle, i skulony za jego pniem wiodłem za tobą wzrokiem, nie po to, by cię na czymś przyłapać, lecz po to, żeby cię chronić. Kiedy widziałem, że wchodzisz w eleganckie podcienia ulicy Des Pyramides, wracałem do domu, żebyś mnie nie zauważyła. Chciałem cię tylko ochronić, tylko tyle. Wierzyłem, że potrafię to zrobić. Ale nie potrafiłem. Nikt nie potrafił.

Smutek boli, myślałem, że pokonałem go, ale od wielu dni kroczy u mojego boku. Nie chce odejść. Sypia w łożu, które ścielą mu moje wspomnienia. Bawi się z myślami, które trawią mój mózg. To smutek, który rozrasta się w spotkaniu ze strachem, Eliso; strach, który wówczas wrósł w moje wnętrze, przechadza się swobodnie po zakamarkach opuszczonych przez umykający rozsądek. I rośnie. Wyciąga korzenie, szukając dna, którego nie znajduje. Żywi się mną, a ja nie mogę mu w tym przeszkodzić. Nie umiałem cię ochronić, ale chociaż przeklinałem się po tysiąckroć za to, że pozwoliłem ci pójść tam tamtego popołudnia, teraz wiem, że nic nie mogłem zrobić, by cię uratować. Byłem naiwny. Nie mogłem sobie darować, że dużo wcześniej nie zmusiłem cię, byś przestała malować falsyfikaty. Powinienem był zrobić to zaraz po rozmowie z Martinem, gdy dowiedziałem się, że mnie oszukujesz i że to, co robisz, jest znacznie bardziej niebezpieczne. Ale zbyt mocno cię kochałem. Dla ciebie to było jak gra; grałaś w życie w okupowanym mieście. Słyszałaś, jak mówiono o aresztowaniach, o ludziach, którzy znikali, o innych, którzy walczyli w nieznanych ci miejscach. Twój umysł nie dopuszczał jednak do siebie faktu, że nie jesteś już wolna, że nie masz swobody poruszania się, myślenia, malowania, istnienia, i nie wierzyłaś, że naprawdę grozi ci niebezpieczeństwo. Gdy wracałaś do mnie, wiele razy widziałem, że przepełnia cię entuzjazm, że podnieca cię udział w tej tragicznej grze, którą tyle chciałaś jej udowodnić. Którą tyle chciałaś sobie udowodnić. Twoje ciało rozluźniało się wtedy z zadowolenia, że oto wygrałaś kolejną partię; uwierzyłaś, że naprawdę możesz wygrać tę przeklętą grę, którą w końcu przegraliśmy.

Ty przegrałaś życie, ja przegrałem wszystko. Milczysz, twoje oczy są jak dwie bryły lodu, które zanurzają się w czarnym oceanie; nie uśmiechasz się, przybliżasz się do mnie i nie czuję twojego chłodu. Jesteś martwa.

ROZDZIAŁ 13

I znów patrzymy w górę, na pierwotnego modela, którego straciliśmy z oczu kilkanaście sesji temu, o którym zapomnieliśmy z pełną premedytacją, żeby odkryć go na naszą własną modłę, przenosząc na obiekt fizyczny ulotność jego istoty. Znów wnikamy w jego cechy charakterystyczne, w jego wolę, w jego przykład, a jeśli trzeba, nanosimy poprawki na nasz malunek. Modyfikujemy kontury, przerabiamy formy i kolory, zmieniamy światła, blaski i cienie, retuszujemy jakiś detal lub podkręcamy linię prostą. Robimy wszystko, co trzeba, żeby poprawić błędy. A jeśli nie znajdziemy takowych, ulepszamy, doskonalimy, operujemy planami, tonami i odcieniami, aż nasze dzieło samo nabierze życia.

Villaviciosa, czwartek, 18 maja 2000 (godz. 13.37)

Euforia jeszcze jej nie przeszła. Bo to musiała być euforia: przelotne uczucie zapierające dech w piersiach, podobne do tego, jakie przenika nas na diabelskim młynie. Była teraz na samej górze, czuła się szczęśliwa. Kwiaty w ogrodzie prababki wydawały się jej większe i bardziej kolorowe, drzewa – bardziej eleganckie, meble – bardziej wygodne, schody – mniej strome, a jej pokój zdawał się czarodziejskim miejscem, gdzie białawe światło północy nabierało różowego blasku południowych plaż. Jakże zmieniało się życie w zależności od szkła, przez które patrzyło się na nie! Iluż autorów powiedziało to już wcześniej, ale jaka to czysta prawda!

Czuła się wyciszona i zaczynała cieszyć się spokojem, jakiego nie pamiętała od miesięcy. Po telefonie Alvara była jeszcze bardziej zdecydowana na samotność. Jeśli okaże się konieczna. Poradzi sobie bez niczyjej pomocy. Wróci do Madrytu i powie mu, że urodzi jego dziecko i że jeśli będzie chciał i naprawdę będzie chodził na terapię i się zmieni, spróbuje mu pomóc. Czuła się tak euforycznie, że miała siłę na to i na dużo więcej. W ciągu ostatnich dni kilka razy przypomniała też sobie, dlaczego go pokochała, jak było fajnie, kiedy się poznali, kiedy zamieszkali razem. I wciąż jeszcze znajdowała w nim całe połacie osobowości, które ją poruszały. Ale nie chciała ich wspominać. W pewnym momencie przemknęła jej przez głowę myśl, żeby w drugim zeszycie wpisywać jego dobre cechy, żeby zachować bezstronność. Odrzuciła ją jednak natychmiast. Nie było powodu. Zasługiwała na to, żeby myśleć tylko o sobie. O sobie i o orzeszku. Powody, dla których zakochała się w nim, nie liczyły się teraz, patrzyła za siebie przekonana, że nie musi być sprawiedliwa i wspominać niczego oprócz tego, co skłoniło ją do odejścia. Jeśli on to zrozumie, jeśli będzie umiał się cofnąć, zostanie przy nim. Ale tylko jeśli to zrozumie. Poznanie Giselle pomogło jej dotrzeć do tego punktu. Sam Olivier także, choć tego nie planował i o tym nie wiedział. Ten enigmatyczny mężczyzna sprawił, że przejrzała na oczy.

Violeta wyjęła swój zeszyt z szuflady komody i wrzuciła do kominka. Opierał się płomieniom dłużej, niżby się spodziewała. Musiała użyć kilku długich zapałek, które znalazła przy resztkach drewna przeznaczonego na opał podczas zimy. Nie otworzyła go, nie myślała o tym, co napisała. Po prostu stała przy kominku, patrząc na snopy iskier strzelających z celulozy, a wysokie płomienie, czerwone, a potem niebieskie, ukoiły jej ból i odegnały zło tego świata, który musiał znaleźć nową etykę i nowe sumienie. Wróciła potem do kuchni po rondel z wodą, którą zalała popiół, w jaki pragnęła, żeby obróciły się jej wspomnienia. Omiatając wzrokiem stół, zauważyła, obok okularów dziadka, miedziany obustronny klucz, który ją zaintrygował.

– Zara, chodź, pójdziemy na strych.

Suczka zerwała się. Dźwięk imienia budził ją z najgłębszego snu. Zamachała ogonkiem i pobiegła za nią po schodach. Nawet nie musiała wypróbowywać klucza: gdy doszła na samą górę, zastała otwarte drzwi. Nie zapalała światła, w tym, które dobiegało z podestu, widziała wielkie pakunki zalegające na podłodze. Otworzyła świetliki na dachu, a gdy rozejrzała się wokół siebie, zamrugała powiekami i oparła się o ścianę. Nie wierzyła własnym oczom. Pomieszczenie przecinały metalowe pręty. Pomiędzy nimi a prowadnicami przymocowanymi do podłogi rozciągały się ogromne płyty, niby ścianki działowe, a po ich obu stronach wisiały dziesiątki obrazów, z prawa i z lewa, u góry i u dołu, najróżniejszych wymiarów, same płótna, bez ram. Każdą płytę można było przesunąć, a wówczas ukazywała obrazy przymocowane do następnej. Kilka wielkich malowideł leżało na ziemi, inne stały oparte o ścianę; mieniły się jej w oczach, nie była w stanie skupić się na jednym z nich.

Były tam pejzaże i martwe natury, mariny i biegające dzieci, kwiaty przeróżnych kształtów i kolorów, puste drogi i starzy ludzie grający w karty, rybacy zarzucający sieci i szyjące kobiety, płaczący mężczyzna z dzieckiem w objęciach, księżyc chowający się za wzgórzem, białe róże, mały kościółek zarośnięty dzikim bluszczem, rozgwieżdżone niebo, portrety kobiet i mężczyzn. Wszystkie przepiękne, wszystkie hermetyczne. Nie potrafiła zatrzymać wzroku na żadnym, zaraz następny domagał się jej uwagi. Wszystkie były podpisane przez jedną osobę, po lewej stronie płótna, nieczytelnie. Znała ten podpis. Przyjrzała się karteczce przyczepionej do każdego obrazu, ostemplowanej tą samą pieczątką. Spróbowała odszyfrować francuskie słowa. Obok *auteur* pojawiało się stale to samo imię i nazwisko: Elisa Ortega. Jej babka. To była jej babka. Czyli jej babka była malarką, z pewnością też autorką co najmniej dwóch obrazów z domu Diega w Madrycie, podpisanych tym samym gryzmołem, a ona dowiadywała się o tym dopiero teraz. Co jeszcze ukrywał przed nią Diego? Najpierw pałac, potem skarb. Obrazy były pełne kolorów, w stylu początkującego i wyrazistego Modiglianiego. Technika także wydała jej się wyborna. Większość została namalowana farbami olejnymi, chociaż było też kilkanaście akwareli, gorszej jakości. Podeszła do nich; rozpoznała różne rodzaje płótna; najbardziej nowoczesne obrazy powstały na lnie albo bawełnie, inne na drewnie, zauważyła też szkice na sklejce.

Wszystkie obrazy zdradzały doskonałą znajomość teorii koloru, którą Violeta studiowała na uniwersytecie i którą sama praktykowała w swoim malarstwie iluzjonistycznym, zwłaszcza naściennym. By uzyskać efekt głębi i trójwymiarowości, jej babka stosowała prawie zawsze technikę dodawania warstwy atmosfery, tę, którą Leonardo da Vinci nazywał perspektywą powietrzną; nawet w portretach i w martwych naturach. Elisa umiała wyodrębnić najpierwszy plan z zachwycającą precyzją; na następnych kontury stawały się mniej gęste, a czyste kolory znikały na rzecz odcieni, błękitów, szarości, fioletów; coraz bardziej rozjaśniała góry oddali, drzewa, kościoły czy pola albo, na średnim planie, linię kapelusza dziewczynki jedzącej jabłko, kędziory włosów opadających jej na plecy, rąbków sukienki, z której jest dumna. Lecz nie były to obrazy ani realistyczne, ani impresjonistyczne. Wydały się jej piękną, bardzo specyficzną kombinacją, której naczelną cechą był odważny koloryzm, wręcz nowatorski jak na tamtą epokę. Zafascynowały ją. Nie mogła oderwać od nich wzroku. Przesuwała płyty do przodu i do tyłu jak w transie. Olśniewały ją kolory, grube pociągnięcia pędzlem, które potrafiły oddać najżywsze emocje, marzenia modeli, ich duszę.

Po chwili usiadła na podłodze, wpatrzona w obraz, w którym dominował niebieski. Było to jedno z największych płócien, bardzo kolorowe, o grubych, rozmytych liniach i ledwie naszkicowanych rysach twarzy. Siedząca na fotelu kobieta o fiołkowych oczach pisała coś w zeszycie. Miała na sobie długą suknię indygo, opadającą po obu stronach siedzenia. Przeważały tony chłodne, fioletowe i niebieskie, ale jej babka namalowała twarz, szyję i ręce tonem bardzo ciepłym, mieszaniną ciemnoczerwonego kraplaka, bieli i ochry ze szczyptą palonej sieny, co dawało genialny kontrast. Blask zeszytu rozciągał się na biel obrusu i na otwarte okno w głębi. Obraz wydał się jej bardzo piękny. Smutne spojrzenie modelki przypomniało jej Diega i jego pobyt w Paryżu. Kim była ta melancholijna kobieta? Przyjrzała się innym portretom umieszczonym obok. Prawie wszystkie postaci już nie żyły, lecz jej babce udało się uchwycić w ich oczach skrawek ich istoty: kobieta o jasnych włosach, atrakcyjna, pewna siebie, wyniosła; Diego, romantyczny i melancholijny, taki, jakiego znała; Martín, jego przyjaciel, którego odwiedzili w domu seniora, oszałamiająco przystojny, ze wzrokiem utkwionym w kimś, kto znajdował się poza obrazem. Violeta poczuła się nieswojo, patrząc na nich, jakby profanowała ich intymne uczucia, lecz czy nie pozwolili się uwiecznić Elisie właśnie po to, by uzyskać nieśmiertelność? Być może był to jedyny skuteczny sposób na jej osiągnięcie.

Podniosła się z podłogi i wróciła do przesuwania płyt. Inne malowidło przykuło jej wzrok: ciemne niebo pełne białych gwiazd. Zaskoczyła ją jego prostota, kontrastująca z drobiazgowością innych płócien; krótkie, drobne kreski, płaskie kolory, a przede wszystkim jego moc, która ją przyciągała, która nie pozwalała odwrócić spojrzenia. Nie była w stanie się oderwać, gwiazdy magnetyzowały ją. I w tym momencie usłyszała, że ktoś zakaszlał za jej plecami, odwróciła się i zobaczyła postać opartą o ścianę. Zamarła. Postać przemówiła, a wówczas Violeta rozpoznała ją.

– Widzisz, skarbie? Mówiłem, że cię znajdę prędzej czy później.

Dała kilka kroków w tył, poszukała wzrokiem drzwi. Odgradzał ją od nich. Rozejrzała się za innym wyjściem, ale to było jedyne. Álvaro poruszył się. Violeta widziała już jego rysy, wyszedł z mroku i podchodził do niej powoli. Spróbowała się uspokoić. Promień słońca wpadający przez świetliki malował pomieszczenie na kolor niebieskiego szkła. Świecił mu teraz prosto w twarz, nadając wygląd ducha z ubiegłego wieku. Był elegancko ubrany i uczesany, zapach toniku po goleniu przenikał jeszcze jego skórę, wydawało się niemożliwe, że ma za sobą długą podróż, ponad pięćset kilometrów. Wydawało się niemożliwe, że jest tutaj. Violeta poczuła, jakby skierowały się na nią spojrzenia martwych oczu wszystkich sportretowanych osób.

– Álvaro, to ty. Jak znalazłeś to miejsce?

– Nie cieszysz się, że mnie widzisz?

– Co tu robisz? Jak tu wszedłeś?

– Wiesz, telefony komórkowe mają to do siebie, że łatwo je zlokalizować, a w Villaviciosa nie ma zbyt wielu domów należących do kogoś z twoim nazwiskiem. A te stare domy bardzo łatwo otworzyć. Chociaż nie spodziewałem się, że zastanę taki dom, jest twój? Dlaczego nie powiedziałaś mi, że masz ten dom? Jest wart ciężką kasę.

– Co tu robisz? Po co przyjechałeś? Mówiłam ci, że chcę podjąć decyzję sama. Obiecałeś mi, powiedziałeś, że poczekasz.

– Jestem w Villaviciosa od wczoraj, wyjechałem z Madrytu zaraz po rozmowie z tobą. Spędziłem tu noc, w małym hotelu. Nie mogłem dłużej czekać, tęsknię za tobą, skarbie. Musiałem cię zobaczyć. Ślicznie wyglądasz. I nie powiedziałaś, że nie chcesz mnie widzieć na oczy, na pewno nie. Zbyt mocno mnie kochasz, żeby mnie zostawić, dasz mi jeszcze jedną szansę, wiesz, że kocham cię ponad wszystko i zrobię, co tylko w mojej mocy, żeby mieć cię przy sobie.

– Álvaro, nie powinieneś był przyjeżdżać. Nie chcę, żebyś wywierał na mnie presję. Muszę to przemyśleć, a nie uda mi się, jeśli będziesz mnie dręczył.

– Nie dręczę cię, przyjechałem tylko po to, żeby pomóc ci podjąć decyzję.

Podszedł i wyciągnął ku niej woreczek z różowego aksamitu przewiązany wstążeczką w kształcie serca. Violeta poczuła nagły skurcz w żołądku i o mało nie zwymiotowała całego śniadania, jakie naszykował dla niej Diego. Sok nabrał nagle smaku żółci. Zakręciło się jej w głowie i oparła się jedną ręką na drewnianej belce stropu, zasłaniając sobie drugą ręką oczy.

– Nie rób tego, proszę, nie rób tego. Nie pomagaj mi.

– Co ci jest, skarbie? Źle się czujesz? Niedobrze ci?

– Nic mi nie jest, po prostu jestem w ciąży. Od prawie trzech miesięcy. – Álvaro odsunął się od niej, nie widziała go dobrze, przed oczami miała popielatą zasłonę, jego rysy rozmyły się. –

Nic nie mówisz? Będziemy mieli dziecko – oznajmiła z udawaną radością.

– Żartujesz. Nie żartuj z takich rzeczy, wiesz, że mnie nie śmieszą.

– To nie żart. To prawda. Jestem w ciąży. I bardzo się z tego cieszę.

– Jak to się bardzo cieszysz? A z kim to uzgadniałaś? Czy ja nie mam nic do powiedzenia w tej sprawie? A może nie jestem ojcem?

– Uspokój się, Álvaro, i nie pleć głupstw. Gdybyś nie był ojcem, w ogóle bym ci o tym nie mówiła, nie wydaje ci się? Nie miałabym powodu.

– Kurwa, nie mogę w to uwierzyć, rzucam wszystko, żeby przyjechać za tobą do tego wypierdowa, bo pragnę cię zobaczyć, a ty mi mówisz, że jesteś w ciąży... Jak to się mogło stać? Nie brałaś pigułki?

– To nieważne, ja chcę mieć dziecko.

– Jak to, chcesz mieć dziecko? Co to, kurwa, znaczy? Naprawdę kretyn ze mnie, powinienem był cię porzucić lata temu. To nie powinno było nigdy się wydarzyć, nigdy! Słyszysz mnie? Nigdy! Ja nie chcę mieć dziecka. A ty wiedziałaś o tym. Dlaczego mi to zrobiłaś?

– Ja nic ci nie zrobiłam. Nic. I ja, owszem, chcę mieć dziecko. A jeśli ty nie chcesz być jego ojcem, wystarczy, że to powiesz. Nie będę cię do niczego zmuszać.

– Violeto, nie możesz mi tego zrobić. Nie możesz mnie zostawić. Nie mogę żyć bez ciebie. Nie rozumiesz tego?

– Álvaro, ja nie usunę ciąży. Urodzę to dziecko bez względu na to, co zrobisz.

Violeta poczuła, że wszystko, co mówi, jest prawdą, że nie potrzebuje go, że coś w głębi niej zmieniło się od momentu, gdy odeszła. Álvaro przybliżył się i chciał pogłaskać ją po twarzy i ucałować, jak robił czasem, kiedy jego demony się uspokajały, siadał obok niej, gładził jej twarz i mówił, że kocha, ale ona odsunęła się, a on rzucił wtedy na podłogę aksamitny woreczek i chwycił ją pod brodę. Ucisk palców był mocny.

– Nie zostawisz mnie, nie myśl, że na to pozwolę. Jesteś zwykłą kurwą, taką jak wszystkie, jesteście zwykłymi kurwami, nie potraficie kochać, wykorzystujecie nas tylko, wyłudzacie to, co was interesuje, a potem dajecie nam kopa w dupę, tak jest. Ja nie chcę mieć dziecka! Niech cię szlag! Dlaczego mi to zrobiłaś? Dlaczego?

Violeta potrząsnęła gwałtownie głową i zdołała się wyrwać. Dała krok do tyłu.

– Álvaro, ja ci nic nie zrobiłam. Jeśli nie chcesz dziecka, urodzę je sama. Nie zmuszam cię do niczego. Nie zrobiłam tego specjalnie, nie oszukałam cię, po prostu tak wyszło, ty może nie chcesz być ojcem, ale ja tak, chcę być matką, ja tak, kocham moje dziecko i nie pozwolę nikomu, żeby mówił mi, co mam z nim zrobić. Nie zamierzam dopuścić, żebyś dalej decydował za mnie.

Odwróciła się i chciała podejść do drzwi, ale Álvaro chwycił ją za ramię.

– Dokąd to, ty pieprzona kurwo? Dokąd… niby… idziesz? Myślisz, że przyjechałem aż tutaj tylko po to, żeby to usłyszeć? Tak myślisz?

– Puść mnie, Álvaro. Nie bij mnie, nie próbuj znowu mnie bić, nie jesteś moim panem.

Spojrzała mu w oczy: płonęły gniewem, rozpoznała je. Zrobiły się takie jak zawsze. Znów poczuła strach i znów zaczęła błagać go wzrokiem, jak tyle razy przedtem, żeby zachował godność i nie upadał tak nisko, żeby nie zmuszał jej do tego, by go nienawidziła, żeby pokazał jej, że naprawdę jest silniejszy od niej, pozwalając jej odejść. Ale on wpadł już znowu w studnię ziejącą w jego wnętrzu i uderzył ją w twarz. Zaraz potem chwycił ją za kark i popchnął. Upadła na kolana i na ręce. Nie poczuła nawet bólu w zetknięciu z twardą podłogą. Znieruchomiała, nie śmiąc nawet podnieść głowy, słysząc, jak czegoś szuka za jej plecami. Przechyliła ją tylko nieco i zobaczyła, że podnosi nad nią gruby kawałek drewna. Zamknęła oczy, oczekując na cios. Opuściła głowę i pomyślała o swoim orzeszku.

A wówczas rozległ się strzał. Álvaro runął na podłogę obok niej, twarzą w dół, włosy zasłoniły mu oczy. Usłyszała, jak coś upada na ziemię. Spojrzała za siebie i zobaczyła ciemną sylwetkę w drzwiach, z opuszczoną głową i ramionami zwisającymi bezwładnie wzdłuż ciała. Oderwała ręce od podłogi i odsunęła kosmyk włosów z jego twarzy, żeby ją lepiej widzieć. Krew rozlewała się po jego białej koszuli, dochodziła do rozchylonych warg. Przedostawała się przez nie tylko strużka powietrza, które z trudem wchodziło i wychodziło z płuca przeszytego pociskiem. Wzięła go za rękę. Uniósł nieco głowę i spojrzał jej w oczy. Szepnął chrapliwie:

– Ty kurwo. Ja cię kochałem, zawsze cię kochałem.

– Nie, ty nigdy jej nie kochałeś, przeklęty draniu. Nigdy. Nigdy nie robi się krzywdy z miłości. Tylko z egoizmu. – Diego ujął wnuczkę pod pachy i pomógł jej wstać. Wtuliła się w jego ramiona, szlochając. – Spokojnie, ptaszątko, spokojnie, on już nigdy nie będzie cię kochał.

Stali tak, przytuleni, przez kilka minut. Światło przenikające przez szyby stawało się fioletowe, w miarę jak zachodziło słońce; rozbłysło na czuprynie Alvara. Pochyliła się nad nim, żeby sprawdzić, czy oddycha. Miał zamknięte oczy. Krew sączyła się nadal, tworząc plamę na piersi i wokół twarzy. Ujęła go za rękę i przytrzymała przegub. Nie wyczuła pulsu. Ucałowała jego dłoń i nie odrywając od niej ust, popatrzyła na dziadka. Nie potrafiła powstrzymać łez. Diego objął ją ponownie i pomógł podejść do drzwi.

– Chodź, ptaszątko, musimy zadzwonić po karetkę. I do mojej prawniczki. Tu masz numer, czujesz się na siłach, żeby to zrobić?

Violetę zdumiało najpierw, że dziadek ma prawniczkę w Villaviciosa, a później, że czuje się na siłach, żeby do niej zadzwonić. Zeszli do salonu i żadne z nich nie odwróciło się, żeby po raz ostatni popatrzeć na nieruchome ciało.

Zaskoczyła ją też prawniczka. Rozpoznałaby te oczy nawet w ciemności: wreszcie poznała osobiście kobietę z gitarą, a jeśli nawet nie ją samą, to kogoś z jej rodziny. Zostawiły Diega na fotelu w salonie i przeszły do kuchni. Różni obcy ludzie wchodzili na strych.

– Tak, wiem, jestem bardzo podobna do Elisy. Masz taką samą minę jak Diego na mój widok. Żałuję, że jej nie poznałam, to musiała być fascynująca kobieta.

Violeta nie była w stanie odpowiedzieć, twarz babki, którą znała dotychczas tylko z portretu, nabrała nagle życia, a tuż obok stała przed jej oczami martwa twarz Alvara.

– Ach, rozumiem. Nie wiedziałaś, kim była Elisa. Twój dziadek musiał wycierpieć w Paryżu więcej, niż nam opowiedział. Czyli nie wiesz też, że jesteśmy rodziną, prawie kuzynkami. Prawdę mówiąc, miałam ogromną ochotę cię poznać, chociaż wolałabym, żeby odbyło się to w przyjemniejszych okolicznościach. Bardzo mi przykro z powodu tego, co się wydarzyło.

Violeta zamknęła drzwi. Kiedy skończyła opowieść, miała poczucie, że nie mówiła jej o Alvarze i o sobie, lecz o dwojgu nieznajomych, o których gdzieś coś usłyszała czy przeczytała. Ale wielokrotnie musiała przerwać, dusił ją płacz.

– Nie martw się o dziadka, Violeto, Diego w najgorszym razie spędzi kilka dni w areszcie. Z twoich słów, z kija, który Álvaro trzymał w ręce, i z wieku Diega wyraźnie wynika, że działał w obronie własnej. Poza tym Álvaro włamał się do domu. Na pewno będziesz musiała złożyć zeznanie i jeszcze raz opowiedzieć policji i sędziemu wszystko to, co powiedziałaś mnie, ale na tym pewnie się zakończy. I koniecznie dzwoń do mnie, jeśli uznasz, że mogę ci w czymś pomóc. Może powinnaś też pójść do jakiegoś psychologa. Byłaś maltretowana przez długi czas, ale prawdopodobnie kochałaś Alvara.

Violeta i Diego usiedli razem w ogrodzie, czekając na rozwój wydarzeń. Głaskał jej rękę, wpatrując się w góry. Obcy ludzie wchodzili i wychodzili, nie zwracając na nich uwagi. Dwóch ratowników wyniosło na noszach zakryte ciało i włożyło do ambulansu. Violeta przytuliła się do Diega. Czuła jego wyrównany oddech, spokojny ruch piersi, gdy wypełniała się tlenem i pozbywała dwutlenku węgla. Ratownicy zamknęli za zmarłym ciężkie drzwi, a Violeta rozpłakała się ponownie. Wsiedli do karetki bez słowa, ruszyli powoli. Czarny ptak niósł w dziobie kilka długich robaków, które się wiły. Inny, niemający nic do roboty, przysiadł na głowie kamiennego anioła i podskakiwał w wodzie. Zara nadeszła z jakimś przedmiotem w pysku, ale ona nie była teraz w stanie myśleć o niczym oprócz tego, że Álvaro nie żyje i co może stać się z dziadkiem. Jej dwie jedyne miłości. Przytuliła się jeszcze mocniej.

– Przejdzie ci. Álvaro nie był mężczyzną dla ciebie. Chociaż i tak mi przykro. Myślałem tylko o tym, że chce zrobić ci krzywdę. Nie mogłem pozwolić, żeby skrzywdził ciebie i dziecko.

– Wiedziałeś?

– Masz wątpliwości? Nie pamiętasz naszego paktu? Nie możesz mi kłamać.

Uśmiechnęła się. Wreszcie znał jej sekret.

– A ty, dziadku? Co będzie z tobą?

– Nie martw się o mnie, ptaszątko, będzie dobrze, Elisa mnie chroni.

Diego sprawiał wrażenie spokojnego i pogodnego, o wiele bardziej niż ostatnio. Przyszedł po niego żandarm i zabrał go do samochodu, w którym czekał już jego kolega. Diego szedł za nim powoli, bez słowa, z podniesioną głową, patrząc przed siebie. Podnosił nogi i stawiał je na ziemi zdecydowanie i stanowczo. Zanim wsiadł, posłał Violecie spojrzenie pełne ciepła. Objęła go jeszcze raz, przytuliła się do wątłego ciała. I znów wybuchnęła płaczem, urywanym szlochem, którego nie była w stanie powstrzymać.

– Spokojnie. Nie chlip, musisz dbać o maluszka, ptaszątko. Dzidziusie nie lubią nerwów, wychodzą im potem plamy w dziwnych kształtach, z których mamy wcale nie są zadowolone. – Diego obejmował ją ramionami, gładząc po głowie. – No, przestańże już płakać, jesteś bezpieczna, a mnie nic się nie stanie. Jestem za stary, żeby mieli pakować mnie do więzienia, zobaczysz.

Violeta podniosła głowę i spojrzała na żandarma, który czekał bez ruchu, aż Diego wsiądzie. Jego brązowe oczy wydały się jej przepiękne, a uśmiech – szczery. Potrzebowała takich uśmiechów w życiu. Puściła dziadka, który zajął miejsce, a żandarm zamknął za nim drzwi i usiadł z przodu. Ángela objęła ją i stały tak, odprowadzając samochód wzrokiem, aż zniknął za stojącymi na baczność drzewami niezwykłego lasu.

* * *

Resztę wieczoru przesiedziała w ogrodzie z Zarą u stóp. Nie ruszyła się stamtąd, nie licząc kilku wypadów do łazienki. Przeżywała niedawne wydarzenia po raz drugi i trzeci, i setny, a udręka bynajmniej nie słabła w miarę upływu czasu. Nie wiedziała zbyt dobrze, co czuje: smutek, ból, żal, wściekłość. Także nieznaczną, nędzną ulgę, której nie była w stanie powstrzymać. Ángela zadzwoniła do niej kilka razy, przy drugim telefonie wiedziała już, że dziadek niedługo zostanie zwolniony bez żadnych zarzutów. Dopiero wtedy Violeta zwróciła uwagę na coś innego niż własne myśli. Spojrzała w niebo. Była już głucha noc, a gwiazdy wyglądały jak tysiące maleńkich świec ustawionych na ołtarzu, migoczących w różnym rytmie. Poczuła zapach bukszpanu, pozwoliła, żeby przeniknął do płuc wraz z wilgotnym powietrzem, w którym się unosił, powoli, bez pośpiechu, jak nauczył ją Diego, jak należało oddychać w ważnych momentach. Żaden z nich nie powraca, żadna chwila życia nie powtarza się, ale niektóre zostają w naszym wnętrzu na zawsze, i lepiej zapamiętujemy te, w których się śmialiśmy, niż te, które doprowadziły nas do łez, bo umysł stara się wyrzucić z siebie to, co go skrzywdziło. Álvaro w którymś momencie stanie się właśnie tym, takim złym wspomnieniem. Sam wybrał swój sposób życia i zmarł, lżąc ją, nazywając kurwą, i choć płuca wypełniała mu już krew, choć czuł jej gorzki smak, jeszcze znalazł siły na nienawiść. Mimo wszystko jego śmierć zasmuciła ją. Była niczym bardzo bolesne ukłucie w pamięć i w skórę, coś, czego wciąż jeszcze nie dopuszczała do siebie, coś, co sprawiało, że jej ciałem po raz kolejny wstrząsał szloch. Bo miłość, podobnie jak nienawiść, nie znika dopóty, dopóki nie zostanie wyszorowana z wnętrzności druciakiem, który trzyma ktoś inny, nie my.

Wróciła do domu i uznała, że nie będzie się kładła, wiedziała, że nie zaśnie. Zara ruszyła za nią. Weszły na schody. Obiecała sobie, że nie będzie płakać. Nie wiedziała jak, ale musiała wyrzucić z umysłu obraz Alvara wyciągniętego na podłodze, jego oczu, kiedy patrzył na nią. Po kolejnej rozmowie z Angelą upewniła się, że dziadek miewa się dobrze. Poradziła jej, żeby zostawiła go teraz w spokoju i zadzwoniła do niego rano. Spokojniejsza, zaczęła myśleć o obrazach. W jej głowie kłębiło się tyle pytań domagających się odpowiedzi, że nie wiedziałaby, od którego zacząć, gdyby mogła teraz porozmawiać z Diegiem. Dotarła na strych, zapaliła światło na podeście i weszła do pomieszczenia z obrazami. Suczka położyła się u stóp fotela, z którego widać było cały pokój. Usiadła w nim, zapaliła lampę w kształcie kwiatu. Pełgające światełko odbijało się w obrazach, dopóki żarówka się nie rozgrzała. Przyjrzała się im uważnie. Były fantastyczne; jej babka była o niebo lepszą malarką niż ona sama, to nie ulegało najmniejszej wątpliwości.

Długo patrzyła na portrety. Wiedziała, że niektóre z tych osób znają odpowiedź na jej pytania. Jej dziadek pojawiał się na wielu z nich. Kilka przykuło jej uwagę: na jednym Diego, bardzo młody, kreślił coś na wielkim arkuszu papieru, być może plan, na brzegu biurka drzemał biały kot; na innym, jeszcze młodszy, czytał, leżąc na ziemi w ogrodzie niebieskiego domu. Występował też często w towarzystwie osób, których nie znała. Przeszukała obrazy w poszukiwaniu damy w sukni indygo, która tak bardzo się jej spodobała, lecz zamiast niej znalazła inny portret, o wiele mniejszy, podobny do tego, który od zawsze wisiał w pokoju jej dziadka, w jego domu w Los Molinos. Przypomniała sobie nagle, że widziała go niedawno w jego sypialni w niebieskim pałacu. Ten, który miała przed oczami, wyglądał na niedokończony i zawierał mniej szczegółów, lecz przedstawiał tę samą scenę. Sprawiał wrażenie studium do tego drugiego. Na obu kobieta o wyrazistych rysach, jasnych, gładkich włosach i bardzo jasnych oczach kołysała się na fotelu bujanym. Od matowej czereśni sukni odcinała się biel jej twarzy i połowy nagiego ciałka niemowlaka, którego owijała prześcieradełkiem haftowanym złotą nitką. Elisa podświetliła w bardzo szczególny sposób jej szare tęczówki, stosując srebrzysty ton, niezwykle trudny do uzyskania. Raz jeszcze zdumiał ją talent babki, a także jej własna obojętność: oglądała go przez tyle lat w rodzinnym domu, podobnie jak ten drugi portret, i nigdy nie odczuła ochoty, żeby dowiedzieć się czegoś na temat modelek. Przez myśl jej nie przeszło, że to mogą być prawdziwe osoby, o własnym życiu, o własnej historii; portrety wtopiły się w pozostałe obrazy, które zgromadził dziadek, a które wisiały na wszystkich ścianach domu, wypełniając je szczelnie. Ale dlaczego namalowała je Elisa? I dlaczego Diego zachował je?

Teraz już wiedziała, kim była kobieta z gitarą. Widok Angeli nie pozostawił jej żadnych wątpliwości: obraz królujący w gabinecie Diega w Los Molinos był autoportretem jej babki Elisy, ale kim były te kobiety? I kim były postaci z tych wszystkich obrazów? Myszkowała dalej, miała przed sobą setki obrazów, które skrywały być może jakąś wskazówkę, ale bez pomocy dziadka trudno jej było cokolwiek zrozumieć. A wtedy inny portret przykuł jej uwagę: pulchna brunetka szczotkowała włosy, przeglądając się w małym lusterku, a na toaletce obok niej spoczywał wyróżniający się misternie dekorowaną, srebrną podstawką flakon na perfumy, który podarowała jej Giselle. Był identyczny, głowę by dała! Przyjrzała się detalom: szczotka w dłoni kobiety wyglądała na element zestawu, do którego należało lusterko i prezent od małej; ten sam materiał i ten sam wzór, widziała to wyraźnie. Tego tylko brakowało: nie dość, że nie wiedziała, kim są te wszystkie nieżyjące osoby, to jeszcze powinna była ustalić, dlaczego rodzina Giselle zachowała przedmiot, który pojawiał się na obrazie Elisy. Gdyby dziadek był w pobliżu, zapytałaby go, ale w tym momencie na pewno nie chciała mu przeszkadzać.

Zara zawarczała za jej plecami, a po chwili zaczęła szczekać, krótko i sucho. Jej ciałem wstrząsał skurcz. Violeta nie zauważyła na strychu niczego dziwnego, lecz podeszła do suczki, żeby ją uspokoić. Zobaczyła wówczas skrzynię. Przez wieko przebiegała rysa, a boki wyglądały na stoczone lub pogryzione, nawet nie chciała myśleć, przez jaki gatunek iberyjskiej fauny. Otworzyła ją, ale w środku nie znalazła zbyt wiele: kilka męskich kapeluszy z popielatego filcu i jeden damski, który dawno temu zapewne był czerwony, dwa zegarki ze srebrnym łańcuszkiem i wskazówkami zatrzymanymi na godzinie pierwszej, kilka bardzo zniszczonych książek, czarną plastikową torbę. Wyjęła ją i zajrzała do wnętrza, zobaczyła tylko prześcieradełko z białego jedwabiu, pożółkłego na brzegach, z rzędem herbów haftowanych złotą nitką, starannie złożone. Pachniało kamforą. Nic, co miałoby dla niej jakiekolwiek znaczenie. Zaczęła chować wszystko do skrzyni, a wtedy na dnie coś zaiskrzyło. Lusterko z obrazu rozbłysło, gdy położyła je na krześle, a snop światła padł na ukos na taflę. Zamykając wieko skrzyni, spostrzegła obok niej dwie walizki z wytartej, brązowej skóry, ściśnięte dwoma paskami z metalową sprzączką. Odłożyła lustro do kufra, zawlekła walizki do fotela i zasiadła w nim. Rozpięła paski starszej walizki i rozłożyła ją na podłodze. Zawartość zdziwiła ją: dziesiątki zeszytów i notesów, różnego rodzaju. Te o okładkach z kartonu były bardzo sfatygowane, zwłaszcza na grzebiecie i na rogach; te w oprawkach z masy perłowej błyszczały nadal, niektóre nie miały kluczyka, przy innych był przytwierdzony do grzbietu sznureczkiem z czerwonego jedwabiu. Wzięła jeden, na chybił trafił, wsunęła kluczyk do miniaturowego zamka, otworzyła i zaczęła przeglądać. I odniosła wrażenie, że uruchomiła stary projektor, w którym przesuwa się ciąg zdjęć, wywołując efekt ruchu, niby film niemego kina. Ale film, który oglądała, opowiadał o życiu prawdziwej osoby. O tak, babka sprawiała jej coraz to nowe niespodzianki.

Miała przed sobą setki kolorowych rysunków, niesamowicie realistycznych, przedstawiających sceny z życia codziennego, tak doskonale, tak realnie, że modele zdawały się rozmawiać, patrzeć, płakać i śmiać się przed jej oczami. Na niektórych rozpoznała Diega i Martina, lecz większość przedstawiała anonimowe postaci uczestniczące w scenach, które wydarzyły się w innym miejscu i w innej epoce. Długo patrzyła na te, na których dziadek był bardzo młody, a potem odwróciła wzrok. Może nie powinna grzebać w przeszłości, którą dotychczas nie chciał się z nią podzielić. Nie wiedziała, czy ma prawo. Ale skoro przywiózł ją do tego domu, musiał mieć jakiś powód. Wróciła do rysunków przedstawiających Diega i śledziła go przez jakiś czas, wyobrażając sobie jego myśli i emocje za pośrednictwem tych cudownych rysunków. Zobaczyła też swą świeżo odkrytą babkę: dziewczyna o jasnych kędziorach i fiołkowych oczach grająca na gitarze na obrazie z Los Molinos była wszędzie. Zamknęła zeszyt i odłożyła go na podłogę. Czuła, że serce bije jej szybciej, w wyścigu z czasem, który już przegrała. Otworzyła inny notes, skromniejszy i bardziej wymięty. Zaczęła od pierwszej strony. Kilka dziewczynek bawiło się z psem w ogrodzie pełnym hortensji, refleksy słońca na olśniewających, niebieskich kwiatach wciąż jeszcze błyszczały. Papier pożółkł gdzieniegdzie na krawędziach, lecz poza tym był doskonale zachowany, a kreska i kolor doskonale widoczne; jasne było, że użyto farb dobrej jakości. Przewracała kartkę po kartce. Te same dziewczynki leżące na łóżkach w swoim pokoju, podczas gdy pewna kobieta czyta im, jedzące przy kuchennym stole, grające w piłkę albo w karty. Spodobały się jej te obrazki o pięknych tonach, miały w sobie życie. Odłożyła ten notes i sięgnęła po inny. Rozpoznała swoją babkę jako małą dziewczynkę, ten sam wyraz twarzy, te same kręcone włosy i jasna cera, to musiała być ona. Elisa występowała na wielu ilustracjach i podobnie jak w albumach zdjęć rodziców sto lat później można było prześledzić całe jej życie, jak z niemowlęcia przemienia się w śliczną dziewczynkę, a później, rok po roku, w młodą kobietę. Dzięki tym zeszytom poznawała swoją babkę znacznie lepiej niż dzięki obrazom, na których wystąpiła tylko jeden jedyny raz. Odetchnęła głęboko. Odłożyła notes i otworzyła inny w połowie. Rysunki były nakreślone wyłącznie ołówkiem. Już pierwszy ją zdumiał: nagi mężczyzna kładł się do łóżka z małą dziewczynką. Przewróciła jedną stronę, drugą, trzecią, i zrozumiała. Nie potrafiła powstrzymać łez. Rysunki ukazywały bez ogródek obsceniczne obrazy, których bohaterami byli praktycznie tylko mężczyzna i dziewczynka. Zamknęła zeszyt, położyła obok pierwszego. Sięgnęła po inny, podobny, też z tych najstarszych, w kartonowej oprawie. Tym razem zaczęła od pierwszej strony i przeglądała je jedną po drugiej. Dotarła do ostatniej. Zamknęła oczy. Nie mogła zrozumieć, jak jedne rysunki mogą być tak piękne, a inne tak odpychające. Jedne i drugie wyszły spod tej samej ręki, ręki osoby, która najpierw była szczęśliwa, a potem udręczona. Nie chciała dłużej zakłócać jej intymności. Nie chciała sprawdzać, jak potoczyła się ta smutna historia, choć wiedziała, że powinna poznać ją do samego końca. Otworzyła oczy i położyła zeszyt na poprzednim. Czuła suchość w ustach, lecz nie chciała wychodzić ze strychu, nie zobaczywszy wszystkiego.

Usiadła na podłodze, między walizką i dwoma zeszytami, wybrała inny, nieco większy i grubszy niż poprzednie. Zaczęła oglądać kolejne obrazki i odkryła, że odzyskały kolory i przedstawiają normalne sceny, więc odłożyła go na drugą kupkę. Powtórzyła tę czynność ze wszystkimi, przeglądając każdy zeszyt i notes, niespiesznie, próbując odgadnąć historię, którą opowiadały, a niekiedy powstrzymując mdłości. Czarno-białych było znacznie więcej niż kolorowych. Dzięki tym drugim poznała lepiej Diega i Elisę, jak żyli, w jakim otoczeniu, w jakim towarzystwie. Chociaż opowieść urywała się szybko, kiedy byli bardzo młodzi, towarzyszyła im w wielu momentach: ze splecionymi rękami w salonie, pośród członków rodziny; we dwójkę w ogrodzie, pogrążeni w rozmowie; ona obserwująca go zza drzewa; on gładzący ją po twarzy; zobaczyła, jak Elisa maluje, a Diego przygląda się jej, jak Diego rozmawia z Martinem, a Elisa siedzi u jego boku. I wydawało jej się, że w jego oczach dostrzega zawsze to samo ciepło, jakie widywała dotychczas u Any i Miguela, nieświadoma, że to tego właśnie im zazdrości. Te same spojrzenia, te same gesty, te same pieszczoty. I pomyślała, że miłość do drugiej osoby pewnie zawsze jest taka sama, niezmienna na przestrzeni wieków, a zmieniają się tylko ci, którzy kochają. W zeszytach zobaczyła też Martina, który ich obserwował, i wiele innych nieznanych jej osób, których tożsamości mogła się tylko domyślać.

Wstał dzień, lecz nie zauważyła tego i nie zgasiła światła. Sterta rysunków kolorowych była znacznie niższa niż ta druga. Podzieliła ją na dwie części i schowała do walizek, zamknęła je i odłożyła na miejsce. Wzięła część zeszytów z drugiego stosu, zeszła do salonu, ułożyła je w kominku, powtórzyła tę czynność trzykrotnie, zanim zgromadziła wszystkie. Ułożyła na nich warstwę drewnianych polan, sięgnęła po zapałkę i kostkę do rozpalania, podpaliła. Odetchnęła głęboko, zapach spalonego fosforu i chrustu przyprawił ją o mdłości, ale usiadła przed kominkiem i patrzyła, jak rosną płomienie.

Wszystkie zeszyty z opowieściami o okrucieństwie płonęły jednakowo. Ale te monochromatyczne sceny pełne cierpienia nigdy nie powinny były zostać narysowane. Żadna dziewczynka na świecie i żadna kobieta nigdy nie powinny były przejść przez to, co przeszło to dziecko i ona sama, miały prawo żyć inaczej, w świecie, gdzie nie byłyby gwałcone, maltretowane ani nawet wyzywane. Kobiety musiały przestać szukać dróg ucieczki i stawić wreszcie czoło ciemiężcom, żeby już żadna z nich nie musiała palić tych przeklętych wspomnień. Miały w swoim zasięgu niezbędną broń, zawsze ją miały, mogły zmienić swoich synów, uczynić z nich mężczyzn takich jak jej dziadek. Mogły wychować ich tak, by byli lepsi, to zależało od nich. Od niej też. Płomienie wystrzeliły i zgasły dopiero wówczas, gdy z perwersyjnych scen historii nieszczęsnej dziewczynki zostały tylko popioły. A Violeta zasnęła na fotelu, z zaczerwienionymi oczami i rękami splecionymi na swoim bezbronnym i niepozornym orzeszku.

ROZDZIAŁ 14

I

Gijón, piątek, 19 maja 2000 (godz. 4.14)

Nigdy więcej. Już nigdy więcej jej nie skrzywdzi. Wiesz, Eliso, myślałem, że nie będę w stanie tego zrobić. Kiedy przyjechałem, zobaczyłem przy bramie wypasiony samochód i pomyślałem: „Już tu jest ten gnojek, już po nią przyjechał". Nie byłem zadowolony, wiesz, że nigdy go nie lubiłem, ale kiedy wszedłem i usłyszałem, jak ją wyzywa, co mówi do mojego ptaszątka tylko dlatego, że jest z nim w ciąży, że ma urodzić jego dziecko, ta podła kanalia, taka sama kanalia jak Martín, taka sama jak ojciec Clary, każdy z nich inny, ale w gruncie rzeczy tacy sami... Nie mogłem tego znieść. Rozejrzałem się za strzelbą i nabojami, i były tam! W szafie, gdzie zawsze trzymał je mój ojciec, obok swoich ukochanych wypchanych zwierzaków, których nie miał jak zabrać ze sobą do Francji. Bałem się, że nie będzie działać, że proch zawilgotniał, ale nie, były świeże, może polowali ostatni mieszkańcy pałacyku, popatrz, jak się przydały. Nadszedłem dokładnie w momencie, kiedy podnosił kij, ten, który zawsze wisiał na ścianie, na wypadek gdyby zakradł się tam jakiś złodziej, chociaż mój nieszczęsny ojciec nie byłby w stanie go użyć, a ten gnój podnosił go nad moją wnuczką! I zrobiłem to, strzeliłem do niego, tylko raz, ale ten jeden raz wystarczył. Nie chciałem go zabić, Eliso, ty wiesz, że nie zrobiłbym nikomu krzywdy, nigdy, nigdy nikomu nie zrobiłem krzywdy, bo to by znaczyło, że jestem jak oni, że stałem się taki jak oni, ale nie wiem, co mnie naszło, zobaczyłem go i podniosłem strzelbę do oka i wycelowałem...

I nie żałuję tego, nie. Ta kanalia nigdy więcej nie podniesie ręki na moje ptaszątko, już nie, nigdy więcej.

I nie mogę spać, jestem tak roztrzęsiony, że nie mogę. Nigdy nawet muchy nie zabiłem, ale nie żałuję. Nie mogłem pozwolić, żeby zrobił krzywdę mojemu ptaszątku, żeby zrobił krzywdę jej dziecku. Jak można uderzyć kobietę? Jak?! A to, co mi powiedział Martín, ten skurwiel! Nie powtórzę ci, Eliso, nie chcę, żebyś to słyszała, to najgorsze, co może przytrafić się dziecku, najwstrętniejsze, najpodlejsze. A jeśli Clara zrobiła ojcu to, co mówi Martín, to ktoś taki naprawdę na to zasłużył, jasne, że tak! Ale nie dopuszczam tego do siebie, Eliso, nie wytrzymam już, czuję, że się rozpadam, że dłużej nie dam rady.

Milczysz, dlaczego teraz tak milczysz? Z tak daleka dochodzi mnie teraz twoje spojrzenie, tak daleko zostały twoje słowa. Nie słyszę już twojego głosu, nic nie mówisz... Tak wymarzliśmy tamtej zimy... Do tej pory nie rozumiem, jak ludzie tak chorzy na zło mogą tak bardzo kochać sztukę. Zabrali wszystkie twoje obrazy, nie zostawili ani jednego. Teraz Violeta odkryła je i będzie cię poznawać powoli, odszuka cię w nich. Choć nigdy się nie dowie, co się wydarzyło, na cóż jej poznać prawdę mojego milczenia? Sen, tak, wszystko było snem. Filozofowie dyskutują nad istnieniem duszy, ja wiem, że istnieje, nie we mnie: to dusza nieskończona, która rozciąga się na cały wszechświat, galaktyki i kwazary, węgiel i ciszę. Ja zatrzymałem cię wewnątrz tej duszy nie jako istotę, która oddycha, odczuwa przyjemność i jej szuka, lecz jako myśl i czułość, żebyś mogła czuć życie za moim pośrednictwem.

Tamtej nocy nie mogłem zmrużyć oka, czekałem na ciebie, a nad ranem, bardzo wcześnie, zadzwoniła pewna kobieta, nie rozpoznałem jej po głosie, dopiero po tym, co mówiła: „Diego, nie wymawiaj mojego imienia. Jestem osobą, która prześladowała cię od twojego przyjazdu do Paryża, ale niech ci nie przyjedzie do głowy, żeby wypowiedzieć moje imię". Odgadłem natychmiast, kto to, nikt inny nie zaszedł mi tak za skórę jak ona. „Co się stało? Gdzie jest Elisa? Wiesz coś o niej?" Byłem o włos od nazwania jej po imieniu, odruchowo, pragnąc odwołać się do rozsądku w świecie, który go już dawno utracił. „Musisz uciekać, Diego, weź tylko to, co najniezbędniejsze, i wyjdź z domu. Nie masz dużo czasu. Czekam pod twoimi ślimakami". Tak nie mogło być, nie mogłem nigdzie iść bez ciebie. „Oszalałaś? A Elisa? Powiedz mi, gdzie ona jest?" Miałem nadzieję, że powie, że się pomyliła, że to wszystko to pomyłka albo makabryczny dowcip i że niebawem ją zobaczę. „Już nic nie możemy zrobić dla Elisy, dla Danielle też nie, ani dla jej przyjaciela, wszyscy są w rękach ERR. On też został zatrzymany i z tego, co wiem, nie wierzą, że nie miał pojęcia o falsyfikatach. Ktoś ich wydał. Diego, musisz mi uwierzyć, już po nich. A jeśli ty chcesz ujść z życiem, masz pięć minut na wyjście z domu. Ani minuty dłużej. Niczego nie zabieraj. Niech nie wygląda, jakbyś miał nigdy nie wrócić. Będę czekać pod ślimakami o szóstej. Jeśli nie przyjdziesz, tobie też nie będę mogła pomóc. Diego, uwierz mi, zareagowaliśmy zbyt późno. Ją też ostrzegałam, że pakuje się w kłopoty, ale zlekceważyła mnie. Powinniście byli wyjechać już dawno temu".

Nie uwierzyłem jej. Postanowiłem cię poszukać. Nie musiałem się ubierać, bo się nie rozbierałem. Włożyłem tylko buty, chwyciłem dokumenty i pieniądze, które miałem pod ręką, i wyszedłem z mieszkania tak jak stałem, bez płaszcza. Nie zabrałem ani jednego zdjęcia, ani jednej pamiątki; nie zabrałem żadnej twojej rzeczy. Jeszcze byłem pewien, że cię odnajdę. Wypadłem na ulicę i biegłem aż do posągu Joanny d'Arc. Była tam, olśniewająca, wyniosła, z ręką wskazującą na niebo. Zapytałem ją o ciebie, lecz nie umiała mi odpowiedzieć. Wbiegłem po schodach, przeskakując po cztery stopnie, zadzwoniłem do drzwi Danielle i czekałem sparaliżowany. Umierając ze strachu. Kiedy już miałem odejść, otworzyła niania. Dygotała, twarz miała bladą i zlaną potem. Dom był całkowicie splądrowany, przetrząsnęli całe mieszkanie, zabrali obrazy, meble, rzeźby, lustra, dywany. Został tylko szkielet luksusowego życia. Kiedy udało mi się ją uspokoić, powiedziała, że przyszli w nocy, usłyszała ich z pokoju Marie i tak ją przeraziły ich krzyki, że schowała się do otworu na kominek, którego murarze nie zdążyli osadzić na swoim miejscu. Wcisnęła się do wkładu, przyciągnęła żeliwny ruszt, żeby go zakryć, skuliła się i czekała, półprzytomna z grozy, słysząc krzyki i strzały, jak otwierają i zamykają drzwi, przewracają szafy, rzucają na podłogę szuflady, ciągną meble i wynoszą wszystko, co miało jakąkolwiek wartość, aż nagle nastała cisza. Zabrali też Danielle. Nie chciałem jej wierzyć, ale rozejrzałem się, a wszystko wyglądało tak, jak opisała niania. Wtedy zrozumiałem, że muszę uciekać, że nigdy cię nie odnajdę, czyż ktokolwiek z tych zabranych nocą albo w biały dzień powrócił? Iluż ich było? No ilu? Czy ktoś taki jak Danielle porzuciłby wszystko, co kocha, gdyby nie został do tego zmuszony? Pojąłem, że Anna nie kłamała. I nie oparłem się pokusie, żeby zabrać dar Danielle. Tak, Eliso, zabrałem jej prezent, najcenniejszy, jaki mogłaś mi zrobić, a którego nie zdążyłaś mi podarować. Cudem go spostrzegłem przed wyjściem z domu, oszalały z bólu, że cię zawiodłem. Dlatego właśnie, tak, dlatego go zabrałem, nie byłem przy zdrowych zmysłach, nie rozglądałem się wokół siebie.

Eliso, uratowała mnie Anna, moja kuzynka Anna, od początku pracowała dla ruchu oporu. A my myśleliśmy, że kolaboruje... Jak mało wiemy o innych! Jak łatwo ferujemy wyroki! Spotkałem ją tam, gdzie się ze mną umówiła, pod moimi złoconymi ślimakami. „Bardzo mi przykro", powiedziała. „Nic nie mogliśmy dla niej zrobić, nie chciała mnie słuchać. Ostrzegałam ją, ale nie przejęła się. A to, co robiły, było zbyt ryzykowne". Wzbraniałem się przed tą informacją, nie dopuszczałem do siebie myśli, że mam wyjechać bez ciebie. „Musisz się pośpieszyć, Diego, mogę wyrwać was stąd, tylko jeśli będziemy działać natychmiast. Nie masz szans, żeby ją zobaczyć. Nie zobaczysz jej więcej żywej. A jeśli będziesz zwlekał, przyjdą też po ciebie". Patrzyła mi w oczy. Widziałem w nich światło, którego nie dostrzegłem wcześniej, być może dlatego, że za piękną twarzą i olśniewającą figurą nie doszukiwałem się nigdy osoby. Przysunęła wargi do moich i musnęła je. „Wiesz co? Kocham cię tak bardzo, że mam wyrzuty sumienia, że nie mogłam jej ocalić. I musisz mi uwierzyć. Ona wiedziała, że to, co robi, jest bardzo niebezpieczne, że jeśli ERR się dowie, że próbują ich oszukać, fałszując obrazy, będzie miała ogromne problemy, a mimo to kontynuowała. Ale przysięgam, że jej nie wydałam. Przysięgam, że to nie byłam ja". Uwierzyłem jej. Nie zobaczyłem cię nigdy więcej. I chciałem umrzeć, bo wiedziałem, że wplątałaś się w coś o wiele bardziej ryzykownego, niż mówiłaś, i nie zrobiłem nic, żeby temu zapobiec, żeby spróbować przekonać cię, byś porzuciła to znacznie wcześniej, ale to, Eliso, może to właśnie jest miłość. „Wiedziałaś, że nic z tego nie będzie – powiedziałem jej – czemu nie postarałaś się o mnie zapomnieć?" Uśmiechała się. Odniosłem wrażenie, że bezradnie. „Nie wybierasz, w kim się zakochujesz. A przynajmniej mnie się nie udało. Nie zdajesz sobie sprawy z tego, jak bardzo cię pokochałam, Diego. Ale niekiedy im bardziej coś kochasz, tym większe jest twoje wyrzeczenie". I doskonale rozumiałem, o czym mówi: ja wyrzekłem się ciebie ze względu na miłość. Bo czy nie o to chodziło? Tak, tak, o to. Dlatego właśnie wyrzekłem się ciebie, dlatego pozwoliłem, żebyś nadal grała w tę śmiertelną grę. Bo cię kochałem.

Spojrzałem wówczas na nią innymi oczami. Anna nie tylko była piękna. W tym momencie zobaczyłem w jej wzroku coś, czego nigdy nie chciałem zauważyć. Przytuliłem ją, poczułem, jak drży.

„Chodź, nie mamy ani chwili do stracenia. Przed nami ciężka podróż, musimy dostać się na wybrzeże. Musisz wsiąść na statek". Ruszyła, dając mi znak, bym szedł za nią, lecz natychmiast przystanęła i odwróciła się do mnie. Spojrzała z niedowierzaniem na tłumoczek na mojej piersi. „Jesteś pewien, że chcesz to zrobić, Diego? To, co zabierasz, będzie ci bardzo ciążyć. I utrudni wyjazd z Francji". „Tylko to jedno mi po niej zostało. Tylko to. Jedyna rzecz, której nie zabrali naziści. Nie wiem, jak to się stało, że ją przeoczyli. To jakiś cud. Pojedzie ze mną. Nie mam nikogo oprócz niej. To dar. Nie mogę zostawić go tutaj. Kiedy dotrę do Ameryki, odszukam rodzinę Danielle i oddam go". Ukryłem za pazuchą płótno, które Elisa podarowała marszandce, i przypomniałem sobie nagle o Martinie. Zapytałem o niego i zobaczyłem, że Anna opuszcza wzrok. Nalegałem: „On też może być w niebezpieczeństwie, prawda? Wyjedzie z nami?". Jej twarz stwardniała. „Zapomnij o Martinie. Nie potrzebuje naszej pomocy. Już ma kogoś, kto mu pomaga. Niemieckiego przyjaciela". Zawahała się na moment, po czym ciągnęła: „Nie powinieneś się o niego troszczyć, Diego. Nie chciałam ci mówić, ale to on zadenuncjował Elisę".

Tamtego dnia umarłem. Dwukrotnie. Zauważyła to. Położyła mi dłonie na ramionach. „Nie wiem, czemu to zrobił. Zabił osobę, którą kochał, nie potrafię tego zrozumieć. Dlatego nie chciałam ci o tym mówić. Ale wiemy, że to był on. Nie wiemy, skąd wiedział, ale zapewniam cię, że to był on. A ja, jak kretynka, próbowałam go ostrzec, że jego nazistowski kolega jest bardzo niebezpieczny, że powinien uważać. Byłam głupia. Bardzo, bardzo mi przykro, Diego. Pomyliłam się. Powinnam była porozmawiać z tobą, żebyś natychmiast ją stąd wywiózł, a nie z nią. Tak, pomyliłam się. Ale myślałam, że Martín jest tylko zakochany i że prędzej czy później upora się z tym. Jak wszyscy".

O tyle rzeczy chciałem ją wypytać. Ona jednak ciągnęła mnie za rękaw. Martín. Nasz Martín... Przytuliłem mocno mój drżący bagaż i poszedłem za nią, ślepy, niemy i głuchy, jak w koszmarze, w którym nie jesteś zdolny do żadnej reakcji, ale z którego umkniesz, gdy nadejdzie świt. Zaprowadziła mnie do na wpół zrujnowanego kościoła na obrzeżach Paryża, a tam dołączył do nas jej kolega z ruchu oporu. Zorganizowali wszystko. Czekaliśmy jeszcze na innych uciekinierów: dwie kobiety, ich siostrzenica, dziewczynka, która nie mówiła od czasu, gdy zobaczyła, jak zabito jej rodziców Żydów na środku ulicy. Jej jasne loki były jak twoje. Wyjechaliśmy dwoma samochodami w kierunku Cherbourga-Octeville, poruszaliśmy się bocznymi drogami, wyłącznie nocą, za dnia spaliśmy, nie wiedząc, czy na rogatkach miasteczka, którego nie dało się ominąć, albo w innym punkcie drogi nie zatrzyma nas żołnierz Wehrmachtu i czy nie zostaniemy aresztowani. Myślałem, że Anna zaraz nas opuści, że jej misja kończyła się w Paryżu, ale nalegała, by towarzyszyć nam do końca. Opiekowała się mną, jak mogła, pomagała nam przez cały czas, nie opuszczając nawet na sekundę, dodając mi otuchy, kiedy widziała, że się załamuję, narażając własne życie, by dopilnować, byśmy cali i zdrowi dotarli do celu. W te wlekące się w nieskończoność dni, w te noce bez końca, poznałem ją naprawdę. To dzięki niej udało nam się uciec i trafiłem do miejsca, gdzie mogę o tobie już tylko śnić, Eliso.

Milczysz, dlaczego tak milczysz? Nie słyszę już ani słowa, widzę tylko twoją twarz, wyobrażam sobie twoje oblicze pod ziemią i drżę. Zabili cię. Uciekliśmy z Hiszpanii ogarniętej wojenną pożogą, z naszej Hiszpanii, wylądowaliśmy w okupowanej Francji; to nie była ani nasza ziemia, ani nasza wojna, choć być może tamta wojna była wojną wszystkich istot ludzkich. Jakże pomylili się ci, którzy sądzili, że wrogiem był komunizm, że swastyka była lepsza niż *Międzynarodówka*! Jak trudno jest ocenić, przed kim należy się bronić! Nadszedłem zbyt późno, by uchronić cię przed tym szaleństwem. Od tamtej nocy nie ujrzałem cię już więcej, a w każdym razie nie oczami ciała. Widzę cię wciąż oczami serca. Czuję cię rękami wspomnienia. Ale już nie żyjesz. Nie mogłem przestać myśleć o tym przez wiele miesięcy, czy naprawdę nie żyjesz, czy pozostał choćby łut nadziei, a ja zostawiłem cię samą. Obwiniałem się… tyle razy… Dopiero dużo później Anna potwierdziła, że cię zabili, i przynajmniej pod tym względem odetchnąłem.

Nasze dziecko miało właśnie przyjść na świat. Historia powtarza się, nie zważają na to, czy dziecko, czy kobieta, zwierzę czy człowiek, nie zważają na rozejmy i pakty. Nie zważają na nic, dalej zabijają, gwałcą, torturują, płyną lata, a oni powtarzają te same zbrodnie, jakby dać życie było równie łatwo, jak je odebrać. Jesteśmy dzikimi bestiami, nie zmieniliśmy się. A przecież powinniśmy dać szansę istocie ludzkiej albo stracimy tę jedyną rzecz, która różni nas od zwierząt. Chociaż ja już nie będę musiał tego oglądać.

I oczy wypełniają mi się łzami, nic na to nie poradzę. Ale Violeta już odkryła twoje obrazy, jestem pewien, że odnalazła cię w nich, wie, jaka jesteś, odkryła swoją krew. Teraz już ma przeszłość, jej część znajdzie w twoich obrazach, tę, której nie byłem w stanie jej dać aż po dziś dzień, będzie mogła wybrać ją, nie tak jak ja. Ja mam tylko jedną przeszłość: mam ciebie, twoje oczy, twoje cierpienie.

– Panie Ferrán, może pan wracać do domu, przyjechali po pana.

– Violeto, nie płacz, nic się nie stało. Chodź, ptaszątko, jedźmy stąd, bardzo już chcę być w domu. Moja dziewczynka, moja mała dziewczynka. Masz smutną minę, ale nie musisz smucić się ze względu na mnie.

– Daj mi się wypłakać, tak bardzo się cieszę, że cię widzę. Przyjechałam zaraz po tym, jak Ángela dała mi znać. Przez te dwa dni stale do mnie dzwoniła, żeby sprawdzić, czy czegoś nie potrzebuję, i żeby opowiedzieć, jak się miewasz. Dobrze się czujesz? Powiedz, że tak… Wczoraj zaleciła mi, żebym nie przyjeżdżała i nie rozmawiała z tobą za dużo, że lepiej, żebyś się nie podniecał, żebyśmy jeszcze trochę poczekały. Miałyśmy odwiedzić cię dzisiaj obie, ale już nie zdążyłyśmy. Wypuścili cię bardzo szybko.

– W moim wieku należą mi się chyba jakieś przywileje…

– Poza tym opowiedziałam Angeli, dlaczego zostawiłam Alvara w Madrycie, a to bardzo pomogło. Jest całkowicie jasne, że działałeś w mojej obronie. Dziadku, przepraszam, że nie byłam z tobą szczera.

– Nie masz za co przepraszać, ptaszątko. Nie jest łatwo być kobietą w męskim świecie, i każdy radzi sobie, jak może. Próbowałaś uporać się z tym sama, a ten niegodziwiec wykorzystał to. Gdybyś mi powiedziała, nie zrobiłbym tego, co zrobiłem. Gdybym miał czas, żeby się zastanowić, nie strzeliłbym do niego. Nigdy. Nie jestem z tego dumny, ale zobaczyłem cię na ziemi i uznałem, że ten łajdak zrobi ci krzywdę. Nie myślałem o niczym więcej. Ale nie chciałem go zabić.

Płacze, a ja płaczę razem z nią. Jakie ciepłe są jej ręce na moich rękach. To moja dziewczynka, moja mała dziewczynka, i jest już bezpieczna.

– Co za durnie z nas, ostatnio zachowujemy się jak w melodramacie. No chodź, jedźmy już, chcę już być w domu, a ty powinnaś odpocząć, Violeto, musisz nabrać sił, żeby opiekować się dzieckiem, nawet nie wiesz, jakie to męczące! A ja już nie nadaję się do pomocy, popatrz na te ręce, nawet butelki z mlekiem nie przygotują.

– I powinnam też była powiedzieć ci, że jestem w ciąży. Ale...

– Ale miałaś mętlik w głowie i wcale się nie dziwię, ptaszątko. Nie martw się, Violeto, naprawdę. Przez to, co przechodzisz, ja przeszedłem już wiele razy, na moje nieszczęście. Nie czuj się zobowiązana do wyjaśnień. Wielu rzeczy nie da się wyjaśnić, prawie żadnej z tych, które robimy pod wpływem serca. Na moje nieszczęście, doświadczyłem tego wiele razy.

– Diego...

– Diego?... Niedobrze. Kiedy tak się do mnie zwracasz, to znaczy, że powiesz coś, co mi się nie spodoba.

– Czyje są te obrazy na strychu? Babcia była malarką? Na to wygląda, ale nigdy by mi nie przyszło do głowy. Czemu nie powiedziałeś mi, że malowała? Nie pisnąłeś ani słówka, kiedy uparłam się, żeby studiować sztuki piękne. A przecież byłoby fajnie, gdybym o tym wiedziała, nie każdy ma babcię malarkę, i to taką dobrą. I... dziadku... te rysunki w zeszytach, czyje one są?

– Które zeszyty widziałaś, Violeto? Widziałaś je wszystkie?

– Nie zdążyłam. Otworzyłam tylko niektóre, te z najładniejszą okładką, białe z kluczykiem. Te rysunki wykonał ktoś bardzo dobry, są znakomite, bardzo realistyczne. Czuję się najgorsza z całego rodu. Ale nie mogła ich narysować Elisa, pojawia się na wielu jeszcze jako mała dziewczynka.

– Obrazy namalowała twoja babka. Są warte dużo pieniędzy i należą do ciebie. Możesz zrobić z nimi, co zechcesz. Zostały we Francji, kiedy ja wyjechałem do Stanów. Elisa zmarła we Francji. Niektóre z nich są niezwykłe, być może przeszłyby do historii sztuki, gdyby nie zostały zagrabione przez nazistów. Czemu nie powiedziałem ci, że twoja babka była malarką? W sumie to nie wiem. Kiedy wyjechałem z Paryża, chciałem zapomnieć. I udało mi się. To był jedyny sposób, jaki znalazłem, żeby żyć dalej. Zakładasz opaskę na oczy, drugą na serce, chowasz zdjęcia, grzebiesz tęsknotę i wstajesz co rano, żeby troszczyć się o tego, kto ci pozostał, o to, dla czego otwierasz oczy każdego dnia, i nadchodzi moment, kiedy zapominasz... Nie, nie zapominasz, po prostu żyjesz, myśląc codziennie o kilka minut krócej o tym, co cię dręczy, a kiedy upłyną lata, uświadamiasz sobie, że to tylko zły sen. Aż do momentu, kiedy coś cię obudzi i wszystko wali się na ciebie. W dniu, kiedy do mnie przyjechałaś, dostałem od Angeli list, w którym pisała, że obrazy przyjechały, że są w niebieskim pałacyku. A wtedy nie miałem już żadnego pretekstu, żeby odwlekać powrót. Musiałem zostawić ci wszystkie sprawy uporządkowane, Violeto. Ángela zorganizowała ich transport do Asturii i rozwiąże każdy problem, jaki tylko się pojawi. To doskonała prawniczka, zwróć się do niej, jeśli będziesz czegokolwiek potrzebować. Ale byłbym ci wdzięczny, gdybyś teraz nie pytała mnie o nic więcej. To nie są przyjemne sprawy. Jutro, jak odpoczniemy, pójdziemy razem na strych i opowiem ci, kim były te postaci, które namalowała twoja babka, opowiem ci o naszej przeszłości, o twojej przeszłości. Jeśli utracimy nasze korzenie, to co nam pozostanie? Jeśli nie będziemy wiedzieli, kim jesteśmy, jak będziemy mogli odnaleźć własną drogę i wskazać ją naszym dzieciom? Jestem humanistą i to najcenniejsza rzecz, jaką mogę ci zostawić, najważniejsze, co powinnaś wiedzieć. Opowiem ci, dlaczego zrobiłem to, co zrobiłem, kim jesteś, kim jesteśmy. Jestem pewien, że zrozumiesz. O tak, opowiem ci, teraz jestem gotowy. Po to tu przyjechałem. Ale muszę trochę odetchnąć. Ten nieszczęsny wypadek całkowicie wytrącił mnie z równowagi i jestem bardzo zmęczony.

– A możesz mi przynajmniej powiedzieć, czyje są te rysunki w zeszytach?

– Wszystkich kobiet, Violeto, te zeszyty opowiadają historię każdej kobiety, która stara się stworzyć sobie kąt na ziemi. Niektórym się udaje, inne, jak ta, która wykonała te rysunki, zatrzymują się w pół drogi. A wszystkie powinny walczyć, żeby to zmienić, każda na swoją modłę.

ROZDZIAŁ 15

Obraz jest gotowy. W którymś momencie musimy się od niego oderwać; uznanie dzieła za skończone zawsze jest ćwiczeniem z samodyscypliny, wiąże się z cierpieniem; porzucenie pisklęcia, które będzie już mogło latać samo, bez naszej pomocy, smuci w równym stopniu jak cieszy. Zawsze sprawia zarazem ból i satysfakcję. Patrzymy nań z daleka, przymykamy oczy, kolory zlewają się i mieszają, tańcząc przed naszymi źrenicami. Nabrały życia w intymnym spektaklu najwyższej magii; prawdziwość kolorów, gęstość faktur i warstw werniksów na płótnie stworzyły nowy byt.

I

VILLAVICIOSA, SOBOTA, 20 MAJA 2000 (GODZ. 2.45)

Violeta śniła. Śniło jej się, że krąży u podnóża bardzo wysokiej góry, łamiąc sobie głowę, jak by tu na nią wejść, i że obszczekuje ją owczarek. Szczeka i szczeka. Owczarek? Nawet we śnie nie potrafiła uciec od rzeczywistości. Otworzyła oczy. Dobiegało do niej szczekanie nie owczarka, ale Zary. Co za pies! Musi zacząć się przyzwyczajać do sypiania w kuchni: kiedy urodzi się dziecko, nie będzie już mogła przechadzać się po całym domu jak rozpieszczony zwierzak przywykły do robienia wszystkiego, na co mu przyjdzie ochota. Podniosła się i zawołała: „Spokój!", ale suczka nie przestała szczekać. Jamniki były najbardziej upartymi psami, jakie znała. To prawda, że nie miała za wiele materiału do porównania, ale Zara była ostatnio bardziej uparta niż osioł. Może starzała się. Położyła się, a suczka wskoczyła na łóżko i lizała ją po twarzy, po czym zeskoczyła i pobiegła w stronę drzwi. Przystanęła i wpatrywała się w panią. Violeta widziała jej oczy, dwie oliwki błyszczące w ciemności.

– No dobrze, zobaczę, czego chcesz. Nie mogłaś zaczekać? To takie pilne?

Pamiętała, że wyprowadziła ją wieczorem. A może nie? Diego był zmęczony i położyli się bardzo wcześnie, ale Violeta nigdy nie zapominała o spacerze, suka już wiedziała, jak o to zadbać, chodziła za nią krok w krok ze smutnym spojrzeniem, aż dopięła swego. Ale później długo nie mogła zasnąć, ciągle myślała o dziadku, o tym, czy dobrze się czuje. Był już bardzo stary, a ostatnio zachowywał się bardzo dziwnie. A teraz jeszcze ona przysparzała mu dodatkowego bólu głowy. To dla niej Diego, to wcielenie łagodności, uczynił wyłom w swojej filozofii. Powiedział jej, żeby się nie przejmowała, że musi teraz dbać przede wszystkim o siebie. I rzeczywiście myśl, że będzie miała dziecko, sprawiała mu ogromną radość, cieszył się za nich dwoje, bez ustanku dawał jej rady. Jak zawsze rozpieszczał ją i troszczył się o nią, chociaż tak naprawdę to on potrzebował opieki.

Później, bezwiednie, od wyrzutów sumienia przeszła do wspomnień Alvara, ich wspólnego życia, wydarzeń ostatnich dni. Im mocniej próbowała usunąć go ze swojej głowy, tym bardziej natarczywe stawały się te wspomnienia i tym bardziej się rozbudzała. Jedna myśl przywoływała drugą, niby kostki domina stojące ciasno w szeregu na gigantycznym stole. Gdy pozbywała się któregoś wspomnienia, zahaczało o następne, splatały się w jej umyśle tak ściśle, że nie mogła się od nich uwolnić. Jedyny obraz, który udało się jej zablokować i którego nie dopuszczała do siebie, to była jego twarz uderzająca w podłogę. Wzbraniała się przed odtwarzaniem tego widoku. Zbyt mocno bolało.

To na pewno było normalne. Przeżyła w jego cieniu wiele lat i nie mogła oczekiwać, że nagle wymaże go z pamięci. Chociaż tak naprawdę doskwierał jej teraz przede wszystkim fakt, że wspominała momenty radosne, a nie te, które ułatwiłyby jej powrót do normalnego życia. Nie zasługiwał na te wspomnienia. Ale serce nie ma poczucia sprawiedliwości. Postanowiła popatrzeć na jego zdjęcia, te, które miała w laptopie. Nie była pewna, czy zdoła znieść jego spojrzenie, ale zapaliła światło i poszła po laptopa. Usiadła z nim na łóżku, położyła go na kolanach. Pierwszy obraz, jaki wyświetlił się przed jej oczami, pochodził z pulpitu: on i ona przytuleni, z Bazyliką Świętego Marka w tle. Sklepienia ze złotych kostek i podłoga narastająca jak stalagmit przepięknymi mozaikami zauroczyły ją do tego stopnia, że uznała tę świątynię za najpiękniejszą na świecie. A jaką awanturę zrobił jej w hotelu, żądając, żeby włożyła dłuższą spódnicę! Która zresztą okazała się bardzo niewygodna przy wsiadaniu i wysiadaniu z gondoli, gdy wyruszyli na odkrycie weneckich kanałów. A potem rozzłościł się jak mały chłopiec, bo gondolier obdarzył ją komplementem, po włosku wprawdzie, lecz nietrudnym do zrozumienia. O mało co nie musieli wysiąść przed końcem spaceru. Reszta dnia okazała się jednak cudowna i wyjeżdżała z poczuciem, że chętnie by wróciła do tego miasta rodem z powieści. Wyłączyła komputer i zamknęła oczy. Udało się jej zasnąć. To musiało być zaledwie chwilę temu, a teraz suczka szczekała jak najęta.

Violeta zapaliła lampkę i spojrzała na zegarek: dochodziła trzecia. Wstała i podeszła do drzwi, ale Zara pobiegła schodami w górę, nie w dół, w stronę wyjścia. Jej szczekanie dochodziło teraz ze strychu. Violeta poczuła, że serce bije jej szybciej. Ruszyła w stronę poddasza.

– Dziadku? Jesteś tutaj?

Już miała skręcić w stronę jego sypialni, żeby sprawdzić, czy śpi, ale coś popchnęło ją w przeciwnym kierunku. Suczka nie przestawała ujadać. Violeta biegła po schodach, przeskakując po dwa stopnie.

– Dziadku! Dobrze się czujesz? Dziadku!

Zobaczyła go od razu; drzwi do pomieszczenia z obrazami były otwarte, lampka na stoliku zapalona. Siedział na fotelu okryty kocem. Odwrócony w stronę jednego z obrazów zdawał się wpatrywać weń. Patrzyła na niego przez chwilę, a jej serce powoli się uspokajało.

– Dziadku, co tu robisz? Nie możesz spać? Zaprowadzę cię do pokoju.

Diego nie odpowiedział. Miał zamknięte oczy. Violeta spojrzała na obraz wiszący naprzeciwko. Trzy białe róże wyrastały z glinianego wazonu, kilka innych leżało na niebieskiej tkaninie zasłaniającej połowę stołu. Światła i cienie tańczyły po obrusie. Kwiaty wydały się jej niezwykle piękne, wręcz piękniejsze, niż gdyby były prawdziwe. Na tym polegał geniusz. A może chodziło o coś innego, może Elisie udało się przekazać im swoje uczucia i emocje. Sztuka była właśnie tym: emocją. To ta emocja oczarowała ją, gdy patrzyła na obrazy babki. I poprzez jej obraz w tym momencie Violeta odkrywała ją samą.

Okna były otwarte, poczuła na twarzy rześki powiew, który na zewnątrz poruszał liśćmi drzew, a we wnętrzu domu tworzył drżące cienie muskające podłogę. Pachniało morzem, tu zawsze pachniało morzem. Powoli przywykała do tego intensywnego aromatu ławic niebieskawych ryb i do szmeru bryzy. Nie włożyła pantofli i poczuła, jak chłód płytek wędruje wzdłuż jej nóg w górę, a całym ciałem wstrząsa dreszcz. To ocuciło ją trochę. Odwróciła wzrok do dziadka, gotowa odprowadzić go do łóżka. A wówczas zobaczyła białe lilie rozsypane na podłodze, dokładnie pod jego otwartą dłonią. Doskoczyła do niego, dotknęła jego twarzy. Chłód zmroził jej palce i przeszył mózg z szybkością krzyku. Chwyciła go za piżamę i potrząsnęła nim, wołając go, próbując go obudzić, ale jego ręce opadły bezwładnie na poręcze fotela, a głowa poleciała do przodu.

– Dziadku! Dziadku! Nie, nie, nie, nie!

Osunęła się do jego stóp, przywarła do nóg, zwinięta w drżący kłębek, i została w tej pozycji, ściskając jego ręce, z twarzą opartą na jego kolanach. Po chwili czuła już tylko gorzkie łzy wsiąkające w jego piżamę i przeniknięte bólem tak głębokim i tak zimnym, że nie równało się z nimi nawet morze zawodzące za oknami niebieskiego pałacyku.

II

Villaviciosa, poniedziałek, 22 maja 2000 (godz. 11.35)

Dzień nie był szary. Violeta zapięła na szyi kolię ze starego srebra, którą podarował jej dziadek, kiedy wyprowadziła się od niego, za ciemnymi okularami ukryła najszarszą szarość, do jakiej były zdolne jej szare oczy. Ángela zorganizowała pogrzeb i zajęła się wszystkim w jej imieniu; zawiadomiła też garstkę przyjaciół Diega pozostałych przy życiu, rozsianych po Ameryce i po Hiszpanii. Przyjechało kilkunastu profesorów z uczelni, na której wykładał, a nawet kilku dawnych studentów pofatygowało się, by go pożegnać, architektów mniej lub bardziej renomowanych, na tyle wdzięcznych za jego nauki, że postanowili towarzyszyć mu w ostatniej drodze. Między nagrobkami małego cmentarza rzadko tłoczyło się tylu gości. Diego zażyczył sobie, by pochowano go właśnie tutaj, a Violeta uszanowała jego wolę.

Fale huczały za jej plecami, homilia była krótka. W dorosłym życiu Violeta nigdy wcześniej nie utraciła nikogo bliskiego i po raz pierwszy brała udział w pogrzebie, po którym to jej składano kondolencje. Po śmierci matki było inaczej. Z tamtej ceremonii pamiętała tylko cierpienie dziadka. Jej własne uczucia rozpłynęły się. Ale teraz to ona czuła pustkę w głowie i w sercu. Jej mały orzeszek zdawał się szanować jej ból i nie odzywał się od wielu godzin. Patrzyła na granatową trumnę z wygrawerowanymi złotymi literami oplecionymi podwójnym filigranem i wyobrażała sobie Diega spoczywającego w środku, a wówczas serce ściskało się jej tak mocno, tak mocno, że nie mogła wytrzymać i z jej piersi wyrywał się szloch. Krótki, gorzki, nieudawany, rozpaczliwy. Przytuliła się do Angeli, która obejmowała ją przez cały czas. W długim szeregu osób oczekujących na swoją kolej, by złożyć jej wyrazy współczucia, zauważyła Oliviera, lecz zaraz straciła go z oczu, wtopił się w tłum mężczyzn w garniturach.

Za jednym ze studentów Diega, bardzo młodym, z włosami wypomadowanymi jak na wesele, lecz z twarzą ściągniętą smutkiem jak twarze wszystkich obecnych, podjechał powoli starszy człowiek na wózku inwalidzkim. Popychał go mężczyzna ubrany w ciemny garnitur, o szerokich barach i włosach przetykanych siwizną, która nie pasowała do młodej twarzy. Jego pomarszczone ręce mocno ściskały metaliczne uchwyty wózka, nieskazitelnie czyste i zimne jak jego oczy. Dopiero gdy wózek zatrzymał się przed nią, rozpoznała siedzącego.

– Martín... przyjechał pan...

– Ángela zadzwoniła do mnie. Jest mi ogromnie przykro, Violeto. Nawet sobie nie wyobrażasz, jak bardzo jest mi przykro.

– Dziękuję. Bardzo panu dziękuję, że przybył pan na pogrzeb.

– To oczywiste. Twój dziadek i ja byliśmy przyjaciółmi od dziecka. To był niezwykły człowiek.

– Wiem, doskonale go znałam. Miałam to szczęście.

Nie potrafiła uniknąć skurczu w piersi, gdy wypowiadała te słowa. Pamiętała wizytę dziadka w domu seniora, wyraz nieufności na jego twarzy, gdy wchodził do pokoju. Uznała, że opiekun Martina odwiezie go zaraz, i poczuła ulgę, ale starzec chwycił ją za rękę. Patrzyła na niego z góry.

– Przyjechałem też po to, żeby coś ci powiedzieć. Na pewno cię zainteresuje. – Wyjął portfel, a z niego zdjęcie, czarno-białe, doskonale zachowane, lecz pozbawione fragmentu po prawej stronie, który został odcięty wzdłuż konturu sylwetki, tuż obok młodziutkiego Diega. Na zdjęciu widać było grupę osób, ubranych elegancko wedle jakiejś dawnej mody; stali w rzędzie w dużej sali, na tle ściany pełnej obrazów. Uśmiechali się do obiektywu. – Popatrz, to Diego. Niestety, nie mam żadnego zdjęcia twojego dziadka.

Violeta wzięła do ręki fotografię i patrzyła na nią przez minutę.

– Tak, to Diego. Tak, ale... Dlaczego mówi pan, że nie ma żadnego jego zdjęcia?

– Diego i Elisa nie mieli dzieci.

– Co pan wygaduje? Proszę nie mówić takich rzeczy. Czemu przyjechał pan teraz do mnie? Proszę odejść, nie chcę, żeby pan mi cokolwiek opowiadał. Mój dziadek nie ufał panu, wiem o tym. Niech pan odejdzie, nie chcę pana słuchać.

Violeta poczuła, że Ángela ściska jej ramię. Spojrzała na nią, ale nie zrozumiała, o co jej chodzi. Rozejrzała się wokół siebie. Tuż za jej plecami stał Olivier; uśmiechnął się do niej słabo, lecz nie czuła się na siłach, by odwzajemnić ten miły gest. Położył jej rękę na ramieniu, przyjęła tę oznakę wsparcia z wdzięcznością. Dochodziły do niej strzępy rozmów, niekiedy całe zdania, lecz nie potrafiła ich powiązać. Dochodził też głos Martina. Słuchała go obojętnie, jakby to nie do niej się zwracał.

– Elisa nie chciała mnie posłuchać i dalej fałszowała obrazy. Diego nie przeszkodził jej, nawet po tym, jak opowiedziałem mu, co robi. I nie rzucił jej, choć wiedział, że go okłamała. Zbyt mocno ją kochał. Nie miałem innego wyjścia: kiedy już sądziłem, że przywykłem do takiego życia, bez niego, ona musiała zajść w ciążę… Chociaż teraz wiem, że nie udało się jej urodzić dziecka, a nawet jeśli tak, ty nie jesteś jej wnuczką. Wystarczy na ciebie popatrzeć, żeby się zorientować. Nie wystarczyło jej, że miała jego, musiała jeszcze odebrać mi go i dać mu dziecko.

Violeta nie rozumiała, co mówi. Ściskała ramię Angeli i patrzyła na Martina bez słowa, oczekując, aż wyrzuci z siebie tę mowę, która brzmiała jak wyuczona na pamięć i recytowana już wielokrotnie przed tą samą zdegustowaną publicznością. Dwie kobiety służyły mu tylko jako pretekst. Patrzył na grób Diega, potem na fotografię, a słowa wychodziły z jego ust beznamiętnie, w prostej, atonicznej linii, wyprutej z emocji.

– Ja nie chciałem tego, nie myślałem, że go stracę. Że każdy krok, który wykonywałem, żeby przybliżyć go do siebie, w rzeczywistości go oddalał. Poza tym nie spodziewałem się, że od razu się zorientuje, że ją wydałem. Byłem naiwniakiem albo głupcem, sam nie wiem. Rację miała Anna, kiedy ostrzegała mnie, że powinienem uważać na mojego nazistę, ale dopiero dużo później dowiedziałem się, że nie była tym, na kogo wyglądała. Nie wiem, czy mnie przejrzała i na ile. Myślę, że w końcu opowiedziała Diegowi o wszystkim. Kiedy poprosiłem Wolfganga, żeby aresztowali Elisę, zaśmiał się. „Naprawdę tego chcesz?", zapytał. „Jeśli tego chcesz, nie usłyszysz o niej nigdy więcej". Wiedziałem, że Wolfgang może próbować pochwycić też Diega, zazdrosny o wszystko, co było blisko mnie, i poprosiłem Annę, żeby mu powiedziała, że powinien zniknąć na jakiś czas. Ale ona zbyt dobrze wypełniła swoje zadanie, znacznie lepiej, niż mogłem się spodziewać, i zorganizowała jego wyjazd z Paryża. Wyjechał daleko ode mnie. Nie wiem, w którym momencie Wolfgang odkrył moje prawdziwe motywy. I nie zniósł tego, że go oszukałem. Może z czasem zakochał się; on, który chciał się tylko rozerwać. I nie zniósł zdrady. Ale ja nie byłem w stanie zadowolić się nim, nie byłem w stanie. Nie dorastał Diegowi do pięt, a poza tym nie wystarczał mi ten ukradkowy związek, którego nie mogłem nikomu pokazać. Mimo że łączyło nas upodobanie do czekolady i innych delikatesów wówczas trudno dostępnych. Ja już miałem kogo kochać i nie potrafiłem niczego poczuć do tego przeklętego Niemca. – Martín zaczerpnął powietrza. Płakał. Opiekun podał mu chusteczkę. Wytarł łzy, wysiąkał nos i mówił dalej. Musiał opowiedzieć wszystko, do końca. – Elisa nie wiedziała nic ponadto, co powiedziała mi wcześniej, i nie mogła powiedzieć im tego, o co pytali, a może nie chciała, to już zabrała ze sobą do grobu. Wywieźli ją do obozu koncentracyjnego gdzieś w Rzeszy. Myślę, że nie przeżyła zbyt długo. Jej marszandki, Danielle, nie byli w stanie zmusić do mówienia. Zmarła w swoim ukochanym Paryżu, w policyjnej katowni. Nie wyjawiła swoich kontaktów, kto jej płacił, komu przekazywała obrazy. Nie powiedziała im nic, traktowała ich z góry, dumna, wyniosła. Wykazała odwagę, jakiej nigdy nie byłbym sobie w stanie wyobrazić, i zapłaciła za to życiem. Była naprawdę wyjątkową kobietą. Było mi wręcz przykro, że tak skończyła. Dopadli też jej kochanka, hrabiego. Okazało się, że Friedrich, który jako szycha w Wehrmachcie miał dostęp do raportu Kümmla, przekazał go dyrekcji francuskich muzeów. Oni nie tylko byli kochankami, oboje działali na rzecz ocalenia obrazów znienawidzonych przez nazistów. On też wylądował w obozie koncentracyjnym, gdzieś w Austrii, mniej brutalnym, ale równie skutecznym. Naziści byli jeszcze bardziej bezwzględni wobec swoich. Nie potrafię powiedzieć, czy zmarł tam czy nie, nie obchodziło mnie to. Ale dzięki Annie Diego wyjechał do Stanów Zjednoczonych, a jakiś czas później napisał do mnie stamtąd. W liście pytał, dlaczego to zrobiłem, dlaczego nie umiałem pogodzić się z tym, że nie będę jej miał, i tak ją ukarałem. Płakałem, wiedząc, że nadal niczego nie rozumie, nie byłem w stanie mu odpowiedzieć. Ale byłem szczęśliwy, dowiadując się, że jest bezpieczny, przynajmniej dopóki nie zorientowałem się, że nigdy więcej go nie zobaczę i że wszystko, co zrobiłem, przyczyniło się tylko do tego, że mnie opuścił. – Violeta przestała płakać. Martín mówił teraz o niej, ale nadal wpatrywał się w morze albo w jakiś odległy punkt na horyzoncie, gdzie ktoś, kto nigdy nie chciał go wysłuchać, nie będzie miał teraz innego wyjścia. – Nie wiedziałem, czyją córką jesteś, dopóki nie zobaczyłem cię na własne oczy. On powiedział mi, że za pośrednictwem Anny odzyskał ich dziecko, Elisy i swoje. Nie dociekałem, nie przyszło mi do głowy, że kłamie. To była najsroższa kara: przez resztę życia sądziłem, że Elisa trwa przy boku Diega w postaci swojej córki. On oczywiście nie miał o tym pojęcia. Ale kiedy zobaczyłem cię onegdaj, od razu zrozumiałem, czyją jesteś wnuczką. Czyli Diego nie był nieskazitelnym wzorem cnót. Chcesz poznać swoją babkę? Poszukaj jej w zeszytach Clary albo na obrazach, bez trudu odnajdziesz swoje rysy. Nie kłamał tylko w tym, że twoja matka go uratowała, że dała mu powód do życia. A ja zostałem z niczym. Odszedł na zawsze. I umarł, nie dowiedziawszy się, co czułem do niego naprawdę.

– Czemu pan to zrobił, Martín? Czemu zdradził ich pan, wiedząc, że tak czy owak nie zdobędzie pan Diega?

– Jesteś szczęściarą, Violeto, Diego był kimś wyjątkowym. Chociaż jesteś żywym dowodem na to, że nie był rycerzem bez skazy, za jakiego go uważałem, był fantastycznym człowiekiem. Jestem pewien, że kochał twoją matkę i ciebie, jakbyście były krwią z jego krwi. Tak samo jak kochał ją. Ja nigdy tego nie zaznałem. Nikt nigdy nie kochał mnie w ten sposób. Na początku próbowałem przywyknąć. Zadowalałem się byciem blisko. Poznałem innych mężczyzn. Pogodziłem się z myślą, że nigdy nie będę miał go w taki sposób, jakbym chciał. Nadszedł moment, że wystarczyłoby mi, gdyby zerwali. Tylko tyle. Więc opowiedziałem Diegowi, że go okłamuje, przeświadczony, że ona nie przestanie malować falsyfikatów i to doprowadzi do zerwania, ale pomyliłem się. Wówczas spróbowałem zapomnieć o nim, nie widywałem go, z przyjemnością przyjąłem ofertę Wolfganga, starałem się go pokochać. Podsycałem miłość Anny, nieprzytomnie zadurzonej w Diegu. Wystarczyłoby mi, gdyby porzucił dla niej Elisę. Myślałem: każda, byle nie ona. Ale nie porzucił jej. A ona zaszła w ciążę. Na myśl, że będzie matką jego dzieci... Diego opowiedział mi o tym cały w skowronkach i dodał, że wyjeżdżają wreszcie do Stanów. Mieli wyjechać z Paryża, oboje, sami, beze mnie, w dodatku z dzieckiem. Nigdy nie czułem takiej nienawiści. Przekonałem Wolfganga, żeby przestał je chronić, Elisę i Danielle, żeby zadenuncjował je w ERR. Przyszło mi to bez trudu, robił wszystko, o co go prosiłem. Powinni byli mnie posłuchać. Ja byłem w stanie kochać tylko jednego człowieka, a on nigdy się o tym nie dowiedział. Postąpiłem jak tchórz, ale jeśli wyrządziłem krzywdę, to tylko z miłości. Nawet tego nie zrozumiał Diego, nawet tego. Mam nadzieję, że przynajmniej ty zrozumiesz.

– Bardzo się pan myli. Nigdy nie krzywdzi się drugiego człowieka z miłości, nigdy. Wyrządza się krzywdę z egoizmu. Zrozumiałam to późno, ale w samą porę. – Violeta spojrzała mu prosto w oczy. – A Elisa? Nie ma pan żadnego zdjęcia Elisy?

– Nie, żadnego. Miałem kilka, z czasów, gdy byliśmy dziećmi albo kiedy przyczepiła się do niego, ale nie mogłem znieść jej wzroku. Jej oczy lśniły jak spadające gwiazdy.

III

Villaviciosa, wtorek, 23 maja 2000 (godz. 12.30)

Suczka lizała po raz setny buzię Giselle, lecz dziewczynce to nie przeszkadzało, wręcz przeciwnie, im szybciej długi jęzor sunął po jej policzkach, tym głośniej się śmiała.

– Dziękuję, że przyszliście i że wczoraj byliście na pogrzebie. Nawet nie wiem, czy przywitałam się z wami.

– Nie przejmuj się. Chociaż owszem, przywitałaś się. A przyszliśmy tylko po to, żeby się pożegnać, jutro wreszcie wracamy do domu. Giselle musiała was zobaczyć przed wyjazdem.

– Cieszę się, że ją przyprowadziłeś. To wspaniała dziewczynka. Diego też bardzo ją lubił. W ogóle bardzo lubił dzieci.

Poczuła, że zaraz zacznie płakać. Odwróciła się, żeby dziewczynka nie zobaczyła jej oczu, i wypuściła powietrze bardzo powoli, raz, drugi i trzeci, aż udało się jej powstrzymać łzy. Olivier pogłaskał ją po twarzy, ale wzięła jego rękę i zatrzymała w swoich.

– Czuję się dobrze, naprawdę, wielkie dzięki. Muszę przywyknąć, ale to potrwa, zbyt wiele śmierci na raz.

– Słyszałem o historii z twoim mężem. Villaviciosa to mała mieścina. Bardzo ci współczuję.

– On nie był moim mężem. Jest mi przykro z powodu jego śmierci. Ale nie powinno i nie chcę tego. A pogrzeb dziadka po prostu mnie dobił. Pamiętam to wszystko jak serię niepowiązanych ze sobą przebłysków. Nie wiem, co robiłam, co mówiłam, pamiętam tylko jakieś oderwane myśli. Wiem jednak, że byłeś przy mnie.

– Nie dziękuj mi. Twój dziadek był niezwykłym człowiekiem. Wiele osób go kochało. Na cmentarzu był tłok. A ja chciałem po prostu być przy tobie.

– To był też twój dziadek, Olivierze.

Violeta puściła jego ręce i popatrzyła na małą. Miała dwa warkoczyki, potrząsała nimi bez przerwy, poruszały się jak żywe. Kosmyki ciemnych włosów muskające twarz rozjaśniały jej skórę poprzez kontrast. Giselle i suczka przyjęły swą ulubioną pozycję: dziewczynka siedziała na podłodze z Zarą na kolanach, głaskając ją po brzuchu.

– Skąd wiesz? Kto ci powiedział, że był moim dziadkiem?

– Jestem tylko w ciąży, nie jestem idiotką.

– Nie rozumiem hiszpańskiego humoru.

– Kiedy spotkałam twoją córkę na plaży, powiedziała mi, że przyjechaliście odszukać twojego dziadka. Oboje mówicie doskonale po hiszpańsku, przybyliście z Paryża, a flakon na perfumy, który podarowała mi Giselle, stanowi część kompletu namalowanego na jednym z obrazów Elisy; lusterko od kompletu leży na strychu tego domu. To nie marne powieścidło sensacyjne z poszukiwaniem przedmiotu, na którym ciąży klątwa, zagadka była dość łatwa, nie uważasz? Nie udało mi się tylko ustalić, kim była twoja babka. Cóż, jeśli to, co zapamiętałam z wczorajszej opowieści Martina jest prawdą, nie wiem też, kim była moja, więc w sumie pewnie nie ma to większego znaczenia. To właśnie chciałeś mi powiedzieć tego dnia, kiedy zemdlałam, prawda?

– Tak. Właśnie to.

– To czemu nie powiedziałeś?

– Nie chciałaś mnie słuchać.

– Nie wiedziałam, że chcesz mi powiedzieć coś takiego.

– Nie chciałaś, żebym powiedział ci to, co ci chciałem powiedzieć. Poza tym nie chciałem cię skrzywdzić. Dlatego przyszedłem, żeby ci wyjaśnić, czemu muszę porozmawiać z twoim dziadkiem, ale wtedy zrozumiałem, że zatruwanie życia starcowi i jego wnuczce nie zwróci mi mojej byłej żony. Zabrało mi to sporo czasu, ale zrozumiałem. To prawda, że zostawił moją babcię samą z malutkim dzieckiem, ale minęło ponad sześćdziesiąt lat, a ty nie jesteś niczemu winna.

– Dobra, zostawmy to.

– Dobra. Chcę cię jeszcze kiedyś zobaczyć…

– Nie chcę, żebyś tak mówił. – Violeta nie czekała, aż skończy zdanie.

– Dobra.

– Kim była twoja babcia, Olivierze? Proszę, powiedz mi, że moja naprawdę umarła w Paryżu, a nie żyła przez te wszystkie lata gdzieś we Francji, nie odzywając się do mnie.

– Nie wiem, co ci powiedzieć. Wygląda na to, że Diego miał dwie córki, moją matkę i twoją. Moja babcia miała na imię Anna, była kuzynką Diega. W mojej rodzinie było wiele kobiet o tym imieniu, ona była fantastyczna, wszyscy ją bardzo kochaliśmy. Jedno mnie dziwi: gdyby twoja matka była też jej córką, Anna powinna się nią opiekować. Ale była wojna, na wojnie dzieją się różne straszne rzeczy.

– Czyli nie wiesz, czy moja babcia to Anna, czy Elisa. Czy może ktoś zupełnie inny.

– No nie wiem. Przykro mi. O żonie Diega nie mówiła prawie nigdy. I nie wiem, czy Martín opowiedział ci wczoraj prawdę o twojej matce, czy to, co on sam uważa za prawdę, czy po prostu jest skurwielem i chciał ci napsuć krwi z jakiegoś niewiadomego powodu. Za to owszem, powiedział coś, co współgra z tym, co mówiła moja babcia, że to ona pomogła Diegowi uciec i uniknąć aresztowania przez nazistów i że to on, jego przyjaciel Martín, ostrzegł ją, bo wiedział, że zna ważnych ludzi, chociaż nie wiedział, że pracowała dla ruchu oporu. Udało im się uratować tylko Diega. Wiem też, że to Martín zdradził Elisę. A wiesz, czemu jest inwalidą? To był ostatni prezent od jego nazistowskiego przyjaciela. Moja babcia mawiała, że prawdziwe miłości to takie, które o nic nie proszą. Wolfgang odkrył, że Martín ostrzegł kogoś i że ruch oporu wywiózł Diega z Paryża, a wtedy zrozumiał wszystko, zrozumiał, że Martín zawsze był homoseksualistą i że tak bardzo kochał Diega, że namówił jego, Wolfganga, by wydał ererowcom Danielle i Elisę po to, żeby rozłączyć go z żoną, ale że jego samego pragnął oszczędzić. Zrobili go inwalidą na wyraźny rozkaz Wolfganga. O Elisie nie wiem za wiele. Moja babcia do końca była zakochana w Diegu, do dnia swojej śmierci. Nigdy nie wyszła za mąż i o ile wiem, nie miała innych dzieci oprócz mojej matki, chociaż podejrzewam, że kochanków, owszem. To była bardzo wesoła kobieta. I bardzo ładna. Ale zawsze mówiła o nim jako o mężczyźnie swojego życia, a robiła to często. Tak jakby jej mąż zginął na wojnie, a ona stale o nim myślała. Chociaż nie wierzyłem, kiedy zapewniała nas, że nigdy się nie dowiedział, że zaszła w ciążę. Dlatego tu przyjechałem. Jeśli nam nie zełgała, kochali się tylko raz, kiedy pomogła mu wyjechać z Europy. Poprosiła go, żeby został z nią we Francji, ale nie chciał. Sądzę, że nie kochał jej, po prostu. Więc pozwoliła mu odejść. A potem nie chciała go zmuszać, żeby wracał tylko dlatego, że była w ciąży.

– Pogubiłam się.

– Co wiesz o tym, co wydarzyło się w Paryżu?

– Nic. To, co mi powiedział Martín i to, co widziałam na tym tysiącu obrazów na górze, na strychu. Diego nigdy nie pisnął mi ani słówka na temat Elisy i swojego życia w Paryżu. Nie wiedziałam nawet, że była malarką. Dopóki tu nie przyjechałam, nie miałam pojęcia, że spędzili tam tyle czasu.

– Ja też przyniosłem ci coś, co może ci pomóc lepiej poznać przeszłość. Zabrałem to ze sobą, sam nie wiedząc po co, ale teraz już wiem. Poczekaj, zostawiłem w samochodzie, zaraz wracam.

Olivier wyszedł z domu, a w chwilę później wrócił, dźwigając dwie walizki. Otworzył jedną z nich, wyciągnął kilka kajetów i pokazał Violecie.

– Takie same znalazłam na strychu. Diego nie chciał mi powiedzieć, czyje są.

– Narysowała je Clara, matka Elisy. Moja babcia Anna zabrała je z domu Diega i Elisy po jej aresztowaniu i przechowała przez te wszystkie lata. Nie widziałem ich od dawna, ale myślę, że przypomnę sobie, kogo przedstawiają, bo opowiadała nam o tych ludziach.

– Jak to możliwe, Olivierze? Jak to możliwe, że jeden człowiek nie zachowa ani jednego sekretu dotyczącego przeszłości, a inny, ktoś taki jak Diego, zatai wszystko?

– Nie wiem. Może nie wszyscy mamy to samo do ukrycia. Albo nasze sekrety nie bolą nas tak samo.

– Powiesz mi coś o nich? Kim byli, jak wyglądało ich życie?

– Mogę spróbować, tak, ale pamiętaj, że znam tylko wersję babci. Współpracowała z ruchem oporu przez całą okupację i była z tego bardzo dumna. Historia jej wojennych przygód krążyła po moim domu w najróżniejszych wariantach. Nie wiem tylko, czy uda mi się oddzielić to, co naprawdę nam opowiadała, od tego, co sami dorzuciliśmy przez te wszystkie lata.

– Dzięki. Może ktoś z tych ludzi powie mi, kim jestem.

– Jesteś Violetą, ale jeśli szukasz czegoś więcej, to dobry początek. Chociaż ja osobiście nie wiem, czy chciałbym rozgrzebywać przeszłość. Przemyśl to. Wydaje mi się, że twoja matka miała zabrać te walizki, kiedy była u nas. Babcia pokazała jej zeszyty. Uwielbiała je. Strzegła ich jak największego skarbu.

– Moja mama była u was? Wiem, że umarła w Paryżu, ale niewiele poza tym. To dziwne. Zostałam kompletnie sama. Nie wiem nawet, kim był mój ojciec. W moim domu to było normalne. W pewnym momencie myślałam nawet, że wszyscy tak mają, że nikt nic nie wie o swojej rodzinie.

– Tu ci nie pomogę, byłem wtedy bardzo mały. Nie pamiętam twojej matki. A moja mama i moja babcia nigdy mi o niej nie opowiadały. Przed przyjazdem tutaj przejrzałem w bibliotece artykuły na temat tamtych wydarzeń. Podobno pisała artykuł na temat sztuki zaginionej podczas drugiej wojny światowej, a policja uznała, że zamordowała ją mafia. Nic więcej nie wiem. Nie wiem nic o niej samej.

– Śpieszysz się? Jeśli chcesz, pokażę ci obrazy Elisy. Potem możemy zjeść obiad w ogrodzie. Diego bardzo go lubił. Mogę ci o nim opowiedzieć.

Giselle została w salonie, bawiąc się z suczką, a Violeta i Olivier weszli na strych. Otworzyła drzwi z pewnym ociąganiem; w pamięci stanął jej moment, kiedy Álvaro zaskoczył ją, gdy oglądała obrazy, jego twarz uderzająca w podłogę. Ale wiedziała już, że najgroźniejsze upiory to te, które są żywe i nie chcą odejść. Światło słoneczne padało bezpośrednio na obrazy. Musiała się zastanowić, co z nimi zrobić, jak je zabezpieczyć przed utratą kolorów. Olivier osłupiał na ich widok. Wrażenie wywołane widokiem tylu obrazów przedstawiających ludzi, którzy żyli naprawdę, było magiczne. Wydawało się, że wszyscy pragną opowiedzieć o sobie, lecz nikt nie jest w stanie tego zrobić, bo rzucono na nich potężny czar. Tak w każdym razie myślała Violeta za każdym razem, kiedy tu wchodziła. Olivier zaczął przesuwać płyty. Szukał osób, które potrafiłby zidentyfikować. Rozpoznał Milagros, Danielle, Manuela, Diega, nawet Martina. Szukał kogoś jeszcze.

– Patrz, to Anna.

– Kto? Ta piękna kobieta? To była twoja babcia?

– Tak, Anna była bardzo atrakcyjna. Ale kochaliśmy ją nie tylko za urodę. Myślę, że jej osobowość wywarła wpływ na nas wszystkich. Nawet Giselle bardzo ją lubiła, chociaż w ostatnim roku przed śmiercią już prawie nie mogła się z nią bawić. Dziwne, że Elisa ją namalowała, prawda? Była żoną Diega, a moja babcia najwyżej „tą drugą".

– Popatrz na kolory. To jedyny portret kobiecy, gdzie dominuje czerwień i czerń, i jeszcze zieleń. Jest krzykliwy, w innych obrazach nie widać takich mocnych zestawień. Przyjrzyj się: kiedy stosowała kolory dopełniające, mieszała je ze sobą, rozbielała, nie kontrastowała ich. Ale na tym portrecie gryzą się; w tym sensie jest bardzo fowistyczny. Najwyraźniej Elisa nie przepadała za nią. Albo nie ufała jej. Ale zachowała się uczciwie: namalowała ją jako przepiękną kobietę.

Olivier przyjrzał się Violecie. Zrozumiał, dlaczego wydawała mu się znajoma. Przysunął się do niej. Naprawdę była śliczna.

– Czemu tak mi się przyglądasz? To głupie pytanie, zważywszy na to, gdzie jesteśmy, ale zobaczyłeś ducha, czy co?

– Nie. Zobaczyłem ciebie.

Przybliżył swoje usta do jej ust. Nie poruszyła się. Powoli dotknął wargami jej warg, a ona przyjęła go. Pocałunek był czuły, ale pełen żaru, pocałunek zawiedzionych kochanków, którzy próbują się rozpoznać w cudzym partnerze. Języków, które się sondują, ciał, które się wahają. Dwojga nieznajomych, którzy nie wiedzą, czy mogą się sobie oddać. Olivier objął ją, chętnie pozwoliła się otoczyć innymi ramionami. W jej brzuchu trwał jeszcze dreszcz, kiedy oderwał swoje wargi, wciąż przytulony do niej, policzek przy policzku.

– To tylko pocałunek, Olivierze.

– Tak, to tylko pocałunek. Ale czas się nie zatrzymuje.

IV

Los Molinos, piątek, 26 maja 2000 (godz. 12.00)

Podróż dłużyła się jej niemiłosiernie. Nie była przyzwyczajona do samotności. Zostawiła samochód Diega w Villaviciosa, a suczkę u Angeli, i pojechała do Madrytu pociągiem. Niemal przez całą drogę myślała o swojej kuzynce. Prawniczka wielokrotnie próbowała porozmawiać z nią o Diegu, ale Violeta nie miała ochoty. Po rozmowie z Olivierem wątpiła, czy naprawdę chce wiedzieć coś więcej. W ciągu kilku dni odzyskała swoją babkę i utraciła ją. Utraciła też wiele innych rzeczy. Potrzebowała czasu, żeby to wszystko przyswoić. Ale słowa Angeli, kiedy ta przyjechała po Zarę, dźwięczały jej w głowie od momentu, gdy pociąg ruszył i gdy oderwała myśli od brzucha, w którym aktywność orzeszka znacznie wzrosła, zwłaszcza kopanie. „Rozumiem, że nie chcesz teraz o tym słuchać, ale to, co powiedział Martín, to prawda. Sama możesz się odnaleźć na obrazach i w zeszytach Clary, ale nie powinnaś poprzestać na tym. Diego zostawił ci list, w którym wyjaśnia to, co jego zdaniem będziesz chciała wiedzieć. Potwierdza, kim jest twoja babka. Musisz poszukać go w jego domu, ponieważ nie zdążył powiedzieć mi, gdzie go położył, a tym bardziej złożyć oświadczenia, ale myślę, że nie ukrył go zbyt głęboko. Ja też mogę ci pomóc. Jeśli zechcesz, dotrzemy tam, dokąd będziesz chciała dojść. Radzę ci, żebyś nie odrzucała tej wiedzy. Zapewniam cię, że poznanie przeszłości przyniesie ci dużą korzyść". Powiedziawszy to, Ángela uścisnęła ją mocno na pożegnanie, zabrała Zarę, wsiadła do samochodu i zniknęła za niewiarygodnym lasem.

Czy dobrze zrobiła, nie idąc za jej radą? Dziadek za życia nie pisnął ani słówka o tym, co wyjawił jej Martín. Ale te zwierzenia dotyczyły tylko tego drugiego. Jeśli to, co powiedział jej na cmentarzu, było prawdą, miał marne życie: wszystkimi siłami walczył o swoją miłość, a każdy krok prowadził go w przeciwnym kierunku, oddalał od niej.

Z tym że ona tak naprawdę nie miała powodów, żeby drążyć. Przez tyle lat Diego ukrywał przed nią swoją przeszłość, a ona w tym momencie doskonale go rozumiała. I nigdy nie odczuwała potrzeby, żeby wiedzieć o nim więcej niż to, co sam okazywał każdego dnia. Na pewno nikt nie zna całej prawdy o życiu swoich dziadków czy swoich rodziców, choć zapewne mało kto skrywa historie takie jak ta Diega. A był najlepszym człowiekiem, jakiego znała, i żaden jego czyn nie był w stanie tego zmienić. Zawsze będzie mogła przeczytać ten list albo poprosić Angelę o szczegóły. Poza tym nie powinna już myśleć tylko o sobie. Na szczęście nie została całkiem sama: za kilka miesięcy urodzi się jej dziecko. Byli jeszcze Olivier i Giselle, którzy wrócili do Francji, a on zaprosił ją, żeby odwiedziła ich, kiedy tylko będzie miała ochotę. Opowiedział jej o paryskim życiu Anny, poznała nieco lepiej Diega poprzez te opowieści i rysunki Clary. Przy czym wersja Anny nie była całkiem wiarygodna, była to wersja kobiety tak zakochanej w tym mężczyźnie, że pozwoliła mu odejść, bo wiedziała, że nigdy jej nie pokocha. Nigdy w życiu nie słyszała smutniejszej opowieści o miłości. Zachowała wizytówkę Oliviera. Schowała ją do szuflady komody, na wypadek gdyby w którymś momencie zapragnęła zobaczyć go ponownie „albo przynajmniej odwiedzić Giselle", powiedział jej przy pożegnaniu, kiedy już zmierzchało.

* * *

Gdy wchodziła do domu w Los Molinos, przeszył ją dreszcz. Upłynęło zaledwie dwanaście dni od ich wyjazdu, lecz w tym czasie wydarzyło się tyle rzeczy, że miała wrażenie, jakby wyjechała stąd pół wieku temu, jakby czas miniony i odległy nałożył się na czas teraźniejszy i rzeczywisty, w którym żyli ona i dziadek, rozciągając szczupłe godziny w długaśne lata. Dekady wręcz. Ziemia była jeszcze mokra po deszczu. Żółte powoje pokrywające ogrodzenie i wejście do ogrodu całkowicie rozkwitły, róże chyliły się ku ziemi, zgięte pod ciężarem wody, która jeszcze nie wyparowała, ziemię pokrywały tysiące mokrych płatków, łez słońca. Różane krzewy posadziła jej mama, kiedy ona miała zaledwie cztery albo pięć latek. Skąd wziął się teraz ten obraz? Mama próbowała wyplątać włosy z długich pędów wyrastających z bryły ziemi, a ona pokłuła sobie gołe rączki kolcami, kiedy chciała jej pomóc, i uciekła z krzykiem. W tym czasie dziadek kopał dziury w ziemi, szykując się do przeniesienia wielkich donic, i zaśmiewał się z ich niezdarności. Ale zaraz porzucił szpadel i przybiegł im na pomoc. Wyleczył jej rany, całując ją w każdy paluszek. Liczyły się tylko te wspomnienia. Tylko one. To było najcenniejsze, co jej zostawili.

Choćby tylko po tę świadomość warto było wrócić do Los Molinos. Na razie nie potrafiła się przemóc, żeby przejrzeć rzeczy Diega. Jeszcze podnosząc klucz do zamka w ciężkich drzwiach z hiszpańskiego drewna, nie wiedziała, czy odważy się wejść. Ze zdziwieniem odkryła jednak, że tak i że wspomnienia, które przywoływał każdy kąt domu, nie budziły w niej tęsknoty, lecz przybliżały go, jakby nadal był żywy. Odsunęła zasłony, otworzyła okna, poprawiła poduszki na kanapie w salonie, po czym weszła do kuchni i przesunęła palcem po półkach, szukając kurzu, który jeszcze nie miał czasu osiąść, wyrównała pojemniczki z przyprawami, których tak trafnie używał Diego, przyrządzając dania, którymi już nie dane jej będzie się delektować, włączyła lodówkę i piec.

Wchodząc pod prysznic, rozpłakała się. Nie miała powodu, żeby tego nie robić. Może jeśli codziennie trochę sobie popłacze, smutek nie skumuluje się w jej dziecku, może nie będzie dusiło go w piersiach jak niekiedy ją, na przykład w tym momencie. Płakała, mydląc się, spokojnie, nie wstrzymując łez płynących na wspomnienie dziadka. Starała się jednak nie myśleć o Alvarze. Pamiętała go, owszem, jego dłonie, jego włosy, jak bardzo go kochała; unikała innych obrazów. Nie czuła się jeszcze gotowa, by wrócić do własnego domu. Wystawiła go na sprzedaż za pośrednictwem agencji i zamierzała zamówić ciężarówkę firmy przeprowadzkowej, żeby przewiozła do Villaviciosa to, co chciała zachować. Nie wiedziała jeszcze dokładnie co. Nie chciała zabierać nic, co by zmuszało ją do myślenia o Alvarze.

Wytarła się starannie i włożyła piżamę w misie i w serduszka. Sprawiło jej dużo frajdy szukanie tego modelu w swoim nowym rozmiarze; kupiła też drugą, maleńką, dla córeczki. Już od dłuższego czasu przeczuwała, że jej orzeszek będzie dziewczynką. Po raz pierwszy miała spać sama w tym domu, ale nie przejmowała się. Nie miał jej już kto straszyć, może tylko duchy z obrazów Elisy, ale one wyglądały raczej sympatycznie. Bardzo wcześnie zjadła kolację, pizzę z anchois, pomidorami i trzema serami, zamówioną po drodze ze stacji i którą dowieziono jej punktualnie na wskazaną godzinę, i postanowiła przystąpić do poszukiwań. Wybebeszyła szuflady, przekopała szafy, podniosła materace, wywlokła ze strychu stare skrzynie, przetrząsnęła zakurzone kufry pełne najróżniejszych dziudziołów, które zwróciły jej uwagę. Nigdzie nie znalazła tego, czego szukała. Dwie walizki z dziennikami matki, o których napomknął jej dziadek kilka dni temu, zapadły się jak kamień w wodę. O świcie, ze sztywnym kręgosłupem i skurczami nóg, które łapały ją co kwadrans, dała za wygraną, położyła się i zasnęła kamiennym snem prawie natychmiast. Obudziła się jednak niebawem, czując w prawej łydce taki ból, że przeklęła na głos genialny pomysł szukania śladów matki, jakby nie dość miała kłopotów z babką malarką i tysiącem nieznanych oczu, które czekały na nią na poddaszu niebieskiego pałacyku.

Kiedy wstała następnego ranka, poczłapała do lokalnej kafejki na obfite śniadanie. Nie wiedziała, czy powinna tyle jeść czy nie, ale wraz z orzeszkiem zadecydowali, że tak właśnie zrobią. Podeszła potem do delikatesów i kupiła zapasy na dwa dni – dawniej wystarczyłyby na dwa razy tyle – i wróciła do domu, żeby kontynuować poszukiwania.

Potknęła się kilka razy na chodnikach wyłożonych kostką, ale udało się jej utrzymać równowagę i nie upaść. Chwilami czuła się jak kaczka. Jak niewiele zmieniło się miasteczko od czasu, gdy przebiegała jego ulice jako mała dziewczynka. Drzewa były znacznie większe i miały więcej liści, w nowych parkach stały psychodeliczne huśtawki, na które była już za duża, stare latarnie zastąpiono nowymi, których nie widać już było z Marsa, a linie na jezdniach były wyrysowane od linijki. Ale cała reszta zachowała swój charakter. I to była podstawa: mieć świadomość tego, co sprawia, że jesteś sobą, i zachować to.

Odpoczęła trochę i wróciła do pracy. Po wielu godzinach poszukiwań poddała się. Przez telefon kupiła bilet powrotny do Asturii na nocny pociąg. Niektóre objawy ciąży ustąpiły jak ręką odjął, gdy przyjechała do Madrytu, lecz z pewnością nie należał do nich głód. Postanowiła wyjść na stację wcześniej i przegryźć coś na miejscu, na wypadek gdyby kolacja wliczona w cenę biletu miała nie wystarczyć. Zaczęła szykować dom do opuszczenia na bliżej nieokreślony czas. Upewniła się, że wszystkie okna na piętrze są dobrze zamknięte, a zanim przymknęła drzwi każdego pokoju, rozglądała się w poszukiwaniu czegoś, co pozostawiłoby jej dobre wspomnienie. Znalazła je we wszystkich. Zeszła do kuchni, opróżniła lodówkę z niewielu produktów, które pozostały po obiedzie, wyłączyła z sieci wszystkie sprzęty. Przeszła przez wszystkie pomieszczenia, zamykając szafy, opuszczając żaluzje, odłączając wszystkie urządzenia elektryczne; nie chciała wyłączać głównego bezpiecznika, zamierzała włączyć alarm. Postawiła torbę przy drzwiach i weszła na koniec do gabinetu dziadka. Rozejrzała się; to tu najbardziej odczuwała jego obecność. Ale zachowała spokój. Usiadła naprzeciw swej starej znajomej. Kobieta z obrazu spoglądała na nią z tej samej ściany co zawsze, lecz teraz Violeta mogła zwrócić się do niej po imieniu.

– Bardzo żałuję, że wcześniej nie wiedziałam, kim jesteś, mniej bym się bała.

Elisa nie odpowiedziała. Z magicznego pudła gitary nie wydobył się żaden słyszalny dźwięk. Violeta wiedziała jednak, że obraz umie mówić. Poszukała krzesła, które wytrzymałoby jej ciężar, weszła na nie ostrożnie i zdjęła obraz. Wewnątrz ciemnego śladu, jaki pozostawiła rama na tynku, pojawiły się drzwiczki sejfu wmurowanego w ścianę. Violeta zaczęła szukać kartki z numerami, które mogłyby się okazać szyfrem. Sprawdziła w szufladach biurka, między książkami, za zdjęciami w brązowych i srebrnych ramkach, wszędzie tam, gdzie, jak uznała, mógł zostawić ją Diego, świadomy, że znajdzie sejf i że będzie chciała go otworzyć. Nie znalazła jednak nic oprócz faktur, zawiadomień z banku, kilku listów i dokumentów po francusku, innych papierzysk tego typu.

Wróciła na fotel z czerwonawego pluszu, w którym tak często siadywał dziadek, i popatrzyła na Elisę.

– Stale mówiłaś do niego. Odezwij się teraz do mnie. Potrzebuję cię.

Fiołkowe oczy pozostały martwe. Były tak piękne... Wstała i obejrzała z bliska obraz oparty o ścianę. Do głowy przyszła jej nagle pewna myśl. Zanotowała datę figurującą w dolnym rogu, tuż obok nieczytelnego podpisu babki: pierwszy lutego, tysiąc dziewięćset trzydziesty szósty rok. Postanowiła wypróbować układy sześciu cyfr daty. Drzwi otworzyły się za pierwszą próbą, gdy wstukała najbardziej oczywistą kombinację. Rękawem wytarła krawędź sejfu i zajrzała do środka. Zobaczyła plik banknotów, kilka sztuk biżuterii, papierowe pudełeczka. Dwie walizki z czarnej skóry spoczywały w głębi. Wyjęła je ostrożnie i zamknęła drzwi. Miała suche wargi i ściśnięte serce, które kurczyło się i rozkurczało, pompując w szalonym tempie jej rozgrzaną krew. Potrzebowała teraz większej walizki, żeby schować to wszystko. Nie zamierzała też zostawiać autoportretu babci. Tak, to była jej babcia, bez względu na to, co twierdził Martín. Podniosła go raz jeszcze, żeby sprawdzić, ile waży, a wówczas spostrzegła na jego odwrocie kopertę, przyklejoną białą taśmą odstającą nieco od ramy. Widniało na niej kilka słów nakreślonych ręką dziadka: „Dla mojej kochanej Violety".

Oderwała kopertę i ponownie opadła na fotel, w którym tyle razy widywała Diega wpatrzonego w kobietę z gitarą. Pogłaskała chropowaty, pożółkły papier. Podniosła go do nosa. Nie pachniał. Wyznania nie pachniały. Teraz wiedziała o tym. Zamknęła oczy i pozostała w tej pozycji przez kilka minut. Powąchała go jeszcze raz, lecz wyczuła zaledwie zapach ogrodu i pobliskich pól, przedostający się jak zawsze przez drzwi i okna. Wszystkie zapachy życia, które przeminęło, wywietrzały. Ale wciąż jeszcze wyczuwała ich esencję. Kiedy otworzyła oczy, spojrzała na Elisę i obserwowała ją, smakując swą niedawno odkrytą tożsamość.

– Babciu, bardzo się cieszę, że cię poznałam. Nie mogłabym sobie wyobrazić lepszej babci. Szkoda, że Diego nie powiedział mi wcześniej, kim byłaś. Ale teraz nie chcę wiedzieć o sobie nic poza tym, co mi pokazał.

Wstała, przysunęła krzesło do ściany, otworzyła sejf, odłożyła walizki na swoje miejsce i położyła obok nich kopertę.

V

VILLAVICIOSA, PIĘĆ MIESIĘCY PÓŹNIEJ

Odjeżdżająca ciężarówka firmy przeprowadzkowej pozostawiła za sobą zapach tlenku węgla, który doprowadził ją prawie do wymiotów. A przecież minęło już sporo czasu, od kiedy mdłości i zawroty głowy ustąpiły miejsca bezsenności, gdy dzidzia zaczynała tańczyć. Jej córka najwyraźniej chciała zostać tancerką i postanowiła trenować od wczesnej młodości. Wykorzystywała te darowane chwile, by śledzić każdy jej ruch, wyobrażając sobie kształt jej ust, kolor oczu i cery, zastanawiając się, czy będzie miała ciepły głos i jasną skórę jej matki czy wielkie dłonie i pyzatą twarz dziadka, czy będzie rozmowna jak on, czy obsypywana pocałunkami będzie wywracać oczami jak ona.

Gdy nazwa firmy, wymalowana jaskrawą czerwienią na tylnych drzwiach ciężarówki zniknęła jej z oczu, Violeta weszła do błękitnego domu i usiadła na moment, by odpocząć przed malowaniem. Kiedyś przystępowała do tej czynności spontanicznie, teraz musiała przygotować się starannie, żeby potem być w stanie wstać. Była już wielka jak komoda, ale odkryła, że nie przejmuje się tym. Czuła się szczęśliwa, z wydętym brzuszyskiem, nieomylną oznaką, że urodzi dziewczynkę, chociaż uwierzyła w to dopiero, gdy uzyskała potwierdzenie na usg, i z nogami chudymi jak patyki. Bo cały dodatkowy ciężar umieścił się ponad talią, a właściwie nie ponad talią, bo ta zniknęła, ale w brzuchu, w biuście i w rękach, mniej więcej w tej kolejności. I bardzo bolały ją plecy. Jak myszy, które kupował jej dziadek, kiedy była mała, i które, wbrew zapewnieniom sprzedawców, że to wyłącznie siostry, rozrastały się zawsze w liczną rodzinę, odczuwała syndrom wicia gniazda. Paula, zachwycona odbudową przyjaźni z kumpelką ze studiów dokładnie w momencie, gdy ona także zaszła w – drugą już – ciążę, definiowała go jako „nieodpartą potrzebę budowy gniazda, w którym zostanie złożone młode". Innymi słowy, odnosząc tę definicję do gatunku ludzkiego, Violeta musiała przygotować pokój dla swojego ptaszątka. „Ty jesteś jeszcze bardziej stuknięta niż ja", stwierdziła Paula dzisiejszego poranka, kiedy zadzwoniła do niej po raz dziesiąty w tym tygodniu, żeby poplotkować, „w każdej chwili mogą odejść wody, a ty siedzisz i malujesz gwiazdy".

Długo zastanawiała się, jak go ozdobić, ustalenie, co namaluje na ścianach pokoju własnej córki, zajęło jej więcej czasu, niż spędziła kiedykolwiek na obmyślaniu bajkowych scen dla swoich małych klientów. Poza tym napawał ją respektem szacowny gmach i nie chciała zmieniać jego stylu. Podjęła wreszcie decyzję i już prawie skończyła. Od tygodnia miała gotowy pełen arsenał rzeczy dla dzidziusia, zalecany przez wszystkie dobre koleżanki-mamy. Torba w niebieskie kropki z mikroskopijnymi pieluchami; pierwsze ubranko: różowe body w rozmiarze lalek Baby, z bawełnianymi skarpetkami i czapeczką do kompletu, pajacyki i biała koszulka; dwa smoczki wyglądające jak zabawki; mięciutka chusta w portrety księżniczek z bajek i najróżniejsze dziwaczne przedmioty wpisane przez jej doświadczoną koleżankę na niekończącą się listę rzeczy, które powinna mieć w domu albo zabrać do szpitala; te ostatnie powinna trzymać spakowane i pod ręką, na wypadek gdyby musiała wybiegać z domu nagle. Miała nadzieję, że nie będzie musiała korzystać z nich natychmiast, ponieważ nie wiedziała za dobrze, do czego służą i jak się je podłącza.

Przede wszystkim więc nie śmiała zapomnieć o odciągaczach pokarmu, osłonkach na sutki, wkładkach laktacyjnych, butelkach ze smoczkami dynamicznymi różnego typu, na wypadek gdyby pierś nie pracowała tak, jak powinna, albo gdyby przestraszyła się tak jak Paula przy pierwszym dziecku i musiała karmić je mlekiem w proszku, a nie tą naturalną substancją, której cudowne właściwości wbijała jej do głowy położna na tych okropnych zajęciach w szkole rodzenia, na które nieopatrznie się zgłosiła. Wcześniej była szczęśliwa, nawet wiedząc, że zawartość jej wielkiego brzuszyska musi którędyś wyjść, ale w szkole rodzenia to wydarzenie i to miejsce straciły swój abstrakcyjny charakter i zmaterializowały się w jej wyobraźni, nabierając treści, kształtu i barwy tak sprecyzowanych jak na filmach, które musiała oglądać w przychodni na megatelewizorze z dźwiękiem stereo.

Nie nazywała już swojego orzeszka orzeszkiem, nazywała go Elisą. Sprowadziła obraz, który dziadek miał w swoim domu w Los Molinos, autoportret babci z gitarą, jedyny jej wizerunek, jaki posiadała, królował teraz w salonie, już nie patrzyła na niego podejrzliwie. Portret Danielle i jej córeczki wisiał nadal naprzeciwko łóżka w sypialni Diega, tam, gdzie go zostawił, i miał tam wisieć przez długi czas. Pozostałe obrazy oczekiwały na strychu na dzień, kiedy poczuje siłę, żeby wejść tam i zadecydować, które zachowa, a które odda, gdy jej nowa kuzynka – albo ktoś w tym stylu – dogada się z Wydziałem Kultury Księstwa Asturii w sprawie przekazania ich do jakiegoś lokalnego muzeum. Ángela namawiała ją, żeby sprzedała je, zapewniając sobie tym samym wygodne życie, ale Violeta postanowiła inaczej. Dla wolnej kobiety najwyższe bariery wyrastają zawsze z niej samej; potem niekiedy stawiają je przed nią inni ludzie. Ángela nalegała też, żeby poznała prawdę, lecz jej wystarczała świadomość, że miała szczęście, bo los obdarzył ją takim dziadkiem i mogła cieszyć się jego towarzystwem przez tyle lat, oraz pamięć momentów, które przeżyła u jego boku i które na zawsze zachowa w najgłębszej części swojej istoty. A dzienniki matki wciąż spoczywały w sejfie w Los Molinos, zamierzała trzymać je tam przez bliżej nieokreślony czas, przynajmniej na razie, gdy była tak pochłonięta oczekiwaniem na nadejście córki.

Violeta podniosła się. Chciała dokończyć ścianę od strony dachu, gdzie zamierzała umieścić prześliczne niebieskie łóżeczko z bocznymi ściankami w formie białych obłoków, z reliefem z gwiazd. Zara znalazła sobie pod nim wygodne miejsce, była znacznie spokojniejsza, wyglądało na to, że dorosła albo pogodziła się z nową rolą obserwatorki, wodziła za nią wzrokiem, nie mrugając i nie poruszając pyskiem opartym na podłodze.

Wzięła pędzel ze słoiczka z białą farbą i odeszła nieco od ściany. Tak widziała je lepiej. Bardzo się jej podobało. Dokładnie o to chodziło. Bardzo niewiele zostało jej do końca. Dała jeszcze jeden krok w tył i zmrużyła oczy, żeby przybliżyć obraz. Doskonale. Zmieszała pruski błękit, ultramarynę, biel i szczyptę ciemnoczerwonego kraplaka; kolor nieba, którego szukała, wreszcie wypełnił pokój. Podwieszone pod nim niby malusieńkie, fantazyjne lampki, lśniły setki białych gwiazd. Pokrywały je całe. Violeta dotknęła pędzlem jednej gwiazdy, drugiej, trzeciej, dziesiątej. Rozświetlając je, wkładała w nie wszystkie, od najweselszej do najsmutniejszej, od najbardziej perfekcyjnej do najbardziej topornej, to samo życzenie, nieosiągalne i piękne jak wszystkie życzenia, które, być może, pewnego niezbyt odległego dnia stanie się rzeczywistością.

Diego Ferrán

Los Molinos, 12 maja 2000

Moja kochana Violeto,

skoro czytasz ten list, oznacza to, że złamałem obietnicę złożoną ci, kiedy byłaś dzieckiem, kiedy można składać obietnice tego typu, kiedy twoje oczy były tak błyszczące, że wierzyłaś w nie wszystkie, kiedy dałem ci słowo, dobrze wiedząc, że pewnego dnia je złamię, że nigdy nie umrę. Złamałem też nasz pakt, ten o nieokłamywaniu, ponieważ nie byłem w stanie wyjaśnić ci wszystkich moich motywów przed śmiercią.

W rzeczywistości powodowała mną jedna rzecz i to bardzo prosta: nie oszukałem cię. Dla mnie jesteś moją jedyną wnuczką, a twoja matka była moją jedyną córką. Taka jest moja prawda, ta, którą w momencie śmierci na pewno poczuję w sercu. Ta, którą nie wiem, czy się odważę wyjawić ci, zanim przeczytasz te słowa. To prawda, która niekiedy mi ciąży, a niekiedy zapominam o niej, gdy patrzę ci w oczy i próbuję wyobrazić sobie, czym byłoby moje życie bez ciebie, czym byłoby bez was. Tylko taka jest moja prawda. Przy wielu okazjach mówiłem ci, że racje, którymi kieruje się serce, są trudne do pojęcia, ale postaram się, byś zrozumiała moje. Domyślam się, że widziałaś już obrazy twojej babki, a twoja kuzynka Ángela opowiedziała ci część jej historii. Uzupełnię ją tylko.

Elisa wciąż fałszowała obrazy, żeby oszukać nazistów, za moimi plecami, wiedziałem o tym i pozwalałem na to. Zbyt mocno ją kochałem, by się nie domyślać, czemu to robi, i by nie uznać, że muszę wspierać ją nawet wbrew samemu sobie. Ale nasze dziecko, które miało się wkrótce urodzić, przekonało ją skuteczniej niż ja i wreszcie szykowaliśmy się do wyjazdu z Paryża. Zostało tylko kilka dni. Pewnego wieczoru poszła zanieść ostatnią kopię swojej marszandce, Danielle, i nie wróciła. Spędziłem bezsenną noc, czekając na nią, coraz bardziej zaniepokojony, wyobrażając sobie tysiąc najróżniejszych powodów tego spóźnienia. Byłem tak przerażony, że zacząłem podejrzewać, że Martinowi udało się w końcu ją uwieść, że uległa temu rozpieszczonemu chłopczykowi, przywykłemu do tego, że dostaje wszystko, czego zapragnie, do tego, że wszystko ma, tak zakochanemu w niej od dziecka, tak zadurzonemu, że nie był w stanie oddać jej komuś innemu, skoro sam nie mógł jej mieć. Dopiero teraz, po tylu latach, zrozumiałem, że być może nie różniłem się od niego tak bardzo, jak mi się wydawało. Tamtej nocy, kiedy Elisa nie wróciła, wolałem myśleć, że porzuciła mnie dla niego. Wszystko, tylko nie to, czego nie chciałem do siebie dopuścić.

Następnego ranka, bardzo wcześnie, zadzwoniła Anna. Powiedziała, że naziści aresztowali Elisę, a także Danielle i jej pruskiego hrabiego, Friedricha, i że w każdej chwili mogą przyjść po mnie. Musiałem natychmiast uciekać. Ale bez niej, bez Elisy. Nie uwierzyłem jej i poszedłem do domu marszandki. Waliłem z wściekłością do drzwi, krzyczałem zdjęty paniką, a kiedy już miałem odejść, otworzyła mi zapłakana niania. Z największym wysiłkiem uspokoiłem ją, a wtedy opowiedziała mi, co się stało poprzedniego wieczoru. Usypiała Marie, kiedy usłyszała, że pani otwiera komuś drzwi. Nie opuściła dziecinnego pokoju, jak zwykle, ale po chwili dobiegły ją wrzaski po niemiecku, potem odgłosy ciosów, a wreszcie krzyki i błagania Danielle. Schowała się wtedy za kominkiem, którego robotnicy prowadzący remont domu nie zdążyli osadzić w ścianie. Wcisnęła się w otwór razem z małą i udało się jej uspokoić siebie i dziecko do czasu, aż Niemcy splądrowali mieszkanie i wyszli, zabierając Danielle.

Słowa Anny rozbrzmiały w mojej głowie. Nie kłamała. Nigdy już nie zobaczę Elisy, a Danielle podzieli jej los. Tak zawsze było: ludzie znikali, nikt więcej o nich nie słyszał. Żyliśmy w innym świecie, świecie szaleńców, którego nie sposób było zrozumieć, nie utraciwszy rozumu. Musiałem czym prędzej odejść; mogli wrócić tu raz jeszcze, mogli mnie śledzić. Ale chciałem zobaczyć ostatnią rzecz, jaką oglądała, coś, co zawsze podziwiała przed wyjściem z tego mieszkania. Wyjrzałem przez najbliższe okno i popatrzyłem na posąg Joanny d'Arc, który lśnił jak zawsze, obserwowałem go przez chwilę, wiedząc, że ani ona, ani ja nie zobaczymy go nigdy więcej. W tym momencie spostrzegłem, oparty o parapet, obraz, który Elisa przyniosła w prezencie dla Danielle, portret marszandki tulącej w objęciach córeczkę. Był nieduży, zacząłem rozglądać się za jakąś szmatką, w którą mógłbym go owinąć i zabrać, a wtedy usłyszałem małą. Niemcy wzięli to, co było pod ręką, ustosunkowaną paryską marszandkę i jej skarby, nie pomyśleli o córce. Kiedy odeszli, niania położyła ją do łóżeczka i spała tam sobie, nie wiedząc o bożym świecie. Nie wahałem się ani przez sekundę. Od tamtej chwili obsesyjnie prześladowała mnie myśl, że muszę ją stamtąd wydostać, że muszę ją ocalić, za te dwie kobiety, Elisę i jej matkę. Anna pomoże mi dotrzeć do Ameryki, a tam odszukam jej dziadków i ciotkę, którzy mieszkali w Nowym Jorku, i oddam im dziecko.

Przez całą drogę, aż do granicy francuskiej, moja kuzynka nie odstępowała nas nawet na krok. Oboje nauczyliśmy się opiekować Marie, która była jeszcze malutka. Podczas tej podróży zobaczyłem w Annie to, na co nigdy wcześniej nie zwracałem uwagi. Elisy już nie było, nigdy nie miałem jej ujrzeć, na zawsze miała pozostać moją Elisą w moich myślach. Anna uznała, że nic nie stoi już między nią a mną. Uległem jej słodyczy; nigdy nie chciałem jej skrzywdzić. Próbowała mnie wówczas przekonać, żebym został z nią, ale nie potrafiłem, nie chciałem, żeby zastąpiła Elisę. Elisa była moją jedyną miłością. Poza tym musiałem wywieźć Marie. Anna dała wreszcie za wygraną, ale próbowała jeszcze przekonać mnie, żebym zostawił jej małą. Znalazłaby jej opiekunów na czas wojny. Nie zgodziłem się. Wydawała mi się tak bezbronna, że odmówiłem oddania jej komukolwiek i wymogłem na Annie obietnicę, że nigdy nikomu nie wyjawi, że ją zabrałem. Nie mieliśmy pojęcia, co stanie się z jej rodzicami, i było lepiej, żeby nikt nie wiedział, gdzie jest. Zabrałem ją zatem ze sobą w podróż, która zawiodła nas, przez Atlantyk, na Wschodnie Wybrzeże Stanów Zjednoczonych, wprost w objęcia mojej niepocieszonej matki, ku złamanemu sercu Jaimego, mojego teścia, który przez ostatnie lata żył w samotności i tylko dla niej. Czekało nas tam nowe życie, twoją matkę i mnie.

Przedstawiłem ją rodzinie jako naszą córkę: nie byłem w stanie postąpić inaczej. Nie wiem nawet, czy próbowałem.

Mógłbym powiedzieć ci, że jeśli nigdy nie oddałem jej rodzinie Danielle ani nie poinformowałem jej nawet, że dziewczynka żyje, zrobiłem to dla nich, tylko dla nich, dla moich rodziców, dla ojca Elisy. Ale tak nie było, nie zrobiłem tego tylko dla nich. Nie dlatego, że zobaczyli w niej od samego początku tę, którą podałem za matkę, Elisę; nie dlatego, że ta pulchna dziewczynka o szarych oczach stała się ich życiem i moim zmartwychwstaniem. Nie dla nich. Dla siebie. Akt największego egoizmu, którego nigdy nie zdołam naprawić, sprawił, że poczułem nieskończoną miłość takiego rodzaju, jakiego nigdy wcześniej nie zaznałem. Tylko z tej miłości, ponieważ być może będziesz tego potrzebować, przezwyciężę nienawiść i pójdę do Martina, tego łotra, co nie potrafił pogodzić się z klęską i zadenuncjował je nazistom. Przypadła mu w udziale najgorsza z miłości, ta, która nie godzi się z tym, że nie została odwzajemniona. Nie potrafił się wycofać, wolał, żeby nie miał jej żaden z nas. Ale pójdę do niego, żeby spróbować odzyskać zeszyty Clary, mam nadzieję, że je zachował, może pośród nich znajdziesz rysunki, które pomogą ci się rozpoznać. Większość przepadła po aresztowaniu Elisy, zostały w naszym mieszkaniu w Paryżu. Miałem nadzieję, że odzyskam je wraz z obrazami, ale tak się nie stało. Kiedy Martín odda mi te, które mu powierzyłem, a mam nadzieję, że zdąży to zrobić, jeśli zechcesz, znajdziesz tam Elisę, Annę, Danielle. Nie będzie Friedricha, biologicznego ojca Marie, ale wszystkich nas Clara rysowała wiele razy i może z tych zeszytów dowiesz się czegoś więcej o mnie i o sobie, a w każdym razie to, co mógłbym opowiedzieć ci sam, gdybym miał dość odwagi.

Nigdy nie udało mi się dojść do tego, czy Elisa urodziła nasze dziecko, gdzie umarła. Gdy skończyła się wojna, próbowałem ustalić to poprzez Annę, ale ona nie chciała mi pomóc, nie zrozumiała moich motywów. Podała mi tylko nazwę obozu koncentracyjnego, dokąd ją wywieźli, i zapewniła, że nie żyje, ale przez te wszystkie lata nie uzyskałem żadnego potwierdzenia, że zabili ją właśnie tam. Podczas wojny zginęły i zaginęły miliony ludzi, miliony, a ja nie miałem sił, żeby dociekać, a do Paryża wróciłem tylko jeden jedyny raz, po wielu latach. Nie potrafiłem podać imienia mordercy, daty i miejsca jej zgonu. To była moja kara. Najgorsza, jaką można zadać człowiekowi.

I to jest cała historia, części, których potrzebujesz, żeby złożyć układankę przeszłości, swojego pochodzenia. Teraz od ciebie tylko zależy, czy chcesz wiedzieć więcej. Masz prawo domagać się zwrotu tego, co twoje. Przechowałem twoje papiery, strzegłem ich nawet bardziej niż moich. Danielle Lambert była bardzo zamożną osobą, a o Friedrichu Sinnerze, niemieckim wojskowym, którego nie znałem osobiście – widziałem go przelotnie jeden raz – wiem tylko, że kochał ją ponad wszystko i że jego rodzina, także ze starej szlachty, była jedną z najbogatszych w dawnych Prusach. Nie chciałem sięgać głębiej. Zło jest złem, nic go nie zakryje, nie zamaskuje. Ale twoja kuzynka Ángela będzie mogła opowiedzieć ci o nich znacznie więcej. Miała czas, by zebrać wszystkie niezbędne informacje. Krew jest krwią, pomoże ci, gdy będziesz tego potrzebować.

I jak możesz sobie wyobrazić, tak trudno jest mi żegnać się z tobą, że nie zrobię tego. Powiem ci tylko jeszcze jedno, czego nigdy nie potrafiłbym ci powiedzieć, gdybym stał przed tobą w tym trudnym momencie: nie myśl, że mnie odrzucasz, jeśli postanowisz odzyskać tę przeszłość, którą ci zrabowałem z pełną świadomością tego faktu. Wystarczającym egoistą byłem za życia, żeby być nim także po śmierci.

Moja najukochańsza Violeto, nie oczekuję, że mi wybaczysz, mam tylko nadzieję, że mnie zrozumiesz. Bo nie byłem w stanie kochać was na tyle, żeby pozwolić wam odejść.

Z nieskończoną miłością, twój dziadek,

Diego

PODZIĘKOWANIA

Malarka gwiazd ma za sobą długą drogę przebytą u boku czytelników. Jakże mogłabym nie podziękować wam za wsparcie, którego udzieliliście mi na różne sposoby? Powinnam wymienić konkretne imiona i nazwiska, ale dysponuję ograniczoną przestrzenią i nie dla wszystkich wystarczyłoby miejsca. Dlatego będę zwięzła: dzięki tym wszystkim, którzy w taki czy inny sposób sprawili, że moje historie stały się waszymi. Dla mnie jesteście najlepszą częścią tej fantastycznej przygody.

Chciałabym też podziękować wydawnictwu Suma de Letras za entuzjazm, sumienność i wysokie kompetencje. To nie są tylko wyświechtane komunały; z rozmaitych powodów te cechy okazały się dla mnie niezbędną zachętą. Tysiąckrotne dzięki dla „mojej ekipy".

Amelia